FOLIO POLICIER

Antoine Chainas

Empire des chimères

Gallimard

Né en 1971, Antoine Chainas a longtemps fréquenté les plateaux de cinéma, les stations de radio, les salles de rédaction, les morgues, les scènes de concert, les commissariats de quartier, les maisons de repos et les centres d'essais militaires. Il est l'auteur très remarqué de plusieurs romans parus à la Série Noire.

– Pour mon père, grâce à qui –

Avertissement

Ce récit est une œuvre de fiction. Par conséquent, toute ressemblance avec des faits réels et irréels, toute similitude avec des personnes existantes et inexistantes, ne saurait être que fortuite et volontaire.

LIVRE I

To all who came to this place of joy, hope and friendship, welcome.

E. CARDON WALKER, 1er octobre 1982.

PROLOGUE

1

Un peu d'Histoire…

Nous sommes à l'époque des grands glaciers. Dès la seconde moitié du quaternaire, le climat très rigoureux contraint les hommes à se réfugier dans les sites les plus abrités. Quelque dix-sept mille ans plus tard, près du village français de Pix, on découvre une grotte ornée d'impressionnantes fresques paléolithiques. Le visiteur imprudent entre d'abord dans une première salle, appelée Rotonde, longue de dix-sept mètres et large de six. Cette salle se prolonge par le Diverticule axial, une galerie étroite et sombre de longueur identique, suivie d'un couloir plus élevé : la Nef. À l'ouest, on note la présence d'une salle ronde – l'Abside –, au fond de laquelle le sol se dérobe. Cette brusque dénivellation est baptisée le Puits. C'est sur les parois de ce Puits que l'on peut discerner le dessin le plus saisissant : un homme à tête de loup semble tomber. À ses côtés est représenté un objet allongé surmonté d'un oiseau ; on pense à une boîte ou à une sorte de coffre rudimentaire.

Dans les années qui suivent l'invention du site, les

erreurs de conservation se multiplient et d'étranges taches noires apparaissent dans les salles les plus reculées. Ces taches, dues à une nouvelle espèce de champignon nommé *achronalis anomalia,* se propagent rapidement malgré les compresses imbibées de fongicide et les épandages de chaux vive. Les autorités interdisent au public d'accéder à la grotte. On construit une première réplique à deux cents mètres de là. Les parois en fibrociment reposent sur plusieurs couches de grillages à mailles fines et donnent une image plus ou moins fidèle du relief intérieur. Lorsque cette deuxième version se détériore à son tour, on la ferme et on en construit une troisième encore plus loin, avec des blocs en polystyrène, cette fois, et des moules en élastomère. Un fac-similé de fac-similé. Il a suffi de quelques dizaines d'années pour que l'être humain transforme la grotte de Pix en caverne de Platon.

Par un caprice du hasard ou par incompétence, le fragment de dessin correspondant à la boîte disparaît des reproductions successives du Puits. Le coffre surmonté d'un oiseau s'absente du réel accessible à la mémoire humaine. Il faut remonter à 1477 pour retrouver un indice de sa présence dans l'environnement sensible.

Après la mort de Charles le Téméraire durant le siège de Nancy, un religieux bénédictin du nom de Charles Clémencet écrit, dans la première édition d'une somme intitulée *L'art de vérifier les dates ou faits historiques des chartes, des chroniques et anciens monuments depuis la naissance de Jésus-Christ par le moyen d'une table chronologique, où l'on trouve les années de Jésus-Christ et de l'ère d'Espagne, les Indic-*

tions, le cycle Pascal, les Pâques de chaque année, les cycles solaires et lunaires avec un calendrier perpétuel, l'Histoire abrégée des conciles, des papes, des empereurs romains, grecs, français, allemands et turcs, des rois de France, d'Espagne et d'Angleterre, d'Écosse, de Lombardie, de Sicile, de Jérusalem, des ducs de Bourgogne, de Normandie, de Bretagne, des comtes de Toulouse, de Champagne et de Blois par des religieux bénédictins de la congrégation de Saint-Maur (titre intégral) : « Le corps [de Charles le Téméraire] ne fut trouvé que deux jours après la bataille [de Nancy], couvert de boue, pris dans la glace, et tellement défiguré qu'on ne le reconnut qu'à la longueur de sa barbe et de ses ongles, qu'il avait laissés croître depuis la bataille de Morat, et à une cicatrice qu'il avait au visage. Dans une bougette sise à son flanc reposait un étrange coffret, de deux pouces d'épaisseur et quatre pouces de longueur, dont on ne sait s'il était en métal ou en bois. Le couvercle portait un sceau de cire rouge aux armes d'une lance inconnue, représentant une corneille renversée sur le dos. » Pour une raison mystérieuse, cette dernière mention ne figure pas dans les éditions ultérieures. On n'en trouve d'ailleurs nulle évocation dans les autres travaux consacrés au duché bourguignon.

En 1590, les membres de la première colonie de population d'Amérique pour le compte de l'empire britannique disparaissent sans laisser de trace. Le voyage incluait des familles, des outils agricoles, des vivres... Les cent quinze pionniers, hommes, femmes et enfants, ont embarqué sans billet de retour en avril 1587, pour les côtes de la Virginie. Le navire accoste sur l'archipel de Roanoke au mois d'août.

Le capitaine de l'expédition, John White, retourne en Angleterre pour effectuer un ravitaillement. À son retour, trois ans plus tard, plus aucun signe de vie. Juste un dessin gravé sur un arbre : un parallélépipède rectangle à six faces et douze arêtes, sur lequel on a schématiquement dessiné un oiseau (une corneille ? un corbeau ?) renversé sur le dos.

En 1859, le capitaine Francis McClintock part à la recherche des navires de la célèbre expédition Franklin, disparus onze ans plus tôt dans les glaces de l'Arctique. Il commande une goélette à vapeur affrétée par la veuve Franklin. Le 5 mai, il découvre un canot de sauvetage à l'extrême ouest de l'île du roi Guillaume. L'embarcation échouée contient deux squelettes, des bottes, des mouchoirs en soie, du savon parfumé, des éponges, des pantoufles, des peignes, quelques livres, ainsi qu'une cassette en bois noir scellée d'un cachet en cire rouge, que McClintock décrit dans son journal de bord comme représentant un corvidé les pattes en l'air.

Les reliques de l'expédition sont aujourd'hui conservées au National Maritime Museum de Londres. On ne trouve aucune trace de la cassette mentionnée, ni dans la réserve, ni dans le registre d'inventaire de l'établissement.

Plus près de nous, en 1935, un obscur physicien baptisé Erwin Schrödinger note dans son journal intime : « 25 avril : les miaulements d'un chat qui ressemblaient étrangement aux gémissements d'un nourrisson m'ont éveillé au milieu de la nuit. J'ai alors ressenti un bref vertige, conséquence habituelle des pensées fulgurantes qui me traversent l'esprit. La phrase a jailli dans ma tête sans que je m'en rende compte : *tout existe à un degré de probabilité non nul*. Bon sang, j'allais peut-être enfin résoudre le problème de mesure d'interprétation de Copenhague. Après un instant de réflexion, j'ai ajouté à part moi : *tout existe à un degré de probabilité non nul. L'inverse est aussi vrai dans des proportions équivalentes*. L'animal continuait à miauler et j'ai compris qu'il s'agissait d'Eva Braun, notre chatte de quatre ans dont les chaleurs se faisaient sans doute sentir. Je me suis rendu à la cuisine sur la pointe des pieds, pour éviter de troubler le sommeil de ma femme et de ma fille, avant d'appâter le félin avec une pièce de mou. Je suis ensuite descendu à la cave, où j'avais installé mon laboratoire. Je crois que je n'étais pas dans mon état normal. J'ai enfermé Eva dans un ancien coffre à jouets, sur lequel ma fille avait dessiné un oiseau renversé. J'avais aménagé dans cette boîte un marteau et un flacon d'acide cyanhydrique. Une fois brisé, ce dernier se vaporiserait sous forme de gaz mortel. J'ai rabattu le couvercle et j'ai attendu. Si les probabilités indiquaient que le flacon avait une chance sur deux d'être cassé au bout d'une minute, je savais qu'Eva demeurerait dans deux états simultanés (vivante et morte) tant que l'observation n'aurait pas lieu. Ce serait précisément l'ouverture de la boîte qui provoquerait l'effondrement de la fonction d'onde (entendre l'ensemble des réalités alternatives) et déclencherait le choix entre les différentes conditions de la matière. Au bout d'une minute, j'ai tendu les mains vers le couvercle et… »

Ce document partiel a été exhumé des décombres de la maison de Schrödinger après les bombardements de 1942, où le physicien et sa famille ont péri.

On ne saura jamais où les spéculations prometteuses du savant auraient pu mener. Le reste du journal n'a jamais été retrouvé.

2

1956.

L'esquisse est imprécise. Lentement, des traits se superposent aux traits. Des ratures noires figurent un cube et un oiseau à l'envers, puis des silex d'os, des taches ocre qui se perdent dans les ombres. Plusieurs membres enchevêtrés dessinent un maillage funeste sur du papier gondolé d'humidité, d'où émanent des odeurs de cire, de colle et de résine.

«Qu'est-ce que c'est?» interroge l'institutrice en montrant le dessin à l'enfant. Ses élèves devaient représenter des animaux de leur choix. Le croquis d'Alain, huit ans, l'a intriguée. Elle lui a demandé de rester à la fin du cours. Ils sont maintenant en tête-à-tête dans la salle de classe déserte.

Elle se prénomme Annabelle; elle aura trente-cinq ans en mai prochain. Si ce n'est une certaine rigidité dans le port de tête, une musculature évoquant celle des nageuses du bloc de l'Est, et une voix plus grave, plus anguleuse que la moyenne, on peut croire qu'elle est belle. Mais sa physionomie trop masculine, légèrement agressive, inspire plutôt aux hommes une certaine forme de crainte, voire de dégoût. Annabelle n'en a cure.

Alain la regarde sans répondre. Ses yeux sont deux émeraudes étrangement pures enchâssées sous une tignasse blonde que l'on suppose infestée d'insectes. Son visage buté porte les marques d'une vie au grand air. Rudes écorchures, lèvres gercées, mauvaise peau.

Les affronts du gel n'expliquent pas les ecchymoses que l'on voit parfois apparaître sur ses bras, et la morsure du froid n'est pour rien dans les zébrures au bas de son dos. Les parents d'Alain sont paysans. De nombreux élèves s'absentent lorsque vient le temps des récoltes. Un travail aussi pénible qu'ingrat, où le rudoiement enseigne beaucoup plus efficacement que les mots les subtilités du métier. Ce que l'enfant ne comprend pas, le cuir de la ceinture sur la peau le lui explique. La région n'offre guère d'autres débouchés que la culture de la betterave et de l'orge. Sinon, il faut aller en ville, à quarante kilomètres de là, ou bien entrer dans la fonction publique, dont les seuls représentants sur ce bout de territoire oublié sont le postier, le maire et, bien entendu, l'institutrice.

« Ce sont des animaux ? insiste Annabelle. Des animaux morts ? »

Toujours le même silence entêté. La maîtresse désigne plusieurs éléments d'un geste vague. L'étrange cube noir illustré d'un oiseau renversé. Une silhouette mi-homme, mi-animal en arrière-plan. On distingue plusieurs têtes de chats à terre, les yeux fendus. Ici, des babines retroussées sur une dentition ensanglantée, là des côtes qui émergent d'un poitrail défoncé comme une phalange au garde-à-vous. Le carnage s'étale avec une telle rage sur le papier froissé qu'il pourrait déborder, les entrailles se répandre à terre, le fumet de la charogne tiède empuantir la salle de classe, le sang couler entre les lattes du plancher puis abreuver la terre battue de la cour. L'odeur de cire et de résine provient des crayons de couleur que l'enfant a écrasés sur la feuille.

« Ils me parlent, dit finalement le jeune Alain.

— Comment ça ?

— On leur a fait du mal. Ils ont souffert. »

L'institutrice soupire. Elle n'a pas vraiment la tête à approfondir ses investigations, d'autant qu'elle pressent une confession laborieuse. Un coup d'œil à l'horloge murale lui indique qu'il est presque 17 heures. Elle devrait être partie depuis au moins une vingtaine de minutes. Compter une heure pour rejoindre la ville, puis l'hôtel, où elle a rendez-vous avec Nathalie. Leurs entrevues se déroulent à l'abri des regards indiscrets, loin du village. Annabelle n'ose imaginer les quolibets, les calomnies qui succéderaient à la découverte de son homosexualité au sein de la commune. Que l'Éducation nationale confie le sort des chères têtes blondes de la nation à une invertie demeure une notion qui excède largement le seuil de tolérance des autochtones. Les parents du village la prennent pour une vieille fille ; c'est préférable.

Le petit garçon s'est de nouveau muré dans le silence. Annabelle s'impatiente. Nathalie et elle ont tellement peu de temps ensemble. L'institutrice ne veut pas être trop en retard.

« Écoute, Alain, je ne peux pas noter ce dessin. Est-ce que tu peux m'en faire un autre pour lundi ? Avec des animaux vivants, cette fois. »

L'enfant réfléchit, puis acquiesce.

« Très bien, sourit Annabelle. Je garde ton œuvre en attendant. Tu peux partir. »

Le gosse détale sans demander son reste.

Annabelle range ses affaires, vérifie que la classe est en ordre avant de fermer la porte. Deux minutes plus tard, elle est sur la départementale, au volant de sa deux-chevaux AZ. Elle allume son tout nouvel autoradio Philips, acheté à crédit pour mille huit cent quatre-vingts francs par mois. Le présentateur annonce qu'un membre du mouvement poujadiste vient d'être élu plus jeune député de l'Assemblée nationale : Jean-Marie Le Pen. Guy Mollet obtient le vote des pouvoirs spéciaux pour maintenir l'ordre en Algérie. Annabelle n'écoute pas vraiment. Elle s'en veut un peu d'avoir laissé partir son élève. Peut-être aurait-elle dû insister. Mais cela aurait retardé les retrouvailles avec Nathalie, l'étreinte chaude sur un lit de soupirs. Inutile de s'inquiéter, décrète-t-elle enfin. Certains de ses élèves n'ont pas la vie facile. Le gosse a sûrement vu des animaux morts dans un champ ou dans une grange. Annabelle se raccroche à cette hypothèse, puis range la culpabilité au fond de son crâne, dans un endroit reculé où elle ne gênera plus. La jeune femme peut alors se concentrer sur Nathalie, dont elle hume par avance l'odeur mentholée. La peau de l'amante installe déjà un goût salé au bout de la langue, et la lumière de ses yeux danse comme la moire d'une idée lointaine. La musique de son rire est un écho perdu qu'Annabelle retrouvera immanquablement au bout de son périple. Là où patientent la chair ardente et les gémissements écarlates.

La chambre 203 est leur chambre attitrée. Une simple question de superstition : c'est là que six mois auparavant elles se sont connues pour la première fois, au sens biblique du terme. Ce tutoiement des sens n'avait été précédé que d'un baiser furtif, échangé en bord de rivière après avoir scruté les berges pour vérifier qu'aucun importun ne surprendrait leur élan. Annabelle se souvient du geste instinctif qui avait succédé au flirt. Depuis quelque temps, elle se promenait avec un appareil photo dans son sac. Elle avait acheté le Kodak Instamatic sur un coup de tête, chez un marchand de la vieille ville. Les clichés qu'elle prenait n'avaient rien d'extraordinaire. Deux personnes âgées sur un banc au milieu du jardin public, dominées par une statue de lion, dont l'une des pattes semblait reposer sur leur tête. Un cycliste qui observait son vélo, le visage incliné, les mains sur les hanches, dubitatif. Une dame promenant son chien, vêtue d'une fourrure identique à celle de son animal. Un serveur en pause, la cigarette dans une main, le plateau vide en équilibre sur l'autre... Les lèvres d'Annabelle étaient encore humides de la salive de sa compagne tandis qu'elle fouillait dans son sac, trouvait le Kodak, et braquait l'objectif sur Nathalie. La jeune femme, surprise, étouffa un rire, la main devant la bouche, les yeux étrécis. L'espace d'une fraction de seconde, le ciel chargé de nuages déposa un reflet métallique sur ses cheveux auburn. L'alliance à son annulaire projeta un éclat violent. Une pression sur le déclencheur. L'instant était immortalisé.

Aujourd'hui encore, Annabelle ignore si ce réflexe – celui de prendre l'appareil – était un geste de tendresse ou de protection. Un peu des deux, sans doute. Une brève discussion, à mi-voix sur le chemin du retour, avait entériné leur décision : l'une comme l'autre refusaient d'encourir le risque d'être découvertes. Nathalie avait donc suggéré de se retrouver à l'hôtel.

Depuis, le rituel s'est installé. Une ou deux fois par mois, les deux femmes unissent leurs corps dans les draps froissés mais propres d'un établissement discret du centre-ville, se convulsent de frissons sensuels, étouffent leurs gémissements de plaisir contre la peau de l'autre. On s'offre mieux à l'extase des caresses réfugiée dans les plis secrets d'autrui.

Nathalie allume une Marlboro. La fumée s'élève jusqu'au plafond, où une auréole brunâtre s'est dessinée au fil du temps. Cette tache, c'est le soupir goudronné d'après l'amour. Ici, dans cette chambre, sur ce lit, des centaines de partenaires ont initié une relation gaie ou triste, parfois destructrice, parfois d'une platitude extrême. Des hommes et des femmes se sont livrés dans le plus simple appareil à des scènes de jouissance pure, où le moindre geste tendre était porteur d'émancipation, mais aussi à des actes de domination ou d'impuissance dénués de sentiment. Seuls, en couple ou à plusieurs, ils n'ont trouvé comme consolation ou point d'orgue à leurs ébats qu'un chapelet de fumée à expulser.

Perdue dans ses pensées, Annabelle a totalement oublié le dessin dérangeant de son élève. « Ça va ? » demande-t-elle à son amie, allongée comme elle sur le dos. Elle l'a sentie prudente, presque craintive dans ses mouvements amoureux.

Nathalie grimace. « J'ai mal à la poitrine. »

Annabelle se redresse, inquiète. « Depuis quand ?

— Je ne sais pas. Plusieurs jours.

— Où ça ?

— À droite, sous le sein. »

Annabelle se penche. « La peau est un peu rouge.

— Oui, je me suis grattée. »

L'institutrice tend la main. « Je peux ? »

Nathalie a un léger mouvement de recul. « Je ne préfère pas. » Après une brève hésitation, l'amante précise, presque à contrecœur. « J'ai senti une boule sous la peau. Il faut que j'aille consulter. »

Elle tire une dernière bouffée de nicotine, puis écrase le mégot dans un cendrier à l'effigie d'Annibal le furet : le célèbre personnage de dessin animé inventé par Sidney T. Lawney. L'animal est un curieux personnage stylisé, au regard presque humain, qui depuis un demi-siècle fait le bonheur des enfants (accompagnés de leurs parents), et le désespoir de l'Éducation nationale. Le réveil sur la table de chevet marque 19 h 30. Nathalie doit retrouver son mari et ses deux enfants pour le souper. Il est temps de se quitter.

PREMIÈRE PARTIE

« Il faut concevoir la ville comme un modèle parfait de tous les ordres, un embarras de simulacres. Le microcosme social, ses contraintes et ses joies grégaires, attire les foules, stimule l'achat et, *in fine*, endort la méfiance instinctive de l'individu pour le paraître. La jouissance miniaturisée du réel, c'est-à-dire réduite aux dimensions de l'homme, constitue un pôle d'attractivité puissant. Dès que l'on insère la civilisation dans la simulation globale, on s'assure d'une coopération sans entrave, d'une servitude volontaire qui n'appartient qu'au consommateur comblé. »

SIDNEY TAYLOR LAWNEY,
Le cœur de nos villes, p. 58.

3

Le portier en livrée s'efface et Henri Davodeau pénètre dans l'immense hall. « Il vous attend à l'étage, monsieur. Sur la terrasse. »

Le chef de cabinet de la ministre du Commerce extérieur songe que si l'homme d'affaires préfère le voir sur la terrasse au mois de novembre, c'est que la conversation doit se tenir à l'abri des oreilles indiscrètes. Son cœur s'emballe légèrement. Il a toujours eu un certain flair pour les bons coups.

L'Olympe Club. Meubles d'époque, vases garnis de roses en nombre impair. Les chaussures à empeigne surélevée du haut fonctionnaire claquent sur le parquet ciré. Des adhérents en costume noir avec filet gris le saluent. Henri porte le même complet qu'eux, la même cravate rouge cardinal ornée de petits losanges tilleul, très à la mode en 1983, la même chemise blanche, les mêmes boutons de manchette. Ils ne se connaissent pas, mais sa tenue atteste qu'ils appartiennent à une caste identique.

Il gravit les escaliers en marbre. D'autres adhérents,

d'autres costumes, d'autres cravates. Tous mâles, tous blancs.

Il tourne à gauche. Devant lui s'étire un long couloir bordé de hautes fenêtres, style Renaissance italienne, derrière lesquelles on distingue des buildings disproportionnés. Le perpétuel tohu-bohu du centre-ville augmente à mesure qu'il approche de la terrasse. Rugissement des moteurs, coups de klaxon, cris et bourgeonnements d'accélérations. Les véhicules foncent, s'arrêtent, repartent. Cette clameur est celle de la frénésie, du fric, de la vitalité retrouvée. Dire que quatre ans auparavant, le pays était à genoux. Reagan a su redresser la nation. Certes au prix de quelques sacrifices douloureux, mais tout de même, quelle poigne, quel élan ! Si seulement la France n'était pas aussi timorée… Le tournant de la rigueur initié par Delors l'année précédente avait provoqué des cris d'orfraie. Haro sur le gouvernement. Mitterrand n'en demandait pas tant. Il s'agissait de faire comprendre à la population que le programme commun avait vécu et que l'État providence ne résisterait ni aux attaques contre le franc, ni aux augmentations du prix du baril.

John Solaström, la soixantaine, chevelure blanche abondante, se tient de dos, un verre à la main. Il paraît contempler Flower Street.

Dès qu'il entend les pas de Davodeau, il se retourne, sourire aux lèvres. Dents blanches, main tendue.

« Monsieur le chef de cabinet, enchanté de faire votre connaissance. Rochette m'a dit le plus grand bien de vous. »

Charles Rochette et Henri Davodeau se sont rencontrés à l'adolescence. De Gaulle a utilisé les talents de Rochette, descendant direct de La Fayette, en le nommant ministre du Commerce extérieur sous

Pompidou II. Juste avant Noël, l'ancien ministre a intercepté Davodeau entre deux portes. « Contacte Solaström. Voici son téléphone à Los Angeles. Ça a l'air important. » Il n'en avait pas dit plus.

John Solaström, milliardaire de l'immobilier, serre la main du haut fonctionnaire d'une poigne énergique. « Comment va Rochette ? J'ai entendu dire qu'il était malade.

— Oui. Il craint de ne pouvoir mener les entretiens dans de bonnes conditions.

— Allons, pas de fausse modestie. Vous savez très bien que ce n'est pas la seule raison. »

À ce stade-là, Henri a deux options. Soit persister sur la voie du mensonge par omission, soit avouer la vérité. Redoutant de trop bons renseignements de la part de Solaström, il choisit la seconde solution.

« En effet. Rochette sait reconnaître une affaire quand elle se présente, mais il sait également passer la main lorsque le poisson est trop gros. Voilà pourquoi il m'a contacté.

— Cette franchise vous honore, monsieur Davodeau. » Une pause, un instant de réflexion savamment dosé, puis une question à brûle-pourpoint : « Vous considérez-vous comme un pragmatique ? »

Davodeau ne se laisse pas déstabiliser. Son cerveau, affûté, trouve immédiatement une repartie. « Nous sommes tous des fils d'Adam Smith. Nous nous coulons dans l'ordre naturel des choses.

— Je préfère Mandeville.

— *Quittez donc vos plaines, mortels insensés ! Laissez faire ! Laissez passer !*

— Vous connaissez vos classiques. Les vices privés font le bien public.

— Mandeville va plus loin : la morale et la prospérité sont inconciliables dans une société moderne.

— Et nous, nous avons fait notre choix, n'est-ce pas ?

— Adam Smith n'aimait pas Mandeville. Il jugeait sa fable immature.

— C'est le rousseauiste en vous qui parle. »

Solaström sourit. Pour autant que Davodeau puisse en juger, son interlocuteur paraît quelque peu rassuré. L'homme d'affaires jette un coup d'œil par-dessus son épaule. Un serveur se tient au garde-à-vous près de l'entrée de la terrasse.

« Vous prenez quelque chose ?

— Un Martini avec une rondelle de citron. Bien remué.

— Bon choix, complimente le magnat, en apparence plus détendu. Moi aussi, j'aime le gin dilué. »

Il adresse un signe au serveur. Deux doigts dressés – le pouce et l'index –, puis les cinq doigts. Henri imagine qu'au point où ils en sont, aucun élément de son pedigree, aucun trait de son caractère ou de ses goûts en matière de boisson n'est étranger à Solaström. L'employé s'éclipse sans un mot. Les cinq doigts écartés indiquaient peut-être le temps durant lequel l'homme d'affaires désire ne pas être dérangé en compagnie du Français.

« Asseyons-nous. »

Ils prennent place au bord de la terrasse déserte. Les frimas de l'automne n'ont pas altéré les cieux du Pacifique, d'un bleu immense, violent, presque trop pur pour cette mégalopole fiévreuse.

Henri Davodeau observe les buildings arrogants de l'autre côté de la rue, qui n'ont d'autre ambition que le ciel et substituent le poids de l'ostentation à celui de l'Histoire.

« Vous êtes venu avec la délégation française ? s'enquiert l'homme d'affaires sur un ton badin.

— Tout à fait, confirme patiemment Davodeau. Notre ministre du Commerce extérieur devait se rendre à New York. »

Le promoteur avance un premier pion : « À votre retour, n'entrez pas dans les détails de votre visite, vous voulez bien ? Toute indiscrétion prématurée serait dommageable à la suite des opérations.

— Soyez sans crainte. »

Le milliardaire laisse passer un instant de silence, étudie sans se cacher la posture de son vis-à-vis, les détails qui pourraient trahir une anxiété quelconque.

Il se décide enfin.

« Vous restez jusqu'à quand ?

— Je dois partir ce soir.

— Rentrez donc demain. Je voudrais vous présenter quelqu'un. » Le Français attend des précisions, et le promoteur enfonce le clou : « Je peux vous assurer que vous ne le regretterez pas. »

Il adresse alors un signe au serveur qui, Davodeau s'en rend compte, patientait depuis un bon moment hors de portée de voix, les deux boissons posées en équilibre sur un plateau.

Solaström lève son verre à l'intention du fonctionnaire. Les deux hommes n'ont plus besoin de discuter pour se comprendre.

« Aux affaires.

— Aux affaires. »

4

Au début, ce sont de grandes plaines parsemées de blé, de colza et de betterave. Les fermes, avec leurs porches monumentaux et leurs petites gens, se protègent comme elles peuvent. On rassemble les bâtiments ainsi que leurs occupants, tels des oiseaux frileux et mesquins, pour partager le prix du pain et la toiture unique. Quelques maisons en moellons de meulière apparente, enduites d'un crépi aussi clair que de la lymphe, exposent leurs flancs de calcaire aux aquilons des larges espaces. Les ouvertures entourées d'une bande de plâtre lissé soulignent la rusticité des bâtisses.

Les territoires en friche, à la lisière du progrès, s'éloignent à l'est. Les lendemains de pluie, lorsque l'atmosphère est expurgée des particules de mica en suspension, une nostalgie précoce peut naître de l'immensité, devenue lumineuse et dominatrice. Les lacs aussi denses que le ciel demeurent plombés par une eau trop lourde. Il émane des rares villages alentour, moins de quatre mille habitants au total, un triomphe de l'oubli, une esthétique de l'effacement scandé par l'imminence d'une catastrophe, dont le processus semble interrompu pour un temps indéterminé. Les aubes grises succèdent aux crépuscules sans but. On a passé un pacte d'usure avec les murs, on s'y ennuie. L'enracinement paraît si profond qu'il empêche de se consumer dans les rituels féroces des temps modernes.

Julien vient d'entrer au collège. Une heure de bus à l'aller, une heure au retour. Des profs assommés par les calmants ou à la limite de l'apoplexie. Le cirque de la domination masculine et des coups de poing à l'épaule dans la cour de récréation. La colle sniffée aux toilettes, les génitoires schématisés au marqueur sur les cloisons, le mystère des filles et les rires des copains.

L'Oric 1, création de cinq messieurs austères en costume cravate sur le campus de Cambridge, s'est implanté dans les foyers. La revue *Tilt* publie des retranscriptions de *Centipede* ou d'*Invaders* en basic. *Starfix* fait sa couverture sur John Travolta et on trouve les *Livre dont vous êtes le héros* dans tous les kiosques. Rechercher la couronne des rois dans la forteresse de Mampang, atteindre la cité perdue de Vatos et détruire les statuettes convoitées par Vatos, déjouer les pièges du labyrinthe de Sukumvit, peuplé de monstres innommables. Si vous avez le parchemin écrit par le squelette guerrier, rendez-vous au 222. Sinon, allez au 247.

Le professeur d'anglais est absent. Julien choisit sciemment d'ignorer les injonctions parentales qui lui interdisent de quitter le collège avant le passage du bus. Deux copains, Rémi et Thomas, lui proposent de rentrer en stop.

Ils tendent le pouce depuis cinq ou six minutes lorsque Thierry, le père de Thomas, passe en camionnette à la sortie de l'agglomération. Le véhicule d'un blanc douteux, dont les flancs s'ornent d'une inscription au pochoir – « Boucherie Imbert » –, s'arrête sur le bas-côté. Un visage replet, quoique légèrement affiné par un bouc à la Frank Zappa, s'encadre par la vitre entrouverte. Thierry a trente-cinq ou trente-six ans. Sa mauvaise peau, son ventre rebondi sont autant de vestiges d'une adolescence que l'on devine difficile. Il a coupé ses cheveux bruns court devant et long derrière, sacrifiant en cela à une mode capillaire du moment. Il fait monter les enfants à l'arrière. D'épaisses volutes de fumée masquent à peine l'odeur de sang. Personne ne se risque à ouvrir les vitres par un froid pareil. Durant le trajet – une quarantaine de minutes – Thierry allume trois nouvelles cigarettes. Les mégots ne quittent pas ses lèvres, même lorsqu'il prépare sa viande le matin. Certains clients soupçonnent l'artisan d'agrémenter ses steaks de quelques pincées de cendre involontaires. D'autres s'interrogent sur le mode de vie atypique du boucher : pensez donc ! Seul avec un fils, jamais remarié. Les gamins, eux, n'ont cure de ces spéculations. Thierry est le père de Thomas, et puis il les ramène chez eux, c'est bien suffisant. Le conducteur interroge ses jeunes passagers sur le collège, raconte deux ou trois anecdotes de son cru, à l'époque où il était élève dans le même établissement, puis demande à Rémi et Julien des nouvelles de leurs parents. La radio diffuse en sourdine un reportage sur les demi-finales du championnat du monde d'échecs. Kasparov l'a emporté sur son adversaire, Kortchnoï, en utilisant la variante Paulsen de la défense sicilienne.

La camionnette s'arrête dans un grincement d'amortisseurs fatigués devant le panneau d'entrée du village. « Lensil vous souhaite la bienvenue ». La tôle signalétique est perforée de plusieurs trous cerclés de rouille, souvenirs d'un mouvement d'humeur d'un chasseur éméché. La mairie n'a pas encore trouvé le moyen d'allouer une ligne de budget au remplacement de la plaque.

Les enfants remercient le boucher, qui repart aussitôt, non sans avoir préalablement demandé à son fils d'être là quand il rentrerait.

Après avoir longé l'ancienne bibliothèque, aujourd'hui en ruine, puis la rue du Pont qui mène à la fontaine, ils croisent Jérôme, le garde champêtre. Grand, solide, coupe en brosse et moustache taillée à l'avenant, le fonctionnaire les salue d'un air distrait. Peut-être garde-t-il en mémoire la vilaine chanson que Julien, Thomas et Rémi entonnaient un peu trop fort dans les rues du village, à l'époque de la primaire. *Le garde champêtre qui pue qui pète, qui prend son cul pour une trompette*. Jérôme paraît pressé, mais Corinne, la coiffeuse, est parvenue à l'acculer contre la devanture de son salon. Son chat a disparu depuis plusieurs jours et elle semble déterminée à obtenir l'attention de l'autorité publique. Les enfants se seraient volontiers arrêtés pour glaner quelques renseignements, voire aider l'infortunée maîtresse, mais cela n'aurait pas été du goût de Jérôme, très sourcilleux quant à ses prérogatives.

Les collégiens passent ensuite devant le banc de Lucienne, d'Armande et de Paulette, les doyennes du village, qui, inamovibles, regardent les habitants se livrer à leurs activités quotidiennes. Elles répondent du bout des lèvres au bonjour sonore du trio, avant de retourner à leur contemplation sédentaire.

Les élèves se quittent sur un bord de trottoir craquelé. Samedi prochain, on poursuivra la partie de jeu de rôle entamée chez Rémi. *Empire des chimères* s'inspire de l'ancien wargame *Chainmail*. La version pirate de la *sequel*, réservée aux experts, est d'une complexité effarante.

Empire des chimères II

Andy, le loup arctique, et Louis, le lombric, regardent leur ami le corvidé blanc approcher sur la terrasse du fast-food, presque déserte en cette première heure des soldes mensuels.

« Salut Eddy », s'écrient en chœur les deux camarades.

La corneille albinos tente de sourire, le bec écarté dévoile une rangée de dents incrustées de bagues métalliques étincelantes, maintenues en place par un fil de fer horizontal. Quelqu'un, quelque part, a décidé que la dentition proéminente de l'animal avait besoin d'être réajustée. Chose inhabituelle chez ce boute-en-train d'Eddy, son sourire figure une pâle imitation de la joie. Il semble fatigué, abattu.

« Tu as l'air crevé », constate Andy en sortant un mouchoir d'une poche taillée dans son pelage. Ces temps-ci, il est tout le temps enrhumé. Le changement de saison, peut-être, même si Simplicité ne connaît pas les saisons. Un faux soleil, propice aux déambulations consuméristes, illumine en permanence les allées ouvertes, les galeries et les esplanades de la ville. Une bande-son fait gazouiller des oiseaux figés dans un printemps éternel. Rien dans les couleurs pastel et le reflet indolent des grandes silhouettes sur les vitrines des enseignes n'évoque l'existence d'un autre monde.

« Ah, mes amis, soupire Eddy en s'affalant sur une chaise en styrène jaune. Si vous saviez la nuit que j'ai passée ; je n'ai pratiquement pas fermé l'œil. J'ai rêvé qu'on m'avait enfermé dans une cage avec des chiens qui se ressemblaient tous.

— Pléonasme, s'amuse Andy le loup, pour qui les chiens représentent une tare au sein de la grande famille des canidés.

— Ils parlaient, continue Eddy sans faire attention. Ils me disaient que la viande humaine avait un goût étrange, une saveur taboue qui en effrayait plus d'un, mais que la faim était plus puissante que l'instinct. Ils attendaient un homme avec du soleil noir dans les yeux. Un ogre assez puissant pour dévorer la lumière alentour. Ensuite, ils ont ouvert la gueule et j'ai vu leurs crocs… »

Eddy secoue la tête, laisse passer un frisson. Andy et Louis l'observent, fascinés. Ont-ils jamais entendu conte plus effrayant ?

« L'instant d'après, continue Eddy, je m'envolais au-dessus d'un village étrange, des rues en colimaçon, presque pas de magasins, aucune grande surface, et des nuages partout. Horrible.

— Des nuages ? interroge Andy qui, malgré ses efforts, ne se souvient pas avoir jamais contemplé le moindre cumulus dans le ciel de Simplicité.

— Des nuages, confirme tristement le corvidé blanc.

— Une boisson ? » propose Louis.

Le ver de terre intervient rarement dans les conversations car il est affligé d'une timidité maladive. Ses prises de parole tombent souvent comme un cheveu sur la soupe et le simple fait d'attirer l'attention provoque chez lui des rougissements de lampion.

« Je… Je veux bien », bredouille Eddy.

Andy hausse un sourcil. « Ça ne va pas ?

— Pas trop, non… Je n'ai peut-être pas assez mangé à midi.

— Il est à peine 11 heures », constate le loup arctique, un œil sur l'horloge du snack.

Eddy répond d'une façon mécanique, un filet de bave au menton. « De toute façon, il est tard. Je dois rentrer.

— Mais tu viens à peine d'arriver, s'étonne Louis en rougissant de plus belle.

— Je… Je ne… » Le plumage d'Eddy ondule, il semble pris de convulsions, les spasmes gagnent les muscles du visage, le bec se crispe en un rictus larmoyant. L'oiseau blanc essaye de parler, mais les mots se transforment en grognements bestiaux, en râles d'agonie.

Le fier compagnon d'Andy et Louis chute brusquement sur le linoléum de la cafétéria. Le loup et le ver s'écartent d'un bond. Les quelques clients présents et les employés tournent les yeux vers eux.

Brusquement le dos de l'oiseau ploie, la peau se fend, et une myriade de protubérances blanchâtres émergent de l'épiderme, champ de bacilles fongiques disséminés le long des vertèbres et de l'acromion.

Andy et Louis ont un mouvement de recul. « La Peste zombie ! » s'exclament-ils.

Horreur ! panique l'un des clients. Un employé se précipite vers un téléphone mural couleur aubergine. *Il faut appeler la brigade sanitaire, vite !*

Andy comprend en un éclair qu'il doit agir s'il veut sauver son ami. La brigade sanitaire, spécialement créée pour la Peste zombie, n'a pas la réputation de traiter les infectés dans les limites de la déontologie médicale.

Un bref regard au ver écarlate, qui se tient pétrifié au milieu de la cafétéria. « Louis, aide-moi ! » vocifère le loup. Sans attendre, il place l'aile gauche d'Eddy sur ses épaules. « Louis ! » répète Andy. L'interpellé frémit, puis réalise qu'il faut passer à l'action. En une reptation fluide, il vient soutenir l'autre aile du passereau.

La tête d'Eddy ballotte sur un cou devenu trop faible, les yeux roulent dans les orbites, à moitié recouverts de la fine membrane des paupières.

Andy grogne : « On ne peut pas te porter seuls,

Eddy. Tu vas devoir y mettre du tien. Ils ont contacté les chats de la brigade, il faut fuir. »

Les capacités d'un zoomorphe pacifique ne sont pas représentées par des caractéristiques, mais par deux aptitudes : l'instinct et le mouvement. En jeu, ces aptitudes devront être utilisées exactement comme des valeurs de compétence. L'instinct, par exemple, recoupera la capacité d'adaptation, mais aussi le bilan d'acuité sensorielle. Le mouvement, quant à lui, mobilisera les compétences d'athlétisme et d'agilité.

Le visage d'Eddy se liquéfie. Les méplats s'affaissent, une joue pend contre l'épaule d'Andy, y laisse une empreinte gluante de moisissure. Un œil est sorti de sa cavité, uniquement retenu sur la pommette par le nerf optique. Plusieurs dents, déchaussées, ne tiennent plus que par la bonne grâce de l'appareil dentaire. Le corvidé blanc est atteint d'hypersudation, ses pores dégorgent un liquide épais où grouillent des phalanges de bactéries. Dans les espaces moites que la peau distendue a laissés à l'air libre, les filaments opalins tendent leurs racines inversées vers le ciel.

Si l'animal menacé est en position d'infériorité, il devra subir un dé de pénalité. Au terme du test de compétence, s'il veut fuir, il lui faudra utiliser sa valeur de mouvement. En cas de blessure ou de maladie, il ne pourra éliminer que deux points de dommage par jour.

« Dépêche-toi, Eddy. Remue les pattes si tu veux vivre !

— Emmenez-moi… aux Épouvantables Terres. Chez Oskar.

— Mais Oskar n'existe pas. C'est une légende. Et les terres qui lui appartiennent font également partie du folklore. Il n'y a pas d'autre pays que Simplicité.

— Si. Tinky Two, Oncle Moe et Pablito… y sont allés.

— Tinky Two, Oncle Moe et Pablito ont disparu depuis deux mois. Plus personne n'a entendu parler d'eux.

— Justement. »

5

Jérôme arrête sa 4L de fonction sur le petit parking du village. Moins de voitures chaque jour, lui semble-t-il. Malgré l'avènement de la société automobile et l'essor des grandes surfaces périphériques, typiques agitations secondaires du progrès, la lente désertification se poursuit. Question tourisme, autant oublier. Il ne viendrait à aucun voyageur l'idée d'effectuer un détour par le patelin. Séjourner à Lensil, ce serait s'égarer, se perdre dans des limbes retirés du temps, attester de sa propre défaite à meubler ses loisirs. L'isolement constitue dans ce coin de campagne autant un motif de fierté qu'une fatalité que rien ne peut enrayer. Les habitants de la région voient gris. Ils ont beau agiter les bras, c'est une vilaine suée qui leur trempe l'échine, un mauvais sang qui noie les veines et les cœurs.

Jérôme entend régulièrement parler, comme tout un chacun, de divers projets d'installation. On évoque à certains conseils municipaux la possibilité d'une zone d'activité commerciale, la création d'une infrastructure sportive financée par le conseil régional… sans que rien ne se concrétise jamais. Il sait que si le progrès gagnait les endroits les plus reculés du territoire, la profession de garde champêtre, qu'il occupe depuis son départ de l'armée, d'abord dans une commune du sud, puis ici, pourrait connaître une transformation radicale. Elle pourrait même disparaître. Mais pour l'instant, il ne s'inquiète pas. Ici ou ailleurs, les municipalités ont encore besoin d'hommes vigilants, et puis il a d'autres préoccupations.

Le bar l'a appelé. Alain, le plombier au chômage, fait encore des siennes. Il a sans doute trop bu, une fois encore.

Il remonte à pied la rue du Pré, fermée depuis des mois pour cause de travaux. La mairie n'avait pas les autorisations de la DDE pour effectuer certains aménagements et, depuis que l'on a creusé des tranchées, d'étranges taches vert-jaune sont apparues sur le bord des canalisations. Roger Dumont, l'adjoint à l'urbanisme, penche pour une variété d'*achronalis anomalia*, un champignon microscopique qui se développe au contact de l'air. Le chantier est en suspens jusqu'à nouvel ordre. Les administrés sont ravis. Corinne surgit comme un diable de sa boîte au moment où il passe devant le salon de coiffure. Toujours impeccablement maquillée, tirée à quatre épingles, elle pourrait être jolie si elle n'était sans cesse à la limite de l'hystérie. « Vous avez retrouvé Pompon ? » demande-t-elle sans préambule. Jérôme a un instant d'hésitation avant de comprendre. Le chat ! Il avait oublié cette histoire. Ce mois-ci, plusieurs félidés ont disparu sur la commune. Quatre propriétaires au moins se sont déclarés. Rien d'alarmant, les chats sont coutumiers d'escapades prolongées. « Je m'en occupe, madame Dutreuil », élude le fonctionnaire en tentant une habile manœuvre de contournement. Mais la coiffeuse n'a pas l'intention d'abandonner. Comble de malchance : son salon est désert. Jérôme s'interroge parfois sur les conditions de survie de certains commerces en milieu rural. Corinne bloque le passage. « Vous n'avez rien fait, c'est ça ? »

Être garde champêtre réclame une dose de patience à faire pâlir un moine trappiste, se dit Jérôme. Et un sens de la diplomatie au moins équivalent. Arrêter en douceur les gamins qui volent des friandises à l'épicerie, disperser avec tact et fermeté les adolescents qui boivent des bières sous les arcades, verbaliser sans acrimonie les véhicules mal garés, retrouver les propriétaires des maisons à l'abandon – squattées par les gosses – pour les obliger à sécuriser les lieux, rappeler aux jardiniers du dimanche de tailler leurs haies, et aux riverains de ne pas jeter leurs ordures n'importe où. Tel est le sacerdoce de Jérôme.

« J'exige de savoir où est Pompon, persiste la coiffeuse, les joues rouges, l'œil injecté. Je paye des impôts. »

Les impôts. Jérôme entend cet argument presque tous les jours. Les mécontents forment une cohorte ininterrompue de contribuables spoliés. Il doit tenir encore trois ans avant d'obtenir ses droits à la retraite. Trois ans. Est-ce qu'il regrettera ces culs-terreux vindicatifs, ces petites gens bellicistes ? Cela n'est pas impossible, car il sait au fond de lui, malgré l'exaspération qui parfois le gagne, qu'il les aime bien, ces râleurs impénitents, ces inconscients dangereux, ces idiots fiers de leur rire sans grâce et de leurs bottes crottées.

« Vous n'avez pas cherché mon chat », affirme la coiffeuse.

Trois collégiens passent devant eux, les saluent. Julien, Thomas et Rémi. De bons gamins, pense Jérôme. Pas pires que les autres. Il leur répond machinalement puis se tourne vers Dutreuil.

« Écoutez, madame, je suis pressé et…

— Il me manque tellement. Je suis sûre qu'on l'a enlevé. »

L'agent sent qu'il doit trouver une parade, faute de quoi la coiffeuse se lamentera jusqu'à ce soir. Il se résout à employer une technique imparable : il baisse les yeux sur sa montre. « Ah, désolé, madame Dutreuil. On m'attend à la mairie. »

La coiffeuse le fixe, la lippe tremblante, la paupière courroucée. Jérôme s'en veut un peu d'employer ce subterfuge mais il n'a pas vraiment le choix. Il contourne son interlocutrice avant qu'elle ne se ressaisisse, et remonte la rue d'un bon pas, sans regarder en arrière. La coiffeuse ira peut-être se plaindre en mairie. Grand bien lui fasse.

Au niveau du monument aux morts, il oblique en direction des arcades. Marc, le patron du débit de boissons, l'attend sur le seuil de son établissement.

6

Alain est au fond de la salle, ramassé comme un fauve, juché au-dessus de son ballon vide. Une chaise est renversée à côté de la table. Des débris de verre, par terre, baignent dans un liquide d'origine indéterminée. Cindy, la jeune serveuse que Marc, le patron, paye au noir quand il a besoin d'aide, se tient en retrait avec deux clients guère plus rassurés qu'elle.

« Il m'a cassé une bouteille, s'est indigné le responsable dès que Jérôme est apparu sous les arcades. Il refuse de payer et de partir. Je ne vais quand même pas lui rentrer dedans. » L'auteur de ces paroles est pourtant un solide gaillard d'un mètre quatre-vingt-dix. Dans sa jeunesse, il ne répugnait pas à faire le coup de poing. Jérôme sait par ailleurs qu'il a un nerf de bœuf caché sous son comptoir. Mais Alain est un ami d'enfance, et un client on ne peut plus régulier. Par ces temps de disette, la clientèle fidèle se soigne.

Alain est doté d'une pilosité impressionnante. Les longs poils blonds sur ses bras confèrent à son petit corps trapu une aura primaire vaguement menaçante. Jérôme sait que l'individu, malgré sa modeste taille et son embonpoint, peut se révéler d'une rapidité et d'une agilité surprenantes. Il l'a vu jouer avec ses gamins au stade, à l'époque où sa femme honorait encore le domicile conjugal de sa présence. Le départ de l'épouse et des deux enfants pour une communauté religieuse à tendance sectaire a surpris tout le monde, Alain le premier. Les plaintes déposées à la gendarmerie sont restées sans effet notable. Il n'a pas fallu longtemps au plombier, qui bénéficiait déjà d'une solide descente, pour dégringoler. Aujourd'hui, il fixe, hébété, son verre vide et ses mains inutiles. À ce stade-là, on ne peut plus déterminer si c'est la dive boisson qui est responsable de son infortune, ou l'inverse. L'entreprise qui l'employait s'est débarrassée de lui au bout du quatrième chantier négligé. À présent, il vit seul dans une maison trop grande, au bord de la départementale, et dépense la majeure partie de ses allocations en spiritueux.

« Alain ? appelle Jérôme d'une voix douce. Ça va ? » Le garde possède une matraque, qu'il juge pour l'instant inutile d'empoigner. Il contourne une première table d'un pas sûr mais prudent. L'ancien plombier ne répond pas. Son visage écarlate, les capillaires broyés par l'éthanol, n'est qu'une surface de glaise poisseuse. Jérôme lit dans ses yeux verts la détresse immense de celui que tout indiffère. Il approche.

« Tu dois rentrer chez toi, Alain. Pour le remboursement, on verra demain, d'accord ? » Il jette un coup d'œil à Marc. Le patron ne semble guère satisfait de cette option, mais paraît disposé à faire contre mauvaise fortune bon cœur. Une main en avant, tendue en un geste secourable, Jérôme s'adresse au soûlard : « Tu arrives à te mettre debout ? »

Alain lève les yeux, peine à reconnaître son interlocuteur.

« Casse-toi. Je veux rester là.

— Tu sais que ce n'est pas possible, Alain. Tu fais peur aux gens. Rentre chez toi. Tu es fatigué, tu dois te reposer.

— J'ai dit : casse-toi ! » Alain bondit par-dessus la table. Cindy pousse un petit cri. Le mouvement de l'ivrogne est prévisible, incertain : Jérôme n'a aucun mal à attraper son agresseur par l'avant-bras et à le faire chuter en douceur. Alain glisse plus qu'il ne tombe sur le plancher. Instantanément, le garde est sur lui, dans son dos. La clef au bras suffit à immobiliser l'adversaire. Il évite de serrer. De toute manière, Alain ne sentirait pas la douleur dans l'état où il se trouve. Dans ses muscles gorgés d'alcool, la vigueur bien qu'encore perceptible décroît de seconde en seconde.

« Lâche-moi, balbutie-t-il. Laisse-moi partir ! » Sa voix chevrote d'indignation, peut-être de sanglot.

Et Jérôme, plaqué contre son échine, la bouche tout

près de son oreille, murmure sur le ton d'une litanie, presque d'une berceuse : « Ça va aller, ça va aller… »

Ils sortent l'un après l'autre du débit de boissons. D'abord Alain, puis Jérôme. La méfiance réciproque leur confère une allure singulière. Ils ressemblent à deux amis qu'une longue période de séparation aurait rendus distants, empruntés. Les rues du village sont à peu près désertes. Jérôme se tient un mètre derrière Alain, vérifie qu'il ne s'écarte pas du chemin prévu pour lui : celui du retour à la maison et d'une bonne douche froide.

Le responsable de l'agence immobilière *Davodeau et fils*, Denis, les regarde passer, les bras croisés sur le seuil de sa petite entreprise. Un sacré paroissien, celui-là aussi, médite Jérôme. Denis est le fils cadet de Marcel Davodeau, artisan de toutes les transactions immobilières du canton pendant quarante ans et figure bien connue des habitants. Lors de son départ à la retraite, il a laissé l'agence à ses deux fils. Mais depuis la défection de l'aîné, parti accomplir une carrière de haut fonctionnaire à la capitale, l'agence jadis florissante périclite doucement. Il suffit pour s'en convaincre d'examiner l'enseigne défraîchie, de consulter les photos jaunies et gondolées vantant sans enthousiasme les mérites de biens à l'abandon. À croire que le plus jeune des fils Davodeau, persuadé d'être taillé pour un autre destin, s'applique à ruiner l'héritage familial.

« Alors, ricane le vendeur. Encore une arrestation musclée ? »

Jérôme ne répond pas. Il voit dans ce sarcasme l'expression d'un désarroi, dans cette provocation une manœuvre pour tenter de hâter une catastrophe qui tarde à se produire.

Le garde champêtre sent le regard de Denis les accompagner un moment le long de la rue, puis il entend la porte de l'agence claquer. Le cadet des Davodeau est retourné dans son bureau ainsi qu'on s'enterre dans un caveau. Le désœuvrement édifie une geôle plus pernicieuse encore que l'alcool.

Devant lui, Alain continue d'avancer d'une démarche de bagnard, le dos voûté, la tête baissée. Ses bras courts se promènent en un balancement de primate. Le calme et la résignation ont succédé aux agitations des transes éthyliques.

7

La maison est déserte. Les parents de Julien sont encore au travail et Jean, son grand frère, au lycée. Ce dernier est parvenu à suivre une scolarité à peu près normale en dépit d'une personnalité problématique.

Julien sait qu'il n'a pas le droit de pénétrer dans la chambre de son frère mais, en l'absence de témoin, la tentation est trop forte. Ce repaire, cet antre recèle de nombreux trésors, d'innombrables mystères. Un couteau vietnamien semblable à celui de Rambo caché dans le tiroir de la table de chevet, un nunchaku accroché en haut de la porte, une collection de *Strange* remisée dans l'armoire. C'est à la recherche de ces illustrés que Julien entreprend sa fouille. Son personnage préféré s'appelle Rom, le plus grand des chevaliers de l'espace. L'adolescent l'imagine survoler en pleine nuit les côtes rocheuses du sud-ouest de l'Angleterre. Seuls une mouette immobile et un chien de berger remarquent son arrivée. *J'ai tenté d'oublier mon chagrin en luttant contre des spectres*, songe le cyborg mélancolique. *Moi qui vénérais la paix, je suis devenu une véritable machine de guerre*.

À la grande perplexité de Julien, les comics ont disparu. D'abord, il maudit son frère, puis, dans un mouvement presque simultané, s'inquiète d'une telle opération d'escamotage. L'aîné a peut-être deviné ses incursions clandestines, auquel cas Julien se prépare à endurer une soufflante peu ordinaire. Les réactions de Jean sont parfois excessives, presque effrayantes. Pourtant, il n'a jamais levé la main sur son cadet. Julien n'a pas peur de lui, c'est son frère, mais il se souvient encore du jour où Jean l'a défendu contre un type plus grand que lui dans la cour d'école. Bilan, une oreille arrachée et un voyage aux urgences pour la brute qui le persécutait, un œil au beurre noir et deux dents cassées pour Jean. Quinze jours d'exclusion pour les deux belligérants. Jean avait accepté la sentence sans broncher. Personne n'avait jamais connu le motif d'un tel déchaînement de violence. Un secret parmi d'autres entre eux.

Depuis qu'il est entré au lycée, Jean a installé une sorte de distance entre lui et le monde extérieur ; c'est en tout cas le sentiment de Julien. Il lui arrive de rester enfermé des week-ends entiers dans sa chambre, d'où il ne sort que pour participer en silence aux repas. Le reste du temps, il demeure retranché derrière la porte close. Julien colle parfois son oreille au panneau afin de glaner des indices. Pas un bruit, pas un souffle n'émerge de la chambre. Pas le moindre murmure, ni le plus petit signe de vie. Les activités ou plutôt les non-activités de son frère demeurent une énigme complète.

Dans l'armoire, un sac de sport a remplacé la pile de *Strange*. Il n'est pas vide. Julien en tâte le contenu du bout des doigts. Surface assez dure, un peu flexible. Les contours parallélépipédiques lui confirment la présence d'un carton à l'intérieur. Il fait coulisser la fermeture Éclair. La boîte est très étrange. L'oiseau qui figure sur le couvercle – une corneille blanche inversée, les pattes en l'air – ressemble beaucoup à celui du coffret noir d'*Empire des chimères*, mais a l'apparence d'une mauvaise imitation, d'un brouillon du modèle définitif. Julien soulève le carton, trop léger pour contenir des livres. Un petit objet mou roule dans la boîte lorsqu'il la secoue à côté de son oreille. Il hésite. Le risque est grand d'être démasqué. Soudain, il se décide, ouvre le couvercle d'un geste sec. D'abord, il ne comprend pas ce qu'il voit. Un morceau de caoutchouc oblong, gros comme un doigt d'enfant. Un index. Il approche son visage. D'une façon absurde, il pense en premier lieu à un jouet, une farce d'Halloween. Le réalisme est saisissant. Les plis de la peau, la lunule de l'ongle et la chair flétrie au centre de laquelle pointe une portion d'os sont d'une redoutable expressivité. Julien n'a jamais vu un accessoire aussi élaboré. Chaque détail est restitué avec un scrupule inouï. Il distingue les crêtes papillaires, les pores de l'épiderme. Un vernis gris, orné de minuscules paillettes jaunes, recouvre la kératine de l'ongle. On a poussé la perfection jusqu'à appliquer le film coloré à la hâte, mimant une imprécision d'enfant. Le bord antérieur de la lame cornée a été rongé, si bien que l'on devine les marques de dents de lait sur la crête abîmée, quenotte de fillette et pulpe à vif.

Cette extrémité ne peut pas être factice. Le rendu lui semble trop précis. Le contraste entre l'abstraction grandissante et la brutalité de la prise de conscience est presque douloureux. Julien lâche la boîte. Le doigt rebondit sur la moquette, paraît vouloir s'enfuir, comme un pois sauteur auquel on inflige la morsure de la flamme. Il observe l'appendice qui s'immobilise à ses pieds. La stupéfaction n'a pas encore tout à fait triomphé de l'incrédulité. S'agit-il d'une mauvaise blague, d'un tour que Jean lui aurait joué à sa façon, pour le punir de ses incursions furtives ? Dans l'hypothèse démente où ce morceau d'anatomie serait authentique, comment son frère a-t-il pu entrer en sa possession ? Comment se procure-t-on un doigt enrobé de chair ? Julien songe à un roman délirant que Rémi lui a passé. Nostradamus, étudiant à l'école de médecine de Montpellier, parvient à convaincre le jeune Rabelais d'alimenter le théâtre d'anatomie de l'université, cédant en cela à une tradition pittoresque en vigueur au XVIe siècle. Après avoir échoué à trouver des corps fraîchement inhumés dans le cimetière du couvent de Saint-Denis, les deux compères se lancent dans une expédition homérique pour voler des cadavres au gibet de Montfaucon. Julien doute que l'on puisse reproduire pareil exploit en 1983. Il connaît les goûts macabres de Jean, mais ses inclinations ne suffisent pas à expliquer, à justifier la présence de cette boîte dans le sac de sport. Julien repense aux longues périodes de réclusion de son frère dans la chambre. Il n'ose imaginer à quoi il occupe son temps. La manière dont un tel trophée digital peut distraire une âme méditative suggère des usages que son esprit se refuse à envisager complètement.

8

Une froide lumière endeuille les champs, puis la nuit de novembre s'installe. Un rayonnement sensible se disperse dans la campagne environnante. La lente respiration des choses ne ressemble plus au halètement quotidien. Le tranchant de la lune évoque la lueur incertaine d'une bougie qui se noie. Son éperon acéré s'élève dans les ténèbres, et son ombre paraît solidifiée. Au loin, un lapin égaré crie, broyé entre les dents de quelque prédateur. Julien s'installe à table, avec son père, sa mère et son frère. Les parents forment un couple sans âge qui use ses soirées devant l'écran de télévision, par l'intermédiaire duquel la fable du consumérisme se poursuit comme une évidence, une adhésion. Un culte nu.

La paix apparente du foyer est troublée par une ombre diffuse qui, chaque jour, affermit un peu plus son emprise. Cette ombre a un nom : Jean, le frère aîné, dont les désordres mentaux deviennent avec le temps plus difficiles à cacher, à ignorer. Au début, on peut feindre de ne pas voir les collections d'insectes torturés, à moitié mangés pour certains, qui s'entassent sous le lit. On peut jeter les calepins où s'exhibent des rats éventrés et des chats crucifiés, puis chapitrer l'artiste en herbe, qui oppose aux sermons un regard empli d'un vide terrifiant. Tout juste se contente-t-il de préciser d'une voix hâve : « Des souris, pas des rats.

— Pardon ?

— Ce sont des souris éventrées, maman. Pas des rats. »

Malgré l'inquiétude, on reporte une décision trop radicale dont le village ne manquerait pas de faire des gorges chaudes. La perspective d'un internement d'office dissuade les parents de consulter un spécialiste. Pourquoi ne pas garder Jean à la maison, limiter les dégâts tant qu'ils en ont la force ? Partagés entre l'espoir d'une amélioration et la crainte d'un malheur, ils préfèrent détourner les yeux, changer de sujet, s'enliser dans une pratique régulière du flou.

Les reportages du journal télévisé se succèdent tandis que l'on déguste le pot-au-feu. Jacques Vergès défend Klaus Barbie, ancien chef de la Gestapo de Lyon. Reagan prononce un discours dans la zone démilitarisée entre les deux Corées. Les violences en Irlande du Nord se poursuivent et Margaret Thatcher privatise le British Transport Docks Board. Julien n'écoute rien de tout cela. Son attention se concentre sur son frère, qui mange sans se départir de son air apathique. Avachi, à la limite de l'hébétude, on le jurerait inoffensif, mais l'indolence ne masque pas totalement sa vigueur, sa violence refoulée. Les cheveux dans les yeux, il semble rêver à quelque sombre dessein et sélectionner un à un les projets susceptibles de correspondre à ses tortueuses dispositions.

Les parents accompagnent le souper de commentaires laconiques sur les faits d'actualité, ou bien sur la femme de l'épicier, gravement malade. La dernière affaire de cœur de la secrétaire de mairie avec l'un des cantonniers suscite une plaisanterie sarcastique de la part du chef de famille. Au moment du dessert, on s'attarde sur une rumeur insistante : une multinationale du divertissement envisagerait d'ouvrir un parc à thème en France.

Jean s'essuie la bouche, demande s'il peut quitter la table ; il lui reste des devoirs pour le lendemain.

Les adultes n'y voient pas d'objection. Au moment où l'aîné disparaît dans sa chambre, Julien réprime un tressaillement. Il n'est plus très sûr, brusquement, d'avoir correctement rangé la boîte. Sous le coup de l'émotion et de la précipitation, il a peut-être négligé un détail compromettant. Il meurt d'envie de se lever, d'entrer dans la chambre de Jean pour vérifier que tout est en ordre. La voix douce de sa mère interrompt ses réflexions :

« Eh bien, Julien, que se passe-t-il ? Tu es tout pâle. »

Le père accorde un coup d'œil distrait à l'échange puis reporte son attention sur les publicités qui ont succédé au journal. *Que ceux qui aiment la Danette se lèvent ! Encore une belle journée avec l'ami Ricoré !*

Le jeune homme pourrait s'écrier : *Jean est fou, maman ! Complètement fou ! Il garde un doigt coupé dans sa chambre.*

« Non, maman. Tout va bien, je t'assure. Juste un peu fatigué. »

Dans le quart d'heure qui suit la fin du repas et précède la tâche fastidieuse de la vaisselle, la table est désertée sous l'œil indifférent du tube cathodique.

Les objets statiques sont livrés à leur propre inertie, abandonnés dans l'attente d'un usage prochain.

Les assiettes des enfants, plats à liseré vert, recueillent encore quelques restes de viande noyés dans le bouillon marron. Celles des parents sont plus propres. On a essuyé les vestiges du pot-au-feu avec des morceaux de pain. La moitié restante d'une baguette est disposée en biais à l'extrémité la plus éloignée du poste de télévision. Après qu'on l'aura glissée dans un sac prévu à cet effet, elle attendra d'être finie le lendemain, au petit déjeuner. Deux ou trois miettes subsistent à la base d'une bouteille d'eau en plastique. Les gouttes de condensation, ramassées sur elles-mêmes, brillent comme des diamants de pacotille. La salière et la poivrière forment un couple indissociable, un tantinet désuet, sur leur support de fer-blanc. Trois des chaises sont poussées contre la table. La quatrième, celle de Jean, demeure légèrement en retrait. Elle paraît céder à l'attraction du mur où s'entassent les bibelots, ainsi qu'une photo des deux frères aux sports d'hiver. La lumière tantôt verdâtre, tantôt jaune du poste de télévision hérisse les angles d'ombres mouvantes.

Quatre chaises, une table, c'est assez pour faire une famille.

Au moment de la digestion, on assiste à la première de *Psy Show*, sur Antenne 2. De médiocres employés du tertiaire se transforment, le temps d'une analyse sauvage, en héros ou en ordures. Les spectateurs évitent de trop songer aux fermetures d'usine et aux 9% de chômeurs que compte désormais la nation. Pascale Breugnot interroge une femme dont la mère a été défigurée. On pleure beaucoup. Un petit-fils en souffrance, des grands-parents déportés. L'émotion prédomine. Un couple de pompistes, employés dans la même station-service, rencontre de lourds problèmes sexuels liés, ça ne s'invente pas, à l'éjaculation précoce du mari. Deux comédiens rejouent les disputes conjugales dans un simulacre bancal, une réécriture approximative de la réalité. Pierre-Bernard Couste, député RPR, et Georges Fillioud, secrétaire d'État à la Communication, iront jusqu'à se quereller sur les bancs de l'Assemblée. « Il s'agit de savoir si nous voulons une télévision scandaleuse, une télévision thérapeutique de la sexualité maladive, ou une télévision formatrice, éducative et de qualité. »

Les gens observent le spectacle, fascinés, révulsés ou abrutis de fatigue. Le père de Julien travaille dans une usine d'assemblage et sa mère dans une fabrique de plats préparés destinés aux écoles, aux maisons de retraite, ainsi qu'à certaines cantines d'entreprise du département. Julien a grandi dans un monde sûr, où les enfants sortent s'amuser dans les rues sans que les adultes ne s'alarment, où les saisons sont encore rythmées par le cycle naturel des moissons et le retour des hirondelles. Un monde peuplé de têtes familières. On s'y salue, on s'y jalouse, mais jamais on ne s'ignore. Ce monde-là aura bientôt disparu.

9

Henri Davodeau appelle sa femme depuis la chambre d'hôtel. Il loge dans un viril établissement de cinq étages, conçu, si l'on en croit la brochure disponible au lobby, par l'architecte Farquhar, responsable entre autres de l'édification du Pentagone. Chose rare, la chambre est relativement bien insonorisée. Le vacarme du boulevard ne se fraye un chemin à travers les cloisons que sous forme d'un ronronnement diffus et plutôt apaisant. Il sait que cette rumeur est éternelle. Il séjourne dans un pays qui ne dort pas. Le silence des rues du village, l'état de renoncement où s'abandonnent les chaumières à la nuit tombée lui manquent un peu.

« Allô ? Mélanie ? »

Parasites, grésillements. Les appels internationaux sont toute une aventure.

« Bonsoir Henri, répond finalement une voix lointaine.

— Tu vas bien ? »

Nouveau temps d'attente.

« Oui. Les enfants ont fini de déjeuner. La gouvernante va les raccompagner à l'école. Quelle heure est-il sur la côte ouest ?

— 21 h 30.

— Tu es encore à l'hôtel ?

— Je vais être obligé de rester vingt-quatre heures de plus. Je rentrerai après la délégation.

— Pourquoi ?

— Une affaire prometteuse. Je n'en sais pas beaucoup plus, mais il faut que je sois au dernier étage de la Bank of America demain. Souhaite-moi bonne chance. »

Il ne peut réprimer un léger tremblement dans la voix. Le quarantième étage de la BOA constitue une sorte de nec plus ultra en matière de négociations commerciales.

« Bonne chance, Henri », murmure Mélanie. Le chef de cabinet n'en jurerait pas, mais il lui semble percevoir une certaine lassitude dans l'intonation de son épouse. À moins que la distance ou les mauvaises conditions de communication ne lui jouent des tours.

« Qu'as-tu fait, aujourd'hui ? demande-t-il pour changer de sujet.

— Pas grand-chose. Je me suis occupée des hortensias avec le jardinier. »

Henri réprime un soupir. Le jardinier que sa femme a choisi est totalement incompétent mais très jeune et très beau. Plein de sève, estime-t-il. Lui, il n'a plus une minute à consacrer à la bagatelle. Beaucoup de confrères, des hommes de son entourage dans les couloirs du ministère, sont pris d'une véritable frénésie sexuelle sitôt qu'ils accèdent à une parcelle de pouvoir. Il faut asseoir ses nouvelles responsabilités en exerçant un droit de cuissage moderne, ou bien trouver un exutoire à l'exaltation, à la panique. Pour sa part, la nomination au poste de chef de cabinet a eu l'effet inverse. Il s'est désintéressé des élans du corps comme on se dépouille d'une mue encombrante. Il ignore combien de temps cela pourra durer. Mélanie supportera-t-elle longtemps cette situation ? Les amants qu'elle possède à intervalles réguliers, il en est certain, contribuent sinon à renforcer leur union, du moins à la stabiliser. Sa femme est intelligente : elle sait où se trouve son intérêt. Elle restera tant qu'il sera en position de lui offrir le confort matériel qu'elle est en droit d'exiger, et ils accréditeront l'illusion d'un ménage heureux. Henri se demande où se situe l'amour dans son analyse.

« Embrasse les enfants pour moi, dit-il enfin.

— À vendredi. »

Et Mélanie raccroche sans autre forme de procès.

Il observe le combiné, songeur. Les apparences instituent simplement une forme de compromis plus élaborée que ne le réclame d'ordinaire l'arraisonnement du réel.

10

Après le brossage de dents, Jean invite son frère à feuilleter les *Strange* dans sa chambre. Julien se crispe. Cette proposition lui paraît suspecte. Son frère a-t-il deviné la visite secrète ? Cherche-t-il à le sonder ? Le cadet accepte néanmoins. À la vérité, il a envie de replonger dans les aventures de Rom (aux dernières nouvelles, le cyborg est impliqué dans un conflit ouvert avec des mutants venus d'une dimension parallèle). Plus encore, il brûle de glaner quelques renseignements sur sa macabre découverte. Bien entendu, il se gardera de poser des questions directes. Acculé, son frère est capable des pires extrémités, des réflexes les plus violents. Mais avec un peu de doigté, au fil d'une conversation anodine, Jean pourrait lâcher une poignée d'indices précieux.

Julien entre dans la chambre comme on pénètre dans une geôle : retenu par une prudence excessive, un vague sentiment de péril. Son frère s'assoit sur le lit, se penche et ouvre le tiroir de son bureau.

Julien retient de justesse une exclamation : *Tu les avais changés de place !* Il n'est pas censé connaître l'endroit où les illustrés sont habituellement cachés. Jean lui tend l'exemplaire sur le haut de la pile, puis semble se raviser.

« Attends, dit-il. Puisque tu es debout, tu pourrais regarder dans l'armoire et me passer le sac de sport ? »

Un frisson glacé parcourt l'échine de Julien. Son frère avait tout prévu. Le jeune garçon a été ferré en douceur, piégé dans la nasse. Il hésite.

« Eh bien, s'impatiente Jean. Tu en tires une tête. On dirait que tu as vu un fantôme. »

Pas un fantôme. Juste un doigt. Un doigt coupé.

Jean claque des mains. « Allez, bouge-toi ! Je n'ai pas toute la soirée. »

Julien se dirige vers l'armoire, les jambes en coton. Il songe un instant à s'enfuir, mais craint que la tentative ne dégénère. Si les parents s'en mêlent, il pourrait être contraint de tout avouer et ce serait encore pire. Il ouvre la porte coulissante. Le sac est là, intact.

Peut-être s'agit-il d'un message, d'un ultimatum destiné à le faire craquer. Il se penche, s'empare du sac. Même boîte à l'intérieur. Demi-tour. Son frère a un sourire en coin, les yeux pétillant d'une malice fiévreuse. Julien a l'impression que son propre corps ne lui appartient plus. Il se voit avancer vers son aîné, tendre le bras pour lui confier sa besace. Dans ses oreilles, les battements cardiaques sont omniprésents. Les lèvres de son frère, aussi blanches qu'une panse de poisson mort, articulent un « merci » qu'il n'entend pas. La fermeture Éclair du sac s'ouvre en silence. Julien croise les bras pour que son frère ne voie pas ses mains trembler. La pulsation, la force écarlate, les liens du sang et la raison qui vacille. Le collégien va-t-il s'écrouler, éclater en sanglots, ou bien simplement tenter de disparaître à jamais, comme s'il n'avait jamais existé ?

Maintenant, le carton noir est posé sur le bureau. Jean ôte le couvercle à l'oiseau blanc. *Le doigt, plus d'échappatoire.*

Il en sort un petit cahier de brouillon Saint-Louis et un stylo bleu de modèle Stypen.

« Mon carnet de notes », fait-il sans se départir de son sourire en coin.

Brusquement, les poumons de Julien s'emplissent d'air, le cœur reprend une scansion normale et les yeux, préparés aux larmes, s'assèchent avec la vigueur d'un chagrin dissipé. L'adolescent avance d'un pas prudent, jette un coup d'œil à l'intérieur de la boîte. Vide. Impossible de s'offusquer de la mauvaise plaisanterie, de réclamer des comptes. Personne n'est dupe, mais son frère vient par cette manœuvre de s'assurer de son silence. Le jeu est sérieux, le plaisir sévère.

Jean brandit le carnet. « Disons que c'est un journal intime », précise-t-il. Puis il ajoute, comme s'il lisait depuis toujours dans les pensées du benjamin : « Ce carnet me tient compagnie depuis la rentrée. Je travaille dessus plusieurs heures par jour. Je marque les faits importants. »

Julien a la présence d'esprit de laisser de côté le mystère du doigt disparu et d'embrayer : « Alors, c'est à ça que tu occupes tes soirées ? La porte fermée. Le silence. Tu passes ton temps à écrire ?

— Tout juste, Auguste. Ce travail réclame beaucoup d'efforts.

— Tu écris quoi ?

— Je te l'ai dit : des faits importants. Enfin, ils ne sont pas importants en eux-mêmes, mais on peut les relier à d'autres événements pour voir les choses différemment.

— Je ne comprends pas.

— Laisse-moi te donner un exemple : est-ce que tu connais Oskar, le lapin fou ?

— Non.

— C'était un personnage de dessin animé des années 70. Il est tombé en désuétude aujourd'hui, on l'a oublié. Pas étonnant que tu ne le connaisses pas. Il possédait des propriétés magiques. Il pouvait enlever temporairement ses membres pour échapper au danger. Jambes, pieds, oreilles… Dans la nature, certains animaux se tranchent la patte à coups de dents quand ils sont prisonniers du collet. Chez Oskar, la partie mutilée repousse comme celle d'une salamandre.

— Et alors ? »

Jean regarde son jeune frère comme s'il avait affaire à un débile léger ou une âme spécialement rétive à toute forme de pédagogie. Il murmure avec un brin d'agacement : « Oskar peut aussi se trancher les doigts. »

L'allusion est trop frontale. Aucune méprise possible. Julien sombre à nouveau. Le sang lui monte au visage, empourpre les joues, et les yeux consolés il y a peu se voilent derechef d'un film humide. Les alvéoles pulmonaires se contractent, il suffoque. Son frère est un lest qui menace de l'entraîner dans l'abîme. Avant qu'il puisse réagir, esquisser un geste désespéré pour crever la surface d'une réalité qui se dérobe, Jean abrège la conversation.

« Maintenant, laisse-moi. J'ai à faire. Tu peux emmener la pile de *Strange* dans ta chambre, si tu veux. » Julien fait mine de parler, mais son frère conclut : « Tu me les rendras demain. »

En sortant de la chambre, les bras chargés d'illustrés, le collégien ne parvient pas à émerger du trouble où son aîné l'a plongé. Celui-ci lui en a à la fois trop dit et pas assez. Julien a le sentiment de s'être laissé berner trop facilement. Jean l'a amené exactement là où il le souhaitait, sur un territoire peuplé d'incertitudes. Les reflets du monde réel y adoptent des formes aussi mouvantes qu'instables. Il a l'impression de se retrouver dans un conte, où le merveilleux côtoie l'effroi avec un naturel excessif.

Il sait dès à présent qu'il regardera de nouveau dans la boîte, qu'il cherchera le carnet, qu'il l'ouvrira et lira les mots qui s'égrènent sur les pages comme des particules empoisonnées sur un tamis. Parce qu'il ne peut plus faire autrement.

Sans rien avouer, Jean a verrouillé les options, restreint les choix. Désormais, son jeune frère épousera les sinuosités de ses projets.

Julien s'en veut terriblement. Il n'aurait jamais dû ouvrir la boîte.

11

Le test du conte de fées comprend vingt et une planches. Chacune d'elles représente un conte fondateur. L'évaluateur propose des séries de trois planches aux enfants. Ils doivent répondre à des questions d'empathie générale. Que pense le héros ? Que ressent-il ? Comment réagir à sa place ? L'analyse quantitative des réponses s'effectue selon une grille de vingt-neuf traits de personnalité : ambivalence, estime de soi, agression de type A, agression de type B, domination, soumission…

L'évaluateur croise ses résultats avec les différents mécanismes mobilisés par le sujet : condensation, substitution, déplacement, annulation…

Un, deux, trois, nous n'irons plus au bois, un, deux, trois, Oskar a perdu son doigt.

Prisonnier de draps humides dont la texture ressemble à de la peau, Julien pénètre dans l'entre-deux des songes, un interstice en partie familier mais dont certains éléments paraissent déplacés, incongrus sans qu'on puisse dire pourquoi. Il arpente un couloir étroit. Ce couloir, c'est celui qui mène à la chambre de l'aîné, le premier garçon, à la fois pionnier de la descendance et prototype défectueux. Dans le rêve de Julien, le corridor est plus long qu'à l'accoutumée ; il s'étire dans la pénombre avec la mollesse d'un tube digestif et se termine en goulot d'étranglement. Le jeune garçon avance.

Depuis plusieurs mois, son père s'efforce d'éradiquer une tache de moisissure le long de la plinthe, sans y parvenir. Au cœur du sommeil, cette tache semble avoir progressé en direction de la chambre de Jean, balise latérale rythmée de protubérances blanchâtres.

Des bruits se font entendre à ses pieds. De petits trottinements précipités. Des griffes minuscules raclent le plancher, des ombres se faufilent au cœur des ténèbres, se cognent aux cloisons avec des cris d'oisillons blessés. Julien devine qu'il a affaire à des rongeurs, des rongeurs par dizaines. Le clair de lune découpe un rectangle opalin sur le sol et le garçon voit un grouillement de lapins glabres et décharnés s'écouler vers la chambre de son frère. Chevauchement frénétique, bousculade incontrôlable, multitude vorace. La peau rose des mammifères évoque celle des nouveau-nés, mais les plis disgracieux et les os qu'elle recouvre à peine rappellent plutôt la fin de vie. Brève vision des prisonniers des camps de la mort, étudiés en cours d'histoire avec M. Agard. Julien n'a pas peur. La porte de la chambre est désormais assez proche pour qu'il puisse toucher la poignée du bout des doigts. Le métal dégage une chaleur désagréable. Il a quelque chose de mou, d'organique.

Lorsque le battant s'ouvre, la chambre est déserte. Seul un nouveau rayon de lune tranche l'obscurité, découpe le parquet ainsi que le bord inférieur du lit. Julien s'approche du bureau, ouvre le tiroir. Le cahier n'a pas bougé de place. L'adolescent s'en empare et, après s'être assis sur le matelas, entreprend de le feuilleter. Dans l'univers où il se trouve, le manque de clarté n'est pas un obstacle à la lecture.

La première page commence ainsi : *Le lapin a mille dents sucrées. Tous ses repas débutent par la jeunesse.*

Julien lève les yeux, et son frère est au milieu de la

chambre, nu. Selon l'imparable logique des songes, il se tient accroupi dans un pot de fleurs, le bas des jambes et des flancs enkysté de gros champignons blancs. Il porte les mains à sa bouche, mais ce sont des mains sans doigts, dont les paumes sanguinolentes laissent d'immondes traces écarlates sur la moitié inférieure du visage. Sa bouche s'agite. On ignore s'il veut parler ou ronger davantage ses extrémités.

Julien se réveille en sursaut, la bouche sèche, les cheveux ébouriffés. Il regarde autour de lui, désorienté. Le bureau avec les autocollants de *La Guerre des étoiles*, les étagères où s'alignent quelques *Bob Morane* et une douzaine de *Livre dont vous êtes le héros*, trois Big Jim désarticulés dans la caisse au pied du lit. Sa chambre.

Il secoue la tête. Quel rêve idiot ! Il se demande pourquoi les phrases qu'il a lues dans le carnet, dont la formulation exacte s'estompe déjà, lui paraissent empreintes de danger. Il est certain d'avoir déjà vu ces mots, mais où, il n'en sait rien.

Un cliquetis sur la gauche. Julien pense aux rongeurs sans poils qu'il a aperçus en rêve. Non, pas de rongeur dans sa chambre. Juste les borborygmes métalliques du radiateur qu'il a oublié d'éteindre. Avec le chauffage, pas étonnant d'avoir le sommeil agité.

Il se lève. Le contact des lattes sous ses pieds lui fait du bien. Au moment où il éteint l'appareil, son regard s'attarde sur la place qu'il aperçoit en contrebas de sa chambre. La fontaine, ouvrage du XVIIIe siècle, fait résonner son carillon liquide dans les rues du village. Les clapotis de l'eau claire ont bercé des générations d'habitants, et l'on pourrait croire qu'il en sera encore ainsi pour des temps infinis.

La nuit, que troublent de vieilles lanternes jaunâtres accrochées aux façades, laisse filer une silhouette maladroite, un peu lourde, qui descend une venelle en direction des commerces. Julien n'a pas besoin de regarder son réveil. Il est 3 h 30. Victor, le boulanger, se rend au four à pain.

Le collégien perçoit un mouvement de l'autre côté de la place. Il n'est pas le seul à être éveillé. Un rideau bouge au troisième étage d'une des maisons. Annabelle, l'ancienne institutrice. Julien sait que depuis la retraite, la vieille dame a du mal à dormir. Il voudrait lui faire signe, mais le rideau ne bouge plus. L'étoffe obscurcie par l'éclairage fuligineux et déchirée par les reflets de la vitre ressemble désormais à une peau de bête clouée sur un mur de pierre. Peut-être n'a-t-il jamais cessé de rêver.

12

Annabelle rabat le rideau d'un geste trop sec à son goût, un geste qui donne l'impression qu'on l'a prise en faute. En faute de quoi ? De ne pas parvenir à dormir à 3 h 30 ? D'être si désœuvrée qu'elle n'a d'autre passe-temps que la contemplation de la place en bas de chez elle ? Le petit Julien l'a surprise en train d'épier par la fenêtre, et alors ? Elle pourrait en dire autant à son sujet.

Annabelle envisage un instant de poursuivre la lecture de son livre. *Du côté de chez Swann* trône sur la table de chevet, ouvert à la page 83 depuis deux jours. L'ancienne institutrice connaît certains passages par cœur. *Elle avait la rue sous les yeux et y lisait du matin au soir, pour se désennuyer, à la façon des princes persans, la chronique quotidienne mais immémoriale de Combray, qu'elle commentait ensuite avec Françoise.* Quelle ironie ! Excepté qu'Annabelle n'a aucune confidente, et qu'elle ne désire pas davantage ressembler à Mme Octave qu'à Lucienne, Armande et Paulette, les trois vieilles sur le banc du village, qu'elle a surnommées *les assises* en référence au poème de Rimbaud. À présent, la lecture l'assomme sans que, paradoxalement, elle parvienne à transformer cette torpeur en sommeil réparateur. Socrate, le chat européen adopté dix ans plus tôt, s'est roulé en boule sur la courtepointe. Ses songes profonds sont animés de brefs soubresauts. Peut-être rêve-t-il de proies faciles et de bouches ensanglantées. Elle envie son fidèle compagnon. Annabelle s'assoit près de la table de chevet, allume la lampe. Elle pose la main sur le félin, qui ronronne de contentement. La vieille femme parcourt des yeux les planches de la bibliothèque s'affaissant sous le poids des livres, autres fidèles compagnons d'une existence de solitude. Après l'enterrement de Nathalie, elle n'a plus eu d'aventures sentimentales. Trop compliqué, trop douloureux.

Longtemps, elle a éprouvé pour ses livres sinon un amour comparable, du moins une affection qui la détournait des aspects les plus déplaisants de son célibat. L'intégrale de Balzac en Pléiade, dans la fameuse édition de 1962 ; la saga des Rougon-Macquart, comme un écho aux onze volumes de *La comédie humaine* avec jaquette et rhodoïd. Victor Hugo, bien sûr, et ses emportements lyriques. La baie de Portland dans *L'Homme qui rit*, la recluse du trou au rat, l'éléphant de la Bastille… Tant d'images saisissantes, tant de souvenirs. Oscar Wilde et le raffinement de la décadence. Chaucer et sa poésie si particulière. Bloy,

Huysmans, Barbey. Ouvrir ces romans, c'est plonger la tête dans l'invisible, c'est révéler à la lumière d'un grand incendie des fantômes que nul ne peut détecter, des spectres qui regagneront leur tombeau de papier lorsque s'éteindra le feu, lorsqu'elle coupera la lumière et fermera les paupières. Ectoplasmes dispersés dans la nuit, venez, pressez-vous autour d'elle, soumettez le vent et l'espace à vos désirs, allumez les lampions et les bougies, les lampadaires et les torches, car depuis toujours les ténèbres l'appellent. Lui aurait-on dit, vingt ans auparavant, que les Montaigne, les Verlaine, les Stendhal, dont la fréquentation était source de tant de plaisir, se mueraient en camarades d'infortune à l'heure du bilan qu'elle aurait éclaté de rire. Et pourtant, la voilà aujourd'hui dans ce village trop humide, dans cette maison mal chauffée, mal ventilée, la voilà qui se penche, dans une attitude de copiste à l'écritoire, sur les choix hasardeux, les bifurcations irrémédiables de sa vie. Ses doigts quittent la toison chaleureuse de Socrate pour s'attarder sur le lit froid et vide.

Les cris des enfants, turbulences de préau et rondes étourdissantes, lui manquent. Encore quatre heures avant le lever du soleil. Une éternité. Elle tend la main vers le tiroir de la table de chevet. À l'intérieur, une photo légèrement jaunie, conservée tel un talisman secret, au plus près de soi dans l'apaisement nocturne. Le cliché a été pris avec le Kodak Instamatic, elle s'en souvient. Les berges étaient désertes. Un vent pernicieux, chargé de nuages, avait chassé les rares promeneurs. Après un bref baiser, Annabelle avait figé le visage rieur de sa compagne sur la pellicule. Elle garde cette image depuis trente ans. Elle l'a dissimulée, ainsi que l'on tait une affliction trop intime.

L'époque ne se prêtait pas aux effusions ostensibles. Deux femmes amoureuses ne pouvaient attiser leur flamme que dans l'exil. Les baisers, les mains enlacées, les caresses s'échangeaient à l'abri de quatre murs ou sur une berge déserte, pas ailleurs. Aujourd'hui, les mœurs sont plus libres. Prendraient-elles le risque de demander à quelqu'un de les prendre en photo ? Impossible à dire, mais la vieille institutrice présage que dans un avenir proche, deux amantes pourront s'embrasser dans la rue, se tenir la main sans encourir les foudres de la bonne société. Peut-être même qu'on les mariera. Elle sera sûrement morte, à ce moment-là.

Son regard s'attarde sur le sourire de Nathalie. La jeune femme porte la main à ses lèvres dans un geste pudique, sorte de rempart. Sa peau est sillonnée de fines veines bleues, son alliance emprisonne la lumière grise du jour. Les nuages s'immobilisent depuis trois décennies dans ses yeux étrécis par le vent. Ses longs cheveux bruns font une élégante courbure sur l'épaule. Son visage est lisse, intact. Il ne porte pas encore les stigmates de la maladie. Le voile décoloré, propre à ceux qui patientent dans l'antichambre du trépas, ne s'est toujours pas déposé sur sa peau. *Dieu comme elle était jeune*, songe l'ancienne institutrice.

Elle laisse la photo reposer sur son giron. Les souvenirs sont une servitude. Elle donnerait n'importe quoi pour en être débarrassée.

13

Comme tous les matins, six jours sur sept, trente-neuf heures par semaine, Jérôme arrive à la mairie dans son uniforme impeccablement repassé. La fraîcheur de son rasage, la propreté de sa mise sont accentuées par la chemise boutonnée jusqu'au col et les manches rabattues sur les poignets avec une rigueur d'ecclésiastique… ou de dissimulateur.

Ainsi qu'il le fait trois fois par semaine, il a couru vingt kilomètres au lever, à jeun, dessinant de façon approximative le périmètre dont il est responsable. Son secteur, celui pour lequel il est territorialement compétent, regroupe trois villages pour quatre mille administrés. Des gens l'ont salué, klaxonné. La camionnette du boucher, la Peugeot d'Éloïse, la bibliothécaire, le tracteur du vieux Gustave dans son champ. Il a d'abord arpenté la 34 bis au nord, avant de prendre la direction de l'autoroute, à l'est, qu'il a longée par le chemin coupe-feu. Chaque chaussée a son langage ; un langage qu'il connaît par cœur.

La litanie monotone de l'asphalte, souple et intelligible, s'avère parfois traître en vertu du rythme régulier qu'elle impose.

Les ordres secs du béton, si l'on n'y prend garde, peuvent se transformer en sanctions irrévocables. Il faut amortir les chocs en adoptant une foulée médio-pied.

La terre battue, quant à elle, communique dans un vernaculaire fait de tournures abâtardies et d'idiomes rocailleux. Elle réclame un dialogue minutieux.

Il arrive également qu'un paysage, une inclinaison particulière de la lumière ou un parfum dans l'air matinal suggèrent aux reliefs un dialecte inexistant, surprenant, merveilleux. Aucun des mots dont on dispose ne semble plus convenir ; il faudrait s'en débarrasser ainsi que l'on se déleste d'une armure devenue trop encombrante.

Sur le disque en friche du dernier rond-point, il

aperçoit un héron en chasse. Debout sur la parcelle abandonnée, le volatile le toise avec des yeux dénués d'envie ou de crainte. Subjugué par la timide majesté de l'animal, Jérôme ne peut s'empêcher de ralentir puis de s'arrêter en sautillant sur place. L'oiseau le regarde, ainsi qu'on observerait une créature exotique dont le comportement inoffensif nous échappe. Instant suspendu. Le héron a alors ce geste étrange : il lève une patte près de sa tête, comme pour chasser une mouche, avant de déployer ses ailes pour s'éloigner. Par un curieux cheminement de l'esprit, Jérôme revoit certaines images. Un hôpital. Des bruits, des sons. Une odeur d'éther écœurante. Son père alité, qui lève la main près la tête pour prendre une cigarette qui n'existe plus. Un mouvement qu'il a effectué pendant quarante ans. Maintenant, la cigarette n'est plus là, collée derrière son oreille. Interdiction des médecins. Jérôme secoue la tête et reprend sa course, conscient de la futilité de ses cogitations aux yeux des morts comme à ceux des vivants.

À son retour, il s'occupe de Clotilde. Il soulève la jeune femme du lit, son corps frêle lové dans ses bras luisants de sueur. Elle ne pèse rien. Sa flamme, son zénith, sa boussole. Clotilde le sauve de lui-même, jour après jour. Elle le rend meilleur, elle l'aide à accomplir le bien.

Il la douche – mots tendres, petits rires –, puis il l'aide délicatement à s'installer sur sa chaise roulante. Après avoir accompli sa propre toilette, il leur prépare un copieux petit déjeuner. À la radio, François Mitterrand milite pour « une France plus juste, une France plus fraternelle ».

Avant de commencer à manger, ils prient. Lui, pour

être un homme bon, pour essayer d'aimer comme il faut, pour ne pas fuir. Elle, on ne sait pas.

Dimanche prochain, comme tous les dimanches, ils iront à l'église. Jérôme la poussera dans son fauteuil roulant, qu'il portera avec l'aide d'un paroissien pour gravir les marches traîtresses du parvis. Ils rencontreront des gens fervents, la tête inclinée, l'esprit empli de Son amour. Père Anselme, un étrange prêtre auquel il manque les deux auriculaires, fera un sermon exemplaire, au cours duquel il encensera les vertus du partage autant qu'il fustigera les influences occultes du capitalisme. « Dans les chapitres 5 à 7 de Matthieu, Jésus ne déclare-t-il pas "heureux les pauvres" ? Le Seigneur s'attaque ici à une question permanente, toujours d'actualité. Qui est le maître de notre vie ? Dieu ou l'argent ? Les soucis matériels peuvent complètement envahir notre champ de conscience et nous empêcher de comprendre l'essentiel, à savoir que nous sommes vivants… »

Les sourires, les conversations au terme de la messe redonneront courage et force à Jérôme. Il partagera avec Père Anselme cette conviction que l'existence fournit à profusion des regrets d'aveugle, mais que nul n'est comptable de l'invisible. Il convient donc de rester en éveil, réceptif aux lois du hasard comme à celles de la nécessité, pour encadrer notre séjour terrestre. Se décentrer de soi permet de mieux saisir le mystère qui nous habite.

Au moment où Clotilde lève son bol de lait, Jérôme voit le blanc du nectar se refléter sur sa gorge et produire une note inouïe, comme une balle tirée au cerveau. Le lait, puissance maternelle et sève du nourrisson.

Elle et lui, ils n'ont pas d'enfant.

Il s'ébroue et dépose un baiser sur ses lèvres. « Je dois y aller, chérie. À tout à l'heure. Je serai là à midi trente. »

Maintenant qu'il approche de la mairie, un mauvais pressentiment l'étreint. 7 h 55. Deux gendarmes devant le bâtiment : l'adjudant Berthier et le maréchal des logis-chef Jamin. Le premier est grand, brun. Il est athlétique, mais pas autant que Jérôme. Le second, plus petit, affiche un embonpoint discret qui tend à s'accentuer au fil du temps. Aucun d'eux n'a la moindre considération pour le garde champêtre. S'ils viennent l'attendre ici, à cette heure matinale, c'est qu'il a dû se produire quelque chose de grave. La mine sombre des militaires en dit long sur leurs espoirs de passer une bonne journée. Jérôme ne sera pas rentré à midi et demi.

14

« Comment ça, disparue ? »

L'adjudant Berthier lance un regard oblique à Jérôme.

Ils ont déployé une carte du secteur sur la grande table de réunion, autour de laquelle se tiennent les deux gendarmes, le garde champêtre, ainsi que le maire et deux adjoints.

« Elle jouait à cache-cache avec des amies. Clarisse Lecuyer et Myriam Ronfland, vous connaissez ?

— Je vois qui c'est.

— Elles étaient à l'entrée du village », précise le margis-chef Jamin en désignant l'orée des habitations ; un simple point sur la carte.

Berthier poursuit :

« Les deux fillettes sont allées se cacher. Comme elles ne voyaient pas apparaître leur camarade, elles sont revenues la chercher. Leur copine n'était plus là. Elles en ont déduit qu'elle était rentrée chez elle.

— Les parents ont signalé la disparition assez tard. Ils travaillaient et la gamine avait l'habitude de rester seule. Le temps de contacter les amis, les autres parents, il était 22 heures.

— Passé 18 heures, on fonctionne en effectifs réduits. La nuit était tombée, ça n'a pas été simple de battre le rappel.

— On a commencé l'enquête de voisinage comme on a pu. Pour l'instant, cela ne donne pas grand-chose. Les habitants ne sont pas très coopératifs. »

Jérôme commence à voir où les militaires comptent l'entraîner. Ils ne sont pas venus pour ses beaux yeux ou pour tester ses compétences professionnelles. Le fait est que les gendarmes interviennent rarement sur le territoire dont il a la charge. D'une part, les crimes et délits sont rares, d'autre part, la majorité des infractions se solde par une simple amende. Elles sont traitées par la municipalité, c'est-à-dire par lui. Les gens du cru, peu enclins à partager leurs tourments avec la force publique, ne connaissent pas vraiment les brigadiers. La caserne se situe loin, en ville, et elle ne regroupe qu'une dizaine d'agents. Certes, on les voit parfois patrouiller sur les chemins communaux ou contrôler les excès en bordure de la nationale, mais cela ne suffit pas à créer des relations durables ni à instaurer un climat de confiance. Dans ce coin de campagne, les gendarmes ne sont pas spécialement populaires et ils le savent. Jérôme constitue leur principal contact au sein de la commune. Aujourd'hui, nul doute qu'ils comptent sur lui pour continuer le travail de porte-à-porte tandis qu'ils s'attellent à des tâches plus importantes, et surtout moins ingrates. La proximité de Jérôme avec les autochtones pourrait délier les langues, songent-ils probablement.

« Les hôpitaux ? Les amis des parents ? La famille ? interroge Jérôme.

— Rien pour l'instant, mais nous n'en sommes qu'au début des investigations. Les pompiers ont déjà sondé le déversoir d'orage près du cimetière, en vain.

— Vous auriez vu quelque chose dans la journée d'hier ? s'enquiert Jamin. Remarqué un détail inhabituel ?

— Comment ça ?

— Je ne sais pas. Une voiture inconnue, des visiteurs…

— Nous ne sommes pas exactement dans une région touristique.

— Raison de plus.

— Non. Strictement rien.

— En regardant la carte, vous nous suggérez quoi ?

— Il y a bien les marais, au nord-est, mais c'est loin. La forêt est un peu plus proche, mais la gamine connaît le coin. Elle n'irait jamais se perdre là-bas sans une bonne raison. Les ados y traînent souvent.

— Les ados ?

— Ils viennent en scooter le week-end, se donnent parfois rendez-vous après les cours. Ils boivent des bières, fument des clopes. Rien de méchant.

— Vous les connaissez bien ?

— Assez, oui.

— Vous pourriez leur demander ?

— Pas de problème.

— Et les maisons abandonnées ? Les bâtiments désaffectés ?

— On peut toujours vérifier. Il faudra un état des lieux précis.

— Je vais vous fournir une liste », intervient le maire. Il adresse un coup d'œil à l'un de ses adjoints qui s'éclipse en silence.

« Nous effectuons aussi un recensement auprès des deux autres bourgs », précise l'adjudant Berthier. Il se gratte la tête, regarde Jérôme. « Vous en pensez quoi ? »

Le garde champêtre devine son désarroi. Les militaires connaissent mal le terrain, la population est méfiante…

« La fugue est peu probable, fait Jérôme. Je connais la fille, ses parents. Des gens équilibrés, solides…

— Alors quoi ? Un enlèvement ?

— Je ne sais pas. Il faudrait que ce soit quelqu'un du coin. Un étranger ne passerait pas inaperçu. Laissez-moi poser une ou deux questions aux bonnes personnes, nous y verrons plus clair. »

Berthier saute sur l'occasion : « On va avoir besoin de quelqu'un de fiable pour chapeauter l'enquête de proximité. Un homme qui connaît les gens, qui sait où chercher. Vous voulez bien vous en charger ?

— Évidemment.

— Allez-y sans tarder. Nous, de notre côté… » Il marque une pause, le regard dans le vide, puis émerge de sa brève torpeur. « Il va falloir contacter la préfecture. Organiser une battue.

— Je vais trouver des volontaires, propose le maire. Le temps de passer quelques coups de fil.

— Oui, ce serait bien, merci. »

La journée, lourde et étirée, promet d'investir des zones peu ordinaires du quotidien.

15

Jusqu'ici, les jours se sont écoulés dans l'enlisement terrible des bordures de départementales. Le calme est resté plat longtemps. On a vécu dans l'attente, on est né, on s'est éteint dans une relégation de province, comme doit l'être tout ce qui est essentiel et dont, pourtant, on a décidé de ne pas tenir compte.

Et soudain, un coup de vent dans l'entrelacs des branches malades, un frémissement parmi les herbes sèches ; les rares feuilles mortes tourbillonnent sur un sol noir et la rumeur se répand. De simples mots d'abord inoculés ainsi qu'une décoction inoffensive mais amère au palais : *Elle a disparu*. Le bruit n'arpente pas les hameaux à la cadence d'une braisière de tourbe mais avec la vélocité d'un feu de broussaille. La parole n'est pas une flamme qui couve, un foyer mal éteint ; plutôt une traînée de poudre.

Martin Bessar, le fils du pharmacien, annonce le premier l'effacement de la jeune fille. Sa disparition est si totale, si brusque et inexplicable que l'on en vient déjà à se demander si elle a jamais existé, si son nom a simplement été prononcé. Bientôt, l'éclipse aura les apparences du bannissement, de l'exil, de la transparence. Mais pour l'instant, dans la cour d'école, Martin obtient l'attention de tous ses camarades. Alors il en rajoute, il invente. En frictionnant le réel, il cherche à retrouver ce qui a déjà eu lieu et que l'on n'a pas su voir. Le discrédit de l'oubli s'accompagne d'une lutte contre la cécité. Il y aura des hommes en uniforme, bleu marine ou kaki, des armes en bandoulière et des étuis à la hanche, on frappera aux portes, on interrogera les habitants, parents, aïeuls, oncles, enfants, neveux et nièces. Les mêmes questions, encore et toujours, les mêmes formulaires. Gyrophares sur la place publique, bruits de moteur au ralenti. Les voix masculines s'ajouteront aux crachotements des talkies-walkies pour entonner un chant funèbre adressé au néant. On arrachera les planches mortes des maisons abandonnées, on sondera les canalisations où repose une eau croupie, les rivières chargées de limon. La grande mélancolie géographique des lieux délaissés sera auscultée. Entrepôts, garages, décharges, terrains vagues, cabanes, étables, corps de ferme, véhicules utilitaires, caravanes. Chacun sait que les plus petites anfractuosités du territoire, les moindres pliures du sol, sont susceptibles de dissimuler un corps. Recroquevillée, suffocante, apeurée, ou bien allongée sur un tapis de mousse, languide et inerte, la fillette se cache quelque part. Il faudra recenser les antres, les terriers. Des civils se joindront au cortège, uniront leurs forces. Ils s'inscriront en longues files d'attente sur la liste des volontaires. Par ordre alphabétique, on rangera les noms, puis on formera des équipes. En rang, les hommes, les femmes fouleront les pâturages à feuilles étroites et les glycéries dentées. Dans la lumière oblique où la couleur de l'herbe s'intensifie, comme animée d'un dernier chatoiement avant le crépuscule, on longera les murets de pierres sèches, on examinera les vergers, les mares, les sous-bois, les collines. Il faudra se glisser dans de singulières ouvertures et tenter de déceler au cœur de la pénombre, les yeux à l'envers, les contours flous d'une dépouille. Les animaux fuiront. Les pies-grièches cesseront de chanter, les pics noirs de forer le bois. Grenouilles, crapauds et alytes se tairont. Les orobanches s'inclineront au passage de la meute. Du bâton, on écartera les bosquets, les haies de saules, les ronces, les aubépines. Chacun suivra une trajectoire déterminée. Concertation optimale, quadrillage parfait. Des dizaines de bottes écraseront les châtaignes sur le bord des chemins. Une dentelle de poix bordera les empreintes. Un grand silence tombera alentour, uniquement troublé par les cris, les scansions et le choc des talons sur la terre battue. Ensuite viendront les chiens, les plongeurs. Et si l'on ne trouve rien, on allumera de hautes torches pour accompagner les lueurs stellaires. Les yeux emplis de braises, des frissons dans la voix, on invoquera la Providence, des dieux païens et la métempsycose. Déployez vos ailes, funestes corneilles, et montrez-nous le chemin.

16

Séverine s'en souvient comme si c'était hier. Michel et elle avaient emmené leur fille, Édith, au cinéma. La sortie de *Mille Cavaliers*, le dernier dessin animé des productions Lawney, avait été orchestrée avec le savoir-faire habituel. La firme connaissait les ficelles du métier : le moyen le plus efficace de remporter l'adhésion consistait à bâtir un conte. Comme le rêve, celui-ci procédait par opposition et contraste, évaluation et surévaluation. L'enfant ne faisait pas la différence entre lui et l'animal. Ce qui expliquait qu'il n'était guère surpris par les créatures anthropomorphiques. Il s'agissait d'un simple phénomène d'identification. Édith était ressortie de la salle transportée. Il lui fallait un chien identique à celui du dessin animé, un cavalier king-charles. *Il est trop mignon. Je m'en occuperai, promis. Dites oui, s'il vous plaît*, avait-elle insisté. Elle avait usé de toutes les ruses imaginables, allant de la menace larvée au chantage affectif, en passant par une gentillesse sournoise. Son anniversaire était dans deux mois. Elle ne voulait pas d'autre cadeau. Certaines de ses copines avaient déjà un animal de compagnie, pourquoi pas elle ? Michel avait hésité, Séverine avait hésité : ils ne voulaient que son bonheur. La vie était si courte et les promesses, risibles, viraient rapidement au gris…

Animés par le désir légitime d'embellir l'existence de leur progéniture, la plupart des parents fléchissaient. Ils se rendaient en masse dans les grands magasins pour acheter le dernier jouet à la mode, l'ultime représentation de l'apaisement en promotion. Séverine se rend compte aujourd'hui qu'ils n'étaient pas meilleurs ni plus forts que les autres. Peut-être l'a-t-elle toujours su.

Ils étaient allés en ville, avaient poussé la porte de l'animalerie. Le nombre de cavaliers king-charles présents en vitrine aurait dû leur mettre la puce à l'oreille, mais les chiots étaient la tendresse incarnée – vision d'innocence, fourrure et chaleur. Lawney, le géant du divertissement, avait compris que le mythe du bonheur filial irriguait le cœur de chaque parent, s'insinuait dans la clandestinité de son âme. La fable sommeillait en silence lors des veillées nocturnes, des soirées en famille, poussée sur un coin de table. De non-dits lancinants en œillades furtives, le secret se tenait à l'affût, discret, jusqu'à ce qu'un film pétri de bons sentiments, une campagne publicité rondement menée, le dévoile. L'intrigue à l'origine des vastes adorations avait le visage émerveillé d'un enfant. Faites entrer la proie juvénile dans la nasse et c'étaient les pères, les mères, les marchands, les fabricants, les industriels, les journalistes, les publicitaires qui s'engouffraient à sa suite, qui défilaient en une procession obséquieuse, la bouche pleine de mots doux, l'œil charmeur et les poches remplies de rêves.

Le chiot avait uriné par terre le jour même de l'anniversaire. Sitôt sorti de sa boîte, il s'était soulagé sur la moquette. Édith l'avait prénommé Moustache, comme dans le film.

Michel et Séverine avaient su, bien plus tard, que les animaleries avaient été littéralement dévalisées. Chaque famille avait voulu *son* chiot. Moustache symbolisait l'image du bonheur retrouvé dans l'orbe d'une multinationale bienveillante.

Moins d'un an après, le taux d'animaux abandonnés dans les refuges et autres sociétés protectrices avait bondi de 35 %. Contrairement aux idées véhiculées par la firme, le cavalier king- charles s'accommodait fort mal de la présence turbulente et tyrannique des enfants.

Michel avait raconté à sa fille que Moustache s'était enfui lors d'une promenade. La petite Édith avait pleuré pendant une semaine. Séverine, le cœur serré, avait un temps envisagé d'aller récupérer l'animal au refuge, mais s'était ravisée. Moustache trouverait sûrement quelqu'un pour l'adopter. Sûrement, oui. Ils n'étaient ni meilleurs ni plus forts que les autres.

La disparition d'Édith est-elle un châtiment nécessaire ? se demande-t-elle. Doit-elle l'envisager comme la punition d'une faute dont ils s'étaient trop facilement accommodés ? Sont-ils coupables d'avoir poussé la quête du bonheur jusqu'à la trahison, jusqu'au mensonge ? Aimer quelqu'un, au fond, c'était bâtir les fondations d'une supercherie. Et aux transports du cœur succédait immanquablement le moment où l'on se fâchait. Il fallait que quelqu'un paye. Pourquoi pas eux, aujourd'hui ? Cette rétribution est sûrement celle de la lâcheté ordinaire, de la compromission acceptable.

Le gendarme s'adresse à elle d'une voix douce. Michel serre sa main. Elle émerge à grand-peine de la torpeur dans laquelle l'avaient plongée ses souvenirs. Revenir à la réalité est une entreprise laborieuse. Sa bouche est remplie de plâtre, ses paupières engluées de sable. Tout est tellement lourd, tellement pesant. Elle voudrait retrouver la légèreté des rêves, fuir en apesanteur, s'enfoncer dans des songes chimiques dont elle sait qu'ils sont des gouffres glacés. Peu importent la domestication du feu, le paradis, l'argent, les nations et les droits de la race… Qui lui dira où est sa fille ?

17

Jérôme frappe à toutes les portes, les unes après les autres. Les phalanges du garde champêtre s'écorchent contre le bois solide. Cette inspection lui en rappelle d'autres, de sinistre mémoire.

En ce temps-là, son rôle consistait à contrôler les mechtas, ces hameaux misérables des zones rurales en Afrique du Nord, et à établir les identités des habitants. À l'âge de vingt ans, il était parti de Marseille sous la neige, pour arriver en Algérie – territoire français grand comme quatre fois l'Hexagone –, sous une neige identique. Les premières nuits, le thermomètre descendait jusqu'à moins dix. Le gel fendait les pierres et les jointures, coupait les souffles et brisait le moral des sentinelles les plus endurcies. Les autorités l'avaient muté dans un village contrôlé par une section de vingt hommes. Il avait immédiatement sympathisé avec deux appelés qui, comme lui, n'avaient rien à faire dans cette guerre. Le premier s'appelait Germain, il était boulanger et attendait de monter sa propre affaire. Lorsqu'il aurait terminé son service, il épouserait la fille de l'un de ses voisins, et ouvrirait son échoppe. Solide gaillard d'un mètre quatre-vingts, il possédait de grandes mains carrées, des membres alourdis très développés, et la carcasse légèrement voûtée de ceux que le métier manuel a commencé à courber vers la terre. Ses grands yeux clairs tranchaient avec une peau sombre. Ses cheveux bruns très fournis, quoique coupés en brosse, ressemblaient au bouillonnement d'une mer crépue. Son caractère franc, son tempérament volontaire et pragmatique faisaient que l'on s'attachait d'instinct à lui. Il était apprécié des membres de la compagnie, et de Jérôme en particulier.

Le second se prénommait Agnelli et constituait l'antithèse du premier. Très sec, presque filiforme, il présentait déjà, à vingt et un ans, un début de calvitie. Son long visage osseux paraissait sculpté dans une pierre revêche. Front vallonné, arcades sourcilières proéminentes, nez en plan fuyant. Il venait de terminer ses études de comptabilité et n'entendait rien à l'exercice physique, au maniement des armes, et aux affrontements caractérisant de manière générale l'espèce humaine. De par ses inaptitudes mêmes, il suscitait un élan d'empathie chez ceux dont le caractère inclinait à défendre les plus faibles. Que ce soit par esprit de contradiction – il existait un plaisir certain à s'interposer là où personne n'osait bouger –, ou par simple générosité, les redresseurs de torts comme Jérôme ne pouvaient s'empêcher d'aimer cette sorte d'individu, que l'existence malmenait en toute circonstance. Chose curieuse, mais somme toute logique dès que l'on y réfléchissait deux secondes, Agnelli était doté d'un grand sens de l'humour. Son goût de la repartie, ses traits caustiques se manifestaient avec d'autant plus de vigueur que les conditions lui devenaient défavorables. En Afrique du Nord, il était servi.

Des visages familiers s'insèrent dans les entrebâillements. On le reconnaît. Le soulagement succède à la méfiance. On ouvre plus large, on s'offre. Oui, on sait, la jeune fille a disparu. Oui, on voudrait bien aider. Mais que peut-on faire avec deux mains, des muscles et quelques nerfs ? La meilleure volonté du monde ne suffirait pas. Jérôme note. Jérôme remercie. Il décline : non, sans façons, pas pendant le service. Puis il tourne les talons et poursuit sa route. Les rues lui semblent interminables, les huisseries identiques dans leur misère – peinture écaillée, bois humide, charnières rouillées – et l'impuissance omniprésente. Les venelles sont si étroites qu'elles ne laissent passer qu'une mince bande de ciel gris où s'entrecroisent des dizaines de cordes à linge, devenues presque translucides au cours des saisons. Les innombrables fils électriques, semblables à un réseau de cordons nourriciers attachés aux mamelles lépreuses d'une vache, pendent en branchements anarchiques aux flancs des maisons. Il sait que le principe de l'échange est au cœur des activités humaines. L'étude des comportements suggère que le criminel évite toute déflexion en dehors de son schéma pathogène. Il faudrait se concentrer sur ceux qui n'ont jamais affaire à la justice, qui abhorrent les écarts de conduite, ceux dont l'attitude s'avère irréprochable. La liste s'allonge d'autant de noms en apparence inoffensifs. Il se sent seul, piégé, écrasé, désarmé, malgré la sollicitude évidente des gens, leur inquiétude sincère. Entre deux entrevues, il prie, les lèvres closes.

18

Annabelle s'est portée volontaire. Comme tant d'autres. Des gens des trois villages se sont réunis sur le stade en contrebas de la départementale où la fillette a disparu. Il fait froid, humide. Le ciel nourri de cumulus informes se prépare à entrer en guerre contre lui-même. Les nuages ressemblent moins à une menace qu'à une sanction.

Les gendarmes prennent les noms, forment des groupes, donnent des consignes. Annabelle est chargée, en compagnie de quatre autres habitants, d'aller vérifier les alentours de l'ancien lavoir, un peu à l'écart du village. L'endroit est connu pour accueillir les réunions des adolescents, et parfois des enfants plus jeunes qui désirent s'amuser à l'abri du regard des adultes. Les plus grands fument, boivent de la bière et rêvent à des jours meilleurs. Les plus petits s'éclaboussent lorsqu'il ne fait pas trop froid.

La marche s'effectue en silence. Annabelle connaît trois de ses coéquipiers de vue : deux hommes et une femme qu'elle croise souvent à la poste. Le dernier participant s'appelle Marc, le bistrotier du village. Elle l'a eu comme élève. Arrivés à un certain âge, les gens d'ici ont un choix simple : fuir ou se fondre dans le paysage. La plupart choisissent la seconde solution. Par facilité ou par manque de moyens, ils se laissent avaler par la grisaille des ruelles, leur peau adopte la nuance terne des terres cultivables et leur dos, insensiblement, ploie sous l'obstination des journées qui s'étirent et bégayent. Marc est de ceux-là. Il a repris le débit de boissons de son oncle, et ne paraît animé d'aucun désir d'émancipation. Dans ces coins reculés où chaque racine est une chaîne, on se contente de ce que l'on a, Annabelle ne le sait que trop bien, et c'est justement ce qui l'a incitée à rester au village plutôt qu'à demander sa mutation en ville, où elle aurait pu céder à l'éblouissement, s'enivrer de sons, de saveurs inédits, et aimer proprement. Là, sur cette terre, avec ces gens, elle a choisi de vivre en compagnie de ses propres fantômes.

La résignation de Marc se lit jusque dans ses yeux, plaques de verglas où rien ne se reflète. Annabelle ne peut s'empêcher d'être mal à l'aise en sa présence. Il se dégage du personnage un mélange de veulerie et d'animalité qui ne lui plaît guère. Sa manière de se déplacer, à pas feutrés, sans bruit, évoque l'intrus qui se faufile dans les dortoirs à la nuit tombée. Son regard froid, analytique, suggère une part de calcul ; son comportement est celui du mâle qui pèse ses chances, étudie les risques. Le patron de bar représente tout ce qui la repousse et l'effraye chez les hommes. Aujourd'hui, ils sont unis malgré tout. La gravité de la situation réclame une trêve. Elle fortifie les liens, gomme les différences.

Leurs pas sont pesants. Leur progression est incroyablement lente. Ils ne peuvent s'empêcher de scruter les fossés, les haies, les buissons. Annabelle connaît par cœur les creux inattendus, les déclivités trompeuses, les éminences et les dangers. La mort, comme la vie, épouse les reliefs de chaque chose. Il s'agit non pas d'une dégradation, mais d'un processus lent, d'un changement progressif. Une simple évolution. Le vent peut aussi bien disperser le pollen que charrier des effluves morbides. Les gens du cru savent que cette corruption inévitable ne se combat pas. Quelquefois, même, elle se quête. L'ancienne institutrice adresse un regard à Marc. Les yeux du barman ne se sont pas altérés depuis l'enfance et la retraitée a l'impression de revoir le petit garçon vaguement séducteur, et un peu brutal, qu'il était alors. Marc lui rend son regard. Il soupire. Sans doute ne trouve-t-il pas d'autre moyen d'exprimer son inquiétude. Ou son exaspération. Sans un mot, il se détourne d'elle, avance en bordure de chemin et, les mains en porte-voix, tonne : « Édith ! »

Au loin, des échos similaires résonnent à intervalles réguliers. On aperçoit des silhouettes tassées, aussi lentes qu'eux, aussi lourdes, qui déambulent comme égarées dans un paysage trop vaste. Leurs appels évoquent les lamentations d'un chœur antique, une symphonie de spectres. Un aboiement éloigné retentit. On se tait, on écoute. Fausse alerte. La litanie reprend. On poursuit sa route. Et à chaque enjambée, les membres deviennent plus gourds, les avancées moins volontaires, presque réticentes à mouvoir le corps au-devant d'une issue où la crainte de découvrir quelque chose se mêle à celle de ne rien trouver. Tout macère. Quand donc interviendra la chair bouleversée, gonflée et liquide ?

Ils longent une route bordée en plusieurs endroits de parcelles ravagées, conséquence des assauts nocturnes d'une harde de sangliers. Enfin, la masse trapue de l'ancien lavoir se dessine dans l'air vif. L'édifice est désert. Seuls quelques cadavres de bouteilles et plusieurs mégots attestent d'une présence épisodique. L'eau continue de s'écouler ainsi qu'elle le fait depuis des siècles. Ce point d'approvisionnement existe depuis l'époque romaine. Marc s'éloigne de la construction, crie de nouveau : « Édith ! »

La femme des PTT fait le tour de la cuve, les yeux rivés au sol.

« Si vous voyez quelque chose, ne touchez à rien », précise l'un des hommes du groupe.

Annabelle repense à ces vers d'Hugo : *Le miracle hideux, le prodige sublime, c'est que l'atome soit en même temps l'abîme*. Où était-ce donc ? Dans *Les Contemplations* ou *La Légende des siècles* ? Elle tente de se soustraire à la divagation, de repérer les désordres, les perturbations évidentes. Tout ce que la lumière laisse apparaître est objectivable. Un tri s'effectue sans que l'on y songe. Son œil balaye, s'arrête, poursuit sa course dans les échelons de poussière. Les traces, les indices sont inexistants. Ou bien trop nombreux pour qu'elle puisse en hiérarchiser l'importance. Aucun lieu, si anodin soit-il, ne protège contre le risque d'un malheur.

Annabelle se penche au-dessus de l'eau, y mire le reflet ondulant d'une femme qui ne lui ressemble pas, ou si peu. Elle tourne le visage de trois quarts, tente d'apprécier la courbure du nez, l'accent du menton. Sa peau flétrie, comme vidée de l'intérieur, se plisse en immondes ravines qui ne lui appartiennent pas. Il faudrait une bonne dose de maquillage, quelques visites chez l'esthéticienne ainsi que chez le dentiste pour retrouver apparence humaine. La vieillesse a fait d'elle une étrangère. Un mouvement attire son attention dans l'onde. Elle sursaute, se retourne. Marc, juste derrière elle. Il fait mine d'examiner le dallage. Est-ce un sourire ironique qu'elle croit déceler sur ses lèvres ? A-t-il remarqué à quel point la disparition de son amour de jeunesse, l'usure et l'absence de tendresse physique l'ont retranchée du monde ? Ou bien pressent-il, comme elle, que la battue va échouer ? Qu'ils cherchent en pure perte ? Annabelle estime en tout cas qu'ils s'y prennent mal. Ni eux ni les autres groupes ne résoudront le mystère de cette manière-là.

19

On sonne à l'entrée. Julien se lève de son lit, baisse le son de la chaîne stéréo, entrouvre la porte de sa chambre. Il est habillé. Le bus qui l'emmènera au collège pour 9 heures passera d'ici un quart d'heure. Sa mère, sur le seuil, répond aux questions de Jérôme. L'adolescent n'entend pas bien. Dans son dos, Jean-Louis Aubert assure que le vaudou est toujours debout. Julien avance un peu pour mieux entendre la conversation entre sa mère et le fonctionnaire. Celle-ci se tourne vers la chambre, l'aperçoit. Trop tard pour faire marche arrière.

« Ah, Julien, tu tombes bien ! Viens voir ici. Monsieur a quelques questions à te poser. »

Le cœur du collégien manque un battement. Il pense au doigt coupé dans la chambre de son frère. Non, c'est absurde. Il réalise presque aussitôt que l'agent est là pour une tout autre raison : la petite fille disparue.

Connaissait-il la fillette ? Oui, de vue. A-t-il remarqué quelque chose d'inhabituel dans le village ? Un véhicule, un individu suspects ? Non, rien. Où était-il, hier soir ? Il aurait pu voir ou entendre un détail susceptible de… Non, il est rentré directement du collège et a passé la soirée à la maison. *Dans la chambre de son frère, à fouiller là où il n'aurait pas dû.* Ton grand frère, où est-il ? Avec Cindy Dutreuil, sa petite amie, intervient la mère satisfaite. Oui, c'est cela, la fille de la coiffeuse, celle qui s'habille en noir et travaille comme serveuse au Bar de la Place.

« J'interrogerai Jean dès qu'il rentrera, certifie Mme Trinquiet.

— Et votre mari ? Je peux lui parler ?

— Il est au travail », réplique la mère. Pas un instant, son sourire ne s'infléchit. Julien songe que si elle avait quelque chose à cacher, elle ne se comporterait pas autrement. Mais Jérôme ne semble pas se formaliser de cette attitude empruntée. Il a sans doute l'habitude de provoquer une certaine crispation chez ses interlocuteurs, même quand ceux-ci n'ont rien à se reprocher. À moins que la routine, l'enchaînement des procédures n'aient déjà eu raison de sa vigilance.

Après leur avoir adressé un vague salut, le garde champêtre se dirige vers la maison des voisins.

La mère de Julien referme la porte, songeuse.

Julien sait à quoi elle pense. Il ne lui en veut pas. Cette réflexion est légitime et son père aura la même lorsqu'il rentrera du travail : pourvu que Jean n'ait pas fait des siennes.

20

Vieux lavoir. « Je vais pisser », signale Marc, le bistrotier. Sa propre vulgarité semble l'exciter. Choquer les femmes, instaurer une complicité virile avec les hommes, tel semble être son mode de fonctionnement privilégié. Annabelle s'applique à ignorer son manège. Elle le regarde s'éloigner, enfoncer ses bottes – qu'il a chaussées pour l'occasion – dans la boue qui stagne à l'écart du lavoir puis dans les hautes herbes. Annabelle détourne le regard, ferme les yeux et se prépare à accueillir la voix intérieure qui couvrira le bruit du jet d'urine succédant immanquablement à celui de la fermeture Éclair que l'on ouvre, mais une autre voix intervient. Celle de Marc. « Holà, venez voir. »

L'ancienne institutrice ouvre les paupières, entrevoit les deux hommes et la femme de la poste qui, après un instant d'hésitation, convergent vers le bistrotier dans les hautes herbes. Elle les imite. Marc se tient de dos, pétrifié. De toute évidence, il a renoncé à se soulager. Annabelle espère seulement qu'il aura songé à remballer son engin, qu'elle n'aura pas à le contempler, exhibé à tout vent.

Ils se tiennent penchés au-dessus des dépouilles, quinte de figures inversées. Leurs bouches forment de drôles d'ouvertures. Le silence des vivants répond à celui du trépas. Enfin, l'instant suspendu s'interrompt.

« Vous avez déjà vu une chose pareille ? interroge le patron de bar.

— Qu'est-ce que c'est que ce truc ? » marmonne l'un des deux hommes.

La femme de la poste hoquette, se détourne. « Oh, mon Dieu ! »

Le deuxième homme, resté jusque-là silencieux, se fraye un chemin dans l'ivraie. Sans égard pour ses chaussures de ville et le bas de son pantalon, il progresse d'un pas sûr. La précision de ses gestes suggère un individu habitué à la mort. Un chasseur, songe Annabelle. Ou peut-être un employé des abattoirs Lefort, en ville. L'homme se penche sur l'amas de chair à ses pieds. Des silex d'os se dressent dans un pelage noir, des taches ocre se perdent dans les ombres. Plusieurs membres enchevêtrés dessinent un maillage funeste sur la sphaigne. On distingue ici une tête, les yeux fendus, les babines retroussées sur une dentition ensanglantée, là des côtes qui émergent d'un poitrail défoncé comme une phalange au garde-à-vous.

« C'est quoi ? bredouille Marc.

— Des chats, répond l'homme accroupi. Des chats noirs.

— Il y en a combien ?

— Je ne sais pas. Plus d'une dizaine, je dirais. »

L'homme se relève, s'essuie les mains d'un geste machinal sur le haut de son pantalon, alors qu'il n'a pas touché les carcasses. Déformation professionnelle, juge l'institutrice. L'individu est habitué à porter une blouse. Un vétérinaire ?

« Quelle horreur ! se scandalise la femme, une main sur les lèvres. On dirait qu'ils ont été mangés.

— C'est le cas, indique le vétérinaire ou le chasseur. Mais je n'ai jamais vu un prédateur entasser ses proies de cette manière. Et surtout pas à un endroit pareil.

— Sans compter que les chats ne sont pas ce qu'il y a de plus facile à attraper, ajoute le premier homme.

— Quand j'ai vu le sang, chevrote Marc, j'ai cru qu'il s'agissait de…

— Non, coupe le vétérinaire. Des chats. Juste des chats.

— Il faudra prévenir les gendarmes.

— Oui, mais cela n'a rien à voir avec nos recherches. »

Ils reculent. Chacun scrute le paysage, quête le bleu rassurant d'un uniforme, la silhouette protectrice d'un gendarme, mais la brume a tout enveloppé. Elle est tombée sur les plantes, les animaux, la boue avec une discrétion de camarde, sans qu'ils s'en aperçoivent. Le vieux lavoir n'est plus qu'une ombre spectrale à une vingtaine de mètres d'eux. On n'y voit goutte. Le silence est total. Mille souvenirs se dessinent dans les volutes opalines, mille visages. Chacun croit apercevoir un objet familier, un être cher. On imagine revivre un instant de paix ou un moment d'intense frayeur. Ici, ce sont les restes d'un repas sur une table, les miettes avec lesquelles on a dessiné un circuit automobile tandis que les adultes conversaient dans la clémence d'un samedi soir, là c'est la pente enneigée d'un versant sur lequel, un jour, on a vu skier sa mère. Ici encore, ce sont des forêts d'arbres en fumée ou un chemin au bout duquel on s'est égaré. Au centre d'un tourbillon de gouttelettes blanchâtres renaissent les bêtes de l'enfance. Annabelle songe avec un frisson au *Chien des Baskerville*, s'attend presque à distinguer le hurlement menaçant d'un fauve invisible.

« Retournons au village, décrète le vétérinaire. On trouvera bien quelqu'un en route. »

Tout le monde obéit, soulagé et vaguement honteux de fuir avec autant d'empressement cette scène de désolation. Annabelle observe Marc du coin de l'œil. Les traits livides, la démarche saccadée, le bistrotier dissimule bien mal son trouble. Il ne reste pas grand-chose du matamore qui fanfaronnait quelques minutes auparavant et signalait à la cantonade qu'il

« allait pisser ». *Alors sale mec*, jubile intérieurement Annabelle, *on fait moins le fier maintenant ?*

Leurs silhouettes s'estompent tandis que le paysage jette sur leurs épaules une étoffe vaporeuse, drape d'ombre leurs mouvements et les imprègne de crépuscule. Non loin de là, un grand oiseau déploie ses ailes couleur café pour se dégager d'un fourré humide. Le crissement de feuilles froissées répond au craquement des branches qui dispersent une grande pluie de gouttelettes. La forme bat des ailes comme au ralenti et s'élève dans le ciel gris. L'air vif paraît lutter un instant contre sa panse veloutée, les plumes blanches du dessous, puis abdiquer tandis qu'elle disparaît dans la brume vespérale. Son essor semble vouloir transmettre un message que personne n'entend : *Au milieu de vos prés clôturés, parmi les maisons tout autour, je suis là. Vous n'avez pas encore tout détruit ; je peux vivre à vos côtés. Dans ma sphère véloce, je poursuis mon existence.*

DEUXIÈME PARTIE

« L'entreprise doit non seulement se trouver au centre du processus d'ingénierie urbaine, mais aussi donner sa forme et déterminer les modalités de coexistence sociale sur l'ensemble du territoire. Rien n'est possible sans le concours actif du gouvernement car il faut financer les équipements, déroger à certaines règles du droit commun. Dès lors, la fin de la ville publique nécessite trois facteurs : une position géographique centrale, une économie de marché accueillante, et un État faible. »

SIDNEY TAYLOR LAWNEY,
Le cœur de nos villes, p. 73.

21

L'antichambre située au quarantième étage de la Bank of America est aussi grande qu'un terrain de tennis, elle résonne comme une cathédrale. Ils sont seuls. Le moindre bruit a des accents de coup de tonnerre, alors Henri Davodeau ne bouge presque pas. Ne pas se laisser intimider.

« Maintenant que nous sommes là, chuchote-t-il à l'intention de Solaström, assis à ses côtés, vous pouvez me dire qui nous venons voir. »

L'homme d'affaires s'adosse à sa chaise, jette un regard en coin au Français, l'œil pétillant.

« Frank Forelong », déclare-t-il sans ambages.

Davodeau met une fraction de seconde à réagir. « Forelong ? Le nouveau P-DG de Lawney Industry ?

— LIM. C'est cela.

— Mais je... »

Solaström pose un doigt sur sa bouche. « Je ne peux pas vous en dire plus pour l'instant. Il vous expliquera lui-même ce qu'il attend de l'entrevue. Mais je vous assure que le jeu en vaut la chandelle. »

Davodeau se tait. Il tente de rassembler les informations dont il dispose au sujet de l'un des patrons les plus puissants de l'industrie du divertissement. Comme toujours, sa mémoire photographique lui est d'un grand secours. Il se souvient par exemple d'un long article dans *L'Observateur*, au moment où l'entreprise fondée par Sid T. Lawney était victime d'une tentative d'OPA de la part de deux magnats du pétrole : les frères Lang. Après qu'ils avaient augmenté leur participation de 5,5 à 8,6 % pour devenir le premier investisseur privé de Lawney Industry, le directoire avait été contraint de racheter trois cent vingt-cinq millions d'actions au prix fort puis de débaucher Forelong en catastrophe afin d'éviter la perte de contrôle. La nomination du P-DG a fait la une des journaux économiques, donnant lieu à moult biographies. Il se rappelle les articles comme s'il les avait encore sous les yeux : Frank Forelong, cinquante-sept ans. Grandit dans un luxueux appartement de Park Avenue. Son père, avocat, lui impose une discipline de fer : deux heures de lecture pour une heure de télévision. À vingt ans, le jeune homme abandonne sa prépa médecine pour étudier la littérature et le cinéma. Il se passionne pour l'art africain, l'urbanisme et l'architecture. Il lit et relit *Le cœur de nos villes,* de Sidney Lawney. Par chance, ce livre figure également au panthéon de Davodeau. Durant ses études d'urbanisme, et avant de se lancer dans l'industrie du divertissement avec le succès que l'on connaît, Lawney a synthétisé sa conception de l'aménagement du territoire dans un petit ouvrage ; ce faisant, il a jeté les bases du centre commercial moderne. Dans un manifeste avant tout spéculatif, surtout destiné à exercer son ingéniosité d'étudiant, il a préfiguré presque sans le vouloir les voies d'accès à divers niveaux, les galeries pour voir les boutiques alentour et les parkings dotés d'une signalétique. Son approche insistait également sur la nécessité d'un contrôle strict de l'urbanisme environnant, fondé sur une organisation cellulaire de l'habitat. Les résidences de haut standing se structuraient autour du noyau commercial, suivies d'un cercle moins dense équipé de services de proximité, lui-même ceinturé d'une ultime couronne diluée dans les espaces verts. Une stratification proche de celle des châteaux du Burgenland et des *Klagenfurt*, villes médiévales enchâssées dans les vallées des Hohe Tauern. Qui sait à quelle destinée aurait pu prétendre Lawney s'il avait poursuivi dans cette voie? Mais au terme de ses études, il avait choisi de se lancer dans l'animation avec un talent visionnaire au moins égal à celui développé dans le cadre de son cursus universitaire. Le livre de jeunesse, lui, était resté légendaire. *Revenons à Forelong*, songe Davodeau souvent pris au piège de ses divagations hypermnésiques. Le jeune homme obtient un job d'été dans les studios NBC à New York, puis entre à CBS comme responsable de placement publicitaire dans les programmes pour enfants et, de là, intègre ABC. Après avoir débauché l'une des stars de CBS, Oskar le lapin, il bâtit son réseau, avance ses pions. D'abord acheter une plus grosse voiture, puis épouser une femme avec qui il aura trois beaux enfants. Ensuite déménager à Los Angeles, entrer à la Firme au Lion grâce à un ami, poursuivre son ascension. Forelong produit entre autres *Les aventuriers du masque*, *Kirk dans l'espace* et *Le flic de Burbanks*. Le succès est au rendez-vous, il a le vent en poupe. C'est à cette époque-là qu'il rencontre Michael Jessenberg, aujourd'hui vice-président de LIM. Après avoir accédé à la présidence de la société de production, il achète cinq maisons à Malibu, privatise trois hectares de pinède et sept cents mètres de plage en bordure de la Pacific Coast Highway. Voir grand, dominer le monde semblent être ses mantras. Une voix féminine interrompt ses réflexions.

« M. Forelong va vous recevoir. »

Une blonde athlétique, vêtue d'une étrange queue-de-pie, leur tient la porte au bout de la salle. Ils se lèvent, avancent. Plus ils approchent de la porte, se dit le chef de cabinet, plus celle-ci ressemble à la herse d'une forteresse. Davodeau, parti du village de Lensil, mille habitants, et aujourd'hui représentant de la France au quarantième étage de la Bank of America, se sent petit, tout petit.

« Venez, venez », appelle Forelong tout au bout d'une salle bien trop grande pour que quiconque puisse s'y sentir à l'aise. Minuscule silhouette debout derrière son bureau, il les invite à le rejoindre d'un geste de la main. Davodeau regarde autour de lui. Ils ne sont plus sur un court de tennis, mais dans un véritable hall de gare. Les Américains s'y entendent pour en mettre plein la vue à leurs interlocuteurs. Chacun procède selon les avantages dont il dispose, médite le chef de cabinet. Les Français s'en remettent aux dorures et au poids de l'Histoire, les Américains utilisent l'espace.

Au loin ou dans les magazines, Forelong fait illusion. Mais de près, sa physionomie ne trompe personne. La peau est trop tendue, presque plastifiée. La carnation affiche un bronzage non pas synonyme de bonne santé, mais de déficience génétique, de polymère mal dosé. En dépit de son éclat, le sourire reste figé en une grimace artificielle. Face au P-DG, on a l'impression que la machine ne s'est jamais tout à fait transformée en homme.

Davodeau lui serre la main. Une poigne ferme et synthétique. Deux autres personnes assistent à l'entretien. Forelong fait les présentations. D'abord le vice-président, Michael Jessenberg. Davodeau reconnaît immédiatement la tache de vin caractéristique qui pigmente une partie de son front dégarni. Celle-ci représente avec une fidélité troublante les contours de la France vue du ciel. Davodeau a vu Jessenberg poser sur de nombreux clichés, bras dessus, bras dessous avec son supérieur. Petit et corpulent, le nez chaussé d'antiques besicles à double foyer, il semble animé d'une jovialité inaltérable. Les deux larrons ont fait connaissance dans les coulisses de la Firme au Lion et ne se sont plus quittés depuis. Dans une autre vie, Jessenberg a été un écrivain de science-fiction plutôt réputé. Forelong s'est empressé d'appeler son complice dès qu'il a été nommé à la tête de LIM.

Le P-DG leur présente également Robert Watkins, responsable des opérations spéciales. Plus mince, plus froid que Jessenberg, il possède néanmoins une calvitie identique qui le fait ressembler à une sorte de frère jumeau hiératique, un parent qui serait entré dans les ordres plutôt qu'au service d'une multinationale du divertissement.

Sur le bureau, une photo soigneusement encadrée du fondateur historique : Sid T. Lawney. L'image en noir et blanc, légèrement éthérée, a été travaillée dans l'esprit Hamilton. Le cliché représente un homme d'une quarantaine d'années. La chevelure de jais s'orne de fils d'argent précoces. Le sourire énigmatique est à peine dissimulé par une moustache soignée, que surmonte un nez aquilin. Quelque chose dans le regard – une lueur ou une infime dissymétrie, impossible à dire – teinte l'affabilité d'une roublardise suspecte. Sid T. Lawney n'est pas seulement une légende de l'art, il est aussi une icône du monde des affaires, considéré par de nombreux admirateurs comme l'un des businessmen les plus astucieux de tous les temps. Sa créature emblématique, Annibal le furet, a trouvé son public dès le début : elle a su amuser les foules par des transgressions bon enfant. Sa façon de se mouvoir et de se contorsionner avec une fluidité stupéfiante a d'ailleurs consacré le néologisme *annibaliser*. Un individu fantasque et dégingandé, dont les mouvements adoptent une cinétique presque liquide, est parfois qualifié d'*Annibal*, même si l'antonomase est aujourd'hui un peu désuète. Le furet a constitué une valeur refuge en temps de crise. Les premiers produits dérivés sont apparus sur le marché dès les années 30 : brosses à dents, montres, tirelires, lampes…

Au cours des années 50, période d'expansion économique sans précédent, un phénomène curieux est advenu : le corps du mammifère s'est redressé, il a perdu en mobilité. Ses yeux se sont opacifiés pour prendre l'apparence de deux billes noires. Ses traits se sont figés en un logo inanimé. L'animal turbulent s'est assagi. Au contact des humains et de leur argent, il s'est anthropomorphisé, avant de devenir un avatar de résident blanc, puritain et conservateur.

Davodeau et Solaström prennent place en face de l'immense bureau alloué à Forelong le temps de l'entretien. Que la Bank of America ait accepté de réserver le quarantième étage de son siège au P-DG signifie toute l'importance de LIM au sein de l'économie nationale.

Forelong croise les mains devant lui. Un temps d'observation. Solaström, Jessenberg et Watkins attendent. Finalement, le P-DG rompt le silence.

« Vous connaissez notre entreprise, je suppose.

— Oui », confirme Davodeau. Il cite plusieurs films : de *Princesse Azalée* à *Mille Cavaliers*, en passant par *Steamboat Annibal*. « Vous symbolisez pour nous autres, Français, une certaine forme de rêve, conclut-il.

— Pour nos compatriotes aussi, ajoute Forelong sans une once de modestie. Mais la France demeure une terre d'exception. Le savoir-vivre et la gastronomie constituent des attraits non négligeables pour le reste du monde. » Séquence compliment, s'amuse intérieurement Davodeau. Il sait qu'à celle-ci succédera immanquablement une proposition.

Après avoir chanté les louanges de l'Hexagone encore un moment, l'Américain suggère : « Nous aimerions participer au rayonnement de votre formidable pays.

— Sous quelle forme ? » embraye d'instinct Davodeau.

Forelong ne cille pas et annonce d'emblée : « Nous envisageons d'installer un parc de loisirs en Europe. Les chefs de la division des parcs à thème nous ont fourni une liste de mille deux cents sites potentiels. La France nous semble constituer un choix privilégié pour les raisons que je viens de vous exposer. John, ici présent, prétend que vous êtes la personne idéale pour ce genre de sollicitation. Il vous a chaudement recommandé. »

Le chef de cabinet observe John Solaström du coin de l'œil. « C'est gentil de votre part, approuve-t-il.

— La gentillesse n'a rien à voir là-dedans», tempère l'homme d'affaires. Il adresse un petit signe courtois, manière de signifier qu'entre gens civilisés, les intérêts communs demeurent bien compris. Davodeau garde les mains bien à plat sur les cuisses, il évite de cligner des yeux. Pas question de trahir la moindre émotion malgré le cœur qui s'emballe dans la poitrine. Avec l'espoir d'instaurer un rapport d'égalité relative, il plonge son regard dans celui de Forelong.

«Un parc? Une porte d'entrée, vous voulez dire?

— Si vous préférez.» Le P-DG ne paraît pas se formaliser de l'aplomb du Français. Et pour peu que la manœuvre l'amuse, il n'en montre rien. Il poursuit simplement : «Je ne vais pas vous faire l'affront de prétendre que nous envisageons de tels aménagements pour l'amour de l'art. Nous parlons de commerce. Les touristes convergeront du monde entier pour dépenser leur argent chez vous.»

Robert Watkins s'agite sur sa chaise. Le mouvement est presque imperceptible, mais Davodeau a l'impression que le responsable des opérations spéciales est mal à l'aise. On jurerait qu'il désapprouve le discours de son supérieur, sans toutefois se risquer à le contredire. Le Français, incisif, concentre de nouveau son attention sur Forelong.

«Ils dépenseront de l'argent chez vous aussi. Vous vendrez vos attractions, vos produits dérivés…

— En effet, convient le P-DG. Un procédé gagnant-gagnant.

— Cela demande réflexion.»

Forelong sourit. Le comportement de son interlocuteur, ses réponses étaient bien entendu prévisibles. Il fait glisser une épaisse chemise sur la table.

«Voici quelques documents qui devraient vous

permettre d'étudier nos propositions avec plus de précision. Vous y trouverez les lignes générales du projet ainsi que divers éléments sur lesquels appuyer votre analyse. Inutile de vous préciser que ces pièces sont confidentielles. Si des… fuites malencontreuses devaient se produire, nous nierions leur authenticité et les négociations s'arrêteraient là. »

Davodeau pince les lèvres. « J'apprécie votre franchise. »

Forelong enfonce le clou, histoire de dissiper les derniers malentendus qui pourraient subsister entre le géant américain et la France : « Je ne vous cache pas que l'Espagne est également sur les rangs. Ils ont de sérieux atouts. »

Davodeau ne se laisse pas déstabiliser ; il reste professionnel en dépit du trouble qui s'empare de lui : « Je vous remettrai une étude de faisabilité et un argumentaire complet au début de l'année prochaine. Cela vous convient-il ? » Durant toute la conversation, il n'a cessé de s'adresser à Forelong et à lui seul. Un choix calculé.

Forelong, lui, désigne son directeur des opérations spéciales :

« Robert va prendre en charge la suite des négociations. Il sera votre interlocuteur dans le suivi du dossier. »

Watkins a un sourire crispé. « Je suis sûr que nous parviendrons à accomplir de grandes choses ensemble.

— Également », fait Davodeau, qui intercepte un regard discret entre Jessenberg, le vice-président, et Solaström. Il a la désagréable sensation d'être l'idiot utile d'un stratagème qui le dépasse, un cocu trop intelligent pour son propre bien. Qu'importe, décrète-t-il. Même si l'installation s'effectue au détriment de la France, le prestige de la collaboration transatlantique lui fera gagner des années de parcours politique.

Les participants se lèvent. On se serre la main avec des sourires carnassiers, puis Davodeau s'éclipse en compagnie de Solaström. Tandis qu'il s'éloigne avec son dossier sous le bras, rempli à n'en pas douter de documents anonymes et d'éléments trompeurs, il sait qu'il faudra redoubler de vigilance.

22

Le silence plane un long moment après que Davodeau et le promoteur sont partis. Adossé à son fauteuil club, Forelong fait claquer son stylo sur l'immense bureau de la Bank of America. Cette manie, il l'a contractée durant les longues réunions chez CBS. Il s'agissait autant de favoriser la réflexion que d'initier un compte à rebours. Le cliquetis se répercute sur les murs de l'auguste maison, s'amplifie pour prendre les proportions de déflagrations lointaines. Jessenberg regarde son patron et ami, interrogatif. Watkins, nerveux comme à son habitude, continue de bouger sur sa chaise, le corps animé de mille crispations jamais tout à fait achevées, comme interrompues juste avant leur conclusion naturelle : la rupture. Son crâne glabre luit de colère ou de détresse, on ne sait pas.

« Qu'en pensez-vous, messieurs ? interroge finalement le P-DG.

— Ça peut donner quelque chose si l'on s'appuie sur les Espagnols, envisage Jessenberg.

— Oui, j'ai détecté une certaine tension chez Davodeau quand j'ai parlé d'eux. Et toi, Robert, qu'en dis-tu ? »

Watkins hésite, puis se lance : « Je ne suis pas d'accord avec l'option cynique.

— Pardon ?

— L'option cynique. Quand tu lui as parlé de commerce, de tourisme…

— Je lui ai raconté ce qu'il voulait entendre. Cet imbécile de Français se prend pour un requin du libéralisme ; il s'imagine de taille à nager avec les Grands Blancs.

— Sid n'aurait jamais évoqué son entreprise en ces termes.

— Sid est mort depuis trente ans, Robert. Et son entreprise est devenue une multinationale. Cesse de regarder vers le passé. Les temps ont changé. »

Watkins se tait. Les mots qui se bousculent sur ses lèvres, il ne les prononce pas. L'indignation portant son sang à ébullition, il la réprime. Jessenberg recentre le débat.

« Davodeau a des faiblesses, c'est certain. La France n'est pas au mieux avec la gauche et je crois…

— Davodeau n'est pas de gauche. Il est simplement là où se trouve le pouvoir, c'est différent. Il trompe peut-être ses amis socialistes, mais pas moi.

— Je sais. Je dis simplement que nous avons de bonnes cartes à jouer. Ce type est un arriviste ; retournons son ambition contre les intérêts du pays qu'il défend.

— Les Espagnols ont déjà fait beaucoup de concessions. TVA préférentielle à 10 %, aménagements de territoire…

— Nous pouvons obtenir mieux de la France. Le pays a mal absorbé les attaques monétaires. Il s'est cassé les dents sur la rigueur. Le programme commun… Quelle foutaise ! La population se rend bien compte que cela ne marche pas. Qui a envie de collectivisme, à part les communistes ?

— Les gens ont les mêmes aspirations partout : ils veulent posséder un logement sécurisé, dans une ville propre. Et que leur pavillon soit légèrement supérieur à celui du voisin. L'Europe est mûre pour accueillir l'urbanisme façon Lawney. La privatisation patrimoniale n'est qu'une question de temps. Mais je persiste à croire que l'Espagne est la mieux placée.

— Idéologiquement, peut-être. Pas géographiquement. » Jessenberg, amoureux de la France depuis ses études de littérature, a déjà choisi son favori et n'en démord pas.

« La météo française n'est pas formidable », objecte Forelong.

Jessenberg, toujours soucieux de ménager les susceptibilités, tente d'inclure Watkins dans le débat. « Qu'en penses-tu, Robert ? La France ou l'Espagne ?

— Vous auriez dû mettre l'accent sur l'art, voilà ce que je pense. Le merveilleux. Les Français adorent le merveilleux.

— Les Français peut-être, mais pas Davodeau, s'agace Forelong.

— Alors on mise sur la France ? »

Un moment de silence, puis Forelong décrète : « On mise sur les deux pour l'instant. Tu te charges des Français, Robert. Tu as déjà quelques succès à ton actif sur leur territoire. Le jeu de rôle *Empire des chimères* a marché du tonnerre, je crois.

— La première version, oui. Elle a pris dans toute l'Europe de l'Ouest, mais la France a été spécialement réceptive. Il faut dire que l'importateur, Transecom, a fait un travail formidable.

— N'atténue pas ton rôle. Tu as développé la filiale

à partir de rien. Nous nous sommes fiés à ton jugement et nous avons eu raison.

— Le merveilleux, Frank. La magie. *Empire* est un jeu qui fait la part belle au…

— Assez, avec cette histoire de merveilleux. Un jeu enchanteur qui ne rapporte rien se résume à une perte de temps. Tu peux y mettre toute la féerie du monde, l'horloge a tourné dans ton dos. Toi, tu as le génie du marketing. Je te donne carte blanche pour manœuvrer avec la France.

— Mais je… Tu sembles oublier le fiasco de la seconde version d'*Empire*.

— Ce n'était pas un fiasco, c'était un drame. Un drame épouvantable. Je n'étais pas en poste à l'époque, mais je sais que tu ne pouvais pas prévoir ce coup de folie.

— Un mort, des mois de travail perdus, j'aurais dû être plus vigilant.

— N'y pense plus. » Forelong désigne Jessenberg. « J'ai demandé à Michael de reprendre le projet. Il se débrouille très bien. » Il fait cliqueter son stylo et le pointe sur Watkins. « Concentre-toi sur tes points forts. L'autodénigrement et la modestie ne sont que des visages de l'orgueil. Ne te réfugie pas derrière un échec pour minimiser une réussite commerciale. Tu as toujours eu du flair pour sentir les attentes du public. Le merveilleux n'a rien à voir là-dedans. Admets-le, tu vivras plus sereinement. » Le P-DG pose enfin son stylo. Le compte à rebours est terminé. Son visage se plisse en une grimace mécanique, l'imitation d'un sourire. « Bien. Et si nous allions manger ? »

Jessenberg renchérit dans le registre de la jovialité

un rien forcée : « Super. Nous trinquerons à la suite d'*Empire des chimères* et aux succès qui s'annoncent, magiques ou non. »

23

En 1976, Robert Watkins, alors producteur et chef de projet pour la firme Lawney, embauche deux messieurs en costumes anthracite, Mike Ellis et Lars Anderson, pour élaborer un jeu issu du monde des wargames. Le premier vient du clip vidéo, le second du documentaire. Enfermés dans un local de douze mètres carrés, au rez-de-chaussée du département Recherche et Développement, les deux concepteurs formalisent le jeu de rôle et lui donnent pour la première fois un cadre établi, des règles précises. Dotés d'un sens de l'humour grinçant, qui contribuera au succès du coffret auprès des jeunes générations, ils baptisent leur produit *Empire des chimères*, sous-titré *Le jeu où vous aimerez vous perdre*. L'intrigue est fondée sur la mythologie occulte et le bestiaire personnels développés par Sid T. Lawney depuis les années 30. Benny, l'aigle borgne, Andy, le loup arctique sans cesse enrhumé, William, l'ours-garou de classe 12, Eddy, le corvidé blanc affublé d'un appareil dentaire, le scarabée de feu, le ver écarlate, le faucon sanglant : toutes les créatures oubliées par le maître, toutes les esquisses inquiétantes, les brouillons, les ratés fabuleux sont au rendez-vous. Après des années de relégation, les parias ont trouvé refuge dans une ville idéale, Simplicité.

L'architecture varie légèrement selon le pays visé : influences bavaroises pour les nations germaniques, dominante gaudiesque dans les contrées ibériques,

Renaissance pour les régions transalpines, accents post-haussmanniens en France, mais le socle commun de la cité, immuable, se caractérise par un équilibre optimal entre la mémoire du passé et celle du temps présent, entre fantasme et réalité, idéalisation nostalgique et modernisme. Les préceptes développés par Sidney Lawney dans son livre de jeunesse, *Le cœur de nos villes*, sont suivis à la lettre. Le centre commercial et les enseignes présentes sur les terrasses, aménagées autour d'une grande place aux allures de serre monumentale, forment l'élément structurant de la vie sociale. Par l'intermédiaire d'*Empire*, les Américains entérinent les concepts d'uniformisation culturelle et de placement de produits. Les notions fédératrices du vivre-ensemble – cohabitation des nations, des religions et des langues – s'estompent au profit d'une ultime valeur hégémonique : l'achat. Captifs d'un troublant effet de miroir, les joueurs mènent une parodie de vie par le truchement de créatures zoomorphes. Le phénomène d'immersion atteint des niveaux inédits. Les participants consacrent leur existence indolente aux rencontres, aux loisirs et aux plaisirs de la consommation. Leur quotidien hédoniste, dénué d'enjeux dramatiques, trouve son accomplissement dans l'enrichissement et la dépense.

En un an, le succès est tel dans le cercle des initiés qu'un premier manuel clandestin voit le jour en Europe. Lawney Industry intente un procès à l'éditeur pour violation de la propriété intellectuelle et l'oblige à retirer son guide du marché. Dans la foulée, la multinationale crée une société d'importation, Transecom, par le biais de laquelle les livrets officiels, de même que les célèbres boîtes noires ornées du logo de la filiale – une corneille blanche sur le dos, que l'on imagine morte, en lieu et place du traditionnel furet destiné au public familial – déferlent en Europe de l'Ouest. Un an plus tard, la majeure partie des adolescents du territoire possède un exemplaire. D'autres jeux suivent, qui connaissent des fortunes diverses. Aucun d'eux ne parvient à renouer, que ce soit par le charme roublard, par la force de suggestion ou par l'astuce commerciale, avec l'alchimie prodigieuse d'*Empire*. On raconte qu'il existe une seconde version du jeu, un mode alternatif encore plus complexe, plus immersif, plus subversif que l'original. Ce coffret bis n'a jamais été commercialisé ; mille légendes courent au sujet de sa conception et de sa diffusion souterraine. Dans *Empire des chimères II*, un étrange virus s'empare de certains résidents. Des copies circulent parmi les joueurs les plus acharnés, dont fait partie Thomas, le fils du boucher et ami de Julien et Rémi.

Les deux collégiens s'acharnent à déjouer les pièges du Maître du jeu. Rémi jette les dés à huit faces sur le plateau.

« Quatre ! triomphe Thomas. Tu ne peux pas acheter la voiture pour te déplacer. »

Les règles de la seconde version correspondent à celles du projet initial : lorsqu'un test de compétence s'impose, on lance autant de dés que la valeur de compétence appropriée. Chaque essai donnant 5 ou plus correspond à un succès. Le joueur doit obtenir un certain nombre de succès pour que l'action soit validée.

Mike Ellis et Lars Anderson, les concepteurs, ont procédé à de multiples ajustements et calculs avant de déterminer quel système offrait un taux de réussite satisfaisant, garantie de dynamisme pour le jeu.

Rémi a un geste de dépit.

« Allons au centre commercial à pied, propose

Julien. Tout le monde se rend à la galerie, le dimanche. On y trouvera peut-être des renseignements. » Depuis plusieurs mois, des résidents de Simplicité disparaissent sans laisser de traces. Parmi eux, leur ami Eddy, l'oiseau blanc qui porte un appareil dentaire. La rumeur fait état d'une mystérieuse infection, la Peste zombie, que les brigades sanitaires échouent à éradiquer malgré des interventions rapides et énergiques. Julien et Rémi, incarnant respectivement Benny, l'aigle borgne, et William, l'ours-garou, essayent d'en savoir plus.

Thomas dirige la partie à l'aide d'un Guide du Maître officieux, composé de mauvaises photocopies agrafées ensemble. Les séances se déroulent le plus souvent chez lui, en l'absence de son père, Thierry. Comment le garçon, fils de boucher dans un village de mille habitants, est-il entré en possession de la fameuse version pirate ? Mystère. Julien et Rémi, malgré leurs efforts et leur insistance, n'ont pu lui soutirer aucune information.

Le soir qui tombe confère au salon une allure sinistre, étrangement contrebalancée par le soleil qui darde ses rayons implacables sur les rues de Simplicité. Le trajet à pied risque d'être long et pénible.

« Vous voulez faire du stop ? » interroge le maître du jeu.

Julien croit détecter une certaine roublardise dans la proposition de son camarade. « Non merci, décline-t-il.

— Je réclame une pause, fait Rémi. Je vais boire. »

Il se lève aussitôt puis se rend à la cuisine. Depuis quelque temps, la soif du jeune garçon est insatiable. Il est sans cesse fourré à la cuisine ou dans la salle de bains. Julien reste seul avec Thomas. Tandis que le second se plonge dans son guide, armé d'un stylo pour prendre des notes, le premier regarde autour de lui. Commode, buffet... Tout est impeccablement rangé, la propreté des lieux est presque suspecte, pourtant, rien n'indique une présence féminine. Julien est étonné de ne voir aucune photo de la mère de son camarade. Mme Imbert est partie du jour au lendemain, évanouie dans la nature un peu comme Eddy l'oiseau... Julien a entendu certains adultes, en particulier ses parents, prétendre que l'épouse était partie à l'étranger. Ni Thomas ni son père n'ont songé à confirmer ou infirmer pareille allégation.

« Ton père n'est pas souvent là, hein ? demande Julien.

— Non, en effet, répond Thomas sans quitter son manuel des yeux. La plupart du temps, quand il a terminé son travail à la boucherie, il vaque à ses occupations. Il possède un petit élevage de chiens dans le quartier de la Haute Source, sur un terrain en retrait. Je n'y suis pas souvent allé. Ça ne m'intéresse pas vraiment. »

Durant toute la partie, Julien n'a cessé de songer au doigt coupé découvert dans l'armoire de son grand frère. Il a guetté l'occasion de se confier, ne serait-ce qu'à mots couverts, mais n'a pas trouvé le bon moment. Il jette un coup d'œil en direction de la cuisine. Rémi est hors de vue. Peut-être devrait-il profiter du tête-à-tête avec Thomas pour évoquer le problème. Comment présenter les choses ? Et puis il n'est même pas sûr de vouloir en parler. Julien est encore en train de s'interroger lorsque Rémi réapparaît sur le seuil du salon. Il est pâle, les traits tirés.

« Ça ne va pas ? » s'inquiète Julien. Thomas lève les yeux de son guide.

Rémi : « Pas trop, non. Je n'ai peut-être pas assez mangé à midi.

— Tu veux qu'on arrête la partie ?

— De toute façon, il est tard. Je dois rentrer. »

Julien et Thomas échangent un regard. Haussement d'épaules. Rémi est le plus jeune d'entre eux. Il a toujours eu une constitution fragile. Sans compter qu'il a raison : il est tard. Déjà, des lambeaux de nuit se déroulent à l'horizon. Bientôt, le cœur jaunâtre des lampadaires illuminera faiblement les venelles, impuissant à dissiper les zones d'ombre qu'installent les ténèbres.

Empire des chimères II

Cela fait deux jours que Benny et William marchent. Le soleil artificiel n'a pas cessé de briller, les oiseaux préenregistrés gazouillent toujours, mais les contreforts de Simplicité se sont amenuisés, puis ont disparu derrière une colline, lorsque leurs pas ont fait basculer la vue. Ils longent à présent un sentier tout en lacets, flanqué d'herbes grasses et de fleurs mauves analogues à des violettes. Un étrange jus sombre poisse les pétales colorés, si bien que les corolles ressemblent davantage à un conseil de prudence qu'à une invitation aux courses champêtres. De toute façon, les deux compères savent que s'ils s'écartent du chemin, ils ne trouveront que des panneaux d'aggloméré découpé, puis peint. Pour qui s'attarde un peu trop sur les détails du paysage, le réalisme devient vite une théorie de symboles plats. Benny et William évoluent dans un décor de carton-pâte, où la perspective compressée en deux dimensions n'a guère plus d'épaisseur qu'une surface filmable.

L'effacement de la ville ne les a pas vraiment inquiétés, même s'ils ne sont jamais allés aussi loin des constructions. Pourquoi auraient-ils quitté le confort rassurant, immuable et admirablement confit de Simplicité ? Les choses sont différentes aujourd'hui. Leur ami Eddy a disparu. Une brève enquête au centre commercial les a orientés vers le fast-food de la galerie S, comme Mme Sourire, où les chats de la brigade sanitaire ont effectué une descente la veille. Là-bas, des employés encore choqués leur ont rapporté l'horrible transformation du corvidé. Certains ont prononcé les mots terrifiants de « Peste zombie » et d'« Épouvantables Terres ».

Selon leurs informations, Eddy a pris la fuite avec deux amis, Andy et Louis. Le trio a emprunté la seule route qui sort de Simplicité, alors le choix a été rapide. Longtemps, Benny avait imaginé de multiples voies de passage conduisant à des chutes d'eau, des vallons luxuriants ou des temples abandonnés. Il semble que les créateurs du jeu aient eu une tout autre conception de l'environnement ludique. Les deux amis ont l'impression de progresser dans un entonnoir, tant le champ des possibles paraît rétrécir à mesure qu'ils avancent. Peut-être ont-ils été destinés de tout temps à emprunter cet unique accès, à s'enfoncer dans un monde imaginaire qui ne peut être qu'abstraction et contrainte.

La marche s'éternise. William est un ours-garou de classe 12, il n'a donc pas grand-chose à craindre de la fatigue et de la soif. Benny, lui, œuvre sous l'apparence d'un aigle borgne. Il a conscience que chaque kilomètre parcouru, chaque dépense d'énergie supplémentaire, lui coûte des points de dommage.

Au détour d'une courbe, ils parviennent à une intersection.

Deux hommes décharnés et vêtus de haillons semblent s'adonner au commerce ambulant en bordure de chaussée. Il suffit de les observer pour remarquer que leurs costumes anthracite sont presque identiques et qu'ils ont dû, à une autre époque, symboliser une sorte de respectabilité. Les vêtements sont à présent couverts de poussière et de taches non identifiables, déchirés en certains endroits, rapiécés à d'autres. Depuis combien de temps sont-ils installés ici ? Benny détecte une étrange odeur de prune en train de macérer, ou de cuir mouillé.

Le premier homme porte un masque de scarabée : deux élytres d'ébène cachent ses yeux. Le second arbore un masque de faucon, le nez figurant un bec acéré. D'humain, ils n'ont que la bouche et le menton.

« Un livre ? » propose le premier. Il désigne un modeste étal devant lui, en réalité un chariot à bras, chargé d'ouvrages. Les couvertures présentent toutes l'image d'une ville analogue à Simplicité. Le titre se détache en lettres rouges : *Le cœur de nos villes*, par S. T. Lawney.

« À Simplicité, tout s'achète et tout se vend, précise l'homme à tête de scarabée.

— Dehors aussi, signale son acolyte à tête de faucon.

— Cela ne signifie pas pour autant que n'importe qui peut posséder n'importe quoi », achève l'autre.

La compétence commerciale appartient au domaine de la Finesse. Elle reflète le sens des affaires du per-

sonnage. Elle sera utilisée pour marchander, estimer la valeur d'objets précieux ou organiser des opérations mercantiles.

Conçu pour refléter l'ambiance et l'esprit de la réalité, Empire des chimères *vise à ce que les joueurs aient confiance dans la capacité de leur personnage, tout en considérant les situations d'incertitude comme des mises à l'épreuve décisives.*

Si vous pensez avoir un degré de réussite suffisamment élevé, désirez-vous effectuer un test de compétence pour tenter d'acquérir Le cœur de nos villes*?*

William pense que le livre pourrait contenir de précieux indices pour la suite de leur quête, mais Benny estime que la préservation de ses points de vie est plus importante. Au terme d'une brève concertation, il demande à Faucon : « Vous avez à boire ? »

La carcasse étique de l'homme tremble, un râle sec comme du papier de verre se fraye un chemin le long de sa gorge. Il rit. Ses lèvres gercées ouvrent une brèche sur des gencives noires, où l'on ne distingue que des bouts de peau et plus aucune dent. Il tend un avant-bras dénudé vers Benny.

Le bras est si maigre qu'on pourrait le confondre avec le membre d'un phasme. De larges plaques jaunes, craquantes comme de la pâte feuilletée, se détachent de la peau desquamée. « Regardez-moi, dit-il. J'avais 70 % d'eau dans le corps et il ne m'en reste plus une goutte. Je ne m'en porte pas plus mal.

— Pouvez-vous nous indiquer la direction des Épouvantables Terres ? intervient William, qui sent qu'ils n'obtiendront ni nourriture ni eau de ces pauvres bougres.

— Ah, caquette Scarabée. Lourde décision que

la vôtre, le domaine d'Oskar ne se dévoile qu'aux infectés. » Benny connaît ce nom. Il l'a déjà entendu sous l'apparence de Julien, lorsque son grand frère parlait des pouvoirs magiques du Lapin fou. « Oskar a mille dents sucrées, poursuit Scarabée. Tous ses repas débutent par la jeunesse. » Encore des mots familiers à Benny, sans qu'il puisse s'expliquer ce sentiment de proximité. Scarabée ne lui laisse pas le temps d'approfondir la réflexion ; il continue : « Les brigades sanitaires courent au-devant de graves difficultés.

— Les brigades sanitaires ?

— Elles sont passées hier. Elles cherchaient le même endroit que vous.

— Et vous leur avez montré le chemin ?

— Nous leur en avons indiqué un. J'ignore si c'est le bon. L'univers de Simplicité est si rond qu'il suffit de jeter une pierre très fort pour qu'elle vous revienne à l'arrière du crâne.

— Cela ne nous avance pas beaucoup. »

Benny fronce les sourcils. « Vous sentez cette odeur ? On dirait des prunes moisies ou…

— C'est moi, avoue Scarabée.

— Vous ?

— Oui. J'émets des phéromones sexuelles particulières, très favorables à la reproduction de l'espèce. Voilà pourquoi on me surnomme Pique-prune.

— Ou Barbot, ajoute Faucon.

— Voire *osmoderma eremita*. Mes messages olfactifs sont tellement puissants qu'ils font partie des rares parfums d'appel à être perçus par les humains. D'où votre remarque.

— Mais nous ne sommes pas humains, rectifie Benny. C'est vous, l'homme déguisé en bête. »

Un râle monte des entrailles de Scarabée, éclate

telle une bulle de gaz vicié à l'air libre. Rire de coléoptère.

« Je ne vois pas ce qu'il y a de drôle, s'agace Benny.

— Vous êtes aussi humains que nous, s'esclaffe Scarabée entre deux quintes de toux. Vous ne le saviez pas ? »

Benny, alias Julien, et William, incarné par Rémi, échangent un regard.

« Qu'est-ce que vous racontez ? fait Rémi.

— Regardez au fond de vous, sous vos plumes et vos poils synthétiques, à l'intérieur de votre peau de feutre, au fond de votre cœur en mousse, vous comprendrez que je dis la vérité. »

Que peuvent-ils tirer de cette information ? se demande Julien. Ces allégations leur seront-elles utiles pour la suite de l'aventure ou visent-elles à semer la confusion dans leur esprit ? À moins qu'elles ne soient qu'élucubrations de dément ?

« Qui êtes-vous ? demande-t-il.

— Lars Anderson, se présente Scarabée en tendant la main. Et à côté de moi, c'est Mike Ellis.

— Enchanté, piaule Faucon.

— Ne faites pas attention à lui, dit Scarabée. Il n'existe que dans ma tête. »

Benny et William n'ont pas besoin d'échanger leurs impressions pour savoir qu'ils pensent la même chose : ce sont définitivement des élucubrations de dément.

Scarabée se livre à une parodie de sourire, fend le visage en une limace de lèvres. Ses yeux restent invisibles derrière la chitine moirée du museau retourné. « Vous pouvez croire que je suis fou, ça ne me gêne pas. Mais vous aussi, vous n'existez que dans ma tête. »

24

Jérôme a téléphoné à sa femme, Clotilde, pour la rassurer. Il rentrera tard, oui. À cause de la fillette disparue, oui. On ne l'a pas encore retrouvée, non. Le voisin, Adrien, passera lui préparer à manger. Jérôme se charge de le prévenir. Je t'aime. À ce soir, mon amour.

À présent, il tape les rapports en quatre exemplaires : un pour le maire, un pour l'OPJ territorialement compétent, un pour le procureur et un pour les archives municipales. Les touches de la machine s'enfoncent avec un bruit revêche. Jérôme doit appuyer fort pour que le papier carbone marque les feuilles. Département, ville, numéro de matricule. Nous, garde champêtre en fonction dans la commune, dûment agréé et assermenté, agissant en uniforme conformément aux ordres reçus et aux dispositions de l'article 21-2 du code de procédure pénale, avons l'honneur de vous rendre compte des faits suivants…

En vérité, les formulaires qu'il remplit ne contiennent aucune information d'importance. Juste des aveux d'impuissance. La cécité, la surdité sont unanimes. Pourtant, Jérôme consigne tout. Il accomplit son devoir.

Il a interrogé les retraités, les femmes au foyer. Il a vérifié auprès de l'unique hôtel du canton. Pas de visiteur égaré, aucun étranger.

Quelqu'un du coin, alors? Ou un accident? Une chute stupide dans un endroit improbable? Un malaise?

Jérôme recule, s'adosse à sa chaise et croise les

mains derrière la tête. Il sent les muscles de son cou puissant se détendre. La pièce que lui a allouée la mairie en guise de bureau se résume à un ancien local technique de huit mètres carrés. Pas de fenêtre, aucune ventilation et une ampoule nue pour tout sémaphore. Les effets néfastes de ce purgatoire l'indiffèrent car il est presque toujours dehors. Les yeux au plafond, il laisse son esprit travailler, ruminer. Bon sang, on ne s'évapore pas comme ça, pas ici. En temps normal, personne ne peut faire un pas à l'extérieur sans que tout le village soit au courant. Les habitants passent leur temps à repérer les voitures, ils savent qui est chez qui, comment, pourquoi ; ou s'ils ne le savent pas, ils l'inventent. Les moindres allées et venues sont répertoriées dans les grandes annales des commérages. Les chats, les chiens et leurs maîtres, ceux qui rentrent trop tôt du travail ou partent quelques jours en vacances : rien n'échappe à la population. Et là, personne ne remarque une fillette qui disparaît ? Impossible. Le garde champêtre est sûr que quelqu'un, quelque part, a noté un détail, un élément insolite. La vraie question est : pourquoi lui, Jérôme, n'a-t-il pas trouvé cet individu ou, s'il a croisé sa route, pourquoi le témoin a-t-il choisi de se taire ? Quelle poisse ! Maintenant, la nuit est tombée. Les patrouilles sont revenues bredouilles, la battue n'a rien donné. Tout juste a-t-on exhumé un étrange charnier d'animaux. Une dizaine de chats. Un empoisonnement massif ? La réserve de nourriture d'un prédateur ? Il n'a pas eu le temps d'approfondir la question. Les félins ont été confiés au vétérinaire du village voisin, qui a participé aux fouilles et fait la sinistre découverte. Jérôme n'a pas encore la description de tous les animaux, mais imagine que l'absence de certains compagnons à fourrure sur sa commune (y compris celui de Corinne, la coiffeuse) pourrait bientôt s'expliquer. Il songe, avec le sourire amer qu'immanquablement provoque la conscience trop aiguë d'un mauvais jeu de mots, qu'il a pour l'instant d'autres chats à fouetter. Les recherches concernant la fillette reprendront demain. En attendant, il faut poursuivre la retranscription. Dans une attitude d'OS sur sa chaîne de montage, il se penche sur sa machine et recommence à brutaliser le clavier.

Quand il émerge de son cagibi, la cloche de l'église sonne 2 heures du matin. Il esquive de justesse le maire qui, une tasse de café fumant à la main, se dirigeait vers la salle du conseil. Jérôme est surpris, il pensait être seul dans les locaux. « Excusez-moi, murmure-t-il, je ne vous avais pas vu.

— Aucun problème, répond l'édile. C'est moi qui m'excuse, j'étais perdu dans mes pensées. »

Jérôme remarque, à ses traits tirés, à ses yeux rougis et sa barbe naissante que la disparition de la petite Édith l'affecte beaucoup. Le bel homme à la voix persuasive, au costume impeccable et aux manières franches semble diminué. La chevelure d'argent s'est ternie, le regard aiguisé a perdu sa force. L'employé constate avec une pointe de satisfaction que l'homme en face de lui, celui qui a su se faire élire auprès d'une population peu rompue aux subtilités de langage, sur la seule foi de serments nébuleux et de discours vibrants d'émotion, se montre à cette heure tardive sous un jour moins glorieux. Le maire désigne la pile de formulaires que Jérôme tient sous le bras. « Vous avez terminé ?

— Oui, je crois.

— Quelque chose ?

— Non. Rien de mon côté, désolé. »

L'élu se gratte la joue, jette un coup d'œil par-dessus son épaule comme s'il voulait s'assurer que personne n'écoute leur conversation, mais les locaux sont déserts. L'horloge de la réception égrène les secondes avec un tic-tac laborieux. Jérôme n'avait jamais remarqué qu'elle faisait autant de bruit.

« Vous restez toute la nuit ? demande le garde champêtre.

— Oui. Je dormirai dans la salle du conseil. Enfin, j'essayerai. Les enquêteurs étudient encore la liste des endroits susceptibles d'avoir été négligés. Je suis à leur disposition. La brigade cynophile arrive demain.

— Vous voulez que je reste aussi ?

— Non, c'est inutile. Les gendarmes s'occupent de tout. Rentrez chez vous. Et laissez les rapports. Sophie les amènera elle-même aux archives. Je transmettrai le reste aux autorités. »

Jérôme est tenté de s'exclamer : *Mais moi aussi je représente l'autorité !* À vrai dire, il est un peu vexé d'être écarté des investigations avec autant de désinvolture. Sa déception n'échappe pas au premier magistrat.

« Allez dormir. Votre femme a besoin de vous. Essayez d'être en forme demain. Votre aide nous sera précieuse. »

Le garde champêtre aimerait dire à son supérieur qu'il se moque de sa commisération et que Clotilde s'en sort très bien toute seule. Il ne réclame pas l'aumône. Juste un minimum de considération et davantage qu'un rôle de figurant. Il a détesté être cantonné à l'enquête de voisinage. Il sait que, si on lui en donne l'opportunité, il peut faire ses preuves. Le maire semble lire dans ses pensées.

« Je sais que c'est difficile, assure-t-il, mais laissez les gendarmes travailler. La municipalité ne prendra pas la responsabilité d'un échec, c'est clair ? »

Suis-je transparent à ce point ? s'interroge Jérôme. *Et faut-il que le maire ait peu confiance en moi pour craindre les retombées d'une enquête bâclée ? Faut-il également qu'il nourrisse peu d'espoir quant à l'issue heureuse de cette affaire ?* Il voudrait protester, mais n'en a pas le courage. Lorsque le maire tend les bras, l'agent lui confie les rapports puis tourne les talons. Il entend la voix de l'élu dans son dos, encore charismatique malgré la fatigue.

« Bonne nuit, Jérôme. »

L'intéressé envisage de ne pas répondre, mais ce serait impoli.

« À demain, monsieur le maire. »

25

Le garde champêtre gravit lentement les degrés qui mènent à l'appartement de fonction, au deuxième étage du bâtiment attenant à l'hôtel de ville. Quand il a été nommé, quinze ans auparavant, il a été fort surpris, pour ne pas dire découragé, de découvrir à quel point son nouveau logis était peu pratique pour Clotilde. Il s'était maudit de ne pas avoir songé à cet aspect des choses quand il avait accepté le poste. Sa femme l'avait rassuré : elle se débrouillerait quoi qu'il arrive. Elle était clouée depuis vingt ans dans un fauteuil roulant et jamais encore une volée de marches n'était venue à bout de sa détermination. Bien sûr, la mairie avait effectué, selon ses modestes moyens, certains aménagements au fil du temps – un dénivelé spécial pour franchir la marche du seuil et le trottoir en bas –, mais il fallait toujours porter la jeune femme dans les escaliers si elle voulait sortir. Adrien, le voisin, s'en chargeait lorsque Jérôme était absent. Sinon, il suffisait à Clotilde de téléphoner à la mairie, et on envoyait un agent technique à la rescousse.

Jérôme ouvre la porte. Il a vu la lumière sous le battant. Clotilde l'attend malgré l'heure tardive. La lassitude des heures passées à taper des rapports, le stress et les courbatures disparaissent sitôt qu'il aperçoit sa femme. Presque vingt ans de vie commune et elle reste, comme au premier jour, son réconfort et son flambeau. Bien sûr, la nature de leur relation a changé. La passion s'est muée en tendresse, mais le soulagement qu'il ressent en sa présence demeure identique. Assise à la table de la cuisine, un livre ouvert devant elle, Clotilde quitte son ouvrage des yeux à l'instant même où il pénètre dans le vestibule. Elle tourne son visage d'opale vers lui. Sous une frange que souligne la lumière contrastée de l'ampoule, son grand regard étonné ressemble à un voile de soie humide où il fait bon s'abandonner. Sa bouche s'ourle d'un sourire oblique, comme une flèche au cœur. *Je t'attendais, mon amour*. Jérôme soupire. Il connaît chaque détail de son corps : le grain de beauté à l'aine, et le dessin des veines bleues pareil au motif d'un tapis. Les jambes, les fesses meurtries par l'immobilité, qu'il faut masser chaque soir ainsi qu'on caresse une vérité. *Même si je ne sens rien, j'ai chaud pour toi. Laisse se répandre la langueur.* Le ventre plat, plus haut, sur lequel il aime laisser reposer sa tête, attentif à la respiration de son épouse. Les oscillations lentes du muscle abdominal, qui confèrent aux occupations quotidiennes l'apparence d'une vaine agitation. Le rythme de Clotilde épuise l'effervescence, achève le deuil des immenses malheurs et, dégageant l'âme des ténèbres, offre un aperçu de l'éternité. Jérôme visualise les petits seins aux larges aréoles, invitations nacrées à la sensualité, et puis la ligne courbe de la clavicule, aussi fragile qu'un coquillage. La gorge vers laquelle monte, par petites secousses, le rire qui cherche l'air avant de ravir les lèvres en une périlleuse apnée. Les poignets où palpitent le sang, et le duvet des avant-bras, si fin. « Il ne fallait pas m'attendre », murmure-t-il par réflexe.

Il enlève sa veste et sa chemise. Le maillot de corps révèle ses bras puissants. Apparaît sur son biceps le tatouage en forme de cimeterre sur un rameau d'olivier. L'insigne des Groupes Mobiles de Police Rurale en Afrique du Nord. Le cimeterre évoque le verset du Coran : *Le paradis d'Allah est à l'ombre des épées,* tandis que le rameau rappelle le message de la colombe de Dieu à Noé : *Ma colère est éteinte*. Cet insigne, il s'évertue à le dissimuler au quotidien, dans l'exercice de ses fonctions. Cent fois le garde champêtre a rêvé de gommer l'emblème de son régiment, indice des tourments d'une jeunesse martiale. Cent fois il a renoncé, fidèle à des souvenirs absurdes, à une fraternité toxique et révolue.

Algérie. Un jour, en fin de matinée, ils avaient arrêté un Arabe à l'écart du village. Pas de papiers. Fouille, menottes. Ils l'avaient aussitôt chargé dans le half-track – un petit blindé muni d'une radio et d'une mitrailleuse Browning 12,7 – pour le ramener au poste. Leur groupe officiait sous les ordres d'un commandant de section qui croyait continuer la guerre d'Indochine. Dès leur rentrée au camp, il avait ordonné qu'on attache le suspect au porte-drapeau. Jérôme avait eu tout le loisir d'examiner le visage de l'homme ; une figure en lame de couteau avec des yeux suffisamment grands pour qu'on y lise l'effroi, l'impuissance, la supplication. Dans l'après-midi, privé d'eau et de repas, il avait été emmené pour interrogatoire par une escorte. Et quand on l'avait ramené au soir, Jérôme ne l'avait pas reconnu. L'Arabe était tellement défiguré qu'il n'avait plus d'humain que le nom. Mais son calvaire n'était pas terminé. Le chef de section avait exigé que les derniers arrivés dans la compagnie – Germain le boulanger, Agnelli le comptable, et Jérôme le rien-de-tout-cela – rattachent le prisonnier, au mirador cette fois. L'homme ne parvenait même plus à tenir debout, à ouvrir les yeux. Une respiration sifflante s'échappait de sa bouche fendue. « On peut lui donner à boire ? avait demandé Jérôme au chef de section.

— Non, ce n'est pas la peine », avait simplement répondu le gradé.

Lorsque Jérôme et Clotilde s'étaient installés à Lensil, il avait bien fallu s'intégrer. Pour cela, il n'existait que deux solutions : la religion ou la chasse. Jérôme avait eu le tort de penser que la seconde option serait plus facile que la première. La guerre n'était pas si loin dans son esprit. Il croyait être encore habitué aux sanglots écarlates qu'expulsent les plaies, aux regards d'effroi lancés par les victimes promises au terme prématuré et violent de leur existence. Quand il fermait les yeux, certains cris s'attardaient plus que d'autres dans sa mémoire.

La nuit algérienne avait été si froide qu'il avait encore neigé. Et quand Jérôme était sorti du baraquement au matin, il avait entendu le chef de section murmurer au sergent « Le prisonnier est encore vivant ». « Merde », avait murmuré le premier galon.

Germain, Agnelli et Jérôme – les derniers arrivés, toujours – avaient été obligés de porter l'Arabe dans le half-track, puisqu'il était entendu que celui-ci, affamé, tabassé, gelé, ne pouvait plus mettre un pied devant l'autre.

Le chef de peloton accompagné du sergent, ainsi que de l'interprète et des trois appelés, étaient montés dans le blindé. Jérôme aurait dû se douter, à la manière dont ceux qui restaient au camp évitaient de les regarder, à la manière dont ils se comportaient, comme si tout était normal, que les choses allaient se gâter.

Les six hommes avaient débarqué leur prisonnier en bordure de route. L'Arabe était tombé à genoux, dans une couche de neige trop fine pour le protéger des pierres coupantes. La tête inclinée et animée de faibles tremblements, il avait attendu. Selon un protocole éprouvé, le sergent avait fait aligner Jérôme, Agnelli et Germain sur l'accotement. Jérôme comprenait maintenant qu'il s'agissait pour eux d'assister à un spectacle édifiant, de ne perdre aucune miette d'une représentation, d'accepter des visions dont aucun d'eux ne pourrait plus jamais s'affranchir. Une étape parmi d'autres qui, par un mécanisme semblable à une nasse, empêchait les participants de revenir en arrière. L'interprète s'était approché de l'Arabe et avait dit : « Fais ta prière. »

La bouche de l'Arabe s'était ouverte. Il n'avait pas tant poussé un cri qu'émis un chevrotement, aussitôt interrompu par une déflagration.

Le chef de peloton lui avait tiré une balle dans la tête.

Le sergent, quant à lui, observait du coin de l'œil les réactions des trois appelés.

Jérôme avait voulu s'élancer au moment où l'interprète parlait. D'accord, il serait condamné pour insubordination, d'accord, il irait au trou, mais il était hors de question qu'il laisse un pauvre type se faire tuer sans réagir. Il n'était pas sur terre pour infliger, ou laisser infliger, la mort.

Toujours pragmatique, Germain l'avait retenu par le coude au dernier moment. « Non », avait-il soufflé. La poigne était tellement forte, son emprise tellement puissante, que Jérôme avait bien été forcé d'interrompre son élan. Il avait compris en une fraction de seconde que le solide boulanger lui sauvait la mise ; il lui épargnait d'inutiles tracas. L'homme qu'ils avaient devant eux, agenouillé dans la neige, n'était plus en état de respirer très longtemps. Il ne survivrait pas à ses blessures. À vrai dire, il était déjà mort, quoi qu'ils fassent.

Au moment où le coup de feu avait retenti, Agnelli, lui, n'avait pas pu s'empêcher de tourner la tête.

Quand ils étaient remontés dans le fourgon, le sergent avait murmuré en passant près d'Agnelli : « Les pédés n'ont rien à faire dans l'armée. »

Dans l'après-midi, le sergent et les trois appelés s'étaient rendus à la gendarmerie. Ils devaient faire une déposition, officialiser le meurtre. « On était dans la montagne, le prisonnier a voulu s'évader, on l'a poursuivi et abattu. » Une signature au bas d'un formulaire et c'était réglé.

En sortant de la gendarmerie, Germain, Agnelli et Jérôme avaient eu quartier libre pendant quelques heures. Ils s'étaient attardés dans un bistrot du centre, enchaînant les tournées avec un peu trop d'empressement, un peu trop d'acharnement. À l'air libre, ils avaient légèrement vacillé sous le soleil. C'est là qu'ils avaient décidé d'aller se faire tatouer. Chacun d'eux, sur la peau, les épousailles du courroux et de la paix : un sabre recourbé et un rameau d'olivier.

Aujourd'hui, Clotilde est la seule à pouvoir contempler ce motif. À vrai dire, elle n'y prête plus vraiment attention. Le dessin sur son biceps est devenu une facette indélébile de sa personnalité. Il refuse de commenter cet aspect de lui-même, et Clotilde s'accommode fort bien de cette résolution. Nul, au village, ne connaît l'existence de ce tatouage, excepté un habitant. Quinze ans auparavant, celui-ci avait eu ce sinistre privilège d'apercevoir l'encombrant souvenir.

Petite vénerie contemporaine, la première et dernière partie de chasse à laquelle Jérôme avait participé s'était déroulée en 1968, à l'écart de Lensil. L'été débutait. Jérôme était parti avec trois habitués : Léon Bessar, le pharmacien, Denis Davodeau, l'agent immobilier, et Joseph Lemercier, le père d'Alain. Tandis qu'à Paris on érigeait des barricades en spéculant sur l'amour libre, dans la France profonde on traquait les bêtes jusqu'à ce qu'elles s'essoufflent puis tombent, le crâne perforé.

La voiture était stationnée à l'orée du bois. Jérôme, naïf, avait enlevé sa chemise pour décharger les affaires avec Joseph Lemercier. Léon et Denis, eux, s'étaient éloignés avec les chiens. Tandis que Jérôme vérifiait son arme avec des gestes sûrs, Lemercier avait roulé des yeux gourmands, le regard fixé sur le tatouage du nouveau venu. « Les Groupes mobiles, hein ? Quelle affectation ?

— Après les GMPR ? 153e RI, 1re compagnie »,

avait laconiquement répondu Jérôme. L'intonation friande du chasseur avait immédiatement éveillé sa méfiance. Il connaissait bien l'avidité fébrile, à peine contenue, avec laquelle son compagnon l'avait interrogé : c'était celle des hommes fascinés par les armes et par le pouvoir presque absolu qu'elles octroient aux vivants. Des hommes chez qui le respect de l'ordre et celui de la patrie instaurent une sorte de complicité irrévocable. De pauvres bougres qui ignorent l'exacte nature de la guerre. La simple vue de l'insigne de division sur le bras de Jérôme avait généré chez le père Lemercier, engoncé dans sa tenue de camouflage trop juste, une amitié instantanée autant qu'embarrassante. Le chasseur possédait deux attributs : son calibre 12 et son nez couperosé. Et quand il avait commencé à murmurer d'une voix mélodieuse : « Il est temps de s'en aller sur la route au pas cadencé, de sauver notre patrie bien-aimée... », un mot s'était imprimé dans l'esprit de Jérôme. *Pitié !*

En 1479, on avait revêtu un condamné à mort d'une peau de cerf fraîchement tué avant de le lâcher dans le parc d'Ambroise. La meute royale s'était élancée à ses trousses et, lorsque sa majesté Louis XI avait débusqué le fuyard, il n'en restait plus qu'un tas de chair sanguinolente. Les mâtins avaient déchiqueté le prisonnier avec un bel entrain. Pour qu'une chasse soit réussie, il faut exclure le gibier de son propre règne. Grimer l'être humain en animal ou prêter à la bête les caractéristiques de son prochain.

Léon et Denis avaient laissé les chiens partir devant. Puis les hommes s'étaient mis en route, déployés sur leurs traces, les sens en éveil. On devait scruter les lieux, repérer les anomalies. Tout ce que les sens ne capturaient pas serait perdu. À l'exaltation d'être vivant s'ajoutait celle de tuer par anticipation. Jérôme avait la confirmation de ce qu'il savait déjà : il n'aimait pas ce sentiment. Peut-être s'était-il par le passé trop abandonné à la démission de l'esprit qu'est la discipline, peut-être était-ce simplement la compagnie de ces individus assoiffés d'une mort indécente qui l'incommodait... Pourtant, cette proximité n'était pas très différente de celle qu'il avait vécue sous l'uniforme. Et le comportement des chasseurs se conformait peu ou prou à l'usage de la guerre : faire mal, éteindre la lumière dans les yeux de l'autre. Les victimes ne seraient pas moins innocentes que les bourreaux. Il peinait tout de même à définir ce qui le perturbait à ce point. S'agissait-il des vêtements civils qu'il portait à présent et qui, à ses yeux, ne justifiaient plus l'odeur de la poudre ? Ou était-ce une lassitude plus profonde, une mélancolie proche du dégoût, connue seule des âmes qui savent à quel point la vie est bon marché. Jérôme aurait voulu renoncer, mais il était trop tard, il ne pouvait plus reculer.

Le sergent, Jérôme, Agnelli et Germain étaient revenus de la gendarmerie après avoir fait leur fausse déposition. Personne n'avait été dupe. Même pas les gendarmes.

Au camp, tout paraissait calme. Nul ne mentionna l'expédition à laquelle ils avaient participé, et encore moins les répercussions qu'une telle épreuve aurait sur leur existence.

La vie de caserne reprit son cours. Une semaine après, Jérôme avait croisé Agnelli qui sortait de la douche, l'œil tuméfié.

Le comptable avait tenté de dissimuler son hématome en tournant la tête, espérant s'esquiver, mais Jérôme l'avait retenu. Une main sous le menton de son ami, il avait examiné les dégâts.

« C'est un sacré cocard que tu as là.

— Pas si terrible. Je n'y pense même pas.

— Qui t'a frappé ?

— Personne. Je me suis cogné dans une porte. Je ne faisais pas attention.

— Tu veux que j'aille parler aux gars ?

— Laisse tomber.

— Il ne faut pas te laisser faire, mon vieux. Certains mecs ne comprennent qu'un langage. Je vais leur dire deux mots. »

Agnelli s'était interposé, le regard suppliant. « Laisse tomber, je te dis. » Une main sur le bras. Il avait ajouté plus doucement : « S'il te plaît. »

Jérôme avait secoué la tête. « Comme tu veux. Mais s'ils t'emmerdent encore, viens me voir. »

L'autre avait souri. « Promis. Mais ils ne m'emmerderont plus. C'était un accident. »

Jérôme savait que son ami se trompait. Ils reviendraient encore, et ce serait pire. Tout ce qu'il pouvait faire, c'était rester attentif et répondre présent en cas de pépin, si Agnelli le sollicitait. Une question lui avait traversé l'esprit, mais il ne l'avait pas formulée à voix haute. *« Agnelli », ça ne veut pas dire « agneau » en italien ?*

La tendresse était parfois une malédiction plus terrible encore que les tourments de la fureur.

L'animal que les chiens de chasse avaient acculé au talus était d'une maigreur effarante. Le gibier utilisait parfois certaines tactiques pour échapper à ses poursuivants. Il pouvait donner le change, c'est-à-dire se mêler à des congénères pour semer la confusion. Il pouvait également recourir au passage d'eau, traverser une rivière ou un étang pour interrompre la trace olfactive. Troisième solution : le hourvari, qui consistait à revenir sur ses pas afin de mettre les chiens en défaut et forlonger la meute. Pour la renarde qu'ils avaient débusquée, aucune de ces techniques n'aurait fonctionné. Elle n'avait probablement rien mangé depuis plusieurs jours. Blessée, elle se tenait sur trois pattes. Six chiens, une dizaine d'hommes en comptant les rabatteurs, c'était ce qu'il avait fallu pour pister au sang, puis piéger une bête de trois ou quatre kilos. Son pelage roux n'avait plus rien de majestueux. La faim, les plaies, la maladie en avaient gommé la noblesse aussi bien que l'éclat. Les hommes se rassemblèrent autour de la proie recroquevillée, terrorisée, famélique. Bientôt l'hallali, puis la curée, où l'on jouerait avec la carcasse et les viscères pour dominer la meute. Les babines retroussées de la femelle dévoilaient une série de crocs ébréchés, incrustés de terre et de sang, guère plus dangereux qu'une pince tordue. Ses grands yeux noirs cherchaient en vain une ultime issue, mais elle était trop épuisée. Un grondement sifflant s'échappait de son torse étique. *Finissons-en*. Jérôme songea qu'elle avait peut-être une portée, délaissée quelque part en forêt, lorsqu'elle avait fui pour détourner la meute. La survie des gènes comme ultime horizon. Joseph vint se poster à côté du garde champêtre. Il se barbouilla la face d'un rire gras et poussa un cri pour exciter les chiens. Sans réfléchir, Jérôme épaula, visa la renarde au front et tira. Il ne laisserait à aucun de ses compagnons l'occasion de prolonger la distraction. Le corps de l'animal tomba et la poussière s'éleva.

Le sergent avait ordonné à Jérôme de l'accompagner dans une casemate en bordure de camp, il avait besoin de lui. Au moment où l'appelé était entré dans la pièce blanchie à la chaux, il avait vu un homme assis sur une chaise, les yeux bandés. Quatre soldats s'acharnaient sur lui à tour de rôle. Parmi eux, Germain, son copain Germain dont l'ambition, dans la vie, était simplement d'épouser la fille du voisin et d'ouvrir sa propre boulangerie. Jérôme était resté immobile jusqu'à ce que les types s'arrêtent de cogner et que le sergent dans son dos lui lance : « Et toi, tu ne frappes pas ? » Le silence avait duré dix secondes, vingt, qui avaient paru une centaine. Il avait réfléchi très vite ou il n'avait pas réfléchi du tout, ce qui revenait au même. Mais dans le regard des hommes, il avait lu une promesse : s'il n'obéissait pas, un jour ou l'autre il se prendrait une balle dans la tête ; ils le feraient passer pour une victime des fellagas. Après l'exécution à laquelle il avait assisté dans la neige, l'obliger à participer à un tabassage constituait une garantie supplémentaire de silence. La nasse, toujours. Jérôme se moquait comme d'une guigne de la considération des autres appelés ou du sergent. Sans doute aurait-il trouvé la force de leur résister s'il n'avait intercepté le regard de Germain. Un regard dévasté qui intimait néanmoins, sans une once d'hésitation : *Vas-y*. Une fois de plus, son ami lui indiquait sinon la voie la plus sage, du moins la plus nécessaire. Une fois de plus, il lui sauvait la mise… Jérôme s'était donc avancé vers le Chaoui, et l'avait cogné une première fois à la gorge. Puis une seconde, et une troisième. Il avait continué méthodiquement, froidement, mécaniquement, jusqu'à ce qu'on le retienne, jusqu'à ce que le prisonnier soit étendu au sol, inerte.

Quand Jérôme avait baissé les yeux sur ses mains, il avait vu l'os dépasser du tranchant de la gauche. Il venait de se briser un métacarpe, mais ne ressentait aucune douleur.

La dépouille de la renarde était encore chaude quand Jérôme passa la main sur son pelage roux. Les côtes dessinaient un motif extrêmement délicat sous la peau. Les chasseurs avaient éloigné les chiens, qu'ils avaient récompensés avec de la viande. Malgré la frustration, on avait félicité le garde champêtre : « Beau tir. » Une réflexion incongrue. Comme s'il fallait solliciter un courage quelconque, posséder une habileté particulière pour mettre fin à une existence. La vérité était beaucoup plus simple : il suffisait d'appuyer sur la queue de détente. D'ans certains coins de la planète, il n'en fallait pas davantage pour s'intégrer.

Quand le médecin de la compagnie, un bon ami du sergent, l'avait soigné, il lui avait suggéré avec un air d'authentique sollicitude : « Vous n'êtes pas à votre place ici. Il faut que vous fassiez le peloton de sous-officiers. » L'idée avait mûri et lorsqu'un mois plus tard la section avait été dissoute, Jérôme était entré au peloton, tandis que ses amis Germain et Agnelli étaient mutés aux transmissions.

Au moment où les chasseurs débouchaient les premières bouteilles et sortaient leurs Opincl, Jérôme décida qu'il ne poursuivrait pas sa tentative d'assimilation par les armes. Il n'en avait plus la ressource. Le recours au sang s'était tari quand il avait quitté l'Afrique du Nord. Dernière solution : la religion.

La vaisselle s'entasse dans le double évier. Adrien, le voisin, n'a pas eu le temps de s'en occuper et l'évier est trop haut pour Clotilde. Il est impossible à Jérôme d'aller se coucher avec cette vision de désordre à l'esprit. Il ouvre le robinet, verse le liquide nettoyant sur les couverts.

Dans son dos, Clotilde lui demande s'il y a du nouveau.

« J'ai passé la journée à faire du porte-à-porte, résume Jérôme. Certains ont un alibi. Pour d'autres, il faudra procéder à quelques vérifications. J'ai mis de côté ceux dont l'emploi du temps est vague. Les gendarmes s'en occuperont.

— Tu penses que c'est quelqu'un du village, alors ?

— Non. Mais on ne peut pas écarter cette hypothèse. Il faut faire avec ce que l'on a.

— Et les gendarmes…

— Jamin et Berthier, tu imagines. Ils n'étaient même pas capables d'effectuer l'enquête de voisinage. J'ai dû m'en charger. Ce sont eux qui accueilleront la brigade cynophile demain.

— Les chiens ?

— On doit essayer, tu comprends ? »

Un silence. L'eau coule sur l'Inox avant de s'engouffrer dans la bonde en tournoyant. Jérôme fixe le trou d'évacuation avec une légère sensation de vertige. Il existe des choses cachées qu'il vaut mieux ne pas tenter de dévoiler, des secrets qui sont comme une lèpre de l'esprit. Il s'aperçoit soudain que le silence dans son dos se prolonge. Il se retourne.

Clotilde se tient raide, les mains crispées comme des serres sur les coins de table. Sa bouche ressemble à une entaille dans l'os.

Jérôme ferme le robinet, s'essuie avec le torchon

accroché au-dessus de l'évier. Les crises de douleur chez Clotilde sont fréquentes. Il a appris à ne pas s'en alarmer. « Ça va ? »

Sa femme acquiesce, les yeux fermés. Il s'approche, fait le tour de la table, pose une main sur l'épine dorsale qui frémit. Cette même main, qui a meurtri les chairs, lui sert désormais à caresser, à consoler et à prier. Les vertèbres de Clotilde paraissent si fragiles sous l'étoffe du chemisier. Jérôme a l'impression de sentir au contact de ses doigts des osselets disloqués, friables. « Le rendez-vous à l'hôpital n'est pas avant la semaine prochaine. Tu tiendras jusque-là ou tu veux que j'appelle le docteur demain ?

— Je tiendrai », murmure Clotilde.

Il n'est pas rare que Jérôme aperçoive au matin des entailles incurvées au bas des cuisses de sa femme. Elle s'est enfoncé les ongles dans les jambes, juste au-dessus des genoux, pour détourner la névralgie et éviter de gémir pendant la nuit.

Il se rend compte que l'attente de ce soir a dû l'éprouver. Clotilde a présumé de ses forces, maintenant elle est épuisée et le mal se réveille.

« Porte-moi au lit », demande-t-elle.

Jérôme passe les bras sous ses jambes en fil de fer, à la pliure des genoux, là où les nerfs font silence. Il soulève sans effort ce corps creux, cette enveloppe de veines et d'artères, cette prison de chair. Clotilde noue les bras autour de son cou. Elle niche son visage au creux de son épaule. Jérôme sent son souffle contre sa peau. Chaque respiration est un testament. Voilà où il puise le courage d'être sur terre.

26

Le téléphone en bakélite marron sonne avec insistance. Le radio-réveil posé sur la table de nuit indique 4 heures du matin.

Denis décroche.

Il sent le lit bouger à côté de lui, le sommier grince. Sophie, sa femme depuis vingt ans, grommelle des paroles d'autant plus indistinctes qu'elle s'obstine à lui tourner le dos, allongée sur le flanc droit. Sa chemise de nuit, blanche, ressemble à une combinaison protectrice qu'elle aurait enfilée pour prévenir l'agression nocturne d'un époux lubrique ; idée hautement absurde, bien entendu.

« Allô ? » aboie l'agent immobilier. Il regrette immédiatement ce ton car, l'espace d'un instant, il envisage que son père ait pu faire un nouveau malaise cardiaque. La précédente alerte a eu lieu le mois dernier. L'inquiétude persiste.

« Salut frangin ! » s'amuse la voix au bout du fil.

Denis est furieux. « Tu sais quelle heure il est ?

— Non. Il est 19 heures, ici.

— Où, ici ?

— Los Angeles, côte ouest.

— Qu'est-ce que tu fabriques là-bas ?

— Je suis sur un gros coup.

— Ça ne peut pas attendre ? J'aimerais bien me rendormir, figure-toi. Je dois me lever à 7 heures pour aller à l'agence.

— Comme tu veux, mais ce serait une belle affaire pour l'agence, justement. »

Denis est tout à coup mieux réveillé. Que son frère aîné lui annonce une bonne nouvelle pour l'agence, moribonde depuis le départ à la retraite de leur père, constituerait à la fois une première et la juste rétribution d'une dette qu'Henri a contractée quand il est parti à la capitale. Tenir la boutique qu'ils étaient censés gérer à deux mérite, selon Denis, un sacré dédommagement.

« Dis-m'en plus.

— J'ai eu rendez-vous à la Bank of America aujourd'hui. Au quarantième étage, si tu vois ce que cela signifie.

— Non, mais j'imagine que c'est une bonne chose, puisque tu m'appelles.

— Je me suis entretenu avec Frank Forelong.

— Qui ça ?

— Le P-DG de Lawney Industry.

— Les dessins animés, les magasins, les figurines ?

— Les parcs d'attractions aussi.

— Il voulait quoi, le P-DG ?

— Installer un parc en France.

— Tu délires ?

— Je vais lui concocter un solide dossier vantant les mérites de notre belle région, tu saisis ?

— Je pense, oui.

— Tiens-toi prêt. Parce que, s'ils se décident, les choses peuvent aller vite. Tu as un bon vivier ?

— Tu rigoles ? Rien n'a changé depuis ton départ. Ceux qui vendent ne trouvent pas preneur avant plusieurs années. Et encore, ils sont obligés de se débarrasser de leurs biens à perte.

— Bonne nouvelle. »

Denis se redresse sur son lit. Sophie pousse un gémissement, injonction adressée sans ambiguïté à son mari pour l'inciter à écourter l'appel. Denis l'informe, une main sur l'émetteur. « C'est Henri. Il appelle des États-Unis. Une affaire importante. »

Excédée, Sophie se lève, quitte le lit en emportant le drap avec elle. « Je vais sur le divan. »

La voix d'Henri grésille au bout du fil. « Denis? Tu es toujours là?

— Oui, reprend le cadet. Sophie est partie dormir au salon.

— Tu l'embrasseras de ma part. »

Le plus jeune des frères Davodeau a du mal à dissimuler son agacement. Il attendait plutôt des excuses pour le dérangement. Afin de ne pas prononcer de paroles désagréables, il décide de reprendre la conversation là où elle s'était arrêtée : « Le marché est en crise. Tu me disais que c'est une bonne nouvelle?

— Oui. Parce que ce ne sera plus du tout la crise lorsque les gens apprendront par les canaux officiels la future installation des Américains. Et ceux qui possèdent les terrains pourront les lâcher au prix fort. »

Le regard de Denis se perd sur la photo posée bien en évidence au milieu de l'étagère en face de lui. Un rayon de lune en expose les détails obliques dans la pénombre. À l'intérieur du cadre, le père et les deux fils posent devant l'agence, fiers de ce qu'ils sont, fiers de ce qu'ils accompliront. Le plus âgé des adolescents possède non seulement des aptitudes indéniables, mais surtout le privilège de l'âge.

Né six ans après, Denis a toujours eu l'impression d'accuser un retard définitif. Henri a profité de ce délai pour prendre une avance irréductible. Et s'enfuir. Lui, il est resté.

Une étincelle brille dans ses yeux. Un sourire étire ses lèvres dans l'obscurité. Ses doigts blanchissent autour du combiné : « Je crois que je vois où tu veux en venir. »

27

Une lumière blafarde se déverse dans la buanderie. En ce dimanche de novembre, le vasistas est ouvert malgré le froid, et l'on entend à l'extérieur une rumeur inhabituelle : celle des gens qui se sont déplacés pour assister au spectacle, qui sont sortis pour commenter l'arrivée de la brigade cynophile. Séverine, la mère d'Édith, refuse encore que sa petite fille ne soit pas rentrée. Et même au terme de la plus sinistre des éventualités, elle n'envisage pas l'absence de condoléances, de veillée, de mise en bière. Pour tenter de conjurer le sort, elle anticipe le regard humide de ses proches, leurs mains contre sa main, leur contact propre et rassurant, légèrement bancal sur un coin de terre mouillée du cimetière municipal. Elle imagine la famille d'abord, puis les amis, les voisins qui défilent. Ils se réuniront et inclineront la tête tandis que sa fille s'enfoncera sous terre. Le silence sera une chose quantifiable. On lui donnera le soulagement des certitudes.

À mesure qu'elle trie les affaires de sa fille, pour tenter de dénicher un morceau d'étoffe susceptible de galvaniser les chiens, elle repense à ce qui a pu arriver.

Édith se cache les yeux. Elle se demande si le monde existe encore lorsque l'on cesse de l'observer. Séverine sait parfaitement ce que sa fille ressent parce qu'elle l'a ressenti avant elle. Curieusement, l'espace semble prendre une certaine profondeur quand la vision s'interrompt. Le vent, les odeurs, les sons confèrent à l'environnement une densité insoupçonnée, une épaisseur riche de tous les songes, de toutes les créatures de l'esprit. Les ombres se meuvent avec des bruits de lainages sournois, sinuent dans une réalité altérée, peuplée de chausse-trappes. Les chuchotis deviennent avertissements, les manœuvres d'approche se font ostensibles. Un loup aux abois, une sorcière armée de pommes géantes, des nains et des rats se faufilent dans les sous-bois enténébrés, sur des chemins tortueux qui mènent aux clairières ensoleillées ; les objets de convoitise qu'incarnent des maisons en pain d'épice ont chacun leur prix. Et dès que l'on ouvre les paupières, tout ceci disparaît. L'univers redevient plat, dénué de relief. Les perspectives se diluent, les saveurs s'atténuent.

Édith commence à compter. Les rôles ont été répartis par tirage au sort. Ses deux amies s'éclipsent en riant, exactement comme les générations d'avant l'ont fait. L'excitation se mêle à l'effroi, la quête d'un abri se ponctue d'hésitations, d'esquives, de volte-face. Dénicher l'endroit idéal, choisir l'encoignure à sa taille, celle qui permettra d'échapper au regard. La soustraction éveille les sens. Les fugitives font comme si leur existence dépendait de l'issue du jeu : en cas d'échec elles perdront tout. L'effacement ne souffre aucune demi-mesure ; elles s'y consacrent sans restriction. L'air de novembre, piquant, apporte des effluves d'humus et d'insecticides. Édith, les yeux fermés, éprouve le sentiment intense d'être vivante. Il règne sur cette portion de voie départementale un grand calme uniquement troublé, de temps à autre, par le murmure lointain d'un véhicule paresseux.

Le tri des vêtements entassés dans le panier de linge sale de la buanderie s'avère être une opération bien plus cruelle qu'escompté. Il faut écarter les sous-vêtements, sans doute porteurs de fragrances plus précises mais que Séverine ne peut se résoudre à présenter aux autorités. Il faut toucher et surtout humer les habits pour tenter de retrouver, avec des moyens bien plus restreints que ceux des animaux, l'image olfactive de la fillette. Odeur de lavande. Odeur de lait. Transpiration, fluides séchés. Humidité, forêt, chewing-gum. Le sang sur le pantalon, résultat d'une écorchure au genou la semaine dernière, contient peut-être des informations pertinentes. Ou bien le gilet bleu, dans les plis duquel s'attarde l'après-rasage paternel, mélangé au souvenir des cigarettes qu'il fume. Le tee-shirt rose pâle, où Séverine croit déceler sa propre odeur, pourrait perturber les recherches. Chaque senteur remonte en elle comme un coup de poignard, lui rappelle que sa fille n'est pas là.

Un, deux, trois, nous n'irons plus au bois... Les copines avec qui Édith joue cette partie de cache-cache lui ont demandé de compter jusqu'à cinquante. Elles ont été très claires à ce sujet. *Un, deux, trois, Oskar a perdu son doigt...* D'après les témoignages de voisins, de certains passants, les trois gamines se sont d'abord amusées au lavoir, puis sur la place de l'église. Des lieux mille fois explorés. Dans un mouvement ressassé, elles ont arpenté les sentiers qui mènent à l'ennui. C'est cet ennui, Séverine le sait, qui a poussé les fillettes à aller plus loin, à fréquenter des sites déconseillés, voire interdits par les adultes. La sortie du village est de ces endroits. Non que les abords de l'agglomération soient mal fréquentés ou susceptibles de receler d'intenses périls, mais il arrive que les voitures roulent un peu vite. Pour l'instant, Séverine imagine que sa fille n'en a vu aucune. *Un, deux, trois, regarde autour de toi...* Ses amies sont bien loin, désormais. Leur rire s'est éteint. En compagnie des loups, des sorcières, des nains et des rats, elles sont entrées dans la forêt. Les oiseaux transis de froid ont cessé de chanter. Avec une liberté enviable, guidés par la promesse d'une clémence céleste, ils ont migré.

Séverine jette son dévolu sur le pull rayé que sa fille a porté du lundi au jeudi. L'image est trouble, elle distingue mal le vêtement, mais les émanations lui paraissent assez fidèles. Elle chasse les larmes de ses yeux, étincelles de cristal sur ses joues, et sort de la buanderie.

Deux gendarmes aux mains gantées de blanc l'attendent dans le salon. Michel, son mari, se lève lorsqu'elle apparaît, mais elle ne lui prête aucune attention. Elle marche droit vers les enquêteurs. Le plus grand d'entre eux, un jeune homme brun de dix ans son cadet, s'empare du tissu avec un regard triste. Ou indifférent. On ne sait pas.

28

Mille chuchotements recouvrent les friselis de l'eau sur la place de la Fontaine. Lorsque le jeune gendarme sort de la maison en tenant le pull, les murmures, les grognements augmentent. Séverine et Michel sortent à leur tour. La mère d'Édith est surprise par tout ce monde. La plupart des habitants du village sont présents. Elle aperçoit même des curieux qui ne sont pas du coin. Certains ont un appareil photo, d'autres mangent. Séverine reconnaît Lambert, le journaliste localier, armé de son indéfectible calepin. Elle voit aussi le maire, la mine sobre mais le torse fier, comme en représentation parmi ses conseillers. L'épicier mâchonne un brin d'herbe, accoudé à une pile de cageots vides. Un chien file entre les jambes des badauds. Des enfants se pourchassent sans aucun rappel à l'ordre des adultes. Par une fenêtre ouverte, dans une rue voisine, une stéréo crache une musique entraînante : la réverbération et la distance confèrent à cet air guilleret une inflexion lugubre. Soleil. Vertige. Séverine titube, rattrapée par Michel. On se croirait à une fête sur le point de débuter, un spectacle grotesque dont on attend impatiemment le lever de rideau. Corinne, la coiffeuse, se tient sur les marches avec sa fille, Cindy. Celle-ci arbore sa tenue noire traditionnelle, faite de strass et de dentelles. Ses grands yeux d'ébène observent la scène, effrayés. Julien est sorti sur le pas de la porte. Ses parents se tiennent derrière lui, un peu en retrait dans l'ombre de l'avant-toit. La mère a posé une main sur l'épaule du fils.

Denis fume une cigarette sur le seuil de son agence. Ses yeux sans lumière n'expriment rien, sinon une distance froide. Marc, le propriétaire du bar-tabac, arrête un instant de servir les clients attablés en terrasse pour scruter les badauds les uns après les autres. Ses yeux s'attardent un bref instant sur Cindy, l'employée occasionnelle qui fait mine de l'ignorer, puis continuent leur exploration. Assis à une table près du présentoir à journaux, Alain hèle le patron. Il commande un nouveau ballon de rouge. Le précédent n'a pas encore désempli.

Le petit cortège – un premier gendarme avec le pull rayé, Séverine et Michel, puis un second gendarme – parcourt la place sous l'œil des curieux. Séverine remarque Jérôme, le garde champêtre, qui discute avec Berthier et Jamin. Lorsqu'elle passe près d'eux, elle perçoit une bribe de conversation.

« … et vous comptez chercher où ? interroge le garde champêtre.

— Laisse-nous faire », répond Berthier. Sa voix trahit une once d'agacement ou de condescendance. « On t'appellera si besoin », ajoute Jamin.

Une grosse estafette bleu marine stationne à l'écart de la place. Les maîtres-chiens en ont extrait trois bergers allemands. La foule, comme par respect, se tient à distance raisonnable des animaux. Assis sur leurs pattes arrière, le dos très droit, les limiers regardent les quatre humains approcher. Une lueur opaque brille par intermittence dans leurs yeux. Ils ne bougent presque pas. *Ce sont des majestés en exil,* se dit Séverine. *Des rois asservis qui conservent, même au cœur de l'esclavage, la dignité des jours anciens.* Au moment où le gendarme se penche en silence pour leur faire sentir le vêtement, elle se dit : *Non, ce ne sont pas des rois, mais des sentinelles.*

Embusquées à la porte des Enfers.

29

Les harnais en tissu englobant sont spécialement conçus pour que les animaux ne s'étranglent pas.

À présent, les halètements de la bête se confondent avec ceux du maître. Ils expulsent dans l'air glacé la même haleine chaude, la même brume fétide.

Cherche ! Vas-y, cherche !

La mort n'est pas immobile. Elle se déplace dans un temps non défini, un espace privé de limites. Pour la trouver, il faut cesser de l'appeler, ne plus l'espérer. Surtout, il faut laisser place à l'hésitation. Tous les limiers connaissent ces instants où l'incertitude provoque le déséquilibre. Les sens en éveil, ils restent vivants pour trouver les corps, eux-mêmes habités par des hôtes répugnants et allongés sur un lit de mousse, figés dans une éternité dépourvue d'étoiles.

Pauvre petite fille, qu'as-tu perdu ? Te voilà reléguée à l'autre bout du monde, dans un univers souterrain et inconscient, où craillent des corneilles. Quel sacrifice te faudra-t-il consentir pour retrouver les tiens ? Encore l'un de tes doigts ? Ou quelque chose de plus précieux ?

Les diptères pondent leurs larves dans les plaies humides, laissent les puparia baigner dans les fluides. Les nymphes deviennent imagos. Insectes nécrophages et opportunistes se tiennent à l'affût. Les dermestes alléchés par la décomposition des chairs tournent en rond. Les staphylins fourbissent leurs cerques pour mieux entailler la peau. Les mites attendent de dévorer les cheveux. Tous quêtent un abri.

Allez, cherche !

Les chiens tirent sur leur laisse. Leur peau frémit d'excitation.

L'un d'eux s'arrête à deux kilomètres du village, bifurque dans un fossé, s'agite, gémit, la langue pendante.

Son maître le retient, puis le félicite. *C'est bien, mon chien, c'est bien.* Le limier n'a pas déniché un corps, mais un gilet. Un gilet mauve conforme à celui décrit par la mère dans le dossier qu'on leur a confié. Bien que le vêtement baigne dans une flaque de boue, les couleurs sont encore visibles. Le maître-chien ne touche à rien, mais un bref coup d'œil lui permet de constater que la manche gauche a disparu ; arrachée, selon toute vraisemblance. Il scrute les alentours. Aucune trace de la partie manquante. Alors, il prend le sifflet à son cou et gonfle la poitrine. Ses lèvres épousent le métal froid, il souffle.

30

Les aboiements, les coups de sifflet se répercutent jusqu'au village. Les badauds restés dehors après le départ des gendarmes échangent des regards inquiets. Séverine, soutenue par son mari et un gendarme, porte la main à sa bouche.

« Oh, mon Dieu.

— Ne vous alarmez pas, tempère le militaire d'une voix presque inaudible. Ce peut être n'importe quoi. »

Lambert, le localier, reste à l'écart, attentif et discret.

Les ondes sonores se diffusent dans les rues du village, sur la place de la Fontaine, le parvis de l'église. Elles rebondissent sur la vitrine de l'agence immobilière portant de nombreuses annonces « prix en baisse », sur la devanture de la coiffeuse où trônent des portraits de chats. Le rideau métallique de la boucherie est baissé. On y a accroché un écriteau « en livraison »... Le bruit se diffuse jusqu'à la sortie de l'agglomération, plane au-dessus de l'ancienne bibliothèque en ruine puis du cimetière.

La rumeur est encore perceptible dans le quartier de la Haute Source. Au bord d'une route, quelques maisons dispersées. Plus loin, un chemin de terre battue, à l'entrée duquel un panneau rouillé indique « Propriété privée – défense d'entrer ». L'estafette de la boucherie Imbert est garée sur le bas-côté. Si l'on s'enfonce sous les arbres, longeant le sentier sur une cinquantaine de mètres, on débouche sur une prairie de dimension raisonnable. À l'orée de cette prairie, sur la gauche, de grandes cages d'une vingtaine de mètres carrés sur deux mètres de hauteur. Celles-ci sont accolées à une cabane en rondins, fermée la plupart du temps. Sur la droite, un établi posé sur des tréteaux. Des taches ocre obscurcissent le bois par endroits. Plusieurs ustensiles tranchants reposent tête-bêche dans un seau. La gueule noire d'un fût métallique atteste d'un usage de brasero occasionnel. Un observateur attentif pourrait déceler, en se penchant sur le foyer éteint, quelques restes abandonnés. Des fragments d'os, des morceaux de chair brûlée et des bouts de vêtements carbonisés. Dispersés dans l'herbe, on distingue également de vieux pneus, des boîtes de conserve vides, des compléments alimentaires pour chiens par sacs de cinquante kilos, un tapis roulant d'entraînement – de toute évidence hors d'usage –, ainsi qu'une carcasse de voiture désossée… Le sentier poursuit sa route sinueuse à travers les herbes de plus en plus hautes de la prairie, jusqu'à devenir presque invisible au moment où il rejoint la forêt, lazaret des ombres les plus denses.

Nous sommes cri.

Nous sommes gueule.

Nous sommes chien.

Nous consommons la viande que l'homme a bien voulu nous donner. Celle-ci possède un goût étrange qui en effraye certains, une saveur taboue. Mais la faim est plus puissante que l'instinct, elle brouille la perception. Debout derrière la grille, l'homme nous regarde manger, grogner, gémir. Dans son regard, un soleil noir avale toute la lumière disponible. Nous ne prêtons pas attention à sa contemplation calme et suspecte.

Nous nous concentrons sur les fibres que l'on broie entre les maxillaires, les nerfs arrachés par les canines qui saignent. La truffe froide, le pelage hérissé, nous happons, nous secouons, nous déchirons les muscles et les tendons, à la recherche d'une satiété temporaire. L'homme a un étrange mouvement de tête ; il ressemble à un animal gêné par un collier trop serré. Avec des gestes mécaniques, il défait son tablier, ouvre sa chemise puis son pantalon, laisse les vêtements à terre. Ses lèvres remuent en silence. Elles prononcent une obsécration inconnue des vivants. Maintenant, l'homme est nu. Vulnérable et pourtant triomphant.

Il entre dans la cage.

Il est des nôtres.

Thierry revient à la camionnette, son tablier à la main. Il s'essuie la bouche d'un geste lent. Ses lèvres laissent de longues traces écarlates sur l'étoffe blanche. Il se passe la langue sur les dents, déloge un morceau de viande.

Au moment où il ouvre la porte latérale de son véhicule, il perçoit un écho lointain. Des aboiements, différents de ceux des animaux qu'il possède. Puis des coups de sifflet dans la grisaille. Thierry se fige, les yeux braqués sur la ligne de partage entre le ciel et la terre. Les échos proviennent des écarts du village ; à un ou deux kilomètres, estime le boucher. Il médite un instant, son tablier ensanglanté à la main, puis jette le vêtement dans la camionnette et referme la porte latérale.

TROISIÈME PARTIE

« La ville nouvelle traduit une apothéose dans l'espace géographique et historique : celle du repli sur soi et du culte de l'ego. La dilution du social dans l'individualisation est un processus redoutable en termes de pacification des rapports, dans la mesure où elle limite l'inventivité des revendications et des colères, ainsi que le choix des arguments dans les polémiques. Son effet dessine la perspective du concevable. Celui-ci se manifeste dans le délitement de la lutte des classes au profit d'une simple divergence d'appartenance mercantile. L'habitant devient la métonymie d'un système fondé sur la création de valeur. La ville nouvelle fabrique la ville nouvelle. »

SIDNEY TAYLOR LAWNEY,
Le cœur de nos villes, p. 87.

31

Séverine songe à sa fille, en gilet mauve au bord de la route. Édith garde les yeux fermés. *Trente et un, trente-deux*... Derrière ses paupières closes, elle se figure la ligne d'horizon écrasante qui se déploie à la sortie du village. Maintenant, elle entend un bruit de moteur croître. Une petite voix aimerait la prévenir, lui dire de se méfier, mais Édith n'écoute pas. *Trente-huit, trente-neuf*... Le véhicule s'arrête dans un grincement d'amortisseurs fatigués.

Les gendarmes découvriront des empreintes de pneus sur le bas-côté, à l'endroit supposé de sa disparition. Rien d'exploitable.

Édith ne peut pas résister : elle ouvre les yeux avant d'avoir terminé le décompte. Vertige fugace, elle cligne des yeux, éblouie. La fillette avait oublié la monotonie oxydée de l'automne, la crudité du jour. Enfin, elle reconnaît la voiture et son occupant. Le conducteur s'adresse à elle par la vitre ouverte.

« Salut. »

Les autorités n'écarteront jamais l'hypothèse que l'agresseur soit quelqu'un du village ou des écarts. Un homme que la famille côtoie peut-être chaque jour. Un commerçant, un employé communal, un voisin… *Édith ne se serait jamais approchée d'un étranger*, certifiera Séverine, la mère. Celle-ci sera obligée de fournir un travail considérable sur elle-même pour arrêter de soupçonner tout le monde, pour ne pas devenir folle.

« Oh, salut », répond Édith.

Selon les versions que l'on privilégiera, l'homme jette peut-être un coup d'œil dans son rétroviseur, puis de l'autre côté de la route déserte, avant de reporter son attention sur la fillette. Ou bien son regard ne quitte pas la frêle silhouette, pareille à une simple brindille dans cet immense espace dépeuplé.

« Tu fais quoi ? interroge l'homme.

— Je joue à cache-cache avec Clarisse et Myriam.

— Ici, à l'entrée du village ?

— Oui.

— Tu n'as pas froid ?

— Non.

— Approche. J'ai quelque chose pour toi. »

La petite fille, seule sur la route, serre entre ses doigts aux ongles peints en gris pailleté un gilet trop léger pour la saison. Une bande de gaze maladroite autant qu'inesthétique entoure son pouce. Le pansement blanc donne à son doigt l'apparence d'une excroissance martienne ou d'une baguette de fée. Elle préfère la baguette de fée, même si elle sait qu'un bâton magique ne démange pas autant. Elle voudrait déshabiller son doigt, libérer l'épiderme couche après couche, à la façon d'une momie délestée de ses oripeaux séculaires. Alors elle sentirait l'air frais sur sa peau. La caresse du zéphyr sur son égratignure serait une promesse si légère que, par anticipation, elle imaginerait s'élever sans effort dans l'atmosphère et partir à la découverte du monde, portée par les courants thermiques à la surface du globe. Elle apercevrait la place de la Fontaine, les rues du village lovées en colimaçon autour de l'église, spirales de coquille d'escargot, et puis l'école près de la mairie. Clarisse et Myriam joueraient à la corde avec cette peste de Delphine. Malgré le froid et l'altitude de son point d'observation, elle verrait avec une acuité spectaculaire les gouttes de transpiration sur le front de ses amies. Leur souffle tiède, mélange de sucre, de tartines et de caries, projetterait des nuages de condensation à chaque saut. Les muscles des cuisses, déjà embellies d'un fin duvet, frémiraient à chaque impact. La poitrine se gonflerait et les yeux brilleraient d'un amusement perfide dans la grisaille. Elle entendrait les rires et les confidences, devenues pour elle l'équivalent d'un dialecte dont elle ne maîtriserait pas les plus élémentaires notions mais dont elle saisirait les intonations. La rumeur, les bruits, la crainte et l'envie que susciterait son envol deviendraient une évidence. Certaines de ses camarades jalouseraient sa brusque émancipation de l'attraction terrestre, assimilable selon elles aux turpitudes quotidiennes. Quel bonheur, de planer ! Ses parents pleureraient, évidemment. Sa mère regretterait de l'avoir privée de dessert la fois où elle avait sali sa robe neuve. Son père passerait la main dans le dos de son épouse pour la consoler. Ils seraient malheureux, mais unis.

Bien que désormais incapable de parler, elle viendrait se poser sur le rebord de la fenêtre de son ancienne chambre, manière de signifier : *Ne vous inquiétez pas, je n'ai pas tout à fait disparu.* Mais pour obtenir une chance de déployer ses ailes, il faudrait qu'elle puisse ôter son pansement, ce que sa mère lui a interdit. « Ce soir, le docteur Marpeau regardera ce que tu as au doigt, lui a-t-elle dit d'un air excédé. En attendant, ne touche pas au pansement.

— Il est moche.

— N'y touche pas ! Tu m'entends, Édith ? Sinon, je te garantis que ça va mal aller. » D'aussi loin qu'elle s'en souvienne, la fillette a connu sa mère en colère. Celle-ci s'agace des mots qui sortent de sa bouche, des gestes qu'elle a la maladresse d'accomplir. La simple présence d'une enfant à ses côtés semble réclamer des trésors de patience qu'elle a des difficultés à mobiliser. Comment peut-on détester sa fille à ce point ? s'interroge parfois la gamine. Lorsqu'elle prendra son essor, tout cela sera terminé. Nul doute que sa mère, pourtant délivrée du poids de son existence, déplorera d'avoir agi avec tant de cruauté.

Le conducteur de la voiture répète son invitation : « Viens, n'aie pas peur. » Elle se met en mouvement. Au moment où elle avance, une pensée curieuse lui vient à l'esprit : elle songe à Moustache. Non pas le cavalier king-charles que son père a égaré en promenade, mais la peluche à l'effigie du héros de *Mille Cavaliers* ; un cadeau de sa mère, quelque temps après le drame. Édith a baptisé la boule de fourrure synthétique Moustache en souvenir de l'animal disparu.

Ensuite, elle revoit le papier peint de sa chambre, orné de fleurs jaunes qu'elle a comptées un nombre incalculable de fois. Le plafond, dont elle connaît la moindre aspérité. Le bureau, les autocollants de Princesse Azalée, le petit pot dans lequel se dressent une poignée de feutres. L'instantané figé de cette représentation compense, par son immobilité tranquille, le péril imperceptible que le sourire de l'homme fait peser sur son existence. L'inertie érige un rempart contre la fragilité du vivant.

Le cavalier king-charles, deux boutons noirs à la place des yeux, lance un regard inexpressif à Édith. Un des cercles de nacre capture la lumière du jour. Le bref reflet ressemble à un clin d'œil. Moustache s'adresse à elle :

« Tu te rappelles l'époque où tu avais peur des monstres dans le noir ?

— Oui, j'étais morte de trouille. C'était après la disparition de mon chien.

— Voilà pourquoi ta maman m'avait acheté. Elle voulait que je continue à te protéger, comme le vrai Moustache.

— Oui.

— Elle n'aurait pas dû te promettre que tu serais en sécurité. »

Le visage de la peluche se plisse en une moue triste. Sa bouche, qui n'est qu'un morceau de tissu, ajoute d'une voix chargée de poussière :

« Promettre, c'est mentir. »

Tout cela, Séverine l'imagine. Possible que sa fille n'ait jamais rencontré personne, qu'elle n'ait pas compté jusqu'à trente-neuf, qu'elle n'ait pas adressé la parole à un automobiliste. Peut-être a-t-elle simplement eu un accident ? Dans ce cas-là, une âme charitable aurait pu s'arrêter et prendre soin d'elle le temps qu'elle se rétablisse. Peut-être s'est-elle réfugiée quelque part en attendant de reprendre des forces ?

Peut-être est-elle encore vivante ?

32

Le gilet mauve trop léger pour la saison a été fabriqué en Asie, après l'accord Multifibre qui a fait entrer l'industrie textile dans la révolution silencieuse de la mondialisation, et avant que le déclin des secteurs à forte main-d'œuvre ne sonne le glas de Wanhua, quartier du prêt-à-porter à Taïwan. Lorsque la jeune Édith disparaît, Wanhua vit son âge d'or : le district compte plus de mille ateliers spécialisés dans la fabrication en gros et à bas coût ; toutes les grandes enseignes occidentales y font leurs emplettes. Le consommateur blanc a besoin d'échapper à l'offre standardisée de masse, il veut assouvir ses aspirations individuelles, encouragé par le virage libéral de ses dirigeants : Thatcher, Reagan, Kohl. L'instabilité des taux de change flottants accompagne la déréglementation progressive du marché. Les petites mains qui officient sur Junguan Road, à l'ouest de la section 2, ont fort à faire. L'ouvrier responsable du réglage de points sur la MCI, sans doute pressé par le temps, a peut-être réglé sa machine sur 4 points/centimètre au lieu de 5, ce qui explique que la manche du gilet mauve se soit facilement déchirée. Le vêtement gît désormais dans la boue d'un chemin vicinal, à quelques milliers de kilomètres de son lieu de fabrication originel. Après la pose d'un mètre ruban et une série de mesures à la réglette, l'identification judiciaire prend plusieurs photos, numérote, note, recense. Les fonctionnaires échangent deux ou trois plaisanteries sans entrain sur ce lopin de terre éloigné de toute exaltation, à un jet de salive de nulle part.

On glisse le vêtement dans une enveloppe de papier kraft brun que l'on met sous scellés. L'APJ placé sous l'autorité du procureur de la République remplit un PV où figurent la description précise de l'objet, le motif de l'apposition, le numéro de procédure, ainsi que l'identifiant administratif. Le gilet mauve, dépourvu de manche gauche, porte la mention *GN (PC – 724 F)*.

L'enveloppe de papier, que ferme désormais la cire administrative de la gendarmerie, arrive à l'archivage avec d'autres enveloppes du même type contenant des morceaux de verre, des bouteilles, des cannettes, des mégots trouvés à proximité de la scène. Sur un chariot roulant, elle a parcouru des couloirs, pris un ascenseur, puis longé encore un autre couloir, plus sombre, avant de parvenir au greffier responsable de la conservation.

Selon les indications du parquet, le gilet a été retrouvé jeudi, vers 10 heures, dans un fossé de la commune, à deux kilomètres du village de Lensil. Il baignait dans une mare de boue. Dès la découverte, l'équipe de recherche criminelle de la gendarmerie nationale s'est rendue sur les lieux pour procéder aux investigations techniques nécessaires, a indiqué la magistrate. Les recherches dans les jours suivant la disparition avaient notamment mobilisé une quarantaine de gendarmes, une centaine d'élèves gendarmes, quelque deux cents habitants, un hélicoptère et des maîtres-chiens. Édith Lidèle a été vue pour la dernière fois…

Trois étages au-dessus du bureau du greffe, celui des enquêteurs. Le dossier *Enfant disparu* trouve sa place parmi d'autres affaires en instance, dizaines de vies brisées autour desquelles mille chemins ont été tissés, mille impasses façonnées. Les enquêteurs le savent : l'autorité des morts est relative au temps. Ce qui a été tranchant et définitif n'est plus tard qu'émoussé et transitoire ; bientôt, il faudra passer à autre chose. Mais pour l'instant, l'affaire de la disparition fait la une des gazettes locales.

L'enquête d'abord ouverte pour disparition inquiétante *a été requalifiée en* enlèvement et séquestration *avant l'ouverture d'une information judiciaire. Le parquet a indiqué vendredi soir avoir confié les investigations à la section de recherches de la gendarmerie. Quatre enquêteurs se consacrent à plein temps à l'affaire.*

À la fin du mois, près de quatre-vingts personnes ont été auditionnées. Si les gendarmes n'excluent aucune piste, ils privilégient toutefois la mauvaise rencontre ou l'enlèvement.

33

La douce lumière de la côte ouest se déverse sans retenue dans le vaste salon voûté. Le brouillard qui enveloppe régulièrement la cité ne déploie pas ses tentacules pourpres jusqu'aux collines. Deux étagères imposantes flanquent la grande vitre coulissante du salon. Sur les rayons en bois de cerisier se côtoient les travaux de Joseph Campell, d'Eustache Hale Ball ou encore de William Lord Wright. Des exemplaires des premiers livres de Michael Jessenberg trônent en bonne place parmi les œuvres des maîtres du récit. On trouve ainsi l'édition originale des *Chroniques vénusiennes* chez Colorado Springs, ainsi que de *La femme illustrée* et *L'ardente salamandre*. C'est grâce aux droits de ces trois ouvrages que Michael est parvenu à acquérir, en 1963, cette maison crème à un étage, sur les hauteurs de la ville. Il n'aurait pas pu rêver meilleur emplacement pour s'atteler à ses futurs romans. Mais ceux-ci n'ont jamais vu le jour. Lorsqu'un célèbre réalisateur français lui a demandé d'adapter *L'ardente salamandre,* il s'est d'abord cru sur un nuage. La France était une petite nation à laquelle il vouait un véritable culte depuis la découverte de la Nouvelle Vague et de la *French theory* sur les bancs de Berkeley. La culture ! L'Histoire ! Il regrettait quelquefois d'être né du mauvais côté de l'Atlantique, dans un pays qu'il estimait singulièrement dépourvu de raffinement. Mais le fric avait des bons côtés. Après le succès de *L'ardente salamandre* sur les grands écrans, les studios lui avaient proposé de travailler sur un film retraçant l'histoire des États-Unis, puis un autre sur Lincoln. Il avait donc recouvert d'un voile pudique ses ambitions littéraires, le confort de ses émoluments tempérant l'intérêt relatif de sa collaboration avec l'industrie cinématographique. Le fric, toujours le fric. Cette dérive mélancolique s'était ponctuée d'éclairs de lucidité aussi fulgurants que douloureux, au cours desquels il s'installait devant sa machine à écrire et fixait d'un œil lointain ses premiers livres sur l'étagère du salon. Ses doigts effleuraient les touches du clavier, mais rien ne s'inscrivait sur la feuille blanche, aucune idée ne venait excepté des mots désincarnés, des numéros de scènes, des arcs narratifs sans âme. L'écriture scénaristique et les commandes de l'industrie avaient tué toute créativité en lui. Le pognon avait asséché son talent. Avec une résignation proche de la catatonie, il avait donc honoré les studios de sa présence fantomatique jusqu'au jour où Frank l'avait recontacté.

Frank et lui s'étaient connus dans les coulisses de la Firme au Lion, ils avaient fréquenté les mêmes plateaux, serré les mêmes mains, mangé aux mêmes râteliers. Ces habitudes créaient des liens. Il fallait bien qu'ils se retrouvent un jour.

Michael était devant sa machine à écrire, plongé dans une de ses transes où la leucosélophobie se mêlait à une sorte de rêve éveillé, un songe qui fouissait ses entrailles avec la cruauté d'une intoxication alimentaire et au cours duquel il s'imaginait invité à *Apostrophes*, la célèbre émission littéraire française qu'il semblait être le seul à connaître de ce côté de l'Atlantique. Son dernier ouvrage venait de paraître dans l'Hexagone, un magnum opus décrivant avec une acuité prodigieuse la grandeur et la chute d'une nation aveuglée par sa propre *mise en scène* (le terme français lui était resté bien après son départ de l'université). Dans le monde des chimères, Michael était célèbre pour ses reparties spirituelles. L'une d'elles venait d'ailleurs de provoquer l'hilarité de Bernard Pivot. Les autres invités, tous français, le dévisageaient, entre jalousie et vénération. Oui, son livre confinait au génie, oui, il venait d'obtenir le Pulitzer, mais on n'allait pas en faire un plat. Qu'était donc ce millier de pages à la fois denses et très accessibles, comparé à la vacuité de l'existence humaine ?

Pour accréditer l'idée qu'il se faisait d'un destin contrarié, Michael avait perdu ses cheveux à l'âge de trente-cinq ans, et un angiome reproduisant exactement les contours de la France était apparu au sommet de son crâne.

Ses trois premiers livres, dressés sur l'étagère comme un rappel incessant à ce qui aurait pu être, devenaient flous. Il avait mal aux yeux à force de garder les paupières ouvertes, les mains posées sur le clavier, immobiles. L'ancien romancier en était là de ses cogitations quand le téléphone avait sonné. Frank au bout du fil.

« Salut, mon vieux.

— Frank ! Quelle surprise !

— Comment se porte le Nouveau Hollywood ?

— Depuis que la United a mis la clef sous la porte, c'est morne plaine.

— Tu bosses sur un projet ?

— Rien de précis, j'ai peut-être…

— Figure-toi que je viens d'être nommé à Lawney Industry.

— Un poste important ?

— Président-directeur général.

— Rien que ça ? Félicitations !

— Tu te doutes que mon appel n'a rien de fortuit.

— Dieu merci, j'ai cru que tu me téléphonais par amitié.

— Écoute, Michael, je vais être franc avec toi, j'aimerais que tu montes à bord, que tu me rejoignes à la barre de LIM. Il me faut un vice-président. Je compte faire le ménage dans le studio et j'ai besoin d'une personne de confiance. Je crois que le directoire ne verra aucune objection à ta nomination.

— Le conseil d'administration approuvera mon arrivée ?

— Approuver est un bien grand mot, mais après l'augmentation de participation des frères Lang à 8,6 % et la tentative d'OPA de Saul Steiner, je ne suis pas sûr qu'ils aient vraiment le choix. Ils ont été obligés de racheter pour trois cent vingt-cinq millions d'actions. J'ai été nommé pour renflouer le navire, alors tu vois. » Une pause. Puis la voix de Frank reprit au bout du fil : « C'est une opportunité à ne pas manquer, mon vieux. »

Michael aurait dû sauter de joie. Qui n'aurait pas rêvé d'obtenir un tel poste, dans l'une des plus grosses multinationales du divertissement au monde ? Mais les images de gloire littéraire ne s'étaient pas encore dissipées dans son esprit : il tardait à apprécier la valeur pécuniaire de la proposition.

Frank connaissait non seulement les ambitions créatrices de son camarade, mais aussi sa passion pour le Vieux Continent. Que l'intérêt de Michael se porte plus spécifiquement sur l'Hexagone était de peu d'importance : pour Frank, tous les pays de l'Europe de l'Ouest se ressemblaient. Il avait finalement lancé son appât. Nul doute que l'argument avait été mûrement réfléchi et qu'il devait faire pencher la balance d'une manière décisive :

« Je compte relancer *Empire*. Après le drame qui a frappé l'équipe originale, dont tu as probablement entendu parler dans les journaux, il faut tout reprendre de A à Z. Je ne vois qu'une personne à la hauteur de la tâche. Le poste de VP te laisserait largement le temps de te pencher sur la question. Ce serait un extra, en quelque sorte. »

Empire des chimères, le summum indétrônable des jeux immersifs. Des possibilités infinies, un espace de liberté totale, une création hors norme à laquelle tout artiste ambitionnait de contribuer. Sans parler de concevoir sa propre version. Et dire qu'au départ, *Empire* n'était qu'un simple produit dérivé de l'univers Lawney. La créature avait dépassé les espérances de ses créateurs, s'était émancipée des règles jusque-là en vigueur dans l'industrie ludique. En moins d'un an, elle s'était muée en une entité révolutionnaire qui prenait le pouvoir non seulement sur les consommateurs, mais sur les concepteurs eux-mêmes. Cela ne leur avait pas vraiment porté bonheur puisque, si ses souvenirs étaient bons, les membres du projet avaient craqué sous la pression. L'affaire était partie en capilotade, rubrique faits divers, si bien qu'*Empire II* n'avait jamais vu le jour. Il n'appartenait qu'à des gens comme lui d'aider *Empire* à renaître. Il était certain d'en avoir les capacités. Il ne se laisserait pas déborder, envahir, dévorer comme les concepteurs précédents.

« Tu veux dire que j'aurais le contrôle intégral de l'adaptation ? avait interrogé Michael.

— Sous réserve de respect du cahier des charges et de la bible, oui.

— Quel budget ?

— Celui que tu veux. C'est moi qui tiens les cordons de la bourse.

— J'imagine que ta proposition s'accompagne d'une légère contrepartie ? Qu'est-ce que tu veux, en échange ?

— Accepte le poste de vice-président. Rien de plus. Il me faut quelqu'un de solide, de diplomate, et de sérieux. Quelqu'un pour regarder par-dessus mon épaule, pour me donner un avis fiable, tu saisis ? J'ai été obligé de promouvoir Watkins aux opérations spéciales.

— Robert Watkins ?

— Oui. Tu le connais ?

— On s'est rencontrés à l'époque de *L'ardente salamandre*, pour l'Exposition universelle de New York. Lawney Industry bossait sur les attractions du futur dans le pavillon américain. Moi, j'étais embauché comme consultant. La science-fiction pullulait de gauchistes et les organisateurs voulaient un auteur qui ne soit pas perméable aux idées communistes. Watkins était chargé de vérifier que mon travail correspondait bien à « l'esprit Lawney ». Tu savais que le grand-père de Sidney Lawney avait travaillé comme contremaître sur la première grande roue de l'édition de 1893, à Chicago ?

— Ouais, avait répliqué Forelong sans réellement l'écouter. Eh bien, j'ai dû faire une concession aux valeurs originelles de LIM ; les actionnaires avaient besoin d'être rassurés. Mais je te l'ai dit, je compte faire le grand ménage et les types comme Watkins risquent de ne pas voir d'un bon œil le saut dans la modernité. »

Jessenberg s'était demandé un bref instant ce que Frank entendait par « saut dans la modernité ». Le conseil d'administration prenait un sacré risque en l'installant à la direction générale. Il était connu pour ses fulgurances mais aussi pour ses initiatives fantasques. Dans le milieu, Forelong s'apparentait à un franc-tireur, un excentrique, qui n'avait au surplus jamais fait mystère de son ambition dévorante. L'ancien écrivain se souvenait encore de la brutalité avec laquelle son ami avait débauché Oskar le lapin de la chaîne concurrente, quand il était entré chez CBS en tant que responsable des placements publicitaires dans les programmes pour enfants. Nommer Forelong à la tête d'une entreprise ou d'un département, c'était s'assurer de jolis coups d'éclat, mais aussi accepter une gestion impulsive, parfois violente. Pour une firme comme LIM, attachée aux ambiances feutrées, aux traditions et aux valeurs familiales, cela pouvait revenir à faire entrer le loup dans la bergerie.

Jessenberg repensa à Robert Watkins. Nul doute

que celui-ci avait brigué la direction des opérations spéciales pour surveiller les agissements fougueux de Forelong. Dans l'esprit de Jessenberg, les deux hommes s'opposaient. Forelong affichait un beau palmarès de mercenaire tandis que Watkins avait effectué toute sa carrière au sein de Lawney Industry. Un élément fidèle, dont la dévotion confinait au fanatisme. Il avait gravi les échelons jusqu'à obtenir la branche loisirs et, aujourd'hui, les opérations spéciales. On le considérait un peu comme le gardien du temple au sein de l'entreprise. Lors de leur collaboration, Jessenberg l'avait entendu citer au moins une centaine de fois les paroles du fondateur historique. On racontait qu'il avait accroché un immense tableau du maître dans son salon ; chose que Jessenberg croyait sans peine.

Forelong, lui, possédait un instinct primaire, une part animale qui l'avait jusqu'à présent gardé des fiascos les plus ravageurs. Il savait s'entourer des bonnes personnes aux bons endroits, il parvenait à transformer les faveurs qu'on lui rendait en services qu'il offrait aux autres, et il savait proposer des contreparties qu'on ne pouvait pas refuser. À ce titre, *Empire II* constituait un morceau de choix.

« C'est pour mon sens de la mesure ou pour mon génie créatif que tu m'embauches ? avait interrogé Jessenberg.

— Les deux. J'ai besoin du premier, tu meurs d'envie de retrouver le second. Appelons ça un échange de bons procédés. »

Touché, songea Michael. Ne plus réfléchir, se lancer. Les idées se bousculaient déjà dans son esprit. Une stratégie s'ébauchait.

Presque malgré lui, Michael Jessenberg s'entendit murmurer dans le combiné : « Marché conclu. »

Trois mois plus tard, la première version d'*Empire II* était posée sur la table basse en chêne laqué du séjour. Un travail de titan. Il n'avait pas éprouvé pareille exaltation depuis l'époque où il écrivait des romans. C'était précisément cette exaltation qui lui avait permis de refondre en grande partie le projet.

Comme c'était désormais la coutume, il avait invité Frank à venir discuter chez lui, autour d'un verre. Pour autant qu'il pouvait en juger, le président-directeur général appréciait ces moments où, loin des bureaux et des autres dirigeants, il n'était astreint à aucun formalisme. Michael se tenait debout devant la baie vitrée. Il plissait les yeux à travers ses épaisses lunettes. La chaussée était déserte à cette heure-ci. Il essuya les mains sur son pantalon, ainsi qu'il en avait l'habitude lorsqu'il était anxieux, et se tourna vers son ami.

« Alors, tu en penses quoi ?

— J'aime beaucoup. On dirait une espèce de roman tordu.

— Je dirais plutôt une parabole.

— Une parabole ? »

Jessenberg n'était pas certain que son ami sache précisément ce qu'était une parabole. Et il n'était pas certain non plus que cela importât le moins du monde. Il expliqua : « Les concepteurs originaux s'étaient inspirés de la dynamique générale des récits ludiques. D'un côté les ressources concernant l'univers de LIM, les fonctions, les règles, et de l'autre les structures fondamentales. Il s'agissait de mettre en place un fil narratif capable de générer des événements sur mesure en suivant au mieux le canevas original, en s'alimentant de la base de données sur le jeu et surtout en récupérant des informations sur le joueur cible. »

Forelong eut un vague geste de la main, qui pouvait aussi bien signifier de continuer que d'abréger. Emporté par ses explications, Jessenberg choisit de poursuivre : « C'est sur ce dernier point que les développeurs, Mike Ellis et Lars Anderson, ont eu des difficultés. Les individus sont trop dissemblables pour que les informations soient d'une valeur quelconque. On ne peut pas élaborer de stratégie globale avec des joueurs qui ont tous des façons de penser, des intérêts différents. Sans esprit de corps, pas de réalité. Alors, j'ai privilégié le pays le plus réceptif en matière d'imaginaire.

— La France.

— Tout à fait. Le jeu est évolutif. Une fois ancré au cœur du territoire, il suffira de le laisser se diffuser par contagion, par capillarité, si j'ose dire.

— Ingénieux.

— Pour adapter *Empire II* aux particularités locales, je me suis inspiré du modèle de la Commune : une période historique qui bénéficie d'un pouvoir d'évocation puissant dans l'inconscient collectif des Français.

— Les références historiques sont toujours des valeurs sûres. Bien joué. »

Comme Jessenberg était à peu près certain que Frank n'avait qu'une vague notion des formes de gouvernance locales ou régionales qui s'étaient succédé au cours du passé tumultueux de la France, il précisa : « Schématiquement, la Commune s'apparentait à un système d'autogestion dans lequel la volonté de chacun avait un impact. Au niveau matriciel, on y trouvait un contrat social validé par l'ensemble des participants. Le système transformait l'acteur et l'acteur transformait le système. Ce dernier devenait une somme d'expériences, et les expériences un ensemble social. Dans l'idéal, *Empire II* devra forger une proto-société. L'histoire va produire la société, de la même manière que la société produira l'histoire. » Une pause, puis Jessenberg reprit : « La réalité recoupe ce qui résiste à notre volonté ; autant dire qu'elle est toujours la fiction de quelqu'un d'autre. C'est le concept de résistance asymétrique. »

Forelong observait son ami d'un œil fasciné. Pour être plus exact, il était impossible de déterminer si cette fascination était le fruit d'une incompréhension totale ou, au contraire, d'une révélation. Impossible également de saisir dans quelles proportions le charme opérait : s'agissait-il d'un intérêt exclusif pour Jessenberg, d'une sincère préoccupation pour le jeu, ou d'une alchimie subtile entre les deux options ?

« Tu crois que les joueurs seront sensibles à cette… "résistance asymétrique" ? s'enquit le P-DG.

— Si l'on suit l'idée que seuls les éléments les plus coercitifs composent la réalité, alors nous devons établir un ensemble de règles contraignantes et modulables. Le joueur moderne souhaite mettre en avant sa personnalité, mais aussi devenir quelqu'un d'autre. Il faut donc structurer sa créativité de sorte qu'elle devienne la cause en même temps que la garante du système. C'est le paradoxe de Sorite.

— Qui ça ?

— Sorite. À partir de combien de règles non respectées cesse-t-on de jouer ?

— Jamais », s'amusa Forelong.

Sourire indulgent de Jessenberg. « Plus le jeu est bon, plus les joueurs acceptent les règles.

— Et c'est ce que tu estimes avoir fait avec *Empire II* ?

— Laisse-moi te donner un exemple : est-ce que tu as déjà entendu parler de la synesthésie ?

— Les types qui entendent la nourriture et goûtent les notes de musique ?

— À peu près. Seulement, cette altération cognitive prend une orientation différente dans le cadre du récit. Lorsque les enjeux entre le spectateur et le héros sont parallèles, il se produit de part et d'autre un sentiment identique, mais d'intensité variable. Si l'avatar court un danger, le spectateur a peur de voir la prochaine séquence, le lecteur craint de tourner la page suivante, le joueur redoute de lancer son dé. La nouvelle version d'*Empire* accentue ces dynamiques synchroniques ; celles-là mêmes qui favorisent l'immersion.

— Je savais que je ne me trompais pas en te mettant sur le coup, se réjouit Forelong sans qu'on sache s'il avait compris un traître mot du discours de son camarade.

— *Empire* tel que je l'ai remanié est rien de moins qu'un essai sur le monde. »

Jessenberg laissa passer un bref instant de silence. Puis il se rendit compte du ridicule de sa déclaration. L'espace d'une seconde, il y avait pourtant cru.

Les deux hommes éclatèrent d'un rire simultané.

À présent, Frank Forelong paraît contrarié. Il s'empare du manuscrit de la nouvelle version d'*Empire II* sur la table basse. Aux yeux de Jessenberg, il s'agit d'un simple toilettage, conforme à ce qu'on pourrait attendre d'un jeu possédant un tel potentiel commercial, mais Forelong semble considérer les choses d'un autre œil. Il commence à feuilleter la liasse de papiers.

« L'histoire prend un tour trop étrange. Il faudrait atténuer la dimension anxiogène. Sans compter que je n'aime pas particulièrement la conclusion numéro 3.

— Celle où le couple se met à creuser ?

— Oui. Tu t'es inspiré de ce qui nous arrive en ce moment. »

Ce n'est pas une question, plutôt un reproche. Sourire crispé de Michael. « En effet. Le jeu est évolutif. Je t'ai déjà expliqué comment il fonctionne. Il faut incorporer de nouveaux éléments pour diversifier les séquences d'apprentissage du joueur.

— Je ne vois pas la nécessité de ces modifications.

— Le récit a besoin d'être alimenté par des particularités du quotidien pour…

— Du quotidien, oui. De *notre* quotidien, non.

— J'ai introduit le fantastique merveilleux conformément au cahier des charges de LIM… »

Frank l'arrête d'un geste de la main, s'éclaircit la voix et lit à voix haute : « *Bientôt, le couple laboure le sol à une cadence effrénée, le souffle court. La terre s'incruste sous les ongles et sous la fine couche d'humus se dissimulent des champignons couverts de gale, les lamelles tordues, la volve écrasée. Les racines vireuses du mycélium s'accrochent aux couches humides et les mains pétrissent sans ménagement les moisissures. Les joues baignées de larmes, la mère creuse, happe, transperce…*

— Je ne vois pas ce qui…

— Les champignons, Michael. Les champignons ! »

Jessenberg se renfrogne. Il ne peut pas donner totalement tort à son camarade. En effet, il s'est inspiré d'un fait réel, ou plutôt, un fait réel s'est immiscé dans son récit. Plus le travail avance, plus il a de mal à discerner dans quelle mesure le jeu altère la réalité et vice-versa. Seule certitude : depuis plusieurs mois, une zone du parc de Long Beach est frappée d'une redoutable mycose qui gangrène les bases des structures en plein air, ainsi que les circuits électriques enfouis sous terre. Pour l'instant, les cryptogames touchent uniquement la section française du périmètre « villages d'antan ». Ce périmètre, de trois kilomètres carrés et plus de trois cents bâtiments, constitue une attraction de choix : il offre aux spectateurs nostalgiques la possibilité de s'immerger dans des espaces ruraux issus des quatre coins du monde – Égypte, Algérie, Colombie… – et d'y admirer la vie telle qu'elle s'y déroulait dans un passé idéalisé. Or, la zone française, où l'on a reproduit à l'identique un village rustique, semble victime d'un pourrissement accéléré. Les experts dépêchés sur place se perdent en conjectures. Impossible de déterminer avec précision à quelle espèce appartient l'agent infectieux, mais les étranges protubérances blanchâtres sont des champignons, ils sont formels. Même les circuits de l'animatronique baptisée *Jérôme* n'échappent pas à la sinistre invasion, si bien que les techniciens ont été obligés d'amputer « villages d'antan » du secteur où le garde champêtre mécanique, tellement réaliste dans son uniforme municipal, se dandine chaque jour, armé d'un carnet de contraventions factice et d'une matraque en mousse.

En dépit de plusieurs campagnes d'éradication, non seulement le mal persiste, mais on redoute qu'il s'étende. Les dégâts, pour limités qu'ils soient, n'empêcheront pas le public et les journalistes d'avoir tôt ou tard vent de l'affaire. Si Michael suit la pensée de Forelong, ce dernier craint que les éléments présents dans *Empire II* ne mettent la puce à l'oreille d'un quelconque pigiste ou d'un joueur plus perspicace que les autres. Car lorsque la nouvelle se répandra, Dieu seul sait à quel type de crise ils seront confrontés.

Frank Forelong n'a pas fini de passer sa colère sur la mise à jour d'*Empire*. Michael sert d'exutoire, il le sait bien, mais les critiques l'atteignent plus qu'il ne l'aurait souhaité.

« Comment se sont déroulés les *playtests* ? » embraye le P-DG.

Un instant désarçonné, Michael imagine la conversation qui va suivre. *La version que tu as lue n'a pas été testée*, avouera-t-il avec un soupçon d'appréhension. Frank répliquera sur un ton ironique : *Tu veux dire que personne n'a essayé cette nouvelle mouture ?* Lui, Michael, se maîtrisera à grand-peine. *Oui, Frank, c'est exactement ce que je veux dire*. Et Frank de grincer : *J'ai eu droit à une exclusivité, alors. Quel privilège !*

— *Le marché a très bien réagi à la version antérieure*.

— *Le coup des champignons…*

— *D'accord. J'enlève les champignons, si ça suffit à ton bonheur*.

Magnanime, Frank tentera d'apaiser les choses : *Calme-toi, voyons*.

— *Tu sais combien de temps j'ai passé sur cette version ?*

Frank réfléchira un moment. Une ride apparaîtra au centre de son front, il pèsera le pour, le contre, et décidera finalement : *Organise les* playtests *avec cette version-là. Conserve les champignons. Vois comment le panel réagit, et puis on en reparle*.

Michael aura l'impression de se retrouver trois ans

en arrière, lorsqu'il était obligé de négocier la moindre virgule de navets intersidéraux avec des producteurs analphabètes. Il laissera l'amertume l'envahir. *On en reparle ? Tu sais quoi, Frank, avec des promesses pareilles, tu devrais te présenter aux élections municipales. Je suis sûr que tu serais élu.*

Un mince sourire déformera le visage de Frank Forelong. *Pourquoi être maire alors que je suis déjà roi ?*

De fait, cette conversation n'a jamais lieu car une étrange bifurcation se produit dans l'esprit de Michael. Une rature, un écart. Il sait en un éclair ce qu'il doit faire, ce qu'il doit raconter. Plus tard, avec le recul, il aura tout le loisir de s'interroger sur les changements radicaux provoqués par cette décision absurde.

« Les *playtests* se sont très bien déroulés, ment-il. Les premières réactions sont enthousiastes. Il faudra encore procéder à quelques ajustements mineurs, mais guère plus. »

Frank hausse un sourcil. « Vraiment ?

— Comme je te le dis. On verra quand même ce qu'en pense le comité consultatif, mais j'ai bon espoir. »

Le P-DG baisse les yeux sur le manuscrit, incrédule. « J'aurais pourtant cru… »

Michael distingue les cernes autour des yeux, le rasage moins net qu'il n'aurait dû, et les rides au coin des paupières, la bouche qui s'affaisse lentement. Il tente alors une diversion ; s'il se trompe, ils en seront quittes pour une petite séquence émotion.

« Qu'est-ce qui se passe, Frank ? Je ne t'ai jamais vu aussi… crispé. Et ne me réponds pas qu'il s'agit d'*Empire*. La version est très propre. Tu as besoin d'un prétexte ? D'accord. Tu veux te défouler ? Je suis là. Mais ne te trompe pas de cible en attaquant *Empire II.* »

Son ami bouge sur son siège. L'argument fait visiblement mouche. Michael pousse son avantage : « Ton malaise est plus profond. Toi et moi, on se connaît bien depuis la Firme au Lion. Explique-moi ce qui ne va pas.

— Je fais des rêves », lâche tout de go le P-DG.

Michael se serait attendu à n'importe quel genre de confidence de la part d'un type aussi excentrique, aussi impulsif que Forelong – le jeu, l'adultère, la drogue, les malversations –, mais pas à une simple histoire de rêves. Cet aveu le prend au dépourvu. « Tu veux m'en parler ? » interroge-t-il.

Frank se gratte la tête. « Il n'y a pas grand-chose à en dire. C'est le même cauchemar qui revient toutes les nuits. Je suis dans un avion. Il y a un problème technique ou un accident et on plonge en flèche vers le sol. Je me réveille en sueur, je crie. Jane a menacé d'aller dormir dans une autre chambre si je ne me calmais pas. Après, je mets des heures à me rendormir.

— Un avion ? Pourquoi un avion ? »

Frank étouffe un gloussement nerveux. « Je n'en sais foutre rien, mais ces images me pourrissent la vie depuis trois semaines.

— C'est symbolique, si tu veux mon avis.

— Symbolique de quoi ?

— De ton stress, des tensions avec Watkins.

— Laisse tomber Watkins. J'ai vécu dix fois pire quand j'étais à CBS et je dormais comme un loir.

— Un problème gastrique alors ? »

Frank grimace, façon de montrer à son compère que, franchement, ses suggestions ne lui sont d'aucune utilité. « Changeons de sujet, tu veux bien. On parlait d'*Empire II*. Tu m'as dit que les réactions des joueurs étaient bonnes ? »

Et Jessenberg de s'enfoncer pour de bon : « Excellentes, à quelques détails près. Je te ferai lire les comptes-rendus. »

34

Les jours passent. Puis les semaines. On accroche les premières guirlandes dans les rues du village. En fait, la municipalité ne paye que deux banderoles équipées de lampions ; l'une déployée à l'entrée de la rue principale, l'autre à la sortie.

Les enfants de l'école maternelle confectionnent des boules en papier mâché, que la maîtresse, aidée d'un agent technique, accroche aux basses ramures de l'unique sapin se dressant sur la place des arcades. Quelques habitants assistent aux préparatifs, l'œil attendri. Les gamins s'appliquent. Morve au nez, genoux croûtés.

La température continue de baisser. Aux heures où le jour lutte avec la nuit, les cheminées crachent une suie grasse dans le firmament ébauché.

On dépose au pied de l'arbre des cadeaux factices, boîtes à chaussures vides emballées dans du papier multicolore et entourées de bolduc. Ce sont des promesses de pacotille, des songes creux. Ces boîtes vides que personne n'ouvrira et qui iront au feu lorsque les festivités seront terminées, chacun peut y mettre ce qu'il veut. Les plaisantins les garniront en pensée d'objets farfelus, les amoureux s'imagineront y déposer des attentions charmantes, et ceux qui ont une âme duplice les trufferont de mensonges.

Corinne Dutreuil, la coiffeuse, a fixé plusieurs guirlandes brillantes sur la devanture de son salon. Son chat s'affirme plus que jamais dans le cadre photo qui orne la vitrine. La disparition a conféré à Pompon une aura de majesté dont seuls peuvent s'enorgueillir les défunts. À l'époque, le portrait avait coûté deux cent cinquante francs à Corinne. Cindy, sa fille, a participé à la décoration de la boutique. Elle a d'abord milité – sans réelle conviction – pour l'accrochage d'une fausse chauve-souris, mais devant le refus de sa mère s'est rabattue sur une simple dentelle noire qui, par contraste, fait ressortir l'éclat des guirlandes.

Certaines fenêtres ont été aspergées de poudre blanche, car il ne neige pas à Lensil. Il pleut, oui, il bruine, il gèle. Pierre fendue, lit de givre. Parfois, c'est la grêle, dure comme le poing, et puis la boue, sale et collante. Mais de blancs flocons, des plumes cristallines qui font des larmes sur la peau, jamais. Ou alors il y a si longtemps qu'aucun homme ne s'en souvient.

Des pères Noël en feutre mou se lancent à l'ascension des balcons étroits, figés sur leur échelle dans une posture d'alpiniste en échec constant.

Même Denis Davodeau, malheureux directeur de l'agence *Davodeau et fils*, a cédé à la tradition et accroché plusieurs guirlandes électriques voisinant avec les photos de terrains que personne ne veut acheter. Loin d'égayer l'atmosphère, les petites lampes colorées accentuent l'impression de marasme, si bien que Denis, trop conscient du désastre esthétique de sa pauvre tentative, a renoncé à les allumer.

C'est donc avec des fortunes diverses que les habitants de Lensil accompagnent les réjouissances à venir. Mais même les foyers les plus modestes ont eu un égard pour la fête de la nativité, quitte à ériger une crèche en carton, ou à poser un mini- sapin en plastique sur un coin de cheminée.

Une seule famille n'a pu se résoudre, ne serait-ce que de manière symbolique, à embellir sa chaumière. Une seule famille, ou ce qu'il en reste. Car la maison des Lidèle ne résonnera pas de cris d'enfant cette année, sauf à considérer les échos terribles de la petite Édith, ricanements de spectre dans une nuit infinie, comme une manifestation de joie.

35

Le sommier du lit d'enfant ploie sous le poids de Séverine Lidèle. Elle se sent lourde, empâtée. Elle n'a pas eu ses règles depuis deux mois, bien que cela ne présage d'aucune grossesse… On dirait que le sang s'est accumulé dans son ventre, pour former une mélasse qui rend les gestes maladroits, les mouvements incongrus. Elle baisse les yeux sur ses mains gonflées, inutiles, ses jambes en plomb fondu et ses pieds, plantés en terre comme des pieux de clôture. Comment bouger dans ces conditions ? Comment avancer ? Elle sait qu'en réalité elle ne mange rien. Tous les jours, elle maigrit, elle s'amenuise… À chaque pesée, l'aiguille tend un peu plus vers le zéro. Voilà pour les faits objectifs. Pourtant, elle a l'impression de peser des tonnes. Son épaisseur est une illusion, un leurre de baudruche. Elle n'est pas certaine que les pilules du docteur lui soient d'un grand secours.

La voix de Michel, son mari, résonne au salon. Les voisins sont venus prendre le café, mais elle ne veut pas les voir. Les rencontrer excède son seuil de tolérance.

Lorsqu'elle ferme les yeux et qu'elle s'allonge, il lui semble sentir à nouveau l'impact des coups que Michel donne au matelas, nuit après nuit, le nez enfoui dans son oreiller pour rugir de pleurs. Elle, le dos tourné dans une immobilité de statue renversée, garde les yeux ouverts sur le feuillage des chênes que l'on aperçoit depuis la fenêtre de la chambre parentale. Les chocs étouffés par la mousse, les ruades spasmodiques de son époux la ballottent. Elle attend que la crise passe, mais rien ne se termine. En quinze ans de vie commune, elle n'a jamais entendu pleurer son mari, et l'a encore moins vu manifester son impuissance en bourrant le matelas de coups de poing. Malgré tout, elle a su très tôt que la disparition de leur fille allait le métamorphoser. Non seulement il allait se transformer en étranger, mais Séverine elle-même subirait des mutations dont elle n'avait pas idée. Quand elle se contemplerait dans le miroir, elle verrait quelqu'un d'autre. Son regard serait quelque chose que l'on fuirait, ses réactions appartiendraient à une inconnue. Maintenant, elle réalise que le mal est encore plus profond : non seulement l'absence d'Édith les a changés en tant que parents, en tant qu'individus, mais elle a changé le village dans sa totalité. Il lui suffit de sortir dans les rues, d'arpenter les trottoirs qu'elle croyait connaître par cœur, de longer les murs dont elle anticipe les moindres aspérités, pour comprendre à quel point l'existence de Lensil est devenue inconcevable. Comment se peut-il qu'après un bouleversement pareil, la vie continue de s'écouler ? Comment se peut-il que le village, *son* village, ait retrouvé une forme de paix malgré le cataclysme ? Distingue-t-on encore des rires d'enfants sur la place, des conversations entre les clients attablés à la terrasse du bar? Hume-t-on l'odeur de pain chaud devant la boulangerie? Et la musique aux fenêtres, et les clapotis de l'eau dans la fontaine, les entend-on? Cette certitude outrepasse les bornes d'une simple anomalie, elle représente un affront au bon sens élémentaire.

Une fois encore, Michel ressasse les dernières heures du drame. « Le premier soir, quand les recherches ont cessé à 2 heures du matin, quand les gendarmes et les pompiers nous ont dit de rentrer chez nous, je ne me souviens pas être retourné à la maison. La première semaine, c'était la folie. Tous ces gens, ces inconnus dont je ne connaissais ni le nom, ni le grade, ni la fonction, qui m'interrogeaient sans relâche pour décortiquer ma vie, trouver la faille au lieu de… » Il s'interrompt. Séverine imagine l'un des voisins tourner nerveusement la cuillère dans sa tasse ou bien poser une main réconfortante sur l'épaule de son mari. « Dès le début, je savais qu'elle avait été enlevée. Dès le début, je leur ai dit… Mon bébé, mon bébé… » Sanglot, gêne. Séverine a appris à haïr son mari… Non, pas à le haïr, mais plutôt à s'en dégoûter, à mépriser sa faiblesse, ses atermoiements constants, son défaitisme… Elle a appris à détester les gargouillis de son bain de bouche quand il se brosse les dents, à s'agacer de ses soupirs quand il ne trouve pas ses lunettes. Même le bruit du journal qu'il déplie le matin, elle a de plus en plus de mal à le supporter. Elle a également appris à redouter son odeur ; leur odeur à tous les deux. Parce que ce parfum n'est plus le leur, mais celui d'un envahisseur qui a pris leur place, qui s'est immiscé dans leur quotidien et que tout le monde continue d'appeler Séverine ou Michel. Des occupants, voilà ce qu'ils sont devenus.

Où tout cela les mènera-t-il ? Quels chemins tortueux vont-ils arpenter, quelle falaise escarpée devront-ils gravir, dans quelle forêt mystérieuse s'égareront-ils ? Et surtout, reviendront-ils jamais à la civilisation ? Maintenant, son mari explique les fouilles interminables, les perquisitions, les auditions, l'acharnement, et puis plus rien, le vide, l'abandon. Depuis presque deux mois, l'enquête piétine. Michel en veut à Jérôme, le garde champêtre. Il l'accable de tous les maux sitôt qu'une oreille compatissante se présente. Il l'accuse de dilettantisme, d'incompétence, sans se douter un seul instant que c'est sa propre impuissance qu'il cristallise, estime Séverine. Encore une réaction de son mari qu'elle ne comprend pas, qu'elle ne comprend plus.

Bientôt, les voisins se lasseront d'entendre les mêmes histoires, les mêmes récriminations, bientôt ils prendront conscience du gouffre qui les sépare des Lidèle. Le vide, oui, l'abandon.

Séverine tourne la tête vers les peluches de sa fille, entassées près du coussin où elle posait sa tête, ses cheveux blonds. Princesse Azalée, Annibal le furet, et puis bien entendu Moustache.

« Alors, tu es contente de toi ? interroge la peluche. Ça valait le coup de faire un enfant ? Tu as eu ce que tu désirais, non ? »

Séverine essuie une larme. « Non. Je voulais conserver ma fille auprès de moi. Je n'ai jamais souhaité sa disparition. Jamais. » Évidemment, Séverine sait que la conversation entre elle et Moustache se déroule dans sa tête. Les pilules du docteur sont vraiment de la camelote.

« À d'autres, grince Moustache. Tu criais après elle,

sa simple présence t'insupportait. Comme celle de ton mari t'insupporte maintenant.

— Tais-toi.

— Tu l'as laissée m'abandonner au refuge, tu aurais aussi bien pu me lâcher toi-même sur le bord de l'autoroute ou m'attacher à un arbre dans les bois.

— Non. Tu sais que c'est faux. Je voulais te garder…

— Tu rêves de solitude mais tu n'as pas le courage de tes ambitions.

— Arrête, s'il te plaît.

— Ta mère t'a abandonnée, tu te souviens ? Elle est partie quand tu avais neuf ans. Maintenant, c'est au tour de ta fille, et bientôt de ton mari, qu'est-ce que tu dis de ça, petite mère ? Quel effet ça fait, hein ? Moi, je crois que tu apprécies la chose, parce que c'est dans ta nature. Être délaissée te procure une existence.

— Personne n'aspire à une vie pareille, Moustache. Comment peux-tu…

— Tu n'es pas digne d'avoir quelqu'un près de toi, voilà la vérité.

— Menteur.

— Ta fille t'aimait.

— Menteur. »

Un bruit près de la fenêtre attire son attention. Un crissement, et puis une friction d'étoffe. Séverine se lève, s'approche du panneau de verre. Étonnement. Un oiseau blanc se tient sur le rebord de la fenêtre. Nullement troublé par la présence d'un être humain de l'autre côté de la vitre, il semble méditer sur quelque aspect trouble de sa condition de volatile. « Salut, toi », murmure Séverine, tandis qu'un sourire involontaire adoucit ses traits. Elle jette un regard à

Moustache, mais la peluche est redevenue un jouet comme les autres, un objet inerte, muet et inoffensif.

L'oiseau, de nouveau. Séverine l'examine plus attentivement. Une corneille. Une corneille blanche, plus exactement. La jeune femme ignore les habitudes des passereaux, mais il fait très froid dehors.

« Qu'est-ce que tu fais ? » questionne une voix dans son dos.

Séverine pivote. Michel se tient sur le pas de la porte. Il l'observe d'un œil curieux, vaguement circonspect.

« Les voisins sont partis ? demande l'interpellée, l'air aussi dégagé que possible.

— Depuis un moment. »

Combien de temps a-t-elle erré dans ses propres songes, à tenir une discussion imaginaire avec une peluche, avant de contempler une corneille blanche ?

« Je n'entendais plus rien, précise Michel. Je croyais que tu t'étais endormie.

— Non, je... Enfin, je ne crois pas. Je regardais cet oiseau, sur le rebord de la fenêtre. » Elle désigne l'extérieur mais le volatile a disparu, envolé, à moins qu'il n'ait jamais existé.

« Un oiseau ?

— Une corneille, je crois.

— Si près de la chambre ? Juste derrière la vitre ?

— Je suis presque sûre de moi. Elle était aussi blanche que la neige.

— Bon, hésite Michel, de toute façon, je ne connais rien aux corneilles. »

Séverine a un rire nerveux. « Moi non plus.

— Ils m'ont dit de te passer le bonjour.

— Qui ça ?

— Les voisins. J'ai prétendu... que tu te reposais.

— Tu as bien fait.
— Tu as entendu la conversation ?
— Pas en totalité, non.
— Quand j'ai critiqué cet incapable de Jérôme, tu sais qu'ils l'ont défendu ? »

Séverine retient un soupir excédé. Son mari s'éloigne, il se perd. La douleur les oblige tous les deux à emprunter des chemins qu'ils ne voudraient pour rien au monde explorer, à s'engager sur des sentiers qui les conduiront à des destinations différentes, peut-être diamétralement opposées. Elle tente de rattraper son mari, de le ramener sur un terrain commun que l'on nomme parfois réalité, mais dont les entrailles d'airain ne sont qu'un ventre mou. *L'hôpital qui se moque de la charité*, songe-t-elle avec amertume. « Il faut que tu arrêtes avec Jérôme. Il n'est pour rien dans la disparition d'Édith. Il fait ce qu'il peut.

— Toi aussi, tu le défends ? » gronde Michel d'une voix fébrile. Il a besoin du soutien de son épouse, et il lui faut un coupable. Séverine craint un instant qu'il ne se remette à pleurer. Elle est gênée et furieuse contre lui. Les nerfs. Faible, si faible.

« Calme-toi, je t'en prie. »

Michel tremble, les mots ne trouvent plus leur place dans son esprit et les larmes, défaut rédhibitoire, apparaissent au coin de ses yeux rougis. Elle le soupçonne de s'être déjà épanché auprès des voisins, d'avoir craqué pendant qu'elle était occupée à parler avec Moustache. Quelle ironie ! Au moins a-t-elle la décence de subir ces dérèglements en privé. Michel, lui, embarrasse tout le monde. Les voisins ont-ils pris congé de façon civile, ou ont-ils simplement fui ? Son mari ne le lui dira pas. A-t-il seulement prêté attention aux conditions de leur départ ? Elle voudrait tendre la main, lui caresser le visage pour le rassurer, mais elle n'en a pas le courage.

Michel, son héroïque époux, la regarde avec des yeux remplis d'effroi. Peut-être réalise-t-il qu'il vit avec une réplique de celle qui fut sa femme. Son menton se corne, sa bouche lardée de plis vomit une bouillie de syllabes. Un chapelet de phrases mutilées tente de prendre forme. « Ce foutu Jérôme n'a pas… Il n'a rien… » Puis il tourne les talons et quitte la chambre de sa fille.

36

Chose curieuse : Jérôme ne s'est jamais lassé de l'odeur des hôpitaux malgré les épreuves. Quand il avait quitté l'armée, son père était hospitalisé. Il avait appris mille ruses pour s'infiltrer dans les couloirs des polycliniques en dehors des heures d'ouverture et, surtout, s'était durablement familiarisé avec les émanations incomparables de l'éther médical. Aujourd'hui encore, lorsqu'il accompagne Clotilde dans son parcours curatif, il retrouve avec délice ce parfum de clandestinité, d'amour et de pardon que la mort, dans une curieuse promesse d'union, hâte au chevet des malades.

Patienter dans les corridors blancs n'est pas un fardeau ou une perte de temps, mais plutôt un travail nécessaire vers une forme d'équilibre, une rétribution tardive.

Lui est assis sur une chaise en plastique adossée au mur. Clotilde, dans son fauteuil roulant, attend sans réelle inquiétude, mais sans espoir non plus, de poursuivre les examens prescrits par le spécialiste. Elle a revêtu sa blouse verte de patient, ouverte dans le dos. Les gens passent. Médecins, infirmiers, convalescents ou visiteurs s'avancent dans une grande indifférence, préoccupés ou vaguement désœuvrés. Cependant, aucun d'eux ne se déplace avec légèreté.

« Tu dis que les gendarmes ont plus ou moins laissé tomber ? s'enquiert à mi-voix la jeune femme.

— Pas vraiment, nuance Jérôme, mais ils n'ont rien qui leur permette de progresser. Pas de témoin, aucun élément à charge ou à décharge…

— Et le gilet ?

— Échec sur toute la ligne. Ils ont essayé le microscope polarisant, la spectrométrie, les radiographies… Même le nouveau Raflar, avec son laser argon, n'a rien donné. À croire qu'aucun être humain n'a posé la main sur ce vêtement.

— Une manche a pourtant été arrachée.

— On ne l'a pas retrouvée.

— Et le questionnaire distribué à la population ?

— Tu veux dire leur tentative de recensement ? renifle Jérôme avec un soupçon de mépris. Encore faudrait-il qu'ils l'aient exploité correctement. Et si le ravisseur est de chez nous, s'il se balade sous notre nez, dans les rues du village, ce n'est pas avec un questionnaire qu'ils le trouveront.

— Alors, ils abandonnent ?

— Non, ils se découragent… Mais pas moi. Cette gamine a disparu sur ma commune. Et on sait qu'après tout ce temps, ce n'est ni une fugue ni un accident. Je suis convaincu qu'il s'agit d'un habitant de Lensil.

— Les parents d'Édith aussi en sont persuadés. Michel, le père, est plutôt énervé. Il paraît qu'il a menacé de te casser la figure ? »

Jérôme a un geste évasif. « Des paroles en l'air. Tous les matins, il vient à la mairie pour photocopier des avis de recherche. Le maire l'a autorisé à utiliser la machine à volonté. Mais ce travail d'affichage, c'est le tonneau des Danaïdes. Michel s'épuise, rien n'avance, alors les mots dépassent parfois sa pensée. Il met des avis sur les voitures, sur les panneaux, dans les magasins et les entreprises. Il en donne aux gens qui partent en vacances. Il en envoie même à l'étranger. Où qu'il aille, la photo de sa fille le suit. Édith, son sourire en noir et blanc, son appareil dentaire, sa frange un peu trop longue, ses yeux malicieux et la fossette sur la joue gauche. Une photo de classe. S'il pense trop à ce qui lui est arrivé, ça va le rendre fou. J'espère qu'il va se ressaisir.

— Adrien m'a dit que la mère supportait mieux les choses.

— Elle est sous médicaments. On m'a raconté qu'elle passe son temps dans la chambre de sa fille.

— J'en ai la gorge serrée. Un village comme Lensil, tu te rends compte ?

— Oui.

— Tellement calme.

— Façon de parler.

— C'est vrai, mais tu vois ce que je veux dire. Personne n'aurait jamais pensé… Ce qui leur arrive est tellement injuste. »

Jérôme laisse passer un instant de silence. Il a beau se creuser les méninges, il ne voit pas ce qu'il pourrait ajouter. Oui, c'est injuste. Oui, ils vont souffrir. Oui, la gamine est probablement morte. Il arrive que Dieu pointe le doigt au hasard sur la foule, et déclare « Toi, tu seras aveugle », « Toi, tes parents mourront », « Toi, tu seras malade dans une chaise roulante et tu ne connaîtras pas la normalité », « Vous, votre petite fille disparaîtra ». Il n'y a pas de volonté, pas de dessein. Juste les aléas et le doigt de Dieu. Alors peut-être que Jérôme trouvera le corps de la fillette à un moment ou à un autre. Ses parents pourront lui offrir une sépulture décente. Peut-être même démasquera-t-il le coupable. Mais rien, jamais, ne réparera l'injustice.

Une infirmière apparaît dans le couloir. « Madame Bertin ? » Voix douce et mélodieuse, silhouette fine. Clotilde adresse un signe à l'employée, et lorsque celle-ci approche, Jérôme fait mine de se lever. Elle interrompt son geste avec un sourire bienveillant. « Si vous voulez bien attendre ici. Les examens ne seront pas longs. »

Jérôme se rassoit. Il regarde Clotilde s'éloigner, poussée par l'infirmière. Il a quand même épousé un sacré petit bout de femme, songe-t-il. Bien plus courageuse que la plupart des gens, lui y compris. Elle a enduré l'endoscopie, la biopsie par électrocoagulation, puis la thermographie et la tomographie. Davantage de tourments qu'on peut décemment le concevoir. Les gélules d'Ocovix et d'Irodian ont provoqué une polynévrite aiguë. Il a fallu contrer les effets indésirables avec du Thiotelax, source de vomissements à répétition. La Silastine lui donne la diarrhée et l'Atrimycine D. la rend incontinente. Malgré tout, elle ne se plaint jamais. Et ni le dégoût de vivre ni la crainte de mourir, afflictions pourtant communes à tant de concitoyens, ne polluent ses pensées.

Pour se changer les idées, il entreprend de récapituler mentalement les différentes fiches qu'il a établies, quand il a interrogé les habitants après la disparition.

Michel et Séverine ont été mis hors de cause dès la première audition, le lendemain de la disparition.

Mais les gendarmes ont continué à les interroger, à la recherche d'un détail, d'un indice qui aurait pu leur échapper.

Clarisse et Myriam, les deux camarades de classe avec qui Édith jouait, ont refait mille fois le parcours précédant la disparition, accompagnées des forces de l'ordre. Le lavoir, la place de l'église, puis la sortie du village, le lavoir, la place de l'église, puis la sortie du village… Le trajet a été tant étudié qu'il a accédé aux yeux des enquêteurs à un statut abstrait. Les trottoirs se sont transformés en lignes entrecroisées, les pavés en quadrillage, et la moindre tache de moisissure sur les murs a perdu ses contours pour devenir une simple balise, un repère. Jérôme le sait d'autant mieux qu'il a lui-même arpenté ces lieux jusqu'à la nausée. Nul doute que plusieurs détectives en herbe, ou de simples voyeurs, se sont adonnés à cette activité absurde : mettre leurs pas dans ceux de l'absente, animés du fol espoir de la suivre dans le néant, et de la mener hors des limbes.

Retour aux fiches. Qui d'autre ? Jean, l'aîné des Trinquiet, était avec sa petite amie gothique, Cindy Dutreuil. La mère de celle-ci, Corinne, travaillait au salon de coiffure. Thierry Imbert, le boucher, était en livraison avec son fils. Alain Lemercier se soûlait au bar… Dès l'instant où la petite Édith était restée seule à la sortie du village, rien ni personne ne témoignait plus de son passage sur terre. À croire qu'elle était tombée dans une sorte de vortex, un abîme glacé dont on ne sortait pas et qui se refermait sitôt sa proie engloutie. Bon sang. Il avait même interrogé Annabelle, l'ancienne institutrice. La vieille femme avait été d'un piètre secours ; elle semblait un peu perdue depuis la retraite.

37

« Comprends-moi bien, j'adore les chats. Si Socrate venait à mourir, je ne sais pas ce que je ferais. Mais tu ne peux pas mettre ton chat sur le même plan qu'Édith. » Une mèche grise vole dans les airs et rejoint en planant un tas de cheveux sur le sol. Les coups de ciseaux sur le crâne d'Annabelle sont vifs et précis. Dans une dizaine de minutes, la vieille institutrice aura une nouvelle tête. Plus jeune, espère-t-elle. Plus alerte.

Juste au-dessus de son épaule, Corinne grimace. Avec sa paire de ciseaux pointus à la main, elle ressemble à une tueuse en série dans un roman policier, s'amuse intérieurement Annabelle.

« Je ne prétends pas que c'est pareil, juge la coiffeuse, mais c'est quand même un monde. Les autorités n'en ont que pour cette malheureuse fillette. Ça fait pratiquement deux mois, et regarde où on en est. En attendant, qui s'est occupé de Pompon, hein ? Qui s'est occupé des autres chats que vous avez trouvés au lavoir pendant la battue ? Onze animaux, ce n'est pas rien. Moi, je dis qu'ils devraient s'intéresser un peu plus à ce massacre, revenir sur terre, tu vois ? Ceux qui restent, ceux qui sont toujours là ont besoin d'eux. Le procureur de la République n'a même pas donné suite à ma plainte… Et Jérôme, n'en parlons pas. Comme fainéant, il se pose un peu là.

— Tu exagères.

— Demande à Michel Lidèle si j'exagère. À chaque fois que je le croise, il maudit le garde champêtre.

L'enquête concernant sa fille est au point mort. Il ne décolère pas.

— On en revient à Édith. »

Corinne soupire. « Oui, on en revient toujours à cette pauvre Édith. »

38

L'odeur d'éther médical s'est même infiltrée dans le bureau du spécialiste. Jérôme peut la sentir sur la blouse blanche, sur la table d'examen, sur le secrétaire en bois laminé. S'il se penchait et qu'il reniflait le cou du praticien, sans doute la détecterait-il sur son épiderme. Le médecin est un petit homme replet, la cinquantaine. Cet homme possède une assurance solide, une autorité naturelle, mais vu de plus près, on perçoit une fatigue prématurée, un épuisement lent, profond, intime. Une usure qui frappe au ventre. Rien à voir avec le facteur de stress professionnel, se dit Jérôme. D'une certaine manière, il lui rappelle le médecin militaire qui lui avait soigné la main et conseillé d'intégrer le peloton des sous-officiers durant la guerre d'Algérie. Germain et Agnelli, ses amis, avaient été mutés aux transmissions quand on avait dissous la compagnie. Jérôme avait rapidement eu son galon de sergent. Les gradés l'avaient aussitôt affecté à une harka – une section opérationnelle en partie composée de harkis –, dans un village regroupé, c'est-à-dire un hameau d'altitude où l'on isole ceux dont la maison a été brûlée ou rasée.

Le premier Noël s'était déroulé sans accroc dans le village. On avait fait bombance. On avait même ouvert une bouteille de champagne fournie par le commandant. Mais au moment de trinquer, un message était arrivé. Les hommes des transmissions étaient tombés dans une embuscade. Comme leur harka était la compagnie la plus proche, il fallait se rendre sur place.

Quand ils étaient arrivés, Jérôme n'avait pas compris immédiatement ce qu'il voyait. Une dizaine de morts étendus torse nu sur le sol gelé, du sang que la terre n'avait pas bu. Et parmi ces carcasses, une dépouille grotesque, avec trop de bras, trop de jambes, posée sur la pierre froide telle une gigantesque araignée de céramique ocre. Ce ne fut qu'en s'approchant qu'il se rendit compte de sa méprise. Il ne s'agissait pas d'un seul cadavre, mais de deux corps l'un sur l'autre, disposés selon une mise en scène macabre, ou tombés dans cette étrange position par les hasards que dispense la Faucheuse. Tous ces hommes portaient des pantalons d'uniforme de l'armée française. Jérôme s'aperçut avec effroi qu'il connaissait les deux morts empilés : ou plutôt, qu'il connaissait leurs tatouages de sabres et de branchettes d'olivier, puisque les impacts de balles avaient gommé leurs traits. Germain et Agnelli, unis dans une étreinte morbide, le crâne et la poitrine ouverts par des rafales de pistolets-mitrailleurs.

Les soldats de la brigade s'étaient adressé des mines consternées. Le regard du commandant s'était attardé sur la vigie du half-track, postée derrière sa Browning 12,7, puis sur ses hommes armés de Lebel R35 ; simples mousquetons à trois coups. Il avait gueulé : « Si quelque chose bouge, vous tirez ! »

Mais plus rien n'avait bougé.

Le regard de l'expert médical se pose en biais sur le compte-rendu d'examen de Clotilde. Il s'éclaircit la voix. En praticien expérimenté, il n'ignore pas qu'il est geôlier des mots tant qu'il n'a pas ouvert la bouche. Mais sitôt que les lèvres s'écartent, sitôt que les sons prennent vie, il en devient prisonnier. C'est la raison pour laquelle il emploie des termes pesés, préparés, éprouvés. Jérôme se concentre sur l'essentiel. Tout autour de lui disparaît. Le spécialiste dit : « J'ai une mauvaise nouvelle… » Ses lèvres bougent. « … les résultats ne sont pas bons… » Elles remuent sous un nez légèrement couperosé. « … dégradation irréversible… traitements plus lourds… » Du coin de l'œil, Jérôme entrevoit Clotilde, qui se tient très droite sur son fauteuil roulant. Le visage flou du médecin articule finalement : « … bon courage. Je suis désolé… »

C'est tout ce qu'il y a à comprendre pour l'instant.

Le diagnostic a pris cinq minutes. Les informations couperets se sont succédé d'un trait. Discours d'homme pressé, discours d'homme efficace. Jérôme ne lui en veut pas.

Il raccompagne Clotilde à la voiture d'un pas très lent. Lorsque les portes coulissantes de l'ascenseur s'ouvrent, un soleil étrange illumine le hall d'entrée, une lumière glaciale se répand, annonciatrice d'extinction prochaine.

Le parking paraît immense ; beaucoup plus grand qu'à leur arrivée. Jérôme est étonné du nombre de véhicules en stationnement, synonymes d'autant de consultations, d'autant de condamnations prononcées ou d'espoirs confirmés dans les entrailles de la polyclinique. Il n'avait pas remarqué un tel afflux.

Ils trouvent leur automobile sans difficulté. Jérôme dépose sa femme sur le siège passager, plie le fauteuil, qu'il range à l'arrière. Après avoir fait le tour de la voiture, il s'installe au volant, mais ne démarre pas. Ils demeurent tous les deux immobiles dans l'habitacle, mutiques et étourdis. Le grondement de l'autoroute, à plusieurs centaines de mètres de là, est une protestation qui ne se termine jamais. Jérôme tourne la tête vers Clotilde et soudain, c'est le sanglot. Une apnée d'abord, un hoquet figé. L'air manque et le visage se crispe. Le cou de Clotilde se marbre de plaques rouges, signe d'une émotion trop longtemps contenue, avant qu'enfin les larmes apparaissent. Elle baisse la tête, murmure de simples mots : « J'ai peur. Qu'est-ce qui va se passer ? » Jérôme ne sait pas quoi répondre, ignore même s'il doit réagir ; il est complètement désemparé. Il pivote, ouvre les bras, et Clotilde vient se nicher contre sa poitrine. Il l'enlace, une main sur son dos, l'autre dans ses cheveux. Des caresses, encore des caresses. Les doigts qui glissent le long des cheveux, la paume contre laquelle tressautent les omoplates. L'image d'une noble girelle hors de l'eau, dont les contractions s'affaiblissent, lui vient à l'esprit. S'il pouvait être plus tendre encore, il le serait. Des paroles simples et inutiles sortent de sa bouche. Une litanie apaisante prend forme, logée en lui comme une berceuse au fond d'un lit. « Ça va aller, ça va aller… »

39

Annabelle se regarde dans le miroir de sa salle de bains. Elle a un peu de mal à s'habituer à la nouvelle physionomie que lui ont conférée les coups de ciseaux experts de Corinne. Son visage lui paraît plus mince, plus sévère, mais en aucun cas plus jeune. Elle tourne la tête. Non, rien à faire. La cure de jouvence tant espérée ne s'est pas produite et la mine austère qu'elle arbore à présent instille en elle un regret diffus. Peut-être qu'elle aurait dû s'abstenir d'aller chez la coiffeuse. La conversation avec son amie au sujet des chats morts ne cesse de la tourmenter. Elle ne parvient pas, cependant, à s'expliquer pourquoi. Quel détail, quelle tournure de phrase a attiré son attention ? Elle a beau se remémorer leur échange, impossible de mettre le doigt dessus. *Bah, autant ne plus y penser*. Elle émerge de la salle de bains, opère un détour par la cuisine pour prendre le thé noir de Ceylan qu'elle a laissé infuser, et se dirige vers la chambre, où l'attend Socrate. Le chat tigré, lové sur un coin du lit, dresse la tête sitôt qu'elle se matérialise. Elle s'assoit sur la courtepointe à carreaux et lui gratte le haut du crâne. L'animal plisse ses yeux verticaux et ronronne de satisfaction.

Le thermomètre, à l'extérieur, continue de baisser. Annabelle est obligée de fermer les fenêtres presque toute la journée, ce qui aggrave les problèmes d'humidité de son logement. Les livres en souffrent. Il n'est pas rare qu'au matin, lorsqu'elle choisit un volume pour débuter sa journée, les ouvrages soient gondolés. Les vitres, minces comme des feuilles de plexiglas, n'isolent ni des frimas du jour ni des larmes embuées que font naître les nuits aqueuses. Elle a entendu dire que certains appartements en ville sont désormais équipés de doubles vitrages. Ici, de nombreux foyers sont confrontés à des problèmes récurrents d'infiltration. Mais cette saison, les dégâts semblent atteindre des proportions inégalées. Salpêtre, moisissures, champignons, elle ne compte plus les habitants qui se plaignent d'être confrontés à une véritable invasion. Sans compter la rue du Pré, dont les travaux ont été stoppés après qu'on a détecté des taches jaunes et vertes du plus sinistre aspect sur les canalisations. Son regard se pose sur la photo qu'elle a oubliée sur la table de chevet. Nathalie et son sourire. Nathalie et sa main sillonnée de veines bleues. Nathalie et ses cheveux bruns en cascade sur l'épaule. Trente ans qu'elle pose ainsi, trente ans qu'elle plisse les yeux, et que sa peau lisse s'offre aux éléments naturels. Annabelle n'avait même pas pu se rendre à son enterrement. Elle n'était pas là quand la jeune femme avait eu la confirmation des résultats, quand le médecin lui avait expliqué qu'un gramme de tumeur contenait un milliard de cellules infectées, et que le mal s'était répandu dans tout le corps. Pas là quand Nathalie avait commencé à décliner. Service K, protocole de chirurgie de réduction. Son mari, lui, avait assisté aux radiothérapies transcutanées par bêtatron, à la curiethérapie au radium. Il était présent lorsque les hommes en blouse blanche lui avaient brûlé le foie, la vésicule et les voies biliaires. Le jour où on l'avait mise en terre, Annabelle avait patienté à cent mètres de là, dans une autre allée. Munie d'un bouquet de chrysanthèmes, elle avait fait mine de se recueillir sur une tombe inconnue. Elle avait observé à la dérobée les proches officiels – dont aucun ne connaissait son existence – chérir l'image d'une épouse, d'une mère, d'une tante, d'une cousine parfaite. Annabelle s'était tenue immobile pendant deux heures, sous un grésil coupant comme une averse de diamants, jusqu'à ce que la modeste foule, les amis, la famille, se disperse. Quand enfin la terre hérissée de stèles avait été désertée des vivants, elle s'était approchée de la tombe de Nathalie. Les fleurs d'or malmenées par les intempéries ne valaient plus rien. Annabelle s'était inclinée, silhouette grise voûtée sous le poids du chagrin.

Un baiser sur la main, puis les doigts engourdis que l'on pose sur le marbre froid. *Dors bien, mon amour. Je vivrai pour deux.* Trente ans. Non, si elle compte correctement, cela en fait vingt-sept. 1956, c'était l'époque où… Soudain, ça lui revient. Le détail, ce détail qui la chiffonne depuis qu'elle a discuté avec la coiffeuse, eh bien il lui paraît tout à coup évident, elle ne voit plus que cela. Les chats morts disposés en tas, broyés, éventrés, elle les a déjà aperçus, ou du moins elle a aperçu une scène analogue. Pas directement, mais sur un dessin.

Un dessin d'enfant.

Les cartons au-dessus de l'armoire contiennent tous les souvenirs d'une existence vouée à la transmission du savoir. Des dictées, des contrôles, des notes, des grilles d'évaluation. Annabelle va chercher une chaise à la cuisine. Le siège, peu stable, tremble lorsqu'elle monte pour atteindre ce qu'elle nomme ses « archives ». Ses muscles rechignent. Elle se demande si elle ne va pas mourir là, d'une chute stupide, avant d'avoir eu le fin mot de l'histoire.

Elle déchiffre les dates inscrites au feutre noir, que le temps et cette satanée humidité ont estompé. 1958, 1957… Ah, voilà, 1956. Il faut descendre la moitié d'une pile – trois cartons – avant de parvenir à l'année désirée. Socrate observe le manège de sa maîtresse d'un œil dubitatif.

Annabelle pose le carton sur le lit, s'installe sur la chaise branlante, et débute son exploration. Plongeon vers le passé, gouffre d'ébauches inexplorées, de lignes maladroites, d'élans entrecoupés d'hésitations. L'apprentissage de l'enfance.

Elle fouille les papiers ainsi qu'on remue une eau

trouble, à la recherche de souvenirs obscurcis : rien d'agréable puisqu'ils sont autant de reflets des possibilités que l'on n'a pas su saisir. Reconstituer sa propre mémoire, c'est imaginer les mille embranchements d'une arborescence que, soit par paresse, soit par précipitation, ou bien par simple ignorance, l'on n'a pas eu le courage d'élaguer.

L'ancienne institutrice essuie les mains sur le haut de son pantalon. La poussière n'efface pas les erreurs.

Elle trouve ce qu'elle cherche au bout de quelques minutes : une photo de classe. Cours élémentaire deuxième niveau. 1956. L'enfant qui pose dans la dernière rangée a huit ans, ses yeux, que l'on devine pers malgré le tirage en noir et blanc, ressortent de manière saisissante. Sous une tignasse blonde coupée à la serpe, un visage buté, pas très gracieux. *Cela ne s'est pas arrangé avec l'âge*, se dit Annabelle en songeant au destin misérable d'Alain Lemercier.

Sur sa table de nuit, une dizaine de stylos, de crayons et de marqueurs se dressent avec une rectitude de soldats, dans un vase bleu de forme allongée. Des accessoires fort pratiques pour annoter les livres que l'on parcourt au lit, estime Annabelle. La vieille dame s'empare d'un surligneur rouge et entoure d'un geste sûr le visage de son ancien élève.

Socrate s'est approché pour tenter d'évaluer la valeur olfactive du stylo-feutre. Peu probant, apparemment. Il éternue et bat en retraite.

Annabelle repose le marqueur et contemple le regard émeraude d'Alain. Par-delà le temps, son ancien élève semble encore la défier de trouver une explication à son triste dessin.

Alain, mon garçon, qu'es-tu devenu ? Cette esquisse d'enfant malhabile était-elle un prélude au désastre à venir, représentait-elle le premier jalon d'une cascade d'événements qui conduirait à ta perte? Ou ta défaite s'inscrivait-elle dans tes gènes, au plus profond de ton héritage? Annabelle se mord la lèvre inférieure. Alain Lemercier, désormais plombier au chômage, alcoolique impénitent (Jérôme l'a encore interpellé il y a peu, après un énième esclandre au bar), père de deux enfants que la mère a emmenés – kidnappés quasiment – dans une secte. Maintenant qu'elle y réfléchit, elle se remémore une réflexion de l'écolier qui l'avait surprise. « Les chats me parlent, on leur a fait du mal. Ils ont souffert. » Étonnant comme après tant d'années, certaines observations peuvent renaître à la conscience, songe Annabelle. Elle s'était demandé à l'époque si son élève avait dessiné une scène qu'il avait vue, ou simplement quelque chose qu'on lui avait raconté. La minutie du trait, la vraisemblance de certains éléments l'incitaient à privilégier la première hypothèse. Alain ne possédait pas les ressources intellectuelles pour imaginer avec autant de réalisme pareille atrocité. Pourtant elle le savait également incapable de commettre un carnage de cette ampleur. Elle scrute la photo de plus près. Le gamin à côté d'Alain, oui, elle le reconnaît. Mais ce coup-là, la mémoire lui fait défaut, elle a besoin d'être sûre. Elle grimpe de nouveau sur la chaise, craquement de bois, oscillation. Elle s'empare du carton coté 1955, puis du 1957. Au terme d'une brève fouille, facilitée par l'ordre des documents, identique à celui du premier emballage, elle déniche les photos de classe correspondantes. Et en effet, le voisin d'Alain apparaît de nouveau. Maintenant, c'est plus clair dans son esprit : on les appelait « les inséparables ». Alain Lemercier et Thierry Imbert, aujourd'hui boucher de Lensil.

Qu'est-ce que vous avez fabriqué, tous les deux? murmure l'ancienne maîtresse d'école, les yeux rivés sur les deux compères.

Ce n'est qu'au moment où elle remet les cartons à leur place qu'elle voit les taches en haut de l'armoire, sur le mur lambrissé. Elle descend de la chaise, va chercher sa loupe dans le tiroir de la cuisine, revient dans la chambre pour remonter sur la chaise, se hisse sur la pointe des pieds. Le siège sous ses pieds tremble et vacille de plus belle. *Tombera, tombera pas*, semble penser le chat Socrate, assis par terre.

Dans la lentille bombée, Annabelle aperçoit une sylve de filaments gris argenté. Chacun des bâtonnets mesure au jugé cinq ou six millimètres de diamètre. Elle n'y connaît pas grand-chose, mais identifie sans peine une colonie de champignons. Elle devine par ailleurs que le mal est plus étendu qu'il n'y paraît. Il faudra déplacer l'armoire, ôter le panneau de bois contre le mur… Dieu sait ce qu'ils trouveront dans l'espace dégagé. En tout cas, elle ne peut s'en occuper seule.

Sans doute lassé du divertissement, Socrate se lève et trottine vers la cuisine, en quête de réjouissances plus intestinales que visuelles.

40

Sonnerie, cavalcades et cartables sur l'épaule. Foule des collégiens qui montent et descendent les larges escaliers en colimaçon pour se rendre à leurs salles respectives. Intercours. Sonnerie encore. Récréation.

« Alors, les rôlistes ! Ça serait pas un club de pédés,

votre truc ?» L'auteur de cette remarque spirituelle s'appelle Geoffroy ; il mesure pratiquement deux mètres, pèse une centaine de kilos et possède un humour à sens unique. Il ne fait pas bon le contrarier.

Thomas, maître du jeu et fils de boucher, accorde vraisemblablement peu d'importance aux règles de survie dans l'enceinte du collège Simone Weil. En tout cas lorsqu'on lui parle de jeu de rôle. Et encore, le massif Geoffroy n'a pas évoqué spécifiquement *Empire des chimères*.

« Viens jouer avec nous, propose Thomas. Ça pourrait te plaire, vu tes orientations sexuelles. »

Rémi tente de calmer son camarade d'un geste de la main, et Julien lève les yeux au ciel. Il sait très bien que Thomas, contrairement à la majorité des cinquièmes, n'a pas peur de son adversaire. Peut-être s'imagine-t-il contrôler une nouvelle partie ?

« Pardon ? fait Geoffroy, la main en cornet.

— Toi y en a aimer jeter les dés », persiste le MDJ. Il a pris l'accent de la publicité *Banania*. La plaisanterie est très en vogue cette année-là, spécialement depuis que l'un des enfants de la seule famille guadeloupéenne du canton – chose jamais vue dans ce coin de France – a intégré l'établissement d'études secondaires. « Moi y en a soigner toi aux petits oignons, bwana », conclut Thomas.

Désiré, le Guadeloupéen en question, est furieux. « Vous êtes vraiment trop cons, les mecs. »

Les camarades de Geoffroy rient à gorge déployée. La brute est perdue. Dans le doute, elle décide de rire à son tour. Le conflit est désamorcé. Thomas maîtrise à la perfection l'un des premiers commandements du rôliste : détourner l'attention en cas d'infériorité. Julien se félicite intérieurement que la folie de son ami pour les jeux immersifs n'ait pas aggravé les choses. Dans la vraie vie, les vrais coups de poing du vrai Geoffroy auraient provoqué une vraie douleur. Pas sûr, d'ailleurs, que ce dernier aurait triomphé. Thomas est petit et sec, mais s'avère d'une férocité redoutable lorsqu'un petit malin raille sa passion des jeux de rôle, son physique, ou la profession de boucher. Au choix et sans ordre de préférence.

La colonne d'élèves en rang contre le mur du couloir avance. M. Martel, le professeur de mathématiques, vient d'arriver.

Thomas s'est joint au groupe de Geoffroy, qui continue de rire en tapant dans le dos de Désiré. Rémi se penche à l'oreille de Julien et murmure : « Putain, j'ai cru que ça allait dégénérer. Je ne me voyais pas intervenir dans une bagarre générale…

— Moi non plus », avoue Julien. Il repense à la fois où Thomas a rossé un troisième qui s'est cru un peu trop malin. En dehors de ces légers mouvements d'humeur, leur copain est quelqu'un d'adorable.

« Je t'ai dit que l'autre jour j'avais croisé Thomas en ville ? interroge Rémi.

— Quand ça ?

— Lundi, quand ma mère m'a emmené chez l'orthodontiste. » Rémi sourit pour exhiber son nouvel appareil dentaire. Julien s'y est déjà habitué.

« Qu'est-ce qu'il faisait ?

— Aucune idée. Il était avec ton frère.

— Avec Jean ? Mais ils se connaissent à peine.

— C'est ce que je croyais aussi. Ils avaient l'air de bien s'entendre. »

Julien se gratte le menton. « Bizarre. Jean ne m'a rien dit.

— Thomas n'a pas évoqué le sujet non plus, je te signale», fait remarquer Rémi.

La colonne continue d'avancer. Les rires s'estompent, le couloir devient plus calme à mesure que les autres classes entrent en cours.

«Ils faisaient quoi? demande Julien, plus perplexe que jamais.

— Rien. Ils discutaient. J'ai eu l'impression que c'était plutôt sérieux.

— Tu les as salués?

— Non, je passais en bus avec ma mère. Eux, ils étaient sur le trottoir. Ils ne m'ont pas vu.»

Julien songe à cette entrevue de toute évidence clandestine. S'il y avait deux personnes dont la complicité relevait de l'improbable, c'étaient bien Thomas et son frère. En plus de la différence d'âge, ils nourrissaient sans doute une folie trop proche, une forme d'extraction de la réalité trop similaire, pour qu'on puisse les associer l'un à l'autre de façon naturelle. Quelle sorte de connivence, quel secret pouvait bien les unir?

Soudain, il entre dans la salle de classe et ses pensées se noient dans le brouhaha des chaises que l'on déplace, des trousses que l'on jette sur les tables, et des derniers murmures que l'on s'adresse avant le début des leçons.

41

Denis Davodeau laisse son regard errer sur la devanture de son agence immobilière. Cette année-là, comme les précédentes, les annonces jaunies ont été ornées sans conviction de pauvres guirlandes électriques qu'il n'allume pas, tant l'effet est désastreux.

Les photos de maisons affichent un tampon « prix en baisse », celles des terrains masquent mal, malgré de savants cadrages, les sols froids, mous et collants sur lesquels d'éventuels propriétaires pourraient avoir l'idée – caprice fantastique – d'ériger leur demeure. Aujourd'hui encore, Denis se demande comment son père, ce vieux briscard, s'est débrouillé pour faire prospérer son commerce. Une question d'époque plus que d'homme, sans doute. La période faste est bien terminée, songe-t-il avec amertume. À vrai dire, il n'a même pas l'impression de s'occuper de l'agence : il y végète, il s'y embourbe, tétanisé par la culpabilité de ne pas être à la hauteur de l'héritage familial. Son frère aîné, Henri, ne s'est pas embarrassé de scrupules comparables. Dès qu'il en a eu l'occasion, à savoir dès la réussite d'un concours administratif hautement sélectif, il s'est envolé pour la capitale, direction l'hôtel Feydeau de Brou. Bon sang, ils étaient pourtant censés la gérer à deux, cette affaire ! Lensil n'est pas un petit village tranquille, non. C'est un purgatoire, une antichambre de l'enfer dont on ne sort que les pieds devant. Il restera là jusqu'à sa mort, c'est inscrit dans les annales célestes avec un stylet trempé dans le purin, sur des tartelettes de boue.

Pour couronner le tout, des taches de moisissure sont apparues sous la vitrine. Il a eu beau passer tous les fongicides disponibles en grande surface, le soufre en poudre, l'acide carbamique, le thirame, impossible de s'en débarrasser. Si un client providentiel pointe le bout de son nez et aperçoit les vilains champignons, bonjour l'ambiance ! En désespoir de cause, il a poussé la table basse contre la cloison. De toute façon, personne ne franchira la porte de *Davodeau et fils*. L'enlèvement de la petite Édith a porté un coup fatal au marché déjà agonisant. Et merde! Qu'est-ce qu'il pourrait faire? Vendre l'agence? Qui en voudrait?

Au comble du désœuvrement, il a sorti de son portefeuille une photo de son frère. Il a subtilisé le cliché sur un coup de tête, dans l'album de famille que son père conserve chez lui. Pourquoi avoir obéi à cette impulsion? Il s'interroge souvent. Peut-être que cette image lui permet de mieux méditer sur l'infortune de sa condition. Il tourne et retourne le papier glacé entre ses doigts. Henri pose avec son épouse, Mélanie. Une belle femme mélancolique, qu'Henri ne mérite pas. Nul doute qu'avec un poste moins prestigieux, il n'aurait jamais pu faire sa conquête. Denis plie le cliché en deux, de manière à ne plus voir que sa belle-sœur. *Adieu Henri, bonjour Mélanie*. Lui, il est marié avec Sophie. Une femme simple, sans sophistication mais pourvue d'un certain charme. Certes, elle jouit d'une beauté que l'on dit particulière, avec ses cheveux bruns rebelles et son large front trop pâle, renflé aux tempes. Ses yeux pleins d'un caprice joyeux possèdent une flamme qui, sans avoir cette fixité d'étoile propice au frisson, est une lumière de l'âme honorable.

Ce que d'aucuns jugent banal et sans profondeur, Denis l'estime riche de promesses cachées. Là où la plupart des gens discernent un corps replet, prédisposé au surpoids, Denis voit une physionomie onctueuse, vallonnée de fossettes gracieuses. Cette perception flatteuse se teinte malgré tout d'un sentiment d'inachevé. L'incomplétude, Denis le sait, reste un obstacle à l'épanouissement de sa relation. Au fond, le responsable d'agence regrette simplement de ne pouvoir s'abandonner à l'absolu.

Sophie travaille à la mairie du village, au service

d'état civil, et si elle n'a pas la classe de Mélanie, du moins possède-t-elle un pragmatisme et un entrain qui font bien souvent défaut à Denis.

La voilà d'ailleurs, qui entre dans l'agence avec son panier-repas. Enjouée, lumineuse, pourquoi Denis est-il incapable d'apprécier l'amour qu'elle lui porte ? Il range précipitamment le cliché dans son portefeuille, sourit par automatisme.

« Salut. Il est déjà midi ? Je n'ai pas vu le temps passer. »

Elle se penche vers lui, dépose un baiser sur sa joue. « Prends quelques cours de comédie, plaisante-t-elle. Tu seras plus crédible. »

Elle s'installe sans manières en face de lui, déballe sa salade. Ils déjeunent tous les jours ensemble ; la mairie est à deux pas de l'agence. Denis gage qu'elle et lui ne seront jamais séparés de plus d'une centaine de mètres au cours de leur vie. Il ne sait pas si c'est une bonne chose.

« Des clients ? interroge-t-elle en enfournant la première bouchée de laitue.

— J'adore ton sens de l'humour, grince Denis.

— Tu ne manges pas ? »

Le directeur d'agence s'ébroue. « Si, si, j'allais m'y mettre. » Ses pensées étaient encore tournées vers Mélanie. Il tente d'orienter la conversation sur un sujet qui lui fera oublier le séduisant profil de sa blonde belle-sœur. « Au fait, pendant que j'y pense, mon frère a rappelé. »

Sophie hausse ses sourcils fournis et noirs comme des queues d'hermine. Son regard pétille d'un amusement bienveillant. « Ah bon ? Sa fameuse affaire ? Son gros coup ?

— Il a été aux États-Unis, tu sais.

— Oui, je suis au courant. Quand il t'a téléphoné de là-bas, il était 4 heures du matin et j'ai été obligée d'aller dormir sur le divan.

— Désolé.

— De l'histoire ancienne, comme on dit. Donc, il t'a rappelé et…

— Les choses ont l'air de se préciser.

— Qu'est-ce que tu veux dire ?

— Je ne peux pas te donner trop de précisions à ce stade, mais ça pourrait relancer l'agence.

— Il s'agit d'un projet immobilier ?

— Oui. Figure-toi que les prix pourraient monter dans pas longtemps.

— Je me méfie un peu des combines d'Henri. C'est un politicien.

— Il a réussi. Tout le monde au village l'admire.

— Tu n'as pas tort.

— Toi aussi ? »

Elle s'arrête de mâcher, la bouche pleine. « Quoi, moi aussi ?

— Toi aussi, tu l'admires ? »

Sophie réfléchit un moment. « Eh bien, en dehors du fait qu'il est beau, riche, qu'il occupe un poste influent, qu'il a une femme et des enfants formidables, je ne vois pas ce qu'il a de plus que toi.

— Très drôle. Non, sérieusement.

— Tu sais bien que je t'aime.

— Mais moi, je suis bloqué ici. Je n'ai pas réussi à partir, à t'emmener ailleurs.

— Qui te dit que j'ai envie d'aller ailleurs ?

— Allons, Sophie. Creuse un trou n'importe où, et tu piégeras un homme ou une femme qui rêve de s'exiler de la région.

— Je ne veux piéger personne. Et puis je risquerais de blesser un innocent si je creusais un trou.

— Henri devait rester avec moi. C'était ce qui était convenu. »

Sophie finit sa bouchée, soupire.

« Peut-être que tu serais plus heureux en vendant l'agence, en te lançant dans une autre aventure ?

— Quelle aventure ? J'ai quarante-deux ans.

— Il n'est pas trop tard.

— Mon père aurait le cœur brisé si je me débarrassais de l'agence. Il y a consacré sa vie entière. C'est une fierté, aujourd'hui encore.

— Bon, puisque c'est une fierté…

— De toute façon, personne n'achèterait les locaux en l'état. À la rigueur pour les transformer en garage ou je ne sais quoi.

— Tu l'as dit toi-même : les prix vont remonter.

— Henri l'a dit.

— Alors saisis l'occasion. »

Plus tard, Denis aurait tout le loisir de s'interroger sur la signification précise de ce conseil. *Saisis l'occasion.* Sophie avait-elle parlé littéralement, ou bien avait-elle deviné l'immense gâchis qui résulterait de cette décision ? Peut-être avait-elle compris, forte de l'intuition qui la caractérisait, qu'il n'avait jamais eu d'autre choix que de courir au-devant du désastre.

42

Le rouge à lèvres de Cindy s'imprime sur le filtre de la Gauloise, y laisse une marque presque aussi sombre que les vêtements de dentelle noire qu'elle porte. Elle expulse un panache de nicotine dans l'air glacial que le petit appentis, situé au fond de la cour, est bien impuissant à repousser. Cet abri reste le seul endroit du lycée où les filles et les garçons peuvent fumer sans subir les remontrances des adultes. Les adolescents en quête de plaisirs goudronnés s'y rassemblent à chaque récréation, ainsi qu'entre midi et 14 heures. Malgré les anoraks épais, les bonnets et les gants (mitaines noires pour Cindy), on meurt de froid.

Elles sont cinq, blotties avec des mines d'oisillons renfrognés sous la tôle.

« L'autre jour, grelotte la première, mon père a raconté un truc super bizarre à ma mère. Il sortait les poubelles quand il a entendu du bruit dans l'impasse des Rosiers. Il est allé voir, et là, il a découvert Jean avec un chien. Ce tordu tenait l'animal par l'encolure. Dès qu'il a aperçu mon père, il a lâché l'animal, genre innocent. *Je croyais qu'il était perdu. Je vérifiais s'il avait un collier*.

— À moi, fait une deuxième, on m'a dit qu'il avait été renvoyé de son bahut précédent pour une histoire d'animaux torturés.

— Attendez, murmure l'autre, ce n'est pas fini. Mon père a ajouté qu'il avait cru voir une bouteille d'essence par terre et un briquet entre ses mains, mais il n'en était pas sûr. »

Cris scandalisés, protestations outrées, mélange de fascination et d'horreur.

Sous un voile d'indifférence calculée, Cindy se délecte des réactions de ses camarades.

La sonnerie de reprise des cours retentit. À croire qu'ils ont calculé le temps de récréation pour qu'elles ne puissent jamais profiter d'une clope entière. Bien entendu, cette légère précipitation, ce bousculement des horaires est un avant-goût de ce qui les attend plus tard : le plaisir ne dure jamais. Le papier des cigarettes sans filtre n'a pas fini de se consumer, mais il faut aspirer une dernière bouffée, comme une apnée avant la grande torpeur des leçons magistrales, des cartes et des formules, des dates et des noms qui feront d'elles des adultes responsables. Alors on y va, on s'achemine à petits pas dans le froid, on piétine, on se frictionne, le nez rouge et les yeux larmoyants. Les salles de classe restent allumées même en pleine journée. Cindy a la tête ailleurs. Elle pense à son amoureux, Jean. Non pas qu'il soit, à ses yeux, spécialement brillant ou intelligent, mais elle sait qu'il incarne auprès de la gent féminine le mauvais garçon que toutes rêveraient de côtoyer, sans en avoir le courage. Non seulement il les effraye, mais il instille en elles un malaise que Cindy trouve savoureux. Elle ignore si les rumeurs sont vraies, mais Jean est différent des autres, ça lui suffit. Et puis, il inquiète sa mère, alors l'amourette est un défi assumé.

Au deuxième mois, Corinne sent qu'elle n'a pas une, mais deux enfants dans le ventre. Des jumelles.

Au troisième mois, les examens médicaux font naître de sérieuses craintes : les fœtus seraient rattachés par la tête. On peut encore pratiquer une interruption thérapeutique, mais Corinne et Sylvain, en concertation avec le corps médical, préfèrent laisser les embryons se développer.

Au quatrième mois, l'une des deux enfants – la plus faible – meurt dans le ventre de sa mère. Il est décidé d'attendre le terme de la grossesse pour laisser une chance à la survivante.

Miracle de la biologie : un mois plus tard, la frêle dépouille se détache d'elle-même dans la poche pla-

centaire. D'après les médecins, on s'oriente vers un lithopédion atypique. Un cas toutes les cinq cent cinquante mille grossesses. L'enfant décédée, enveloppe surnuméraire, demeure à côté de sa sœur jusqu'à l'heure de la mise au monde. Les tissus morts sont recouverts d'une couche de sels de calcium trop importante pour être absorbée.

Deux bébés naissent donc à la maternité de l'hôpital : l'un vivant et en bonne santé, l'autre mort et guère plus grand qu'une balle de tennis calcifiée. En prévision d'un enterrement et d'une cérémonie plus formelle, on enveloppe la petite défunte dans un linge blanc.

Cindy ne sait toujours pas à l'heure actuelle qui d'elle ou de sa sœur a survécu.

Elle imagine parfois que sa jumelle a pris sa place. Qu'elle habite dans le même village, à la même adresse, mais que sa mère a continué ses études d'architecture au lieu de s'orienter vers la coiffure. Corinne officie maintenant dans un cabinet chargé des monuments de la région. Cindy n'est plus obligée de travailler au bar pour avoir de l'argent de poche, pour aider sa mère à joindre les deux bouts, sous les ordres de ce gros porc de Marc qui lui reluque les seins et n'hésite pas à lui faire des propositions. Elle imagine également que son père est toujours là, et non dans le village d'à côté, avec une autre femme et d'autres enfants. De fait, c'est comme s'il résidait dans un pays lointain, sur une planète étrangère. Oui, Sylvain est présent, il la protège, il l'aime. Elle imagine surtout qu'il n'y a plus de colère en elle. Que le grand découragement qui l'incite à se faire mal en secret, juste pour avoir l'impression d'exister, a laissé place à quelque chose d'autre. Quelque chose de grisant et d'un peu vertigineux. Quoi, elle l'ignore.

Mais sa sœur, elle, le sait.

43

La fin des cours a sonné. Le lycée Jean Renoir s'est vidé ainsi qu'un fluide s'écoule dans une bonde : avec calme et détermination. Cindy fait le tour de l'établissement, traverse la nationale et s'engage dans les allées du parc « loisirs et détente » que le conseil régional n'a jamais fini d'aménager. Jean l'attend assis sur un banc, il lui sourit. Elle approche, colle ses lèvres aux siennes, introduit sa langue dans la bouche du garçon. Si la poudre des armes à feu avait un goût, elle aurait celui de Jean. L'adolescent répond à son baiser, pose une main sur sa nuque et y applique une infime pression. Finalement elle recule. Il sourit de nouveau, mais cette fois Cindy croit réentendre les mots prononcés par ses amies. *Chien, essence, briquet.* Elle chasse ces images de son esprit. « Ça va ? Tu as fini plus tôt ?

— Oui, Perrin n'était pas là. On a fini à 4 heures.

— La chance ! »

Elle s'installe à côté de lui, regarde ses pieds. Doc Martens et collants noirs. *Siouxsie and the Banshees* sur les cendres du punk, là où les sédiments du rock subsistent. « Je ne peux pas rester très longtemps, dit-elle. Je dois aller bosser au café. Bonjour l'angoisse. »

Comme il ne répond pas, elle tourne le visage vers lui. Les traits amollis, l'œil vitreux, Jean s'est absenté, ainsi qu'il en a parfois l'habitude dans les moments les plus inattendus. Il contemple le vide autour de lui. Ou plutôt, estime-t-elle, l'incroyable fourmillement d'un monde intérieur que personne ne peut distinguer. Au début de leur relation, elle avait pris ces échappées pour l'expression d'un vague à l'âme romantique. Maintenant, elle a la conviction qu'il n'en est rien. Jean ne s'éloigne pas, il tombe dans un vortex, s'égare dans un labyrinthe aux mille portes, toutes trop petites, dont personne n'a les clefs. Ses escapades mentales sont des omissions têtues, des avulsions aussi froides que radicales, et non des rêveries. Elle passe la main devant ses yeux. « Ohé, il y a quelqu'un ? » Il met un moment à revenir, bat finalement des paupières, se compose une physionomie humaine. *Taré*, affirment certaines copines. *Flippant*, prétendent d'autres. « Tu disais ?

— Je travaille au bar ce soir. Il va falloir que je rentre.

— Merde. Dommage.

— Tu sais, j'ai envie d'y aller comme de me pendre.

— Ça te fera de l'argent.

— Oui, mais je ne supporte plus Marc, le patron. Il m'a encore fait des avances l'autre jour. Je l'ai remis à sa place, et il m'a menacée. »

Un voile sinistre obscurcit les pupilles de Jean. « Menacée ? »

Cindy se rend compte qu'elle a trop parlé. Jean est un impulsif, un exalté. Même si elle n'est pas certaine d'être amoureuse de lui, elle ne veut pas qu'il lui arrive malheur. « Je suis payée au noir, alors il a sous-entendu… Oublie ça. Ce n'est pas grave, j'ai peut-être mal compris. »

Jean lui empoigne le bras. « Moi, je crois que tu as parfaitement compris. Une fille intelligente comme toi ne peut pas se tromper sur un sujet pareil. Il a au moins cinquante ans, c'est ton patron. Il te fait des avances et après il te menace !

— Laisse tomber.

— Cette ordure… » La voix devient fiévreuse, Cindy sent dans son bras les tremblements nerveux. La fierté qu'une fille normale pourrait ressentir à voir son petit ami demander réparation pour elle, l'excitation de l'affrontement masculin, gage de valeur aux yeux de certaines femmes, ne sont rien comparées à l'appréhension du désastre. Cindy devine de quoi Jean est capable. Elle refuse d'être responsable d'un déchaînement de violence incontrôlable. Pourquoi n'a-t-elle pas tenu sa langue ?

« C'est un sale vicelard, poursuit l'adolescent.

— Non, minimise Cindy. Juste un mec.

— Je vais lui montrer… »

Cindy se dégage, pose une main ferme sur la cuisse du jeune homme. « Jean, s'il te plaît, non ! Promets-moi que tu ne feras rien, je sais me débrouiller toute seule. »

Mais Jean ne réagit pas. Son regard s'est de nouveau opacifié. Vers quelle contrée voyage-t-il ? Gagne-t-il un endroit trop mystérieux, trop complexe pour qu'on puisse lui appliquer les lois de l'univers euclidien ? Ou s'exile-t-il simplement dans un pays de vengeance, de flammes et de sang ?

Longtemps après que Cindy est repartie chez elle et qu'il a laissé la colère infuser dans ses veines, il est demeuré assis sur le banc du parc « loisirs et détente » inachevé. Cette aire qui n'a jamais détendu personne est un endroit qu'il apprécie particulièrement. Il n'y en a pas tant que cela à Lensil.

Il n'est pas rare qu'il s'éclipse du domicile familial à la nuit tombée et que, tandis que sommeillent les bonnes âmes du village, il vienne se recueillir sur ce banc, goûter les étoiles et mordre le ciel froid.

Dans ces moments-là, il laisse les visions venir à lui. Nombreuses, délirantes, malpolies.

L'une des plus saisissantes avait eu lieu quelques mois auparavant. La voûte céleste était dépourvue d'étoiles et, rapidement, il s'était mis à pleuvoir. Une eau glacée l'avait accompagné pendant tout le trajet, d'abord dans les rues furtives de Lensil, puis le long de la nationale jusqu'au lycée.

Par chance, il avait emprunté l'imperméable rose de sa mère (impossible de dénicher le sien dans le noir ; il s'était rabattu sur la toile cirée couleur saumon accrochée dans l'entrée). Peu lui importait qu'on le surprenne à minuit, en tenue de femme… Il n'était plus à ce genre d'excentricité près.

Il avait trouvé sa place sur le banc et, immobile, avait attendu qu'apparaissent les images, les sons, les odeurs. Ce soir-là, rien ne venait. Il s'impatientait, se demandait s'il ne valait pas mieux rebrousser chemin et renouer avec la chaleur relative du foyer. La pluie avait cessé, la lune avait formé un projecteur dans le ciel, mais le froid s'insinuait sous la peau, dans les muscles.

Il allait se lever, quand une silhouette s'était dessinée sur le goudron pâle de la nationale.

Un homme de petite taille avait traversé la route en trottinant d'une façon bizarre… Comme un quadrupède apprenant à se dresser sur ses pattes arrière.

Dès que l'individu s'était approché, Jean avait constaté sans réelle inquiétude qu'il s'agissait plutôt d'un animal. La bête avait une tête de chien. Blessée ou malade, elle tenait contre elle une boîte noire et un tas de feuilles.

Cet homme-chien s'arrêta à quelques pas de Jean. De toute évidence, il ne voyait pas l'adolescent ; ce dernier ne s'en étonna pas. Après un instant d'hésitation, la créature s'était approchée du banc et avait posé ses objets – la boîte ainsi que les feuilles – sur le plan horizontal. Jean vit à cette occasion que l'homme-chien n'avait que quatre doigts à l'une de ses mains gantée de blanc. L'autre main, ou patte, semblait rongée par une lèpre aux contours filandreux. Une nouvelle fois, pas d'étonnement. Les visions étaient ses amies. On ne les comprenait pas toujours, mais il fallait éviter de les contrarier.

Un chat miaula dans le lointain. L'homme-chien sursauta, jetant autour de lui des regards de gibier. Il reprit brusquement sa boîte et s'enfonça dans l'obscurité du parc.

Jean baissa les yeux. Sur le banc, à côté de lui, la créature avait oublié son tas de feuilles.

Il faisait trop noir pour lire. Jean s'empara simplement du manuscrit, qu'il posa sur ses genoux. Un mince sourire tendit la peau humide du visage. Oui, il était fou, mais il ne fallait jamais contrarier les visions…

44

Annabelle se tient devant le portail de l'école primaire où elle a enseigné pendant plus de trente ans. La cour a été refaite, la grille repeinte, mais le portail, identique à ce qu'il était lorsqu'elle prêchait la bonne parole des programmes officiels, lui paraît maintenant plus grand. À moins qu'elle, Annabelle, ne soit plus petite.

Avant de partir, elle a cherché le numéro d'une entreprise d'assainissement susceptible de savoir comment éradiquer les taches de moisissure détectées derrière ses cartons d'archives, en haut de l'armoire. La première n'a pas répondu. La seconde a décroché à la cinquième sonnerie. L'ancienne institutrice s'est présentée, a résumé en deux ou trois mots le motif de sa requête.

« Vous habitez où ? a fait la voix masculine au bout du fil.

— Lensil.

— Encore ?

— Comment ça, encore ?

— Vous êtes au moins la quinzième du village à m'appeler depuis un ou deux mois. Qu'est-ce qui se passe chez vous ?

— J'espérais que vous pourriez me le dire. C'est pour ça que je vous appelle. »

Un silence, puis la voix masculine a repris, nerveuse : « Écoutez, j'ai pas mal de boulot en ce moment. Je ne pourrai pas venir avant au moins la fin du mois…

— Mais d'ici là, il sera sûrement possible de…

— Contactez un confrère. Je peux vous donner un numéro, si vous voulez. »

Annabelle a réfléchi. De toute évidence, son interlocuteur lui servait une excuse fallacieuse. Quelque chose le dérangeait, et elle ne savait pas quoi. Sans égard pour ses réflexions, l'horloge murale du salon a brusquement sonné 9 heures. *Mon rendez-vous à l'école ! Les taches de moisissure attendront.* « Non merci, a-t-elle indiqué au bout du fil. Je me débrouillerai autrement. »

Elle a raccroché aussi sec, a enfilé un épais manteau doublé de fourrure synthétique, et quitté son logement sans prendre la peine de fermer la porte à clef.

Le nouveau directeur se déplace jusqu'au portail pour l'accueillir. Il pourrait être son petit-fils, si elle avait des enfants. Il porte un complet bleu nuit, une chemise blanche et une cravate filée. Cheveux courts, menton lisse, mise de fonctionnaire.

« Merci de me recevoir le dernier jour, fait Annabelle. Je sais que la veille des vacances de Noël est toujours un peu agitée.

— Je vous en prie », réplique le directeur en l'invitant à pénétrer dans l'établissement.

Ils traversent la cour, franchissent le préau, puis empruntent les couloirs déserts où l'on entend parfois retentir la voix d'une institutrice appliquée. Vestes et gants s'alignent le long des portemanteaux latéraux. Une délicieuse odeur d'encaustique apporte un soupçon de chaleur aux corridors. Le parfum de naphte n'a pas changé et la projette dix ans, vingt ans en arrière. Rires, bousculades, comptines et pleurs de crocodile. La plupart des élèves d'aujourd'hui sont les enfants de ceux qu'elle a vus grandir en ces murs.

« Nous sommes très heureux de recevoir votre visite, indique le directeur. D'après ce que je sais, vous êtes un peu la mémoire de l'établissement.

— N'exagérons rien, tempère Annabelle. C'est justement un problème de mémoire qui m'amène. J'espère que je ne vous dérange pas trop.

— Pensez-vous ! Quand vous m'avez appelé… C'est absurde, mais j'ai cru qu'il s'agissait de cette affaire de disparition. La petite Édith était très appréciée, autant par ses camarades que par le personnel enseignant et les autres parents. Cette affaire a été un grand bouleversement, vous savez. Mais elle a également attisé des convoitises. Journalistes, simples curieux…

Alors si votre requête a un rapport avec ce dossier, nous avons pour instruction d'aviser le…

— Non, ne vous inquiétez pas, le rassure Annabelle. Ma demande n'a rien à voir avec Édith Lidèle. Je désire simplement consulter les archives pour revoir le travail d'un ancien élève. » Annabelle ne ment qu'à moitié, mais elle sait que la vérité lui fermerait les portes de la salle où sont conservés les vieux documents. Un bref coup d'œil lui confirme d'ailleurs qu'elle n'a pas totalement vaincu la méfiance du directeur. Elle fait mine d'hésiter. « C'est que… Je prépare une série de fiches pédagogiques pour les éditions Arnaud. » Elle a prononcé le mot magique. Le célèbre éditeur de fascicules bénéficie, privilège rare, de la recommandation officielle du ministère de l'Éducation. Le visage du jeune homme s'illumine. « Ah bon ? » Annabelle affecte l'humilité. « J'occupe ma retraite comme je peux… »

Ils tournent au coin d'un premier couloir, se dirigent au fond du second. Annabelle pourrait se rendre à sa destination les yeux fermés, mais laisse le directeur l'y conduire. Celui-ci émet une suggestion : « Pensez-vous qu'il serait possible de citer l'établissement, si votre travail est publié ?

— Bien évidemment, affirme l'ancienne institutrice. Le manuel comportera une page de remerciements exhaustifs. » Elle insiste sur le mot *exhaustif*.

Ils s'arrêtent finalement devant une porte anonyme. Annabelle sait parfaitement ce qu'elle trouvera derrière. Un local guère plus grand qu'un cagibi, tout en longueur, où stagnent des remugles de vieux papiers, des arômes de poussière. Le directeur sort un trousseau de clefs et déverrouille la porte. *Ouvrez, et vous serez exaucés.*

45

Jérôme repose l'haltère de vingt-cinq kilos sur son râtelier. Travail du premier radial et du cubital antérieur. Trois séries de dix après échauffement.

La salle de musculation qu'il a aménagée dans sa cave ressemble à l'*Hydropark Gym* de Kiev, en version miniature. Du matériel de récupération, principalement. Bidons de peinture et tube de 50 en PVC, chambres à air remplies de sable, vieux pneus... Il laisse reposer son bras sur le banc inclinable. Souffle pour oxygéner les fibres et purger les muscles de l'acide lactique dont ils sont gorgés après l'effort. Une ampoule nue dessine des ombres en forme de cicatrices sur les poids et les poulies. Il ferme les yeux. Satanée migraine. Sur son biceps, le cimeterre et le rameau d'olivier des GMPR. Dans sa tête, les cris des hommes qu'ils étaient chargés de faire parler. Les corps laissés par terre par les habitants, qui avaient interdiction d'y toucher. Un cadavre dévoré par les chiens. Les missions d'interrogatoire qui se transforment en punition civile. Les soldats français, fiers de porter la revanche, d'assurer la reconquête. Un petit village dans les Aurès, berceau de l'insurrection indépendantiste. Entre l'unique route reliant Biskra à Batna et les balcons de Ghoufi, crevasses de cent vingt kilomètres de long, loin de tout commandement, une pièce blanchie à la chaux, un homme assis sur une chaise, les yeux bandés. Quatre soldats qui s'acharnent sur lui à tour de rôle. Il n'intervient pas. Il regarde, jusqu'à ce que le sergent, dans son dos, lance : « Et toi, tu ne frappes pas ? »

Les jours suivants, ses frères d'armes le félicitent, plaisantent avec lui. Ils sont tranquilles, il est désormais des leurs. Sa main bandée ne lui fait pas vraiment mal.

Et puis il y a d'autres captifs, d'autres tortures, la lame du poignard derrière l'oreille, le tourment des nerfs que n'atténuent pas les hurlements, les bras suspendus au plafond, les bidons d'eau sur le dos pour accroître la douleur. Le devoir qui ne veut plus rien dire, l'absence de sommeil, la chaleur, les cauchemars. Enfin, la démobilisation. Et au lieu de la délivrance, un autre enfer : le silence.

Jérôme cligne des yeux. Une goutte de sueur le brûle malgré le froid. Il décapsule un tube d'aspirine, prend deux cachets, quelques gorgées d'eau.

La cave se compose de deux parties distinctes : d'un côté la salle de musculation, bien que le terme *salle* soit très excessif, et de l'autre une large table de travail surmontée d'un panneau de liège fixé au mur.

Sur le plan de travail s'entassent en piles soigneusement ordonnées des centaines de fiches de synthèse, noms, horaires, observations. Le panneau de liège, lui, est recouvert de frises, de diagrammes, de tableaux. Les lignes de couleur se chevauchent ; les légendes se compriment. Il a méticuleusement répertorié les liens familiaux, professionnels, amicaux qui unissent les habitants de Lensil. Chacun a son historique, sa trajectoire, qui forcément croise celle des autres. Jérôme a également fait développer plusieurs dizaines de photos – la sortie du village, le lavoir, la place de la Fontaine, les arcades –, il a esquissé des croquis, dessiné des plans. En haut à droite du panneau, une feuille volante a été punaisée. Une main énergique y a listé une trentaine de patronymes, dont plusieurs sont soulignés et portent la mention « alibi ». Dans la clandestinité la plus totale, Jérôme a abattu un travail de titan. Ou un travail de fou furieux, de maniaque. Il préfère ne pas songer au qualificatif que l'on pourrait adjoindre à son entreprise.

46

La salle des archives de l'école primaire n'est pas un endroit où l'on entrepose des souvenirs heureux, mais plutôt un tombeau glacial à l'intérieur duquel se figent, comme pétrifiées dans une gangue de permafrost, les images d'un passé trop semblable au présent. Il fait tellement froid qu'Annabelle ne sent plus ses doigts. Elle a passé en revue des dizaines de dessins, représentations naïves de maisons, de champs, de plaines où germent l'orge ou la betterave ; portraits de familles plus ou moins déformées ; schémas de visages lunaires, de bouches pleines de dents, de mains squelettiques. Les œuvres des artistes en culottes courtes sont classées par année.

1956. Elle retrouve enfin, rangée parmi d'autres croquis d'animaux, l'esquisse de chats tués, à moitié dévorés, dont elle se souvenait. Le dessin est signé Alain Lemercier. Elle rajuste les lunettes qui ont glissé au bout de son nez, se penche pour examiner le tracé rageur de plus près. Tout est là : les ratures noires qui figurent des silex d'os, les taches ocre se perdant dans les ombres, et les membres enchevêtrés qui composent un maillage sur le papier gondolé. Autant de détails qui la ramènent avec brusquerie au cœur d'une période redoutée. *Nathalie. Ne pars pas, mon amour.* On distingue clairement, au milieu du carnage stylisé, une tête, des yeux, des babines retroussées, et puis ailleurs des os à l'éclosion d'un poitrail défoncé. *Ils me parlent*, dit Alain en levant ses grands yeux translucides vers son institutrice. *On leur a fait du mal. Ils ont souffert*. Et Annabelle qui ne relève pas, qui préfère écourter l'entretien. Parce que son corps demande, parce que Nathalie, parce que l'amour. *Je ne peux pas noter ton dessin, Alain. Est-ce que tu peux m'en faire un autre pour lundi? Avec des animaux vivants, cette fois*. Trente ans plus tard, elle scrute les traits noirs, balafres sur papier froissé, et tente d'établir une similitude avec le charnier découvert deux mois auparavant. La vision des animaux morts dans le fossé près du vieux lavoir est encore fraîche dans son esprit. *Je n'ai jamais vu un prédateur entasser ses proies de cette manière*, indique le vétérinaire accroupi dans la boue. *Et surtout pas à un endroit pareil*. Les yeux de la vieille institutrice suivent le parcours des hachures, l'extrémité de ses doigts épouse les ornières que les crayons de couleur ont creusées dans le papier.

Effectivement, raisonne-t-elle, *on pourrait relever des points communs dans la disposition d'un animal, dans la béance d'une plaie, mais rien de significatif. Le cerveau humain tend à établir des connexions, tous nos mécanismes d'apprentissage sont fondés sur l'analogie*. Des détails incongrus sur la feuille attirent néanmoins son attention. Elle ne les avait pas vraiment pris en considération à l'époque, envoûtée qu'elle était par l'imminence des retrouvailles avec Nathalie. D'abord un coffre ou une boîte, en bas à droite de l'image. Alain a esquissé sur le couvercle un curieux volatile, manifestement mort puisqu'il repose sur le dos. Et ensuite, Annabelle distingue une silhouette en arrière-plan. Une forme humaine, à n'en pas douter, qui se tient debout derrière le tas de cadavres. Le cœur de l'ancienne institutrice bat un peu plus fort. Elle plisse les yeux. Se peut-il qu'elle reconnaisse, après tout ce temps, une tête familière sur un dessin d'enfant ? L'homme paraît vêtu d'un costume sombre, il tend la main vers les animaux, ou vers le dessinateur, impossible à dire. Le tracé, quoique rapide, ne laisse pas de doute quant à la corpulence du personnage, plutôt replet. Et son visage… Son visage a quelque chose d'étrange. Le menton part en avant, comme celui d'un prognathe, et le haut du crâne, chauve, semble curieusement aplati. On y a esquissé une tache rouge en forme d'hexagone. Du sang ? Comment déterminer si ces caractéristiques relèvent de maladresses juvéniles, ou si elles correspondent à de véritables signes distinctifs ? Annabelle cherche dans sa mémoire. Non, personne n'a arboré ce profil au village. Et puis, qui aurait porté un costume dans des champs de terre mouillée ? Peut-être une tenue du dimanche, ou alors il s'agit d'un étranger. À moins qu'Alain ait vu cette personne dans un magazine ; elle l'aura marqué pour une raison quelconque.

Annabelle s'adosse à sa chaise, soupire. Elle enlève ses lunettes et se masse l'arête du nez. Quel rapport y a-t-il entre un dessin d'enfant de 1956 et un charnier en 1983 ? En quoi la présence d'un tiers serait-elle révélatrice d'une trame plus vaste, étalée sur des décennies ? Et surtout, existe-t-il ailleurs que dans son imagination fertile une relation entre le massacre des animaux et la disparition d'Édith ? *Notre existence entière gravite autour d'associations réelles ou imaginaires*, médite Annabelle. *Des illusions, rien d'autre*. Son regard revient pourtant à la feuille devant elle, attiré par on ne sait quelle force mystérieuse. Cet homme doit quand même exister ; Alain ne l'aurait pas inventé. Quel lien entretient cet inconnu avec la scène ? Est-il un simple témoin ? Un coupable en puissance ? Bon sang, pourquoi ne l'a-t-elle pas remarqué la première fois ? Il a obligatoirement un état civil, une identité. *Qui es-tu ?* chuchote-t-elle, le regard braqué sur son faciès contrefait.

Malgré le calme ambiant et la porte fermée, elle jette un coup d'œil suspicieux autour d'elle avant de plier le dessin d'Alain. D'un geste adroit, elle glisse la feuille dans la doublure de son manteau. Elle n'ose pas imaginer ce qui se produirait si le directeur découvrait son larcin.

Quand elle sort à l'air libre – de l'oxygène, enfin ! –, les enfants sont en récréation. Tandis qu'elle traverse la cour en compagnie du directeur, elle reconnaît Benoît, le fils de Gustave et Marjorie, Priscille, la fille de Louis et Pascale, Kevin et Norman, les jumeaux de Léon et Marie… Édith n'aura plus jamais l'occasion de jouer avec eux. Et cependant que bat contre son sein gauche le papier à dessin jauni, cette phrase de l'Exode lui revient en mémoire : *Et les péchés des pères retombent sur les enfants…*

47

Séverine Lidèle, la mère d'Édith, relit le dernier paragraphe pour la troisième fois. Impossible de se concentrer. L'image de sa fille se superpose aux phrases du livre par la lecture duquel elle tente d'apaiser ses angoisses. Édith sous le sapin de Noël, à genoux dans le tas de papiers d'emballage froissés, elle se tourne vers eux et leur sourit. Souvenir heureux. Elle a perdu une incisive la semaine d'avant. Le fameux rongeur collectionneur de dents de lait a glissé une pièce de un franc sous son oreiller. La gamine plonge les mains dans les papiers et en ressort un chiot blanc, réplique miniature du héros de *Mille Cavaliers*. L'heureux souvenir se teinte d'un sentiment lugubre.

Sa fille joue à la poupée dans le salon. Souvenir heureux. Elle a colorié la robe de sa Barbie au crayon rouge, et a fait de même avec la sienne, de robe, afin d'être assortie. C'est une robe neuve qui a coûté pas loin de cent cinquante francs à Séverine. Celle-ci entre dans une colère noire, crie. De sa vie, elle n'a jamais voulu d'une fille pareille. L'heureux souvenir devient cauchemar. Édith pleure. Séverine lui demande de se taire, mais la fillette sanglote de plus belle. La mère se voit pincer cruellement le bras de sa fille, lui tirer les cheveux ou pire encore. Elle ne fait rien, mais les images sont si nettes qu'elle craint un instant de commettre l'irréparable. Si seulement elle pouvait s'affranchir du poison de la maternité, retrouver un peu de liberté et surtout, ne plus sentir la culpabilité latente lui dévorer les entrailles.

Dès qu'il le peut, c'est-à-dire les rares fois où il est présent, Michel prend la défense de son sucre d'orge adoré. Il insinue sans même en avoir conscience que Séverine est indigne d'être mère. La colère de la jeune femme monte d'un cran, la mauvaise conscience se déploie dans toute sa puissance néfaste. *Édith, sale peste ! Je vais t'apprendre, maman va corriger tes vilaines manies de fille pourrie gâtée à son papa.*

Allongée sur le divan, Séverine met la main devant ses yeux. Les mots du livre disparaissent. Les larmes tracent deux sillons horizontaux qui meurent sur ses tempes. Le menton tremble. Son nez, sa gorge s'emplissent d'humeurs acides. Soudain, la porte d'entrée s'ouvre, le battant claque. Michel est de retour. Séverine s'essuie les paupières d'un geste vif, ravale la boule de chagrin logée dans l'œsophage. Hors de question que Michel la voie en train de pleurer. Elle doit déjà supporter ses émois de père blessé nuit après nuit. Elle n'en rajoutera pas dans le registre de l'apitoiement et de la faiblesse. En vitesse, elle se compose un visage acceptable.

Dans la cuisine, son époux ouvre les tiroirs à la volée, fouille sans ménagement les étagères.

« Que se passe-t-il ? demande Séverine en se dressant sur son séant. Tu cherches quoi ?

— Les calmants du docteur, grogne Michel. J'étais sûr de les avoir laissés dans le buffet. Tu les as vus ?

— Je croyais que tu avais arrêté. Je les ai rangés dans l'armoire à pharmacie.

— Tu croyais mal. Je me suis accroché avec Jérôme devant la mairie. Je venais de faire de nouvelles photocopies pour les avis de recherche. » Séverine jette un coup d'œil sur la table de la cuisine. Les prospectus avec la photo de sa fille s'y étalent sans ordre. Plusieurs feuilles sont tachées de boue. La jeune femme sait que d'immenses piles semblables s'entassent à la cave, dans l'attente de trouver un destinataire. Chaque semaine, son époux tire beaucoup plus d'exemplaires qu'il n'est possible d'en écouler, et l'amoncellement prend des proportions effrayantes. « Quand je lui ai dit ses quatre vérités, continue Michel, il l'a pris de haut. Ce connard de garde champêtre ne perd rien pour attendre. »

Séverine n'est pas vraiment surprise lorsque son mari évoque Jérôme en ces termes. Cela fait plusieurs semaines que le conflit s'annonce. Et plus Michel s'impatiente, plus Jérôme affecte l'indifférence, soucieux, sans doute, d'éviter que les choses ne s'enveniment. Mais avec le temps, Michel en est venu à considérer cette distance comme une provocation personnelle. Il fallait bien, à un moment ou à un autre, qu'une dispute éclate.

« Calme-toi, dit Séverine, et raconte-moi ce qui s'est passé. »

Édith n'est plus là. Elle avait souvent désiré sa disparition, imaginant d'une certaine manière que son absence lui permettrait de retrouver les années perdues. À de nombreuses reprises, elle s'était figuré que son mari lui reviendrait tel qu'elle l'avait connu avant de tomber enceinte. Elle se rend compte à présent que le drame s'est non seulement traduit par la perte définitive d'Édith, mais également par celle de Michel.

Celui-ci la regarde, stupéfait, épuisé, abandonné.

Elle tapote le coussin du sofa pour l'inviter à la rejoindre et pose le livre qu'elle tentait en vain de parcourir. *Réincarnation : un autre corps pour l'âme.*

48

Jérôme dépose sur les lèvres de sa femme un baiser en forme de déclaration renouvelée, mais il sait que toute la tendresse du monde est impuissante à guérir le mal qui la ronge. Au moins peut-il la soulager et, pense-t-il, racheter pour lui-même une part d'humanité qu'il croyait perdue dans les roches du désert.

« Tu as pris ton traitement ?

— Oui, murmure Clotilde. Mais j'ai toujours mal. »

Chaque jour elle semble plus menue, plus pâle que la veille. Ses vêtements trop larges flottent sur du vide. Jérôme craint à tout moment de la voir se disperser en cendres diaphanes dans le creuset d'une souffrance pure. Peut-être alors sera-t-elle délivrée du poids de son propre corps, mais jamais il ne pourra se résoudre à la perdre.

« Je téléphonerai au docteur, indique-t-il. Ne t'en fais pas, mon amour. Ça va aller. » Toujours les mêmes mots, guère utiles. Mais ce sont les seuls qu'il connaisse.

Aucun d'eux n'est dupe, son état ne s'améliorera pas. Il doit toutefois prononcer ces paroles de réconfort, car ce sont des incantations, des théurgies employées depuis la nuit des temps pour conjurer l'inévitable.

La main de Clotilde se lève. Elle a encore la force d'effleurer la joue de Jérôme, de lui montrer ce qu'est la vraie ténacité. Jérôme ferme les yeux, et cette fois-ci, nul cri, nulle supplication dont les échos pourraient s'éterniser dans les gorges de Tighanimine. Juste la fraîcheur d'une caresse, le sentiment d'appartenir, enfin, à un tout.

Quand la nature pâlit, que la lumière rampe sous les feuillages jaune et ocre, il continue de courir. Au milieu des grands arbres sombres, il songe au lacet d'un sentier aperçu plus tôt, dont l'éclat était comme une écharpe pourpre déposée dans les feuilles argentées. L'éternité qu'il rencontre maintenant est celle des pierres. Dans l'obscurité qui s'installe, il éprouve la présence pleine des roches, le mouvement invisible de la terre. Et tandis que le ciel gronde, les nuages obscurcissent l'horizon. Sur la langue s'installe un goût ferreux. Bientôt, il y aura des éclairs à admirer.

La sonnerie du téléphone interrompt sa rêverie. Il ouvre les yeux. Clotilde a laissé retomber la main sur le drap. Elle était si légère qu'il ne l'a pas sentie quitter sa joue. Il s'écarte à regret, reprend pied dans le quotidien, décroche. « Allô ? » Un silence. Il écoute. Et finalement : « D'accord. Dites-lui que j'arrive. »

49

Le garde champêtre remonte la rue du Pré ; toujours les travaux, toujours la chaussée éventrée et les canalisations béantes, tapissées des filaments gris argenté de mycélium. Le mycologue que la mairie a fait venir de la ville à ses frais a parlé de champignon basidiomycète et de pourriture cubique, de rhizomes en palmettes et de mécanisme de polymérisation. Il a trouvé des hyphes de plusieurs mètres de long qui, affirme-t-il, peuvent s'introduire dans des orifices de quelques microns pour traverser les structures. Ses préconisations? Laisser les galeries à l'air libre et attendre que le champignon entre en période de latence. En effet, les basses températures devraient provoquer chez le parasite une sorte d'hibernation ; hibernation qui permettra aux agents techniques d'intervenir avant que les conditions météo soient favorables à un réveil. *Non, monsieur le maire, il n'y a pas d'autre alternative que de changer les canalisations.* Jérôme, lui, a l'impression que la substance, pareille à de l'ouate épaisse ou à une toile d'araignée virant au gris, poursuit son travail d'expansion malgré le gel, auquel cas le diagnostic de l'expert semble erroné. Plus préoccupant encore : les services municipaux ont eu vent de détériorations analogues dans les logements de plusieurs administrés.

C'est comme si la mousse, en sommeil depuis des

décennies, avait choisi le moment de la disparition de la petite Édith pour reprendre sa progression. Un mal qui couve, une fièvre latente. Le repos et soudain l'animation, avec une virulence proportionnelle à l'inertie qui l'a précédée.

Jérôme avance d'un bon pas, évite les flaques que la pluie de cette nuit a laissées dans son sillage. Il a revêtu son uniforme amidonné, ajusté ses manches de chemise. Passer devant le salon de coiffure. Surtout ne pas regarder dans la vitrine, ne pas saluer Corinne. Prendre l'air affairé. Ça y est, il aperçoit l'hôtel de ville. Le temps de prendre les clefs de l'estafette accrochées dans l'armoire, et il sera parti. Au moment où il avance sur le parvis, Michel Lidèle, le père de la jeune disparue, sort de l'accueil avec une pile de photocopies sous le bras. Encore des avis de recherche, encore sa fille sur la photo, son sourire à fossettes, sa frange qui descend sur le front, mange presque ses yeux pétillants. Jérôme marque une infime hésitation. *Mince, trop tard pour reculer.* Michel se plante au beau milieu du passage. De toute évidence, il a l'intention de faire barrage. Jérôme tente une manœuvre de contournement, accompagnée d'une excuse de pure forme. « Désolé, monsieur Lidèle, aujourd'hui je n'ai pas le temps. »

L'autre effectue un pas de côté pour l'empêcher de poursuivre sa route. « Vous n'avez pas le temps pour ma fille ? »

Jérôme s'arrête. Bien obligé. « Je dois partir pour une intervention, se justifie l'employé.

— Et ma fille, ce n'est pas une intervention ?

— On en a déjà parlé, monsieur Lidèle. L'enquête est longue. Les choses avancent mais il faut nous laisser travailler. »

Le père d'Édith fixe son interlocuteur, éberlué. Sa bouche se charge d'explosifs. Il balance dans les airs : « Travailler ? Mais vous n'avez que ce mot-là à la bouche. Et je ne vois aucun résultat. Les gendarmes se taisent, ils ne me disent rien. Et vous non plus. La vérité, c'est que vous n'en avez plus rien à fiche !

— Monsieur Lidèle…

— Arrêtez, avec vos *monsieur Lidèle*. Je ne suis pas un type mal garé devant la boulangerie ou un vieux qui se plaint d'une poubelle renversée. Rendez-moi ma fille ! » À présent, Michel tremble, ses mains serrent spasmodiquement la pile de feuilles contre son torse. Un dépôt blanchâtre se forme sur ses lèvres, identique au blanc de ses yeux larmoyants.

Jérôme soupire. « Je dois partir.

— Rendez-moi ma fille ! » insiste Michel en haussant le ton.

Jérôme secoue la tête. « Baissez la voix et laissez-moi passer. Ne m'obligez pas à… »

Brusquement, Michel lâche les prospectus qui se dispersent à terre et tend les mains comme pour saisir Jérôme au col. Le garde champêtre riposte sans même s'en apercevoir, tant le réflexe est ancré en lui. Il repousse l'assaillant avec la paume. Le choc équivaut à une légère bousculade, guère plus, mais Michel vacille, ses jambes le lâchent. Jérôme a touché une coquille vide, un homme que la douleur a amputé de ses tripes, une enveloppe seulement maintenue debout par la force d'une hargne creuse, à l'image d'une marionnette qui s'agite encore alors que plus personne ne manipule ses fils depuis longtemps. Le père d'Édith manque chuter. Jérôme le rattrape de justesse. « Holà, monsieur Lidèle, restez avec moi. »

Michel se ressaisit. D'un geste vif, mais très faible, il

se dégage de l'étreinte policière. « Lâchez-moi », dit-il la voix cassée, à peine audible. Jérôme écarte les bras. L'autre se baisse pour ramasser ses feuilles éparpillées. Certaines sont tachées de boue, d'autres se sont envolées au bout de la rue. Jérôme se penche pour l'aider, mais Michel siffle : « Allez au diable, je n'ai pas besoin de vous. Je retrouverai ma fille tout seul. »

Jérôme laisse pendre ses bras le long du corps, extrémités encombrantes, vaines. Il ouvre la bouche pour parler, mais aucun son ne se produit. Du coin de l'œil, il voit quelques passants arrêtés. Les clientes du salon de coiffure ainsi que Corinne, sans doute alertées par les éclats de voix du père endeuillé, sont sorties devant la boutique pour voir ce qui se passait. Lucienne, Armande et Paulette – deux cent trente-neuf ans à elles trois – ricanent, assises sur leur banc.

Jérôme tourne les talons et se dirige vers la mairie. Dans son dos, Michel crie une dernière fois : « Allez au diable ! »

Il entre dans le hall de réception. Geneviève, la secrétaire, n'ose pas lui parler. Il contourne le bureau d'accueil sans lui accorder un regard et s'empare en silence des clefs de voiture. *Merde*, rumine-t-il intérieurement. *Merde, merde, merde, merde, merde, merde, merde, merde, merde, merde, merde, merde, merde, merde, merde*.

50

« Une boule calcifiée, à peine plus grosse que mon poing. » Avec certaines clientes, Corinne est intarissable. En ce moment, dans son salon, il n'y a que Clarisse et Annie. Elles peuvent tout se dire. Corinne raconte une fois de plus son accouchement, prélude, selon elle, à une théorie de catastrophes et de petits tracas qui, depuis, l'accablent sans discontinuer. « Je ne sais pas si c'est lié, poursuit-elle en ajustant la permanente de Clarisse, mais Sylvain m'a quittée six mois après. » Installée sur le siège d'à côté, le crâne encastré dans un séchoir oblong, Annie feuillette d'un œil apparemment diligent un vieux *Paris Match*. Corinne sait que, malgré une concentration de façade, son amie ne perd pas une miette de la discussion entre Clarisse et elle. « Il s'est entiché d'une esthéticienne, vous croyez ça ? Et imaginez ce qu'il m'a dit en partant : *Elle n'est peut-être pas géniale au pieu, mais au moins, je n'ai pas l'impression d'étouffer dès qu'elle est dans la même pièce que moi.*

— Le salaud ! fait Clarisse.

— Il n'est pas allé très loin, remarquez.

— Le village d'à côté, hein ?

— Oui. Ce qui ne l'a pas empêché de couper les ponts. Il n'a pas donné de nouvelles depuis au moins dix ans. Plus un mot. Plus une carte d'anniversaire pour sa fille.

— Depuis qu'il a eu son premier enfant avec "l'autre" ? interroge Clarisse qui connaît le récit par cœur.

— Ils en ont deux ensemble maintenant. Une nouvelle famille. C'est comme si on n'existait plus. *Pouf*, effacées, la mère et la fille. Élaguées d'un coup de ciseaux. »

Annie lève les yeux au ciel. « Les hommes. »

Corinne se mord la lèvre inférieure, réfléchit. « Je suis persuadée que Cindy a senti tout ça, même si elle n'avait que six mois quand il est parti et qu'elle n'a aucun souvenir de sa sœur défunte. » La coiffeuse marque une pause, son peigne en l'air. « Tout bébé, elle a côtoyé le décès et l'abandon », déclare-t-elle enfin, jugeant qu'un peu d'emphase ne nuit pas à une histoire mille fois rabâchée.

« La pauvre, se désole Clarisse.

— Depuis cette époque-là, je n'ai eu que des soucis avec elle. D'abord elle s'est empêtrée dans des problèmes de nourriture, après elle s'est entaillé les bras, ensuite elle est entrée dans sa période "gothique". Des têtes de mort, des croix, de la musique... je n'ose même pas parler de musique. Des chanteurs en noir avec des voix de femmes, des coiffures immondes et du mascara. Des castrats qui se lamentent sur des rythmes sinistres.

— La pauvre », répète Clarisse.

Annie secoue la tête, les yeux fixés sur le magazine.

« Et maintenant, ajoute la coiffeuse, voilà qu'elle s'amourache de cette mauvaise graine-là. Le fils aîné des Trinquiet, Jean.

— J'ai entendu des histoires à son sujet, indique Clarisse. Il a été renvoyé de son précédent lycée. »

Annie : « Ça ne m'étonne pas. »

Et Corinne, désemparée : « Elle a seize ans. Elle n'écoute rien. Qu'est-ce que je peux faire ? Je lui ai dit que je n'aimais pas son petit copain, je lui ai dit de s'en méfier... Du coup, j'ai l'impression que ça a encore aggravé les choses.

— Tiens-les à l'œil, conseille Clarisse. Ce Jean Trinquiet est un sacré loustic.

— Je ne l'aime pas non plus, renchérit Annie. Il me fait froid dans le dos à chaque fois que je le croise. Un truc dans ses yeux. Il n'est pas normal. »

Corinne hausse les épaules. « Je me demande parfois si je n'ai pas hérité de la fille la plus déraisonnable. Peut-être que j'aurais eu moins de soucis avec sa jumelle. Peut-être qu'elle aurait été plus sage, plus équilibrée. »

Soudain, des bruits se font entendre à l'extérieur. Des éclats de voix. Corinne tend l'oreille. Annie pose son magazine.

Les trois femmes sortent sur le pas de la porte. La première toujours armée de son peigne et de sa paire de ciseaux, les deux autres indifférentes à leur aspect échevelé.

Jérôme est en train de se disputer avec Michel, à moins que ce ne soit l'inverse. Des feuilles illustrées de la photo d'Édith jonchent le parvis de la mairie. Le père de la fillette tremble, vocifère, à genoux dans la boue pour ramasser ses photocopies. Jérôme entre – ou se réfugie – dans l'hôtel de ville. Des passants aident Michel à ramasser les avis de recherche.

Clarisse et Annie sont déjà retournées s'asseoir au salon quand un mouvement attire l'œil de Corinne. Annabelle, en imperméable jaune et bottes de pluie marron, se dirige vers le parking de la place. « Salut, fait la coiffeuse. Où tu vas comme ça ?

— Faire un footing », plaisante l'ancienne institutrice. Puis elle s'éloigne sans ajouter un mot.

Corinne regarde la silhouette voûtée s'amenuiser. Elle murmure avec un temps de retard, les yeux dans le vague : « Un footing en bottes de pluie ? »

51

Jérôme arrête sa voiture de fonction en bordure d'un chemin de campagne perpendiculaire à la voie principale. Il ne cache pas spécialement le véhicule, mais ne tient pas non plus à ce qu'il soit trop voyant, raison pour laquelle il n'est pas allé se garer sur le parking du supermarché. Il reste un moment assis dans l'habitacle, les mains sur le volant, moteur éteint. Il respire profondément – l'air entre par le nez, sort par la bouche –, afin d'essayer de restaurer le calme en lui. La dispute avec Michel, la validité de ses arguments et surtout la détresse qu'il a manifestée l'ont sincèrement troublé. L'attitude des habitants, à l'évidence ravis d'assister au spectacle et pas tout à fait enclins à modérer les accusations du père de famille, a achevé de le démoraliser. Il faut maintenant rétablir une forme d'équanimité dans son âme, sans compter qu'une tâche difficile l'attend dans l'arrière-salle de la supérette, seule moyenne surface du village, à l'agonie depuis l'apparition d'un grand centre commercial en périphérie du chef-lieu. De grands pins majestueux et protecteurs s'élèvent en bordure de route. Les branches ont emprisonné un reliquat de l'averse nocturne ; elles ploient sous le poids de l'humidité. Un goutte-à-goutte régulier couvre le pare-brise d'une multitude de sphères translucides. Les cimes, elles, se tendent vers un ciel uniformément gris, que l'on pourrait confondre avec le dôme d'un bâtiment désaffecté, voué à une démolition prochaine.

Ses muscles noués se détendent progressivement. D'abord le grand dorsal, crispé comme une aile de papillon froissée, puis la nuque, les trapèzes, le splénius. Ensuite ce sont les bras, deltoïdes, long supinateur enroulé autour du radius… Et enfin les mains, araignées de chair assouplies par de larges mouvements des doigts.

Quand il s'estime rasséréné, il sort de l'estafette en prenant soin d'éviter la boue, traverse le chemin, puis la voie principale. L'air est vif, saturé de fragrances d'humus et de lignine en décomposition. Cinq ou six voitures sur le parking en terre battue. Il écarte les doubles battants de la porte en verre – pas d'ouverture automatique ici –, et s'avance vers l'unique caisse, déserte. Quelques clients errent dans les rayons. La faiblesse de l'éclairage leur confère une allure d'ectoplasme, leurs contours vaguement libérés de la pesanteur se détachent dans le lointain, indécis. Il salue la caissière d'un mouvement de la tête. « Bonjour, Marguerite. » Le patronyme évoque les gracieuses fleurs printanières, mais il s'agit en vérité d'une femme d'une cinquantaine d'années, l'œil glauque et le cheveu terne, que personne n'a jamais vue sans un chewing-gum à la bouche. Elle happe plus qu'elle ne mastique la friandise élastique et offre pour tout salut à Jérôme la vision de son bec luisant. « Ils sont là où tu sais », indique-t-elle, le pouce orienté au-dessus de son épaule.

Jérôme parcourt le rayon des spiritueux sans croiser âme qui vive, contourne les palettes entassées contre le mur du fond et s'engouffre dans un couloir étroit, peu éclairé. Sur la droite, une porte où l'intitulé « Direction » est peint au pochoir. Il frappe au panneau de bois. « Entrez », répond une voix masculine énergique. Il s'exécute et pénètre dans une petite salle sans fenêtre, éclairée d'une simple ampoule nue. Le local fait office de remise, de salle de trésorerie, et à l'occasion de PC de sécurité. Sur une petite table poussée dans un coin, Jérôme voit les rouleaux de caisse ainsi que la grosse calculatrice dont le comptable se sert lorsqu'il vient procéder aux écritures chaque fin de semaine. Au milieu de la pièce se tient Philippe, le patron. C'est le fils du gérant précédent, qui, comme tant d'autres, a repris l'affaire familiale avec plus ou moins de bonheur quand le paternel s'est retiré de la vie professionnelle. Il est jeune, énergique. Jérôme le considère comme un type assez réglo mais dépourvu de la rigueur, de la pugnacité nécessaires à entretenir un commerce de moyenne envergure en zone rurale. Chemise froissée, manches retroussées, il semble plutôt énervé. Sur l'autre table, plus large et dévolue aux réunions avec le maigre personnel, un sac à main noir percé de nombreux badges et un flacon de parfum que l'on devine récemment soustrait à l'un des rayons du magasin. Assise sur une chaise en plastique, les bras croisés et la mine renfrognée, Cindy Dutreuil regarde droit devant elle avec toute la colère, toute la révolte muette dont est capable une jeune fille de seize ans prise en flagrant délit de vol à l'étalage.

52

Dès qu'elle rentre de l'école, Annabelle sort le dessin d'Alain Lemercier qu'elle avait dissimulé dans la doublure de son manteau. Elle le déplie sur la table de la cuisine et se met en quête de la loupe de lecture, qu'elle est persuadée d'avoir rangée dans le premier tiroir de la commode, mais que, visiblement, elle a choisi de mettre ailleurs. Au terme d'une fouille d'une demi-heure dans tous les placards, toutes les armoires de la maison, elle finit par dénicher l'outil sur la table de chevet. Bien sûr, l'épisode lui revient en mémoire : elle avait laissé la loupe sur le petit guéridon après avoir examiné les taches de moisissure en haut de l'armoire. *Tu perds la boule, ma vieille*. Retour à la cuisine. Elle se prépare un thé, pose la tasse fumante sur le napperon de la table, puis se penche enfin sur l'œuvre enfantine. Ce ne sont pas les détails du carnage qui l'intéressent ; ceux-là, elle les connaît par cœur. C'est plutôt la présence de l'homme en arrière-plan, qu'elle n'avait pas détecté la première fois, qui suscite maintenant son intérêt.

Elle garde la lentille concave à quelques centimètres de la feuille, laisse glisser sa main sur le papier rêche et suit les lignes rageuses jusqu'à ce qu'elles se rejoignent pour former un simulacre de visage. À présent, elle comprend mieux pourquoi la physionomie de l'individu lui paraissait étrange. De toute évidence, l'enfant l'a affublé d'une tête d'animal ; une tête de chien peut-être. Étrange comme l'artiste en herbe a su représenter avec minutie la figure d'un personnage d'arrière-plan. À la loupe, les traits canins ressemblent à un îlot de netteté perdu dans un océan de ratures furieuses. S'agit-il d'un masque ? D'un délire anthropomorphique dont seuls les enfants ont le secret ? Ou bien d'une chimère que l'enfant aurait pu apercevoir dans un livre ou à la télévision ? Ce dernier mot fait tilt dans l'esprit d'Annabelle. Car la gueule de ce cabot, elle l'a aperçue quelque part, elle en est sûre. Le museau aplati, le menton en avant… Elle se lève pour aller regarder sous la table basse, où sont entreposés les vieux *Télérama* qu'elle conserve provisoirement avec une obsession de fétichiste, mais qu'il faut se résoudre à jeter de temps en temps. Par chance, elle n'a pas encore effectué la purge annuelle. Elle s'installe sur le divan. *Allons-y*, songe-t-elle avec un soupir. *Qu'était-ce donc ? Celui avec la couverture sur* Dallas *? Non. Celui où la photo de Michael Jackson côtoie un article titré « État de piège en Somalie » ? Pas davantage. Creuse-toi les méninges, Annabelle ! Ce n'est pourtant* *pas si difficile. Tu n'es pas encore gâteuse à ce point!* Sept francs cinquante par semaine. Alain Rémond qui écrit sur le massacre des camps de réfugiés à Beyrouth, Rémi Pernelet sur les débuts du *videogame business*, Francis Mayor qui se penche sur l'émergence de l'aérobic. Et puis voilà l'article qui l'intéresse, presque par hasard. *Bravo, ma vieille!* Il s'agit d'un reportage sur l'héritage laissé par l'ancien magnat du divertissement pour enfants, Sid T. Lawney. Les débuts en école d'architecture et un livre de jeunesse comme unique relique de cette période, *Le cœur de nos villes*. Une rapide reconversion dans le dessin, et plus spécifiquement les films d'animation. Les ateliers d'artisan qui se transforment en usine puis, à la mort du maître, en véritable industrie procédant à une intégration verticale de l'amusement, forme ultime du contrôle des populations. Produits dérivés, parcs à thème, chaîne hôtelière, et même agglomérations factices inspirées des travaux d'étudiant de Lawney. Un encart s'attarde d'ailleurs sur la porosité entre la première carrière d'urbaniste, avortée, et la seconde, parfaitement accomplie, d'artiste et de businessman : d'une part celle d'un *control freak* obsédé par l'optimisation commerciale de la ville, et d'autre part celle d'un authentique génie dépassé par ses créations. Mais ce n'est pas ce qui intéresse Annabelle. Non, son regard se porte sur la filmographie des studios Lawney, agrémentée de captures d'écran des héros les plus emblématiques. Voilà celui qu'elle cherche, celui qui ressemble comme deux gouttes d'eau au visage dessiné par Alain : Moustache, le cavalier king-charles sur qui repose l'intrigue de *Mille Cavaliers*. Comment a-t-elle pu oublier la bouille caractéristique de ce fameux héros de dessin animé? Il faut dire pour sa défense qu'elle ne s'intéresse plus du tout aux œuvres pour enfants depuis qu'elle est à la retraite. À moins, simplement, qu'elle ne soit trop déphasée. L'époque dans laquelle elle évolue désormais n'est plus la sienne. *Trop âgée, Annabelle, au rancart, à la casse!* L'amour de Nathalie, elle en a la conviction, aurait pu retarder cette disgrâce, à défaut de l'en préserver.

Elle amène l'exemplaire sur la table de la cuisine afin de procéder à une comparaison.

La loupe. Pas de doute. On jurerait qu'il s'agit d'un homme affublé d'un masque de Moustache, qui observe une scène de massacre animal, ou tente d'intervenir. Seul problème : la représentation d'Alain date de 1956, alors que *Mille Cavaliers* est sorti en 1981.

La terre gonflée, lardée de gerçures où stagne une eau noire, n'a sûrement pas absorbé les intempéries de cette nuit. Annabelle enfile une tenue adéquate. Imperméable jaune, pantalon côtelé et bottes montantes en caoutchouc marron. Là où elle va, elle risque de se salir.

En chemin, elle croise *les assises :* Lucienne, Armande et Paulette. Quand elle passe sur la place de la mairie, elle voit Michel Lidèle en train de ramasser une pile de photocopies par terre, avec l'aide de deux ou trois passants. Corinne, son amie coiffeuse, l'interpelle devant son salon. « Salut, où tu vas comme ça ?

— Faire un footing. »

Annabelle arrête sa deux-chevaux sur l'accotement, prenant soin de demeurer en partie sur la chaussée pour ne pas finir embourbée. Le village a disparu dans son rétroviseur, mais elle sait qu'il n'est pas loin. La maison qui se dresse en bordure de départementale n'a pas été entretenue depuis longtemps. Les murs se lézardent, les charnières des volets gauchis versent des larmes oxydées sur la façade. Une bâche étalée sur une partie du toit semble y reposer depuis la nuit des temps. Le cynodon et l'agropyrum ont envahi le jardin. Les plantes composent désormais un maquis de feuilles coupantes. Une balançoire rouillée émerge du lacis végétal, structure naufragée sur un lit de chiendent.

La boîte aux lettres, également rouillée, s'empale inutilement sur un piquet de fer. Annabelle se penche, essuie la plaque avant pour déchiffrer le nom à moitié effacé : Alain Lemercier.

Le portail de guingois n'arrêterait personne, mais l'ancienne institutrice estime préférable de sonner, par correction. Elle appuie sur le bouton d'appel. Une fois, deux fois. Pas de réponse. Elle ignore si la sonnette fonctionne encore. Alors elle pousse la grille d'entrée, qui s'écarte sans réticence sur son passage. Et la vieille dame s'enfonce dans la végétation.

53

Clapotis des gouttes sur la tôle de la Renault. Légère réverbération sonore des véhicules dans le lointain, sur la voie principale. Jérôme et Cindy dans la voiture à l'arrêt. Le garde champêtre regarde la jeune fille sur le siège passager.

« Tu as de la chance que le directeur ne porte pas plainte.

— Vous allez faire quoi ?

— Te ramener. Je suppose qu'un rappel à la loi est superflu.

— Me ramener où ? Au salon de coiffure de ma mère, devant toutes les clientes ? Vous n'allez pas…

— Quoi d'autre, alors ? »

Le silence retombe. Cindy se vexe de nouveau, croise les bras, têtue, et observe les glissades liquides le long du pare-brise. Jérôme sait ce qu'elle ressent. Il le sait parfaitement. Sa voix s'adoucit. « Qu'est-ce qui t'a pris de voler cette bouteille de parfum en promotion ? Trente francs ? Marc ne te paye pas tes heures de service, au bar ? »

La jeune fille a un bref tressaillement que Jérôme ne remarque pas.

« Si, dit-elle finalement.

— Alors pourquoi ? »

Soudain, l'adolescente n'y tient plus. La colère éclate comme un torrent fracassé sur les rochers, les vociférations éclaboussent, tailladent, mais ne blessent personne d'autre qu'elle. La colère, sa colère. « J'en ai marre de ce bled ! Marre de tous ces ploucs ! La vinasse, la chasse, les godillots crottés. La kermesse en fin d'année, les communions et puis quoi ? Une école de merde pour aller dans un lycée de merde et faire un boulot de merde plus tard. Merci du déplacement et on vous rappellera. Le clocher, les plaines, c'est tout ce qu'il y a ici. Ah oui, j'oubliais : de temps en temps, un type réussit à se tirer, comme le plus malin des frères Davodeau, à l'Élysée, excusez du peu, ou mon père, mais c'est beaucoup moins glorieux. D'autres fois une gamine disparaît, quelqu'un devient fou… Comment vous pouvez supporter ça, hein ? Comment on peut tolérer une horreur pareille ? J'ai besoin d'air, vous comprenez ? » Les mots se bloquent, son menton tremble. Son visage, si pâle, est celui de quelqu'un qui n'a jamais voulu être là, qui n'a jamais compris, qui n'a jamais pu comprendre, qui ne comprendra jamais. Une hésitation, puis elle achève dans un filet de voix. « Je n'ai nulle part où aller. »

Jérôme regarde ses mains, posées sur le volant. Il voudrait la prendre dans ses bras, la consoler, mais ces choses-là ne se font pas. Il toussote. « Quand j'étais à peine plus vieux que toi… »

Quand il était à peine plus vieux qu'elle, son père était mort. Au moment où il avait été démobilisé, le vieux était déjà à l'hôpital. Jérôme savait qu'il n'en ressortirait pas. Son géniteur reposait dans une chambre plus ou moins blanche, avec quelques dizaines de kilos en moins et plus aucune dent. Les médecins avaient creusé un grand trou dans sa clavicule. Il aurait pu y mettre le poing.

« Tu crois qu'on deviendra des fantômes, papa ? Ce serait amusant. Des spectres, tous ?

— Non, Jérôme, parce que les spectres reviennent hanter les vivants. Les gens comme nous ne font pas demi-tour. Ils plongent dans la nuit, ils disparaissent, on ne les revoit plus. Personne ne se souvient d'eux. Et c'est très bien comme ça. »

Le père avait-il deviné quelle sorte de démon accompagnait désormais son fils ? Avait-il réalisé à la toute fin de sa vie l'écrasante responsabilité, la faute immense que constituait une naissance ? Savait-il qu'en certaines circonstances, à la lumière de quelques actes, l'homme n'était plus fait pour exister sur cette terre ?

Peut-être s'était-il demandé dans quelle mesure il aurait dû empêcher son fils de partir à la guerre. Mais cela, il n'aurait pu le faire, car Jérôme était jeune, il était en colère. Rien n'aurait pu le détourner de l'ordalie sacrificielle qu'en tout lieu, en tout temps, les gouvernements – mot sans doute bien grand pour désigner une vilaine coterie de dirigeants sûrs de leur destin et prêts à étriper le voisin à la première occasion – ont réclamée aux patriotes crédules. Rien ne l'aurait dissuadé d'accomplir le rite initiatique ; ce rite qui vaut, au choix, des médailles ou des morceaux de fer dans le corps ; ce rite pour lequel les mères laissent partir la chair de leur chair, pour lequel les pères honorent les enfants. Au départ il y avait des promesses, et à la fin les rations pourries, les bombes artisanales, le casse-pipe et les tripes à l'air. Voilà le pouvoir, voilà le vice. Jusqu'au moment où un général dit *Ça va, suffit la rigolade ! Je vous ai compris !*

Jérôme tenait le mouchoir devant la bouche de son père quand il crachait du sang mêlé de fèces. L'estomac et les intestins étaient perforés : les excréments remontaient dans les poumons.

Lorsque le jour abdiquait et que l'on demandait aux familles de quitter l'établissement, c'était encore pire car les râles catarrheux subsistaient dans un silence de tombeau.

Au fil du temps, le jeune homme était devenu un véritable expert des colonnes sèches. Les points faibles des superstructures hospitalières n'avaient plus de secret pour lui. Il connaissait les entrées de service, les escaliers dérobés au fond des parkings, les chatières, les conduites d'aération, les monte-charges dont plus personne ne voyait l'utilité, les vantaux descellés, tous les accès par lesquels on pouvait s'infiltrer en dehors des heures de visite. Des zones entières de l'hôpital semblaient désaffectées. Lorsqu'on les parcourait dans l'obscurité, une sensation d'abandon vous étreignait, vous aviez l'impression de dériver dans un bloc de béton désolidarisé du bâtiment principal, à la façon d'un naufragé sur une chaloupe qui regarde disparaître son navire à l'horizon. Il trouvait que les malades étaient très seuls la nuit. Une solitude terrible, au moins égale à celle qu'il ressentait depuis son retour à la vie civile. Alors il avait apprivoisé les couloirs éclairés par de simples veilleuses, il avait appris à se diriger dans le dédale des services, s'était habitué à l'odeur de l'éther qui était devenue pour lui une sorte de refuge. Dès qu'il la sentait, cela voulait dire qu'il allait voir son père. Depuis cette époque-là, il était chez lui dans les hôpitaux.

La dernière nuit, il s'était allongé contre son père et avait posé ses mains sur la poitrine cachectique. Ce geste était semblable en tout point à celui que le paternel accomplissait quand Jérôme était petit. Les deux mains sur la poitrine, l'apaisement, la sécurité. Maintenant, dans cette chambre d'hôpital qui était devenue comme une ultime demeure pour les deux hommes, la boucle était bouclée. Le fils était devenu le père et le père prenait le rôle du fils. Ainsi se transmettaient de génération en génération les tares et les fulgurances de chacun ; la passation de pouvoir s'effectuait dans une ronde sans cesse recommencée. Misérable pouvoir, en vérité.

La plus petite respiration, le plus infime souffle d'air, rythmait l'approche de la mort. Jérôme avait caressé le crâne du malade à présent dégarni, il avait embrassé la peau tachetée d'éphélides. Une dernière fois, son père avait eu ce mouvement étrange, vestige d'une vie de fumeur. Il avait porté la main à son oreille.

« … il avait porté la main à son oreille, comme pour prendre une cigarette. » Jérôme marque un temps de réflexion. L'étrange vision d'un héron sur le dernier rond-point de la commune s'imprime dans sa mémoire. Le volatile avait regardé l'homme en jogging s'arrêter à quelques pas de lui. Brusquement, l'oiseau avait levé la patte comme pour chasser une mouche, prendre une cigarette, ou le saluer. Les yeux noirs et liquides de l'échassier, son long cou grêle, le geste comparable à celui de son père : les nombreux détails de cet instant suspendu s'étaient gravés dans l'esprit de Jérôme. Et maintenant qu'il relate la disparition de son père à Cindy, seize ans, les similitudes lui paraissent plus troublantes encore.

La voiture s'est emplie de buée. On ne voit plus rien à l'extérieur. Ni les arbres emperlés de gouttes de pluie, ni le chemin mouillé sur lequel ils stationnent, ni la voie principale derrière, où grondent les véhicules trop pressés pour s'arrêter à la vieille supérette. Le garde champêtre sent le regard de l'adolescente peser sur lui. S'il tournait la tête, qu'y lirait-il ? De l'ennui, de la fascination, de la frayeur ? Il continue à parler. « Quand il a arrêté de respirer, j'ai fermé les paupières. Du bout des doigts, j'ai exploré son front, son nez et sa bouche, pour essayer de ne pas oublier son visage. Mais je savais que tôt ou tard, ses traits s'effaceraient. Tout s'oublie, tu comprends ? » La jeune fille ne répond pas. Il continue. « Ce que tu vis, ce que tu es, t'appartiendra toujours. Tu peux partir dans un autre pays comme je l'ai fait, ou t'absorber dans mille distractions, peu importe, l'ombre qui te suit sera toujours la tienne. Tu estimeras sans doute qu'elle est ton ennemie, tu essayeras de détourner son attention, mais quand tu cesseras de la combattre, quand tu abandonneras la lutte… Pour accueillir la surprise, il faut quitter l'attente. Non pas cesser d'espérer, mais écouter ce qui est déjà là. Les choses les plus bouleversantes, les plus grandes, les plus merveilleuses, peuvent advenir lorsqu'on n'attend plus rien. » Un sourire involontaire se dessine sur ses lèvres. Il ajoute : « Il faut aussi un certain courage pour se laisser surprendre. L'étonnement réclame de l'espace, qui est aussi une certaine forme de renoncement. C'est durant cette période d'abandon, dans cet hôpital, que j'ai rencontré Clotilde. »

L'eau s'obstine sur le toit du véhicule. Les pneus des rares automobiles lancées sur la route principale font comme de violentes déchirures de papier en traversant les flaques. Jérôme ne regarde toujours pas l'adolescente, mais entend que sa respiration s'est calmée. Cadence régulière, souffle ample. Elle a trouvé dans ses paroles sinon une consolation, du moins une certaine forme de détachement. Il ignore combien de temps ce détachement se prolongera. Assez, peut-être, pour qu'elle trouve cette chose inattendue, grande et merveilleuse. Ou que cette chose la trouve.

Sa main droite quitte le volant, se pose sur la clef de contact. La voiture démarre.

« Vous me ramenez quand même ? s'étonne la jeune fille d'un ton inquiet. Vous ne pouvez pas me laisser rentrer à pied ? On peut… On peut garder cette histoire de vol pour nous, hein ? Je ne le referai plus, promis. »

Jérôme contemple enfin l'adolescente. Le mascara dilué a dessiné sur ses joues de longues empreintes. Elle a pleuré en silence.

Le garde champêtre soupire. « Je ne peux pas. Tu es sous ma responsabilité, Cindy. » Il embraye, passe la première.

L'adolescente panique soudain. Sa respiration s'emballe de nouveau, mais ce n'est plus de la colère, juste de l'affolement. Elle lâche tout à trac : « Si je vous donne une information importante sur le jour de la disparition d'Édith, vous me laissez partir ? »

54

Ses pieds s'enfoncent dans la terre meuble et grasse. Annabelle regarde par-dessus son épaule. Rangée sur le bas-côté de la départementale, sa deux-chevaux rouge est une tache de sang qui disparaît dans les feuillages. La végétation du jardin arrive à mi-cuisse. Elle écarte les brins d'herbe gris avec les mains. Les bottes et le pantalon de velours côtelé la protègent des assauts des plantes les plus virulentes : barbelés ronceux, crampons du lierre, vrille du pois... Comment Alain peut-il vivre dans un fouillis pareil ? Comment, d'ailleurs, peut-il même sortir de chez lui ? s'interroge-t-elle. Elle approche de la maison, bicoque lamentable aux murs noircis d'humidité. À quoi d'autre pourrait-on s'attendre ?

Annabelle continue de progresser. Les herbes montent, s'accrochent, la retiennent, si bien que la vieille institutrice redoute l'immobilisation, que suivront la submersion et le débordement. L'invasion végétale se poursuivra en direction des voies respiratoires, narines, bouche, trachée, poumons... Elle se force à respirer calmement pour ne pas laisser prise à l'angoisse. À tout moment, elle redoute de voir surgir Alain dans les fourrés, les yeux rougis, les cheveux en bataille... Comment justifier sa présence ? D'accord, elle a sonné, et alors ? Va-t-elle lui parler sans détour du dessin macabre qu'elle a rapporté de l'école : celui qu'il avait fait lorsqu'il était enfant ? Va-t-elle mentionner l'étrange personnage en arrière-plan, sa posture et surtout son visage, semblable à celui d'un personnage de film d'animation qui n'existera que trente ans plus tard ? Évoquera-t-elle la photo de classe ? Elle imagine déjà la réponse d'Alain, sur le ton de l'évidence : *C'est pour les chats crevés que vous me demandez ça ? Ceux qu'on a retrouvés au lavoir ?* Ou alors il tournera les talons sans répliquer. À moins qu'il ne lui crie dessus, qu'il ne l'insulte et ne menace de porter plainte pour violation de domicile. Comment savoir avec un individu pareil ? Quand il était en classe, ce n'était pas un mauvais garçon, non, mais les bouleversements qu'il a connus ont entraîné une chute si radicale… Sa femme et ses enfants, disparus dans un groupe de fanatiques religieux, le chômage, la boisson… Son destin était peut-être scellé dans chaque coup de ceinture qu'il recevait enfant, ou alors sa vie n'est qu'un regrettable concours de circonstances, une suite de hasards malheureux à laquelle il n'a pu se soustraire ? Elle se dirige vers une fenêtre. L'ouverture laisse passer une lumière faible et intermittente, telle la lueur d'un poste de télévision. Elle n'a pas le courage d'y jeter un œil et reste immobile, comme pétrifiée au milieu du jardin. Il faudrait au moins qu'elle avance jusqu'à la façade de la maison, mais si on la surprend, elle ne pourra plus invoquer le malentendu. La tentation est cependant trop forte. Elle s'approche. À présent, elle distingue un son. Un commentaire monocorde plus exactement. La voix masculine, parfaitement modulée, ressemble à celle d'un présentateur de documentaires.

« … l'extrême discrétion du pique-prune fait qu'il

passe le plus souvent inaperçu, ce qui explique la rareté attribuée à l'espèce... »

Oui, c'est bien ça, un documentaire. Un documentaire animalier que diffuse une petite télévision en noir et blanc. Sans même s'en rendre compte, Annabelle a encadré son visage dans la lucarne. Elle distingue une pièce dépourvue d'ameublement et peu éclairée, si ce n'est par un petit écran directement posé par terre. Aucun spectateur. La télévision fonctionne dans le vide. L'image est mauvaise. Entre deux parasites, les frames impriment sur le tube cathodique un gros plan de scarabée immobile, peut-être naturalisé.

Le commentaire se poursuit, audible malgré les grésillements du récepteur : « ... le thorax de la femelle présente des punctuations fortes et denses, avec un sillon médian peu marqué, alors que le mâle accuse une coloration plus éparse et un sillon médian très prononcé, reconnaissable à ses bords relevés... »

Annabelle tente de déceler les indices d'une présence. Dans son esprit, si la télévision est allumée, c'est qu'il y a quelqu'un. Elle préférerait maintenant que la maison soit occupée, et non plus uniquement habitée par un téléviseur fantomatique, diffusant à grand-peine une émission consacrée aux coléoptères. Dans le fond de la pièce, une porte restée ouverte suggère l'existence d'un couloir, mais la vieille dame ignore où il mène. Elle arriverait peut-être à avoir une idée plus précise en faisant le tour du bâtiment ? À présent que ses yeux se sont habitués à la pénombre intérieure, elle aperçoit un détail qui lui avait jusqu'alors échappé : un paquet de céréales et deux bols posés par terre, à un ou deux mètres du poste. Annabelle plisse les yeux. Il lui semble bien, dans les moments où la lumière de la télévision devient plus vive, que les récipients fument et qu'un célèbre personnage d'animation en orne les flancs. Ce personnage-là, elle le connaît. Tout le monde le connaît. Annibal le furet. Deux bols, à l'effigie d'une star de l'animation ? Alain vit seul, il n'a pas la réputation d'être sociable, et paraît un peu vieux pour boire dans un bol d'enfant. En tout cas, la maison est forcément occupée et ceux qui étaient là n'ont quitté la pièce que très récemment. *À cause de moi ?* se questionne Annabelle.

Un bruit d'herbe froissée attire son attention. Elle se retourne brusquement. Ses yeux accoutumés à l'obscurité mettent un bref instant à s'adapter. L'éblouissement lui rappelle pendant une fraction de seconde la façon dont la bague de Nathalie avait capturé l'éclat du soleil en bord de rivière. *Depuis que tu es morte, tu me manques tous les jours.*

« Vous cherchez quelque chose ? » interroge la silhouette.

Un fin entrelacs de rides se cristallise sur le visage d'Annabelle, un sourire crispé allonge ses lèvres. Elle met la main en visière, sans comprendre au juste si elle se protège d'une clarté trop soudaine ou de coups éventuels. Mais les traits du nouveau venu deviennent plus nets, l'allure plus familière. Le soulagement succède à l'appréhension. « Ah, c'est toi. Tu m'as fait peur. Alain n'est pas là ? »

La silhouette avance.

Nathalie ? Bonjour, tu te souviens de moi ? Annabelle. Si tu savais comme le chemin a été long pour te retrouver.

Donne-moi ta main.

Et ne me lâche plus.

55

Jérôme essuie la transpiration sur ses bras, s'évente avec le débardeur trop large qu'il utilise pour ses séances de musculation. Il meurt de chaud alors que le thermomètre affiche trois degrés dans la cave aménagée. Il faut dire qu'il a accompli des séries plus longues que d'habitude, avec des temps de repos réduits. Il en avait besoin.

D'une façon générale, tous ces mouvements, le moindre des pas qu'il effectue, représentent une sorte d'hommage à Clotilde. Les heures d'entraînement, les kilomètres parcourus sur l'asphalte ou la terre battue autour de Lensil ne sont pas tant des exercices destinés à modeler le physique que des rituels visant à éprouver la pesanteur. Qu'il coure ou qu'il soulève des poids, l'inexorable attraction du globe est quelque chose qu'il faut vaincre en l'honneur de son épouse. Les incapacités de Clotilde, il doit les compenser en redoublant de gratitude ou de sévérité vis-à-vis de son propre corps. Il n'ignore pas que certains sportifs recherchent dans l'entraînement une forme d'épure. Se délester du superflu revient à s'approcher d'une forme de dévotion ou à faire l'expérience de l'éternité. Au sein d'une pratique quotidienne, on peut panser les blessures du cœur, trouver dans l'épuisement des muscles celui des jalousies et des rancœurs.

On peut également sculpter sa silhouette par colère ou par attrait du vide.

Pas lui.

Ses bras, son dos, ses pectoraux qui arrachent la fonte aux puissances gravifiques, c'est Clotilde.

La contraction de ses jambes, les impacts qui

remontent des chevilles jusqu'aux hanches quand il allonge la foulée, c'est encore Clotilde.

La petite Dutreuil, qu'il est allé chercher ce matin dans l'arrière-salle du supermarché pour une bouteille de parfum en promotion, il l'a laissée rentrer chez elle à pied. Il l'a regardée longtemps s'éloigner à travers le pare-brise dont il avait ôté la buée, frêle corvidé noir qui devenait moineau au bout du chemin détrempé.

Il lui avait proposé de ne pas la raccompagner au salon en échange de l'information qu'elle détenait sur le jour de la disparition d'Édith. Une promesse est une promesse. Et selon lui, il n'a pas perdu au change.

Il pose la serviette humide sur le râtelier et s'approche de sa table de travail. Les mains sur les hanches, il contemple les fiches rangées par ordre alphabétique, les schémas, les frises superposées, les tableaux comparatifs tracés dans la clandestinité de son atelier souterrain. Il a, comme on dit, « travaillé les environnements professionnel, amical et familial » de la petite victime. Bien entendu, les enquêteurs officiels n'ont pas été avisés de sa démarche. De toute façon, ils l'auraient envoyé promener ou lui auraient ordonné de laisser travailler les professionnels. Alors il a opéré en secret, selon ses propres renseignements, sa connaissance des habitants et du terrain.

Dans le coin en haut à droite du panneau mural, il a punaisé une liste de trente patronymes portant la mention « alibi ». Il prend un marqueur rouge posé sur la table, se hausse sur la pointe des pieds, et raye avec application le nom du petit ami de Cindy : Jean Trinquiet.

QUATRIÈME PARTIE

« Le docile et l'intime, voilà les préoccupations de la ville de demain. Sous l'apparence d'une réalité indépassable, elle érige les désirs de l'individu-roi au rang de ceux que l'on accorde aujourd'hui à l'enfant-roi. On se repose moins sur les dispositifs d'objets que sur les personnes, et l'usage que ces personnes font de ces objets. On crée finalement une économie de la diversion, qui comble dans un double mouvement et l'injonction constante de la nouveauté, et la nécessité d'un environnement stable. En créant une grammaire évolutive et commune à tous, la nouvelle ergonomie exalte ses vertus hypnotiques. »

SIDNEY TAYLOR LAWNEY,
Le cœur de nos villes, p. 102.

56

Michael Jessenberg, cinquante-quatre ans, vice-président de Lawney Industry, a la réputation d'un homme affable et diplomate. Sa petite taille conjuguée à la rondeur de ses traits, ses lunettes à double foyer semblent s'accorder pour lui conférer une aura bienveillante, que bien des ennemis ont prise à leurs dépens pour de la faiblesse. Michael est aujourd'hui vice-président de LIM, c'est-à-dire bras droit du Grand Manitou en personne : Frank Forelong. Certains attribuent l'obtention de ce poste à l'amitié qui lie les deux hommes, mais Forelong n'aurait jamais confié la vice-présidence à une mauviette ou un naïf.

Observez Michael dans sa maison aux grandes vitres coulissantes, sur les hauteurs de la ville toxique. Observez-le dans son bureau, entouré d'étagères en bois de cerisier chargées de livres. Notez la machine à écrire, la feuille dans le rouleau et le manuscrit d'*Empire des chimères II* posé à côté de lui. Que fait-il ? S'attelle-t-il à peaufiner la dernière version du mythique jeu de rôle dont on lui a confié la réalisation ? Profite-t-il de son temps libre – ainsi qu'il l'a assuré à son ami

Forelong et à son épouse, Helen – pour remanier le script d'*Empire* selon les exigences du panel de joueurs tests ? Non, car ce panel auquel il prétend avoir soumis la nouvelle version n'a jamais été consulté. Aucun bêta joueur n'a lu une ligne de la mise à jour.

Regardez-le se faufiler par la porte de derrière et contourner la maison pour accéder à son garage par l'extérieur. Il pourrait y aller sans sortir de chez lui, mais devrait pour cela passer devant Helen, l'embrasser et lui avouer qu'il ne compte pas travailler aujourd'hui. Enfin, pas vraiment.

Il possède un Nagra IV depuis l'année dernière : depuis, en fait, qu'il a cessé d'écrire pour les studios afin de se consacrer à LIM et surtout à *Empire II*. Il lui arrive parfois de songer au fait qu'il n'a pas tant trouvé le texte que l'inverse. C'est *Empire II* qui a appelé son auteur à lui et non Michael qui a accepté de travailler dessus. Le récit et les événements qu'il narre existaient avant lui et lui survivront. Il n'est qu'un passeur, un filtre, et ce rôle lui convient à la perfection. S'il réfléchit bien, le jeu interactif est la seule raison pour laquelle il a accepté de travailler avec Forelong. Au début, il avait craint de tomber de Charybde en Scylla : après tout LIM appartenait à l'industrie du divertissement au même titre que la Paramount et Universal, ses anciens employeurs. Les techniques utilisées pour faire fructifier les investissements étaient d'ailleurs similaires. Il s'agissait d'amener le spectateur lambda à débourser une certaine somme en échange d'une promesse : celle de ne plus être lui-même, de ne plus s'appartenir pendant un temps donné. Cette promesse, on la tenait en activant des stimuli bien précis, en suivant un mode d'emploi qui n'avait guère varié depuis Saussure. Quand on maîtrisait suffisamment la formule, ce qui était le cas de Michael, bâtir des récits revenait à diffuser des micro-impulsions dans les muscles d'un batracien mort sur une paillasse de laboratoire. Voilà en tout cas l'idée qu'il se faisait jusqu'ici du processus créatif.

Le Nagra IV vient directement de Suisse. Il a entendu dire que le FBI possède le même modèle pour enregistrer les dépositions des suspects. L'appareil devait l'aider à conceptualiser les idées plus vite en s'enregistrant, puis en retranscrivant ses paroles à la machine à écrire. En réalité, il a passé plus de temps à archiver le bruit des touches sur le clavier qu'à parler. Ce qui fait qu'aujourd'hui, il possède un nombre considérable de bandes qu'il peut diffuser à loisir par l'intermédiaire des baffles installés dans son bureau, et qui simulent à la perfection une séance de travail plus ou moins intense. Pour davantage de réalisme, il a élaboré des dizaines de sessions différentes. Du staccato ininterrompu au martèlement parcimonieux d'une scène délicate, en passant par les rafales entrecoupées de longs mutismes songeurs. Grâce à ce large éventail de possibilités, il peut à sa guise raconter sa journée de travail lorsqu'il dîne avec son épouse devant le poste de télévision. Les nuances sont multiples, les variations assez subtiles pour ne pas donner l'impression de se répéter. « Dure journée, chérie, j'ai dû reprendre toute la première partie. » « Je suis crevé, mais je crois que le résultat en vaut la chandelle. » « Je n'ai pas écrit aussi bien depuis des lustres, c'est venu tout seul. » Tels sont les commentaires dont il gratifie sa femme au sortir d'une de ces longues méditations favorables à l'oisiveté, à l'errance et à l'amertume. Depuis que Forelong a émis des réserves sur son travail, c'est le blocage. *Empire II*, dont la rédaction s'accomplissait avec une aisance déconcertante, est devenu une sorte d'obstacle infranchissable. L'angoisse de la feuille blanche, qu'il croyait disparue, a ressurgi avec une violence inattendue. Helen n'accorde plus depuis longtemps qu'une attention distraite à sa productivité. En revanche, elle fait grand cas de l'argent qui doit rentrer dans les caisses et dont la quantité doit être, à ses yeux, proportionnelle au talent qu'il a accepté de sacrifier quand il a choisi d'écrire des scenarii plutôt que des romans. Ils fêteront leurs vingt-cinq ans de mariage l'année prochaine. Michael se souvient parfaitement de leur rencontre sur les bancs de l'université : elle avait dix-neuf ans et lui vingt-quatre. Il avait déjà publié deux romans, dont l'un était traduit en douze langues. Dans le milieu du *fandom*, certains commençaient à le surnommer le *gourou de la S-F*, d'autres le qualifiaient de petit con réac. Il faut dire que ses livres étaient aux antipodes de ce qui se faisait à l'époque en matière de littérature de l'imaginaire. La science-fiction vivait encore sur les reliquats de l'âge d'or et, là où la plupart de ses confrères s'inquiétaient des ravages de la bombe et préfiguraient, par leurs écrits humanistes, le *flower power* de sinistre mémoire, Michael affichait un goût prononcé pour les romans bellicistes, les épopées patriotiques à peine dissimulées sous le vernis de luttes intergalactiques, ainsi que les pamphlets anticommunistes aisément reconnaissables sous l'aspect d'invasions extraterrestres. Ses penchants pour les réalités alternatives lui avaient également permis de s'attacher les faveurs d'un lectorat plus progressiste. Son nom avait même circulé jusque dans la presse généraliste. Sa réputation était-elle usurpée ? Était-il surestimé ? Il était le premier à le concéder, mais d'autres bien pires que lui accédaient à une gloire démente. C'était précisément cette réputation, exagérée ou non, qui lui avait valu d'animer un atelier de *creative writing* à Berkeley, peu réputée pour abriter des sympathies républicaines. Avec un enthousiasme modéré, il proposait à un parterre d'étudiants sans imagination d'effectuer des exercices de base. Le *keep your engine running* de Malt Olbren, le *bird in the landscape* de John Gardner, le *no easy going* de Raymond Carver… Helen n'était pas plus perspicace que ses camarades, mais elle avait eu le courage de l'aborder en fin de cours. De toute évidence, la jeune femme avait été subjuguée par son talent d'orateur et sa pédagogie. Surtout, elle avait lu ses deux livres, dont l'ambition ne faisait pas de doute. La dimension poétique, l'aspect éminemment littéraire de sa prose hissaient *Chroniques vénusiennes* et *La femme illustrée* largement au-dessus de la mêlée des romans de gare qui envahissaient les kiosques. Il l'avait invitée à dîner. Quelques citations de Rimbaud et de Flaubert, bafouillées dans un français que le vin rendait encore plus approximatif, achevèrent de convaincre l'aspirante romancière qu'elle avait affaire sinon à l'homme de sa vie, du moins à celui qui lui offrirait le prestige de réceptions mondaines en compagnie de fins lettrés. À coup sûr, leurs enfants seraient nantis d'une vivacité d'esprit dont elle avait la lucidité de s'estimer privée. Elle avait donc cessé d'écrire et épousé l'écrivain. En 1963, le troisième roman était paru, *L'ardente salamandre*. Son plus grand succès et l'instrument de sa chute. L'espace d'un instant, le champ des possibles s'était déployé devant lui – la radio, la télé, les livres par wagons entiers, les superlatifs et les prix – puis tout s'était refermé. Un producteur l'avait appelé et il avait accepté de travailler pour l'industrie du cinéma. Par facilité, par appât du gain. Par peur. La collaboration ponctuelle s'était prolongée. Il était tombé dans un gouffre. Un tunnel qui ne méritait pas le nom de purgatoire. Helen avait commencé à se désintéresser de son travail. Elle qui, auparavant, se faisait un plaisir de lire ses premiers jets, de corriger ses épreuves, voire d'effectuer des recherches, ainsi qu'elle s'y était appliquée pour la *Salamandre*, avait arrêté de commenter sa production, de mobiliser mille trésors d'ingéniosité pour résoudre les impasses narratives auxquelles il se heurtait… Elle avait également cessé de lui demander un enfant pour se préoccuper, presque exclusivement, de l'argent qu'il gagnait, des contrats qu'il signait, et des pourcentages qu'il touchait. En 1973, il avait fait un bref retour sur la scène littéraire, à l'occasion d'une réédition intégrale de *L'ardente salamandre*. Il avait suffi d'un discours halluciné, prononcé dans un état d'ébriété déraisonnable lors d'une convention, pour que s'achève sa légende. Il était aussitôt retourné à ses scenarii et ses continuités dialoguées.

Michael s'installe au volant de son Oldsmobile Cutlass. Dans le garage, tout est noir. Combien de temps cette mascarade peut-elle durer ? Il n'en a aucune idée. Quand il s'enferme dans son bureau et enclenche la lecture du Nagra, son épouse est rassurée d'entendre le bruit de la machine à écrire. Elle ne le dérange pas. Ce matin, il a mis une bande de trois heures, ce qui lui laisse un délai raisonnable pour se rendre au Metropolitan Mental Hospital, et revenir chez lui sans que nul ne s'aperçoive de son escapade. Personne ne l'imaginera capable de s'adonner à un subterfuge pareil. Frank le croit en train de retoucher *Empire* et Helen confirmera si besoin qu'il a passé toute la matinée à travailler dans son bureau. Dans un premier temps, la rédaction d'*Empire* s'est déroulée sans accroc. Elle a coulé de source, pour ainsi dire. Les mots n'étaient pas venus aussi facilement depuis belle lurette. Il avait laissé les événements extérieurs guider le récit, la trame évoluer, bercée par le cours des choses. Curieux effet de réciprocité : certaines anecdotes fictives d'*Empire II* semblaient trouver un écho dans la réalité. Michael accordait peu de crédit aux manifestations surnaturelles, sauf quand il était soûl, mais les coïncidences l'avaient troublé. Il lui paraissait difficile de rester dans cet entre-deux qui demeurait avant tout limité et surtout temporaire.

Depuis la dernière mise à jour sanctionnée par les réticences de Forelong, depuis qu'il avait menti en affirmant pouvoir résoudre les problèmes minimes du script, simple formalité pour se plier aux recommandations imaginaires du comité consultatif, le démon de la panne remontait à la surface. Il n'avait pas le choix : s'il voulait redresser la barre, il devait franchir une étape supplémentaire. La réalité avait ses frontières, la fiction également. Il fallait alors dépasser le concevable et se résoudre à des options qu'il n'avait jamais envisagées auparavant.

Lorsque le succès de la nouvelle version serait au rendez-vous, ce dont il ne doutait pas une seconde, aucune instance ne lui en voudrait d'avoir légèrement outrepassé les règles bureaucratiques de LIM.

Une seule personne pouvait débloquer la situation, l'aider à surmonter le cap. Et il savait précisément où la trouver.

Il actionne la télécommande et le volet coulissant du garage s'ouvre avec un léger bourdonnement. Une lumière violente, comme seule la côte ouest sait en produire, se déverse dans le local, inonde le capot de l'Oldsmobile. Jessenberg a déjà la main sur la clef de contact quand il note une tache sur le pare-brise. Une tache, ou plutôt une éclaboussure jusqu'alors masquée par la pénombre, mais que la clarté soudaine met en évidence. Il plisse les yeux, tend le doigt. Contours légèrement granuleux, texture molle. La couleur oscille entre l'ocre, le noir et le blanc. Il approche son visage de la souillure, une question avortée au bord des lèvres. « Qu'est-ce que… » Enrobés dans un cocon de filaments blanchâtres, ce sont des fragments de chitine incrustés dans des sanies. On distingue ici un élytre froissé, là une patte annelée. Un scarabée. Un scarabée écrasé, autour duquel s'est développée une moisissure étrange. Michael jette un regard suspicieux autour de lui. Il est presque certain qu'il s'agit de l'insecte qu'il a vu hier quand Helen et lui sont rentrés du centre commercial, le coffre chargé de cadeaux de Noël. Il avait complètement oublié son existence, inhabituelle en cette saison, et il est certain que ni lui ni Helen n'ont tenté de l'exterminer pendant le trajet retour. Si personne ne l'a écrasé, que fait-il là, réduit à l'état de bouillie sur son pare-brise ? Et comment les hyphes arachnéennes ont-elles pu se développer à une telle vitesse dans l'habitacle ?

Il gratte la protubérance du bout de l'ongle. La surface molle s'effrite. Par un singulier jeu de l'esprit, il trouve que l'aspect filandreux du champignon correspond à ce qu'il a imaginé pour *Empire II* ; une version plus féroce des parasites de Long Beach, dont il a vu plusieurs photos prises par les experts. La réalité qui rejoint la fiction qui, à son tour, rejoint une autre réalité. Pour un peu, songe-t-il avec un frisson, il se croirait dans un de ses premiers livres. Il joue un bref instant avec l'idée saugrenue d'une invasion de champignons socialistes, puis porte le doigt à ses narines. La moisissure dégage une légère odeur de levure. Pas désagréable mais définitivement impropre à la consommation. Quelqu'un s'est-il introduit dans son véhicule pour tuer le coléoptère ? Quelle pensée stupide ! Qui serait assez malade, assez pervers pour accomplir un tel geste ? Il est le seul à posséder les clefs de l'Oldsmobile. Il secoue la tête. *Empire II* lui tape sur le système.

57

Le Metropolitan Mental Hospital a été construit au début du XXe siècle pour désengorger l'asile Patton, chroniquement surpeuplé.

Profitant d'une dévaluation des terrains sur les hauteurs de la ville, la municipalité avait acquis pour cent cinquante hectares de terrain dont l'emplacement, idéal, était selon les édiles de l'époque censé donner de « l'air frais » aux futurs résidents. L'essor du pétrole avait progressivement modifié le paysage urbain. Dans les années 20, les patients du MMH s'étaient retrouvés entourés de derricks. Au lieu du calme et de la saine atmosphère qu'on leur avait promis, ils durent composer avec la puanteur des hydrocarbures et le martèlement incessant de l'acier sur la roche. Puis advinrent la crise de 1929, la Seconde Guerre, et le boom immobilier encouragé par le programme de construction de 1947. Les pavillons coquets sortirent de terre, les quartiers résidentiels remplacèrent pour de bon les tours de forage, et les jardins du MMH, aménagés afin de correspondre aux nouveaux standards, eurent tôt fait de convertir l'institution en campus d'apparence inoffensive. Un bureau d'accueil prit la place des anciennes grilles en fer forgé, un enduit crème sur les façades succéda aux austères briques ocre, trop agressives pour le regard. L'apparition des antipsychotiques tels que la Thorazine ou le lithium dans les années 50 acheva de transformer le MMH en lieu de transit, sinon de villégiature, pour des malades plus ou moins aisés, plus ou moins atteints. On abandonna progressivement les vieilles pratiques barbares – camisole, stérilisation forcée, hydrothérapie de choc, électrothérapie – au profit de la sédation et de la narcose.

Aujourd'hui, le bâtiment principal – celui qui se présente aux visiteurs lorsqu'ils franchissent, pour le pire ou le meilleur, la barrière gardée par un vigile débonnaire – se compose de trois zones. À droite, un musée à la réputation plutôt confidentielle, où l'on peut contempler pour une bouchée de pain d'antiques xylographes conçus afin de graver les plaques d'identification aux portes, des registres rotatifs chargés de noms oubliés de tous, de vieux traités médicaux, ainsi que divers équipements d'un autre âge : des machines à emboutir les flacons pharmaceutiques, des baignoires d'hydrothérapie, des générateurs destinés à prodiguer des chocs électriques et même des trépans utilisés pour percer les boîtes crâniennes.

La majorité de la clientèle est constituée d'habitants du quartier ou de malades en provenance d'autres établissements psychiatriques.

À gauche, les logements de fonction réservés au personnel encadrant et aux internes.

Au centre, le hall d'accueil, ou bureau d'admission, quoique ce dernier terme soit officiellement déconseillé en raison de sa portée anxiogène.

Michael avance vers la secrétaire d'un pas mal assuré. Il déteste les hôpitaux psychiatriques, et spécialement le MMH, où les patients semblent trop normaux, trop paisibles pour qu'on ne les confonde pas avec les soignants. Et puis il craint toujours qu'on lui interdise de rentrer chez lui, de repartir vers la folie de l'extérieur.

« Bonjour, je viens voir M. Anderson. Lars Anderson.

— C'est un patient ? » demande l'employée avec un grand sourire.

Michael ne l'a encore jamais vue. Sans doute une nouvelle. L'ambiguïté de sa question lui fait dresser les cheveux sur la tête. Il s'applique du mieux qu'il peut à dissimuler son malaise. « Oui.

— Quel pavillon ? »

Le malaise de Michael augmente d'un cran. « Le C. »

Une fois que l'on entre dans l'enceinte proprement dite du bâtiment, on traverse un grand parc arboré où les résidents des pavillons A et B, habillés en civil pour la plupart, circulent librement. Ils paraissent si calmes, si raisonnables que c'en est terrifiant.

Le pavillon C, lui, demeure fermé. Y séjournent – parfois de manière définitive – les malades les plus dangereux, ceux qui ont commis des crimes mais que l'on juge irresponsables, ceux qui constituent une menace pour les autres ou pour eux-mêmes si on les laisse déambuler à leur guise. Un morceau de terrain clôturé jouxte ce pavillon : le cimetière des indigents.

La secrétaire actionne un commutateur de son standard manuel et porte le combiné à son oreille. « Un visiteur pour M. Anderson. Prénom : Lars. Pavillon C.

— Il sait que je dois passer, précise Michael. Je suis déjà venu. »

La jeune femme dresse un doigt pour l'interrompre, écoute la voix au bout du fil.

Elle lève les yeux vers lui : « Vous vous appelez ?

— Michael Jessenberg. Je suis…

— Vous pouvez y aller, le coupe-t-elle. Au fond du parc. Le bouton rouge sur l'interphone.

— Je sais, je suis déjà…

— L'interphone. Le bouton rouge », persiste-t-elle comme si elle ne l'avait pas entendu. Ou comme s'il tenait des propos incohérents, peu dignes d'attention.

Il s'éloigne en silence, les gestes raides ainsi que ceux d'un automate détraqué.

Lars le regarde approcher avec le faible sourire que l'on accorde en général aux membres de la famille réticents, qui consentent enfin à rejoindre le clan. Il semble fatigué, ou apaisé, c'est selon. Jessenberg se penche, lui donne l'accolade. « Comment vas-tu ? »

Le malade ne répond pas. Il lui tapote mollement le dos puis le laisse s'asseoir.

Michael contemple son vis-à-vis. Lars Anderson, l'un des deux concepteurs originaux d'*Empire des chimères.* L'autre, Mike Ellis, est mort. Lars Anderson l'a tué d'une balle dans le cœur avant de s'enfuir, muni de la dernière version d'*Empire*. Les forces de l'ordre l'ont arrêté quinze jours plus tard, chez l'un de ses amis artiste, au terme d'une chasse à l'homme rigoureuse autant qu'intensive. Personne n'a jamais retrouvé la version manquante d'*Empire*, ni su pourquoi Lars s'était enfui avec.

Anderson n'a pas été jugé pour le crime qu'il a commis. Trois expertises l'ont déclaré irresponsable et Lawney Industry a versé un dédommagement substantiel à la famille d'Ellis pour clore l'affaire.

Sitôt la transaction effectuée et les contrats de confidentialité signés, Lars a été interné au Metropolitan Mental Hospital. Le cocréateur d'*Empire* ne salirait pas la réputation de Lawney Industry par son coup de folie. Et derrière les barreaux du pavillon C, il ne s'échapperait pas, sauf à transiter par la morgue.

« Tu as trouvé ce que je t'ai réclamé ? s'enquiert l'ancien concepteur.

— La documentation sur les fourmis qu'on surnomme "balles de fusil" ?

— Les *paraponera*, oui. »

Michael extirpe une liasse de sa serviette, qu'il pose sur la table. Lars Anderson réalisait des films animaliers avant de travailler pour LIM. Ce goût pour les œuvres de la nature lui vient sans doute de cette formation initiale, songe Michael. « Tout y est. Enfin, j'espère. J'ai fait de mon mieux. »

Lars s'empare du dossier, le feuillette avec fébrilité. Ses yeux bleus, très mobiles, papillotent de ligne en ligne sans jamais se poser nulle part. Il se mord la lèvre inférieure, que de nombreuses mastications ont déjà amochée, tourne les pages, revient en arrière. « L'*ophiocordyceps*, c'est ça. Voilà ce que je cherchais.

— Le champignon de la fourmi zombie ? Celui qui prend le contrôle des insectes pour se propager ?

— Tout à fait, confirme Anderson sans quitter le texte des yeux. Les spores pénètrent la cuticule en produisant un enzyme. Ensuite, le champignon se développe et neutralise l'esprit de l'hôte. L'insecte infecté grimpe contre sa volonté en haut d'un arbre ou d'une plante, il y plante ses mandibules et meurt.

— J'ai vu l'excroissance qui pousse de l'arrière de

sa tête. La longue tige blanchâtre. Je la trouve répugnante.

— C'est de ce pédoncule que tombent les nouvelles spores. Elles se déposent sur d'autres fourmis et le cycle recommence. Mais tu sais le plus beau ?

— Pas encore. J'imagine que tu vas m'éclairer.

— Les *ophiocordyceps* sont eux-mêmes victimes d'un autre champignon qui les stérilise. Si bien qu'à peine 6,5 % des spores restent viables. Des parasites qui s'attaquent à d'autres parasites, c'est un peu ce que nous faisons, non ?

— Qu'est-ce que tu comptes faire de ces informations, Lars ?

— Les intégrer au texte, quoi d'autre ? »

Michael se cale dans son siège, fait mine de réfléchir alors qu'il a préparé ses arguments bien avant de se rendre au Metropolitan Mental Hospital. « Il… Je crois qu'on devrait arrêter avec ces histoires de champignon, de métamorphose, de pourriture.

— Pourquoi ?

— Eh bien, tu es au courant que des parasites fongoïdes ont paralysé une partie des attractions du parc de Long Beach…

— La zone française de "villages d'antan", je sais. Tu me l'as raconté la dernière fois qu'on s'est vus.

— Eh bien, depuis cette histoire, Frank Forelong est à cran. À la dernière lecture, il m'a fait comprendre qu'il n'était plus question d'établir des similitudes entre la nouvelle version d'*Empire des chimères* et ce qui se passe à Long Beach. Ni d'établir un quelconque rapport avec des éléments liés de près ou de loin à LIM.

— On ne peut pas empêcher les interactions entre

Empire et la réalité de se produire. L'invasion est inéluctable. »

Michael arque un sourcil. « Comment ça ?

— C'est déjà écrit.

— Le truc des fourmis ? Je viens juste de t'amener la documentation. »

Lars pose l'index sur sa tempe. « Ça figure là, dans ma tête. »

Jessenberg réprime un soupir. Quand l'ancien concepteur tient ce genre de discours, il comprend parfaitement pourquoi on l'a interné.

« Tout y est, poursuit le développeur. Toi aussi, tu as ta place à l'intérieur de mon crâne. Tu connais Berkeley ? »

Un instant désarçonné, Michael songe à ses études littéraires, puis aux ateliers d'écriture qu'il a animés. Il répond avec un temps de retard. « L'université ? Évidemment, j'y ai même…

— Non, coupe Lars. George Berkeley, l'évêque anglican du XVIIIe.

— Je ne vois pas le rapport avec notre conversation.

— Il croyait à la conscience omnipotente. Selon lui, l'extériorité fluctuait indépendamment de notre volonté et de nos actes. L'avenir s'écoulait comme l'écho d'un passé loin devant.

— Excuse-moi, mais j'ai du mal à te suivre.

— Le temps n'a pas d'espace et l'espace n'a pas de temps. Nous pouvons être aujourd'hui et hier, ici et là-bas en même temps.

— Où, là-bas ?

— Dans *Empire des chimères*, au cœur des Épouvantables Terres. Autrement dit, dans mon cerveau. »

Le vice-président décide de couper court à cette discussion, qui l'entraîne sur un terrain qu'il ne veut absolument pas fréquenter. « Oublie les recommandations de Frank, je me débrouillerai avec lui. Tu as la suite du texte ? »

Lars se tapote le ventre. « Ici, dans la chaleur de mes entrailles. »

Jessenberg préfère ne plus relever les élucubrations du rédacteur. Pourvu que cet abruti ne perde pas complètement les pédales avant la fin de l'ultime version. Le vice-président adresse un sourire mielleux à Lars. Affable et diplomate, Michael, comme toujours. « Si tu veux bien me la confier, mon ami, je serai content de la lire. »

L'autre soulève son tee-shirt. Un tas de papiers est plaqué contre son abdomen, entre son bas-ventre et l'élastique de son pantalon de jogging. « Voilà, voilà », dit-il en prenant les feuilles manuscrites.

Michael saisit la liasse du bout des doigts. « Merci.

— De rien, grimace Anderson. Tu vas voir, la suite d'*Empire II* va te plaire. »

Empire des chimères II

Julien et Rémi poursuivent leur route en direction des Épouvantables Terres, où ils espèrent retrouver leur ami Eddy. Lars Anderson et Mike Ellis, les deux vendeurs ambulants, ont bien voulu leur indiquer le chemin. D'ailleurs, Julien peut encore voir l'étrange duo sur l'accotement de la chaussée, qui les suit du regard tandis qu'ils s'éloignent. Lars, affublé de son masque de scarabée, lui adresse un signe de la main. Mike Ellis se tient à ses côtés, apathique, un trou écarlate dans la poitrine.

Rémi chuchote, même s'ils ne sont plus à portée de voix depuis longtemps : « Qu'est-ce que tu en penses ?

— Ils n'ont pas menti. On est dans la bonne direction.

— Tu as l'air bien sûr de toi.

— Lars est le concepteur, après tout.

— Il pourrait nous tendre un piège fatal. »

Julien sourit. « Alors le jeu s'arrêterait. »

Au bout d'un moment, ils parviennent à un grand panneau de bois, sur lequel une main incertaine a tracé un plan de la région. Les bâtiments ramassés de Simplicité et les circonvolutions compactes de la route qu'ils arpentent ressemblent aux replis sinueux du cerveau. Une flèche rouge, placée entre le lobule pariétal et le gyrus temporal, indique *Vous êtes ici*. Les ruelles de la vieille ville figurent un cervelet strié de veines grises. Derrière eux s'étend la masse nerveuse du lobe frontal, et à l'avant se déploie le lobe occipital, séparé du reste par une scissure de Rolando boursouflée.

Plusieurs chemins se déploient devant eux. Le premier conduit aux Marécages Flous. Un autre mène au Volcan de Jouvence, via l'allée des Friandises, et un troisième franchit la bordure de Planck, pour s'enfoncer dans les Contrées Blanches. Aucune mention des Épouvantables Terres. Les deux protagonistes restent interdits.

« On est marron, se désole Rémi. Je ne vois pas quelle tactique adopter. On retourne en arrière ?

— Non, décrète Julien. Un indice a dû nous échapper. Il faut juste savoir où chercher. » L'adolescent réfléchit, examine une nouvelle fois les possibilités qui s'offrent à eux : le retour en arrière, les Marécages, les

Contrées Blanches ou le Volcan. Soudain, une illumination : Lars Anderson, alias Scarabée, avait prononcé une phrase qui l'avait marqué, non seulement parce qu'elle possédait une tournure particulière, mais aussi parce qu'il l'avait déjà entendue en rêve dans la bouche de son frère Jean. *Le lapin a mille dents sucrées. Tous ses repas débutent par la jeunesse.* Cela ne peut pas être une coïncidence. Il examine le panneau. Si « mille dents sucrées » correspond à « l'allée des Friandises », alors « la jeunesse » se rapporte au « Volcan de Jouvence ». *Ça colle*, se dit Julien. « On prend l'allée des Friandises. Crois-moi, on est sur la bonne voie. »

Rémi accepte de se fier à son jugement. A-t-il le choix ? Les deux garçons repartent. Au bout d'une demi-heure, les premiers champignons apparaissent.

Il s'agit d'abord de chapeaux phalloïdes crénelés de blanc, qui prennent rapidement la forme de polypores invasifs. Les micromycètes pathogènes s'étendent sur la chaussée, prennent possession des anfractuosités de l'asphalte, prolifération de bulbes insalubres, d'œdèmes bouffis gorgés des larmes mycéliennes. La surface disponible à l'errance s'amoindrit tant qu'au bout d'un moment, Julien et Rémi sont contraints d'avancer en file indienne. *Voulez-vous continuer ?* Les deux adolescents n'ont pas besoin de se concerter. *Oui !*

Cent mètres plus loin, ils découvrent les chats morts.

« Mince, murmure Rémi.

— Ils appartiennent aux brigades d'assainissement, fait Julien. Regarde les brassards.

— Qui les as massacrés comme ça ?

— Je ne sais pas. Quelqu'un de puissant, sûrement. Ou de fou. »

Ils s'approchent du fossé où le charnier n'est

plus qu'éclats violacés, plaies envahies de lichen et entailles jaunâtres. Des floraisons lépreuses dévorent les carcasses barbares. Les félins à moitié décomposés excrètent une odeur repoussante. Vapeurs de lait tourné à la gorge. Julien suffoque, une main sur la bouche. Rémi a un mouvement de recul.

« Les champignons ont tout recouvert. Ne touche à rien.

— Ça ne risque pas, répond Julien.

— Regarde leur crâne. On dirait qu'un truc a poussé à l'intérieur.

— Des pédoncules. Comme si un parasite avait provoqué l'éclatement des sutures osseuses.

— Ou alors on les a défoncés à coups de pierres. Vise un peu les corps.

— Possible. »

Rémi regarde son camarade, les yeux agrandis par la terreur ou l'excitation. « Et maintenant, qu'est-ce qu'on fait ? »

58

Thomas regarde les deux joueurs d'un œil gourmand. Leur indécision semble énormément lui plaire. Ils sont dans la grande maison un peu délabrée de son paternel, où se tiennent en général les parties de jeu de rôle. Par la fenêtre du salon, on aperçoit le ciel de Lensil, chargé comme à l'accoutumée de nuages vindicatifs.

« Les développeurs de la version pirate ont ajouté une note : vous voulez que je vous la lise ? »

Julien et Rémi acquiescent.

« Je commence : *Les animaux sont susceptibles de*

former une seule communauté avec le genre humain et cet aspect se révèle particulièrement fructueux au sein des fictions modernes. Dans les textes à portée universelle, le monde animal agit d'une façon humaine…

— On le sait, intervient Rémi. Je suis un ours-garou, et Julien est un aigle borgne.

— Tais-toi William, plaisante le maître du jeu. Laisse-moi continuer, ça peut vous être utile pour la suite. Enfin moi, je dis ça, je ne dis rien. »

Rémi, alias William l'ours-garou, lui fait signe de poursuivre.

Thomas s'éclaircit la voix. « *Dans un temps de la fable qui n'a jamais perdu de son efficacité, les aigles borgnes, les ours-garous, les lapins fous, les corvidés blancs et les scarabées pique-prune endossent des rôles symboliques humains, en essayant d'établir une série de modèles et de contre-modèles comportementaux. Ils véhiculent un sens alternatif où l'environnement architectural et même l'imaginaire des terres inconnues répondent à des lois canoniques…*

— Tu fais référence à la route qui mène aux Épouvantables Terres ? interrompt une nouvelle fois Rémi.

— Je l'ignore, réplique Thomas, les yeux plissés. Ce n'est pas moi qui parle, c'est le concepteur. Mais n'oublie pas qu'Eddy a peut-être disparu sur ce chemin. Je reprends : *La création de ces figures d'autorité établit une trame de persuasion très avantageuse, car la voix des animaux correspond à une exigence profonde du psychisme : reconsidérer l'existence dans une dimension globale.* »

Rémi a une moue perplexe. « Quel charabia ! Tout cela ne nous dit pas quelle décision prendre.

— On continue, décrète soudain Julien. Eddy est au bout de cette route, j'en suis sûr. Il faut le retrouver. »

59

« Le soir de la disparition d'Édith, Cindy Dutreuil n'était pas avec son petit copain. »

Attablé face à son épouse, Jérôme vient de relater dans les grandes lignes la discussion qu'il a eue ce matin avec l'adolescente, à la sortie du supermarché.

Clotilde n'a pas l'air convaincu. « Ce n'est pas parce que la gamine n'était pas avec Jean qu'il...

— Il a menti.

— Tu sais comme moi qu'il existe mille raisons de cacher la vérité.

— Mais son alibi s'effondre.

— Tu le crois capable d'être mêlé à...

— Oui. Non. Enfin, je ne sais pas. L'aîné des Trinquiet est un gosse compliqué.

— Compliqué comment?

— Des rumeurs circulent à son sujet. Rien de tangible, mais on m'a parlé de violence sur les animaux, de dégradations... Il paraît qu'il a été renvoyé de son précédent lycée.

— Ça ne fait pas de lui un coupable.

— Coupable, non. Suspect, sans doute. »

La nuit a enveloppé Lensil dans une chlamyde viciée. Une bruine d'eau croupie s'est infiltrée dans les ruelles, louvoyant entre les bâtiments de vieilles pierres. L'unique lumière qui éclaire le domicile des Bertin a des apparences de sémaphore. L'ampoule nue de la cuisine brille d'un éclat d'autant plus vif qu'il semble sur le point de mourir.

« Qu'est-ce que tu comptes faire? demande Clotilde, les cernes accentués par la clarté plongeante.

— L'interroger, rien d'autre.

— Tu vas en parler aux gendarmes ? »

Le garde champêtre marque une hésitation. Pour la forme. « Pas dans l'immédiat. J'ai trop peu d'éléments. »

Clotilde ne peut masquer totalement son inquiétude. Devine-t-elle le besoin de reconnaissance de son mari, la soif d'accomplissement qui pourrait le conduire à outrepasser ses prérogatives ? Ou perçoit-elle la forme très spéciale de bonté – proche d'une inconsolable tristesse – dont est empreint chacun de ses actes ?

Elle tend la main par-dessus la table et serre ses doigts. Jérôme plonge les yeux dans ceux de sa femme.

L'être humain est fait d'une obscurité insondable, dont il n'émerge qu'un bref instant. Un délai toutefois suffisant pour prendre les armes. À certains l'on confiera la cruauté et la férocité. À d'autres, la douceur et l'empathie. Le plus souvent, les hommes lutteront avec un panachage de tout cela.

Mais chacun d'eux retournera au néant avant d'avoir achevé sa guerre.

60

Aux miasmes nocturnes a succédé un soleil pâle. Lensil s'est éveillée au son des laudes. La matinée s'est écoulée dans le calme d'une semaine ouvrée. Les actifs ont pris leurs fonctions, en ville pour la plupart, les retraités ont vaqué à leurs occupations de retraités, et Marc, le patron du Bar de la Place, a ouvert son établissement jusqu'à 11 h 55. À midi, il doit être chez lui pour manger et emmener promener Balthazar, son cocker.

Il regarde la serveuse, Cindy, s'éloigner en direction de la rue du Pont, où elle habite. Malgré la signature fort peu sensuelle de son accoutrement gothique, il devine parfaitement les rondeurs de son cul sous les fanfreluches noires. Il se passe la langue sur la lèvre supérieure. Les poils de sa moustache capturent des perles de salive marron nicotine. « N'oublie pas de revenir à 15 heures », tonne-t-il.

La gamine répond sans se retourner, avec ce ton désinvolte qu'il déteste. « Ouais, ouais…

— Sans faute, s'il te plaît. »

Elle disparaît au coin de la rue.

Marc pivote vers la porte de son bar, y fixe la pancarte « réouverture à 15 heures », puis cherche ses clefs de voiture. Les esquives de Cindy lui restent en travers de la gorge. Un jour, il va lui sucrer ses heures supplémentaires, on verra si elle continue à faire la maligne. Ses maxillaires se contractent comme des ouïes de poisson à l'asphyxie. *Petite salope, va.*

Il s'installe dans sa Renault Alpine et met les gaz. Trois minutes plus tard, il est devant sa villa : une maison Phénix garnie de moulures en staff pour laquelle il s'est endetté sur vingt ans. *Tiens, le chien n'aboie pas. Bizarre*. Il ouvre le portail, avance dans le jardin. « Balthazar ? »

Il contourne le bosquet derrière lequel il a installé la niche. Un pas, deux pas, il marque un temps d'arrêt. L'abri est vide, le collier du chien traîne ouvert dans l'herbe. Marc retourne à sa voiture, tâtonne sous le siège passager et localise la manivelle de cric.

Le jardin, à nouveau. Il appelle le cocker d'une voix plus énergique. « Balthazar ! Au pied ! » D'abord, il n'y a rien, aucune réaction, puis il entend du bruit derrière la villa. Un jappement étouffé, suivi d'un choc sourd, semblable à celui que produirait un bidon vide jeté dans l'herbe.

Il assure sa prise sur la manivelle. « Je vous préviens, je suis armé. »

Tout à coup, un grésillement. Une plainte s'élève dans les cieux, incantation lugubre et déchirante. La modulation est presque humaine dans l'expression de la douleur pure, mais appartient sans conteste à l'espèce animale, juge Marc. Il sent les poils se dresser sur ses bras et sa nuque, un pain de glace fond dans ses entrailles. Pas le temps de se ressaisir ni de rompre le sort d'immobilité qu'on lui a jeté. Pas le temps de s'affranchir de « l'effet tunnel », inhibiteur de la vision périphérique au-delà de 140 battements par minute. Une boule de feu jaillit au coin du bâtiment, fonce vers lui. Marc, tétanisé, ne bouge pas. La boule de feu passe à quelques centimètres de lui avant de se perdre dans les fourrés. Les hurlements, manifestation d'une souffrance intolérable, se répercutent encore longtemps dans les espaces dérobés à la vue, puis s'éteignent. Marc regarde sa main crispée sur la manivelle. Son bras, tronc de muscles ligneux où saillent des veines grosses comme des crayons, tremble sans s'arrêter. Dieu sait pourtant qu'au cours de sa jeunesse, il a fracturé des mâchoires dans les batailles rangées au sortir des bals populaires. Lorsque venait la saison des festins et qu'il fallait montrer qui l'on était aux gars des hameaux voisins, il ne s'est jamais privé de casser des nez ou de rosser des poivrots turbulents… Mais ça… cette chose… ça dépasse l'entendement. « Balthazar ! Putain de merde ! »

61

Nous sommes tourments, nous sommes nerfs. Nous sommes brume d'essence, nous sommes allumette. Nous avons été soumis, immobilisés, manipulés. Celui qui nous a arrosés, nous l'avons supplié. Sa poigne était ferme, ses gestes experts. Dès le début, nous avons su que ce n'était pas la première fois pour lui, qu'il avait l'habitude. Les gémissements, la terreur et le frisson des animaux lui étaient familiers. Il connaissait les soubresauts, les esquives, les tentatives de fuite et les appels à la raison. Nous l'avons tout de même imploré. Dans nos oreilles a retenti un rire clochette aussi petit qu'une confidence, léger comme une promesse nouée autour du cou d'une amante. Nous sommes tremblements, nous sommes urine. Nous avons entendu la voix du maître derrière la maison. « Balthazar ! » Nous aurions voulu répondre, mais nous avions trop peur. Le rire était menace. La pression sur notre échine, l'odeur du bidon étaient menaces. Sur nos poils, dans la toison, le liquide épais et tiède s'est répandu. Des luisances arc-en-ciel ont irisé notre pelage. Baptême enivrant. « Balthazar ! Au pied ! » Le maître semble mécontent, mais comment faire ? L'autre frotte un bâton sur une boîte. Et l'univers s'embrase. Nous courons des flammes dans la bouche, nous courons les yeux fondus, nous courons l'incandescence aux oreilles…

Nous sommes cri.

Nous sommes gueule.

Nous sommes chien.

62

« Aurélien, ça suffit ! » Denis Davodeau jette un coup d'œil sévère à son fils dans le rétroviseur. Aurélien, treize ans, est aussi insupportable, aussi capricieux que les enfants d'Henri sont sages. Les chérubins de son frère incarnent l'image de petits d'homme promis au plus bel avenir. Ils n'auront jamais à gérer en héritage une agence immobilière moribonde, eux. Ils n'auront pas à grandir dans un bled perdu, ils n'auront pas à épouser la première venue parce que c'est comme ça à Lensil, on ne fait pas le difficile. C'est le décor qui gâte tout, médite Denis. Ce village ramassé sur lui-même comme un bestiau frigorifié et cette platitude extrême dès qu'on en sort, uniquement contrariée par des maisons éparpillées et des bosquets. N'importe qui deviendrait dingue par ici. « Et tâche de te tenir correctement en présence de mes parents et de mon frère », ponctue Denis à l'intention de sa progéniture. Tandis que le paysage défile par la vitre, il sent le regard de sa femme, Sophie, peser sur lui.

« Calme-toi, dit-elle doucement.

— Tu ne vas quand même pas le défendre, fulmine Denis.

— Il n'est pas question de défendre qui que ce soit, mais dès qu'il y a une réunion familiale, dès que tu dois voir Henri, Mélanie et les enfants, tu es imbuvable. Tu t'en rends compte, j'espère. »

Denis réfléchit. D'accord, il est un peu sur les nerfs. Mais si Aurélien arrêtait de s'agiter et de geindre.

Chaque fin d'année, c'est la même histoire. Il ferme son agence pour les vacances de Noël et ils vont passer la semaine chez les parents. Seul problème, il doit également supporter Henri qui, par sa simple présence, étale sa réussite. Admirez mon costume, admirez ma montre, écoutez les beaux discours qu'on m'a appris dans les écoles de la République, les tournures de phrase que je récite comme un singe savant. Extasiez-vous devant ma femme et mes enfants, si blonds, si beaux que c'en est grossier. Dire que les parents tombent dans le panneau. Ils n'en ont que pour lui. Denis, lui, a juste droit à un *Comment marche l'agence ?* Qu'est-ce qu'il pourrait répondre ? Il n'a pas la repartie de son frère. La modestie apparente d'Henri termine de métamorphoser cette mascarade en insulte.

Sophie lui a souvent posé la question : « Si c'est une torture, pourquoi y aller ? Rien ne nous empêche de fêter Noël de notre côté, juste nous trois.

— Ça ne fonctionne pas de cette manière, tu le sais. J'ai des devoirs, des obligations. Je ne peux pas me dérober. Je crois bien que je suis condamné à supporter ces réunions jusqu'à la fin de ma vie. Si je ne venais plus, ça ferait trop plaisir à mon frère. Et je crois que mes parents ne s'en rendraient pas compte.

— Ne dis pas ça, tu sais très bien que c'est faux. Ils t'apprécient. Et Henri également.

— Tu m'étonnes. Je suis le faire-valoir de service. »

Sophie choisissait toujours d'ignorer ses sarcasmes. « En tout cas, je te soutiens, quelle que soit ta décision. »

Une fois, une seule, il était allé trop loin. Quand elle lui avait de nouveau dit qu'il n'était pas obligé de s'infliger ce calvaire, il avait rétorqué, presque sans le vouloir : « Facile à dire pour toi, tu n'as plus de famille. »

Elle n'avait rien répondu, mais sa remarque l'avait blessée, c'était évident. Il l'avait vu trop tard. Pendant plus d'un mois, il s'en était voulu. À de nombreuses reprises il avait envisagé de s'excuser, retenu par la certitude que s'il commençait à demander pardon, il ne s'arrêterait plus.

La route pour se rendre chez Marcel Davodeau, le patriarche, l'homme qui a façonné leurs entraves quand d'autres bâtissent des cathédrales, présente peu d'aspérités. Pas de pièges ou de tournants sournois. Il la connaît par cœur, alors il n'hésite pas à appuyer sur le champignon pour se calmer. En parlant de champignon : il a encore examiné la tache de moisissure sous la devanture de l'agence. Il lui semble qu'elle s'est étendue. Il faudrait qu'il agisse, qu'il se rende au supermarché, qu'il appelle un spécialiste, mais sitôt qu'il pose le pied au bureau, il est pris d'un découragement si grand qu'il plonge dans une torpeur pathologique. Ses songes éveillés, animés d'un spasme d'idées, forment souvent l'image de Mélanie, sa belle-sœur. Il pourrait toucher sa joue, caresser ses cheveux d'or. Dans ses rêves, il contracte les muscles, elle admire sa puissance. *Tu caches bien ton jeu, cher beau-frère*. Il l'étreint, elle soupire. *Console-moi. J'ai tellement besoin de vivre que j'en crève*. Et lui, au lieu de la réconforter, il la baise. Ses membres alourdis clapotent en un tremblement boursouflé, de fantasques enchevêtrements naissent du vagabondage des sens, leur respiration devient halètement, puis suffocation. C'est à un accouplement de bêtes qu'ils se livrent, une saillie animale. Il la baise comme il baiserait son crétin de frère.

Un mouvement attire son regard. Sophie agite la main, incitant à la modération. « Ralentis, Denis. S'il te plaît. » Il considère le compteur de vitesse. À peine cent à l'heure. Cette R16 est un véritable tank. Son frère, lui, roule en BMW.

Denis se tourne vers son épouse. « Mon frère, lui, roule en… »

Sophie tend brusquement le doigt vers la route, les yeux écarquillés. « Attention ! »

Denis pivote. En un éclair, il aperçoit la boule de feu qui émerge des bosquets pour filer sur la chaussée. Son pied écrase le frein. Sophie part en avant, stoppée par la ceinture de sécurité. Il semble à Denis qu'elle se cogne, mais il n'a pas le temps de réfléchir. La Renault chasse par l'arrière, il contrebraque. La boule de feu zigzague sur l'asphalte. Denis se prépare au choc, mais le météore oblique au dernier moment pour disparaître dans la végétation sur le bas-côté. Le hurlement qu'ils entendent, déformé par l'effet Doppler, ressemble au piaulement d'une balle à haute vélocité. Les pneus de la voiture mordent l'accotement. La R16 s'arrête dans une éclaboussure de boue.

Denis se passe la main sur le visage, sa voix paniquée monte dans les aigus. « Ça va ? Est-ce que tout le monde va bien ? »

Sur la banquette arrière, Aurélien pleurniche comme à son habitude, preuve formelle qu'il est indemne. Sophie, sur le siège passager, se tient le front mais fait signe de ne pas s'inquiéter. Plus de peur que de mal.

Ils se regardent, éberlués. Denis se calme un peu, mais sa voix chevrote encore : « Bon sang ! C'était quoi, ce truc ? »

63

Décorer le sapin, chez les Trinquiet, est moins une tradition qu'une occupation agréable. Ils s'y sont pris très en retard cette année, à savoir la veille des festivités, mais peu importe. C'est juste une occasion d'être ensemble tous les quatre : les parents, Julien et son grand frère, Jean. Ce dernier est le seul à ne pas participer à l'accrochage des guirlandes. Sa mère l'excuse : « Il est âgé, maintenant. À lui de choisir, mais toi, ajoute-t-elle avec un sourire à l'intention de Julien, tu n'y coupes pas. » Et le cadet est très content de lui obéir.

Jean consent tout de même à rester au salon en compagnie du reste de la famille. Il a pris son Walkman, a mis ses écouteurs et, les yeux mi-clos, s'est abandonné aux expérimentations sonores du groupe *Magma*.

La télévision, allumée en fond sonore, diffuse les sinistres augures de Jacques Delors pour l'année à venir : … *et voilà qu'il faut affronter la dure réalité : les chocs pétroliers, le choc du dollar, une saignée dans le corps de la France…*

« Là, indique la mère de Julien, fixe la boule rouge sur cette branche, ce sera plus équilibré, je trouve. »

Le père, lui, s'est absorbé dans le démêlage de la guirlande électrique.

« Tu comptes faire quelque chose pour la tache dans le couloir ? » interroge la mère.

Le mari répond, concentré sur sa mission. « J'ai appelé un plombier pour qu'il vérifie s'il n'y a pas une infiltration. La coiffeuse m'a raconté qu'il y avait eu une inondation chez le voisin.

— Il y a quinze ans.

— Ah, toi aussi, tu es au courant.

— On n'habitait même pas au village à l'époque.

— Ça peut se reproduire. Un dégât des eaux…

— La maison est inoccupée… Depuis qu'on est là, on n'a jamais vu personne. Comment veux-tu…

— Justement. S'il n'y a personne, un dégât peut survenir à nouveau sans que le propriétaire le sache. Enfin bref, j'ai téléphoné au plombier.

— Et alors ?

— Ça ne répond pas. J'ai laissé un message, il rappellera sûrement.

— Essaye d'en contacter un autre.

— J'en ai appelé trois, figure-toi. Aucune réponse.

— Cette histoire est insensée. C'est toujours pareil, avec les artisans.

— Celui à qui j'ai laissé un message rappellera », prophétise le père, sans qu'on sache d'où il tient cette certitude. Le père de Julien a toujours été ainsi : à la fois très peu doué pour l'entretien d'un logis et pétri de convictions optimistes concernant la résolution des aléas domestiques.

Julien, lui, se moque complètement de cette tache d'humidité. Les radiateurs électriques diffusent une chaleur moite, légèrement soporifique, et le discours affligé de l'homme politique en fond sonore, ajouté aux exploits de Christian Vander dans les écouteurs de Jean, contribue à faire de cet instant un temps suspendu, douillet et inoffensif. Pas de demain, pas d'hier. Il est bien.

Un regard en direction de son frère lui confirme que, malgré les écouteurs et les paupières à moitié fermées, l'aîné ne perd pas une miette de la scène qui se déroule devant lui. Il adresse un petit signe de main à Julien. Ce simple mouvement, cette infime marque d'attention, emplit le collégien d'allégresse. Il éprouve à l'égard de son grand frère des sympathies qui surviennent par bouffées. D'autres fois, c'est la crainte qui domine. Plus les années passent, plus l'inquiétude rationnelle prend le dessus, mais les élans d'affection sont d'autant plus vifs qu'ils se raréfient. En un éclair, les épisodes heureux, les parenthèses complices refont surface. Les plaisanteries échangées à table, qu'eux seuls comprennent, les fous rires entre deux bouchées de pain, sous le regard indulgent de leur mère. Les promenades à vélo dans les rues du village, les pique-niques au lavoir. Les insectes qu'en duo ils tourmentaient, les sonnettes sur lesquelles ils appuyaient avant de s'enfuir. Les fausses interviews, une brosse en guise de micro. Jean faisait Michel Drucker : *Alors, monsieur Julien, que pensez-vous de la célébrité ?* Lui, il prenait des poses de vedette : *Eh bien voyez-vous, cher Michel – vous permettez que je vous appelle Michel, n'est-ce pas ? –, cette célébrité a tendance à me donner envie de chier. Une bonne grosse chiasse bien dégueulasse*. Et plus il en rajoutait dans le registre de la vulgarité assumée, plus Jean s'esclaffait. Julien lisait dans son regard un amusement sans fard, gourmand, violent… tellement agréable à observer. Jean qui tendait le doigt par la fenêtre pour lui montrer la constellation d'Orion : le premier groupe d'étoiles à avoir bénéficié d'une représentation astrologique. Le doigt. Le doigt coupé dans la boîte. Le doigt qui roule sur la moquette. Les pensées de Julien s'assombrissent. Une anamorphose cauchemardesque altère les images d'un bonheur intermittent. Les mots de Rémi lui reviennent en mémoire : *J'ai croisé Thomas en ville quand ma mère m'a emmené chez l'orthodontiste. Il était avec Jean*.

Son frère, ce frère avec qui il a partagé tant de choses, il a l'impression de le connaître chaque jour un peu moins. Deviendra-t-il un parfait étranger ? S'éloignera-t-il jusqu'à disparaître complètement de sa vie et de ses souvenirs ? Pour éviter d'y penser, il se concentre sur l'accrochage des boules et des figurines, sur l'harmonie des paillettes colorées.

Un épisode de *Starsky et Hutch* remplace les lamentations de Jacques Delors. Le père se lève afin d'éteindre la télévision, jugeant cette série policière bien trop violente pour bénéficier des égards de la maisonnée. Julien proteste sans conviction : il sait que ses objections sont vaines. Le silence s'installe.

Il n'ose plus regarder son frère. Peur de ne plus voir en lui qu'un reflet contrefait, une imitation caricaturale de ce qu'il a été. Peur également de repenser au doigt coupé.

Des coups ébranlent soudain la porte d'entrée. La famille suspend ses activités. Julien et sa mère se figent, les mains sur les branches du sapin, le père arrête de dénouer la guirlande électrique, et Jean ôte les écouteurs de ses oreilles. La frappe sèche et autoritaire dénote une obstination sans faille. Leurs inconnus, quels qu'ils soient, n'ont pas l'intention de partir avant qu'on leur ait ouvert. Le cœur de Julien se serre. Rien de bon ne peut résulter de cette visite.

64

Jérôme boutonne le haut de sa chemise, puis les manchettes. Il passe le doigt sur la couture impeccable. La glace murale du vestibule lui renvoie l'image d'un type consciencieux, d'un gars honnête qui ira jusqu'au bout de ce qu'il doit faire. *Jusqu'au bout de ce qu'il doit faire* ; il a déjà vu ce que cela pouvait donner en des temps plus troublés. Mais il n'est plus dans un pays en guerre – quoique l'enquête à laquelle il se livre en secret relève d'une autre sorte de conflit.

Conflit contre l'inertie, conflit contre l'hébétude et la résignation. Conflit contre une autre version de lui-même, incarnation plausible de sa véritable identité. Peut-être que la majorité des gens passent comme lui leur vie à lutter contre un double plus authentique qu'eux-mêmes. Après tout, l'homme n'a jamais cessé d'être un animal. Et il suffit d'une légère variation de température, d'un tout petit changement des paramètres climatiques, pour que germent sous le vernis social des pulsions bestiales gravées au plus profond du patrimoine génétique.

« Qu'est-ce que tu vas lui dire exactement ? insiste Clotilde dans son dos. Tu n'as même pas de mandat ou de… Enfin, je ne sais pas, de consigne officielle pour t'assurer que tu es encore dans le cadre de la loi. Jean est encore mineur et tu m'as avoué qu'il souffrait certainement de problèmes psychologiques. » Le garde champêtre observe la frêle silhouette de son épouse, tassée sur sa chaise roulante et pourtant combative. Plus une goutte d'hémoglobine sous la peau, de grands cernes noirs qui lui dévorent la moitié du visage, et des bras pas plus gros qu'un fétu. Quand il ne lui restera plus de consistance, quand le cœur cessera d'être opiniâtre, elle se tournera peut-être vers la mort. Mais pas maintenant. Jérôme sait ce qu'elle pense. Elle a tant de douceurs sous la langue, tant d'élans et de sensations dans l'âme. Toutes ces lumières qu'elle n'a pas encore eu l'occasion d'admirer, elle veut les voir. Toutes ces odeurs qui ne l'ont point enivrée, elle attend le jour où elles apparaîtront. Et les paroles affectueuses qu'elle n'a pas formulées avec assez de conviction, les déclarations qui ne sont pas venues au bon moment, elle les guette sur ses lèvres. Même réduit à une tête d'épingle, le monde est un prisme infini. Il suffit de savoir regarder.

Pour l'instant, Clotilde s'inquiète à son sujet. Où va aller son mari ? Dans quelle contrée mystérieuse et terrifiante est-il prêt à s'égarer ? Quel pacte veut-il passer avec ses propres instincts ? Quels recoins de la psyché entend-il explorer pour retrouver une petite fille ? Une ride soucieuse creuse le front de la jeune femme. Jérôme ne peut pas lui donner tort. « On n'a pas besoin de commission rogatoire pour poser quelques questions, Clotilde. Et puis ses "problèmes psychologiques" m'ont l'air d'être assez relatifs. Je vais simplement lui demander où il était ce jour-là. Lui expliquer que sa copine m'a dit la vérité, à savoir qu'ils n'étaient pas ensemble quand Édith a disparu. Lui préciser qu'il est inutile de mentir, puisque son alibi ne tient plus… » La sonnerie du téléphone l'interrompt. Il avait encore tant d'arguments à faire valoir, tant d'assertions logiques et modérées, visant moins à raisonner son épouse qu'à le convaincre lui du bien-fondé de sa démarche.

Il décroche le combiné. Quelques mots, entrecoupés de silences. « Oui. » « Où ça ? » « Depuis quand ? » et enfin « Dites-lui que j'arrive ». Il raccroche. Clotilde le fixe d'un regard interrogateur. Elle a vu les traits de son mari se figer, passer de l'étonnement à l'incrédulité, pour aboutir finalement à une expression ambiguë, qu'elle situerait quelque part entre la déception et le contentement.

Légèrement stupéfait, Jérôme raconte d'une voix blanche : « Les gendarmes ont placé Jean en garde à vue. Une histoire de chien incendié. Des témoins ont vu l'aîné des Trinquiet s'enfuir de la villa où l'animal a été torturé. Le gamin est au poste. Il veut me parler. »

65

Marcel et Maryse Davodeau, les parents de Denis, accueillent le couple dans le jardin de leur maison. Lorsqu'ils voient approcher la R16 maculée de boue, Sophie qui applique un mouchoir sur son front, et le petit en larmes sur la banquette arrière, leur mine se trouble. Denis sort le premier du véhicule.

« Qu'est-ce qu'il vous est arrivé ? » interroge Marcel, le père.

Denis secoue la tête. « Une chose incroyable. J'ai encore du mal à réaliser.

— Pas de casse ?

— Non, non. Juste une belle frayeur. Et Sophie s'est cogné la tête. »

La mère fait le tour de l'automobile pour aider sa belle-fille à s'extraire de l'habitacle. « Ma pauvre ! Allez-y, entrez. Toi aussi, Aurélien, viens vite, je t'ai préparé un chocolat.

— Merci Maryse, articule faiblement Sophie. Si vous avez également de l'aspirine, je veux bien. »

« … une boule de feu gigantesque, s'excite Denis. Je n'ai jamais vu un truc pareil.

— Gigantesque, il ne faut rien exagérer », tempère Sophie. Elle sirote à petites gorgées son verre d'aspirine. Dans son dos, une grosse tête de sanglier empaillée, accrochée au mur et encadrée par deux fusils de chasse, paraît contempler l'assemblée d'un air hautain. Sophie a posé son mouchoir humide à côté d'elle, sur le napperon de la table.

Denis n'apprécie pas vraiment d'être interrompu

au beau milieu d'un récit qu'il juge épique. Nul doute que leur mésaventure éclipsera toutes les anecdotes d'Henri… si on le laisse narrer les faits à sa manière. Il lance un regard hostile à Sophie, mais la jeune femme semble trop absorbée par son mal de crâne pour se préoccuper de sa susceptibilité.

« Et toi, bonhomme ? » interroge Maryse en regardant Aurélien. Le gosse est avachi devant sa tasse de chocolat, quasi amorphe. Denis espère qu'il aura la correction de se tenir un peu plus droit quand son frère arrivera. La venue du messie – et il ne parle pas littéralement de l'enfant Jésus – est prévue pour le lendemain.

« Je n'ai rien vu, plaide Aurélien. Je m'étais endormi. » *Pas sûr que tu aies émergé depuis*, grince intérieurement Denis. Il ignore d'où le gamin tient cette mollesse chronique, mais ce n'est pas de lui. « C'est le coup de ceinture sur la poitrine qui m'a réveillé, continue l'adolescent. Ça fait vachement mal. » *Quelle chochotte ! Cesse de te plaindre*, pense Denis. Il voit bien que la grand-mère, Maryse, se laisse prendre au manège du petit. « Mon puceron. Bois un peu de chocolat, ça va te faire du bien. » Comme toujours, Aurélien cherche par ses jérémiades à attirer l'attention. Du coup, plus personne n'écoute l'histoire de Denis. Il tente de reprendre le contrôle de la situation.

« La boule de feu est passée à un ou deux mètres de nous. Vous auriez entendu ce cri.

— C'était quoi ? demande le père.

— Un chien. Je crois que c'était un chien.

— Un animal, en tout cas, précise Sophie.

— Et ensuite ? dit Marcel.

— Ensuite rien. Le météore a disparu dans la végétation. J'ai légèrement dérapé et Sophie a heurté le coin de la portière… »

La dernière phrase se termine en un balbutiement quasi inaudible. Denis fulmine. Sophie l'a déconcentré ; son histoire est tombée à plat. Le sanglier empaillé darde sur lui un regard narquois.

Maryse contemple l'horloge murale. « À quelle heure Henri a-t-il dit qu'il arriverait demain ? » demande-t-elle distraitement. *Voilà*, songe Denis. *Il n'aura pas fallu longtemps. Henri, encore et toujours lui.* Ce qu'il redoutait se produit. Malgré l'importance de ce qu'ils viennent de vivre (n'ont-ils pas frôlé la mort ?), malgré ses efforts pour rendre l'épisode captivant, les parents n'en ont que pour le frère aîné. Il observe les mains de sa mère qui, déjà, se tordent d'impatience.

Marcel se tourne vers lui : « Et l'agence, comment ça marche ? »

66

Quarante kilomètres pour aller à la gendarmerie. Quarante kilomètres d'asphalte gondolé et de bitume rapiécé, où le paysage français n'offre rien à la vue si ce n'est la laîche au bord des fossés. Jérôme conduit vite, adopte des gestes sûrs. Il sait où et quand éviter les nids-de-poule que la pluie a creusés et qui n'ont pas encore été réparés par la DDE, comment négocier tel virage, à quelle allure aborder telle portion de route. Il connaît les entrées de fermes, les chemins vicinaux perpendiculaires à l'axe principal, et même les endroits où il est susceptible de croiser un tracteur. Puis, insensiblement, le panorama devient moins familier. Il visualise encore les ronds-points et les panneaux indicateurs, mais l'estimation des distances est moins précise, le positionnement dans l'espace se fait plus flou. Apparaissent les premiers lotissements, les magasins, les affiches publicitaires. Les autres véhicules se multiplient. Il renoue avec les soupirs toxiques des moteurs, l'agitation cacophonique des grands ensembles. Ce sont les stigmates du monde civilisé qui se rappellent à lui, ceux de la duplication et de la consommation. Lentement, son pied abandonne la pédale d'accélérateur. Il quitte son territoire.

Lorsqu'il se gare dans la cour de la gendarmerie – bâtiment carré et trapu à l'entrée de la ville, entouré d'une dizaine de logements de fonction –, l'adjudant Berthier vient à sa rencontre. Il se penche par la vitre ouverte. Deux doigts sur la visière du képi, salut réglementaire. Le froid, enraciné comme une dent dans la mâchoire, change les souffles en panaches de vapeur, blanchit les doigts et pince les articulations. « Il vous attend à l'intérieur. On a essayé de le faire parler, mais ce qu'il dit n'a aucun sens. Vous le connaissez bien, non ? Vous arriverez peut-être à en savoir plus. »

Jérôme est tenté de préciser qu'il ne connaît pas Jean si bien que cela, qu'il ignore pourquoi le gamin a mentionné son nom. Seulement, ce genre d'information lui semble prématuré. Il préfère d'abord voir ce que le gosse a dans le ventre avant de discuter boutique.

Précédé de Berthier, il entre dans le bureau d'accueil, contourne la planchette amovible fixée au comptoir. Ce dispositif fort artisanal marque la frontière entre l'espace réservé au public et celui dévolu au travail d'investigation. Jérôme s'engage ensuite dans un couloir éclairé de veilleuses grises. La lumière semble étrange, trop fragile comme si l'on n'avait allumé qu'un spot sur deux, ou plutôt vacillante ; soumise à un variateur invisible qu'une main scélérate s'amuserait à actionner. D'ailleurs, les ampoules faiblissent brusquement avant de retrouver leur puissance d'origine. « Désolé, fait Berthier pour répondre à la question muette de Jérôme. Avec ce froid et la consommation électrique des ménages, on a des baisses de tension. » Ils poursuivent leur progression. Jérôme passe devant plusieurs portes fermées, puis une vitre à travers laquelle il aperçoit – première surprise – Marc, le patron du bar des arcades. Le solide gaillard s'est installé en face du maréchal des logis-chef Jamin. Deuxième surprise : le taulier a les yeux rouges, les traits boursouflés de celui qui a pleuré. Leurs regards se croisent et le garde champêtre lit dans l'expression de Marc une détresse qu'il n'aurait jamais imaginée chez une brute de cet acabit.

« Son chien », murmure Berthier à son oreille.

Jérôme sursaute. « Pardon ?

— C'est son chien qui est mort. Brûlé vif, selon les constatations préliminaires. »

Jérôme regarde de nouveau à travers la vitre, mais Marc a baissé la tête. Ses lèvres formulent une série de phrases inaudibles tandis que Jamin maltraite à deux doigts la machine à écrire.

« Venez, dit Berthier, c'est dans la dernière salle. »

Jean a les fesses posées sur une chaise en plastique. Bien qu'il ait l'air totalement inoffensif, on a cru bon de le menotter à un radiateur. Un seul poignet. L'autre main repose inerte sur sa cuisse.

« Vous lui avez passé un bracelet ? s'étonne Jérôme.

— Avec ses antécédents, on a eu peur qu'il se fasse mal.

— Quels antécédents ?

— On a procédé à un rapide tour d'horizon… Sa famille habitait en ville il y a cinq ans. Il a un palmarès plutôt folklorique. Une tentative de suicide, un séjour en HP. Il a été renvoyé de son précédent lycée après avoir mis le feu à un chien.

— Comme celui de Marc ?

— Même méthode. C'est à la suite de ça que les parents ont déménagé à Lensil. Ils pensaient sans doute être tranquilles, repartir de zéro. »

Le garde champêtre se tourne vers l'adolescent, soupire. « On ne peut pas leur en vouloir. »

Jean garde les yeux baissés, la bouche légèrement entrouverte, en proie à des méditations teintées de stupeur. Jérôme ne l'a jamais beaucoup aimé. Ses manières cauteleuses, ses traits que de brusques accès de fièvre intime semblaient durcir l'ont toujours mis mal à l'aise. Pourtant, dans cette gendarmerie de secteur, dans cette salle d'interrogatoire impersonnelle et dépourvue de fenêtres, il ne peut s'empêcher d'éprouver pour lui une vague compassion.

« Détachez-le. C'est un malade, pas un criminel.

— Et s'il se blesse ?

— La chaise n'est même pas boulonnée au sol, et puis regardez comment vous l'avez agrafé. S'il voulait se faire mal, il aurait déjà utilisé son siège ou le mur, vous ne croyez pas ? Il faut une fraction de seconde pour se défoncer le crâne contre un radiateur. »

Berthier hausse les épaules. « Je ne sais pas.

— Allez, enlevez-lui les menottes.

— Mais il risque de…

— Pas avec moi. Enlevez-lui les menottes, je vous dis. »

La sécheresse de sa requête déstabilise l'adjudant. Et son regard implacable dissuade le militaire d'insister. Jérôme lui-même ne se savait pas capable d'une telle autorité. Toujours soucieux de ne pas trop heurter ses interlocuteurs, il ajoute plus doucement : « Ça ne risque rien, il n'est pas dangereux. Je m'en porte garant. »

L'adjudant libère le jeune homme, qui ne prend même pas la peine de le regarder et laisse mollement retomber son bras.

D'un bref signe de tête, Jérôme fait signe à Berthier de sortir. Celui-ci évacue les lieux en laissant la porte ouverte.

Une fois qu'ils sont seuls, lui et Jean, le garde champêtre s'empare d'une chaise poussée contre le mur, avance vers le gamin, puis s'installe, un carnet de notes ouvert sur les genoux.

« Jean ? »

Pas de réponse.

« Tu as demandé à me voir, il paraît. »

Le lycéen lève soudain la tête, ses yeux opaques s'illuminent, un sourire désarmant éclaire son visage. « Oui, monsieur. Parce que je sais que c'est vous.

— Pardon ?

— C'est vous qui allez la retrouver. »

Jérôme ne voit pas où l'adolescent veut en venir, mais il note à l'aveugle, sans quitter le gamin des yeux, les termes marquants qui pourraient ressortir de la conversation. *C'est vous. La retrouver.* Une femme. Ou une petite fille. Il ne comprend pas ou plutôt si, il craint de comprendre trop bien. Les battements de son cœur accélèrent. Il s'humecte la bouche. « Retrouver qui ? Édith ?

— Non, l'autre.

— Quelle autre ?

— Il faut aller la chercher dans les Épouvantables Terres. »

Le stylo crisse sur la feuille du calepin. *L'autre. Épouvantables terres…* « Quoi, les épouvantables terres ? C'est un endroit près du village ? »

Jean expulse un rire muet, très bref et très coupant. « Non, près de Simplicité.

— Je ne comprends pas ce que tu dis. La simplicité ? Et qui dois-je retrouver ? Quelqu'un d'autre a disparu ?

— Ce qui se produira est déjà advenu. Tout est écrit.

— Essaye d'être plus clair, Jean, sinon je ne pourrai pas t'aider.

— Demandez au maître de l'Empire. C'est auprès des Chimères qu'il faut se renseigner. »

Jérôme pose son stylo, découragé. D'accord, *simplicité*, *maître de l'empire*, *chimères*, c'est noté… Tout cela ressemble à un charabia tiré de… tiré de quoi ? D'un film de science-fiction ? D'un livre ? D'une bande dessinée ou d'un jeu ? Le gosse est-il entré dans une fiction si proche de la réalité qu'il confond les deux notions ? Et merde. Il a juste mis le feu à un chien. Qui dit qu'il y a un rapport avec la disparition de la gamine ? Jérôme se racle la gorge.

« J'ai parlé à ta petite amie, Cindy Dutreuil. » De nouveau, pas de réponse. Le garde champêtre continue ; après tout, il est venu pour connaître le véritable emploi du temps de Jean. « Elle prétend que vous n'étiez pas ensemble le jour de la disparition d'Édith

Lidèle. » Silence. « Elle affirme que tu lui as demandé de mentir. Tu veux m'expliquer pourquoi ?

— J'étais ailleurs.

— Ça, je le sais. Mais encore.

— J'étais sur le chemin des Épouvantables Terres. »

Jérôme jette un coup d'œil à ses notes, tente de saisir la logique du gamin. « Là où l'autre a disparu ? »

Le gosse sourit. « Bravo, vous suivez la discussion. Je savais que j'avais raison de demander à vous parler. Les pandores, eux, n'ont rien pigé. Tout ce qui les intéresse, c'est de savoir pourquoi j'ai mis le feu au cabot. »

Jérôme réfléchit à toute vitesse. Il sait qu'il ne lui reste pas beaucoup de temps avant que les gendarmes n'interrompent l'entretien, qu'ils convoquent le psy et les services sociaux.

C'est le gosse qui rompt le silence : « Vous savez pourquoi je l'ai choisie ?

— Hein ? répond Jérôme, pris au dépourvu. Qui ça ?

— Cindy Dutreuil. Pourquoi j'ai choisi de passer du temps avec elle, pourquoi j'ai choisi de l'embrasser, de la protéger, de la venger ? »

Jérôme secoue la tête, indique d'une voix prévenante : « Je crois que tu n'as pas bien compris, Jean. C'est moi qui pose les questions. »

La lumière baisse soudain d'intensité puis revient à la normale. Le garde champêtre lève les yeux au plafond ; l'éclairage se stabilise. Quelques secondes de latence. Il en profite pour additionner deux et deux. Cindy, le bistrot, Marc, son chien.

« Marc fait travailler Cindy au bar. Tu voulais la venger ? C'est pour cette raison que tu as mis le feu à l'animal du propriétaire ? Il s'est passé quelque chose entre ta copine et le patron ? »

L'adolescent reste focalisé sur son propre discours, imperméable aux questions de son interlocuteur. « Je l'ai choisie parce qu'elle est seule, comme moi. Nous n'appartenons à aucun tableau. Nous n'avons pas notre place dans ce monde-ci. Vous aussi, je vous ai choisi.

— Je me sens très bien où je suis. Et je ne suis pas seul.

— Bien sûr que si. Au village, on vit entassés les uns sur les autres, mais je n'ai jamais vu lieu plus propice à la solitude. Je préférais encore quand je logeais en ville.

— Tu as eu quelques soucis lorsque tu habitais là-bas, je me trompe ? Des soucis avec des animaux, déjà. Un chien dans ton lycée. Et puis tu as fait un séjour…

— Le temps venu, je vous aiderai comme j'ai aidé Cindy.

— Je ne pense pas avoir besoin de ton aide, Jean, désolé. Et puis je ne suis pas persuadé que tu aies rendu service à la jeune Dutreuil en incendiant le chien de son patron.

— Je n'ai pas le choix, monsieur Bertin. Vous non plus, j'en ai peur. À la fin, vous la retrouverez et je devrai venir à votre secours. Lorsque vous rentrerez à Lensil, regardez bien autour de vous, soyez attentif. La solution n'est pas loin, parce que ce qui s'est produit hier advient aujourd'hui, et ce que vous vivrez, vous l'avez déjà vécu. »

Jérôme est mal à l'aise, mais laisse son interlocuteur s'exprimer. C'est l'unique moyen, selon lui, de sélectionner des informations pertinentes dans le chaos mental qui l'habite.

« Maintenant, il va falloir aller jusqu'au bout, poursuit Jean.

— Jusqu'au bout de quoi ?

— De votre route, monsieur Bertin. De votre rou... »

Brusquement, les lumières s'éteignent. Toutes les lumières. Un isolement de cachot s'installe, le noir complet prend possession de leur environnement, de l'univers entier. Quelqu'un, dans le couloir, crie : « Disjoncteur ! »

Instinctivement, Jérôme met les mains en avant. Dépossédé de la vision, il ressemble à un mendiant aveugle privé de sébile. Ses doigts s'agitent dans l'obscurité, à la recherche d'un contact. Pour le coup, il en viendrait presque à redouter la disparition de Jean, façon Houdini. La panne d'électricité cesserait et Jean ne serait plus là. Par une opération magique, il se serait dissous dans l'éther pour se rematérialiser dans le monde cauchemardesque de sa création, dont il n'aurait jamais dû sortir. Les mains du garde champêtre se posent sur les épaules du gamin, et ne le quittent plus.

Les lampes se rallument tout à coup. Bref éblouissement, que les rétines accommodent sans difficulté. Exclamations de satisfaction dans le couloir. Jean sourit faiblement.

Le margis-chef Jamin apparaît dans l'encadrement de la porte, sourcils froncés. « Vous avez touché quelque chose ?

— Non », réplique Jérôme sur un ton d'excuse qu'il déteste aussitôt. Il se sent stupide, la main sur l'épaule du gosse, figé dans une posture de coupable.

Jamin explore la salle des yeux. « C'est vous qui avez détaché le suspect ?

— J’ai demandé à Berthier de le faire. Je connais Jean et ... »

Le gradé ne le laisse pas terminer. Jérôme a peut-être entourloupé son subordonné, mais pas lui. Il désigne un point par-dessus son épaule. « Dans mon bureau. Le tête-à-tête est terminé. Berthier va surveiller le gosse en attendant l’arrivée de l’assistante. »

Jamin se met dans son fauteuil, croise les mains sur sa table de travail. Marc a fini sa déposition. Il est reparti chez lui pleurer feu Balthazar, son cocker adoré.

Les mâchoires crispées du militaire indiquent qu’il n’a pas l’intention de plaisanter. « Qu’est-il ressorti de votre entretien avec... ce jeune homme. » À sa manière de dire *ce jeune homme*, on devine qu’il se retient de prononcer *ce cinglé*.

Jérôme baisse les yeux sur son carnet de notes. « Rien de probant. Des histoires de terres épouvantables et des prédictions obscures... Je ne suis pas psychiatre, mais je crois qu’il est en pleine décompensation.

— Vous avez raison, vous n’êtes pas psychiatre. Quoi d’autre ?

— Il ne semble pas mesurer la gravité de son geste. Selon lui, ce qui devait arriver était inévitable.

— Ben voyons. »

Jérôme ne parle pas de la mystérieuse personne qu’il est censé retrouver, ni de l’aide que Jean imagine devoir lui porter. À quoi bon ? Ce sont des élucubrations. En revanche, il se rend compte qu’il est temps pour lui d’informer les gendarmes des révélations de Cindy. Il ne peut décemment pas passer cet aveu sous silence, ce serait une obstruction à l’enquête.

« Une chose intéressante, cependant. D'après les renseignements que j'ai pu glaner, il semblerait que, contrairement à ce qu'il a déclaré en première instance, il n'ait pas été en compagnie de sa petite amie, Cindy Dutreuil, le jour de la disparition de la fillette. J'ignore à quel point cela peut se révéler utile, en tout cas, son alibi ne tient plus. Il a un comportement assez erratique… Je me méfie des coupables idéaux…

— Laissez-nous juges de ce qui est idéal ou pas, vous voulez bien ? On va approfondir nos investigations de ce côté-là. Vous avez fait du bon travail, Bertin. »

Cette dernière remarque sonne exactement à l'inverse de ce qu'elle prétend. Le maréchal des logis-chef Jamin ne pense pas un mot de ce qu'il dit. Il s'agit plutôt de le congédier d'une manière diplomate. Jérôme se lève, ils se saluent. *Pourvu que Cindy n'ait pas trop d'ennuis*, songe-t-il. *Mais à jouer avec le feu… Façon de parler, bien entendu.*

Sur le chemin du retour, Jérôme s'arrête pour faire le plein. La petite station-service Esso se situe à mi-chemin de la ville et de Lensil. Pas d'intersections, pas de ronds-points, aucun pôle d'attractivité. Où que porte le regard dans un ciel de pierre, rien n'accroche l'œil ; nul repère ne permet de distinguer les points cardinaux. Le poste à essence se dresse en bordure de route avec la simplicité tordue des mauvais concours de circonstances. On ne s'y rend pas par choix, mais parce que la panne menace ou qu'on a trop l'habitude pour faire autrement. Jérôme appartient à la première catégorie.

L'enseigne, d'un jaune poussiéreux, figure un étrange personnage au visage en forme de goutte d'huile, qui adresse un *Bonne route !* cordial aux automobilistes égarés. Un panneau sur le bord de la route affirme qu'avec un certain nombre de points, les familles en partance pour les vacances peuvent obtenir une bouée Esso Multigrade. Mais personne ne part en vacances dans le coin.

Un groupe d'usagers, rassemblés à côté des deux pompes à cadrans rotatifs, est en pleine discussion. Les prix de l'essence ont encore augmenté. Trois francs cinquante-sept le litre de gasoil. La France qui se lève tôt n'aime pas ça. Et puis les impôts, ma bonne dame, quelle calamité ! Les quatre ou cinq personnes réunies sur le seuil de la station-service ont des têtes de petits exploitants, de chefs d'atelier, de patrons d'entreprises familiales ou de contremaîtres. Des types habitués à bosser à la dure, avec de la poussière incrustée dans les plis du cou, avec des dents jaunes et carrées. Leurs paluches calleuses, brûlées par le tabac, ont la coloration bileuse de l'ictère. Leur posture voûtée rappelle qu'ils appartiennent à la classe de ceux qui portent des charges trop lourdes. La France des dos cassés, la France des reins en compote. Jérôme ne les connaît pas ; ils habitent sans doute les cantons voisins. Ils ne se privent pas de jeter un coup d'œil au véhicule municipal, et à Jérôme également, tant qu'on y est. Le fonctionnaire attend que le pompiste ait fini de remplir son réservoir. Il conserve un regard neutre, l'uniforme impeccablement repassé.

Eh oui, on paye aussi pour ça. La France et puis les Français, petit pays de petites gens qui, à trop se regarder par le prisme d'une loupe, s'est cru grand. En guise de peuple, on a une vaste cohue mal peignée, mal rasée, l'œil injecté et la lèvre charnue, dont les nuits sont peuplées de rêves d'aristocrates. Il faut avoir les moyens de ses ambitions. Maintenant, elle râle, la France, elle paye trop, la France. La population se salit les mains, elle s'échine pour rembourser les traites, elle crache au bassinet, et ça fait une nation. Les banques, les juifs, sans parler des bicots, bravo la patrie, sonnez clairon ! Jérôme se fraye un chemin parmi l'assemblée peu reluisante de protestataires. L'odeur de cigarette mélangée à celle du foin et de la bouse a quelque chose de révulsant. La terre d'ici sent mauvais et pourtant on la cultive. Rien de plus sale que cette nature plate où tout suinte. Cependant, on y creuse des trous et on mange ce qu'on lui extorque.

Le garde champêtre paye l'essence, remonte dans sa voiture et s'en va. Alors que la chaussée défile sous les roues de l'estafette, Jérôme s'interroge sur les propos de Jean. Y avait-il un fond de vérité dans ses allégations ? Est-il si seul que ça ?

La monotonie du paysage, les errances de l'esprit le ramènent à la fin des années 50. Cela faisait presque douze mois qu'ils marinaient dans le village regroupé. Le commandant était parti rejoindre le deuxième bureau pour on ne sait quelle raison, avec la moitié des effectifs. Jérôme était le plus haut gradé pendant son absence.

Un prisonnier récupéré par les responsables du bataillon avait été ramené au camp après interrogatoire, dans un état trop lamentable pour qu'on puisse lui soutirer des informations supplémentaires. Il fallait procéder à une « corvée de bois », à savoir emmener le prisonnier à l'écart et l'exécuter. Dans cette guerre comme dans les autres, l'être humain avait inventé autant de manières de supprimer son prochain que la barbarie pouvait en concevoir.

Jérôme avait fait un tour de table. Les dix hommes

restants dans sa compagnie n'étaient ni pires ni meilleurs que les autres ; ce n'étaient pas des assassins. Jérôme avait tout de suite compris que personne ne voulait s'y coller. Pourtant, il fallait bien que quelqu'un obéisse aux ordres, que la machine tourne et que l'on se salisse les mains. Le peloton de sous-officiers avait annihilé une grande partie de ses facultés de jugement. Les réquisitions sauvages de bétail sur la population misérable étaient devenues normales, les interrogatoires musclés habituels… Il avait perdu pied sans même s'en apercevoir. À moins que, précisément, l'école des sous-officiers ne l'ait révélé à lui-même.

Pour soulager ses hommes, pour éviter de leur infliger ce que le commandant de la section précédente lui avait infligé, il avait accepté d'effectuer seul l'immonde besogne. Personne n'avait rien dit, mais Jérôme avait senti un vif soulagement parcourir les rangs.

Armé de son Lebel R35, il avait donc emmené le prisonnier sur la petite route qui descendait du col jusqu'à la vallée. Il l'avait laissé marcher devant et, au détour d'un lacet, lui avait tiré dans le dos conformément au rituel de la corvée de bois.

Au dernier moment, l'Arabe avait tourné la tête. Aujourd'hui encore, Jérôme garde un parfait souvenir de ses traits : la démarcation capillaire assez haute sur le front, l'arcade sourcilière légèrement prononcée, les yeux très noirs, très profonds, les joues creuses et puis l'arête du nez comme un bec d'une droiture sans défaut malgré les coups qu'il avait reçus. L'extrémité de l'arme n'avait pas terminé d'expulser sa fumée que son corps, après avoir roulé dans la pente, s'immobilisait ventre à l'air, en travers du sentier. Une jambe par-dessus l'autre, le menton levé et le cou étiré, il semblait contempler les cieux dans l'attente d'une réponse. Jérôme avait remis son fusil en bandoulière. La barrette de crosse du mousqueton portait la mention « pour l'artillerie ».

Quand il était revenu au camp, personne ne lui avait parlé, personne ne lui avait posé de question.

Et à son retour à la vie civile, ça n'avait pas été très différent. Jérôme pensait que les gens s'intéresseraient à ce qu'il avait fait, qu'ils l'interrogeraient, tenteraient de déceler dans ses propos une quelconque leçon de vie, mais tout le monde s'était tu. Pas un mot. Même son père avait soigneusement évité le sujet, plongeant l'ancien soldat dans un désarroi, dans une solitude encore plus absolus. Pour un peu, on aurait cru que cette guerre n'avait jamais eu lieu.

Il cligne des yeux. Les premières fermes de Lensil apparaissent, le sol familier où la betterave vomit un suc purpurin. Depuis ces temps d'impossible réintégration, l'isolement n'a pas cessé. Mais aujourd'hui, il a Clotilde.

Au moins Clotilde.

67

Les parents de Julien sont revenus épuisés de la gendarmerie. Jean a été interné d'office après son entrevue avec le psychiatre. Il ne rentrera pas aujourd'hui. Ni demain.

Les adultes s'assoient sur le canapé, vaincus. Julien a attendu leur retour pendant plus de cinq heures, se demandant s'il devait parler du doigt coupé, puis estimant que cela n'aiderait pas Jean. Au contraire.

Il sait que son frère a eu des problèmes quand ils

habitaient en ville, mais ignore lesquels. Une absence de la maison pendant trois mois, des rendez-vous médicaux, des conversations qui s'interrompent dès que le cadet entre dans la pièce, et le déménagement aussi soudain qu'imprévu. Il était jeune, les parents l'ont protégé du mieux qu'ils ont pu. Il n'a jamais osé réclamer des précisions ou se renseigner directement auprès de Jean. C'était un secret dont il n'entrevoyait que des bribes, comme à travers une jalousie : impossible d'avoir une vue d'ensemble ou de se livrer à une analyse globale. Son frère n'est pas normal : ça, il en a conscience depuis toujours, mais ce qu'il a fait, jusqu'où il est prêt à aller, il n'en a qu'une vague idée.

La vision du sapin à moitié garni, les emballages, les boules et les guirlandes encore en tas par terre ajoutent à l'ambiance de désolation que le brusque départ de Jean instaure dans le logis familial. L'agréable chaleur des radiateurs électriques s'est muée en touffeur de jungle. La moiteur tropicale provoque des suées paludiques.

Julien se lève, regarde ses parents incapables de prononcer le moindre mot, la plus petite parole de réconfort. « Je vais faire un tour, annonce-t-il. D'accord ?

— Ne reviens pas trop tard, dit la mère. On mangera tôt ce soir. »

Le jeune garçon tourne les talons, avance jusqu'à la porte d'entrée. Ce n'est qu'après avoir délicatement refermé le battant qu'il se met à courir dans les rues du village. Les frimas le giflent. L'air glacé s'engouffre dans sa large bouche. Les dents s'émiettent, une pluie de cristaux coule dans sa gorge, la langue se comprime, il aspire.

Quand il arrive chez Thomas, il constate avec soulagement que Rémi est déjà là. Les trois adolescents s'installent sur les chaises en bois du salon. Julien respire mieux en compagnie de ses amis.

Rémi écarquille les yeux quand il a fini de raconter l'interpellation. « Non ! Et il n'a pas résisté ?

— À vrai dire, il a eu l'air de trouver ça évident. J'ai eu l'impression… J'ai eu l'impression qu'il avait prévu ce qui allait se passer. »

Thomas, lui, paraît préoccupé. « Il t'a dit quelque chose avant l'arrestation ? Un truc qui aurait pu te laisser penser… »

Julien songe au doigt coupé. « Non, rien. On vivait comme d'habitude. Enfin, je n'irais pas jusqu'à dire qu'il avait un comportement irréprochable, vous le connaissez, mais il n'était pas plus étrange qu'à l'ordinaire.

— La veille de Noël en plus, fait Rémi. La tuile ! Comment vont tes parents ?

— Ils encaissent.

— Et toi ?

— Je ne sais pas. Je crois que ce qui me fait le plus mal, c'est que j'ignore quand il reviendra. Et pas la peine de compter sur mon père et ma mère pour obtenir des précisions.

— Ils gèrent comme ils peuvent.

— Quand même. Je trouve leur attitude pesante. »

Thomas pose les coudes sur la table. « J'ai reçu un coup de fil de Martin.

— Qui ? Bessar ?

— Le fils du pharmacien, oui. Tu sais qu'il est toujours sur les bons coups, son père est vachement copain avec un brigadier de la gendarmerie.

— Et alors ? »

Une hésitation, puis Thomas se lance. « Il paraît que ton frère aurait fait cramer un chien. »

Julien n'en croit pas ses oreilles. « Co… comment ça, il a fait cramer un chien ? Un cadavre, tu veux dire ?

— Non, un chien vivant. Maintenant, il est mort, évidemment.

— Tu plaisantes ?

— Croix de bois, croix de fer. Enfin bon, c'est ce que m'a raconté Martin.

— Il a dû mal comprendre. Jean ne ferait jamais…

— Ce n'est pas tout, coupe Thomas. Je suis désolé, mais de toute façon, tu l'apprendras d'une manière ou d'une autre… Il vaut mieux que ce soit moi qui te le dise, je pense.

— Quoi ?

— La rumeur prétend que ton frère est peut-être lié à l'enlèvement de la petite Lidèle. »

Julien est abasourdi. D'abord le chien, ensuite la disparition d'Édith. « C'est n'importe quoi », murmure le collégien.

Thomas baisse la tête. Rémi pose la main sur son épaule.

« Ils mentent, persiste Julien. Ils mentent tous. »

68

Henri gare son imposante BMW dans le jardin de Davodeau père. Tout le monde est sorti pour l'accueillir : Marcel, Maryse, Denis, Sophie et Aurélien. *Une véritable haie d'honneur*, pense Denis. Son frère aîné sort de la voiture avec des gestes simples, naturels. Ses déplacements reflètent une aisance que Denis n'aura jamais, il le sait.

Mélanie sort à son tour de l'habitacle, tout en grâce mélancolique. Puis vient le tour des enfants, Charles et François-Xavier, il les confond sans cesse tant leur blondeur et la limpidité de leur regard sont identiques. Sérieux, toujours exemplaires dans leur comportement, Denis ne les a jamais pris en défaut. L'un est plus jeune que l'autre – un an d'écart à peine –, mais leurs traits réguliers ne signalent aucune différence notable à l'œil nu. Ils lui font parfois penser aux créatures humanoïdes d'un film d'épouvante qu'il a vu au cinéma avec Sophie, quatre ans auparavant : *Le village des damnés*. C'était l'une des rares fois où ils s'autorisaient une sortie en ville.

Bien entendu, comme il redoute de confondre les deux gamins, il ne les appelle jamais par leur prénom, juste *petit* ou *toi, là*, ce qui est encore plus ridicule, quoique personne ne lui en ait jamais fait le reproche.

Les frères se saluent d'une poignée de main ferme, puis Denis se penche pour embrasser la belle-sœur sur la joue. Parfum enivrant, cheveux sur la nuque, d'une telle blancheur qu'ils en sont presque translucides. Il colle sa bouche un peu trop très de son oreille.

Aurélien accompagne aussitôt Charles et François-Xavier dans le jardin. Les trois enfants vont s'amuser.

Marcel tape dans le dos d'Henri. « Venez, on portera les affaires à l'intérieur tout à l'heure. Vous devez avoir mille choses à nous raconter. »

Maryse hoche la tête. Denis est-il victime d'une hallucination ou voit-il des larmes dans les yeux de sa mère ?

Tandis que tout le monde se presse au salon, Henri adresse un clin d'œil à son cadet. « Nous avons le coffre rempli de cadeaux. Pour les enfants et pour les parents. »

Mince, Sophie et Denis n'ont rien prévu pour les adultes. Chaque année, c'est la même histoire : ils font les comptes, jugent trop onéreux d'ajouter des présents pour les adultes. La consigne circule – *À Noël, on ne gâte que les enfants* – et Henri certifie qu'il s'y conformera. La fin de l'année approche et il arrive avec des surprises pour tout le monde. Sophie et Denis n'ont rien acheté, sauf pour Charles et François-Xavier. L'humiliation est totale.

Henri jure qu'il s'agit d'une maladresse. Il a oublié. Pas étonnant, avec son emploi du temps surchargé. L'année prochaine, il y pensera, juré. Marcel et Maryse minimisent l'incident : *L'important, c'est que vous soyez tous là ; on n'a pas besoin de cadeaux.* Sophie se confond en excuses, ce qui a le don d'accentuer le sentiment de défaite et l'exaspération de Denis.

Il est certain que son frère le fait exprès, d'autant plus que Monsieur prend un malin plaisir à offrir des choses qu'une employée de mairie et un modeste responsable d'agence ne pourraient jamais payer. L'année dernière, c'était un Goldorak grand comme une photocopieuse pour Aurélien, un collier hors de prix pour Sophie, et un livre de collection pour Denis : *L'idiot*, de Dostoïevski. Dans l'édition originale de 1933, s'il vous plaît. Logo de la NRF orné des célèbres bois de Galanis, papier de Hollande filigrané à la gerbe. Henri avait insisté sur le fait que la série in-octavo s'adressait à « tous les lecteurs désirant avoir une bibliothèque digne de ce nom ». Denis n'avait pas osé lui demander s'il s'agissait d'une farce. Ses lectures se résumaient au programme de télévision, et parfois au Prix Goncourt, quand on en parlait dans le poste. L'année précédente, il avait tenté de lire *Anne*

Marie, de Lucien Bodard. Il s'était endormi au bout de quarante pages.

Henri se vantait quant à lui de posséder les sept tomes de l'*Encyclopédie* de Diderot et d'Alembert datant du XVIIIe, ainsi qu'une bibliothèque de plus de mille volumes. Denis soupçonnait son frère d'avoir aménagé ces rayonnages uniquement pour l'épate. *Personne ne peut lire mille ouvrages*, se disait-il. *Personne !*

Henri avait posé sa main sur l'épaule de son frère en un geste amical. « Les livres sont l'outil des puissants, Denis. Tu en es ou tu n'en es pas. »

L'autre s'était dégagé d'un coup d'épaule irrité. « Franchement, Henri, je ne suis pas sûr que toi et moi on ait la même vie. »

Le chef de cabinet avait fait la moue. « Non, on n'a pas la même vie. »

Lorsque le tour de Marcel et Maryse était venu, Henri avait déballé, tenez-vous bien, un four à micro-ondes. Denis n'avait jamais vu un prodige comparable. Certes, il lui semblait avoir lu un article à propos de ces nouveaux appareils dans un magazine, mais il avait plutôt cru à des spéculations scientifiques qu'à une réalité accessible. L'article prétendait que le merveilleux ferait son retour dans la société contemporaine lorsque la technologie rejoindrait la magie.

Henri avait aussitôt procédé à un essai de la machine. Après avoir fixé un adaptateur à la prise, il avait branché le four. Il avait ensuite mis un bol de café dans le compartiment principal et deux minutes plus tard – miracle ! – le récipient fumant était à la température idoine. Tout cela sans aucune flamme visible. Pour l'instant, avait précisé Henri, on ne trouvait ce type d'engins qu'aux États-Unis et au Japon, mais le marché hexagonal serait conquis dès que le prix des surgelés deviendrait abordable. *Avec ça*, avait-il plaisanté en s'adressant à ses vieux parents, une main sur l'appareil, *vous pourrez épater le voisinage… et faire la cuisine pour tout le quartier*.

Denis s'assoit à côté de Sophie, juste en face de Mélanie. Les conversations s'animent. Henri a en effet mille anecdotes à narrer, toutes plus savoureuses les unes que les autres. Intrigues de cabinet, manœuvres de couloir, subtiles perversions des hiérarchies protocolaires : les ors de la République par le petit bout de la lorgnette. On rit, on fait des commentaires : *Celui-là, je le trouvais plus sympathique à la télé…*

Denis contemple sans en avoir l'air le visage de Mélanie. Le grain de beauté, à la naissance du cou, pointe de chocolat sur un océan de lait. Les veines, comme des ruisseaux de saphir à la poursuite d'un estuaire invisible. La peau, diaphane, qui paraît se nourrir de lumière. Et puis cette mèche exquise, que l'épouse de son frère a ramenée derrière le lobe de l'oreille et dont la sublime courbure évoque un point-virgule. Une symétrie parfaite départage la bouche en replis jumeaux, et les ailes du nez, légèrement brillantes, en carreaux de mosaïque inclinés. Existe-t-il ovale plus idéal que ce visage à la fois doux et volontaire ? Elle a coiffé ses cheveux en arrière. Le front large et bombé apporte une touche cérébrale au personnage, estime Denis. Il se rend brusquement compte que Mélanie le regarde. Ses yeux transparents l'étudient sans gêne, jusqu'au moment où, au comble de l'embarras, il détourne la tête.

« Hé, Denis, tu m'as entendu ? » La voix d'Henri, profonde et joviale, l'incite à renouer avec l'évidence du présent. Il s'ébroue pour chasser les rêveries de leurs ultimes retranchements.

« Pardon, j'étais dans la lune.

— Je disais que cette année, tu n'auras pas de cadeau au sens matériel du terme.

— Comment ça ?

— Étant donné que tu te considères trop vieux pour avoir un vrai paquet sous le sapin, j'ai décidé de t'offrir quelque chose que tu ne pourras ni toucher, ni sentir, ni goûter. »

Denis est perplexe. « J'imagine que je n'en saurai pas davantage pour l'instant.

— Non, mais ça va te plaire, je te le garantis. »

Le sourire d'Henri s'élargit. Cette dentition de squale et ces gencives à nu, Denis a appris à s'en méfier.

Il remue sur son siège, tente de lui rendre son sourire sans y parvenir tout à fait. « J'ai hâte. »

69

Le journal de 20 heures vient de se terminer. Le sapin, auquel on avait donné apparence festive dès le commencement du mois de novembre, est demeuré en l'état. Michel, le père d'Édith, aurait voulu qu'on l'enlève, mais la mère s'y est opposée, mue par l'espoir inavoué que sa fille revienne pour Noël.

Édith n'est pas revenue.

Cette année, pour la première fois, il n'y aura pas de cadeaux au pied de l'arbre ; pas de chuchotements entre Édith et Séverine, sa mère, tandis qu'elles attendent dans le couloir un signe de Michel, attestant de la visite éclair de l'homme en rouge ; pas de précipitation pour déchirer les emballages…

Le couple se tient assis sur le divan, devant une télévision que personne ne regarde. Michel étreint la main de son épouse. Ce n'est pas un geste tendre. Juste un soutien, pour ne pas tomber. Il sait que s'il entourait le poignet de sa femme avec le pouce et l'index, les extrémités se rejoindraient sans difficulté. Séverine a perdu vingt kilos depuis le mois de novembre. *Vous cherchez un régime efficace à 100 % ? Testez la disparition de votre enfant, succès garanti.* Les yeux dans le vague, elle fait de son mieux pour oublier les décorations du sapin. Maintenant, elle regrette de ne pas avoir suivi les conseils de son mari : ils auraient dû se débarrasser de l'arbre, tuer dans l'œuf toute aspiration pendant qu'il en était encore temps. Désormais, il est trop tard. Jusqu'à la fin de leur vie, ou jusqu'au jour où on leur ramènera le corps de leur princesse, ils continueront d'espérer.

Elle se demande si une mère a le droit de congédier l'effusion.

Est-ce si mal de chercher au fond de soi et de ne rien trouver ? Comment définir cette excavation, ce gouffre où choient les pleurs, le chagrin et la détresse ? Comment nommer l'innommable ? Peut-être en acceptant de désigner le néant par ses multiples travestissements : la férule et l'éclosion, la myrrhe et l'encens, le salut et l'affront, l'abîme et la reddition. On devrait appeler ce grand rien : illusion, farce, erreur. Ou encore soulagement.

Il faut voir les vestiges de repas ingurgités à la va-vite sur un coin de table, les bougies que l'on n'a pas allumées, il faut retracer l'écho de pas que l'on n'entendra plus résonner sur le parquet, les trottinements de souris en direction de la chambre. Leur fille. *Je vais lire sur mon lit, maman, tu m'appelles quand c'est bon.*

Il faut imaginer la gamine sur la courtepointe à carreaux, les poings sous le menton, en train de se passionner pour *Le Club des Cinq va camper*, en Bibliothèque rose. Regardez-la contempler les illustrations délicieusement surannées de Jean Sidobre, ces images en noir et blanc qu'elle a coloriées d'une main malhabile. Moustache, la peluche des *Mille Cavaliers*, veille sur elle.

« Édith ?

— Oui, Moustache.

— Tu penses qu'il viendra te chercher un jour, pour t'emmener loin d'ici ?

— Évidemment. J'en suis certaine.

— Et s'il te réduit en miettes et qu'il te disperse aux quatre coins de son royaume ?

— Eh bien, je partirai à la chasse au trésor. »

Les cloches de l'église sonnent 9 heures. L'eau de la fontaine, en partie gelée, a pris des reflets d'étain. Par superstition, par crainte, par nécessité de croire en quelque chose, Séverine a laissé la lampe allumée dans la chambre vide de sa fille.

À chaque fois que la jeune femme actionne l'interrupteur de la table de chevet, elle cherche une imperfection dans la lumière, un subtil changement dans la danse des photons qui témoignerait de l'absence de sa fille. La façon dont l'ombre portée de l'abat-jour tombe sur le lit n'a-t-elle pas varié ? L'ampérage est-il toujours identique ? L'effacement provoque, au même titre que l'inscription dans un environnement sensible, des déplacements d'air qui comblent l'espace vacant. Elle hume l'atmosphère confinée de la petite pièce, ferme les yeux, tend les mains devant elle, attentive aux plus petites modifications d'ambiance que pourraient lui signaler ses récepteurs. En partant, sa fille a laissé une signature, une altération que seule une mère peut détecter, Séverine en est convaincue. Il lui arrive parfois de sentir un très léger vent froid sur la nuque. *Édith, c'est toi?* Lorsqu'elle se retourne, il n'y a rien.

Ce soir-là, comme les autres, ses sens se révèlent trop limités pour confirmer ou infirmer l'intuition d'une anomalie et, après une dizaine de minutes à sonder l'impalpable, Séverine retourne au salon. La chambre reste allumée.

Dans la nuit pure, que l'hiver aiguisé a trouée d'étoiles, une corneille blanche vient se poser sur le rebord de la fenêtre.

70

L'église est un bâtiment court et épais auprès duquel se sont agrégées depuis le XIIe siècle les habitations du village. Pressées en colimaçon autour du clocher, les maisons de Lensil ont formé une nacre protectrice dont l'efficacité ne s'est jamais démentie, jusqu'à l'arrivée de la télévision dans les foyers et la retransmission filmée des messes dominicales. Malgré plusieurs restaurations, l'édifice religieux n'a pratiquement pas changé depuis le premier âge roman. Sa façade en pierre ajustée s'orne pour toute décoration d'une bande lombarde. L'arcature de plein cintre, à son sommet, affermit le mur. Lorsque l'on entre sous les voûtes en cul-de-four, on constate que l'on évolue dans un plan simple : une nef à trois vaisseaux terminée par une abside sans transept.

Ils sont une centaine à avoir fait le déplacement, ce qui, par ce froid et en dépit de la présence de Michel Drucker sur le petit écran, n'est pas si mal. Les douze coups de minuit retentiront dans moins d'une demi-heure. L'apothéose du temps de l'Avent s'organise en un enchaînement de séquences plutôt simple – hymnes, psaumes, textes bibliques – censé reprendre le fondement de l'alliance entre Dieu et son peuple.

Jérôme trouve l'ambiance plutôt étrange ce soir-là. Il ne peut s'empêcher de regarder un tas de poussière au pied de l'un des chevets symétriques. Sa fréquentation régulière de l'église lui a appris que ce tas de poussière se reforme sur le chevet gauche, quelle que soit la conscience avec laquelle on effectue les tâches ménagères. Pour un peu, on croirait qu'un mouvement de particules invisible, un déséquilibre infime entre les masses d'air chaud et les masses d'air froid, fait gîter le bâtiment sans que nul ne s'en aperçoive. *Quelle idée saugrenue !* songe le garde champêtre. Depuis qu'il est sorti de la gendarmerie, il a l'impression d'évoluer dans un monde de suspicion généralisée, où chaque attitude semble légèrement déplacée, chaque regard porteur d'une volonté de dissimulation occulte.

Lorsque vous rentrerez à Lensil, regardez bien autour de vous, soyez attentif. La solution n'est pas loin... L'entrevue avec Jean, l'aîné pyromane des Trinquiet, l'a plus marqué qu'il ne l'aurait voulu.

Comme pour accentuer cette ambiance insolite, Corinne monte au lutrin afin de lire un extrait de l'Évangile selon saint Luc sur un ton particulièrement dramatique : « Et voici le signe qui leur sera donné : ils trouveront un nouveau-né emmailloté et couché dans une mangeoire. Et l'Ange du Seigneur se présentera devant eux, et la gloire du Seigneur les enveloppera de la lumière. Ils seront saisis d'une grande crainte... » Dans le froid sépulcral de la nef, la naissance prend des accents de crépuscule. La coiffeuse est venue avec sa fille, Cindy, qui a pour l'occasion délaissé les excentricités les plus voyantes de son accoutrement et privilégié une sobriété vestimentaire de bon aloi : pantalon en toile de jean et pull de laine noire. Au moment d'entonner *La voici, la nuit de Jésus*, la jeune fille lance un regard entendu à Jérôme, que celui-ci fait mine de ne pas relever. Il chante un peu plus fort : *Ô viens, Jésus, ô viens, Emmanuel, nous dévoiler le monde fraternel...* Clotilde, postée devant lui dans un fauteuil roulant et protégée du froid glacial par une épaisse couverture, l'accompagne d'une voix aussi limpide que frêle : *...où ton amour, plus fort que la mort, nous régénère au sein d'un même corps...* Les fidèles reprennent en chœur avec des justesses de ton variables, *Ô viens Jésus, ô viens Emmanuel...* Leur souffle fait monter une vapeur grise sur les visages. Il y a Alain, apparemment sobre. Il prie peut-être pour le retour, sinon de son épouse, du moins de ses enfants adorés. Lucienne, Armande et Paulette sont également présentes, de même que Marc, le patron de bar, que Jérôme a salué d'un mouvement de tête. Le bistrotier tient vraisemblablement à intercéder auprès du Très-Haut en faveur du défunt Balthazar.

Le père Anselme monte en chaire pour se livrer à une homélie virulente. Il délaisse rapidement le mystère de l'Incarnation pour fustiger l'omniprésence du spectacle et de l'argent dans les sociétés occidentales modernes, critique de toute évidence adressée à Michel Drucker et à son invité spécial, Bernard Tapie, responsables selon lui de nombreuses défections sur les bancs de l'église. « Notre société a l'art de profiter de tout, même de ce qui est religieux, pour le détourner de son sens véritable. Depuis l'avènement du petit écran et celui du spectacle télédiffusé, nous croyons maîtriser le temps, le posséder, mais il n'est déjà plus là ! » Il marque une pause. Les veines de son cou se gonflent d'un courroux salvateur, ses yeux injectés de sang parcourent l'assemblée, il écarte les bras dans une posture de défi. L'odeur pénétrante de l'encens, la gestuelle vigoureuse du célébrant et ses éclats de voix qui se répercutent sur le voûtement collatéral donnent à cette cérémonie des accents de délire fiévreux, estime Jérôme. Il a la tête qui tourne. Il se cramponne discrètement à la chaise de Clotilde.

« Nous aimerions quelquefois l'arrêter et à d'autres moments nous en éloigner le plus vite possible. Notre impression le détermine et pourtant les secondes ne changent pas. Il nous dépasse totalement et nous nous figeons à son approche. Alors comment imaginer l'action de Dieu ? » Le prêtre agite ses mains à quatre doigts, boiteuses comme des papillons mutilés. Une réflexion saugrenue vient à l'esprit tourmenté de Jérôme : il se souvient d'une interview de Sid Lawney, le célèbre réalisateur de films d'animation, au sujet de sa créature emblématique, Annibal le furet. Lorsque le journaliste lui demandait pourquoi le personnage n'avait que quatre doigts, le démiurge répondait avec une simplicité désarmante : *Parce que c'est plus facile à dessiner*. Le père Anselme continue : « J'ai accueilli ces derniers jours plusieurs familles pour le baptême de leur enfant. Elles expriment toute la joie de voir grandir leur progéniture, pourtant source de bien des ennuis, maladie, sommeil bouleversé… Mais la naissance de leur enfant les oriente vers l'essentiel :

avec eux, la vie est honorée et célébrée. Voilà la vraie dimension du temps suprême. »

Demandez à Michel et Séverine Lidèle ce qu'ils en pensent, note mentalement le garde champêtre. *Demandez-leur si Dieu s'est adressé à leur fille disparue comme Paul a parlé aux anciens d'Éphèse.* Il est conscient de l'incongruité, pour ne pas dire de l'obscénité de ces pensées à l'intérieur d'un lieu saint, mais il est certain que de nombreux fidèles ont également songé à Édith. Possible que le père Anselme ait mentionné les enfants à dessein. Cependant, l'officiant renoue vite avec ses marottes : « C'est pourquoi il convient, en cet instant très spécial d'écoute et de recueillement, de se détacher du rythme futile des divertissements de masse pour mieux saisir le mystère qui entoure le cycle divin. »

Si l'on interrogeait Jérôme sur l'authenticité de ses motivations religieuses, celui-ci ne saurait quoi répondre. Il ignore s'il croit en Dieu. Il veut simplement être accepté. Mais le doute n'est-il pas au centre de la foi chrétienne ?

Lorsque retentit le chant final, il récupère un peu ses esprits.

Il est né le divin enfant, jouez hautbois, résonnez musettes…

Le père Anselme, lui aussi calmé, dépose les hosties dans la patène, le vin dans le calice. Après avoir ajouté quelques gouttes d'eau au jus fermenté, il procède au lavabo : le servant verse un peu d'eau sur ses mains sans auriculaires. Puis vient le moment de l'offertoire. On dépose ses billets froissés, ses pièces crasseuses épargnées de longue date, dans la corbeille en osier.

À la fin de la prière universelle, la main droite quitte le front pour se poser sur le ventre, et aussitôt remonter en direction de l'épaule gauche, avant d'effleurer la droite. *Ite missa est*.

Sur le parvis de l'église, on se frictionne, on tape du pied. Le sang gourd se fraye un douloureux chemin sous la peau, veines et artères s'étranglent. Certains rentrent bien vite chez eux pour tenter de se réchauffer. D'autres s'attardent pour bavarder.

Jérôme arrête le fauteuil roulant devant l'officiant. « Beau sermon, mon père. »

Le prêtre glousse. « Je crains de m'être un peu emporté, mais chaque année, chaque mois, je vois des paroissiens s'éloigner de l'église.

— Ils ne savent pas ce qu'ils font, plaisante le garde champêtre.

— En effet. » Il baisse les yeux sur Clotilde. « Et vous, très chère, comment allez-vous ? Jérôme m'a parlé d'un nouveau traitement. » Dans un geste de pure sollicitude, il pose la main sur l'épaule squelettique de la jeune femme. Jérôme ne peut s'empêcher de remarquer la cicatrice très nette au niveau du cinquième métacarpe. Une amputation propre, un travail de professionnel. Il songe un bref instant qu'avant Lensil, le prêtre a dû avoir une vie au moins aussi mouvementée que la sienne. Et maintenant qu'il a entrevu quel genre de feu l'a consumé pendant l'homélie, il sait également qu'ils dissimulent la même violence. Ce que l'un a muselé avec la religion, l'autre l'a réduit au silence grâce à l'amour. Le résultat final demeure identique. Au bout du compte, il s'agit toujours de trouver une place. De ne plus être tenu à l'écart.

« Les nouveaux médicaments ne sont pas très efficaces pour l'instant, explique Clotilde. Selon les médecins, il faut attendre.

— Je prierai pour vous, mon enfant. »

Les gens passent, saluent le prêtre, le félicitent d'un mot plus ou moins sincère. Le père Anselme explore du regard les derniers rangs des fidèles qui se dispersent dans les ruelles. « C'est curieux, je n'ai pas vu Annabelle, ce soir. Elle vient pourtant tous les ans.

— Une nouvelle adepte de Michel Drucker ? » conjecture Jérôme.

Le père Anselme sourit. « Pas elle. Une fois que l'on est converti à l'usage intensif des livres, on ne peut plus se laisser tenter par l'ivresse cathodique.

— Elle a peut-être fêté Noël en famille ?

— Je crains qu'Annabelle n'ait jamais eu de parents proches dans la région. D'ailleurs, je ne l'ai jamais entendue mentionner un lien familial quelconque.

— Des amis alors ? Elle ne voulait plus sortir par ce froid.

— Ce serait bien la première fois qu'elle manque la messe de Noël à cause des températures, mais vous avez peut-être raison… Elle vieillit, comme nous tous. »

Une légère moue sur le visage buriné de l'homme d'Église indique cependant à Jérôme qu'il ne croit pas une seconde à cette hypothèse.

71

Marcel Davodeau observe l'horloge murale accrochée à côté de la tête de sanglier. « Déjà minuit dix ; allez chercher les garnements, Sophie. Tous les cadeaux sont au pied du sapin. »

L'épouse de Denis monte à l'étage quérir Charles et François-Xavier, les enfants de son beau-frère, ainsi qu'Aurélien, son propre fils. Les deux premiers, parfaitement réveillés, laissent éclater leur joie, tandis que le troisième, ayant succombé au sommeil, ouvre les paupières avec difficulté.

Maryse, Denis, Henri et Mélanie regardent avec tendresse les diablotins se jeter sur les emballages. Ensuite, ce sera le tour des adultes. Moment de vexation rentrée : Denis et Sophie sont les seuls à ne rien avoir acheté.

L'agent immobilier se demande ce que son grand frère lui a réservé. *J'ai décidé de t'offrir quelque chose que tu ne pourras ni toucher, ni sentir, ni goûter*. Qu'est-ce que cet imbécile est encore allé inventer ?

Du coin de l'œil, il voit Mélanie, sa belle-sœur, se pencher pour ramasser les papiers cadeau dispersés au sol. Grâce, élégance. Désinvolture polaire. *Qu'est-ce que tu fais avec lui, Mélanie ? Tu ne vois pas à quel point il te méprise ? Henri ne s'est jamais intéressé qu'à sa petite personne. Comment as-tu pu tomber sous le charme ? Ce n'est pas un être humain que tu as épousé, mais une machine. Adresse-toi à quelqu'un de vrai pour changer. Quelqu'un de vivant, qui ose prendre des risques. Un homme capable de te comprendre. Tu le sens, ce courant ? Tends la main, n'aie pas peur. Laisse-le t'emporter vers moi. Je suis là. Tu me vois ?* Elle tourne légèrement le visage. L'espace d'une fraction de seconde, leurs regards se croisent.

72

Au moment où Denis rejoint son frère sur la grande terrasse de la villa, il est un peu éméché. Harassé aussi. Trop de pensées se sont bousculées dans son crâne, trop de sentiments contradictoires ont tourmenté son âme. Le désir, la frustration, Mélanie, la compétition, Henri, l'admiration, la déception, Marcel et Maryse, la colère rentrée, l'envie de crier, Aurélien, la haine, le dégoût de soi, la résignation, Sophie… Échauffées par l'alcool, les cellules grises ont comploté pour former un chahut d'images, dont aucune n'est parvenue à prendre le contrôle de son esprit, les unes chassant les autres en un renouvellement incessant. Il avait bu lorsqu'on avait porté des toasts ; il avait bu au fil des conversations – ou plutôt des monologues d'Henri –, tandis que, tous accaparés par les récits de l'aîné, personne ne le voyait se resservir ; il avait bu quand Sophie avait le dos tourné. C'était du champagne, heureusement, mais la boisson pétillante avait fini par le sonner. L'air frais de la terrasse est une gifle. Il émerge de sa torpeur, reprend conscience du monde qui l'entoure.

« Sophie est toujours à l'intérieur ? interroge l'aîné, plongé dans la contemplation de la forêt obscure.

— Elle est allée se coucher. Elle était fatiguée. »

Henri regarde sa montre. « 2 h 35. Mélanie doit déjà dormir.

— J'ai vu la façon dont elle a accompagné les enfants dans la chambre, sa manière de les border, de leur raconter une histoire… Aurélien est toujours ravi quand sa tante le dorlote un peu. Merci pour lui.

— Pas de problème. Mélanie a toujours eu un don pour les enfants, la maternité. Un don sous-exploité, si tu veux mon avis. La gouvernante, à la maison, s'occupe pratiquement de tout. Un jour viendra où Charles et François-Xavier l'appelleront *maman*. Les parents sont allés se coucher aussi ?

— Non. Ils sont au salon. Ils rangent.

— On ne les changera pas. » Henri sourit dans le noir, et ses dents écartées font un piège à loup sur le point de claquer. Il sort un étui de sa poche. « Un cigare ?

— Volontiers. »

La flamme du briquet monte un bref instant dans le ciel, les traits du chef de cabinet émergent des ténèbres. Il dévisage son frère.

Denis a l'esprit parfaitement clair à présent. Il tire une bouffée de tabac. « Et si tu me disais en quoi consiste ton fameux cadeau ?

— Ah, tu n'as pas oublié.

— Tu en doutais ?

— Pas un instant. » Denis sent, dans l'obscurité, Henri qui jette un coup d'œil par-dessus son épaule, vérifie qu'ils sont bien seuls sur la terrasse. « Tu te souviens de mon voyage aux États-Unis il y a un peu plus de deux mois ?

— Oui.

— Les choses se précisent. Je suis chargé de former une commission d'étude.

— D'accord.

— Ce qui veut dire que bientôt, très bientôt, la région connaîtra de gros bouleversements. Il y aura un paquet de fric à se faire et, crois-moi, ils vont tous se bousculer pour avoir leur part. Banquiers, Cour des comptes, conseil régional, promoteurs, entrepreneurs… Mais toi et moi, on a une longueur d'avance.

— Toi et moi ?

— Toi, l'agent immobilier, moi, le chargé de dossier.

— Qu'est-ce que tu veux dire ?

— Tu as déjà entendu parler de sociétés civiles et de prête-noms ? »

Nous y voilà, songe Denis, que les circonlocutions de l'aîné commencent à indisposer. « Sois plus clair, il n'y a personne, ici.

— Je te parle d'organiser une OPA sur les exploitations agricoles de la région, avant que les prix ne s'envolent.

— Une spéculation immobilière, tu veux dire.

— Si tu préfères.

— Tu sais bien qu'au moindre mouvement suspect, je vais avoir la SAFER sur le dos.

— L'organisation d'aménagement et de développement rural n'est pas un problème.

— Les notaires l'informent de la moindre cession. Et elle a un droit de préemption si elle estime que c'est dans l'intérêt général. Une action d'envergure…

— Il existe une faille.

— Comment ça ?

— La SAFER ne peut intervenir que dans les ventes foncières traditionnelles, pas dans les transactions financières.

— Et alors ?

— Si tu veux éviter que l'organisme mette le nez dans tes affaires et préempte les terrains, tu dois créer une société. Une société civile à responsabilité limitée de préférence, d'abord parce que tu auras la totalité des parts, ensuite parce que tu n'as aucun montant minimum de départ à respecter, et enfin parce que ce type de société est exemptée de commissaire aux comptes.

— Je vois que tu as pensé à tout.

— Presque. Donc, pour résumer, tu crées une société, tu approches les agriculteurs en difficulté – si j'en crois ce que tu m'as appris sur l'état du marché, ils sont nombreux –, et tu les encourages à transformer leur exploitation en société anonyme, avant de leur racheter 98 ou 99 % des parts. Même si la SAFER est informée, il lui est impossible de s'interposer car elle ne peut acquérir que des lots intégraux.

— Il manquera toujours 1 ou 2 % à l'acheteur final.

— Tu t'en moques. La SCRL ne peut durer que neuf ans, et ce sont des terres que tu ne veux pas garder. L'acheteur final prendra tes parts et fera une offre au propriétaire d'origine. C'est tout bénef.

— Mais mon nom va apparaître. Je ne peux pas…

— Utilise un prête-nom. Fais établir une convention dissimulée. Tu sais comment rédiger une contre-lettre ?

— Je suis agent immobilier, pas expert en jeux d'écriture. »

Henri fouille dans sa poche et sort une carte de visite. Dans l'obscurité, Denis est incapable de la lire, mais ça n'a aucune importance.

« Prends contact avec cet homme-là, recommande Henri. Il est conseiller juridique, je fais souvent appel à ses services. Il t'expliquera la marche à suivre.

— Et pour l'argent, je me débrouille comment ? Je vais avoir besoin de fonds pour racheter les exploitations.

— Emprunte.

— Facile à dire. »

Henri soupire. Sans doute veut-il montrer à son frère combien son ignorance crasse, son incompétence sont pour lui sources de lassitude. « Va voir Goiraud, le banquier.

— Le responsable de la succursale de Lensil ?

— Lui-même.

— Il ne voudra jamais…

— Vas-y en mon nom. Il acceptera de t'aider.

— Putain.

— C'est le mot.»

Denis hésite. Il a encore du mal à croire en la proposition de son frère. Et puis toutes ces informations à intégrer, ces démarches… Il ne sait pas s'il est de taille. En même temps, Henri lui fait confiance, il le met sur le coup. *Saisis l'occasion*, avait dit Sophie un jour qu'ils mangeaient ensemble à l'agence. Oui, le moment est peut-être venu de se lancer, de montrer à Henri, à Marcel, à Maryse, à sa femme et à son fils de quoi il est capable. À quarante-deux ans, il serait temps.

«On va vraiment faire ça? interroge-t-il après un instant de silence. On va vraiment monter une opération de cette envergure?» Tout plutôt que d'avouer qu'il est mort de trouille. Et ravi également.

«*Tu* vas monter cette opération. Je te dois bien cette faveur.

— Pourquoi?» Il sent le regard d'Henri se poser sur lui dans le noir.

«Parce que je suis parti, je t'ai laissé seul à l'agence. Je sais quel sacrifice, quel poids tu as dû supporter.

— Ce n'est pas si grave», minimise Denis malgré lui. Il peine à se l'avouer, mais les excuses de son frère le touchent.

«Je veux maintenant te rendre une partie de ce que tu m'as donné, persiste Henri. Te récompenser en quelque sorte.

— Merci», murmure Denis. Le mot lui a échappé, comme s'il était doué d'une volonté propre. Il sent une tache humide sur sa joue, y porte la main et examine, par la lumière du salon qui filtre à travers la baie vitrée, la perle liquide au bout de son doigt. *Une larme ?* Son frère Henri lève la tête. « Il neige, tu sens les flocons ? »

Denis se filerait des baffes.

Les taches blanches descendent en flottant. Demain, un caparaçon immaculé recouvrira le sol et tout sera silence.

« Attention, signale le chef de cabinet après une pause. Tu ne dois pas agir avant la signature d'un protocole d'accord, sinon le risque est trop grand. Le document est à usage interne, mais je te préviendrai dès qu'il sera ratifié.

— Noté.

— J'espère. »

Nouvel instant de tranquillité. C'est au moment où son frère reprend la parole que Denis commence à avoir un doute.

« Pour le partage, on verra plus tard.

— Le partage ?

— Oui. Quarante-soixante, le pourcentage me paraît plus qu'équitable. Soixante pour moi.

— Je… je pensais que…

— Que quoi ? demande Henri, sincèrement étonné.

— Rien.

— Je peux m'adresser à quelqu'un d'autre, si mon offre t'indispose.

— Non, ça va comme ça. Je marche. »

La chute de neige progresse rapidement d'un état de poussière à celui d'épais flocons humides. Henri laisse les plumes froides tomber dans la paume de sa main ouverte. « Quand tout sera fini, Sophie et Aurélien seront fiers de toi. » Puis il tend le cou, ouvre la bouche. « Tu te souviens quand on avalait la neige ? »

Sale enfoiré, rumine Denis. *Dire que pendant un moment, j'ai cru que tu étais capable d'un élan de géné-*

rosité, d'un geste désintéressé. Et en plus, tu as l'audace de jouer sur la fibre sentimentale, félicitations, bravo! Les rouages, lentement, se mettent en branle dans son esprit. Une idée germe dans les méandres alcoolisés de son cerveau, éclosion de fleur vénéneuse sur un tapis de cendres. *Tu as envie de voir qui rira le dernier? Tu veux encore t'amuser au plus malin avec moi? Mais ça ne marche plus, Henri. Aujourd'hui, c'est fini.*

Denis ouvre tout grand la bouche, ferme les paupières, et laisse venir à lui les larmes de cristaux que déverse le ciel opaque.

73

Comme tous les ans, Denis et Sophie ont la chambre du fond, celle qui donne sur la remise. L'autre chambre, offrant un panorama exceptionnel de la plaine, est réservée à Henri et à sa femme.

Sophie ne dort toujours pas. La douche brûlante a certes estompé une partie des tensions de la soirée, mais elle pense à son mari qui a trop bu. Si seulement il trouvait le courage de parler franchement, de crever l'abcès avec son frère, avec ses parents… D'une certaine manière, cette impuissance le rend attendrissant, mais aussi agaçant. Quel mal y a-t-il à cultiver son lopin, à bâtir une vie simple?

Elle ajuste son peignoir, une serviette enroulée autour de la tête. En arrivant, ils ont posé les vestes et les sacs sur le lit. Sophie prend le pardessus de Denis pour le ranger dans l'antique armoire normande. Bon sang, même ce manteau, acheté en promotion au supermarché, il le déteste. Au moment où elle dispose le vêtement sur le cintre, un objet tombe. Son portefeuille. Elle se baisse, le ramasse. À l'endroit où il s'est ouvert, elle ne peut manquer la photo glissée dans la pochette transparente. Henri et Mélanie prennent la pose, sans leurs enfants, sur un promontoire que l'on a du mal à situer. L'Italie, peut-être. Les Alpes. Ils sourient tous les deux, mais une raideur dans l'expression de Mélanie suggère une distance polie. Peut-être Sophie se fait-elle des idées. Elle caresse le papier glacé et détecte sous la pulpe de son doigt une pliure séparant les deux époux. Elle fronce les sourcils, oriente le cliché vers la lumière. La ligne est nette, les zones de partage clairement délimitées. D'un côté le mari, de l'autre la femme. La franchise du rabat atteste d'un pliage fréquent. Elle soupire, range la photo dans la pochette, puis le portefeuille dans le pardessus. *Denis et ses lubies.*

La porte de la chambre grince. Le voilà, les épaules et la chevelure parsemées de grains blancs. « Tu ne dors pas ? s'étonne-t-il.

— Pas encore. C'est quoi, dans tes cheveux ?

— Il neige.

— Les enfants vont être contents lorsqu'ils se réveilleront demain.

— La formation ne tiendra pas. En tout cas d'après Henri. »

À la mention de l'aîné, son visage s'obscurcit. De toute évidence, leur discussion ne s'est pas déroulée aussi bien qu'on aurait pu l'espérer. Et le cadeau mystérieux d'Henri n'était pas à la hauteur de ce qu'il attendait.

« Qu'y a-t-il ? demande Sophie. Ça s'est mal passé entre toi et ton frère ?

— Ce magouilleur ? Il m'a entraîné dans une espèce de combine foireuse dont je n'ai pas encore cerné les aboutissants, mais je lui réserve un chien de ma chienne.

— Une combine ?

— Une combine financière.

— Fais attention. Il n'est pas né de la dernière pluie.

— Qu'est-ce que tu insinues ? Que je suis trop bête pour assurer mes arrières ?

— Calme-toi. Je te dis juste de ne pas foncer tête baissée…

— Ne t'inquiète pas, Sophie. Je sais ce que je fais. »

La jeune femme s'assoit sur le lit, marque une pause, se laisse le temps de réfléchir. Denis est sur la défensive dès que l'on parle de son frère. Elle choisit ses mots. « Je ne veux pas me mêler de vos histoires, mais si Henri te propose une combine foireuse, comme tu le prétends, pourquoi accepter ? »

Denis écarte les bras. « Tu crois que j'ai le choix ? Tu crois que l'agence fonctionne si bien que cela ? Si j'étais en position de refuser, tu penses que j'aurais dit oui ? Enfin, peut-être que j'aurais dit oui, mais j'aurais négocié. »

L'agent immobilier s'installe à côté de son épouse. Sophie pose la main sur sa nuque, l'attire à lui. Sans résister, Denis appuie la tête sur son épaule.

« Ce salaud… », murmure-t-il tout contre elle.

Sophie lui caresse la nuque, la tête, avec toute la tendresse qu'elle peut mobiliser. Les particules glacées fondent entre ses doigts. « Est-ce que tu m'aimes ?

— Je vais mettre Mortier, le notaire, sur le coup, poursuit-il sans l'écouter. Goiraud aussi, de l'agence bancaire. Avec un peu d'astuce, on devrait pouvoir empocher une partie du pactole avant qu'il rafle la mise… »

Sophie fait descendre sa main dans le dos, cajole

l'échine. Elle observe la petite fenêtre carrée de la chambre. En surimpression de leur reflet – l'image d'un couple entre deux âges, silhouettes blotties l'une contre l'autre dans une pièce au mobilier rare et démodé ; la femme avec le peignoir légèrement entrouvert, une serviette à moitié dénouée sur la tête ; l'homme appuyé contre elle, inerte, presque mort, qui se laisse bercer, flatter, palper ainsi qu'on tenterait de ranimer un blessé –, les flocons naissent de rien, dansent puis meurent sur la vitre humide. Sa propre voix est si douce, si ténue, qu'elle doute d'être entendue quand elle prononce ces quatre mots : « Sois prudent, mon cœur. »

74

Un silence plus épais que de l'ouate a figé les rues de Lensil. C'est une tranquillité sans grâce, un mutisme d'âne mort qui étouffe les habitations. Le village s'est enfoncé dans un assoupissement proche du néant. La neige recouvre tout : des rigoles aux venelles étroites, des places aux anciennes granges, en passant par les arcades et les bouches d'égout. Elle s'est accrochée aux lézardes des murs, a profité de la moindre saillie pour grimper le long des parois. Sous les halos jaunes des lampadaires, la poudreuse s'est installée sur les bancs et autour de la fontaine. Le bruit de l'eau semble à présent n'être qu'un pâle écho de lui-même. *Dormez, braves gens, plongez dans un sommeil d'entonnoir*. La départementale à la sortie de l'agglomération s'est transformée en tapis d'honneur que rien ne vient souiller.

Il faut continuer cinq cents mètres pour trouver

le portail gauchi et la maison dressée en bordure de route. On reconnaît les volets de travers, le toit affaissé. Un voile blanc pèse maintenant sur le cynodon et l'agropyrum du jardin, oblige les plantes à incliner le chef en signe de reddition. La balançoire rouillée s'est abandonnée au durcissement du gel.

Malgré la fanchon immaculée qui recouvre dorénavant la vieille boîte aux lettres, on peut encore lire le nom d'Alain Lemercier.

L'accotement de la départementale est désormais vierge de toute trace. Rien ne laisse supposer qu'un véhicule s'est garé là et qu'une vieille dame en est descendue pour piétiner la terre grasse. Aucun indice ne rappelle qu'elle a poussé le portail, qu'elle a écarté les brins d'herbe gris avec ses mains fanées, et que les bottes en caoutchouc l'ont protégée des plantes les plus agressives. Nul élément n'atteste qu'elle a continué de progresser, qu'elle s'est forcée à respirer calmement pour juguler l'angoisse, et qu'attirée par la faible lumière d'un poste de télévision, elle s'est approchée d'une fenêtre. La neige a tout effacé. À un moment donné, l'ancienne institutrice a pivoté pour regarder sa deux-chevaux rouge qui faisait comme une tache de sang dans les feuillages.

Aujourd'hui, la départementale déroule son cordon blanc à l'infini. Le véhicule d'Annabelle a disparu.

INTERMÈDE

Dans lequel Lars Anderson accède à des dimensions insoupçonnables de l'existence, sans prendre garde aux démons qui y séjournent.

Il possède une IRM de son cerveau, qu'il emmène partout avec lui. Sur les plateaux de tournage, en salle de mixage, aux ateliers d'écriture, dans les couloirs des bibliothèques, aux réunions, dans les files d'attente aux stations-service, sur la route, à l'hôpital, dans le métro et dans le bus, dans les voitures de location, dans les chambres d'hôtel et au cœur des heures solitaires qui peuplent ses nuits…

À une époque de sa vie, il a même eu l'idée de faire des copies du cliché pour essayer de les vendre par correspondance, mais ça n'a pas marché. Il a passé une annonce dans un journal très lu. *Cède contre modique somme radio cérébrale d'une tumeur au lobe temporal gauche. Effets psychotropes garantis. Créateurs et poètes s'abstenir*. Personne ne lui a répondu. Il a l'habitude.

Depuis l'âge de cinq ans, et peut-être même avant, il ne se souvient pas d'avoir eu de véritable ami. En fait, il est pratiquement sûr de n'en avoir jamais eu. Quand il habitait à Vik, aux alentours de dix ans, il n'était pas rare qu'il s'absente du domicile familial les jours de tempête. Il allait se réfugier dans les anfractuosités des falaises de basalte bordant l'océan et regardait, à peine protégé par les renfoncements rocheux, les vagues immenses éclater contre les parois grêlées. Il sentait, jusqu'au plus profond de ses os, la colère de l'eau, la vibration formidable des à-pics malmenés, et la puissance, qui de toute éternité surpassait celle des cathédrales et des dolmens. Ni les cris des macareux ni la vindicte des sternes arctiques ne le décourageaient. Chaque éclaboussure était comme un baiser de Lucifer. Il ouvrait grand la bouche et, dans le fracas des éléments déchaînés, criait à pleins poumons.

Sa mère, morte d'inquiétude, envoyait les hommes du village à sa recherche. Quand le temps se calmait, on le retrouvait blotti contre la pierre comme dans le ventre d'une génitrice minérale, fiévreux et aphone, les yeux encore foudroyés d'extase.

Les rumeurs allaient bon train. Les habitants de la baie le croyaient fou, les maîtres d'école simple d'esprit. Ses camarades de classe étaient persuadés qu'il venait de la planète Mars, les médecins estimaient qu'il était juste souffrant, victime d'un dérèglement nerveux dont une poignée de cachets viendrait à bout. Ses parents, eux, pensaient qu'il souffrait un peu de tous ces maux.

Puis ils avaient déménagé à Reykjavík et, de là, avaient gagné les États-Unis où son père, éminent spécialiste d'analyse linguistique, avait obtenu un poste universitaire. Il n'avait plus vu les mers glaciales du cercle polaire.

Au début des années 70, il se passionne pour le cinéma. Le département qu'il a intégré lui a permis de rencontrer des gens aussi déphasés, aussi inadaptés que lui, mais toujours aucun véritable ami. Cependant, les fréquentations qu'il noue à l'université élargissent considérablement son horizon. Il y a là toutes sortes d'étudiants, et nombre d'entre eux travailleront dans l'art conceptuel, la musique concrète ou les nouveaux médias vidéo.

Le climat doux de la côte ouest, la nécessité d'assimiler en nombre des connaissances techniques et théoriques, ainsi que l'ouverture d'esprit relative de ses camarades, écartent un moment les démons de son enfance. Pendant un bref laps de temps, Lars se sent presque normal.

En deuxième année, il rencontre Maurice Sternberg, qui l'introduit aux mondes fantastiques et polymorphes de la science-fiction. Ensemble, ils fréquentent un petit cercle d'initiés, férus d'univers parallèles, de créatures belliqueuses et de femmes dénudées armées de pistolets laser. Là où la plupart des lecteurs voient un simple divertissement, Lars Anderson discerne les potentialités inconnues de la perception. Aux yeux du petit groupe de lecteurs, un écrivain sort du lot. Il ne se distingue de ses confrères ni par le style littéraire ni par la rigueur narrative, mais par une capacité inédite jusqu'alors à suggérer que l'horreur se dissimule dans une réalité qui n'est pas tout à fait ce qu'elle prétend. Sous le vernis de fictions haletantes, bourrées d'action et de rebondissements guerriers, le romancier livre un message des plus troublants : l'angoisse ne sourd pas uniquement de la menace extraterrestre, mais aussi de dérèglements infimes dans la machine bien huilée du quotidien ; l'ennemi n'est pas seulement incarné par une noria de soucoupes volantes mais par notre propre cognition biaisée. Nos certitudes sont bâties sur du sable, affirme en substance l'écrivain. Et la vérité constitue une facette d'un mensonge bien plus large, dans lequel nous baignons à notre insu puisqu'il est de notre propre création. Cet auteur s'appelle Michael Jessenberg et, lorsqu'une version intégrale de *L'ardente salamandre* sort en librairie (version où l'on a réintégré un long récit enchâssé, sabré par les éditeurs originaux), il entame une ultime tournée promotionnelle, après dix ans d'absence. Accaparé par l'industrie du cinéma, l'auteur a négligé sa production romanesque mais sa réputation de visionnaire continue de le poursuivre, tel un indécrottable spectre. Son lectorat restreint lui voue un culte plus fervent que jamais, au point d'accorder foi à la moindre de ses déclarations.

En 1973, Anderson et Sternberg se rendent en combi Volkswagen à San Diego. La tournée promotionnelle de Jessenberg tient à la fois du *retour du fils prodigue* et du *chant du cygne*. Il n'est pas rare qu'on le croise ivre ou sous l'influence d'une quelconque substance prohibée dans les coulisses du festival. Il y fera un long discours testamentaire – élucubrations d'ivrogne diront certains, plaisanterie potache prétendront d'autres – où, pour la dernière fois, il exposera ses folles théories. Les spectateurs présents se souviennent encore de la phrase d'introduction, devenue au fil du temps une sorte de gimmick incontournable pour qui veut signifier, sur le mode de l'humour, son appartenance au *fandom* : « Je vous parle depuis un monde qui n'existe pas. »

Profitant de cette occasion unique de rencontrer le maître sur ses anciennes terres, celles de la littérature, Sternberg a apporté sa fameuse boîte. Il s'agit d'une cassette noire d'environ dix centimètres sur vingt, dont il ne se sépare jamais. Un jour qu'Anderson l'avait interrogé à ce sujet, son camarade avait simplement répondu que toutes ses idées lui venaient de là (il avait caressé le couvercle de la boîte, sur lequel était gravé un oiseau à l'envers) et qu'au moment opportun il la confierait à quelqu'un qui en aurait davantage besoin que lui. De toute évidence, la convention de San Diego et le bref retour sur le devant de la scène d'un Jessenberg ectoplasmique constituent aux yeux de Sternberg l'instant rêvé. Il se dit qu'avec la boîte, Jessenberg retrouvera peut-être l'inspiration fulgurante de *Chroniques vénusiennes* ou de *La femme illustrée*. À Anderson qui lui demande, un tantinet frustré, pourquoi il ne donne pas la boîte plutôt à ce bon vieux Lars, celui-ci répond de manière fort sibylline : « Tu n'en as pas besoin. Je sais que tu trouveras ton propre coffre aux trésors bientôt. Il n'aura pas la forme d'une boîte, mais ce sera une boîte quand même. » Débrouille-toi avec ça, Anderson.

Ils interceptent Jessenberg à la sortie d'un stand. Sternberg confie d'autorité sa précieuse cassette à l'auteur hébété, dont l'haleine fauve dégage de puissants relents d'alcool. Il lui fait promettre de ne jamais ouvrir le couvercle, ce à quoi le romancier consent d'un air absent, puis insiste pour prendre une photo. « Si, si, Lars, vas-y, mets-toi à côté de lui. » Clic-clac, l'éphémère hasard qui met l'ancien écrivain et le futur génie du documentaire en présence l'un de l'autre est immortalisé. Jessenberg a l'air plus perdu que jamais, avec sa boîte entre les mains.

L'année suivante, Lars Anderson obtient son diplôme d'études cinématographiques et se lance sur le marché du travail. Il trouve rapidement un poste d'assistant réalisateur dans une boîte de production spécialisée dans les documentaires animaliers. Le travail sans envergure est routinier. Les œuvres sur lesquelles il exerce ses talents ne reflètent aucun éclat particulier, mais il s'acquitte de ses missions avec sérieux et ponctualité. Sa rigueur de chambre à coucher cadre tout à fait avec l'esprit des documentaires de fin de soirée.

Au fil des mois, des migraines de plus en plus intenses envahissent le côté droit de son crâne. Certains jours, il n'arrive presque pas à se lever. La douleur s'insinue dans l'oreille droite, l'œil droit, la joue et même les dents, si bien qu'il se résout à aller voir un médecin. Les différents spécialistes déclarent forfait ou l'adressent à des confrères. Le dentiste l'envoie chez un ophtalmologiste, l'oto-rhino-laryngologiste lui conseille d'aller consulter un neurologue… Les examens se succèdent, se contredisent, s'annulent, mais ne montrent rien de probant. On lui prescrit des radios dentaires, des échographies, des médicaments, des traitements à base d'ondes lumineuses et d'ultrasons… Malgré l'obtention d'un poste de réalisateur principal au sein de sa société de production, ses finances baissent de façon dramatique. Il est obligé d'abandonner les démarches médicales et d'endurer en silence une souffrance à laquelle rien n'habitue.

Un beau jour, au réveil d'une matinée semblable en tout point aux autres, la douleur disparaît. Pendant une semaine, il s'attend à ce que la névralgie se manifeste de nouveau, mais rien ne se produit. Six mois s'écoulent. C'est comme s'il n'avait jamais eu mal.

À la fin de l'année, on lui confie la réalisation d'un film sur le scarabée pique-prune. Le sujet l'enthousiasme peu, il ne voit pas bien sous quel angle il pourrait aborder cet insecte banal, mais accepte de s'atteler à la tâche avec le professionnalisme de toile cirée qu'on lui connaît.

Alors naissent les premières hallucinations.

Il ne s'agit pas à proprement parler d'apparitions élaborées mais plutôt, selon les termes d'Anderson, d'« altérations », de « dérapages », de « ratures » inattendues sur le voile de la réalité.

Une foule devant lui, dans la rue. Une femme et un petit garçon parmi les passants. Il cligne des yeux : la femme et le petit garçon ont disparu.

Un soir, en regagnant leur logis après être allés voir *La machine à voyager dans le temps,* Sternberg et lui discutent des invraisemblances du film. « Il faudrait que la machine soit capable de calculer au mètre près la trajectoire de la Terre, soutient Maurice, qu'on puisse estimer la force de rotation, les rapports d'attraction / répulsion relatifs aux autres planètes et au Soleil, sans quoi on a vite fait de te matérialiser dans l'espace ou à l'intérieur de je ne sais quelle comète. Les veines des rochers, le sel et la glace coulent en toi.

— Pardon ?

— Je disais, tu as vite fait de te matérialiser dans l'espace ou à l'intérieur de je ne sais quelle comète.

— Non, la phrase d'après. Tu peux répéter ?

— Je n'ai rien dit après. »

Un autre jour, par une après-midi radieuse, il monte sur les collines de l'arrière-pays pour effectuer des plans de coupe. Les bois, la forêt. Tandis qu'il filme en très gros plan l'écorce d'un arbre, conférant à l'enveloppe protectrice une texture de tapis de cendres sur un paysage en guerre, il aperçoit une vieille femme qui marche en bordure de chemin. Elle est vêtue d'un ciré jaune et d'épaisses bottes de pluie en caoutchouc marron, tenue incongrue par ce temps. *Une dingue*, se dit-il. Il la hèle, mais elle ne répond pas. Ses gestes sont ceux d'une somnambule. Anderson voudrait l'aider, mais la caméra, en prise de vue automatique, continue de tourner et il n'ose pas s'éloigner. Un déclic. L'appareil arrive en fin de bobine. Il tourne un bref instant la tête et, quand il reporte son attention sur le chemin, la personne âgée s'est muée en joggeur. Il distingue le sportif qui s'éloigne par petits bonds, signe d'une pratique assidue, puis disparaît derrière les arbres.

Une femme en tailleur gris patiente au feu rouge. L'instant d'après, son tailleur est bleu. Des insectes rampent sur les trottoirs et le soleil, parfois, explose en une myriade de gouttelettes crème.

Quand il voyage ou se déplace, il n'est pas rare que le spectre chromatique des paysages connaisse des fluctuations, tantôt vers l'ultraviolet, tantôt vers l'infrarouge. Il a l'impression de se trouver devant un téléviseur mal réglé. Des pulsations, des sons naissent dans ses oreilles. Parfois, un bref acouphène, sifflement strident, masque une partie des propos de ses interlocuteurs, comme si une censure s'exerçait, comme si tel ou tel bout de phrase n'avait pas le droit d'appartenir au réel qui l'entoure. D'inexplicables odeurs, d'étranges musiques flottent dans l'air sans qu'il puisse en localiser la provenance. Des mouvements ébauchés, des oscillations apparaissent à la lisière de sa conscience. On les dirait surgis d'un autre monde, puis ils retournent au néant. À moins que ce ne soit lui qui fasse des incursions dans une réalité qui ne lui appartient pas, avant de replonger dans l'oubli. Peut-être ressemble-t-il à un fantôme, prisonnier de deux univers et exclu en même temps.

Des certitudes bâties sur du sable.

Anderson se demande si la folie a enfin décidé de s'emparer de lui. Les vagues de son enfance grondent à nouveau, il a envie de crier, les bras autour des épaules, des éclairs dans les yeux.

Il décide de rassembler à l'intérieur d'un imposant classeur toutes les pièces médicales conservées dans l'armoire de son salon. Bilans sanguins, analyses de selles, radios dentaires, ordonnances : rien n'échappe à sa vigilance. Puis il se rend chez un neurologue que lui recommande son père.

L'homme qui le reçoit est affable et ordinaire. Il a des cheveux grisonnants coupés très court, des traits secs et porte d'épaisses lunettes posées tout au bout du nez. Il cligne rarement des yeux. Anderson craint à tout moment qu'il monte sur son bureau pour hurler à la lune ou qu'il se mette à glousser comme une poule, à lui parler en grec ancien, à tourner en rond et tomber en poussière. Anxieux, il guette la moindre alerte, la plus petite défaillance de ses sens. Et si le médecin n'existait pas, et s'il n'était que le fruit de son imagination ? Pire : et s'il n'était que le fruit de l'imagination d'une personne morte ? Mais l'homme se contente de l'observer d'un air affable, un sourire bienveillant aux lèvres. Il ne paraît pas étonné du nombre de documents qu'Anderson lui apporte.

« J'ai eu de fortes migraines dans le passé, se justifie Anderson, des céphalées du côté droit. On n'en a jamais trouvé la cause, mais j'ai subi un tas d'examens. J'ai pensé que ça pourrait peut-être vous éclairer.

— Vous avez bien fait », dit le spécialiste en le regardant par-dessus ses lunettes. Il ouvre le classeur et consulte les premiers rapports. Anderson le laisse étudier les pièces de son dossier en silence. Il a conscience que l'on est en pleine journée, qu'à l'extérieur brille un soleil radieux mais, pour une raison qui lui échappe, le neurologue a choisi de fermer tous les stores de son bureau, si bien que l'on se croirait en fin de soirée ou à l'aube. L'abat-jour de la lampe de bureau diffuse une lumière propice aux dissimulations, lui semble-t-il. Il préfère ne pas trop s'attarder sur les ombres épaisses comme de la glu. Il tend l'oreille et remarque un chien qui aboie à l'extérieur. Se trouve-t-il dans la rue ? Chez un voisin ? Sa plainte est difficile à localiser. Depuis combien de temps s'éraille-t-il la gorge ? Cinq minutes ? Des heures ? Anderson a l'impression que cette manifestation sonore a quelque chose d'anormal ; il ne saurait dire quoi. Ce n'est qu'au moment où il marque le rythme avec son pied qu'il s'aperçoit de la régularité presque parfaite de l'aboiement, comme s'il écoutait un disque rayé ou s'enfermait dans une boucle temporelle. Tout plutôt que se concentrer sur ce cycle. Il décide de rompre le charme et, s'éclaircissant la voix, demande au médecin : « Vous n'ouvrez pas les stores ? »

Son interlocuteur ne quitte pas des yeux les lignes de bilan. « Je me concentre mieux à la lumière artificielle. » Puis il lève un doigt pour réclamer un peu de tranquillité. Une grosse bague ornée d'un diamant vert brille à son index. Elle lui donne plus l'apparence d'un maquereau que d'un docteur, se dit le réalisateur. Le silence reprend ses droits, se prolonge. Les aboiements se poursuivent selon leur tempo millimétré. Un gros réveil trône sur le bureau du médecin. Il s'agit d'un modèle enfantin, dont le cadran figure Annibal, l'animal anthropomorphe des studios Lawney. Les cloches de part et d'autre du marteau central ont l'apparence de deux oreilles recouvertes de fourrure. La facture clairement ludique de l'objet détonne dans le cabinet austère. Anderson cherche des photos de famille sur le secrétaire ou des dessins malhabiles sur les étagères, des indices qui pourraient signaler la présence d'enfants dans l'entourage du médecin, mais il n'en trouve pas. Les aiguilles dessinent des moustaches sur le visage souriant du furet. La plus grande d'entre elles franchit huit degrés à chaque aboiement.

« Ah ! » s'exclame finalement le neurologue. Anderson sursaute. « Je vois que vous avez passé une IRM l'année dernière.

— Une quoi ?

— Une IRM, la nouvelle machine à résonance magnétique. Les radiographies traditionnelles produisent trop souvent des ombres. Elles entraînent des erreurs de diagnostic. L'IRM offre une bien meilleure résolution. »

Anderson cligne des yeux. Il a l'impression d'émerger d'un mauvais rêve, ou plutôt d'y entrer. Il n'a aucun souvenir d'avoir effectué pareil examen. Des prises de sang, oui, des radios dentaires, d'accord, il a même accepté de livrer son anatomie à une très désagréable coloscopie. « Je... je n'ai jamais passé d'IRM, comme vous dites.

— Pourtant, j'ai devant moi des clichés d'une netteté irréprochable. Vous avez eu de la chance d'obtenir un rendez-vous. L'hôpital central n'a acheté une machine que très récemment et on m'a raconté qu'ils ont une liste d'attente interminable.

— Mais puisque je vous dis que... Bon, admettons. Vous voyez quelque chose, sur ces images ? »

Le médecin crispe le coin des lèvres. Il examine les clichés encore un instant, puis : « Tenez, regardez à cet endroit. » Il retourne la feuille vulcanisée sur le bureau, de manière à ce qu'Anderson puisse la voir à l'endroit, et désigne un point précis avec le bout d'un stylo capuchonné. « Vous voyez l'hémisphère gauche, sur la quatrième prise de vue ? Il y a une ombre au centre du lobe pariétal. Cela pourrait expliquer vos douleurs côté droit. »

Anderson plisse les yeux. Pour autant qu'il puisse en juger, l'image évoque l'astre lunaire ou la surface d'une quelconque planète sillonnée de cratères et de canyons, mais en aucun cas un cerveau en état de fonctionnement. « Une ombre ?

— Une tache, si vous préférez.

— Qu'est-ce que c'est ?

— Peut-être une tumeur. Mais dans votre cas, l'anomalie se situe au niveau du cortex somesthésique primaire, qui traite les informations de la surface du corps : chaud, froid, douleur interne, externe…

— Mais je n'ai plus mal. Ce sont les hallucinations qui m'inquiètent aujourd'hui.

— J'y viens, explique doucement le praticien. Voyez-vous, le cortex somesthésique est tangent à l'aire associative, là, dans la zone postérieure. Il est possible que la tumeur exerce une pression sur cette partie du cortex, qui est à l'origine des processus cognitifs complexes. Cela pourrait expliquer à la fois les douleurs et les hallucinations.

— Une tumeur ? répète Anderson dans un état d'hébétude croissant. C'est impossible. Si j'avais une tumeur, je m'en souviendrais. Je ne me rappelle même pas l'IRM. »

Le neurologue soupire. « Vous avez consulté beaucoup de médecins, pratiqué de nombreux tests… Attendez, il y a un nom au bas du document. George Peglar, ça vous dit quelque chose ? »

Anderson réfléchit. Les visages des spécialistes se succèdent dans son esprit, leurs attitudes, leurs mots… Il en a vu qui ne cachaient pas leur impuissance, d'autres qui se moquaient éperdument de son cas ou n'avaient pas le temps de s'en occuper. Certains étaient plutôt rudes, la plupart assez diplomates. Quelques-uns, en revanche, avaient toutes les caractéristiques du charlatan patenté. Le neurologue en particulier lui avait fait mauvaise impression et, après quelques visites, il avait abandonné. Son cabinet était dans un état de désordre indescriptible, pour ne rien dire de l'hygiène. Les dossiers des patients traînaient sur les tables constellées de miettes et de taches, dans les cartons, en vrac sur les étagères poussiéreuses. Une fois sur deux, le docteur oubliait ses rendez-vous, et quand il daignait se montrer, il agissait dans un état confus. Anderson l'avait soupçonné de se droguer ou d'être victime d'une maladie mentale non diagnostiquée. Oui, c'est ça, il s'appelait effectivement Peglar. Mais il ne lui avait jamais prescrit d'IRM, et encore moins pour dénicher une tumeur.

Anderson hoche la tête. « En effet, le docteur Peglar est un neurologue que j'ai été voir l'année dernière. Mes visites n'ont pas duré longtemps, mais il ne m'a jamais parlé d'une tumeur. Et puis je n'ai jamais fait d'IRM, je suis formel. »

L'autre a un sourire rassurant. Anderson préfère ne pas trop insister ; il craint de passer pour un dément. Lars note pour la première fois que le médecin possède des cils extrêmement longs. « Les souvenirs sont parfois capricieux, dit celui-ci. Voudriez-vous que nous essayions de contacter ce monsieur afin d'en avoir le cœur net ?

— Heu… Oui, bon, d'accord. »

Le neurologue décroche aussitôt son combiné. « Beatrice, veuillez consulter le répertoire de l'ordre et me trouver les coordonnées d'un certain… George Peglar, neurologue. Oui, j'attends, merci. »

Le médecin adresse une mimique confiante à son patient. *Cela ne prendra qu'une minute*. Tic-tac, la cadence pesante du réveil, la procession laborieuse des moustaches d'Annibal, les aboiements réguliers du chien à l'extérieur, les ombres collantes dans la faible clarté, la bague trop voyante au doigt du médecin, la désagréable sensation que tout est trop bien ordonné et que, pourtant, rien n'a de substance. L'homme en blouse blanche se tient tout à fait immobile, parfaitement silencieux, avec son combiné à la main. On jurerait contempler une statue de cire, médite Anderson, une sculpture destinée à montrer aux enfants du futur à quoi pouvait ressembler un neurologue des années 80. Soudain, le docteur s'anime. Anderson entend le bourdonnement de la voix de la secrétaire au bout du fil. L'homme en blouse incline la tête, concentré. « Oui… Ah bon ? Vous avez bien regardé ? » Anderson se tend sur sa chaise, les muscles de sa nuque se contractent. Quelque chose ne va pas. Après une pause durant laquelle Beatrice semble se lancer dans un long monologue, le médecin reprend : « Oui, comme vous dites, c'est plutôt fâcheux. Merci Beatrice. Je vous rappelle s'il faut d'autres renseignements. » L'homme raccroche. Anderson attend qu'il parle, mais il semble perdu dans ses pensées, le regard lointain sous ses longs cils déployés.

N'y tenant plus, Anderson rompt le silence : « Alors ? »

Le neurologue pose un œil légèrement étonné sur lui, comme s'il l'apercevait pour la première fois. « George Peglar a été définitivement rayé de l'ordre des médecins. Nous ignorons pour quel motif. »

Anderson est abasourdi. « Rayé de l'ordre ? Il faut commettre une sacrée faute pour être exclu de la sorte. »

Le médecin hoche la tête. « Certes, mais ce n'est pas l'élément le plus troublant. » Il hésite. Redoute-t-il la réaction de son patient ? « Il semblerait, d'après les maigres renseignements que ma secrétaire a glanés, qu'il ait été sanctionné voilà dix ans.

— Dix ans ? » répète Anderson. Il a de plus en plus de mal à en croire ses oreilles.

« Vous avez bien entendu, monsieur. Dix ans, soit neuf ans avant que vous le consultiez. »

Dehors, les aboiements ont cessé.

Anderson quitte le cabinet du neurologue la tête lourde, légèrement sonné. Il a l'impression de se retrouver devant un puzzle dont on a égaré les pièces essentielles. Il était venu pour obtenir des éclaircissements, pour qu'on le rassure ou qu'à défaut on l'aiguille sur une piste, et il se retrouve avec une tumeur diagnostiquée un an plus tôt, lors d'un examen dont il n'a aucun souvenir.

Le médecin lui a prescrit une nouvelle IRM afin de surveiller l'évolution des tissus.

Ce soir-là, dans son lit, Anderson éprouve les plus grandes difficultés à s'endormir. C'est dans ces instants-là qu'il regrette de ne pas avoir de petite amie. Sa santé fragile, la précarité de son équilibre mental et ses difficultés d'adaptation sociale l'ont jusqu'à présent empêché de mener une vie sentimentale digne de ce nom. Le soutien moral que s'accordent mutuellement la plupart des couples lui est étranger. En première année de fac, il a bien essayé les prostituées, mais aucun mont de Vénus, aucun soupir, aucun stimulus manuel ou buccal n'est parvenu à égaler la puissance de l'océan, le grondement des vagues glaciales, et le ventre protecteur des rochers, refermé autour de lui ainsi qu'une coque indestructible. Les passes tarifées lui avaient confirmé ce qu'il savait déjà : il n'était tout simplement pas fait pour le coït, et encore moins pour la vie à deux.

Il vire et tourne dans son lit, ne redoutant pas tant l'éventualité d'un développement anormal des cellules cérébrales que la possibilité d'une intervention chirurgicale. Quelques millimètres de matière grise prélevés en excès, et il se retrouverait pour le restant de son existence à tutoyer les fées. Dès qu'il ferme les yeux, des visions de bistouri et de calotte crânienne découpée peuplent sa conscience. Des hurlements de scie circulaire à l'entame de l'os lui défendent d'accéder au sommeil. *Le cerveau est la partie la plus laide de notre corps*, songe-t-il, *et pourtant c'est là, dans la pulpe encéphalique, que réside notre humanité*. S'il cédait à l'assoupissement, les obscures fixations du rêve pourraient lâcher, et les plus effrayantes prémonitions se matérialiser hors de sa tête.

Dès le lendemain, il entreprend de se rendre à l'hôpital central pour obtenir un rendez-vous et surtout pour tenter de raviver ses souvenirs défaillants. Peut-être que, d'une façon ou d'une autre, la configuration des couloirs, les abords du département d'imagerie médicale ou l'aménagement du bureau d'accueil lui rafraîchiront la mémoire.

Situé au sous-sol de l'hôpital, l'espace fortifié réservé aux prises de vue par résonance magnétique ne lui évoque rien. Ni la rampe d'accès en béton, seul accès à la zone sécurisée, ni le hall en forme de L que l'on découvre dès que les portes coulissantes s'ouvrent n'éveillent en lui le moindre souvenir. Le bureau d'accueil est violemment éclairé, à moins qu'il s'agisse d'une nouvelle illusion d'optique que ses sens déréglés octroient aux moments les plus ordinaires. La secrétaire chargée des admissions et du planning des réservations est une femme obèse au large visage rond. Les joues rebondies forment deux plis de chair au niveau des pommettes, plissant les yeux en forme de meurtrières. Son bonnet paraît trop petit pour elle et le rouge à lèvres dessine une toute petite tache de couleur sur son visage pâle et mafflu.

« Vous désirez ? » grogne-t-elle, peu aimable.

Anderson fait glisser son ordonnance sur le comptoir. Il a beau fouiller dans sa mémoire, il n'a jamais vu cette femme de sa vie. « Un rendez-vous pour une IRM. »

L'employée consulte son planning. « Je n'ai pas de place avant au moins six mois. Nous possédons la seule machine à des milliers de kilomètres à la ronde. On vient même des États voisins pour pratiquer les examens.

— Pas de problème. Inscrivez-moi quand vous pouvez. »

La grosse femme opine et marque son nom avec application sur le registre.

Anderson fait mine d'observer les alentours, avant d'ajouter d'une voix faussement nonchalante : « Je suis déjà venu ici l'année dernière. Vous avez rafraîchi la décoration, non ? »

L'infirmière le regarde par-dessous, visiblement irritée. « Pour une IRM ? L'année dernière ?

— Oui », confirme Anderson en offrant son plus beau sourire.

L'obèse secoue la tête. « Impossible.

— Pourquoi ?

— L'endroit était en travaux. Il fallait tout refaire. Bétonner, épaissir les cloisons avec du plomb… Avant, c'était une aile désaffectée.

— Qu'est-ce que vous racontez ?

— Je dis simplement que vous n'avez pas pu effectuer une IRM l'année dernière. Nous n'avons reçu la machine que cette année. »

Anderson a l'impression de s'égarer. Plus il tente de dissiper la brume dans laquelle les éléments du réel semblent se noyer, plus le voile s'épaissit, favorisant la désorientation. Le brouillard avale des parties toujours plus conséquentes du passé, dissimule les signes concrets auxquels il pourrait se rattacher, tandis qu'il progresse vers une hypothétique issue. Il a beau tâtonner, le monde tel qu'il l'a connu semble se dérober, rétif à toute tentative d'arraisonnement. « Mais cette histoire est insensée, bougonne-t-il. Je suis certain d'être venu, puisque j'ai des clichés chez moi. Des clichés de mon cerveau. »

Il n'ose pas préciser que ces images lui ont été prescrites par un médecin rayé de l'ordre depuis une décennie.

« Peut-être sur la côte est ? suggère l'infirmière. Ils ont une autre machine à New York.

— Je ne suis pas allé à New York depuis au moins cinq ans.

— Alors, je ne vois pas, conclut la secrétaire avec un haussement d'épaules qui fait trembler le bas de son visage. Vous voulez quand même garder le rendez-vous ? »

Anderson ne répond pas. Une idée lui vient à l'esprit : le bureau de George Peglar était dans un tel désordre qu'il a peut-être hérité du dossier de quelqu'un d'autre. Un type qui aura effectué son IRM sur la côte est. Oui, songe-t-il, c'est ça. Les clichés ne sont pas à lui. Il n'a jamais eu de tumeur. Il doit absolument retrouver ce George Peglar, afin que les choses rentrent dans l'ordre. Où était donc situé son cabinet ? Dans l'un de ces immeubles courts sur pattes au nord de la ville. Il est pratiquement sûr de pouvoir localiser l'endroit avec un peu de perspicacité. De là, il pourra sans doute obtenir des renseignements qui le mettront sur la piste de l'ancien médecin. Il fait volte-face et se dirige à grands pas vers la sortie. L'infirmière le rappelle – « Monsieur, vous oubliez votre ordonnance » –, mais Anderson n'écoute plus. En quelques secondes, il a gravi la rampe d'accès pour se retrouver à l'air libre. Première étape, retrouver sa voiture sur l'immense parking de l'hôpital, et mettre cap au nord.

Le quartier est conforme à son souvenir : un long boulevard rectiligne à l'écart du centre-ville, des petits immeubles en enfilade, identiques sinon par leur aspect, du moins par leurs dimensions. Les façades ocre ou beiges offrent sur un ou deux étages des fenêtres toutes semblables, orientées sur la route où s'écoule en permanence un flot de voitures et de camions. En rez-de-chaussée, ce sont des échoppes encaissées sous les arcades, des magasins familiaux dont la clientèle se résume aux résidents et aux visiteurs occasionnels. Depuis la voie de circulation, des enseignes défraîchies se détachent parfois entre deux bouquets de végétation asséchée. Elles vantent les mérites du nettoyage à sec ou des livraisons de plats à domicile en moins d'une demi-heure.

Lorsque l'atmosphère n'est pas trop polluée, on aperçoit au loin le dôme du stade, qui émerge sans effort de la plaine lilliputienne. Mais Anderson n'ira pas jusqu'à la coupole. Il s'arrête à l'extrémité du boulevard, là où les habitations laissent place à des terrains vagues, des lots à saisir et des hangars en cours d'édification. La ville continue de s'étendre. D'ici cinq ou six ans, le quartier périphérique sera complètement absorbé par la mégalopole ; le no man's land entre le stade et la ville n'existera plus.

Il gare sa voiture en bordure du dernier immeuble. Déjà, à l'époque, il s'était demandé pourquoi son neurologue s'était installé tellement loin, mais avait songé qu'après tout, ce n'était pas si mal puisque l'on pouvait aisément stationner dans le quartier.

Quand il sort de son automobile, il lève les yeux et constate que la majorité des volets sont fermés, la plupart des stores baissés. Il semblerait que plus grand monde n'habite ici, se dit-il.

Les véhicules à essence, et spécialement les poids lourds, dégagent d'épais nuages toxiques dans leur sillage, mélange de poussière, de microparticules diesel et de dioxyde de carbone.

Il approche de l'entrée. S'il réfléchit deux secondes, il se rend compte qu'il ne sait pas vraiment ce qu'il cherche. Il ignore même s'il a envie de trouver des réponses à ses questions. Pourquoi George Peglar a-t-il été rayé de l'ordre des médecins ? Lui a-t-il réellement prescrit une IRM, alors que la machine n'était pas encore installée à l'hôpital central ? Lui a-t-il donné des informations que, dans sa confusion, Anderson a négligé de prendre en compte ? Comment peut-on oublier une tumeur ?

L'immeuble est pourvu d'un interphone, mais la porte d'entrée est entrebâillée. Il se penche sur les vignettes, se demande qui appeler. Il ne connaît personne et le seul habitant dont il pourrait citer le nom a sans doute fait ses valises depuis belle lurette. La plupart des étiquettes sont arrachées ou rayées. Un ou deux patronymes subsistent, mais Anderson n'ose pas sonner. Il pousse prudemment le battant. Une pénombre fraîche et bienvenue l'accueille dans la cage d'escalier. Il avance, détecte une étrange odeur de citron, qui ne l'intrigue pas outre mesure : peut-être s'agit-il d'une nouvelle hallucination. Peglar avait son cabinet au premier étage. Il tente de déchiffrer les inscriptions sur les boîtes aux lettres, mais n'y parvient pas. L'obscurité est trop importante. Sa main effleure l'interrupteur. Le bouton s'enfonce, sans effet notable. Soit les ampoules du hall ont grillé, soit on a coupé l'électricité. Il décide de monter au premier.

Alors qu'il progresse à tâtons dans les escaliers, une main au contact du mur, il s'interroge sur les incohérences de son quotidien. Les anomalies prennent l'apparence de pièces mécaniques mal ajustées. On les regarde dans tous les sens, on les scrute sous une multitude d'angles, on en mesure les contours au dixième de millimètre, et elles semblent convenir. Seulement, dès que l'on tente de les assembler, elles se révèlent défectueuses, sans que l'on puisse déterminer d'où provient la faille.

Il marque une pause sur le palier. Le couloir est uniquement éclairé par la lueur verdâtre d'une issue de secours, aménagée au fond d'un dégagement. À l'autre extrémité, c'est la porte de l'ancien cabinet, il en est sûr. En cinq ou six enjambées, il est devant le panneau. Plus de plaque, pas de sonnette, aucune inscription : rien que le bois nu, dressé devant lui avec la rectitude d'une fin de non-recevoir. Il colle une oreille hésitante au battant. Qu'espère-t-il entendre ? Du mouvement, de la musique, quelque propos décousu ? Et dans ce cas-là, pourrait-il se fier à ses sens ? Il se fait l'effet d'être un cambrioleur de seconde zone, à l'affût d'un mauvais coup et trop craintif pour se lancer à l'aveugle. Il a beau se concentrer, il ne perçoit rien d'autre que le brouhaha de la circulation en contrebas de l'immeuble. Sa main, posée à plat sur le panneau de bois, effleure un arrondi, ou plus exactement une convexité. Malgré l'obscurité, Anderson devine qu'il s'agit d'un œilleton. Peut-être qu'en essayant de regarder au travers… Il jette un regard coupable autour de lui. Personne pour témoigner de ses agissements extravagants. Au moment où il approche l'œil du judas, il a la brusque sensation de s'enfoncer, pierre au cou, dans une eau miroitante. L'espace d'un instant, il imagine Peglar de l'autre côté du battant, qui l'observe à l'identique. Anderson recule vivement. Non, rien de bon ne sortira de cette auscultation. Alors qu'il se prépare à faire demi-tour, il constate avec frayeur qu'une des portes du couloir est entrouverte, et que quelqu'un l'observe dans l'embrasure. Juste une pupille, aussi noire que le judas, aussi noire que la tache sur le cliché de l'IRM.

« Ex… excusez-moi, bredouille-t-il. Je tente de retrouver… Un médecin résidait ici. Peglar, George Peglar. »

La porte s'ouvre plus largement. Une vieille femme, petite chose voûtée et fripée, fait son apparition dans la lumière éclatante de ce qui semble être un appartement bien entretenu. « Le neurologue ? C'est lui que vous cherchez ?

— Oui. »

Le visage de la retraitée change de forme. Il s'allonge, le nez s'amincit, les traits se diluent. Une véritable tristesse paraît altérer sa physionomie. « Ah, mon pauvre monsieur, vous n'êtes pas au courant ?

— Au courant de quoi ?

— Il s'est suicidé l'année dernière. Il a tué l'un de ses patients et s'est donné la mort. »

Anderson n'est pas sûr de saisir correctement le lien de cause à effet. « Vous pouvez répéter ? Comment ça, tué ?

— Comme je vous le dis, monsieur. Un drame épouvantable. George était si gentil. Un peu… original, je vous l'accorde, souvent distrait, mais tellement prévenant. Tellement soucieux de bien faire. Et avec moi, toujours charmant.

— Comment est-ce arrivé ?

— L'un de ses malades souffrait de douleurs chroniques… » L'espace d'une fraction de seconde, Anderson se demande si elle n'est pas en train de parler de lui. Par bonheur son interlocutrice ne lui laisse pas le temps d'approfondir la question. Elle continue : « Il paraît que George lui a administré huit fois la dose de morphine nécessaire. L'homme s'est écroulé sur le parking là en bas, juste devant l'immeuble. Une chose horrible. Je revenais des courses, et il était là, tout blanc, près des voitures, avec les pompiers qui tentaient de le ranimer. »

Anderson réprime un frisson. C'est un mauvais rêve. Il va reprendre conscience. Non seulement son ancien neurologue a disparu, emportant dans la tombe tout espoir d'éclaircissement, mais en plus il a tué quelqu'un. « Les sauveteurs ont dit que l'homme n'avait pas souffert, ajoute la vieille dame. Le cœur a juste cessé de battre, comme foudroyé. George a été très affecté par cet accident… Parce que je ne peux pas croire qu'il se soit intentionnellement trompé. Un homme si serviable… Il est resté dans l'immeuble encore deux ou trois mois, et un jour on l'a retrouvé pendu. J'en ai fait des cauchemars pendant des semaines, vous pouvez me croire. »

Anderson regarde autour de lui. Il envisage fortement de chercher confirmation de cette histoire auprès d'un habitant sain d'esprit. « Il n'y a plus personne dans l'immeuble ? »

La vieille se rembrunit. « Non. Je suis la dernière. Tous

les autres locataires sont partis. Un groupe a acheté le pâté de maisons : ils vont tout raser pour construire un Walmart. C'est ce qu'on appelle le progrès. » Elle marque une pause, semble attendre un commentaire de la part d'Anderson, mais le jeune homme ignore quoi répondre. Finalement, la retraitée précise : « J'ai fait une demande pour être relogée. J'attends encore. » Nouveau silence. Elle semble observer Anderson avec plus d'insistance. Le malaise augmente d'un cran.

« Tournez un peu la tête, pour voir », réclame-t-elle soudain.

Anderson est sur ses gardes. « Pourquoi ? »

La vieille fait claquer la langue contre son palais, signe qu'elle n'entend pas essuyer la moindre objection. Anderson se résout à obéir. Sans quitter son interlocutrice du coin de l'œil, il pivote lentement vers la gauche.

La retraitée se gratte le menton. « Maintenant que j'y pense, vous lui ressemblez un peu.

— À qui ?

— Au jeune homme qui est mort sur le parking. C'est quand même amusant. »

Anderson, lui, ne trouve pas cette prétendue similitude cocasse. Il recule, épouvanté, et quitte l'immeuble sans demander son reste.

Plusieurs semaines s'écoulent. Il travaille sur son documentaire d'arrache-pied, s'oublie dans la besogne, l'esprit concentré sur mille détails qui s'agencent, dans son monde intérieur, à la façon d'un kaléidoscope. Il en maîtrise toutes les facettes, à défaut de maîtriser celles de sa véritable existence. Le nouveau médecin lui a prescrit des bêtabloquants et des anticoagulants pour limiter les risques en attendant d'obtenir les résultats de la seconde IRM. Après avoir lu les notices sur les effets secondaires, Anderson a choisi de ne pas prendre ces médicaments. Non seulement il va laisser opérer ses hallucinations sans contrainte, mais il va les utiliser pour stimuler sa créativité dans le cadre de sa profession. Cette décision l'a, d'une certaine manière, libéré des carcans qu'il s'imposait. Il s'est senti soulagé d'un poids immense. Cette anomalie cérébrale, il projette de l'utiliser à ses fins propres et d'abattre ainsi les garde-fous que l'idiosyncrasie lui impose. Désormais, il accueillera les illusions sensorielles comme autant de fulgurances, autant de mises en perspective de la réalité susceptibles de dévoiler une authentique vision d'artiste.

Il ne sait pas encore quel résultat cette résolution va produire, mais il se sent bien. Peut-être que la tumeur grossit dans son encéphale, peut-être que les artères se bouchent, que des caillots se forment, qu'un anévrisme menace d'éclater, mais les dérèglements de la perception cessent de l'angoisser. Il les accepte comme une bénédiction.

Les prises s'enchaînent, les plans s'allongent afin de favoriser les accidents, les filtres s'estompent. Le parcours du pique-prune sur l'écorce d'un arbre devient une ascension du Golgotha, l'affrontement entre deux mâles évolue en épopée guerrière. L'obstination des insectes, étirée dans le temps, se transforme en méditation poétique sur la notion de survie. L'accouplement entre le vainqueur et sa femelle appartient au registre de l'amour incurable. Par le prisme du macro-objectif, les membres annelés des cétoines prennent l'apparence des arbres de Tristan et Iseut, aux branches entrelacées. Il n'est pas interdit d'y voir quelque chose d'éternel.

Le film est encore en postproduction, mais un montage provisoire commence à circuler dans les festivals.

Les gens s'installent sur les strapontins, les lumières s'éteignent et le brouhaha cesse. L'écran s'illumine faiblement. Nous sommes dans une grotte. La grotte de Pix, exactement. Quelque part en France, dix-sept mille ans avant notre ère. Sur les murs, dans la lueur vacillante d'un feu de bois, apparaissent des files d'aurochs, des antilopes, puis des insectes : fourmis, papillons et coléoptères. Parmi eux, le barbot est aisément reconnaissable malgré sa forme schématique. Plus loin, ce sont des félins assemblés en tas, dont on pourrait croire qu'ils sont morts. Le noir du carbone, le rouge de l'hématite, le jaune de l'argile et le blanc de la calcite se conjuguent pour donner corps à des visions ancestrales d'une grâce stupéfiante. La caméra progresse encore le long du diverticule. Le rythme est lent, immersif. Il s'agit de jouer sur les échelles de temps et d'espace pour montrer l'environnement sous un angle différent. On cherche l'essence mystique. La bande originale du film consiste en un bourdon d'outre-tombe ; une musique religieuse sans Dieu.

Au fond de la caverne se tient un hominidé – vraisemblablement un homme de Cro-Magnon – agenouillé devant une paroi verticale. Il a broyé du charbon de genévrier dans un creuset artisanal, puis a versé la poudre dans sa bouche. Les joues gonflées, il mâchonne le pigment pour le mélanger à sa salive. Quand il estime que la substance est assez diluée, il inspire par le nez, bombe le torse, et expulse d'entre ses lèvres un milliard de gouttelettes sur la paroi du puits. Un dessin ensorcelant se dévoile alors en négatif sur la roche : celui d'un homme à tête de loup, qui semble tomber, ainsi qu'une sorte de coffre rudimentaire (un monolithe ?) surmonté d'un oiseau renversé.

Le générique défile tandis que pour la première fois dans l'histoire du documentaire, on utilise un intervallomètre, dispositif permettant de prendre des images à espaces définis, et de projeter en accéléré des phénomènes lents. Les nuages filent à une cadence hallucinante.

Une ellipse de dix-sept mille ans, puis le commentaire intervient, volontairement neutre, presque désincarné.

Si vous ne l'apercevez que rarement, c'est qu'il est d'une extrême discrétion. Avec ses trois centimètres le pique-prune est le plus gros des cétoines. Ce n'est pas le plus beau des coléoptères, loin de là, mais c'est à coup sûr le plus énigmatique. Son corps, composé de trois parties, comporte six pattes et, avec beaucoup de chance, on peut le voir sur le tronc des arbres lors des crépuscules d'été ou en plein jour pendant les fortes chaleurs. Comme chez de nombreuses espèces, son principal centre d'intérêt reste la reproduction… L'image, dans un noir et blanc expressionniste, vacille légèrement. Une main (celle du présentateur ?) se saisit du cadavre d'une bête gracieuse dans sa laideur même, et procède à la dévagination de l'édéage, autrement dit à l'extraction du pénis. Celui-ci excède la taille de son propriétaire. La tige érectile, composée de structures rigides et de parties membraneuses blanches, symbolise la victoire d'Éros sur Thanatos. L'image crachote. Parasites. Des vagues éclatent sur des rochers acérés. D'immenses rouleaux déferlent à trois cent cinquante images par seconde sur les falaises islandaises. Puis un soleil cru éclaire les routes pétrifiées. Série de photos. Le béton de l'homme s'étend, de petites maisons naissent, suivies de croisements, de feux de signalisation. Les petites enseignes laissent la place à des grandes surfaces aussi vastes que des villes, des prairies se couvrent de lotissements, et l'on assèche des marais pour construire des parcs d'attractions. La marche vers la modernité est une croisière funeste. Le pique-prune réapparaît au bord d'une voie rapide. Par sa lenteur, il exalte le pouvoir de l'inertie contre celui de l'agitation. Par son silence, il atteste de la domination du mutisme sur le vacarme de la civilisation. Et par sa pureté invisible, il ôte toute grandeur à l'ouvrage de l'homme.

La loi lui confère statut juridique et protection, si bien qu'on le surnomme parfois « la terreur des bétonneurs ». En effet, de nombreux chantiers ont subi un coup d'arrêt définitif après la découverte… L'écran large grésille de nouveau. Le coléoptère entreprend de traverser la route et l'on se prend, guidé par un puissant phénomène d'empathie, à craindre pour sa vie. Le public retient son souffle. Des femmes s'éventent, les hommes crispent les mâchoires. David triomphera-t-il de Goliath ou connaîtra-t-il une disgrâce cruelle, aplati sur l'asphalte par les pneus d'un trente-six tonnes ?

Certains spectateurs ne peuvent s'empêcher de fermer les yeux quand, en caméra subjective, un véhicule fonce à tombeau ouvert sur le pique-prune, ou lorsqu'en contre-plongée le bas de caisse d'un bolide survole le minuscule piéton. Au moment où l'insecte achève son périple, la nuit se lève. Un milliard d'étoiles couronnent alors la tête de l'insecte, créature comme nous tous perdue dans l'univers. Le générique de fin défile. Tonnerre d'applaudissements. A-t-on jamais assisté à pareille odyssée ? Les gens se lèvent, sifflent, frappent du pied. L'ovation dure dix bonnes minutes. Une fois de plus, *Pique-prune : la vie déséquilibrée* – sobrement sous-titré *Un documentaire de Lars Anderson* – est un succès.

Maurice Sternberg, qui est venu assister à la projection du Festival international du film à visée documentaire, est hilare. Il donne une tape amicale dans le dos de son ami. « Eh bien voilà, Lars. Je crois que tu as trouvé ta propre boîte. »

Jusqu'à présent, le film a raflé tous les prix, mais le FIFVD est la plus grosse manifestation du pays, et son FVD d'or l'un des trophées les plus glorieux de la profession. Que faut-il en déduire ? s'interroge Anderson. Que toutes ses idées, toute sa poésie, tout son génie proviennent d'une simple ombre sur une photo ? Les résultats de la seconde IRM sont arrivés chez son neurologue la semaine précédente. La tache est toujours là. Finalement, la première IRM était bien la sienne, sans qu'aujourd'hui encore il puisse expliquer cette incongruité. La moucheture n'a pas bougé d'un iota. Elle n'a pas grossi, n'a pas changé de forme. C'est un signe encourageant, a indiqué le neurologue. Lars souhaitait-il tout de même bénéficier d'une intervention chirurgicale ? Non, bien sûr que non. Il avait trouvé sa boîte magique, et elle avait l'apparence d'un point fixe sur son cortex somesthésique. À partir de maintenant, il emmènera son IRM partout. Il pourra même en faire des copies et les vendre par correspondance, pourquoi pas ? L'idée est à creuser.

Le soir même, après la remise de prix (qu'il a remporté, bien entendu), la direction du festival organise une grande réception où sont conviés les auteurs des films sélectionnés, les distributeurs, les attachés de presse, les journalistes et les membres du jury.

Le président vient saluer le lauréat. Il s'appelle Robert Watkins, il est producteur chez Lawney Industry, et affirme avoir adoré *La vie déséquilibrée,* au point de convaincre les autres membres de voter pour lui à l'unanimité. « J'ai particulièrement apprécié la façon dont vous avez traité le point de vue animal, ou arthropode en l'occurrence. » Il étouffe un petit rire. Anderson ne réagit pas car il ne sait jamais s'il doit répondre aux traits d'esprit de ses interlocuteurs. Il observe le producteur avec attention. Watkins jouit d'une sérieuse réputation dans le milieu créatif. Son corps mince, sa fine moustache lui confèrent une ressemblance étonnante avec Sidney Lawney, le fondateur. Deux choses cependant le différencient du célèbre – et défunt – magnat du divertissement. D'abord, il se dégarnit sur le sommet du crâne. Sa peau luisante et tachée d'éphélides a tendance à le vieillir prématurément. Ensuite, une certaine froideur atténue sa cordialité apparente. Malgré l'enthousiasme qu'il montre pour le documentaire, Anderson devine un homme rigoureux, sinon rigide, qui place l'esprit de Lawney au-dessus de toute autre considération. Un homme intègre, en somme, mais qui semble prêt à basculer du côté de l'obscurantisme si les circonstances l'exigent. Il parle d'un projet à Anderson. Cela ne veut pas dire grand-chose, car des projets, on lui en propose beaucoup depuis que son documentaire fait la tournée des festivals, et Lawney Industry est réputé pour lancer mille créations par an et n'en mener que deux ou trois à terme.

Quelque chose, néanmoins, attire l'attention d'Anderson. Cela tient-il à la façon qu'a Watkins de présenter son idée, à sa force de conviction, ou est-ce simplement parce que sa proposition offre des perspectives inattendues ; des perspectives que, jusque-là, personne n'a encore eu l'audace de lui soumettre.

« Une sorte de livret interactif, dites-vous ?

— Pas exactement, nuance Watkins. Plutôt un objet/monde qui se rapproche, dans son usage, du jeu de rôle. Il s'agit de concevoir un univers entier et de favoriser, par tous les moyens que permet la narration, l'immersion du joueur.

— Un univers entier ? » Anderson entrevoit déjà les possibilités infinies, l'ambition folle d'une telle conception.

« Tout, confirme Watkins. Les personnages, leurs liens réciproques et leur rapport à l'environnement, le tissu urbain, le mobilier, les accessoires, les intrigues superposées, les choix multiples… En respectant, bien entendu, la charte Lawney. »

Une étincelle brille dans l'œil d'Anderson, et l'air espiègle de Watkins le rajeunit d'une dizaine d'années. Ils ressemblent à des gamins décidés à risquer leur tirelire sur un pari insensé.

« Laissez-moi votre carte, dit Anderson d'une voix qui cache mal sa fébrilité. J'y réfléchirai. »

Trois mois plus tard, il est dans un local de douze mètres carrés, au rez-de-chaussée du département R&D, en compagnie d'un autre concepteur : Mike Ellis. Ils baptisent leur jeu *Empire des chimères*, en référence à un discours que Reagan, gouverneur de Californie, a prononcé devant la Convention annuelle des associations évangéliques. Ensemble, ils en formalisent le cadre, établissent les règles. Anderson imagine un coffret inspiré de celui de son camarade, Maurice Sternberg : une cassette noire dont le couvercle s'orne d'une corneille blanche, les pattes en l'air. Chaque joueur aura ainsi sa boîte magique personnelle, contenant de tous les possibles, avec laquelle il pourra évoluer dans le monde de Simplicité. Une seule limite : son imagination. Anderson ne pouvait décemment pas demander aux joueurs d'effectuer leurs parties sur une IRM de cerveau, mais le plateau de jeu, avec le plan géographique de la région, ressemble étrangement à une vue en coupe d'un cortex.

Il s'entend plutôt bien avec Mike Ellis. Celui-ci vient du clip vidéo, une discipline émergente au sein de laquelle il est parvenu à se faire un nom. On s'accorde à lui reconnaître un certain talent pour saisir l'air du temps. Plus pragmatique qu'Anderson, plus en phase que lui avec les codes sociaux, il aide son imprévisible, son halluciné partenaire à demeurer sur les rails. Ellis est le garant de l'intelligibilité du jeu, Anderson de sa créativité débridée.

Watkins passe régulièrement les voir. Ils participent à de nombreux briefings. On inclut dans la narration maintes créatures développées par Sid T. Lawney. Des personnages tombés dans l'oubli ou abandonnés en cours de conception : Benny, l'aigle borgne, Andy, le loup arctique, William, l'ours-garou, Oskar, le lapin fou... Watkins insiste de surcroît pour que la ville exemplaire de Simplicité corresponde aux idées développées dans *Le cœur de nos villes*, un essai de jeunesse écrit par Lawney, à l'époque où il se piquait d'architecture.

Le producteur est sérieux dans toutes les démarches qu'il entreprend, mais sa conscience professionnelle s'exerce à l'identique sur une multitude de projets. En réalité, personne à Lawney Industry ne croit vraiment au potentiel du jeu. *Empire des chimères* est un produit parmi d'autres.

Le coffret est lancé l'année suivante sans tambour ni trompette. Aussi, lorsque la diffusion confidentielle doit faire face aux premières ruptures de stock, lorsque les premiers papiers dithyrambiques paraissent dans la presse spécialisée, c'est d'abord l'étonnement, puis la fébrilité. On crée en toute hâte une filiale pour qu'*Empire* soit dissocié des produits grand public de Lawney, puis on monte une société d'exportation, Transecom, afin d'attaquer le marché européen.

Le fait est que personne, pas même Watkins, n'a anticipé pareil succès. Une suite d'*Empire des chimères* est immédiatement mise en chantier. On en programme la sortie pour l'année suivante. Comme on ne change pas une équipe qui gagne, Anderson et Ellis restent aux commandes.

À la différence de l'opus original, dont l'élaboration s'était effectuée dans une relative décontraction, la pression s'avère maximale pour la seconde version. L'enjeu considérable, ajouté aux délais quasi inhumains, met les nerfs d'Anderson et d'Ellis à rude épreuve. Les premières dissensions apparaissent.

Est-ce un effet du stress ? Un brusque effondrement psychique ou une aggravation de la tumeur ? Les hallucinations d'Anderson deviennent plus puissantes, plus envoûtantes, plus incohérentes chaque jour.

Les personnages d'*Empire* prennent vie. Ils se manifestent dans des endroits incongrus : au supermarché, entre deux rayons de soupe Campbell ; sur les parkings, la nuit ; près d'une route, dans un embouteillage. Anderson aperçoit même l'œil de Benny dans le ciel, un jour qu'il se rend au travail. Les animaux interviennent aux moments les plus inopportuns, ajoutant leurs voix à la cacophonie ambiante. William donne des conseils en pleine réunion, Pablito et Tinky Two chantonnent dans la salle de bains, Eddy chuchote au moment où Anderson tente de se concentrer.

Chaque soir, les vagues déferlent au bas de l'à-pic rocheux, frappent avec davantage d'insistance les structures de silice. Elles sapent les fondations des falaises, entament le maigre rempart qui protège encore le petit Anderson, huit ans, de l'ire des flots. Bientôt, elles seront là. Leur puissance sera telle qu'il se retrouvera projeté contre les arêtes tranchantes de son abri, l'eau salée et le varech s'engouffreront dans la bouche lorsqu'il voudra crier, et le jusant emportera sa carcasse au large.

Ellis éprouve de plus en plus de difficultés à maîtriser les initiatives de son camarade. Il l'aime bien, pourtant, mais la luminosité des débuts a laissé place à quelque chose de sinistre, de brutal, d'incontrôlable. Des champignons de moisissure envahissent les alentours de Simplicité, les chats de la brigade d'assainissement sont atteints d'un parasite cérébral, les tentacules giclent d'un sang blanchâtre rappelant de façon un peu trop explicite le sperme humain. Il s'effraye. « Ressaisis-toi, dit-il un jour à Anderson. Sinon je vais être obligé de parler à Watkins. » Et après un instant de réflexion, il ajoute : « On te trouvera un remplaçant, ce n'est pas grave. Tu as besoin de repos. »

Un matin, sur les conseils d'Oskar le lapin, Anderson achète un revolver à l'armurerie en bas de chez lui.

Bang ! Bang ! Les coups de feu retentissent dans le petit local où Ellis et lui officient depuis dix-huit mois. Ellis s'écroule, le corps en proie à une émeute muette, la main congestionnée sur la énième version d'*Empire II*. Une fois de trop, il a contredit Anderson. Comme toujours, il a tenté de minimiser la fureur, de stériliser l'infection qu'*Empire* porte en lui, et Anderson sait que cette fois-ci, il ne s'en tirera pas avec une simple remontrance. Ellis ira se plaindre à Watkins et ses mots ne seront pas tendres. Alors, *Bang! Bang!*

L'odeur de cordite dans les narines, la poudre sur les mains, le sang… Éviter que le liquide pourpre ne tache le manuscrit. Anderson s'empare des feuilles reliées et de tous les documents qu'il peut trouver sur le bureau d'Ellis. Avant que quiconque puisse réagir dans les pièces voisines, il disparaît du local, de la région, du pays, du monde entier. On n'entend plus parler de lui pendant deux semaines.

Watkins est atterré, catastrophé, anéanti. Non seulement Ellis est mort, mais la quasi-totalité du travail effectué sur *Empire II* s'est évaporée, sans doute escamotée par Anderson. Le producteur se maudit : il savait pertinemment qu'Anderson était fou à lier. Pourquoi diable l'a-t-il sollicité? *Parce qu'il était fou, justement*, réplique la voix de Sidney Lawney dans sa tête. *Tu avais besoin de sa démence, de ses incroyables visions… Je t'ai toujours dit que tu étais trop raisonnable.*

« Oh, ferme-la. »

L'un des policiers chargés de relever les indices dans le box se dresse. « Pardon ?

— Rien, élude Watkins. Je parlais tout seul, désolé. »

L'enquêteur retourne à ses affaires en secouant la tête. Watkins lit dans son esprit comme dans un livre ouvert. *Tous des tarés, chez Lawney.*

Le producteur tente en urgence de monter une équipe de remplacement, mais rien ne fonctionne. Malgré tous les efforts du monde, en dépit du professionnalisme des nouvelles recrues, Watkins ne retrouve pas la magie du duo Ellis / Anderson. De toute manière, il est trop tard pour respecter les délais prévus. *Empire des chimères II* ne sortira pas à la fin de l'année. S'il sort jamais. Son seul espoir réside dans l'efficacité des services de police. Il ne désespère pas de voir les agents appréhender Anderson et de mettre la main sur la version manquante d'*Empire*. Comme il regrette à présent de ne pas avoir fait de copies de chacune des étapes du manuscrit. Anderson et Ellis tenaient à livrer une *sequel* complète et fonctionnelle et Watkins a eu la faiblesse d'accepter. Par crainte de perdre l'étincelle créative du duo, nanti d'une confiance disproportionnée en lui-même et en Mike Ellis, il a accédé à leur demande. Le voilà bien avancé maintenant. Les policiers n'ont aucune piste valable, pas l'ombre d'une trace. Watkins s'interroge sur leurs compétences. Anderson semble avoir été effacé de la surface de la terre et le producteur commence à envisager la possibilité qu'on ne le retrouve jamais.

C'est grâce à une lettre parvenue au siège de Lawney Industry deux semaines plus tard que l'enquête s'accélère.

— *Je vous salue du haut de l'*Empire –

– *Signé : Lars Anderson, quelque part sur la côte ouest* –

Au moins ce courrier signale-t-il que le concepteur est encore vivant et qu'il se trouve sur le sol des États-Unis. Un détail intrigue cependant les enquêteurs : le papier sur lequel est rédigé le message. Il s'agit d'un papier adhésif très spécial, une fibre ignifuge de longs résineux dont la surface est amidonnée d'une couche de kaolin, que l'on trouve uniquement chez une poignée d'artisans.

Les flics contactent les fabricants, réclament les coordonnées des acheteurs récents basés dans le comté.

Lorsqu'ils croisent la liste avec celle des personnes recensées dans l'environnement d'Anderson, un nom se détache : Maurice Sternberg, plasticien de son état. *Bingo !* pensent les enquêteurs. Celui-ci a été à l'université avec Anderson, puis s'est orienté vers la carrière d'artiste, alors qu'Anderson entamait le parcours qu'on lui connaît. Selon les parents d'Anderson, les deux compères ne se sont jamais perdus de vue.

La carrière de Sternberg commence à décoller depuis qu'il s'est lancé dans ce qu'il appelle les *cut-up 3D*, concept fumeux d'après les flics, peu versés dans l'usage conceptuel des matières. La manœuvre consiste à élaborer des tableaux en relief avec des morceaux de texte passés à la broyeuse. Au terme d'un minutieux travail de reconfiguration, Sternberg obtient des représentations réalistes – mi-sculpture, mi-dessin – de paysages ou de personnages en rapport avec les textes dont il s'est servi. Sa représentation du *Christ au globe de cristal*, confectionnée à partir d'une vingtaine de bibles, s'est vendue à pas loin de dix mille dollars dans une galerie du centre.

Lorsque les brigades d'intervention débarquent à l'atelier de Sternberg, ils trouvent l'artiste en train de mettre la touche finale à l'une de ses œuvres, et Anderson avachi dans un fauteuil sale, complètement défoncé ou sous le coup d'une grave décompensation. L'état d'euphorie avec lequel il accueille les forces de l'ordre inquiète les policiers, qui redoutent un piège, mais rien ne se produit. Anderson se laisse paisiblement appréhender.

Les propos décousus de l'assassin au cours des entretiens psychiatriques destinés à établir son degré de responsabilité ne permettent pas de saisir ses mobiles. Les autorités parviennent toutefois à conclure qu'il a détruit *Empire II* dans les premiers jours de sa fuite, sans avoir aucune certitude claire.

Watkins est au trente-sixième dessous.

Anderson est interné, mais les rumeurs les plus folles commencent à circuler au sujet des quinze jours où le fuyard s'est éclipsé. On raconte qu'il est parti en cure de désintoxication, qu'il s'est réfugié chez ses parents après avoir volé vingt mille dollars à Watkins, qu'il couchait avec la femme de Mike Ellis. On assure qu'il aurait été aperçu au volant d'une Rolls-Royce blanche, se dirigeant vers les hauteurs, vraisemblablement dans le but d'y enterrer *Empire II*. Dans les jours qui suivent cette annonce, les puits et les tranchées se multiplient dans les collines. La police arrête même un membre du fan-club au volant d'un mini-tractopelle. La suite mythique d'*Empire* hérite de tous les superlatifs : délirante, subversive, grotesque, provocatrice, géniale, aberrante. Elle devient l'objet de nombreuses spéculations. Quelques voix s'élèvent pour affirmer qu'Anderson n'a jamais rien écrit, ou juste la moitié. D'autres prétendent que la version complète a été passée au broyeur par son ami Sternberg, qui l'aurait ensuite utilisée dans l'une ou plusieurs de ses toiles. Deux camps s'affrontent : ceux qui attribuent à Sternberg le rôle d'âme damnée, et ceux qui estiment au contraire qu'il a été manipulé par Anderson.

Dans les années qui suivent l'internement, on voit surgir des versions partielles d'*Empire II*. Celles-ci sont confectionnées par des fans acharnés, qui ont pu acquérir des œuvres de Sternberg avant que la cote ne s'envole. Convaincus d'avoir retrouvé des fragments de texte dans les *cut-up 3D*, ils se livrent à mille combinaisons, jusqu'à reconstituer selon eux des bribes de l'opus disparu. Au début, ce sont des pages isolées, composées de milliers d'infimes morceaux de papier collés ensemble. Puis des passages entiers, élaborés à partir de photocopies regroupées en jeux d'assemblage surréalistes. Enfin, les premiers volumes intégraux apparaissent. Aucun d'entre eux n'est semblable aux autres. Ce sont les mêmes mots, mais agencés différemment, pour former des récits parfois contradictoires. Existe-t-il un exemplaire conforme à l'original ? Tout le monde a la réponse et, cependant, personne ne peut se prononcer.

Anderson est interné au Metropolitan Mental Hospital depuis un mois – ou dix ans, il ne sait plus –, lorsqu'il reçoit une visite inattendue.

Michael Jessenberg, l'ancien écrivain, demande à le voir. Anderson apprendra un peu plus tard qu'on lui a confié la mission délicate, voire impossible, d'élaborer une version officielle d'*Empire II*.

Le malade attend dans la salle de repos déserte. Quand le romancier se montre, Anderson constate avec étonnement qu'il a perdu pratiquement tous ses cheveux depuis que leurs routes se sont croisées à la convention de San Diego. Une grosse tache de vin, de la forme exacte de la France, orne désormais son front. Jessenberg avance, un peu timide. Dans ses mains, une boîte qu'Anderson n'a pas vue, pas touchée depuis plusieurs années. Sur le couvercle de celle-ci se détache la gravure d'un oiseau mort.

L'écrivain s'arrête près de la table, ne s'assoit pas. Anderson le transperce avec de grands yeux clairs :

« Qu'avez-vous trouvé dans la boîte ? »

Jessenberg cligne des yeux. « Hein ?

— Quand vous avez ouvert la boîte, qu'y avait-il à l'intérieur ? »

Le visiteur baisse la tête. La lumière de la salle de repos brille sur la peau grasse de son crâne et l'angiome hexagonal ressort avec une netteté accrue. Tassé sur lui-même, Jessenberg ressemble à un enfant pris en faute, ou plus exactement à un enfant qui s'avoue vaincu face à des circonstances par trop défavorables.

« Un bulletin d'admission pour le Metropolitan Mental Hospital. »

LIVRE II

Je vous exhorte à vous défier de la tentation de l'orgueil, de cette tentation qui consisterait [...] à ignorer les pulsions agressives de l'Empire des chimères.

RONALD REAGAN, 8 janvier 1976.

CINQUIÈME PARTIE

« La ville idéale se conçoit comme un langage. Les répétitions d'éléments cadencés assurent la clarté du discours, c'est-à-dire de l'information à transmettre. Il faut que cette récurrence produise un effet rythmique pour témoigner non pas d'une immobilité, mais d'un "déplacement statique". Rien ne doit brouiller la lisibilité, aucun bégaiement ne doit transparaître dans les allées rectilignes du commerce. Un homme qui se meut, c'est un homme trompé aussi bien par l'attribution de ses désirs que par l'illusion de sa liberté. »

SIDNEY TAYLOR LAWNEY,
Le cœur de nos villes, p. 156.

75

« Mes chers compatriotes, 1984, c'est demain et nous allons vivre une action continue pour le redressement national rendu si nécessaire par la crise mondiale qui nous frappe depuis dix ans. Mais revenons à nous, revenons à nos familles et à nos soucis personnels, à vos enfants, à vos espoirs. Oui, je le répète du fond du cœur : bonne année à vous tous. Vive la République, vive la France. »

C'était une allocution de M. François Mitterrand, président de la République, à l'occasion de la présentation de ses vœux au palais de l'Élysée, le samedi 31 décembre 1983.

Dès le lendemain, le président prend le Cotam Unité, pour voyager avec sa délégation depuis Villacoublay jusqu'à Ottawa. Attendu que le gouvernement français ne se refuse rien, le Concorde présidentiel comporte un bureau et une chambre à l'avant ; une photocopieuse, un téléphone et un système de cryptage à l'arrière. Le président et ses invités traversent l'océan à la vitesse de Mach 2.02, dix-sept mille mètres au-dessus des flots. Cap sur le château de Montebello, dans la province du Québec. Les dirigeants regrettent de ne pas avoir organisé le sommet trois mois plus tard. En ce début d'année 1984, il règne sur tout l'hémisphère nord une vague de froid polaire. Puissants et misérables ne connaissent pas, de ce point de vue-là, une égalité de traitement exemplaire : dans les grandes villes, en France comme aux États-Unis, les premiers sans-logis meurent d'hypothermie. Par chance, Montebello est bien chauffé. Et puis on y mange extrêmement bien.

François Mitterrand caresse son ventre bombé du plat de la main, lorsque le vice-président George H. W. Bush est introduit dans sa suite. Claude Cheysson, Édith Cresson et Hubert Védrine, les fidèles collaborateurs accompagnés de leurs attachés, sont là. Cheysson, par exemple, cultive une alopécie étrangement semblable à celle de son directeur de bureau, Rémy Pautrat. Édith Cresson est venue avec son chef de cabinet, Henri Davodeau, un jeune loup avec des manières de provincial. Mitterrand, lui, porte beau. L'exercice du pouvoir suprême et les caprices du corps n'ont pas encore altéré sa physionomie, creusé les traits comme on creuse une tombe, écorné la stature de l'homme, brisé son apparente droiture. Ils regardent approcher l'inestimable intermédiaire.

« Il accepte », dit le républicain en se calant avec une décontraction toute texane dans un fauteuil faussement rustique, adapté au style de la résidence cinq étoiles. L'ancien club privé a les apparences d'un gigantesque chalet en rondins de cèdre rouge, inspiré des hôtels d'Alpes suisses.

Le soulagement de Cheysson est visible. Védrine reste plus réservé.

« Très bien, convient sobrement le président. De combien de temps disposerons-nous ?

— Une demi-heure, pas plus. Au bar Seigneurie.

— Serons-nous seuls ? »

Bush marque une brève hésitation. « Il y aura Richard Allen. Pas moyen de faire autrement. Sa présence est indispensable. »

J'aurais dû m'en douter, songe le socialiste. *Le conseiller chargé des questions de sécurité ne quitte pas son protégé d'une semelle.* Il sait toutefois que rencontrer le président de la première puissance mondiale en marge d'un sommet international n'est pas une mince affaire, d'autant plus que les élections américaines approchent. Après quatre ans de « *reaganomics* » – augmentation des dépenses militaires, réduction des impôts et de l'inflation, déréglementation massive –, la patrie de l'Oncle Sam est-elle prête à remettre le couvert ? George H. W. Bush s'est sûrement donné beaucoup de mal pour ménager cette entrevue. Il est d'ailleurs amusant de constater, pense Mitterrand, que lorsqu'il concurrençait Reagan pour la primaire, le Texan avait qualifié son adversaire de « politicien vaudou ».

Le président de la République a mille sujets à aborder avec son homologue, mais il ne nourrit pas d'illusions sur la qualité de leur relation. Ronald, qui du temps du maccarthysme n'avait pas hésité à dénoncer ses petits camarades devant la commission des activités antiaméricaines, le considère comme un dangereux communiste. Mitterrand, quant à lui, estime avoir affaire à un acteur de seconde zone, aux idées aussi simplistes que détestables. Ils sont néanmoins appelés à se fréquenter et à formaliser un certain nombre d'échanges commerciaux. Celui que l'on nomme familièrement Tonton compte mettre l'entrevue à profit pour entretenir l'Américain du projet d'implantation de LIM, le géant du divertissement, dans l'Hexagone. La France est encore en compétition avec trois villes espagnoles. Même s'il ne porte pas le dossier dans son cœur, le président de la République est un homme responsable. Il défend les intérêts nationaux et, à ce titre, juge indispensable de renforcer la position tricolore dans cette transaction. Car il s'agit bien d'une transaction : céder une partie des prérogatives de l'État contre l'assurance d'un investissement durable et conséquent au cœur d'une région délaissée.

Tonton a d'ailleurs l'intention de remercier l'ancien comédien en l'invitant au mois de mars sur la frégate *De Grasse*. Officiellement, on commémorera le bicentenaire de la fin du siège de Yorktown. Officieusement, ils profiteront d'un moment de tranquillité, entre une réception aux flambeaux et une *Marseillaise* interprétée par des joueurs de fifre, pour faire le point sur l'avancée des négociations.

Mitterrand sait qu'il porte là un premier coup de canif au contrat social en vigueur dans sa patrie. Il n'a pas été élu pour vendre les bijoux de famille. La privatisation de l'espace public débute et, sauf reprise miraculeuse d'une croissance à deux chiffres, elle ne connaîtra pas d'inflexion. Le libéralisme se nourrit précisément de l'obsolescence idéologique et de l'affaiblissement des vieux modèles économiques.

Par pragmatisme autant que par appréhension, Tonton remise son orgueil et ses indignations vertueuses pour des jours meilleurs. L'enjeu ne s'accommode pas de réticences. Il y a de l'argent à gagner. Beaucoup plus d'argent qu'il n'est possible d'en espérer pour un gouvernement socialiste brusquement réceptif aux contraintes de l'économie de marché.

À six mille kilomètres de là, Jérôme franchit les portes de la mairie. Il n'a pas dormi depuis presque quarante-huit heures. Malgré l'administration de puissants analgésiques, les douleurs de Clotilde, ses nerfs tourmentés par la maladie ne lui ont pas laissé un instant de répit dans la petite chambre d'hôpital. Il l'a veillée, la tête inclinée, les deux mains sur son giron en une apposition délicate. Des psaumes ou de simples paroles de réconfort ont animé ses lèvres, sans que l'on puisse en percevoir davantage qu'un murmure. Dans cet hôpital endormi, le corps épine de sa femme ne pesait guère plus qu'un songe fiévreux, les membres en dévastation, comme jetés d'une falaise depuis l'enfance. Une douleur sans destin, une douleur sans achèvement, assommait les muscles. Clotilde flottait dans un lit de fatigue, entourée d'une odeur de transpiration rance. L'alaise, les draps et les taies étaient des suaires imprégnés de bactéries mortes. Sa peau ressemblait à une tenture vivante, jetée sur elle après avoir trempé dans de l'huile froide. Et la respiration sifflante comme une langue bifide la tétanisait d'un mal qui n'élevait pas. Elle s'agrippait aux couvertures pour ne pas se noyer.

Dans les couloirs à l'extérieur de la chambre s'étiraient les longues plaintes de ceux qui n'étaient pas vraiment morts, mais plus tout à fait vivants.

Lensil a troqué son blanc manteau contre une bure de moinillon. La neige de Noël s'est transformée en glaise compacte, tassée sur le bord des routes, reléguée au coin des allées. Les employés municipaux et les habitants ont déblayé comme ils ont pu ces agrégats de terre noire et de glace.

Le garde champêtre pénètre dans le hall, salue Geneviève, la réceptionniste. Ils se font la bise. Geneviève a du mal à cacher son émotion. « J'ai appris pour votre femme. J'espère qu'elle va mieux.

— Elle est toujours à l'hôpital. Le malaise nous a vraiment surpris. On ignore ce qui l'a provoqué. Ils poursuivent les examens. » Un instant de silence, puis il ajoute : « Ça va aller. » Davantage une formule pour se convaincre lui-même que pour rassurer son interlocutrice.

La secrétaire paraît gênée. Elle hésite à parler.

« Qu'y a-t-il ? l'encourage Jérôme.

— Quelqu'un vous attend au bureau. Elle est là depuis une demi-heure.

— Qui ça ?

— Corinne Dutreuil. »

Ils échangent un regard entendu. *Encore elle ; pitié !*

76

La coiffeuse se lève dès que le garde champêtre apparaît. Elle ne prête pas attention à ses traits tirés, à son menton bleui.

« Jérôme, il faut que je vous parle.

— Si c'est pour les chats, je n'ai pas de nouvelles, madame Dutreuil.

— Non, il s'agit de quelque chose de plus grave. De bien plus grave. »

Jérôme a un pincement au cœur. *Pourvu que ce ne soit pas Cindy.*

« Asseyez-vous, et discutons-en, vous voulez bien ? »

La coiffeuse obéit à regret. L'impatience est une amante exigeante, elle instaure une effervescence des paroles et des actes que rien ne semble pouvoir apaiser.

« C'est Annabelle », annonce tout à trac la coiffeuse.

Jérôme ignore s'il doit être soulagé de ne pas entendre parler de félins tués ou d'adolescente en rébellion. « Expliquez-vous.

— Mon amie vient toujours se faire coiffer pour le Nouvel An. Toujours. Et cette année… enfin, depuis avant Noël, je ne l'ai pas vue.

— Je ne veux pas vous froisser, madame Dutreuil, mais elle a peut-être choisi d'aller ailleurs. Exceptionnellement.

— Comment ça, ailleurs ?

— Chez un autre coiffeur.

— Vous n'y pensez pas. Elle avait pris son rendez-vous.

— Il se peut qu'elle ait eu un empêchement. Qu'elle ait oublié d'annuler.

— Annabelle ? Vous plaisantez j'espère. »

Jérôme réprime un soupir. « Quand l'avez-vous croisée pour la dernière fois ?

— Avant Noël, je vous l'ai dit.

— Vous n'avez rien de plus précis ? »

La coiffeuse s'absorbe un instant dans ses réflexions. « Ça me revient maintenant. C'était le jour où vous vous étiez disputé avec Michel Lidèle. Il sortait de la mairie et vous aviez fait tomber ses photocopies par terre.

— Je n'ai rien fait tomber du tout », corrige poliment le fonctionnaire. Il n'est pas franchement ravi qu'on lui rappelle cette confrontation peu glorieuse avec un parent fou de douleur.

« En tout cas, c'était ce jour-là, insiste la coiffeuse. Annabelle avait mis des bottes, vous savez, des grosses bottes en caoutchouc marron.

— Des bottes de pluie ?

— Oui, j'ai trouvé ça bizarre. Elle a prétendu qu'elle allait faire du jogging. »

Jérôme se demande si la coiffeuse ne commence pas à dérailler. Un détail lui revient cependant en mémoire. Préoccupé par l'état de santé de sa femme, il n'y avait plus songé, mais à présent que Corinne s'inquiète, il se souvient d'une discussion avec le père Anselme à la sortie de la messe de Noël. Le prêtre s'était également interrogé sur la défection de la vieille dame.

Trop tôt pour s'inquiéter, songe le garde champêtre. Beaucoup de gens s'absentent durant les fêtes. Il n'a pas assez d'éléments. Sans compter qu'avec le fiasco de l'enquête et la mauvaise publicité associée à la disparition d'Édith, le maire le tient à l'œil. Depuis la découverte des chats morts, il semble avoir durci ses positions. Lors de leur dernière entrevue, il a clairement invité Jérôme à cesser toute initiative. Dans la crainte visible d'un excès de zèle, il ne s'est pas privé de faire savoir à son agent qu'une attitude passive serait appréciée à sa juste valeur au moment des réévaluations salariales. Le comportement de l'édile a un peu étonné le garde champêtre, qui pensait au contraire qu'on l'encouragerait à mettre les bouchées doubles, mais il a fait mine de comprendre la situation. Pas question de commettre un nouvel impair.

À présent, il observe Corinne, assise sur sa chaise, les doigts tordus d'angoisse.

« Je suis montée à son appartement, explique la coiffeuse. Pas de réponse.

— Beaucoup de gens partent pour les vacances, émet Jérôme. En famille ou chez des amis.

— Annabelle n'a pas de famille. Et tous ses amis sont des connaissances communes. J'ai déjà demandé autour de moi. Et si elle était partie, elle m'aurait prévenue. Je suis sûre qu'il lui est arrivé quelque chose. »

Jérôme réfléchit. Son interlocutrice est une personne anxieuse, toujours prompte à s'enflammer. La gendarmerie ne compte plus les plaintes et les mains courantes qu'elle a déposées, souvent pour des motifs farfelus. Deux choix s'offrent à lui. Première solution : envoyer promener Corinne en douceur. Il a déjà adopté cette tactique pour les chats et le moins qu'on puisse dire, c'est que le succès était mitigé. Deuxième solution : procéder à quelques vérifications d'usage qui rassureront tout le monde, y compris lui.

« Allons faire un tour chez elle, propose-t-il. Je suis sûr qu'il s'agit d'un malentendu. »

77

Jérôme examine la place de la Fontaine d'un coup d'œil panoramique. Agencement circulaire, fenêtres en vis-à-vis. Il faudra à l'occasion qu'il aille interroger les voisins d'en face, ceux qui ont une vue sur le domicile de l'ancienne institutrice. De l'autre côté de la place, un peu à gauche, c'est-à-dire vers la rue qui descend au lavoir, le garde champêtre aperçoit la maison des Trinquiet : celle où Jean a passé une partie de son adolescence tourmentée, avant d'être rattrapé par ses démons. Quand il aura le temps, il faudra également qu'il pose une ou deux questions aux parents et au frère cadet, afin de déterminer si les informations fantasques du lycéen, entre prédictions et délires ésotériques, recoupent une réalité quelconque.

« On monte ? » s'impatiente Corinne.

Jérôme acquiesce. L'immeuble où réside la retraitée comporte trois logements superposés. D'après ce qu'il peut voir sur la façade extérieure, seuls deux d'entre eux ont les fenêtres ouvertes : celui du premier et celui du dernier. Un rapide examen des boîtes aux lettres confirme qu'Annabelle habite au troisième. L'appartement du second est sans doute inoccupé car la boîte déborde de prospectus. Celle d'Annabelle contient une poignée de lettres ; l'indice d'une absence temporaire, guère plus. Ils entreprennent l'ascension de l'escalier en colimaçon, très étroit, qui mène en haut du bâtiment.

Arrivé au dernier, Jérôme vérifie le nom sur la porte. Pas de sonnette. Il martèle lourdement le panneau de bois. Une frappe qu'on ne peut ignorer. Pas de réponse. Dans son dos, Corinne s'agace. « Vous pensez bien que j'ai déjà essayé. Je croyais que vous alliez entrer. »

Pas d'impair ; une attitude passive sera appréciée. Jérôme ne peut s'empêcher de sourire. « Impossible, madame Dutreuil. Ce serait une effraction.

— Mais vous êtes assermenté, non ?

— Je n'ai pas le droit d'entrer chez les gens sans leur consentement, et encore moins en leur absence.

— Je devrais peut-être rendre visite aux gendarmes, les informer d'une possible disparition ? »

Le garde champêtre tente d'évaluer mentalement le nombre de signalements dont la coiffeuse a abreuvé les services judiciaires au fil des ans.

« Vous pourrez sûrement déposer une main courante, indique-t-il. Mais Annabelle est majeure depuis très longtemps et c'est encore les vacances scolaires. Les gendarmes voudront peut-être attendre encore un peu avant d'intervenir. »

Corinne regarde sa montre. « Je vais être en retard pour ouvrir le salon. Essayez encore, vous voulez bien ? »

Jérôme maltraite derechef la porte, sans plus de succès. Il a beau tendre l'oreille, aucun bruit ne témoigne d'une présence quelconque dans l'appartement. Brève pause, le flair en éveil : pas d'odeur suspecte non plus. « Écoutez, le mieux que vous puissiez faire est de retourner travailler. Ne vous inquiétez pas, je suis sûr qu'elle va réapparaître d'ici un jour ou deux.

— Vous croyez ? »

La coiffeuse le regarde en biais. Jérôme lit dans son esprit comme dans un livre ouvert : elle se demande si sa réputation d'incorrigible dilettante, de tire-au-flanc sournois, est justifiée ou non.

« Ne vous inquiétez pas, poursuit-il. Je m'en occupe. »

Elle consent finalement à redescendre les marches pour aller ouvrir son salon. Jérôme demeure seul sur le palier, indécis. Il tend la main vers le battant, se ravise. D'accord, l'ancienne institutrice n'est pas allée à la messe de minuit et elle n'a pas honoré son rendez-vous chez le coiffeur. La belle affaire ! Il aura bonne mine s'il sonne le branle-bas et qu'elle refait surface demain. Personne n'a porté plainte, aucune démarche officielle n'a été entreprise. Il opte pour un compromis : si Annabelle ne réapparaît pas d'ici quarante-huit heures, il passera aux choses sérieuses.

En descendant, il sonne par acquit de conscience chez les voisins du premier, mais n'obtient pas de réponse. Tandis qu'il sort dans la rue et qu'un soleil froid inonde la place déserte, les mots de Jean Trinquiet lui reviennent en mémoire : *Au village, on vit entassés les uns sur les autres, mais je n'ai jamais vu lieu plus propice à la solitude.*

78

Au couchant, les ombres s'allongent, épaisses comme des grumeaux accrochés au flanc des habitations. Les premières heures du crépuscule paraissent, puis accueillent la nuit précoce, dont la rondeur nue s'emplit d'étoiles.

Cindy Dutreuil rêve souvent de sa sœur morte. Une sœur qui lui ressemblerait trait pour trait mais qui serait tout de même différente. Plus volontaire, plus sûre d'elle.

Plus heureuse en un certain sens.

Sa sœur aurait un chien, un doberman bleu nuit qui éloignerait tous les connards vicieux. Elle habiterait en ville, dans une vraie famille, avec un vrai père qui serait toujours là. Elle pourrait aller au cinéma quand elle le désire, voir ses copines sans être obligée de prendre le bus ou de se faire ramener par la mère d'une amie. Elle travaillerait chez un disquaire et non pas dans un bar de village miteux. Toute la journée, elle passerait *The Cure*, *Siouxsie*, *Joy Division* et *Birthday Party*. Elle rencontrerait des gens intéressants, des acheteurs curieux de tout, qui lui feraient découvrir les nuances insoupçonnées des déflagrations sonores, des clients animés de la même colère qu'elle, des mêmes emportements. Elle reconnaîtrait le feu dans leurs yeux, parce qu'il serait identique au sien. Ces gens-là existent, elle en est convaincue, mais rien, dans sa vie actuelle, n'est venu lui en apporter la preuve. Si sa sœur était là, elle lui dirait des mots simples : *Ne t'inquiète pas, ça va s'arranger. Tôt ou tard, ces personnes te trouveront, ou tu les trouveras. Elles t'aimeront pour ce que tu es et tu les aimeras pour ce qu'elles sont.* Bien entendu, Cindy ne la croirait pas.

Si elle menait la vie de sa jumelle, elle pourrait surtout aller au bowling le samedi après-midi.

« Pourquoi, maman ?

— Je te l'ai déjà expliqué, Cindy. Je vais rentrer tard, je ne peux pas t'accompagner. Demain, c'est le jour de mes visites en ville, et l'hôtel m'a contactée pour des clients de passage. Je ne peux pas leur faire faux bond.

— Je n'ai qu'à y aller en mobylette avec Louise.

— Pas de deux-roues, chérie. Et encore moins avec ta copine Louise. Trop dangereux, tu le sais. »

Cindy est attablée pendant que sa mère fait la cuisine. *Encore de la viande, beurk. Apprends à cuisiner des légumes, maman, pour l'amour du ciel !* Elle joue avec la nouvelle bague « tête de mort » qu'elle a achetée par correspondance, via les petites annonces d'un fanzine gothique intitulé *DeathStruction*. Son rêve ? Se raser les côtés du crâne. Alors là, sa mère piquerait une crise, ce serait la fin du monde. Sans compter que les habitants du village seraient capables de lui jeter des pierres. Déjà, les dentelles et les Doc Martens, c'est un peu *too much* pour eux. Ils ne sont que deux à ne pas lui faire de remarques, à ne pas la regarder comme si elle débarquait de la planète Vulcain : Jean et Marc. Avec ça, elle n'ira pas loin : Jean est fou – on l'a interné depuis qu'il a mis le feu à un chien – et Marc ne rêve que de la sauter. Ah oui, elle oublie Jérôme. Le garde champêtre a été plutôt sympa l'autre jour au supermarché. D'après son petit discours, elle a eu l'impression qu'il comprenait certaines choses, même si une grande partie de ses propos était restée énigmatique. Elle aurait voulu lui parler de sa sœur morte, de la vie qu'elle n'avait pas, et du crâne qu'elle ne tondrait jamais. Elle avait failli se confier, d'ailleurs, mais tout ce qui intéressait le garde champêtre, c'était de coincer quelqu'un pour l'enlèvement de la petite Édith. Elle croit qu'il est encore plus taré qu'elle, c'est dire. Au bout d'un moment (combien de temps ? elle ne sait pas), elle s'aperçoit que le bruit du couteau sur la planche à découper a cessé. Elle lève les yeux. Sa mère est là, qui la regarde. Ou plus exactement qui regarde ses mains.

« Quoi ? interroge Cindy sans cesser de triturer sa bague.

— Ton… ton bijou, là. Tu as l'intention de le mettre pour sortir ou c'est juste à l'intérieur de la maison ? »

Cindy adresse un sourire mielleux à sa mère. « La mort, c'est l'avenir.

— Très drôle. Tu devrais t'inscrire à des cours de théâtre.

— Dans ce bled perdu ? Je crois qu'ils ne connaissent même pas le mot *théâtre.* »

Corinne soupire. Elle aurait tellement voulu avoir une fille moins difficile. Une fille qui se contenterait de ce qu'elle a. Honnêtement, ce n'est pas grand-chose, mais c'est bien plus que ne pourraient l'espérer, disons, les enfants du Bangladesh.

« Ne t'inquiète pas, grince de nouveau Cindy, si on

sort, je marcherai cinq mètres derrière toi. Tu n'auras qu'à faire semblant de ne pas me connaître. »

Corinne met les carrés de viande dans la poêle. « Je n'ai pas envie de me disputer avec toi, Cindy, mais il faut y mettre un peu du tien. Je n'ai que toi et…

— Ça, on le sait que tu n'as que moi. Tu le racontes à tous les clients qui passent dans ton salon.

— Ce n'est pas ce que j'ai voulu dire. »

Corinne contemple sa fille. La chair de sa chair, la crevette à qui elle a donné le bout de ses seins gorgés de lait. *Non, ce n'est pas ce qu'elle voulait dire. Elle voulait dire* je t'aime*, mais comment faire avec une gamine rétive à tout, une boule de nerfs qui montre les crocs dès qu'on s'adresse à elle ? Comment s'y prendre avec quelqu'un qui ne se laisse pas approcher, ni toucher, ni apprivoiser ? Une bague en forme de tête de mort, je vous demande un peu !* Peut-être devrait-elle adopter la technique suggérée par Clarisse, l'une de ses clientes et amies les plus fidèles ? *Dis-lui que tu adores ses tenues, que tu es folle de sa coiffure et que tu admires ses amies, tu verras, elle fera tout le contraire. Avec mon ado, cette stratégie fonctionne à merveille.* Corinne avait donc envisagé de complimenter Cindy ; pas forcément pour attiser l'esprit de contradiction, mais pour lui montrer qu'elle n'était pas son ennemie. *Ta bague est jolie, ma chérie.* Elle n'avait pas osé.

« Toutes mes copines y vont, à cette après-midi bowling, s'entête l'adolescente. C'est organisé depuis des semaines.

— D'accord, mais ce n'est pas possible. »

Cindy s'emporte brusquement : « C'est toujours la même histoire avec toi : on ne peut jamais rien faire ! Si papa était encore là, je suis sûre qu'il dirait oui ! »

Elle se lève de table, sort comme une furie du salon.

Corinne ferme les yeux. « Ne claque… » Les murs de la maison tremblent. « … pas la porte. »

Robert Smith miaule et grogne au son des *Lovecats*. Cindy a mis les écouteurs parce que dans le village, tout est tellement serré, étriqué, que le moindre bruit, la moindre parole se répercute dans tout le voisinage. Il n'y a pas de secrets et pourtant c'est l'un des lieux les plus opaques du territoire. Les flics qui ont cherché Édith en savent quelque chose. Elle observe sa bague, puis ses poignets. Elle pourrait se brûler les avant-bras avec des mégots de cigarettes, comme le fait Louise, mais ce ne serait pas une solution. Sa copine affirme que la morsure des braises l'aide à attendre jusqu'au lendemain. Cindy sait exactement ce qu'elle ressent.

Un jour, elle lui avait demandé : « Comment tu vas faire plus tard, quand tu auras un mec ?

— Qu'est-ce que tu veux dire ?

— Un mec sérieux. Comment tu vas lui expliquer les brûlures sur tes bras ?

— J'aurai pas de mec », avait conclu Louise.

Voilà la sorte de désespoir qui leste les gosses du patelin, le bourbier infernal qui transforme leur existence en piège. Cindy n'en est pas là. Il lui reste la musique, la lecture, et sa sœur. *Qu'est-ce que tu prendrais comme livre pour ce soir, hein ?* Elle examine la poignée de livres sur l'étagère. Certains ont été empruntés à la bibliothèque municipale ou au CDI du collège, d'autres, plus rares, ont été achetés dans une librairie de la vieille ville. Il faut une journée pour y aller et le transport lui coûte quarante francs, alors elle n'y met pas souvent les pieds. *Choisis le livre que tu as pris chez le libraire,* conseille sa sœur. *Cité de la nuit*, de John Rechy. Une recommandation de

Robert Smith en personne, qui avait mentionné ce roman dans une interview, et qu'elle s'était empressée de commander à la librairie. Elle avait dû se rendre deux fois en ville : la première pour réserver le livre, la seconde pour aller le chercher. Elle l'a déjà lu, mais qu'importe. L'errance du gamin, mêlé aux bandes de prostitués dans les années 60, lui parle.

Tandis que Robert Smith continue à tremper ses mots dans le romantisme acide de *Speak my language*, Cindy pénètre dans l'univers de Rechy : *Contre le mur panelé de miroirs ambre du Harry's Bar, un panorama d'yeux avides émerge du crépuscule orangé de la fumée des cigarettes et des lumières tamisées ; ragoût de visages fuligineux flottant dans la pénombre enfumée*. Avec qui pourrait-elle discuter de *Cité de la nuit*, au village ? Personne, c'est clair. Et si ses copines savaient qu'elle passe son temps à lire, plus personne ne voudrait la fréquenter. Est-ce qu'elle devrait faire comme John Rechy ? S'enfuir, se prostituer, goûter aux paradis artificiels ? Non merci. Déjà, la bière dont certaines copines abusent, elle trouve ça ringard, alors la came… Bon, il n'y a pas de came, à Lensil. Juste la bière, si on veut s'échapper.

Elle est bien trop lâche, bien trop raisonnable pour recourir à ce genre d'expédient. Sa route, elle la devine tracée : un CAP coiffure, le salon de sa mère en guise de point de chute. Ou alors elle ira travailler à l'hypercentre. Cinquante kilomètres aller-retour pour ranger des boîtes de conserve dans des rayons. Autrement, elle ne voit pas bien ce qu'elle fera. Le délire tête de mort et mascara, c'est plus pour embêter sa mère et scandaliser les habitants.

Corinne est chiante quand même. Aller couper des

cheveux en ville, faire le tour des chambres d'hôtel, pile le jour du bowling.

Il faut se dire ceci, écrivait Rechy en 1964, *le monde est dégueulasse. Il faut faire semblant de s'en foutre et marcher avec ceux qui s'en foutent vraiment, sinon on coule.*

79

Corinne s'est levée à 5 heures pour être sur la route avant le lever du jour. Elle a rendez-vous avec sa première cliente à 8 heures. À chaque fois qu'elle revient en ville et qu'elle pénètre dans les appartements, elle est surprise : des pièces correctement chauffées, des fenêtres hermétiques, une isolation digne de ce nom, des endroits secs, des murs sains… À Lensil, on oublie vite ce genre de détails.

Les visites s'enchaînent. Au fil des ans, les gens à qui elle réserve ses services se sont déplacés des faubourgs aisés du canton aux grands ensembles. Son offre s'adresse maintenant à des citadins trop âgés ou trop occupés pour se rendre dans un salon normal. Moyennant des tarifs compétitifs, elle a réussi à se constituer une clientèle fidèle, attachée à elle autant en raison de ses qualités professionnelles qu'en raison des liens affectifs qu'elle a su tisser. La chevelure, songe parfois Corinne, est un attribut beaucoup plus sensuel et intime qu'on ne peut l'imaginer. La kératine resplendit, les mèches ondulent quand elles sont bien traitées. Une toison soignée offre la garantie de relations plus étroites, plus durables qu'avec n'importe quel autre type d'interaction. On ne confie pas ses soins capillaires au premier venu. L'artisan acceptant d'honorer cette mission délicate doit faire preuve d'un mélange de tact, de savoir-faire et de séduction. Dans les salons franchisés, on trouve certes des sourires calculés, des gestes effectués dans les règles de l'art, mais pas la main rassurante de Corinne, pas sa voix, pas son sourire.

À partir de midi, elle officie dans les hôtels du centre. Les partenariats qu'elle a noués avec les établissements de couchage tiennent davantage de l'échange de bons procédés que d'un véritable contrat commercial. Une modeste commission sur les prestations effectuées en chambre vient sceller ces accords officieux.

L'hôtel Crisantin, établissement familial indépendant sis dans une petite rue en face de l'office de tourisme, peut se prévaloir de trois étoiles et d'une cinquantaine de lits. Il s'agit en fait d'une ancienne résidence construite par une famille de notables locaux au XVIe, à l'époque où il était à la mode d'afficher son statut social par l'édification d'une demeure plus ou moins vaste, plus ou moins exubérante. Transformé en hôtel durant les Années folles, l'édifice a connu son heure de gloire au plus fort de la Seconde Guerre mondiale, quand le propriétaire a négocié – à des prix défiant toute concurrence – la tranquillité du quartier avec une division SS.

Aujourd'hui, l'établissement a retrouvé sa respectabilité. Il coule des heures plus calmes au sortir de la gare, entre discrétion et accessibilité immédiate.

Chambre 42. L'homme a demandé une *coupe mulet*. Cheveux courts et gonflés sur le dessus, nuque longue à effet « queue de rat ». Il y a encore un an, ce n'était vraiment pas la spécialité de Corinne. Cependant elle a été forcée de s'y mettre, étant donné le succès de cette extravagance capillaire. C'est une coiffure qu'elle maîtrise relativement bien à présent.

L'individu a la cinquantaine, il est petit et rondouillard. Sa jovialité semble inaltérable. Il parle, il s'agite, il rit. Ses petites lunettes rondes lui donnent un air d'intellectuel et, pour couronner le tout, il porte une cravate jaune canari, qui pourrait servir de point de repère dans un tunnel dépourvu d'électricité. La coupe mulet vise peut-être à compenser cette apparence non conformiste et peu virile, médite Corinne.

« C'est la boîte qui paye, s'amuse Cravate jaune. Alors on ne va pas se priver.

— Vous faites quoi déjà ? interroge la coiffeuse, s'appliquant du mieux qu'elle peut à suivre les mouvements impulsifs de son client.

— Nous sommes experts en bio-évaluation. » Il indique un autre homme, plus mince mais aussi plus chauve, assis sur la chaise près de la fenêtre. D'après ce que Corinne peut en voir, celui-ci assiste à la matérialisation de la coupe mulet sur le crâne de son comparse avec une certaine ironie.

« On a été mandatés par un cabinet d'études privé pour un projet d'aménagement, continue l'expert.

— Ce doit être passionnant. »

Il n'y a aucun sarcasme dans la réflexion de Corinne. Elle est authentiquement fascinée par ce que lui racontent ses clients. Certains la trouvent trop bon public, mais elle n'y peut rien. Ce n'est pas un trait de caractère qu'elle a choisi de feindre ou d'accentuer. D'aussi loin qu'elle se souvienne, elle a toujours été réceptive à l'émerveillement, et elle n'a jamais réprimé cette prédisposition à l'extase. La rêverie est inscrite dans son tempérament, pourquoi la refouler ?

« On doit inventorier la faune et la flore à l'aide

d'un logiciel spécial, explique Cravate jaune. Un programme appelé *Corinne Map Rover*.

— Comme moi ! s'exclame la coiffeuse.

— Pardon ?

— Comme moi ! Je m'appelle Corinne.

— Un joli prénom pour un joli logiciel », la taquine le client.

La coiffeuse sait qu'elle n'est plus très jeune. Les rides se sont installées au coin des yeux, sur le front, la peau s'est affaissée, brusquement vulnérable à la pesanteur. Elle sent également, en particulier le soir, une étrange odeur sous les aisselles ; une odeur suggérant l'imminente corruption des cellules, le lent déclin des organes. Pourtant, elle n'ignore pas qu'elle peut encore attirer de nombreux hommes. Elle est toujours belle malgré la flétrissure. Ses yeux surtout possèdent un éclat que bien des jeunes filles pourraient lui envier. Et ses cheveux, n'en parlons pas. Une cascade étincelante, une cataracte de joyaux. On raconte que les cordonniers sont les plus mal chaussés, mais ce proverbe ne s'applique sûrement pas à elle, estime-t-elle.

Un client du bourg voisin, veuf de son état, vient tous les mois se faire coiffer chez elle. Il prend un plaisir visible à l'écouter parler, à la regarder. L'été dernier, il l'a invitée à dîner. Elle a refusé. Depuis que son ex-mari, Sylvain, est parti en lui laissant la petite Cindy sur les bras, l'obligeant à abandonner les études pour embrasser la carrière de coiffeuse, elle n'a plus le temps, plus l'énergie pour les hommes. Lorsqu'il s'agit de séduire, c'est très bien, un peu de piment n'a jamais fait de mal à personne, mais le flirt ne va pas plus loin. Et puis Cindy ne comprendrait pas. Elle est déjà assez perturbée comme cela.

« Merci, minaude-t-elle, c'est gentil. » Elle tend un

miroir à Cravate jaune. « Dites-moi ce que vous en pensez. »

Le client pivote de trois quarts, incline la tête et sourit : « C'est parfait. Qu'est-ce que tu en dis, Albert ? »

L'autre dresse le pouce. *Impeccable, mon vieux, te voilà dans le coup.*

Corinne commence à balayer les mèches recourbées qui se sont entassées sur le carrelage. *La mue du serpent*, songe-t-elle. *Une coiffure réussie est toujours le signe d'une renaissance.* Elle est d'ailleurs convaincue que de nombreux clients et clientes lui rendent visite pour obtenir une sorte de régénérescence. Le reflet d'une autre personne dans le miroir, d'une personne qu'ils croyaient oubliée, est là pour leur offrir une seconde chance.

Sa hanche bouscule le guéridon. Un vase dressé sur le plateau circulaire oscille. Elle se tourne vivement, stabilise le récipient. *Ça va, pas de casse.* Sur le plateau, un livre posé à côté du vase. Elle examine la couverture : S. T. Lawney, *Le cœur de nos villes.*

« Ce bouquin vous intéresse ? » demande Cravate jaune, toujours assis sur sa chaise.

Corinne arrête de balayer. « Je ne sais pas. Ça parle de quoi ?

— D'architecture.

— Ah.

— Oubliez les histoires de gratte-ciel et de ponts, le discours va beaucoup plus loin. En fait, l'auteur décrit sa vision de la ville de demain. Il explique comment vivront les gens dans dix, vingt ans. Comment ils consommeront, comment ils se déplaceront, quelle sera leur perception du monde. Je dirais que c'est davantage un traité de philosophie qu'un manuel d'architecture.

— Un traité de philosophie, voilà qui me plaît assez.

— Je vous le donne, si vous voulez. »

Corinne hésite. « Vous êtes sûr ?

— C'est le cabinet d'études qui nous l'a fourni à titre de document de travail. Mon collègue et moi, on l'a déjà lu. Prenez-le, ça me fait plaisir. »

Corinne met l'ouvrage sur son sac. « Merci du cadeau.

— De rien. C'est vous qui m'avez fait un cadeau, avec cette coupe de jeune homme. »

Corinne commence à ranger ses ustensiles. « Vous savez où vous allez la faire, votre bio-évaluation ? »

Cravate jaune se tourne vers son camarade. « On doit travailler à côté de quel patelin, Albert ? »

Le chauve consulte un dossier sur la table. « Lensil. »

80

Son sac de matériel en bandoulière, Corinne traverse la réception sans prêter attention à ce qui se passe autour d'elle, absorbée par la lecture de la quatrième de couverture du *Cœur de nos villes*.

Quelle culture territoriale les villes nouvelles engendrent-elles ? Quel type de société peut façonner l'urbanisme du futur ? L'enjeu de ce livre consiste à étudier dans quelle mesure la cité post-providentialiste aplanit les confrontations observées au sein des agglomérations traditionnelles. Dans le cadre de l'effondrement des valeurs universelles, cela signifie vivre loin de la masse des perdants de la globalisation. Il faut donc accompagner, voire encourager l'instauration d'une forme libérale de l'habitat, garantie d'une harmonie sociale empreinte d'individualisme et de séparatisme.

Elle trace un sillon rectiligne vers la sortie, la marche automatique, quand elle manque bousculer une passante.

« Holà !

— Pardon. »

Les deux femmes se dévisagent. Corinne ne peut dissimuler son étonnement, et Mélanie Davodeau son embarras. Cette dernière se reprend immédiatement. Grande proclamation de dents blanches, visage éclairé : « Bonjour Corinne, quelle heureuse surprise !

— Excusez-moi, hésite la coiffeuse. Je regardais... J'étais plongée dans ma lecture.

— Ce n'est pas grave, voyons. Nous avons évité l'accident de justesse. »

La cordialité de l'épouse du chef de cabinet sonne faux. Dans ses yeux, Corinne perçoit une lueur fuyante que même la plus extrême des maîtrises ne parvient pas à assujettir.

La coiffeuse meuble avec un temps de retard le silence qui point. « J'effectue ma tournée mensuelle, vous savez, les visites à domicile. L'hôtel me sollicite régulièrement. Certains touristes de passage ou des représentants à l'emploi du temps chargé profitent de leur séjour pour s'offrir un petit élagage.

— Je comprends.

— Et vous ? Si ce n'est pas indiscret, évidemment.

— Pensez-vous. Un rendez-vous professionnel, simplement. »

Quelle profession ? se demande Corinne. Et n'a-t-elle pas vu Mélanie déglutir juste avant de répondre ? Elle n'obtiendra pas davantage de précisions car l'épouse du chef de cabinet met un terme à leur rencontre.

« Bonne fin de journée, alors. » En hôtesse habituée aux mondanités, elle lui serre la main ni trop fermement, ni trop longtemps, et poursuit sa route sans se retourner.

Corinne la regarde s'éloigner. *Toi, ma cocotte, tu nous fais des cachotteries.*

Mélanie pénètre dans la cabine d'ascenseur, les portes se referment aussitôt. La coiffeuse demeure quelques secondes indécise, son livre à la main. Pourquoi ne pas aller s'asseoir à une table discrète dans le café d'en face et s'accorder une pause lecture ? Elle a bien le droit de prendre un peu son temps, non ? Et puis cela lui permettra d'admirer le paysage. La petite rue à l'angle de l'office de tourisme offre une vue parfaite sur l'entrée du Crisantin…

Quand elle émerge de la réception par la porte à tambour, un soleil éclatant inonde les gens et les choses. Voitures, route, vitesse, chocs, claquements de pas sur l'asphalte, toux infectée des moteurs, voix et murmures citadins. Les enseignes, les colonnes publicitaires, les affiches proposent au regard une succession de signes, d'images et d'actes rituels qui épuisent les formes.

Elle traverse la chaussée, va se poster à l'intérieur du *Café des sports*, près de la baie vitrée.

Une demi-heure plus tard, tandis que Sidney Lawney affine en page 27 sa conception de la ville de demain – *les zones d'aménagement à venir ne se définissent pas comme une reproduction du modèle archaïque, troublé par un environnement contradictoire, mais comme un équilibre entre la mémoire du passé et la spéculation des temps modernes* –, Denis Davodeau apparaît au bout de la rue. Le beau-frère de Mélanie avance du pas hardi de celui qui a décidé avec un peu trop d'énergie qu'il n'avait rien à se reprocher. Il franchit d'un trait la porte à tambour de l'hôtel.

Corinne pose son livre, songeuse. Au comptoir du bar, les habitués échangent des vues animées sur la prochaine manifestation organisée par *Touche pas à mon pote*. La coiffeuse paye sa consommation, rassemble ses affaires, et quitte les lieux. Elle n'a plus rien à faire ici.

81

Chambre 37. Tumulte de draps froissés. Étoffe imbibée de sueur.

À présent, Denis et Mélanie sont allongés sur le dos. Leurs corps ne se touchent plus mais on sait qu'ils sont nus à la façon dont le tissu en coton s'accroche à leur peau, entortillé autour de leurs membres comme un paquet d'algues mortes.

Mélanie tire sur une longue cigarette très fine, une Saint-Laurent qui dégage une odeur d'eucalyptus. Quelque chose dans sa voix l'éloigne encore plus de son amant. Elle se laisse basculer, elle dérive. « Faire l'amour à sa belle-sœur... Comment tu te sens? Mieux, j'espère?

— Comme avant.

— C'était pourtant ce que tu voulais, non?

— Évidemment. Mais on pourrait aussi... je ne sais pas... avoir de vraies attaches, établir une relation humaine...

— Ne raconte pas de bêtises. Henri est Henri, et tu es toi. Ça fait toute la différence.

— Qu'est-ce que tu veux dire?

— Tu sais de quoi je veux parler. Je ne quitterai

pas ton frère. Jamais. Et tu ne quitteras pas ta femme. C'est quelqu'un de bien.

— Écoute-toi, Mélanie. Tu chantes les louanges de Sophie alors que tu la…

— Ce n'est pas dirigé contre elle. Ni contre personne, d'ailleurs. Même pas contre Henri.

— Pourquoi, alors ? »

Elle hésite. Tire à nouveau sur le filtre. « Parce que tu m'as regardée. »

Denis se dit qu'il vient d'entendre la phrase la plus triste du monde. Quelle distance extraordinaire cette femme entretient-elle avec elle-même ? Il voudrait croire qu'il l'aime, mais n'y parvient pas. Il déteste son frère, ce n'est pas la même chose. Toute cette affaire d'adultère, ces efforts d'approche, cette énergie déployée pour parvenir à un orgasme dans une chambre anonyme du centre-ville se résument à une histoire de pouvoir. Si seulement quelqu'un sur cette terre était en mesure d'accorder à Mélanie la considération qu'elle mérite…

Denis se penche vers la table de chevet. « Tiens, je t'ai apporté ça. » Il lui tend un pendentif en forme de maison, estampillé *Davodeau et fils*. Cet objet date de l'époque où il pensait qu'une petite attention envers les clients lui assurerait des ventes plus fréquentes et plus lucratives. Grave erreur. Les pendentifs sont restés dans un carton.

« C'est de bon goût », déclare Mélanie sur un ton équivoque.

Denis ne se formalise pas. Il se sait vulgaire, philistin, maladroit. Jamais il ne surpassera son frère dans le domaine de la ruse et du savoir-vivre. Une histoire de pouvoir, encore une fois.

« Tu pourras te souvenir de moi dans les moments

de solitude », avance-t-il. Il regrette aussitôt ces mots. *Tu es un con, Denis*, se morigène-t-il. *Même pas capable d'une parole gentille. Même pas capable d'obtenir une once de satisfaction quand tu parviens à mettre ta belle-sœur dans un lit.*

Mélanie range le pendentif dans son sac. « Merci du cadeau.

— Cache-le bien, conseille l'agent immobilier. Il ne faudrait pas que mon frère tombe dessus.

— Ne t'inquiète pas. Il y a longtemps que ton frère ne s'intéresse plus aux bijoux et aux innombrables babioles que j'ai dans les tiroirs. »

82

Henri a pris place dans un Falcon 50 affrété par le GLAM, le groupe de liaisons aériennes ministérielles. Le triréacteur construit par Dassault est le premier avion de ce type à pouvoir traverser l'Atlantique sans ravitaillement.

Sa ministre de tutelle l'a chargé de former une commission d'étude pour valoriser tous les aspects de la candidature française aux yeux des Américains. Le cabinet du ministère des Relations extérieures a été mis à contribution. Les coups de fil se sont succédé. En fin stratège, Henri n'a pas forcément contacté les gens les plus efficaces, mais ceux qui seront en mesure de lui renvoyer l'ascenseur lorsque l'occasion se présentera. Des fils de, des copains… Son carnet d'adresses est fourni, il n'a eu que l'embarras du choix. La première question que les futurs membres se sont posée n'a pas été *Ai-je les compétences requises pour ce travail ?* mais *Combien vais-je gagner ? Quel retour sur investissement puis-je obtenir?* L'effort commun en vue de convaincre le géant du divertissement d'investir dans l'Hexagone démarre sur des bases franchement saines. Henri ne se fait pas d'illusion, la plupart des membres de la commission ont sans doute lu Machiavel, ne serait-ce que sous forme de fiche condensée. « *On voit par expérience de notre temps qu'ont fait de grandes choses les princes qui ont tenu peu compte de leur parole.* » Tous se préparent déjà à la curée. Henri a recruté dans son équipe de choc : le directeur d'une banque internationale, un haut fonctionnaire chargé des villes nouvelles, une conseillère à la Cour des comptes et le chef de cabinet du président RPR de la région.

Dans moins de neuf heures, il doit rencontrer Frank Forelong à l'aéroport de LAX. Le vice-président, Michael Jessenberg, et le directeur des opérations spéciales, Robert Watkins, seront peut-être également sur le tarmac pour l'accueillir. Si leur présence se vérifie, ce sera un signe encourageant, estime Henri.

83

Michael Jessenberg arrête son Oldsmobile Cutlass sur la large bande de terre qui sépare la Pacific Coast Highway de la mer. Le portail monumental s'ouvre sans un bruit et il pénètre dans la vaste propriété de Frank Forelong : cinq lots achetés pour cinq millions chacun. Trois hectares de terrain, une résidence principale style Tudor, une maison d'amis, une piscine, un court de tennis, trois cents mètres de plage privée. Rien à voir avec la petite masure à un étage de Michael sur Cheviot Drive. Frank n'a jamais eu le sens de la mesure. Mary et John, deux de ses enfants, viennent accueillir Jessenberg avant qu'il ne descende de voiture. Frank a trois enfants : Eric, treize ans, Mary, dix ans et John, sept ans. Les benjamins l'accompagnent à la vaste demeure sans cesser de parler. Ils lui tournent autour, leurs mots se chevauchent, ils se coupent la parole, on dirait qu'ils n'ont pas vu Michael depuis un siècle. L'ancien écrivain a l'impression de se sentir ici chez lui, même s'il préférait la villa que Frank possédait à Beverly Hills, à l'époque de son mariage.

La large baie vitrée, ouverte, laisse passer l'air marin, qui se diffuse dans le vaste salon sans que rien ne lui fasse obstacle.

Jane, l'épouse de Frank, salue Michael comme un membre de la famille. Au moment de l'embrasser sur la joue, elle chuchote à son oreille : « Il a très mal dormi. Il est d'une humeur de chacal. »

Frank débarque au salon. Costume impeccable, rasé de frais mais les trais tirés. Il a encore plus mauvaise mine que la dernière fois où ils se sont vus. Ses yeux injectés de sang errent dans le séjour avant de se poser sur son vieil ami. Michael laisse échapper un petit rire qui doit autant à la nervosité qu'au contraste entre l'apparence du personnage et sa fonction. Ils sont censés aller chercher le Français Davodeau à l'aéroport pour une visite de deux jours, prétexte à des négociations plus serrées que par téléphone. En théorie, Frank représente Annibal le furet, mais l'image qu'il offre aujourd'hui est celle d'un type lessivé qui n'a qu'une envie : se recoucher. « Tu n'as pas l'air bien, constate Michael. Tu es sûr que tu veux y aller en personne ? On peut envoyer quelqu'un d'autre, ou même dépêcher une limousine à l'aéroport.

— Non. En personne, c'est préférable. Davodeau

est un plouc, mais on doit tout faire pour qu'il se sente important. Les pigeons roucoulent mieux quand on les plume avec amour. »

Michael n'insiste pas. Dans le dos de son mari, Jane lève les yeux au ciel. Elle appelle l'aîné de sa tribu : « Eric, si tu n'es pas là dans une minute, on part à l'école sans toi. Tu prendras le bus. » Michael saisit parfaitement le sous-entendu : *Tu prendras le bus avec les pauvres*. Il n'en faut pas plus à Eric pour bougonner un vague *J'arrive*. Jessenberg entend une porte claquer, puis l'adolescent apparaît, Walkman en bandoulière, écouteurs sur les oreilles. Il avance d'une démarche élastique jusqu'à Michael, le salue d'une tape dans la main. L'ancien écrivain est bien trop vieux pour que son geste s'effectue sans maladresse. Jane l'embrasse encore sur la joue, cette fois en guise d'au revoir. Nouvel aparté : « Prends soin de lui. Et vois si tu arrives à lui tirer les vers du nez. Il n'a rien voulu me dire, tu le connais. » Michael acquiesce en silence. Frank ne paraît pas leur prêter la moindre attention. Jane et ses trois enfants sortent de la maison. Au tapage joyeux succède un lourd silence, qu'accentuent encore le dépouillement, la propreté des lieux. Non loin de là, les vagues de l'océan se brisent avec obstination sur le rivage. Un 4 × 4 gronde, surgit au coin de la maison. Le véhicule noir, ramassé comme un cancrelat, s'engage dans la longue allée qui mène à la Pacific Coast Highway. Rien n'apparaît au-delà des glaces teintées, excepté la main de Jane, qui s'agite un bref instant par la vitre entrouverte avant de disparaître.

« Allons-y, bougonne Frank. L'attente de Davodeau se nourrit d'espoir. Ne nions pas au niais le droit d'être trompé.

— Très bon. Je peux le noter ? »

Frank a un faible sourire. « Bien sûr, mais je garde les droits sur la citation. »

L'Oldsmobile s'engage sur une route flanquée de jardins luxuriants. À travers les frondaisons des arbres, on aperçoit les façades des maisons neuves, pastiches élégants de manoirs, Cantorbéry de stuc, Petit Trianon en trompe-l'œil, fantasmatiques adaptations d'haciendas ou parodies sans imagination de fermes de la Nouvelle-Angleterre. Les pelouses doucement inclinées ont l'apparence de lacs remplis d'algues, dans une Écosse vide sous le zénith des Highlands. La route commence à descendre, le décor change. Aux demeures luxueuses succèdent les épiceries fines, les restaurants gastronomiques et les boîtes de nuit protégées du soleil par d'épais volets métalliques. D'énormes palmiers bordent la chaussée. Les masses des stipes projettent des ombres alternatives sur les bas-côtés. Ils filent vers l'est. Ce sont maintenant des maisons de banlieue, interminables *machines à habiter*, qui tapissent la plaine. La procession des logements individuels ressemble à un inépuisable enchaînement de pavillons de démonstration. À droite et à gauche, entre les poivriers et les acacias, les immenses rues s'étirent jusqu'au point de fuite de l'horizon. Aucun piéton, mais des pharmacies à chaque croisement. Ils dépassent le cimetière de Bêtes aimées, dont l'entrée est signalée par deux épagneuls en marbre, dressés sur leurs ergots dans le style pompeux d'Erwin Landseer. Jessenberg et Helen y ont fait inhumer leur chihuahua femelle, Chipie, l'année précédente. Une musique d'orgue automatique accompagne vingt-quatre heures sur vingt-quatre l'ultime repos des animaux, diffusée par l'intermédiaire de haut-parleurs camouflés dans les arbres. Un crématorium à trois fours de mazout fonctionne sans interruption au fond du jardin, prêt à toute éventualité.

Les premiers feux de signalisation s'élèvent dans le ciel, les premières réclames également. *Jésus sauve! Des glaces à gogo!* Ils passent devant un temple de la Rose-Croix, deux hôpitaux pour chiens et chats, une agence immobilière en forme de sphinx, et une école de majorettes. Les panneaux publicitaires exhibent des sourires ou des grimaces de douleur, on ne sait pas. D'autres enseignes : un salon de beauté, un bureau de la Western Union. Une entrée de restaurant figure un bouledogue assis, la porte entre les pattes avant. Un tube de néon de deux mètres de haut signale que l'établissement a été baptisé *Le Zoomorphe*. On croise encore quelques magasins, quelques immeubles de bureaux et quelques églises méthodistes, puis l'Oldsmobile s'enfonce dans un tunnel. Lorsqu'elle en émerge, c'est encore un autre monde. Des maisons basses dans leurs jardins brûlés par le soleil, des terrains vagues et des papiers gras. Une pompe à essence fermée. Jessenberg s'arrête à un feu rouge. Deux femmes aux cheveux blancs ondulés traversent dans les clous avec leurs minuscules chiens dans les bras. Ce sont des terriers nains à poil long. Les maîtresses déposent leurs compagnons dès qu'elles arrivent sur le trottoir opposé. Le feu passe au vert. Michael démarre. Il observe les vieilles dames dans le rétroviseur, jusqu'à ce qu'elles soient définitivement précipitées en arrière, dans le passé.

Avant d'emprunter la bretelle d'accès à l'autoroute urbaine, il faut longer un faubourg lépreux d'Africains, de Chinois et de Mexicains ; moraine de taudis et d'habitations à loyer modéré, bâtardise de couleurs en lisière d'un quartier d'affaires. Un couple de négresses en robes de mousseline blanche discute près d'une voiture. La rocade sécurisée par d'imposants blocs de béton constitue une rude épreuve pour l'Oldsmobile, qui parvient cependant à s'insérer dans le flot de circulation de la voie rapide. La voiture tousse et se laisse doubler par la plupart des véhicules. Forelong est mutique. Il garde les yeux fixés sur la ligne d'horizon de l'océan, que l'on distingue à intervalles réguliers entre les buildings de verre. Michael le sent plus agité à mesure qu'ils approchent de l'aéroport.

« Qu'est-ce qu'il y a ? interroge finalement Jessenberg. Tu veux en parler ou bien on fait comme si de rien n'était ?

— J'ai passé une sale nuit, c'est tout.

— Je sais, Jane m'a prévenu. Tu as besoin de pilules ? J'ai ce qu'il faut.

— Laisse tomber les somnifères. J'ai pensé toute la nuit à ce rendez-vous.

— Quoi ? C'est cette négociation avec le Français qui te rend nerveux ? Mais ils sont prêts à tout pour qu'on s'installe chez eux. Ils habitent un trou perdu, tu l'as dit toi-même.

— Un trou socialiste.

— La belle affaire. Soumis à la concurrence, ils accepteront nos conditions comme tout le monde. Je sais très bien que tu n'as pas peur de donner un petit coup de chaud à Davodeau.

— Tu as raison.

— Alors dis-moi ce qui t'a tracassé cette nuit.

— L'aéroport.

— Quoi, l'aéroport ? »

Silence. Michael plisse les yeux Il comprend brusquement où son ami veut en venir. « C'est encore ton cauchemar, hein ? »

Frank baisse la tête. En dépit de la climatisation poussée à fond, sa lèvre supérieure s'orne de fines gouttelettes de sueur. « Je ne sais pas comment me débarrasser de ces mauvais rêves. Et la simple perspective de voir des avions ce matin m'a donné des bouffées d'angoisse. Si seulement je connaissais l'origine de ces visions. Et si j'arrivais à comprendre pourquoi elles reviennent tout le temps.

— J'ai parlé à Helen de ton petit problème.

— Tu as parlé de mes rêves à ta femme ? »

Michael laisse échapper un petit rire, similaire à celui d'Annibal le furet quand il est intimidé. « Pas en détail, rassure-toi. Je lui ai juste raconté que tu faisais des cauchemars et que tu avais du mal à trouver le sommeil.

— Super.

— Elle consulte une espèce de voyante, en ce moment. Il se trouve que la nana est aussi spécialisée dans l'interprétation des rêves.

— Une voyante ? J'espère que tu rigoles.

— Non, je suis très sérieux. Helen m'a assuré que cette femme connaissait son affaire. Il paraît que Ryan O'Neil et Jessica Harper vont aussi chez elle. Ouvre la boîte à gants. »

Frank s'exécute. Paquets de chewing-gums, flacons de comprimés divers, cartes routières, papiers froissés…

« Tu vois la pile de bristols à droite ? demande le vice-président. Prends-en un. »

Frank défait l'élastique qui maintient les bouts de carton ensemble, s'empare du premier et lit à voix haute : « Ishi Iruto – thérapie médiumnique et relaxation.

— Relaxation, c'est tout à fait ça. Elle a donné ces cartes à Helen et Helen me les a transmises, estimant que j'avais plus de relations qu'elle pour diffuser la bonne parole dans les milieux autorisés.

— Conneries. C'est un truc de charlatan.

— Helen assure que sa technique fonctionne. Vas-y, prends la carte, qu'est-ce que ça te coûte ? »

Forelong glisse le bristol dans la poche intérieure de sa veste et referme la boîte à gants d'un mouvement sec. « Hors de question que j'aille me faire triturer les méninges par Mme Irma. »

Michael hausse les épaules. « D'une manière ou d'une autre, il faudra bien que tu fasses quelque chose. »

Ils obliquent en direction de l'échangeur 57. La voie est dégagée. L'Oldsmobile monte poussivement jusqu'au parking visiteurs et essuie deux ou trois coups de klaxon au passage. Michael ne comprend toujours pas pourquoi son ami a insisté pour qu'il vienne avec sa vieille voiture. Il trouve que leur comité d'accueil manque singulièrement de prestige. Mais Frank sait ce qu'il fait. Il l'a toujours su.

La fraîcheur du parking souterrain n'a rien d'apaisant. Mélange de poussière d'amiante et de dioxyde de carbone, réverbérations lugubres des crissements de pneus, conversations brouillées par l'écho, tintements de clefs, éclats de voix, rires sans fondement, comme autant d'impacts inexpliqués à la surface d'une eau noire et stérile. Les pictogrammes émettent une lumière glauque, qu'étouffent le béton du plafond surbaissé et les canalisations rongées de salpêtre.

Ils se sont garés sous une veilleuse et, au moment où Jessenberg se penche pour noter le numéro de place, il voit distinctement un scarabée à l'intérieur de son véhicule. Une petite cétoine enfermée qui s'obstine, avec une démarche maladroite, à vouloir franchir la paroi transparente du pare-brise. La carapace bombée du coléoptère brille d'intenses reflets mordorés sous la clarté synthétique de l'ampoule grillagée. *Dans son garage de Cheviot Drive, un scarabée écrasé autour duquel s'est développée une moisissure étrange.*

Forelong s'éloigne déjà vers l'escalier roulant. « Dépêche-toi, Michael, nous allons être en retard. »

Jessenberg s'ébroue. Il note le numéro de place et trottine pour rejoindre son ami.

84

Le camion de déménagement est garé une centaine de mètres avant le panneau signalant la limite septentrionale de la commune : *Lensil vous remercie de votre visite.*

Les employés ont laissé tourner le moteur. On a embarqué la formidable accumulation sur laquelle s'érige une vie : des sommiers, des matelas, des tables de nuit, des commodes, des armoires, des sièges, des rideaux, un buffet, des miroirs, des étagères, des tapis, l'horloge du salon et le garni de cheminée… Même le porte-parapluie a trouvé sa place dans la vaste remorque.

Les bagages les plus ordinaires, refuge des choses quotidiennes – vêtements de rechange, nécessaire de toilette, petites laines –, s'alignent encore sur le bord de la route. On les chargera dans la DS.

Ce n'est pas sans une certaine satisfaction que le père de famille a vu la pancarte *Vendu* remplacer celle *À vendre* sur le portail de sa propriété. Depuis deux ans, une mutation réclamée de longue date l'a affecté en ville. Il désespérait de jamais se débarrasser de sa maison et du terrain. De jamais partir de Lensil. L'acheteur providentiel et anonyme n'a même pas marchandé le prix qui, certes, était déjà très bas.

Le père, la mère et les deux enfants se tiennent sur la chaussée. D'un ultime regard, ils embrassent la ligne d'horizon qu'ils connaissent par cœur. La rectitude parfaite des champs, l'absence de perspective, la perpendicularité du trait ont constitué leur point de mire pendant deux décennies. Malgré toute la lassitude, toute la frustration accumulées, ils ne peuvent contenir un soupçon d'émotion. Leur terre de rien, leurs arpents démons.

Puis ils se tournent. Le père empile à la hâte les valises dans le coffre, tout le monde grimpe en voiture et on n'en parle plus.

85

Au cours d'une autre vie, Jean Trinquiet a été enfermé dans un asile différent, à l'étranger. Un établissement construit au début du XXe siècle, entouré de derricks dans les années 20, puis de pavillons coquets après 1947. Le bâtiment se composait d'un corps principal et de deux ailes. Il était équipé de logements de fonction et disposait d'un musée. Dans le parc arboré des pavillons A et B, à côté du cimetière des indigents, la météo était toujours radieuse : il faisait très beau et très chaud.

Ici, les dents claquent, la peau s'émerise, et parfois on sent dans son cœur un bégaiement glacé.

Les chambres, en revanche, sont similaires. Un lit, une table et une chaise boulonnés au sol, des barreaux aux fenêtres. Pas de verre, aucune surface tranchante, nul reflet. Quel que soit le pays, on évite aux déments de contempler leur propre aliénation.

La thérapeute a laissé un cahier à Jean afin qu'il puisse exprimer ses «émotions refoulées». C'est dans ce cahier que l'adolescent consigne les chapitres inédits d'*Empire des chimères*. La documentation que lui fournit son visiteur est précieuse. L'homme qui alimente régulièrement sa réflexion est petit et corpulent, il porte des lunettes cerclées de fer, et son front dégarni s'orne d'un angiome écarlate assez caractéristique. Jean lui dit quels documents il souhaite consulter et, la fois suivante, l'homme lui apporte les informations demandées. En échange, le malade lui confie les nouveaux chapitres d'*Empire*, avec lesquels l'homme repart aussitôt.

L'adolescent renverse la tête en arrière, déploie la gorge et rit en brèves secousses de tripes. Il griffonne sur son cahier avec des gestes millimétrés, très droits. Les lignes régulières s'emplissent de lettres mouches, de mots-valises, de phrases brochettes.

Un autre visiteur a fait son apparition, mais c'était avant, au commissariat. Jean le connaît. Le garde champêtre, Jérôme. Celui-là ne lui a rien donné, il voulait juste des réponses. Jean a tenté de l'aider, de le prévenir. Il ne sait pas si Jérôme sera assez fort pour trouver ce qu'il cherche.

Peu après cette confrontation, les gendarmes sont venus, ils lui ont dit des choses. Il a vu du rouge sur ses veines quand ses dents ont mordu. On lui a bandé les poignets. Il ne doit pas recommencer, sinon c'est la camisole, les sangles de contention et le calme blanc des injections. Il ne pourra plus écrire. Alors les cachets aplanissent le tumulte. Maintenant, il est docile.

Posté devant la fenêtre, il regarde un avion passer entre les nuages. Vers quelle destination ? Probablement un endroit où la météo est toujours radieuse, où il fait très beau et très chaud.

Bien sûr, il est fou.

Bien sûr, tout cela n'existe pas.

Ni l'avion, ni les barreaux, ni *Empire*, ni le petit homme, ni Lensil, ni Julien, ni Cindy, ni les veines, ni l'essence, ni la viande, ni les crépitements.

Il n'y a pas plus de chiens parlants que de peluche douée de conscience ou de fillette disparue.

Bien sûr.

Empire des chimères II

« William ! » crie Benny, la main tendue. L'ours-garou tente de se dégager, mais les tentacules de mycélium se sont déjà emparés de lui, ont emprisonné ses bras et ses jambes, se sont introduits dans ses conduits auditifs, dans la bouche, entre les dents. La gorge déformée par la reptation des appendices élastiques palpite et ondule, les tissus enflent. Les tentacules ont poussé l'anus, élargi le sphincter pour ramper dans les intestins. L'abdomen se tord. Les hyphes ont criblé la paroi stomacale de minuscules orifices afin d'alimenter les cellules, les fibres et les vaisseaux du sporozoaire.

Ils ont été attaqués sur l'allée des Friandises à 14h05.

William ne peut pas mourir ! Benny resterait seul. Il n'a plus le choix : s'il veut sauver son ami, il doit se jeter dans la mêlée.

« Attends, attends, pause. » Julien fait un T avec ses mains. « Je réclame cinq minutes d'arrêt. Des tentacules de sporozoaire ? Où tu as été pêcher ça, Thomas ? »

Le maître du jeu sourit. « Dans le guide, qu'est-ce que tu crois ?

— Tu es sûr de ce que tu avances ?

— Et moi, je ne suis pas du tout d'accord pour mourir de cette manière-là », ajoute Rémi.

Thomas se défend : « Qui a dit que tu allais mourir ?

— Je suis attaqué par un champignon géant qui me la met bien profond avec un gode plein de ventouses. »

Les trois collégiens éclatent d'un rire nerveux à l'énoncé de cette formule imagée.

« Ce n'est pas un gode, rectifie Thomas qui tente de reprendre son sérieux.

— Peu importe, insiste Julien. Chaque étape doit présenter un choix rationnel. Là, tu nous mets dans une situation où il n'y a aucune alternative. Je suis forcé d'agir sinon il meurt.

— Il existe une autre solution.

— Ah oui ? »

Thomas soupire. « J'aurais préféré que vous trouviez tout seuls, mais vous avez manifestement besoin d'aide.

— Accouche, mon vieux.

— Rémi, je te rappelle que tu es un ours-garou.

— Et alors ?

— Alors tu peux te transformer, imbécile. »

Les dés qui roulent attestent que Rémi a les compétences requises. S'opère alors une danse fascinante où le corps de l'ours assiégé par les champignons mutants contre-attaque. La fourrure s'ouvre en plusieurs endroits, avale, coupe les filaments blancs, recrache les ramifications sous une forme de purée blanchâtre évoquant des sécrétions spermatiques. Le museau s'allonge, les pattes grossissent. Crocs et griffes font leur apparition. C'est à une lutte acharnée que se livrent les deux organismes en pleine métamorphose. Plus les filaments progressent, plus le corps de l'ours change, sectionne, retranche. Julien, alias Benny, ne peut qu'assister au spectacle, fasciné. *Si seulement tout le monde pouvait passer ainsi à loisir de l'animal à l'homme et vice-versa,* songe-t-il. D'anciennes légendes affirment qu'aux premiers temps de la vie, l'homme et l'animal cohabitaient en bonne intelligence. L'animal pouvait devenir une personne de la même façon que l'homme pouvait devenir un animal. Il n'existait aucune différence entre les deux états. Tous parlaient la même langue ; leurs mots, incantations magiques, rebondissaient contre la pierre, rencontraient la lumière et giflaient l'atmosphère.

Pour l'instant, l'ours rugit, les griffes lacèrent, les crocs happent. Et lentement, l'assaillant fongiforme recule. Taille, taille ! Coupe, coupe ! La victoire est proche !

Lorsque le combat est terminé, il ne reste plus que Rémi à quatre pattes, le poil encroûté d'humeurs blanchâtres, la bouche remplie de flagelles inertes.

La mue s'est accomplie. L'homme en animal.

Il fixe l'une de ses pattes avant ensanglantée d'un air hébété.

« Je crois que j'ai perdu un doigt dans la bataille. »

86

Michel Lidèle, le père de la petite Édith, pose sans ménagement les sacs de courses sur la table de la salle à manger. Tomates, riz, steaks, céréales... Automate fantôme, il continue de prendre à manger pour trois. *C'est trop, Michel, arrête.* À chaque fois qu'il tourne au rayon des produits frais, il voit le visage de sa fille démultiplié sur les briques de lait. *Je ne peux pas, Séverine, je ne peux pas.*

À sa mine outrée, à ses traits scandalisés, la mère d'Édith devine qu'il s'est passé quelque chose d'important. Les capillaires se sont arrondis, certains vaisseaux sanguins au coin des yeux ont éclaté en nébuleuses écarlates. Ses pupilles dilatées ont des frémissements de transe, de défi, de courroux. Une écume blanche s'est formée à la commissure des lèvres. L'énergie qui brûle à l'intérieur de lui entame encore un peu plus ses réserves.

« Tu ne connais pas la nouvelle ? dit son mari essoufflé. Les gendarmes ont perquisitionné chez les Trinquiet. Je te parie que tout le village est déjà au courant et qu'on est les derniers informés.

— Que s'est-il passé ?

— Marguerite, tu sais, la caissière du supermarché qui mâche toujours des chewing-gums... Eh bien, elle est copine avec la femme de Berthier, l'adjudant. D'après elle, ils ont trouvé une phalange chez les Trinquiet. Une phalange d'enfant dans la chambre de Jean, tu te rends compte ? »

Séverine met une main sur sa bouche. L'angoisse monte comme une bouffée de gaz toxique. Depuis la disparition de sa fille, un tunnel s'est formé autour d'elle, parallèle à tous les autres tunnels de son entourage. Il y règne une puanteur de matières organiques en décomposition, similaire aux relents d'un duodénum. Elle n'en distingue pas les parois élastiques ni l'extrémité mais en sent les contractions. Elle progresse, rampe, se contorsionne à l'intérieur. Brusquement, la sortie se rapproche. Et il n'y a rien au bout ; juste un néant froid, avide, où tombent ceux qui sont parvenus au terme de leur reptation infernale. Elle hoquette, les yeux embués. « Qu'est-ce que tu dis ? Ce n'est... C'est impossible.

— Maintenant, ce petit crétin a fait une tentative de suicide. Ils l'ont hospitalisé en attendant des expertises plus poussées. Je vais aller voir les parents, moi. J'en aurai le cœur net. »

Séverine s'affole. Si ce que raconte son mari est vrai, elle redoute qu'à la violence s'ajoute la violence. C'est au vertige et à la cécité qu'elle craint d'être confrontée. Des ongles sous la peau, des cris, des nerfs arrachés. Les gyrophares de la police et les gorges chaudes du village. « N'y va pas, je t'en prie. Tu risques de t'énerver et... »

Elle pose la main sur l'épaule de son mari. Michel se dégage d'un geste sec. Le mouvement n'est pas très puissant mais il la prend au dépourvu. Elle sursaute, cligne des yeux. L'homme en animal, la femme en animal, et le piège entre eux qui se referme.

« J'ai besoin de savoir ! martèle l'époux Lidèle. Ce gosse... Ce gosse avait des problèmes depuis un moment, tout le monde te le dira au village. Pourquoi les parents n'ont rien fait ? Pourquoi ils l'ont laissé…

— Il est malade, Michel. Et puis on ne connaît pas le fin mot de…

— Justement ! Tu crois qu'on aura droit à un procès équitable, des aveux circonstanciés ? Tu penses qu'il sera déclaré responsable ? Des nèfles ! Je veux savoir ce qui est arrivé à Édith, comment… »

Il ne termine pas sa phrase. Une volte-face, un courant d'air, la porte d'entrée qui claque. Séverine reste seule, balbutiante, désemparée. « *Édith, si tu étais là, rien de tout cela ne se produirait.*

— *Mais je suis là, maman.*

— *Je te demande pardon ?*

— *Pourquoi tu as été méchante avec moi, dis ?* »

Séverine tourne sur elle-même, embrasse du regard le vestibule, le salon et la cuisine déserts. Les courses posées sur la table. À manger pour trois. Les gens du village, le postier, la coiffeuse, les abonnés du club de bridge, les membres du comité des fêtes, les paroissiens, son mari… Ils continuent tous à vivre comme si elle était encore présente. « Édith ? »

La mère passe les mains autour de ses propres épaules, secoue la tête. Non, elle ne deviendra pas folle.

« *Édith, sale petite garce. Sors de ta cachette maintenant. Le jeu est terminé !*

— *Où est papa ?*

— *Parti.*

— *Il faut le rattraper, faire quelque chose, ou il arrivera malheur.* »

87

Véhicule immatriculé… en stationnement gênant au…, verbalisé le… à… heures. « Et merde », grommelle Jérôme. Le garde champêtre tente pour la troisième fois de remplir le formulaire normalisé qu'il joindra à la main courante en fin de journée. Aucun des stylos de son bureau ne semble en état de fonctionner. Ce détail n'est qu'un événement parmi d'autres. Pris isolément, il serait insignifiant, mais ajouté à l'ensemble des anomalies rythmant son quotidien depuis deux mois, il devient un rouage d'un assemblage plus vaste et contribue à colorer cette période d'une aura inquiétante. Les semaines précédentes ont été marquées par de brusques turbulences, suivies d'accalmies aussi radicales que des sédations. L'enchaînement des jours semble imposer une claudication du temps, une cadence irrégulière à laquelle il est impossible de s'accoutumer. Troubles de la perception, altérations sensorielles, Jérôme ne saurait comment définir ce bouleversement intime, mais chaque contrariété semble participer d'une déliquescence générale. Lensil adopte les caractéristiques d'un marécage noyé de brume, où l'on s'enfonce pour ne plus jamais reparaître. Les rares oiseaux qu'on y entend sont des corbeaux, la terre que l'on foule une stagnation opaque et les gens qui peuplent les environs les gardiens d'une prison invisible, sans plus de consistance qu'un nuage de poix.

Il sort de son bureau, passe la tête à l'accueil.

« Tu n'aurais pas un stylo à me prêter, Geneviève ? Un stylo qui marche, si possible. »

L'employée de mairie sourit, tend la main vers le

tiroir aménagé sous le comptoir, quand les portes d'entrée s'ouvrent à la volée.

Séverine, à bout de souffle, à bout de forces, à bout de mots.

Jérôme franchit la réception en deux enjambées. Il est là, il la soutient.

« Michel est parti voir les parents de Jean, dit-elle dès qu'elle parvient à reprendre sa respiration. Je n'ai pas pu le retenir. »

Un regard en direction de Geneviève. « Occupe-toi d'elle. Appelle Adrien s'il le faut. » Puis à Séverine. « Attendez-moi ici, madame Lidèle. Je reviens très vite, n'ayez pas peur. »

Jérôme est bien placé pour connaître le pouvoir de nuisance de la frustration, de l'impuissance. *Il avance vers le Chaoui, et cogne une première fois à la gorge. Puis une deuxième, et une troisième. Il continue jusqu'à ce qu'on le retienne, jusqu'à ce que le prisonnier soit étendu au sol, inerte.* Michel guette un coupable depuis deux mois, il attend des réponses qui ne viennent pas. Sa réaction sera proportionnelle à l'ignorance dans laquelle il pense avoir été maintenu. Jérôme se souvient de la confrontation avec le père sur le parvis. Il n'avait pas plus de force qu'un moineau – la disparition de sa fille l'avait privé de toute vitalité –, mais il n'ignore pas à quelle vitesse la situation peut dégénérer. Qui sait quels démons peuvent sommeiller en lui ? Qui sait quels dégâts peuvent faire une phrase mal placée, une remarque inconsidérée ? Sans compter que le père de Jean est en pleine possession de ses moyens physiques, lui.

88

Le père de Jean ouvre la porte de l'appartement, le feu aux joues, la brume aux lèvres. « Quel froid là-dehors, grelotte-t-il en essuyant vigoureusement les semelles sur le paillasson. La prochaine fois, vous irez vous-même au supermarché. »

Il s'est mis en tête d'éradiquer pour de bon la tache de moisissure dans le couloir entre la chambre de Julien et celle de Jean, inoccupée pour un temps indéterminé. Les artisans contactés n'ont jamais rappelé. Il a donc pris sur lui d'aller acheter un nouveau produit qui, lui assure-t-on au magasin, viendra à bout de n'importe quel champignon.

Il pose la bombe de prochloraze sur la table de la cuisine. « Le vendeur m'a dit de lire attentivement le mode d'emploi. »

Son épouse, aux fourneaux, lève à peine la tête. Elle connaît son mari. Son peu d'appétence pour les choses manuelles et les tâches ménagères se muera rapidement en inertie ; elle est prête à parier que la bombe sera toujours intacte dans un mois.

« J'ai croisé le voisin, indique-t-il. Il paraît que le père Gustave a cédé son exploitation.

— Depuis le temps qu'elle était en vente.

— Oui, mais c'est le quatrième agriculteur ce mois-ci. Et comme les fois précédentes, on ne connaît pas le nom de l'acheteur. Tu ne trouves pas ça bizarre ?

— Pas plus que les taches de moisissure », dit-elle en levant les yeux au ciel. Elle nourrit le vague espoir que son message se fraye un chemin jusqu'aux structures les plus secrètes de l'encéphale de son mari.

« Tu sais que tu es drôle quand tu t'y mets, fait

celui-ci. Mais ne t'inquiète pas : je vais me retrousser les manches et lorsque j'aurai terminé, le mur sera comme neuf. » Il observe son épouse. « Oh, tu peux sourire. Rien n'entamera ma détermination. »

Au salon, Julien peine à suivre les aventures de James West et d'Artemus Gordon sur le petit écran. Il ne peut s'empêcher d'écouter la conversation de ses parents, agacé par leur bonne humeur, leur insouciance apparente. Il a envie de leur rappeler que Jean est en zone sécurisée à l'hôpital, dans l'attente d'une évaluation psychiatrique. Il sait bien qu'il est inutile de se morfondre à longueur de journée, mais regrette l'allant de son paternel. À moins, réfléchit-il, que cet entrain soit une façade destinée à masquer une angoisse profonde.

Au moment où le père entreprend d'examiner les contre-indications du fongicide, le carillon de la porte d'entrée retentit.

Michel se tient campé sur le seuil. Sa détermination n'a pas faibli depuis qu'il est parti de chez lui pour obtenir des explications. Il s'adresse au père de Jean, qui vient d'ouvrir.

« Je peux vous parler une minute ?

— Je ne crois pas, réplique le père sans inviter l'homme à entrer.

— C'est au sujet de votre fils, Jean.

— Je sais, mais je n'ai rien à vous dire.

— Les gendarmes ont… Quelqu'un m'a raconté que les gendarmes ont trouvé un doigt dans sa chambre.

— C'est ce qu'ils nous ont appris quand ils nous ont interrogés. Nous n'étions au courant de rien.

La discussion s'arrête là. » Le ton est froid, cassant. Trinquiet compatit sans doute à la situation de son interlocuteur, mais il n'est pas disposé à laisser accuser son fils.

Julien s'est retourné sur le divan pour observer les deux hommes. Il sent son ventre se contracter lorsque Michel évoque le doigt coupé. Les gendarmes l'ont également questionné, mais il n'a pas osé leur révéler qu'il connaissait déjà l'existence de cet étrange trophée… qu'il ne peut toujours pas se résoudre à attribuer de près ou de loin à la jeune Édith, malgré l'accumulation d'indices troublants.

« Vous saviez pourtant que votre aîné avait des problèmes, non ?

— Cela ne vous regarde pas.

— Vous saviez qu'il était dérangé avant d'emménager à Lensil…

— Attention à ce que vous allez dire », prévient le chef de famille.

L'adolescent n'a jamais vu son père si inflexible, si menaçant. Son cœur se met à battre plus vite. Il empoigne avec force les accoudoirs du canapé. La bouche s'assèche. Il est terrifié à l'idée qu'une confrontation physique advienne. Que fera-t-il ? Se jettera-t-il dans la mêlée pour défendre son père ou restera-t-il paralysé, incapable du moindre mouvement ? Son corps pétrifié lui apporte par anticipation une réponse claire et franche.

Le père esquisse un geste pour refermer la porte et Michel bloque le battant avec son pied. « Attendez un peu.

— Enlevez votre pied.

— J'ai besoin d'une réponse.

— Je n'en ai aucune à vous fournir. Les gendarmes mènent l'enquête.

— Monsieur Lidèle, intervient la mère. Il faut partir…

— C'est de votre faute, éclate Michel. Il ne fallait pas le laisser en liberté…

— Je ne vous permets pas », tonne le père.

Michel avance, tente de pénétrer dans la maison. L'autre l'empoigne par le col. « Sortez d'ici !

— Lâchez-moi ! »

Ils se bousculent dans l'étroit couloir. La mère de Julien pousse un cri.

Le collégien ne peut plus bouger un muscle. Les yeux exorbités, à genoux sur les coussins du divan, il regarde le combat – ou plutôt une forme de lutte maladroite – s'engager tandis qu'une ombre apparaît dans la cage d'escalier.

89

Les longues heures de course à pied sur les sentiers et les routes alentour trouvent enfin une application concrète à l'exercice des fonctions de Jérôme. Il monte les escaliers du village deux par deux, contourne la place des Arcades, franchit d'un bond la tranchée creusée dans la rue du Pré sans que le souffle vienne à manquer. Quelques badauds le regardent passer, mi-interloqués, mi-amusés. *Riez si ça vous chante*, songe Jérôme en allongeant la foulée, *mais ne vous mettez surtout pas dans mon passage*. Encore quelques dizaines de mètres et il y est. Il entend déjà des éclats de voix, reconnaît le timbre de Michel et celui, plus grave, du père de Jean. « Sortez d'ici ! » « Lâchez-moi ! »

Une femme pousse un petit cri. Il s'engage dans la cage d'escalier. La porte du domicile des Trinquiet est ouverte. On s'affronte dans le vestibule. Jérôme sent son champ de vision s'étrécir, les nuances de sa vue périphérique disparaître. Ses gestes ralentissent, ainsi qu'il est de coutume à chaque fois que la vie est brutalement délogée de son ornière. Il plonge soudain dans une soupe compacte, les ondes sonores et lumineuses s'infléchissent, rebondissent, se courbent. Les choses se déroulent dans une confusion aquatique. Il aperçoit ses jambes, qui se stabilisent sur le palier. Sa main approche de l'encadrement.

Michel est en position de déséquilibre. Il cherche à entrer chez les Trinquiet, mais le père l'en empêche, une main sur la poitrine. Il lève le bras. Un poing oblique vers le menton de l'intrus. Jérôme entend sa propre voix, que des litres et des litres de liquide assourdissent. « Stop ! » Les microsecondes pendent, molles et contrariées. Il distingue en un coup d'œil la mère et le fils cadet derrière les deux belligérants. La femme ouvre la bouche en une exhortation trop lente pour qu'il puisse la déchiffrer, le fils se cramponne au canapé – arrimé, soudé à l'accoudoir d'un divan qui paraît s'incliner comme un navire en pleine mer. Une lumière grise se déverse dans le salon, fait miroiter un milliard de particules en suspension. « Arrêtez ! » Il se glisse entre les deux hommes. Son uniforme craque. Un tassement dans le dos. Michel, peut-être. Le poing de l'autre plonge. Jérôme contracte le deltoïde, l'épaule pivote pour amortir le choc. Un sifflement dans l'oreille. « Du calm

90

L'aiguille stérilisée sort une dernière fois de l'épiderme, puis le fil est bouclé en un nœud savant. L'interne s'essuie les mains. « Voilà, c'est terminé. »

Jérôme s'observe dans le miroir. Une jolie entaille à l'arcade sourcilière, trois points de suture. Il applique une pochette de glace sur l'œil pour éviter que l'hématome ne prenne trop vilain aspect.

Derrière lui, le maréchal des logis-chef Jamin contemple la scène, partagé entre sévérité et vague dégoût. « Vous êtes content de vous ? »

Jérôme ne se retourne pas. « Je n'y suis pour rien. Au contraire, j'ai limité les dégâts.

— Il fallait nous appeler. »

Jérôme évite de répondre que, dans le meilleur des cas, ils seraient arrivés au bout d'une demi-heure. D'ici là, il aurait pu se passer des choses bien pires qu'un coup de poing dans l'œil pour lui et une lèvre fendue pour Trinquiet.

Jamin observe son subalterne, l'adjudant Berthier, qui termine de prendre la déposition du père de Jean, à quelques mètres de là. « Il pourrait porter plainte, vous savez.

— Je me suis simplement défendu, explique Jérôme. C'était un réflexe. Lui aussi, il m'a esquinté.

— Vous voulez porter plainte ? »

Jérôme soupire. « Non, bien sûr que non.

— On peut requalifier les faits en "outrage et rébellion".

— Laissez tomber, je vous dis. »

Jamin crispe les lèvres en un sourire que l'on pourrait prendre pour une grimace de répulsion. « Les gens que nous avons interrogés avaient raison.

— À propos de quoi ?
— À propos de votre laxisme. Je ne voulais pas les croire.
— Ce n'est pas une question de laxisme.
— La tolérance ne mène à rien.
— Chez vous, peut-être. Pas à Lensil.
— Je vois ça. »
Jérôme décide de changer de sujet. Il connaît les sentiments des gendarmes à son égard, et rien ne les fera changer d'avis.
« Il paraît que vous avez trouvé un doigt ?
— Chez le fils Trinquiet, oui. Enfin, une phalange distale, dans sa chambre. On a obtenu une commission rogatoire après l'incendie du chien. Les parents et le jeune frère sont tombés des nues. Ils ignorent totalement où le petit cinglé a pu se procurer ce truc. Et ce ne sont pas ses élucubrations qui vont nous éclairer.
— C'est quoi, ce doigt ? Un lien avec Édith ? Vous avez fait des analyses ? »
Jamin marque une pause. Gêné ou perplexe, on ne sait pas. Il se gratte la tête. « Eh bien, c'est là que le bât blesse.
— Comment ça ?
— Le labo est incapable de déterminer s'il s'agit d'une phalange humaine ou d'un bout d'animal.
— Qu'est-ce que vous voulez dire ?
— Certaines caractéristiques appartiennent au règne animal, d'autres sont humaines.
— C'est impossible.
— On est du même avis. Mais le toubib qui s'est occupé du rapport a été incapable de trancher. La pièce à conviction est partie au musée d'anthropologie de Lyon. On attend l'analyse de l'expert. »

Jérôme ôte la pochette de glace de son front. « Quel bazar ! » Par l'intermédiaire du miroir, il voit le margis-chef approcher dans son dos.

« Je peux vous demander une faveur ? »

Jérôme acquiesce. L'officier va-t-il enfin le prendre en considération ? Lui réclamer un service dont il serait redevable est une façon comme une autre d'établir une relation d'égal à égal.

« Est-ce que vous pouvez vous tenir tranquille jusqu'à nouvel ordre ?

— Pardon ? »

L'autre s'approche un peu plus. Sa poitrine touche presque les omoplates du garde champêtre. « Vous tenir tranquille, la fermer, ne plus provoquer de catastrophe ni d'agitation. Cette affaire pue depuis le début, et plus nous en apprenons, moins je suis optimiste. Vous habitez un endroit vraiment pourri, c'est moi qui vous le dis. Alors nous allons attendre que les choses se tassent, vous saisissez ? Nous allons prendre du recul, agir avec sérénité. En attendant…

— Vous voulez enterrer le dossier ?

— Pas du tout. Nous voulons éviter les interférences… Nous prémunir des bruits de fond inutiles. Vous avez l'intention de faire du grabuge ?

— Non.

— Alors arrêtez de vous mêler de cette histoire et laissez-nous travailler, je me fais bien comprendre ?

— C'est une menace ?

— Une faveur, je vous l'ai dit. Une bonne grâce que vous aurez la gentillesse de nous accorder. »

Jérôme ouvre la bouche pour répondre, mais le père de Jean se lève du tabouret où il se faisait recoudre pour venir vers lui, accompagné de l'adjudant Berthier. Le garde champêtre se retourne et Jamin s'éloigne aussitôt.

« Je voulais m'excuser », dit le père de Jean en arrivant à sa hauteur. Il se tient tête baissée, penaud comme un écolier chez le proviseur. « J'ai levé la main par automatisme, et vous étiez au milieu… Le père d'Édith voulait entrer, il ne serait pas reparti…

— C'est fini. On en est quittes pour quelques bobos et une belle frayeur. Mais je vous en prie, la prochaine fois, essayez de rester calme. Michel n'est pas dangereux.

— Je sais.

— Vous voulez déposer une plainte ? interrompt Jamin.

— Contre qui ?

— Contre Michel Lidèle. »

L'autre le regarde comme s'il était devenu fou. « Jamais de la vie. Il a ses problèmes, et je n'aimerais pas être à sa place. Mais nous avons également nos soucis. Je n'ai pas à lui fournir d'explications. D'autant plus que j'en serais bien incapable. Dites-lui simplement de se tenir à l'écart. Qu'il ne s'approche plus de moi ou de ma famille.

— Donc, vous ne portez pas plainte ?

— Voilà.

— Ce qui est pratique, chez vous, c'est que personne ne veut porter plainte. Les habitants ont les pires ennuis du monde et il n'y en a pas un pour remplir la paperasse. C'est merveilleux, tout de même. S'entendre de gré à gré, entre gens du cru. J'en aurais presque les larmes aux yeux. Je me demande même ce qu'on fait là. » Le margis-chef toise Jérôme. « Je suppose que vous allez vous occuper de parler à Michel, en toute amitié.

— Michel Lidèle n'est pas mon ami. »

Jamin ne quitte pas le garde champêtre des yeux. Jérôme n'a aucune difficulté à lire dans son esprit : *Tenez-vous à carreau, Bertin. Pas de vagues, sinon j'aurai votre peau.*

Jérôme reporte son attention sur le père de Jean et, comme un défi lancé à l'officier, tend la main à son agresseur. « Excuses acceptées. »

91

« Bonjour Clotilde. Comme j'étais aux urgences, je me suis dit que je pourrais te faire une petite visite avant de repartir travailler.

— Jérôme, bon sang ! Qu'est-ce qu'il t'est arrivé ? Tu t'es battu ? On t'a frappé ?

— Ce n'est rien. Une algarade entre Trinquiet et Lidèle. J'ai pris un mauvais coup, mais c'est arrangé.

— Tu as mal ?

— Ce n'est rien, je te dis. C'est surtout à toi qu'il faut demander comment ça va. Pas d'autres malaises ? Pas de vertiges ?

— Non. Ils poursuivent les examens. »

Jérôme s'assoit à côté de Clotilde, son oisillon blessé, son petit soldat en blouse d'hôpital. Il lui prend la main, lui adresse un sourire qui signifie *Tu m'as manqué*. Cela fait quatre jours qu'elle n'est plus à la maison. Il regrette le temps où il prenait les colonnes sèches pour se faufiler dans l'hôpital à la nuit tombée. Les couloirs sombres, ponctués de veilleuses émeraude, étaient imprégnés de l'odeur fantomatique de l'éther. Jérôme se souvient parfaitement de la sensation de flottement tandis que, pieds nus ou en chaussettes, il parcourait le linoléum rectiligne. Il n'avait pas besoin de consulter les numéros des chambres pour trouver celle de son père. Il aurait voulu visiter tous les malades, saisir toutes les mains, apaiser chaque solitude, y compris la plus dégueulasse, y compris la plus méritée. À ses yeux, personne n'aurait dû rester seul la nuit, à attendre la mort. La sienne ou celle des autres.

À l'époque, il venait d'être démobilisé. La Grande Muette avait rendu à la vie civile un homme désœuvré, insomniaque, incapable de renouer avec la métropole qu'il avait quittée et qui ne voulait plus entendre parler ni des pieds-noirs ni de la guerre, du moins dans ses aspects les plus déplaisants. Le père de Jérôme était tombé malade durant cette période-là et le fils avait décidé d'accompagner son géniteur dans les ultimes instants de sa vie, ainsi qu'un saumon remonte le fleuve pour se baigner une dernière fois dans la source natale. C'est à la fin de l'une de ces veilles qu'il avait rencontré Clotilde.

La nuit avait été longue, rythmée de quintes de toux sanglante, de gémissements semblables à des éboulis. La démence, parfois, apparaissait dans les yeux du vieux comme une échappatoire éphémère, une issue aussitôt refermée. La morphine étincelante dévorait ses pensées, ses choix, sa personnalité. Elle lui offrait tous les diamants du monde et il en voulait encore.

Jérôme était sorti de la chambre au petit matin, épuisé, mais aussi lavé de lui-même. L'agonie de son père agissait comme un baume. Il ne veillait pas un moribond, il accomplissait un acte de purification. Il s'était souvent demandé qui, de lui ou de son père, escortait l'autre dans son périple.

Il avait franchi les portes de l'accueil à l'image

d'un visiteur normal : décontracté, fatigué, innocent. L'astre du levant avait infiltré avec cruauté des rayons pourpres sous ses paupières mi-closes. Il avait allumé une cigarette – une sale habitude héritée comme tant d'autres de l'armée –, et il l'avait vue, assise dans son fauteuil roulant juste à côté du banc de l'entrée. On aurait dit que quelqu'un l'avait écartée sur le bord du trottoir, s'en était débarrassé le temps d'aller faire ses courses ou de manger un bon repas. Leurs regards s'étaient croisés et elle lui avait adressé un petit signe de la main. Avait-elle reconnu en lui une âme sœur ? Jérôme, en tout cas, avait immédiatement détecté la possibilité d'établir un lien, de nouer une relation qui changerait le cours de son existence.

Il s'était approché. De près, elle était encore plus belle. Pas au sens physique du terme (quoiqu'elle fût, sous sa frange brune et son gilet boutonné jusqu'au col, une jeune femme tout à fait convenable de sa personne), mais dans ce qu'elle dégageait. Il ne s'agissait pas exactement de bonté, non. Plutôt d'une sorte d'indulgence naturelle. Une capacité à valoriser en chacun le meilleur.

« Bonjour, avait fait Jérôme. Je peux vous aider ?

— Non merci, avait-elle souri. Je suis bien, là.

— J'avais cru…

— Que l'on m'avait mise de côté ? Les gens ont souvent cette impression, mais ils se trompent, croyez-moi. Je suis venue de mon propre chef. J'avais envie d'admirer le lever de soleil. Tous les matins, j'accomplis le même rituel. »

Jérôme désigna l'hôpital d'un geste vague. La fumée de sa cigarette, qu'il tenait entre l'index et le majeur, traça une série de boucles gracieuses dans l'air matinal. « Vous êtes là depuis longtemps ?

— Plus longtemps que je ne le voudrais. » Elle sourit encore. « Je vous ai aperçu, vous savez ? »

Jérôme arqua un sourcil. « Quand ça ?

— L'autre nuit, précisa-t-elle. En dehors des heures de visite. J'étais réveillée et ils m'avaient mise dans une chambre vitrée. J'ai beaucoup aimé le coup des chaussures à la main pour ne pas faire de bruit. »

Ce fut au tour de Jérôme de sourire. « Je peux vous offrir un verre ? La cafétéria n'est pas formidable, mais nous y serons plus à l'aise. »

Elle avait accepté.

Jérôme sent la main de Clotilde se poser sur son visage, effleurer délicatement les points de suture qui déforment son arcade sourcilière. Il ferme les yeux. Il voudrait rester là pour toujours, et que cette caresse sur sa peau, son front, ses tempes, ne cesse jamais.

La voix de Clotilde le rappelle à la réalité. « Je n'aime pas la tournure que prennent les événements. »

Il ouvre les paupières. « Comment ça ?

— Tu ne sens rien ? s'étonne la jeune femme. Cette… bagarre dans laquelle tu t'es retrouvé, ce n'est qu'une étape, un jalon sur un chemin qui mène à un endroit où l'on ne veut pas aller.

— Peut-être. Mais il est parfois nécessaire d'aller où l'on ne veut pas.

— Faux, rien n'est *nécessaire*. Même lorsque l'on s'égare, on suit la trajectoire que l'on s'assigne. Il existe une raison même au cœur de l'arbitraire, un signe particulier dans la profusion. Nous ne sommes pas les instruments de forces qui nous dépassent, Jérôme. Nous incarnons cette force. Et la nécessité s'y plie.

— Tu parles comme une personne courageuse. Je n'ai pas ta bravoure.

— Depuis la disparition de la petite Édith, les choses empirent, elles se détraquent…

— Vue de l'esprit », objecte le garde champêtre. Il ne peut toutefois s'empêcher de marquer une hésitation, tant les propos de sa femme rejoignent le fond de sa pensée.

« Tu étais censé passer le relais aux gendarmes, reprend Clotilde. Ils sont saisis de l'enquête, non ? Laisse-les travailler.

— C'est amusant, parce que tu es la deuxième personne aujourd'hui à me donner ce conseil. Tu sais comme moi qu'ils ne trouveront pas la fillette. C'est trop tard.

— Alors ils passeront à autre chose. Et nous continuerons à vivre, tu comprends ?

— Et si je peux rendre la petite à ses parents ?

— Il est trop tard, tu l'as dit toi-même.

— Mais avec une dépouille, ils pourraient faire le deuil.

— Cette pauvre petite est perdue, Jérôme. Et j'ai peur que tu te perdes avec elle. Après tout ce temps, après toutes les épreuves que tu as traversées…

— C'est peu de chose par rapport à toi.

— On ne fait pas un concours. J'essaye juste de t'expliquer… Il faut parfois se sauver soi-même en laissant l'autre derrière. Renoncer n'est pas un mot grossier. Mais tu sais déjà tout cela, n'est-ce pas ? »

Jérôme tapote la main de sa femme. Bien sûr, qu'il le sait. Bien sûr qu'il a toujours agi à l'opposé de ce précepte de bon sens. Il prononce alors des paroles auxquelles il est le premier à ne pas croire. « Ne t'inquiète pas, je maîtrise la situation. Promis, je m'arrêterai quand il le faudra. »

Clotilde va pour répliquer, mais de légers coups à la porte l'interrompent.

Une infirmière souriante passe la tête par l'entrebâillement. « Madame Bertin ? C'est l'heure de vos soins. »

Elle entre aussitôt. « Il va falloir que vous nous laissiez un moment, monsieur Bertin. Ce ne sera pas long. Vous pouvez attendre dans le couloir si vous le désirez. » Jérôme décline d'un geste de la main, il se lève. « Au revoir, mon amour. Je dois retourner au travail. J'essayerai de repasser ce soir si je ne termine pas trop tard.

— Ne t'en fais pas pour moi, je suis entre de bonnes mains », dit-elle en regardant l'infirmière. Les deux femmes échangent un regard complice.

Jérôme parcourt la réception d'un pas énergique. Les points de suture lui tiraillent la peau du front ; il a déjà envie de les arracher.

Ce n'est qu'au moment où il arrive aux portes coulissantes qu'un détail attire son attention. Assis un peu à l'écart, sur l'une des chaises destinées à assurer le confort relatif des visiteurs dans le hall d'accueil, il avise un gamin. Celui-ci s'absorbe dans la lecture d'un fascicule dont le titre se détache en grosses lettres blanches : *Empire des chimères*. La couverture entièrement noire s'orne d'un étrange logo : une corneille blanche sur le dos, que l'on imagine volontiers morte.

Jérôme marque un temps d'arrêt. L'association des termes *empire* et *chimères* éveille en lui un sentiment familier… Non, pas vraiment familier, mais récent. Il hésite, puis plonge la main dans la poche intérieure de sa veste. Ses doigts se posent sur le carnet de notes qui ne le quitte jamais. *Empire, chimères…* Où a-t-il entendu ces mots ? Il feuillette les pages de son calepin tandis que les gens le frôlent, le contournent. Quelqu'un rouspète : « Attention, vous encombrez le passage. » Jérôme s'écarte sans quitter ses notes des yeux. Voilà, c'est là. Le jour où il a interrogé Jean dans les locaux de la gendarmerie. Jérôme déchiffre les pattes de mouche sur les pages rectangulaires et cornées : *épouvantables terres, responsable de l'empire, chimères…* Il n'a aucune difficulté à se rappeler les phrases de l'aîné des Trinquiet : *Il faut aller la chercher dans les Épouvantables Terres…* Qui ça ? *L'autre*. Et puis : *Demandez au maître de l'Empire. C'est auprès des Chimères qu'il faut se renseigner*.

S'agit-il d'une coïncidence ? La réunion de ces deux occurrences est inhabituelle. Il s'approche de l'adolescent sur sa chaise. Un gamin de quinze ou seize ans, le bras dans le plâtre. La matière blanche est recouverte de graffitis et de messages plus ou moins gracieux.

« Salut, dit-il. Excuse-moi de te déranger. »

L'autre interrompt sa lecture, lève les yeux, qu'il a extrêmement bleus, et observe le nouveau venu d'un air interrogateur. Jérôme pointe le doigt sur le fascicule. « J'ai vu que tu lisais un bouquin. C'est quoi ?

— Ce n'est pas un bouquin, c'est un manuel de jeu de rôle.

— Je n'en ai jamais entendu parler. »

Le gamin évalue son interlocuteur d'un rapide coup d'œil, le range sans doute dans la catégorie des vieux sans enfant, un peu largués dans la société moderne, ce en quoi il n'a pas totalement tort.

« Ce n'est pas vraiment le genre d'ouvrage dont

on fait la publicité à la télé, signale l'adolescent pour appuyer son jugement. Mais c'est populaire chez les jeunes. Enfin, certains jeunes.

— Ça consiste en quoi ?

— Il faut retrouver Eddy, une corneille albinos qui a disparu d'une ville appelée Simplicité. »

Le garde champêtre baisse les yeux sur son calepin. *Simplicité.* Le lien entre les propos de Jean et ce jeu ne relève pas d'un simple concours de circonstances, d'une convergence lexicale. « Est-ce que le terme "épouvantables terres" te dit quelque chose ? »

Le visage du jeune homme s'éclaire. « Vous connaissez l'histoire ?

— Non, mais j'ai déjà entendu ces mots.

— Les Épouvantables Terres sont l'endroit où les joueurs doivent retrouver Eddy. »

Eddy, *Édith*, encore un drôle de hasard, songe Jérôme. Le gamin continue : « Elles sont gardées par l'énigmatique Oskar… Un lapin doté de pouvoirs surnaturels, paria de l'écurie Lawney.

— Sid Lawney, les dessins animés ?

— *Empire* est produit par le même studio. C'est une filiale.

— Ton jeu ressemble à un conte pour enfants. »

L'autre étouffe un rire légèrement condescendant. « En apparence, oui. Les personnages appartiennent au bestiaire oublié de Lawney. Benny l'aigle borgne, Andy le loup arctique sans cesse enrhumé, William l'ours-garou, Eddy la corneille blanche, le scarabée de feu, le ver écarlate, le faucon sanglant… Mais *Empire* est plus subversif. Plus immersif, plus addictif et plus violent. Certains passages sont même carrément gore. C'est pour ça que vous ne verrez jamais une seule pub pour le coffret à la télé. Moi et mes copains, on est à fond dedans. On n'est pas les seuls, d'ailleurs. Il existe une version pirate encore plus intense, avec les mêmes protagonistes. »

Quand il avait questionné Jean, le garde champêtre s'était demandé si les élucubrations du pyromane ne provenaient pas d'un film, d'une bande dessinée ou d'un jeu. Il n'avait pas écarté l'hypothèse que le gosse soit entré dans une fiction si proche de la réalité qu'il confondait les deux notions. « Tu connais la fin de l'histoire ? s'enquiert-il auprès du jeune blessé.

— Non. Seul le maître du jeu connaît l'issue finale. »

Demandez au maître de l'Empire, avait dit Jean. D'accord, très bien, et ensuite ?

« Et toi, tu en es où en tant que joueur ?

— Après le massacre des chats – ce sont les membres d'une brigade d'assainissement –, William l'ours-garou a livré bataille contre des agents de la Peste zombie… Il s'agit d'une sorte de champignon ou de parasite qui contamine l'environnement et les personnages… Il s'en est sorti de justesse, mais a perdu un doigt dans l'affaire. »

Jérôme s'assoit, ou plutôt se laisse choir dans le siège libre à côté de son jeune interlocuteur. Il a conscience de son air stupéfait, de son regard vague, et de l'hébétude qui s'empare de ses traits, mais ne fait rien pour y remédier. Le juron franchit ses lèvres sans qu'il en ait conscience. « Merde. »

Empire des chimères II

« Tu as mal ? interroge Benny en examinant la main de William recouverte de bandages.

— Non, répond l'ours-garou. En fait, je me sens plutôt bien. Je dirais même mieux que d'habitude. »

La réaction de William est étrange, songe Benny, car il a perdu beaucoup de sang. Mais après tout, il est de classe 12 et pas un lancer de dés ne lui a fait défaut jusqu'à présent.

À mesure qu'ils poursuivent leur route, les champignons continuent d'envahir le paysage. Les chapeaux gris grimpent le long des collines, se lancent à l'assaut des arbres en contreplaqué. On pourrait croire qu'ils vont atteindre le soleil, ou les projecteurs dissimulés quelque part dans le décor. Parfois, la moisissure empiète tant sur la chaussée qu'ils sont obligés de progresser par bonds, le cœur serré à l'idée d'échouer au test de compétence et de chuter dans l'océan de flagelles voraces.

Benny se demande ce que deviennent ses amis de Simplicité. Le pensent-ils disparu ? Imaginent-ils qu'il soit atteint, comme les autres, de la Peste zombie ?

Dans quels magasins se promènent-ils ? Quelles allées bordées de miroirs, de vitrines resplendissantes, parcourent-ils ? Sous quels parasols sirotent-ils leurs cocktails multicolores, observant d'un œil nonchalant la procession des consommateurs omnivores ?

Alors que rien ne laisse supposer une défaillance, William obtient brusquement un 2 au lieu du 8 escompté. Le saut paraissait pourtant facile. Il tombe lourdement dans le mycélium. Benny retient un cri d'horreur. Il sait que son compagnon ne réchappera pas d'une deuxième confrontation avec la Peste zombie.

L'ours-garou se débat par réflexe ; il se sait perdu ; il agite les bras, rue en saccades, exhibe ses crocs recourbés. Pourtant, les flagelles ne l'engloutissent pas. Elles s'écartent de lui avec des ondulations cérémonieuses, une préciosité presque féminine à l'opposé de leur mâle férocité coutumière. Ni Benny ni William n'ont assisté à pareil spectacle au cours de leur vie. L'ours-garou se relève avec précaution, palpe sa fourrure à la recherche d'une lésion, d'une plaie entrante par laquelle une hyphe aurait pu s'introduire. « Que se passe-t-il ? balbutie-t-il.

— Je ne sais pas, fait Benny.

— Je devrais être mort.

— Mais les filaments de la Peste zombie se sont écartés de toi. Regarde ta main. »

L'ours-garou baisse les yeux sur son membre entouré de bandelettes. Celui-ci paraît animé d'une respiration d'embaumé. La gaze se tord, plie et gonfle à la manière d'une écume blanche soumise aux caprices du ressac. William mord le pansement, l'arrache à coups de dents. Sa main, à présent dépourvue d'index, s'est couverte d'un duvet verdâtre, lui-même couronné de filaments semblables à ceux de la peste, quoique de taille plus modeste. William approche sa main du tapis de moisissure sur la route. Les flagelles se redressent, effleurent son membre mutilé sans exprimer la moindre agressivité. L'assaut est une pâmoison de jeune fille, une caresse, une adoration.

« On dirait que les champignons me reconnaissent, constate avec stupeur William. Pourtant, je ne ressens aucun symptôme de la peste. J'ai l'esprit parfaitement clair, je ne me suis pas transformé, je n'ai pas fondu…

— Comme si un croisement s'était opéré entre toi et le parasite pendant l'affrontement », émet Benny.

William sourit – demi-lunes d'émail entre les gencives. « On peut dire que je suis vacciné, alors ?

— Contre la Peste zombie, peut-être. Mais qui sait

ce qui nous attend plus loin ? Les pouvoirs d'Oskar surpassent les capacités de guérison d'une simple immunité.

— Monte sur mon dos, je t'emmène.

— Tu crois ?

— Oui, ce sera plus pratique. Lance simplement les dés pour savoir si tu réussis à grimper. »

Trois kilomètres plus loin, le duo s'arrête. Benny est à présent juché sur les épaules de son ami, qui n'a eu aucun mal à le transporter. Les longues mèches blanches de la peste sont montées jusqu'aux genoux de l'ours-garou, ont accompagné sa progression de tourbillons délicats, fort semblables aux remous d'un liquide dans une éprouvette. À présent, les deux compères lèvent la tête. Leur visage trahit une fascination teintée d'appréhension. « Les choses sérieuses commencent », murmure William. Une arche les surplombe à environ trois mètres du sol. On peut lire sur le pourtour l'inscription suivante : *Ici débutent les Épouvantables Terres, où payent les dissimulateurs – vous entrez dans cet endroit à vos risques et périls.*

Et comme si l'avertissement n'était pas assez clair, une dépouille a été accrochée au sommet de la voûte. Louis, le ver écarlate, n'a pas survécu au voyage. Son corps flasque se balance au soleil, la gorge broyée par une solide corde de pendu.

92

Julien et Rémi disposent leurs figurines sur le plateau de jeu, juste devant la ligne en pointillé délimitant les Épouvantables Terres. D'abord l'ours-garou, puis l'aigle borgne. L'arche, symbole de l'entrée au royaume d'Oskar, est représentée avec une grande précision, de même que Louis le lombric, dont on peut distinguer les traits crispés par la compression traumatique des nerfs du cou. Il suffirait de prendre une loupe puissante afin d'obtenir tous les détails physiologiques d'un syndrome d'œdème laryngé : cyanose des oreilles et des lèvres, projection de la langue hors de la bouche, exophtalmie… Rien n'est épargné à l'observateur méticuleux et équipé d'un bon matériel. Pour les autres, le portail des Épouvantables Terres et la mort du ver écarlate sont déjà bien assez éprouvants.

Sans interrompre l'installation des pièces nécessaires à *Empire II*, Julien continue de narrer l'altercation entre son père et Michel. « Et là, *bam !* Jérôme ramasse le poing de mon père en pleine figure.

— Tu déconnes », s'exclame Rémi effaré. Thomas est également captivé par le récit de son camarade.

« C'est comme je vous le dis, maintient Julien. Jérôme a quand même esquivé une partie du choc. Je crois qu'il a riposté par instinct, mais mon père s'en est pris une dans les lèvres. Je ne vous raconte pas le sang qui a giclé.

— Balaise, le garde champêtre », apprécie Thomas.

Julien a beau fanfaronner, l'exultation avec laquelle il décrit l'affrontement n'est qu'une façade. Le simple souvenir des coups échangés, des rugissements masculins, des cris de sa mère, suffit à raviver en lui un intense sentiment de panique. Ses muscles se tétanisent, la respiration devient laborieuse ; il fait de son mieux pour n'en rien montrer. « Il paraît qu'ils se sont réconciliés à l'hôpital. »

Thomas se cale dans sa chaise, s'empare du manuel

d'*Empire II*, dont il feuillette les pages photocopiées jusqu'à trouver le passage qui l'intéresse. « Ici débutent les Épouvantables Terres, où payent les dissimulateurs, rappelle-t-il. Vous entrez dans cet endroit à vos risques et périls... »

Rémi ne prête pas attention à cette référence. Il termine d'annoter sa carte de joueur et regarde Julien : « J'ai entendu dire que ton frère a fait une tentative de suicide ?

— C'est ce qu'on m'a raconté, mais je n'ai pas de contact avec lui.

— Je m'en doute. Et pour le doigt, c'est vrai ?

— Les gendarmes ont effectivement trouvé quelque chose dans sa chambre. Je ne sais pas si ça a un rapport avec Édith, ni même si c'est un doigt authentique. Ils nous ont cuisinés pour déterminer si l'un de nous, moi ou mes parents, était au courant.

— Et tu as répondu quoi ?

— *Non*, évidemment. » Julien se demande si sa voix n'a pas trahi une légère hésitation, si la dernière syllabe n'a pas trébuché contre son palais. Déjà, quand les hommes en uniforme l'avaient questionné, il s'était senti rougir. Apparemment, les enquêteurs n'avaient pas relevé ce détail – ou alors la coloration n'existait que dans son esprit. Au fil des jours, il en était venu à remettre en cause la réalité de sa trouvaille. La phalange coupée avait pris la consistance d'un mauvais rêve, et l'indifférence de son frère ajoutait au sentiment d'illusion dans lequel baignait sa vie. Peut-être qu'il jouait trop à *Empire* ? Si seulement son grand frère était là, près de lui. Si seulement tout ceci n'était qu'un cauchemar.

Il tourne légèrement la tête, se sentant observé. Thomas a l'œil qui frise ; il ne perd pas une miette des efforts de son camarade pour se maîtriser. Julien a-t-il vraiment rougi ? Mais sitôt que Thomas s'estime découvert, il propose :

« Bon, on commence la partie, oui ou non ? »

93

« Je ne suis pas là pour te juger, Jean. Mon travail est de déterminer à quel point ta lucidité a été altérée lors du passage à l'acte.

— Vous faites référence au chien ?

— Pourquoi ? Tu penses que c'est de lui que je parle ? »

Typique des psychiatres, s'amuse l'adolescent. *Tutoyer de parfaits inconnus et répondre à une question par une autre question.* « Bien sûr que vous parlez de lui. Qui d'autre ?

— Je ne sais pas. On pourrait discuter du doigt que les gendarmes ont trouvé dans ta chambre.

— Il ne m'appartient pas. »

Jean fait remuer ses dix extrémités intactes devant le médecin, mais celui-ci n'esquisse pas le moindre sourire, n'affecte pas la plus petite réaction. *Un homme totalement dépourvu d'humour*, décrète l'adolescent. Le praticien griffonne quelques mots sur un formulaire attaché à une planchette. Que peut-il écrire ?

« Tu veux dire que tu l'as déniché en l'état ? Que ce n'est pas toi qui l'as tranché ?

— Bon Dieu, non. J'aime les flammes et les champignons, pas le sang. Les flammes et les champignons purifient ce qui doit l'être. Ou achèvent la corruption, ce qui revient au même. Le sang, lui, se contente d'être vulgaire. »

Le psy reste concentré sur les renseignements qu'il pourrait glaner au sujet de la macabre découverte des gendarmes. De toute évidence, il a des consignes. « Tu as trouvé ce doigt quelque part ?

— Je l'ai obtenu, plutôt.

— Quelqu'un te l'a donné ? Prêté, peut-être ?

— Échangé.

— Ah bon ? Échangé contre quoi ?

— Certaines informations. Des éléments qui permettent de poursuivre la partie. »

Le psychiatre continue de remplir son formulaire. Jean observe sa blouse trop neuve, ses stylos parfaitement alignés dans la poche de poitrine. Il a les ongles rongés jusqu'à l'os et le haut de son cou s'orne d'une série de coupures, résultat d'un rasage hâtif ou d'une tentative avortée de s'ouvrir la gorge. Ses cheveux bruns, peignés en arrière, dissimulent mal le début de calvitie que l'on aperçoit quand il tourne la tête. Il observe à intervalles réguliers la porte de la chambre, comme s'il craignait à chaque instant de voir débouler une paire d'infirmiers musclés, nantis d'une camisole et d'une seringue, prêts à se jeter sur le médecin et non sur le patient. L'espace d'une fraction de seconde, l'adolescent se demande si le thérapeute n'est pas un malade échappé du bloc C. Après avoir trouvé une blouse, il aurait entrepris de lui jouer un tour à sa façon. Ou bien Jean a simplement affaire à un poulet arrangé en docteur. Piètre déguisement en vérité.

Pour la première fois, l'ombre d'un sourire apparaît sur le visage du supposé médecin. Jean n'est pas dupe : il ne s'agit aucunement d'un signe de connivence ou d'apaisement, mais plutôt d'une marque de triomphe intime. « Tu penses que nous sommes dans un jeu ? »

Dis-lui ce qu'il veut entendre et qu'on en finisse.

« Évidemment. Mais la partie touche à sa fin.

— Comment ça ?

— Mon émissaire va bientôt trouver ce qu'il cherche.

— Ton… émissaire ?

— Jérôme Bertin. »

L'homme en blouse blanche fouille dans son dossier, compulse ses notes. « Le garde champêtre ? Celui que tu as fait venir à la gendarmerie avant de… » Il ne termine pas sa phrase, mais Jean intercepte son regard dirigé vers ses poignets bandés. *Pas très professionnel comme comportement, monsieur le clinicien. Vous perdez pied ?*

« C'est lui, confirme l'adolescent. Il se prépare à arpenter les Épouvantables Terres, à ses risques et périls.

— Pourquoi ferait-il une chose pareille ? veut savoir le médecin qui, après s'être ressaisi, fait mine d'accepter la logique de son patient.

— Pour suivre les traces de celle qui a disparu.

— Édith Lidèle ?

— Non, l'autre. La vieille. »

Le stylo tremble légèrement, suspendu à un demi-centimètre de la feuille. « Tu peux m'en dire plus ?

— D'un côté et de l'autre de la réalité, ici comme ailleurs, nous avons tous des choses à cacher, monsieur. Pour certains, la faute se résume à un moment d'inattention, une distraction passagère, pour d'autres on devine une tentation radicale : l'adoration du feu, la quête de reconnaissance, l'ennui ou la peur… Quelques-uns s'abandonnent simplement au péché d'orgueil. »

L'adolescent marque une pause. La pupille en verglas, il fixe son interlocuteur jusqu'à ce que celui-ci demande, la voix peu assurée : « Un péché d'orgueil ?

— Un sourire victorieux, que l'on ne parvient pas à cacher tout à fait quand l'on croit accéder enfin à la vérité. »

Le médecin pose son stylo, étouffe un soupir de découragement. « Je suis là pour t'aider, Jean.

— Je sais.

— L'autre, celle que tu appelles "la vieille", elle existe vraiment ou c'est une plaisanterie ?

— Oh non, elle existe vraiment, vous pouvez me croire. C'est juste que l'on n'a pas encore constaté son départ. »

94

Il a un hameçon planté dans la tête, une pointe de métal biseautée qui le tracte de droite et de gauche dans les rues du village et qu'il suit docilement. Son front menace de s'ouvrir, de laisser se répandre dans son sillage les souvenirs et les idées, le labyrinthe des pensées et la douleur très spéciale de l'amour. Que ferait-il alors ? Errerait-il comme un être privé de ses sens, aveugle, sourd et mutique à tout ? Ou se contenterait-il d'abdiquer ? Il poserait ses fesses sur le premier banc existant à la vue (celui des trois vieilles, pourquoi pas) et attendrait que l'oubli achève de faire basculer le monde.

Trois types des services techniques le regardent passer dans la rue du Pré. Ils portent des combinaisons orange et des casques de chantier. L'un d'eux – que Jérôme connaît sous le prénom de Gilbert – porte une planchette à laquelle est attaché, par un fil de nylon, un stylo à bille. Les deux autres se tiennent debout devant la tranchée. Les canalisations mises à nu exhibent des plaques de moisissure exubérantes.

« Alors mon vieux, s'esclaffe Gilbert, il paraît que ça a bardé chez les Trinquiet ? »

Les deux autres se marrent sans souci de discrétion. Jérôme ne répond pas. Il continue sa route, halé par l'hameçon dans son front.

Denis Davodeau fume une cigarette sur le seuil de son agence. Il suit des yeux le garde champêtre, un sourire goguenard aux lèvres. Une ombre se faufile derrière les rideaux d'un appartement en rez-de-chaussée. Un éclat de rire sec comme un aboiement résonne à l'étage d'une maison. Jérôme a l'impression que tous les habitants de Lensil vont émerger de leur cahute, s'échouer sur leur paillasson pour assister à sa disgrâce. Lui qui ne jouissait que d'une maigre autorité se sent à présent totalement discrédité. L'empoignade avec Lidèle et Trinquiet, l'intervention des pompiers et des gendarmes, suivie d'un tour à l'hôpital, ont terminé de saper le peu de considération qu'il avait réussi à glaner au fil des ans.

Allez vous faire foutre, rumine-t-il, tandis que dans son dos – et peut-être uniquement dans son esprit – les murmures et les gloussements se multiplient. La rumeur se forme. Pullulation de quolibets, railleries torrentielles. Si tout cela n'est pas le fruit de son imagination, il lui faudra des mois pour restaurer un semblant de discipline. Regagner la confiance de la population ne se fera qu'en déployant une patience infinie et mille trésors d'ingéniosité.

Au moment de monter dans sa voiture, sur le parking de l'hôpital, il avait aperçu le couple Trinquiet de l'autre côté de la route. Monsieur attendait à l'arrêt de bus, et madame venait le chercher au volant d'une Peugeot verte. Le garde champêtre n'avait pas pu résister à la tentation. Les révélations du jeune homme avec le bras dans le plâtre, dans le hall d'accueil, l'avaient déstabilisé, sinon bouleversé. D'une façon qu'il avait encore du mal à concevoir, une série de coïncidences semblait relier les événements de la réalité à un jeu de rôle appelé *Empire des chimères*. Les allusions de Jean, qu'il avait interrogé dans les locaux de la gendarmerie, étaient trop claires, trop spécifiques pour qu'il s'agisse d'un simple hasard.

Jérôme avait traversé la route au pas de course, ne manquant pas d'essuyer au passage un vigoureux coup de klaxon de la part d'un camionneur pressé. Le mugissement de l'avertisseur avait attiré l'attention des Trinquiet. Le père, qui discutait avec sa femme par la vitre passager ouverte, avait levé la tête. Il l'avait regardé approcher sans crainte ni émoi, et quand l'agent avait été assez près, il avait juste dit : « Si c'est encore pour vous excuser, ce n'est pas la peine. L'incident est clos. »

Jérôme avait secoué la tête. « Non. C'est que… J'ai une question à vous poser. » Il avait contourné la Peugeot pour se porter à la hauteur du père de famille. L'autre lui adressait un regard vaguement interrogateur. Après avoir fouillé les poches de sa veste, Jérôme avait trouvé son carnet de notes. Il tenait à être précis sur les termes.

« Est-ce que par hasard votre fils Jean s'adonnait à un jeu de rôle ? »

Les parents s'étaient regardés. « Non, avait répondu le père. Pas à notre connaissance. »

Jérôme avait jeté un bref coup d'œil à son calepin.

« Les *épouvantables terres*, ça vous dit quelque chose ? Et *Simplicité, maître de l'Empire* ? »

Un instant de réflexion. « Non, désolé.

— *Empire des chimères* ? »

Le père avait secoué la tête. Jérôme s'apprêtait déjà à battre en retraite, vaincu et désabusé, lorsque la voix de la mère avait retenti dans l'habitacle de la voiture. « Attendez ! » Le garde champêtre s'était figé. « Ce jeu-là, Jean n'y joue pas. Mais Julien, oui. »

Le père avait baissé des yeux noirs sur sa femme – *Tu ne trouves pas que nous avons assez de soucis ?* –, mais elle avait continué, penchée par la vitre ouverte. À son intonation, on devinait qu'elle était animée d'une sincère volonté d'aider Jérôme. « Notre cadet fait régulièrement des parties parce que je l'ai entendu plusieurs fois mentionner ce nom quand il allait chez ses camarades. »

Le cœur de Jérôme avait battu un peu plus fort. « Vous croyez que je pourrais m'entretenir avec lui ? »

La mère avait regardé sa montre. « Aujourd'hui, ce sera difficile. Il est allé dormir chez son ami Thomas. Nous avons estimé que… c'était mieux pour lui. Il rentrera peut-être demain ou après-demain.

— J'essayerai de passer à ce moment-là, si vous voulez bien. »

Le père avait tiqué. « Dites donc, vous êtes sûr d'avoir le droit de mener ce type d'interrogatoire ? Parce qu'aux dernières nouvelles, c'est plutôt à la gendarmerie qu'on a confié le dossier.

— Ce n'est pas un interrogatoire à proprement parler, avait répondu Jérôme embarrassé. Je cherche juste à comprendre certaines choses dans la chronologie des faits. Pour mon édification personnelle.

— Mon fils cadet n'a rien à voir dans toute cette histoire. Et l'aîné non plus, d'ailleurs. J'en suis certain.

— Raison de plus pour me laisser poser une ou deux questions à Julien. Rien de compliqué, je vous rassure. Il s'agit juste d'établir un ou deux points de détail. Vous pourrez rester avec lui pendant que nous discutons. »

Jérôme avait perçu une légère décrispation chez son interlocuteur. Il avait insisté dans le registre inoffensif : « Je veux juste obtenir des précisions sur le jeu.

— Passez dans le courant de la semaine, avait tranché la mère par la vitre. Nous serons là quand vous parlerez à notre fils. » Elle avait pris un air désolé : « Maintenant, si vous voulez bien nous laisser. Nous avons encore mille choses à faire dans la journée. »

Jérôme avait reculé, la main tendue, paume en avant dans un geste d'excuse. « Bien sûr, allez-y. Merci encore de votre compréhension. »

Le père était monté dans la Peugeot sans faire de commentaire. Jérôme avait regardé le couple s'éloigner en direction de Lensil.

Il avait ensuite regagné son propre véhicule, garé sur le parking. Les mains sur le volant, il avait tenté de réfléchir malgré la douleur croissante sur son front, signe que l'anesthésie s'estompait.

Le père de Jean n'avait pas tort. Certes, le jeune pyromane avait formulé plusieurs allusions au jeu de rôle *Empire des chimères* lors de son audition, mais cela ne signifiait pas pour autant qu'il était mêlé à la disparition de la petite Édith. D'accord, les gendarmes avaient trouvé un doigt – ou ce qui ressemblait à un doigt – dans sa chambre, mais le laboratoire d'analyses n'était pas parvenu à établir son origine exacte. Concrètement, rien n'impliquait l'aîné des

Trinquiet dans un enlèvement de mineure, si ce n'est qu'il était visiblement très perturbé psychologiquement et qu'en lui s'incarnait, à défaut d'éléments contraires, la figure d'un coupable idéal.

Jean était peut-être innocent concernant Édith, mais il possédait des informations troublantes. Il avait en particulier mentionné une seconde disparition. *Une autre*, avait-il affirmé. En admettant que ses déclarations ne soient pas de purs fantasmes, de qui s'agissait-il ? Si Jérôme méditait un instant, une piste s'offrait à son esprit. Le curé puis la coiffeuse s'étaient tour à tour inquiétés de l'absence d'un visage familier : celui d'Annabelle Lambert, l'institutrice à la retraite habitant sur la place de la Fontaine. A priori, pas de quoi s'alarmer. Cependant, pour peu que l'on mette en relation les sous-entendus de Jean et l'absence de la vieille dame, un schéma potentiellement troublant se dessinait.

95

Il arrive maintenant sur la place de la Fontaine, jette un regard circulaire à la petite esplanade. Même agencement panoptique, mêmes fenêtres en vis-à-vis. Le vieil immeuble où réside l'ancienne maîtresse d'école se dresse sur ses trois étages. Toujours les volets ouverts : ceux du premier et ceux du dernier, où loge Annabelle.

Encore cet escalier en colimaçon, dont il faut gravir les marches étroites pour parvenir en haut du bâtiment. À mesure qu'il s'élève, Jérôme a l'impression de descendre, de s'enfoncer. Il ne peut s'empêcher d'établir une analogie avec un goulot d'étranglement, duquel il sera bientôt impossible de s'extirper.

Le dernier palier grince sous ses semelles incrustées de boue. Il se penche par-dessus la rambarde, inspecte la cage d'escalier. Grand trou noir, personne en bas. Il tend l'oreille : pas un bruit. Avec rapidité, il sort un passe-partout qui, miracle des pênes dormants et de la ferronnerie à deux sous, lui ouvre quelques secondes plus tard les portes du domicile d'Annabelle.

Il sent immédiatement qu'il n'y a aucune différence de température entre l'extérieur et l'intérieur. La vieille dame est partie en laissant les fenêtres ouvertes. *Simple négligence ?* Jérôme progresse dans le vestibule, il appelle doucement : « Madame Lambert ? C'est Jérôme, le garde champêtre. » Seuls le bruit de la rue, le clapotis de l'eau et le roulement d'un cabas à roulettes sur les pavés à l'extérieur lui répondent. Dans le salon, tout semble en ordre. Il oblique vers la cuisine. Au passage, il laisse traîner un doigt sur la commode. La pulpe se colore de poudre grise. Malgré les fenêtres entrebâillées, le garde champêtre détecte une odeur étrange, proche de celle de la claustration. Cette odeur, il l'a déjà sentie. À proximité de l'agence immobilière, dans la rue du Pré et même, lui semble-t-il, chez les Trinquiet, lors de sa brève et catastrophique intervention. Parfum d'humidité et d'eau stagnante, fréquent en hiver, mais jamais à ce point-là. Il pénètre dans la cuisine. La gamelle du chat est presque vide, les restes de nourriture forment une croûte aussi solide que de la pierre. Plus d'eau dans le bol qui sert d'abreuvoir. La lucarne béante de la cuisine, donnant sur une cour intérieure, laisse supposer que le félin est allé chercher ailleurs sa pitance. *Depuis combien de temps ?* Jérôme sort de la cuisine, se dirige vers la chambre. L'odeur devient plus forte. « Madame Lambert ? » Il pousse la porte, méfiant. Les remugles marécageux le frappent en plein visage, il manque suffoquer. L'unique chose qui le rassure, c'est qu'il ne s'agit pas de la puanteur de la mort. Par l'ouverture, il distingue une partie du lit, apparemment fait au carré et intact. Il avance, une main sur la bouche. *Quelle pestilence !* La chambre paraît aussi ordonnée que le salon. Un livre sur la table de chevet. *Au bonheur des dames*. Ce n'est qu'au moment où il se retourne que l'abominable spectacle s'offre à sa vue. Il demeure un instant interloqué. Une grosse armoire normande a été légèrement écartée du mur. Des cartons, visiblement empilés en haut du meuble puisqu'il en reste quelques-uns au sommet de l'armoire, jonchent à présent le sol. Pour ceux dont on peut encore lire l'inscription à travers les taches noirâtres, on parvient à déchiffrer le mot « Archives ». Et derrière l'imposant mobilier, d'immenses plaques de moisissure. La substance vindicative s'est attaquée aux boiseries, au plafond, elle a étendu ses filaments entre le mur et le panneau arrière pour constituer une gangue vert-de-gris, un cocon nauséabond d'où n'émergera aucun papillon majestueux. Qu'est-ce qui s'est passé dans cette pièce ? Comment la vieille dame a-t-elle pu laisser se développer semblable pourriture ? Est-elle partie de chez elle en attendant de trouver une solution ? Les émanations dégagées par la décomposition de la lignine feraient reculer même le plus endurant des éboueurs. Jérôme retourne au salon, le cœur au bord des lèvres. Il aimerait s'accorder une bouffée d'air frais, mais n'ose pas se poster à la fenêtre de crainte d'être repéré. Il n'a aucun droit de se trouver ici, dans cet appartement.

Comme il contourne le divan, il aperçoit les documents étalés sur la table basse. Des feuilles d'appel, des photos de classe quasiment préservées du carnage dans la chambre, si ce n'est le papier gondolé çà et là. Jérôme suppose que la vieille femme a sorti ses souvenirs des temps glorieux. Il se penche, examine les documents avec plus d'attention.

Sur l'une des photos de classe, on a entouré au feutre rouge le visage de l'un des élèves. Jérôme plisse les yeux. Un gamin buté avec des yeux très clairs et une tignasse en bataille. L'expression farouche qu'il arbore ainsi que, il faut bien l'avouer, son air de débile léger lui semblent familiers. Il ne parvient toutefois pas à mettre un nom sur ces traits. Lèvres gercées, acné précoce. Non, vraiment, impossible d'identifier avec certitude ce gosse. Une date figure au bas du cliché : 1956.

SIXIÈME PARTIE

« Le libéralisme élève la propriété privée au rang de consécration de la réussite. La notion de communauté est également très présente, c'est pourquoi l'urbanisation nouvelle doit être sous-tendue par une idée forte : l'exclusion. Une cité bien organisée est une cité inégalitaire. Pour reprendre les réflexions de Platon dans ses célèbres *Lois*, il faut considérer que la ville idéale précède la population qui l'habite, et que la première doit être beaucoup plus restreinte que la seconde. De cette manière, la question fondamentale présidant à son érection est : qui prendre et qui refuser ? Attendu que les facteurs économiques déterminent les modes de pensée, la sélection sera financière avant d'être idéologique. À l'heure de la cité réalité, le bonheur passe par le déguisement d'une harmonie sélective, d'où seront exclues toutes les aspérités incontrôlables des agglomérations traditionnelles. L'impertinence de la diversité ne s'exerce qu'en dehors des murs. »

SIDNEY TAYLOR LAWNEY,
Le cœur de nos villes, p. 213.

96

Les ouvriers montent des échafaudages. Ils étendent de grandes bâches par terre. Le mur septentrional, celui qui commence à être rongé par la moisissure, ils l'abattent pour en ériger un nouveau.

Tandis que Denis contemple l'avancée des travaux, les mains sur les hanches, un passant s'exclame : « Ben alors, mon vieux, on a gagné au Loto ? »

Un autre local, au sud du village. À vrai dire, il s'agit d'un ancien garage, mais la mairie n'est pas très regardante sitôt que l'on participe au dynamisme économique de la commune. De longs rubans de bande adhésive marron recouvrent encore les côtés de la vitrine rutilante, vierge à l'exception d'un écriteau proclamant : *Bientôt ici, ouverture d'une seconde agence Davodeau.*

L'office notarial Mortier se situe dans un rez-de-jardin un peu à l'écart de l'agglomération. On se gare sur quelques arpents reconvertis en parking, on longe une galerie de plain-pied un rien prétentieuse – de volumineux pots de végétation exotique jalonnent les arcades – pour aboutir à l'office, que seule une brillante plaque dorée signale. Le cabinet est luxueux et fonctionnel : tables en verre, sièges ovoïdes dans la salle d'attente, moquette épaisse. Les magazines posés sur la table basse traitent tous d'investissements boursiers, de taux de rente et de marchés émergents. La secrétaire est toujours aux petits soins lorsqu'elle accueille Denis Davodeau. L'agent immobilier s'est souvent demandé si elle avait reçu des consignes en ce sens ou si elle se conformait à une disposition naturelle, qu'elle adoptait avec l'ensemble des clients.

Étienne Mortier ne le fait jamais attendre. Le notaire est un homme de haute taille légèrement voûté. La nature l'a doté de bras trop longs, terminés par de grandes mains plates qui ressemblent à des nageoires. Denis n'a jamais osé regarder ses pieds pour tenter d'établir une comparaison. Leurs rencontres ont pris un aspect routinier, la signature des contrats de cession s'effectue sans hésitation, sans question. Mortier touche 3 % de droits d'enregistrement par acte notarié.

Les deux hommes se quittent souvent sur le parking, soldant la transaction par une franche poignée de main et un sourire radieux. « À bientôt. »

L'agence bancaire, quant à elle, a toujours été implantée dans le bourg voisin, plus central vis-à-vis des communes environnantes. Sur la porte de l'unique bureau, situé à droite de l'unique guichet, on peut lire « Antoine Goiraud – conseiller financier ».

Malgré les apparences, le banquier gère des fortunes familiales considérables, des comptes thésaurisés au fil des décennies, qui dorment certaines fois pendant plusieurs années sans qu'aucun mouvement ne vienne troubler leur quiétude. Il reçoit toujours Denis avec une cordialité distante ; une froideur dissimulée sous le vernis des intérêts bien compris, que l'agent immobilier ne parvient pas à cerner. Est-ce de la méfiance ? Une suffisance innée ? Ou s'agit-il d'un malaise plus profond ? Comme si le conseiller redoutait de tirer du sommeil ses vieux démons, ranimés par la présence néfaste de Denis. L'agent immobilier suppose d'ailleurs que Goiraud aurait refusé d'entrer dans la combine s'il n'avait pas mentionné le nom de son frère.

Les dossiers de demande de prêt sont toujours acceptés. Et chaque acceptation est synonyme de nouvelle vente.

À Lensil, le temps s'est couvert. De graves nuages se sont rassemblés à l'horizon, phratrie de conjurés prêts à laisser éclater leur colère. Un vent capricieux commence à souffler, si bien que l'on a été obligé de poser les bouteilles sur la table pour éviter que la nappe en papier ne s'envole. En fait de table, on se contente plutôt d'une grande planche posée sur des tréteaux. Le sol légèrement incliné rend l'équilibre du dispositif encore plus précaire. On a calé les gobelets, rempli les assiettes en carton de biscuits apéritifs. Un petit groupe de personnes s'est réuni autour de Denis. Outre les pique-assiettes ordinaires, on compte Sophie, l'épouse, qui ce jour-là ne paraît pas au mieux de sa forme. À vrai dire, la sobre jeune femme semble désapprouver cette parodie d'inauguration, pourtant organisée sans apprêt excessif. Autour de Denis se pressent également le notaire Mortier et le banquier Goiraud. Dans leur dos, la seconde agence Davodeau dresse sa devanture avec la splendeur fragile que confèrent le plâtre frais et le bois laqué.

Denis lève son gobelet en l'air. Le vent l'ébouriffe, il plisse les yeux. Les bourrasques redoublent de tapage, si bien qu'il doit forcer la voix pour se faire entendre : « En ce jour mémorable où nous ouvrons notre deuxième agence, qui, je l'espère, rencontrera autant de succès que la première, je tiens à remercier… » Un vif tourbillon, un cri aigu échappé de la bouche trop rouge d'une invitée. Les hommes se jettent sur la planche et les tréteaux en déséquilibre. Une partie de la nappe décolle, plusieurs gobelets se renversent, les canapés fuient en une retraite désordonnée sur le goudron fissuré du trottoir.

97

La pile de dossiers claque sur le bois du secrétaire.

« Encore un prêt ? » demande Sophie, attablée au salon. Elle pose une liasse de papiers à côté d'une pile de courrier et de plusieurs chemises de classement multicolores. Depuis le mois dernier, elle doit porter des lunettes de vue pour déchiffrer les renvois et les notes de bas de page. Cette lente dégradation de la vision l'a attristée plus que de raison ; elle s'est sentie dans la peau d'une handicapée, d'une infirme incapable d'accomplir les actes les plus bénins du quotidien sans recourir à un appareillage grossier, qui lui déforme la moitié du visage et la rapproche du batracien.

« Oui, encore un prêt, acquiesce Denis. Tu sais très bien que nous devons nous dépêcher avant que la nouvelle ne soit officielle. Les Américains sont sur le point de signer.

— Qui dit ça ? Ton frère ?

— Évidemment. Personne n'est mieux placé que lui pour…

— Mais ce n'est pas son argent qui est en jeu », coupe sèchement Sophie. Elle sait pourtant que l'argent n'a qu'un rapport secondaire avec ses récriminations. Depuis qu'Henri a décidé d'entraîner son cadet dans ses histoires de gros sous, elle a du mal à reconnaître Denis. L'individu qui s'éveille à côté d'elle tous les matins possède les mêmes traits, la même haleine, et effectue les mêmes gestes machinaux : d'abord il bâille à s'en décrocher la mâchoire puis se gratte le ventre, ensuite il se rend à la salle de bains, dont il ferme la porte avec le bout du pied. Cependant, un feu qu'elle n'a jamais vu jusqu'à présent luit dans ses yeux. Un scintillement maladif, une palpitation fiévreuse qui l'emporte loin de lui-même, qui fait qu'il ne s'appartient plus. Elle sait que Denis n'est pas taillé pour le monde de son frère. Il ne l'a jamais été. Pire encore, elle sent qu'elle se fatigue. Suivre son mari dans ses errements est une entreprise plus épuisante qu'une course de fond. Car une course de fond est souvent balisée, et on sait quand elle se termine.

Elle secoue la tête, les yeux fixés sur les dossiers qu'il vient de poser sur la table. « Je n'arrive pas à croire que Goiraud t'ait encore accordé un prêt. C'est de l'inconscience. »

Denis ne peut réprimer un brusque mouvement d'humeur. « Je ne dois pas laisser passer ma chance, Sophie. C'est toi qui l'as dit, je me souviens parfaitement de tes mots : *Saisis l'occasion*. Il n'y aura pas de deuxième service pour les retardataires, tu sais. »

La jeune femme n'en revient pas. Son mari a vraiment l'intention de la rendre responsable de cette dérive ? Elle ouvre la bouche, la referme. Oui, chaque jour qui passe, chaque heure, chaque discussion, augmente la distance qui la sépare de son époux. Elle essaye encore de le talonner, de le rattraper. « Qui d'autre est au courant ? Des prête-noms ? Des chefs d'entreprise ? Tu te rends compte des risques que tu prends ? On raconte que tu es devenu comme cul et chemise avec Mortier, le notaire. Je ne te vois plus...

— C'est maintenant ou jamais », s'obstine Denis. Puis il ajoute à voix basse, comme s'il manquait de souffle, trop conscient de sa propre aliénation. « Qu'est-ce que tu attends de moi, hein ? Tu veux quoi ? »

Sophie le regarde avec aplomb. « Que tu redeviennes toi-même. »

Et Denis de murmurer une dernière fois : « Saisis l'occasion. »

98

Depuis le salon de coiffure, Corinne entend l'hélicoptère passer pour la troisième fois au-dessus du village. Cela fait quelques jours que les va-et-vient se multiplient.

« Qu'est-ce qui se passe avec ces engins ? » interroge Marguerite. Comme tous les trimestres, la caissière est venue effectuer un petit rafraîchissement.

« Avant-hier, appuie une autre habituée prénommée Clarisse, l'un d'eux est resté en vol stationnaire au moins un quart d'heure vers le champ du vieux Gustave. Je l'ai vu de ma fenêtre. » Clarisse n'est pas passée au salon parce qu'elle a rendez-vous, mais simplement pour faire un brin de conversation avec Corinne et les autres clientes. Elle a levé le nez du *Paris Match* dans lequel elle était plongée pour tendre le cou, à la façon d'un chien d'arrêt flairant une proie. « On dirait qu'ils cherchent quelque chose.

— Mon mari prétend que les survols ont un rapport avec les terres qui partent. Il paraît que les exploitations se vendent comme des petits pains en ce moment.

— Ou alors ça a un lien avec la jeune Édith.

— Non, décrète Corinne. Sinon, ce serait un appareil de la gendarmerie. »

Marguerite reprend : « Mon mari m'a dit qu'ils volaient en Écureuil. C'est un nom, ça, pour un hélicoptère ? »

La clochette de la porte d'entrée tinte. Cindy fait son apparition. Aujourd'hui, elle a terminé à 15 heures. L'absence de Bonnet, le professeur de biologie, l'a mise de bonne humeur.

« Salut maman. Bonjour Clarisse, bonjour Marguerite.

— Bonjour, ma puce.

— Vous avez vu les hélicoptères ? C'est dingue, non ?

— L'autre jour, il y en a un qui a volé au moins un quart d'heure sur place au-dessus de l'ancienne ferme de Gustave », rappelle Clarisse.

Cindy se dirige vers le fond du salon. Elle y a sa place attitrée pour patienter ou faire ses devoirs. En chemin, elle marque un temps d'arrêt. « Tiens, c'est quoi, ça ? »

Elle prend le livre que Corinne a posé sur le dernier siège, à côté de son sac à main.

« Cadeau d'un client », précise la mère.

L'adolescente retourne le volume, intriguée. Elle examine la quatrième de couverture. « Sidney Lawney ? Celui des dessins animés ?

— Exactement.

— J'ignorais qu'il avait aussi écrit des livres.

— C'est le seul qu'il a rédigé. Un travail de jeunesse. Mais il paraît que cette publication est devenue culte dans les milieux autorisés.

— *Le cœur de nos villes*, drôle de titre.

— Tu le veux ? propose Corinne. Il est à toi. »

Sans un merci, la lycéenne emporte l'ouvrage au fond du salon. Dès qu'elle s'assoit, elle ouvre le livre. Et ne le referme plus.

Corinne continue à coiffer sa cliente, l'air de rien, mais un infime sourire étire ses lèvres. Le résident de l'hôtel qui lui a laissé ce livre était vraiment sympathique. Et puis on dirait qu'il lui a rendu un fier service.

Dehors, le vrombissement du rotor décroît et finit par disparaître.

99

Ils arrêtent leur Citroën 11CV bleu foncé en bordure de route. La voiture est louée depuis un mois. Ils la garderont encore autant, peut-être plus. De toute évidence, le client se moque des dépenses engagées : il veut un rapport complet sur la situation. Aucun détail ne doit être négligé, il faut examiner les moindres aspects dans leurs implications les plus lointaines, les plus singulières, les plus improbables. Pas de mauvaise surprise, tel est le mot d'ordre, et on leur a spécifié de passer autant de temps que nécessaire sur site. En vérité, le commanditaire de l'étude n'a même pas regardé le devis de l'opération ; il n'a même pas essayé d'obtenir une réduction. *Les Américains sont comme ça*, songe le naturaliste. L'année précédente, il a participé, en compagnie de nombreux confrères, au vaste programme d'inventaire initié par le ministre de l'Environnement, Bouchardeau, visant à définir les zones d'intérêt écologique, faunique et floristique sur l'ensemble du territoire national. On aurait dit que le gouvernement français économisait le moindre trombone, rationnait les feuilles et les stylos, craignant la faillite d'un jour à l'autre. *Avec les États-Unis, c'est bien différent,* approuve mentalement l'expert. *Enfin des gens qui ont les moyens de leurs ambitions.*

Il descend de voiture ; ses bottes montantes en plastique émettent un bruit de succion. Sa cravate jaune canari tranche sur la couleur sombre de sa veste doublée de fourrure, dont il a laissé les pans ouverts afin de mieux respirer. Depuis plusieurs années, son médecin l'incite à perdre du poids, mais il remet sans cesse au lendemain les mesures draconiennes qu'il serait obligé de prendre. Son large visage affiche une bonhomie naturelle que le décor sinistre ne parvient pas à altérer. Les lunettes à monture d'acier lui permettront de scruter l'environnement de façon méticuleuse. Il en a une deuxième paire dans un étui rigide glissé dans sa poche, et une troisième à l'hôtel. Il a toujours eu la réputation d'être prévoyant, et la double redondance est un des premiers commandements des gens avisés.

Un mois auparavant, il s'est offert une coupe mulet aux frais de l'agence. La coiffeuse est venue tout spécialement dans la chambre d'hôtel pour tailler dans la masse hirsute de sa chevelure. Cette mise à jour de son standing capillaire était censée le rajeunir d'une dizaine d'années. Pendant un jour ou deux, cela a fonctionné. Il était très fier d'exhiber sa *queue de rat* dans les rues de la ville, et puis il a commencé à avoir froid. Le climat rigoureux de la région, en cette saison, avait manifestement été sous-estimé. Redoutant la survenue d'une otite ou d'un banal rhume qui l'aurait contraint à interrompre ses activités, il a donc procédé à l'acquisition d'un bonnet fourré. La mort dans l'âme, il a renoncé à jouir des effets esthétiques de sa nouvelle coupe. Le couvre-chef ne le quitte plus dès qu'il met le nez dehors.

À travers les verres épais de ses lunettes, il fixe son camarade, qui s'extirpe à son tour du véhicule, les bras chargés de dossiers, de cartes de l'IGN et d'instruments de mesure. Albert est complètement chauve. L'autre se demande comment il fait pour supporter une température pareille sans se couvrir la tête. Les deux hommes ferment les portières, ouvrent le coffre où reposent une échelle et un théodolite, prennent les gants et les casques, puis s'enfoncent – ou plutôt pataugent en silence – dans la forêt enténébrée.

Ils ont déjà effectué les étapes préliminaires : recherches bibliographiques, recoupement des photos de l'IGN avec des clichés obliques pour détecter les linéaires de haies, les grands végétaux isolés et les surfaces en verger contenant des arbres âgés.

Aujourd'hui, ils étudient les possibilités d'extension urbaine à l'intérieur d'un triangle formé d'une part par l'autoroute, d'autre part par la forêt dans laquelle ils se trouvent, et enfin par un village appelé Lensil. En langage technocratique, on appelle cela une mission d'études et d'aménagement. Ce type d'inventaire se réalise en hiver, avant la fenaison, car les cavités naturelles sont plus accessibles.

Ils soulèvent des souches, écartent les feuilles mortes, retournent des pierres au ventre parsemé de mousse, à la recherche d'êtres vivants, animés ou inanimés. Les traces de matières organiques sont nombreuses, il suffit de savoir en déterminer l'origine et la destination. Ils notent la localisation de chaque espèce végétale susceptible d'être inscrite dans un arrêté préfectoral ou sur un site classé. Glycérine dentée, houlque laineuse, séneçon, picris, sureau noir… Dès qu'ils ont identifié une plante, un insecte ou un animal, Albert vérifie qu'ils ne figurent pas sur les listes des biotopes de type 1 et 2. La présence d'alytes, de chevaliers culs-blancs ou de sarcelles d'hiver est soigneusement consignée. Ils s'efforcent de ne pas confondre l'horizon et la perspective, la carte et le territoire.

Le spécialiste à la cravate jaune a enfilé des gants de toile épaisse. On ne sait jamais quel genre de surprises venimeuses ou urticantes recèlent les cavités, et les substances en décomposition ne doivent pas souiller l'épiderme. L'équilibre de la corruption doit être, autant que possible, maintenu. C'est le paradoxe de l'observateur, qui modifie son sujet en se livrant à l'analyse. Leur empreinte écologique doit être réduite au minimum : modérée, incolore, presque inexistante.

Le cocon apparaît au moment où il fait basculer une souche de châtaignier vermoulue. Il le croit d'abord prisonnier d'une toile d'araignée ou d'un amas de poussière, mais se rend vite à l'évidence : la larve a été assaillie, submergée, pétrifiée par un champignon parasite de type oïdium. L'expert prend une loupe dans sa poche et approche le verre concave de sa trouvaille. Il distingue parfaitement les anneaux gris et la forme oblongue de la coque, en croissant de lune.

Il interpelle son confrère, occupé à lire un formulaire statistique à quelques mètres de là. « Albert, viens jeter un coup d'œil à ce truc. »

Le chauve s'approche. Incliné au-dessus de l'épaule de son comparse, il observe la souche déformée par le verre grossissant.

« Une larve de cétoine, constate-t-il. Figée dans une matière bizarre.

— De la moisissure. Tu penses la même chose que moi ?

— Ça se pourrait.

— Merde. Tu veux bien regarder dans la nomenclature ? Pour être sûr. »

L'autre enlève ses gants, feuillette un épais volume, gros comme un annuaire, puis trouve ce qu'il cherche. Il déglutit.

Cravate jaune ne nourrit pas d'illusions. « C'est bien ce qu'on croit ? »

Le chauve hoche la tête. « Un *osmoderma eremita*. La description de Scopoli est sans ambiguïté.

— Un barbot, par ici ?

— On dirait bien. Le pique-prune, la terreur des bétonneurs. En tête de liste des espèces protégées. Ce petit saligaud est responsable à lui seul de plus d'interruptions de chantiers que le reste des coléoptères recensés sur la liste de protection des biotopes. » Le chauve tend la main vers les filaments blanchâtres qui recouvrent la coque. « N'y touche pas », intervient Cravate jaune.

Trop tard, le chauve vient de gratter les filaments du bout de l'index. « Ne t'inquiète pas, je me laverai les mains en rentrant à l'hôtel. »

L'autre tourne la tête vers son camarade. « À ta guise. En tout cas, j'en connais qui ne vont pas sauter de joie quand ils vont lire le rapport.

— Qu'est-ce qu'on fait ?

— On le note. La direction décidera si elle veut le montrer au client, et le client verra ce qu'il veut faire de l'information.

— Un seul spécimen, quasi momifié, ce n'est pas probant. On pourrait arrêter là, faire ceux qui n'ont rien vu…

— Tu es fou ? Non seulement on continue à chercher, mais on va retourner tous les arbres de cette satanée forêt. J'ai besoin d'avoir une estimation claire de la population, un chiffre qui puisse servir de base de réflexion. Alors, au boulot. »

Les deux hommes, voûtés, se mettent alors à examiner chaque morceau de bois, chaque anfractuosité, avec une vigilance accrue.

Pour la troisième fois depuis le début de la matinée, un petit hélicoptère passe au-dessus d'eux, mais ils sont trop concentrés pour y prêter attention.

100

Dans le cockpit exigu de l'Écureuil de location, Henri Davodeau se penche vers Robert Watkins, responsable des opérations spéciales pour Lawney Industry.

« Le ministre des Transports a donné son aval pour prolonger la ligne de chemin de fer jusqu'au parc », explique le chef de cabinet. Watkins n'est pas un interlocuteur facile. Il est austère, renfrogné, et pour couronner le tout, il ne boit pas une goutte d'alcool.

Davodeau l'estime impossible à dérider. Inutile de penser aux traditionnelles *escort girls* ou à la bonne chère : le négociateur est un véritable ascète.

L'Américain a mille questions à poser. Lorsque ni Davodeau ni sa ministre de tutelle n'ont l'autorité suffisante pour répondre, il faut bien mettre les responsables dans la confidence. Il a de surcroît fallu prévenir le ministère de l'Intérieur à cause des survols. Davodeau n'aime pas la tournure des événements : le projet commence à s'ébruiter. Le secrétariat aux villes nouvelles, les banques d'affaires, les cabinets d'études se greffent au groupe de travail. La ministre du Commerce extérieur a dû impliquer le Premier ministre. La liste des intervenants qui désirent leur part du gâteau s'allonge sérieusement et Davodeau craint que le dossier ne s'enlise.

À un moment donné, Watkins avait tenu à éclaircir les choses : « Vous risquez de perdre la main ? »

Davodeau l'avait rassuré : les Français abhorraient par-dessus tout l'amateurisme. Le président lui-même avait pris un intérêt à l'affaire, si bien que Davodeau était désormais son unique interlocuteur. Pour autant qu'il puisse en juger, Watkins avait apprécié sa franchise.

Le bruit des pales est assourdissant et même avec les casques et les micros, ils ont du mal à s'entendre. L'Américain ne se formalise pas de cette situation.

« Vous aurez de quoi nourrir dix millions de visiteurs ? »

Davodeau et ses assistants ont prévu la question. « Nous irons visiter le Marché d'intérêt national cette après-midi. Vingt kilomètres de distance, à peine.

— Nous désirons également obtenir une rallonge

du département pour les infrastructures routières, poursuit Watkins, intraitable.

— Le président du conseil général m'a donné son accord. Nous verrons cela quand nous arriverons à la préfecture, si vous le voulez bien. »

Henri n'ignore pas que l'Espagne multiplie les subventions pour attirer le géant américain, si bien que le gouvernement français consent, dans une course au mieux-disant effarante, à accorder une bonification de crédit de 9,75 %.

Il observe Watkins qui contemple le paysage. Une moue sévère affaisse ses traits. L'hostilité du peuple français envers les divertissements d'outre-Atlantique, jugés infantilisants, est bien connue. Et puis il y a la boue, les nuages, le vent. Des villages tassés comme des fauves grelottants, avares du peu de chaleur qui leur reste. La météo de la région joue en leur défaveur. Malgré tout, leur position reste centrale dans la zone européenne. Un avantage que le chef de cabinet entend exploiter sans retenue.

Watkins murmure soudain, les yeux dans le vague : « A-t-on des nouvelles de la petite fille disparue au mois de novembre ? Les médias se sont livrés à un battage assez désagréable. Une contre-publicité évidente. »

Un instant désarçonné, Davodeau réplique à l'instinct. « La police a appréhendé un suspect, mais on n'est sûrs de rien. Un fou, selon les apparences. Il est enfermé. » Brusquement conscient de l'effet désastreux que produisent les mots « sûrs de rien » et « fou » sur son interlocuteur, il tente de minimiser l'importance du fait divers. « Tout le monde a oublié cette affaire, ne vous inquiétez pas. Les Français ont la mémoire courte.

— Pas les Américains, pas les Européens.

— Si je ne me trompe, Long Beach avait son lot de meurtres et de délits avant que vous projetiez de vous y installer.

— Détrompez-vous. Le taux de criminalité était l'un des plus bas du pays. J'avoue que cela a changé depuis que nous sommes sur place. »

Henri aurait préféré, et de loin, annoncer à son invité que l'on avait retrouvé la fillette, que l'Hexagone était un pays sûr et que plus personne, jamais, ne disparaîtrait des environs. Watkins ajoute d'une voix sourde : « Nul ne peut agir avec l'intensité de l'action sans laisser une marque de son passage. »

Le chef de cabinet se penche en avant ; il n'est pas sûr d'avoir bien entendu, même si le son est retransmis par les écouteurs. « Pardon ?

— Une parole de Sid. Le 6 juin 1956. »

Avec toutes ces histoires, Davodeau avait presque oublié l'obsession du directeur des opérations pour les aphorismes obscurs du maître de l'animation, Sid Lawney. Watkins cite le fondateur historique à tout bout de champ, sans que l'on comprenne exactement par quel cheminement de l'esprit, par quelles associations d'idées lui viennent ces illuminations. *Ce n'est pas un négociateur qu'on m'a envoyé*, soupire intérieurement Henri, *c'est un croisé fanatique*.

101

« Combien il a demandé ? s'étrangle le président du conseil général.

— Quinze millions », répond Davodeau. Il déteste ces comptes d'apothicaire. On dirait que l'argent sort de leur poche. « C'est une hypothèse de départ. Je pense que nous pourrons descendre à dix.

— Il est fou ?

— Peut-être, mais nous n'avons pas le choix. Dois-je vous rappeler les enjeux, messieurs ? » Le chef de cabinet scrute les visages des membres de la commission assis autour de la grande table ovale de la salle de réunion préfectorale. Il y a là des polytechniciens, des énarques, des conseillers économiques… Watkins a regagné son hôtel. Il prendra l'avion dans la soirée. « Nous ne nous attaquons pas seulement à la plus grosse opération d'aménagement urbain qu'ait connue la France depuis 1945, mais nous nous adaptons à la mutation inévitable du monde. Nous accompagnons une inversion des valeurs. Il s'agit de rompre avec les vieux schémas de gestion urbaine. Il va falloir créer de nouveaux tracés, construire des allées, des avenues, des perspectives et des esplanades. En gros, établir un pôle attractif pour l'Europe. Le retour sur investissement devrait être rapide et conséquent. Pour mémoire, un franc de l'État équivaut à dix fois plus de la part du secteur privé.

— Au pacte avec le diable se substitue le contrat d'abondance, fait avec humour le responsable de l'Établissement public d'aménagement.

— Vous ne croyez pas si bien dire. Lawney constitue un modèle parfait de la massification du divertissement. Nous en avons besoin parce que cette massification est aussi celle de la consommation. Je ne vais pas vous faire un cours sur la théorie des besoins, mais pour résumer, les caisses sont vides, il faut les renflouer.

— Moi, je juge ces concessions exorbitantes, s'entête le président du conseil général. Nous ne sommes pas des valets.

— Seul avantage, continue Davodeau sans se laisser distraire, nos caisses sont moins vides que celles de nos voisins.

— Les Espagnols n'épargnent aucun effort.

— De notre côté, la Caisse des Dépôts garantit soixante-quinze millions, et le pool bancaire que nous avons constitué en propose quatre-vingts de plus. »

L'adjoint du préfet intervient : « Lawney réclame aussi un droit de préférence qui lui permettra soit d'utiliser les terrains pour ses propres besoins, soit de les céder à des promoteurs dans un rayon de dix kilomètres. Ça va poser problème ? »

Henri interroge du regard le responsable des villes nouvelles. Celui-ci s'éclaircit la voix : « Nous créerons des communes extérieures. Et nous dissuaderons les implantations anarchiques par une gestion rigoureuse des investissements publics en matière d'infrastructures.

— Je vois que vous avez pensé à tout, raille le président du conseil général.

— Dix millions ? » questionne Davodeau.

L'autre ferme les yeux, il soupire et hoche la tête de mauvaise grâce. « Dix millions. »

102

Pendant les vols de nuit, le personnel éteint les lumières pour que les passagers soient déjà habitués à l'obscurité en cas de crash.

L'hôtesse penche un visage souriant vers Frank Forelong, P-DG de Lawney Industry. Ses lèvres soulignées d'un rouge à lèvres un tantinet vulgaire articulent une série de mots incompréhensibles. Frank tend l'oreille. *Pardon?* Un bourdonnement incessant lui compresse les tympans. L'hôtesse répète sa phrase dénuée de sens. Pour autant qu'il puisse en juger, elle pourrait parler français, allemand ou finlandais. À ses yeux, tous ces pays se ressemblent et il serait incapable de les situer sur une carte. Tout juste sait-il qu'ils se trouvent en Europe, de l'autre côté de l'Atlantique. Au moment de la venue de Davodeau, il avait demandé à son assistante de lui rédiger un petit mémorandum sur la France, mais il en a déjà oublié le contenu. Tant de préoccupations, tant d'ambition. Le cas échéant, il demandera à Michael de lui fournir des précisions. Michael est un champion en ce qui concerne la France. C'est d'ailleurs lui qui pousse à la roue afin que LIM privilégie l'Hexagone dans les tractations, auxquelles participe également l'Espagne. D'un commun accord, Michael et lui ont décidé de déléguer un certain nombre de tâches pratiques à Watkins. Même si la France n'a pas l'heur de remporter son adhésion – davantage par esprit de contradiction que par réelle conviction –, ils ont tous les deux conscience que le directeur des opérations spéciales doit se sentir impliqué dans leur démarche. Pour leur bien et pour la tranquillité du conseil d'administration, ils doivent éviter de mettre Watkins à l'écart. Toutefois, les rapports de force se modifient lentement. Le trimestre dernier, Forelong a réussi, au prix de mille contorsions diplomatiques et autant d'intrigues sinueuses, à faire entrer son dentiste au conseil d'administration. Il ne désespère pas de réitérer l'exploit le mois prochain, avec la directrice d'école de Mary et John. Bientôt, il disposera de suffisamment d'appuis pour se passer de Watkins. Par respect pour son ancienneté dans la firme et en mémoire du père fondateur, il ne le licenciera pas, mais se contentera de le muter là où ses réticences constantes, son rigorisme de gardien du temple et sa vision dépassée du monde de l'entreprise n'auront plus d'effets néfastes sur le moral des troupes : un placard à balais fera parfaitement l'affaire.

Frank baisse les yeux. Sur son giron repose un gobelet vide, au fond duquel subsistent quelques gouttes de liquide noir. L'hôtesse entend sans doute lui servir une nouvelle dose de café, ou bien emporter le récipient disgracieux autant qu'encombrant. Frank lui tend le cylindre cartonné. L'hôtesse s'en empare et continue sa route. Au temps pour un deuxième café. Il reporte son attention sur le hublot situé à sa droite. À travers la triple paroi de verre renforcé, il aperçoit un moutonnement de nuages paisibles. Impossible de distinguer la terre ferme. Un grésillement suivi d'un larsen retentit dans les haut-parleurs : la voix du commandant de bord. *Mesdames et messieurs, nous survolons actuellement la mer d'Irminger. Il fait neuf degrés à proximité des côtes et quelques perturbations sont à prévoir. Veuillez regagner vos sièges et attacher vos ceintures.* Par l'épaisseur du hublot – verre et plastique conjugués –, les nuages auparavant inoffensifs se sont transformés en cumulus noirs du plus sinistre aspect. Leur panse rebondie semble prête à crever d'un instant à l'autre, à dégorger des flots d'humeurs couleur glaire. Le vent, les dépressions accentuent l'impression d'impuissance. Il leur faudra se laisser ballotter au gré des éléments, une prière aux lèvres pour les plus anxieux, un vague sourire pour les plus détendus, avant d'accéder à la consistance rassurante du tarmac. Frank jette un regard autour de lui. L'ambiance paraît calme. La chaleur des veilleuses semble gagner en intensité à mesure que le temps s'obscurcit à l'extérieur. Une vieille dame remplit une grille de mots croisés, accompagnée d'un adolescent qui pourrait être son petit-fils. Un petit homme corpulent, dont la cravate jaune canari (jaune canari, vraiment ?) paraît trop serrée, tente d'attacher sa ceinture sans parvenir, apparemment, à comprendre comment fonctionne le dérouleur. Un autre type, plus âgé – visage émacié, cheveux gris coupés en brosse –, est occupé à lire le *Los Angeles Tribune*. Forelong ne reconnaît pas l'étrange photo en une : celle d'un bigleux avec une grosse barbe, engoncé dans une tenue de sport fatiguée, qui tend la main devant son visage pour se protéger de l'éclat des flashes. Le titre et le chapeau sont illisibles. Un rire attire son attention. Il se tourne légèrement. Un peu en arrière, dans la rangée opposée à la sienne, deux jeunes femmes s'amusent en regardant une série de clichés. Peut-être des photos de vacances. La première est une splendide rousse du genre amazone, que Frank verrait bien dans le rôle de la redoutable fée Sylvaine, protectrice des arbres et des forêts, attraction phare de la partie du parc réservée au film *Wendy, reine des sous-bois*. La seconde, plus petite et plus bronzée mais pas moins séduisante, ne dépareillerait pas en garde du corps du Monarque Noir, sous le dôme *Visions du futur*. Il les imagine, la première vêtue d'un simple pagne, montée sur un cheval grimé en licorne, et la seconde armée d'un pistolet laser, en tenue de combat moulante. Plus loin, un couple au printemps de sa relation échange des baisers amoureux, un enfant lit une bande dessinée de Batman, et, coïncidence troublante, un jeune homme en pantalon beige et col roulé s'absorbe dans la lecture d'un des livres de son ami Michael Jessenberg : *Chroniques vénusiennes*. Rien, dans ce tableau paisible, ne laisserait supposer qu'il puisse se produire une catastrophe. Le premier cahot prend tout le monde par surprise. On ne parle de « forte turbulence » qu'à partir de trente mètres de chute. Dans l'allée centrale, l'hôtesse trébuche. La grand-mère accompagnée de son petit-fils laisse échapper le stylo qui roule à terre. Les deux filles cessent de rire et quittent les photos des yeux pour regarder par le hublot. L'homme aux cheveux gris replie son exemplaire du *Los Angeles Tribune*, vaguement contrarié. Le petit homme replet parvient enfin à boucler sa ceinture. Les baffles émettent un nouveau grésillement, auquel succède un feedback assourdissant, mais aucune consigne n'émerge. Des voix s'élèvent sur les côtés. Le jeune couple proteste. L'enfant interroge ses parents, qui le rassurent du mieux qu'ils peuvent. Nouveau cahot. Un cri, vers le fond. Forelong aimerait se retourner pour voir de quoi il s'agit, mais il a déjà attaché sa ceinture et ses mains refusent de quitter les accoudoirs. Il occupe le siège latéral et les deux places à côté de lui sont vides. Aucun réconfort à chercher de la part d'hypothétiques voisins, personne à qui parler, nul regard à échanger. Une détonation, un nouveau cri, un éclair d'une violence inouïe se dessine à tribord. Chaque avion connaît le baiser de la foudre selon une moyenne estimée à mille heures de vol. Les lumières s'éteignent un bref instant. Gémissements, jurons étouffés. Lorsque les lampes se rallument, Sylvaine, protectrice des arbres et des forêts, et son amie, vassale du Monarque Noir, lèvent les yeux au plafond, en quête d'un répit que les souffleries ne leur offriront pas. L'homme aux cheveux gris a défait sa ceinture, il se lève, le journal plié en main, et adresse un signe menaçant à l'hôtesse placée devant la cabine de pilotage. Frank n'entend pas ce qu'il dit car le sifflement aigu reprend de plus belle dans les haut-parleurs. Soudain, un hurlement de tôle déchirée, suivi d'un immense appel d'air. Frank se retrouve plaqué sur son siège. Les trappes du plafonnier s'ouvrent pour laisser tomber les masques à oxygène. Durée d'autonomie : un quart d'heure. Les lanières fouettent l'air, se tordent en spasmes frénétiques au-dessus de sa tête, semblables à de redoutables queues de reptiles. Frank a entendu dire que les masques n'ont d'autre fonction que de plonger les voyageurs en état de transe artificielle, afin d'instaurer le calme pendant le crash. Il ne se soucie pas d'appliquer l'embout sur sa bouche et son nez. S'il doit mourir, il veut demeurer lucide. Malgré la force du vent, il parvient à pivoter légèrement sur son siège. Il tente d'apercevoir l'homme à col roulé, celui qui lisait le livre de Jessenberg, mais ne le trouve pas. Ce dernier a disparu, ainsi que le jeune couple et la famille de l'enfant à la bande dessinée. En fait, ce sont tous les passagers du fond qui manquent à l'appel. Les experts prétendent que les classes éco, situées à l'arrière de l'appareil, ont deux fois plus de chances de survivre que les classes affaire. Ils n'ont pas toujours raison. Le dernier tiers de l'aéronef se résume dorénavant à un écran vertigineux, où défilent les silhouettes tuméfiées des nuages. À la faveur d'une trouée, on aperçoit une portion de paysage qui virevolte et semble se rapprocher à toute allure. Une brève interrogation, dont l'absurdité porte la marque indéniable de l'onirisme, se forme dans l'esprit de Forelong : est-ce le sol qui se rapproche d'eux ou est-ce leur moyen de transport qui, inexorablement, cède à l'attraction terrestre? À neuf kilomètres d'altitude, un avion privé de moteurs peut encore parcourir cent soixante kilomètres.

Un choc monumental secoue le P-DG sur son siège. Il craint un moment d'avoir été coupé en deux par la ceinture. Une nouvelle portion de carlingue vient de disparaître, et avec elle Sylvaine accompagnée de la guerrière intergalactique. Vision atroce : Frank voit leur siège tournoyer à une vitesse hallucinante dans l'atmosphère gorgée d'ozone, d'électricité statique et de débris multiples. Les bagages valsent avec les vêtements, les boulons filent à la vitesse d'un shrapnell, découpent tout sur leur passage. Les pièces détachées heurtent parfois des fragments humains. Dans le ciel, la guerrière intergalactique se cramponne à son siège. Sylvaine tend les bras dans une tentative désespérée de se rapprocher de sa compagne, puis disparaît. Frank baisse les yeux sur ses genoux, sur son ventre. Les vibrations de l'engin s'accentuent, son abdomen, ses jambes tremblent de plus en plus. *Ça y est, c'est la fin*, songe-t-il avec platitude. Comme il aurait aimé que ses derniers mots fussent mémorables et, surtout, que quelqu'un soit là pour les entendre.

Il sursaute dans son lit, la bouche ouverte, le gosier plus sec qu'une traînée de sel. Ici, tout est calme. La rumeur lointaine de Los Angeles lui parvient par la vitre entrebâillée, berceuse infinie. Son murmure est un baume bien plus qu'un péril. Pas de cris, pas d'explosions, pas de morts.

Jane le dévisage avec des yeux de lémurien. Frank devine qu'elle éprouve certaines difficultés à s'extraire des rets d'un sommeil qu'elle trouvait personnellement agréable et réparateur. Il s'en veut de troubler ainsi son repos, de lui infliger toutes les nuits ses propres tourments. L'injustice de ces terreurs nocturnes lui semble d'autant plus profonde qu'elles ne reposent sur rien de concret. Malgré ses efforts, malgré les cogitations sans fin auxquelles il s'astreint, il lui est impossible d'en comprendre l'origine.

À mesure que Jane reprend pied dans la réalité, le P-DG sent chez elle une certaine irritation, un vague courroux succéder à l'hébétude première. Elle pose néanmoins une main consolatrice dans son dos, réprime l'énervement qui, un instant, a menacé de lui faire tenir des propos regrettables. Elle dit simplement : « Tu ne peux pas rester sans rien faire, Frank. Demain, je dois encore me lever, accompagner les enfants chez maman, et me préparer pour le déjeuner chez Janice. Ce n'est plus tenable. »

Son mari soupire, les épaules voûtées. « Je sais. »

Il lui tapote la jambe puis se lève sans prendre la peine de s'habiller. « Je vais au salon, murmure-t-il. Je te laisse dormir. »

Pas de réponse. Il entend son épouse qui se rallonge dans l'obscurité, cherche une position confortable pour renouer avec l'étrange abandon de la torpeur. Après s'être immobilisée, elle attend le divorce d'avec la réalité. Bientôt, elle chute dans la minuscule sphère renfermant tous les fantasmes de l'univers.

Longtemps, et plus encore maintenant que ses nuits sont peuplées d'avions en flammes, Frank a envié la capacité de Jane à s'abstraire de la conscience. La vitesse à laquelle elle plonge puis nage dans l'onde de songes sans fièvre lui semble prodigieuse. Il s'en veut de dérégler cette belle mécanique, d'altérer cette faculté qui devrait figurer aux Oscars : *Et les nominés pour le plus bel endormissement sont…*

Il ferme doucement la porte de la chambre. *Fais de beaux rêves, ma chérie.*

Jane a meublé le salon selon les préceptes de l'épure asiatique. Peu de meubles, un équilibre du vide et du plein. Le découpage de l'espace est en harmonie avec les concepts zen. Frank estime que l'effet obtenu ne correspond pas tout à fait au but recherché. La pièce ressemble davantage à un modèle d'exposition expérimental qu'à un véritable lieu de vie, mais l'on s'y déplace sans crainte de heurter une table mal placée ou de se blesser l'orteil contre l'angle retors d'un ornement inutile.

Il se plante devant la baie vitrée, songeur. Dans ses oreilles, l'écho persistant des lacérations métalliques, des pleurs et du larsen dans les haut-parleurs masque le ressac des vagues. L'océan n'est qu'une masse opaque déposée sur la masse un peu moins opaque du ciel. Au-dessus de la ville, pas de Voie lactée. Les seules étoiles qu'on aperçoit dans la Cité des Anges sont celles d'Hollywood Boulevard, sur lesquelles les passants essuient leurs semelles. Il ferme les paupières, laisse les battements de son cœur se calmer. Les bruits de la catastrophe s'éloignent. Ses veines et ses artères se dilatent d'un sang chaud ; ses nerfs redeviennent silence.

Quand il ouvre les yeux, il avise le manteau de sa femme accroché dans l'entrée. Peut-être a-t-elle laissé un paquet de cigarettes dans une des poches. Il fouille le vêtement, sans grand espoir. Rien. Voilà cinq ans qu'il a arrêté de fumer, mais il donnerait n'importe quoi pour une bouffée de tabac. Cette nuit, il le sait, ne lui offrira pas plus de quiétude que les autres. L'horloge murale indique 3 heures du matin. Autant aller travailler sur le dossier européen, revoir les points d'achoppement sur lesquels Watkins n'aura pas manqué d'insister lors de sa visite en France. Frank a prévu d'aller le chercher en personne à l'aéroport. Il veut étudier au plus vite les informations que rapportera son directeur des opérations spéciales.

La plupart du temps, les négociations importantes se nouent autour de deux sujets fondamentaux : le sexe et la considération. Forelong a immédiatement cerné Davodeau. Il n'est même pas sûr que ce type baise encore sa femme. Pour la considération, c'est autre chose. Le patron de LIM juge que le représentant de l'État français n'y est pas totalement hermétique, mais il faut soigneusement doser l'attention dont on le gratifie. Ce type a besoin de reconnaissance, ça saute aux yeux, sauf que trop de déférence le rendra arrogant. Il convient donc de souffler le chaud et le froid. Le froid, c'est Watkins. Avec ses manières de psychorigide méticuleux, le directeur des opérations spéciales a dû se faire un plaisir de l'abreuver de questions techniques et de le noyer sous un flot de requêtes absurdes. Il n'aura pas pu s'en empêcher : LIM est sa religion, sa famille, son sang jusqu'au dernier globule. Le *Frenchy* n'aura rien compris à la manœuvre, et c'est exactement ce que Forelong désire. Que les Gaulois ne sachent plus sur quel pied danser et qu'ils demeurent, après le départ de Watkins, armés d'une seule certitude : ce ne sont pas eux qui mènent le bal. Cette façon peu coutumière de traiter ses interlocuteurs avait par le passé valu à Frank de nombreuses critiques, mais les succès avaient excusé bien des maladresses. Sa rudesse était devenue de l'habileté, son manque d'égard de la finesse psychologique.

Forelong erre un moment dans le salon. Ses pieds nus adhèrent légèrement au parquet en bois de cèdre laqué. Si seulement il arrivait à connaître la raison de ces rêves. Il se souvient de la conversation qu'il a eue avec Michael, lorsqu'ils sont allés chercher le Français dans la vieille Oldsmobile. Il se dirige vers le bureau où il range toutes les cartes de visite qu'on lui confie, et qu'il n'est jamais vain de conserver. Il trouve le bristol sans difficulté, dans le premier tiroir. Un petit carton rectangulaire bien inoffensif. *Ishi Iruto – thérapie médiumnique et relaxation.*

103

Le travail, l'aube, le murmure puis le grondement croissant de la Pacific Coast Highway en surplomb ne lui ont apporté aucun réconfort. Lorsque le chauffeur de limousine passe le prendre, c'est un client épuisé, les nerfs à fleur de peau, qu'il trouve. Le luxueux véhicule que Forelong a appointé est pourvu d'un large compartiment arrière, qui lui permettra de discuter en toute quiétude avec Watkins.

Une heure et demie plus tard, le directeur des opérations spéciales émerge du débarquement dans un costume trois pièces qui semble dater des années 50. Le petit gilet dont il s'est affublé lui donne l'allure d'un représentant de commerce qui n'a rien vendu depuis trois décennies et ne s'en porte pas plus mal. Il a mis une cravate de *Benny l'aigle borgne*. Une bande de tissu à l'effigie de leur plus gros échec pour la tranche des 6-12 ans en 1972. *Comment ne pas en vouloir à un type pareil?* médite Forelong en le regardant descendre l'escalier roulant. Watkins adopte une démarche élastique, comme s'il occupait un corps surdimensionné dont il lui fallait exagérer les mouvements pour se déplacer. Sa manière d'aller d'un point à un autre évoque celle d'une créature hybride, d'un animal de dessin animé pas tout à fait adapté aux contingences du monde réel. Ces termes définissent assez bien la position de Watkins dans l'époque moderne, estime Forelong. Les lèvres du responsable des opérations spéciales s'étirent en un sifflement. Nul doute qu'il entonne quelques mesures de *Steamboat Annibal* ou de *Princesse Azalée*, leurs dernières productions réalisées intégralement sur celluloïd. Aujourd'hui, tous les studios se mettent à l'informatique et à la SynthaVision. Le passéisme de Watkins pourrait être attendrissant si le personnage n'était pas perfide, si le moindre de ses gestes, la plus petite parole n'étaient calculés en vue de freiner la marche de LIM vers la modernité, c'est-à-dire en vue de lui nuire à lui, Frank Forelong.

L'homme s'installe sur la banquette arrière de la limousine. Il s'arrête de siffler, prend l'air horrifié. Son regard trop fixe a quelque chose d'artificiel. « Bon sang, Frank, on dirait que tu as passé la nuit dans un mixeur géant. » *Non, dans un avion en flammes*, se retient de dire Forelong. Il se contente d'adresser un signe de la main à son directeur. *Épargne-moi tes traits d'esprit, veux-tu ?* Watkins passe le doigt sur la portière garnie de cuir, épouse les courbes du métal couleur crème. Il sourit. « Aussi blanc que l'or sur Salomé. » Une citation attribuée au Maître en 1967, pour la sortie d'*Annibal et Salomé*. C'est précisément à cause de ce genre de facétie qu'il a préféré Watkins à Jessenberg pour négocier avec les Français. Et puis il a encore besoin du zélateur pour manœuvrer le bateau. Malgré ses intrigues pour noyauter le conseil d'administration, Frank n'a pas encore assez de puissance pour se passer de la frange traditionnelle de l'entreprise, des employés attachés à la mémoire du fondateur et aux valeurs historiques sur lesquelles LIM a bâti son empire : famille, joie et émerveillement.

Le sourire du directeur des opérations spéciales s'accentue. Sans doute essaye-t-il de réconforter son supérieur, à moins que, trop conscient de son état d'épuisement, il ne tente sous des dehors affables de l'achever. « De toutes les merveilles du monde, la plus étonnante, c'est la voiture. » Seconde citation du Maître. Dire qu'il n'est installé que depuis une minute.

Forelong se demande s'il va être capable de ne pas l'étrangler d'ici la fin de journée.

104

Avant de partir pour la France, Robert Watkins a retourné cette phrase dans sa tête : *L'enfant ne fait pas la différence entre lui et son entourage ; les créatures composites ne le surprennent pas*. Il aime se déguiser depuis qu'il est tout petit. Un peu de maquillage, des cheveux, quelques visites chez le costumier ainsi que chez le dentiste, et le voilà qui ressemble à son mentor, Sid T. Lawney. Malgré ses efforts pour adopter les us et coutumes du citoyen lambda, l'idolâtrie continue d'exercer sur lui une influence notable.

Il dissimule dans un compartiment secret de son immense dressing-room plusieurs attributs qui lui permettent, en cachette, d'assouvir sa passion.

Vendredi dernier, sa femme est prématurément rentrée de son shopping. Elle l'a surpris grimé, qui s'admirait devant la glace. Il tournait le visage de trois quarts, tentait d'apprécier la courbure du nez, l'accent du menton. Il palpait son costume un peu trop grand pour lui. Un mouvement a attiré son attention dans le miroir. Il a sursauté, s'est retourné.

La déception se lisait sur le visage de son épouse. « Oh, chéri. Ne me dis pas que tu as remis ça. »

Watkins n'a toutefois discerné aucune crainte dans sa voix, ce qui signifiait qu'elle n'accordait pas tant d'importance que cela à sa petite rechute. « Attends, je peux t'expliquer. »

Ils ont fait l'amour longtemps. À aucun moment Watkins n'a ôté son maquillage. Ses va-et-vient, les mouvements de bassin de son épouse ressemblaient à un labeur pénible, fastidieux, mais indispensable.

De tout temps, le désir a conduit à la violence. Les contes l'ont ritualisée, pacifiée, si bien que la nécessité de trouver un bouc émissaire, d'offrir une victime expiatoire est devenu une obligation. C'est leur amour qu'ils sacrifient sur l'autel de la réconciliation.

Le directeur des opérations spéciales s'est adossé au lit, essoufflé. La femme a caressé son fard gercé. Le maquillage durci avait pris la consistance d'une couche de terre.

« Regarde-toi, a-t-elle dit sans amertume. Tu es tellement anxieux d'être à la hauteur que tu désires être vu comme Sid. » Elle avait désigné les fissures du maquillage, le pourtour craquelé des yeux. « Pourtant tu laisses ces petites fenêtres… un aperçu de ton humanité sous-jacente, les yeux d'un homme, d'un vrai. Ton regard n'est pas celui de Sid. Pourquoi ne pas l'accepter, hein ?

— Le merveilleux, c'est ce qui n'est pas là, qui ne sera jamais là, qui l'a peut-être été avant que le matérialisme n'efface ses traces. Si Lawney disparaît, je n'ai plus d'utilité. »

Au matin, il était sorti prendre son journal dans le jardin. Il s'était baissé pour ramasser le *Los Angeles Tribune* plié dans son film plastique, et au moment où il s'était relevé, il s'était presque retrouvé nez à nez avec Laurie, la fille des voisins.

La gamine portait un sweat-shirt à capuche Wargames, ainsi qu'un short et des protège-tibias. Il ne se passait pas une semaine sans que Watkins l'aperçoive dans l'allée, en train de s'exercer à un sport ou à un autre. Parfois au patin à roulettes, parfois à la trottinette ou au skateboard.

Watkins appréciait cette gosse, avec ses airs de garçon manqué. La dernière fois qu'ils s'étaient croisés, il lui avait demandé si elle avait vu *Steamboat Annibal*. Elle savait qu'il travaillait pour Lawney Industry, ce qui aurait dû la mettre sur la voie, mais le titre ne lui évoquait rien. *D'accord*, avait-il doctement déclaré, *c'est un vieux dessin animé, mais une jeune fille comme toi devrait connaître ses classiques*. Laurie avait répondu qu'elle préférait les films avec des ordinateurs et des sabres laser. Un garçon manqué, oui.

Watkins l'observa du coin de l'œil. Neuf ans, fine, blonde, têtue ; une gamine américaine.

« Il n'est pas mouillé ? »

Watkins cligna des yeux. « Pardon ?

— Votre journal, il n'est pas mouillé avec la rosée ? »

Le directeur des opérations spéciales baissa les yeux sur son quotidien. « Non, il est protégé, tu sais.

— Vous devriez réclamer une livraison dans la boîte aux lettres. C'est ce que fait mon père. »

Robert Watkins songea à son propre géniteur, William C. Watkins, qui savait reconstituer les pages de journaux déchirées en un tour de passe-passe.

« Je t'ai déjà raconté que mon père était magicien ? fit Watkins, songeur.

— Au moins trois ou quatre fois, s'amusa Laurie.

— Eh bien, figure-toi que quand j'étais jeune… un peu plus âgé que toi en réalité, mon père s'entraînait à faire disparaître des gens sous un drap. Je lui servais de cobaye, en quelque sorte.

— Mortel.

— Tu ne crois pas si bien dire. Son tour ne fonctionnait jamais, alors un jour il a décidé de le modifier, avec un drap plus épais, plus soyeux que d'habitude. Je me tenais debout, et il m'a recouvert de la tête aux pieds. Je devais disparaître au bout de trois. »

Laurie écoutait Watkins bouche bée, les yeux écarquillés. Finalement, il y avait peut-être encore un peu de féerie dans son esprit de jeune fille des années 80, se dit Watkins en ménageant une pause pour faire durer le suspense. Après un instant de silence, il reprit : « Mon père a commencé à compter. *Un*. J'ai senti des picotements. D'abord au bout des doigts et sur les joues. *Deux*. Les picotements sont devenus plus intenses. Les piqûres se sont transformées en brûlure. J'ai senti ma peau gonfler comme un ballon d'hélium. *Trois !* »

Laurie tressaillit. Watkins se tut. Il jubilait.

La fillette secoua la tête. « Vous m'avez eue. Que s'est-il passé ensuite ?

— Ensuite ? Je me suis réveillé sur le divan du salon. Mon père m'appliquait un gant imbibé d'eau fraîche sur le front. Il m'a juré que son tour avait fonctionné, que j'avais vraiment disparu pendant quelques secondes, pour réapparaître sur le canapé.

— Mortel ! » répéta Laurie, des étoiles dans les yeux.

Mortel, oui. En réalité, Robert avait fait une allergie au nouveau tissu ; il s'était évanoui et avait vraiment failli y rester. Sa mère avait fait promettre à William de ne plus mettre son fils à contribution. D'une certaine manière, le vieux avait tenu parole.

« Tu veux que je te confie un secret ? proposa un Watkins réjoui à sa jeune spectatrice.

— Évidemment ! s'exclama la gamine avec un énorme sourire.

— Depuis ce jour-là, depuis cet instant où je me suis absenté du monde qui était le mien à douze ans, je ne suis pas sûr d'être revenu. »

Maintenant, il se tient sous la lumière du plafonnier, place 24 b. Le maquillage soigneux auquel il s'est astreint avant de quitter le sol français lui confère une apparence presque humaine. Sid T. Lawney restera en retrait le temps qu'il faudra. Un jour, il le sait, il se débarrassera de ses artifices et deviendra celui qu'il est vraiment. Ce jour-là, cependant, n'est pas encore arrivé.

Au moment de l'atterrissage, il ajuste sa cravate de *Benny l'aigle borgne*.

Il descend les marches de l'escalier roulant en sifflotant. Les notes du générique d'*Azalée* carillonnent dans son esprit. *Les rires et les larmes, c'est la danse de la vie, l'or et l'encens pour toujours se marient…*

Forelong l'attend en bas des marches, la mine préoccupée. Ils se dirigent presque sans un mot vers la sortie et lorsque les portes coulissantes s'ouvrent sur l'extérieur, il constate qu'une limousine immaculée de sept mètres de long les attend dans la zone de stationnement. Le P-DG ne se refuse rien. Ce goût du clinquant, cette vulgarité de parvenu s'accordent mal avec la gestion d'une entreprise dédiée au fantastique merveilleux tel que le conçoit Watkins. S'il avait été chargé de venir à l'aéroport, il y serait allé avec la calèche de *Princesse Azalée*, que les décorateurs et les accessoiristes du parc de Long Beach ont su rendre conforme jusque dans les moindres détails au véhicule magique de la fameuse production LIM. Cent vingt millions de regards émerveillés en guise de recette au box-office. Forelong juge les résultats décevants. Il oublie un peu vite que le film a été pensé comme un retour aux fondamentaux. Les concepteurs ont parfaitement su renouer avec la fantaisie débridée, la magie un peu naïve des métrages d'autrefois. *Vas-y, Frank, explique-moi donc ce que représente un dollar en échange d'un sourire d'enfant? Je t'écoute. Tu n'as rien à répondre? Comme c'est étrange.* Le grand patron est un gestionnaire. Il ne comprend rien à la féerie originelle de LIM. L'inauguration, l'année dernière, de la zone Adulte du parc de Long Beach constitue un des exemples les plus frappants de ce malentendu. Forelong, dès sa nomination, a eu l'intuition fulgurante que les gens ne voulaient plus voir de palais et de châteaux, mais aller à la campagne, visiter des endroits authentiques. Les « villages d'antan », avec leurs animatroniques ultra réalistes, leurs reproductions très prosaïques des habitants, se situent aux antipodes de l'esprit qui a présidé à la création de l'entreprise, soixante ans plus tôt. Selon Watkins, ils exacerbent le voyeurisme des spectateurs, gomment les limites de la réalité et attisent les vices des clients les plus vulnérables. Le trimestre dernier, on leur avait dérobé un robot de petite fille, dans la partie française, c'est dire à quel point ces environnements exercent une influence néfaste sur une partie des touristes. Au grand dam de Watkins, le public se précipite en masse pour assister – participer serait un terme plus exact – à ces nouvelles attractions immersives. Les chiffres d'entrée sont éloquents. Lorsqu'il a vu la courbe du taux de fréquentation annuel, le responsable des opérations spéciales a failli se mettre à pleurer. Le Maître n'aurait jamais accepté de monter des spectacles aussi racoleurs. Où est donc l'alchimie d'autrefois, ce mélange subtil de candeur et d'inquiétude, d'enchantement et de tendresse ? Quant à la reprise d'*Empire des chimères*, n'en parlons pas. Forelong utilise une version dévoyée des personnages originaux pour faire entrer les productions LIM dans ce qu'il appelle « l'inévitable mue contemporaine ». Évidemment, le jeu remportera un immense succès. Triste constat, songe Watkins. Les initiatives de son supérieur sont parfaitement dans l'air du temps. Tout n'est cependant pas perdu. À trop vouloir moderniser la firme, ce rustre va finir par édifier son propre échafaud. Et croire que ce bon vieux Robert Watkins a dit son dernier mot serait bien mal le connaître.

Il ouvre la portière de la limousine, s'installe sur la vaste banquette en face de Forelong. Maintenant qu'il peut observer plus attentivement son patron, il le trouve lessivé, au bout du rouleau. *Alors, Monsieur Je-sais-tout, on a du mal à négocier « l'inévitable mue contemporaine » ?* jubile intérieurement Watkins. Il fait de son mieux pour doter son visage des caractéristiques apparentes d'une sincère préoccupation. Le front se plisse, les yeux roulent dans leurs orbites, les mâchoires se détendent, la bouche bée et le menton tremble. « Bon sang, Frank, on dirait que tu as passé la nuit dans un mixeur géant. »

Sur sa cravate s'affiche le ricanement de Benny l'aigle borgne, figé pour l'éternité.

105

La limousine roule sans à-coups, lisse comme un tapis d'air, silencieuse comme un terrier abandonné au fond des bois.

Ils traversent de vastes plantations d'orangers recouverts d'une poussière ocre. La basilique du Tarzana College offre un profil d'idole, avec ses bâtiments de style colonial rassemblés autour d'elle. L'espace d'un kilomètre ou deux, les rangs géométriques des orangers font place à de gigantesques champs de luzerne sèche, puis reparaissent, plus poussiéreux que jamais. La terre s'épuise. Le paysage accuse une succession de perspectives en éventail.

Les montagnes rosées qui bordent le nord de la vallée se rapprochent. Une autre chaîne se dessine sur la gauche, massive. La route s'incurve et semble viser l'endroit où les deux chaînes convergent.

« L'essentiel est de maintenir notre position, résume Forelong. Les Français doivent continuer à croire que nous pouvons nous passer d'eux.

— Et à croire qu'ils ne peuvent se passer de nous, ajoute Watkins. Nous avions vu juste pour Davodeau : c'est un arriviste. Il se moque de l'intérêt du pays tant qu'il trouve son compte.

— Peu importe, les socialistes, les Français, et l'Europe entière ont déjà perdu : ils sous-estiment le pouvoir du désir. En somme, nous devons maintenir l'illusion.

— Accomplir un travail de prestidigitation, oui. »

Watkins réfléchit un court instant. « Je t'ai déjà dit que mon père avait été magicien ? » Forelong n'a pas le temps de répondre car il enchaîne aussitôt : « Laisse-moi te raconter une anecdote. » Le P-DG fait mine d'intervenir, mais Watkins demande à garder la parole d'un geste de la main : « Quand j'étais petit, il travaillait dans un music-hall. Une salle sans grande envergure, appelée *La tanière du loup*. Elle se situait dans un petit immeuble du centre, à New York, et il fallait prendre un ascenseur grillagé pour descendre au sous-sol. J'allais souvent le voir et, en fin de représentation, les organisateurs proposaient un numéro de magie orientale – c'était la mode à l'époque. L'illusionniste qui faisait sensation s'appelait Lee Chi Foo, je me souviens parfaitement de son nom. Un tout petit bridé qui se déplaçait en boitant. Son assistante était obligée de le soutenir lorsqu'il saluait et de le raccompagner en coulisses tant il avait du mal à marcher. Le clou de son spectacle consistait à faire apparaître un gros aquarium. Le bocal rempli d'eau contenait plus d'une douzaine de poissons orientaux. En fait, le récipient était dissimulé sous sa robe de mandarin, coincé entre ses genoux jusqu'au surgissement miraculeux.

— Ce ne devait pas être évident.

— Non. Le bocal pesait son poids. Et même dans le civil, quand Chi Foo troquait son costume de scène contre un pantalon en velours côtelé et une chemise à rayures, il continuait à marcher tête basse, les bras ballants, en traînant les pieds comme si le simple fait d'aller d'un endroit à un autre était une torture. Maintenant, tu veux la vérité ?

— Comme toujours.

— Malgré son aspect frêle, Chi Foo était aussi fort

qu'un bœuf. Il n'avait aucune difficulté à maintenir l'aquarium entre ses genoux. Mais pour préserver l'illusion, il s'astreignait à clopiner, même après la représentation. Telle est la soif d'être trompé. L'illusionniste et le spectateur sont prisonniers d'un simulacre identique : leur existence s'apparente à la progression laborieuse d'un athlète.

— Je crois que je comprends. » Forelong paraît s'absorber un instant dans la contemplation du paysage qui défile à l'extérieur. Comme il en a l'habitude lorsqu'il a besoin de se concentrer ou de s'accorder un instant de réflexion, il a fouillé sa poche de poitrine pour prendre un stylo, dont il ne se sert pas, sauf à en faire cliqueter l'extrémité. Les premières collines apparaissent. Leurs flancs abrupts deviennent par endroits de véritables précipices.

Watkins patiente. Il n'est pas certain que le P-DG ait saisi la portée de sa parabole. Avec son patron, ce genre de chose est impossible à deviner. Frank est un animal qui agit à l'instinct. Il peut être traversé de véritables éclairs de génie, comme rester hermétique aux réalités les plus prosaïques.

La tanière du loup avait longtemps exercé une fascination trouble, chez Watkins. Son père y avait récupéré une boîte magique, qu'il avait appelée *la boîte de la tanière*. Durant toute l'enfance, le petit Robert avait conservé cette cassette sans l'ouvrir. Le couvercle s'ornait d'un étrange oiseau blanc dont il avait appris à connaître le plumage par cœur. Il avait gardé cet accessoire dans son bureau, sur les rayonnages de sa bibliothèque. Celui-ci représentait à ses yeux l'infini des possibilités, l'espoir, le potentiel. Plus tard, Watkins avait lu qu'un obscur physicien du nom d'Erwin Schrödinger avait sans doute utilisé un dispositif similaire pour décrire les mondes alternatifs, l'ensemble des univers multiples qui, à la façon de feuilles de papier-calque, se superposaient pour former la réalité. On enfermait un chat dans un coffre avec un marteau et un flacon d'acide cyanhydrique sous forme liquide. Le marteau entrait en action dès qu'un compteur de radioactivité de type Geiger détectait la désintégration d'un atome. Une fois le flacon brisé, le liquide se vaporisait sous forme de gaz mortel. Tant que l'on n'examinait pas l'intérieur de la boîte, le marteau était simultanément dans deux états – activé et désactivé –, et le chat à la fois mort et vivant. Élevée à un certain niveau, la science se confondait avec l'incantation.

Lorsque son père était décédé, Watkins avait mis le coffret intact dans son cercueil.

Aujourd'hui encore, il est persuadé qu'il est entré chez Lawney en partie à cause de cette boîte, dont il a toujours ignoré le contenu.

Finalement, Forelong tourne la tête vers son directeur des opérations spéciales, fait cliqueter son stylo et bat des paupières avec la raideur d'un automate. « Tu as déjà songé à occuper le siège de vice-président ? »

L'autre n'en revient pas. Bien sûr qu'il y a songé. Le matin, le soir, en se levant, en se couchant, et lorsqu'il se regarde dans le miroir grimé en jumeau de Sid Lawney. Le poste de vice-président est la dernière marche avant le Saint-Graal, la félicité suprême, la consécration ultime… L'étape finale avant l'ouverture de la boîte : la présidence de Lawney Industry and Magic.

« Non, fait Watkins avec un sourire. Mais maintenant que tu m'en parles…

— Ne t'emballe pas. C'est juste une question. Mais j'imagine que Jessenberg ne restera pas éternellement au sein de la firme. Il a d'autres aspirations, je le connais. Il n'a accepté ce poste que pour me rendre service et pour travailler sur *Empire des chimères*. Seulement ce n'est pas… comment dit-on ? Son corps de métier. Tôt ou tard, il retournera à ses romans, parce que c'est ce qui le maintient en vie. Quand il partira, j'aurai besoin de quelqu'un d'efficace. Quelqu'un qui sache négocier.

— Je serai là, indique Watkins. Tu n'auras qu'à demander. »

Un bref instant, ses considérations sur la séduisante duplicité des apparences, sur l'existence comparable à la claudication volontaire d'un athlète, lui reviennent en mémoire. L'arroseur arrosé. Il se demande si Forelong n'a pas compris beaucoup plus de choses qu'il le laisse croire, et surtout si Jessenberg envisage réellement de tirer sa révérence.

106

Au volant de son Oldsmobile, Michael Jessenberg fait le tour de l'enceinte grillagée qui protège les bâtiments administratifs. Les trois immeubles en brique rouge, sobrement baptisés A1, A2 et A3, sont équipés d'un grand parking à l'avant, et d'une aire de stationnement plus modeste, dite « zone annexe », à l'arrière. Michael sait qu'il ne risque pas de rencontrer Forelong ou Watkins, occupés à récapituler les étapes de l'excursion du directeur des opérations spéciales en France. Mais il ne tient pas à tomber sur un employé zélé qui profiterait de son dimanche matin pour apurer les dossiers en souffrance. Les deux parkings sont déserts, ce qui ne le rassure pas totalement.

Il a menti à Frank. Il lui a assuré que les appréciations du panel de joueurs tests étaient excellentes. Savoir que faute d'ajustement la nouvelle version d'*Empire des chimères* élaborée avec l'aide du concepteur original, Lars Anderson, est enfermée dans un tiroir de son bureau alors qu'elle devrait circuler entre les mains des comités consultatifs et franchir les étapes de validation lui est insupportable. Maintenant, il n'a plus d'autre choix que de falsifier les formulaires d'évaluation et de lancer le produit tel quel. Lorsque *Empire des chimères II* rencontrera son public, on lui pardonnera sans doute d'avoir contourné les règles tatillonnes de LIM. Il a de nouveau utilisé le Nagra IV pour s'absenter à l'insu de sa femme, Helen. Si tout va bien, l'enregistreur émettra le *tacatac* régulier de la machine à écrire jusqu'à midi.

Malgré l'heure matinale, il a beaucoup trop chaud. Pour couronner le tout, l'épisode du scarabée mort dans la voiture a eu des conséquences aussi fâcheuses qu'inattendues. Son doigt, ce doigt avec lequel il a touché l'insecte moisi, s'est couvert d'étranges plaques rougeâtres. Plus inquiétant encore, une sorte d'usnée dont les nuances oscillent entre le gris foncé et le vert s'est développée autour de l'ongle. Jusqu'à présent, il a réussi à dissimuler l'infection, mais si le mal se propage, il ne pourra plus faire autrement que d'aller consulter. Il se demande s'il ne s'est pas gratté le visage en venant. Il lui semble bien s'être frotté le nez. *Merde*, jure-t-il intérieurement. *J'irai chez le médecin quand tout sera terminé.*

Pour plus de sécurité, il gare son Oldsmobile trois rues plus loin. Un masque de Moustache, le chien de *Mille Cavaliers*, est posé sur le siège passager. Il en a obtenu un plein carton lorsque les services marketing, par nécessité de libérer de l'espace, se sont débarrassés des objets promotionnels entreposés aux archives. Quand il a quitté son domicile de Cheviot Drive, Michael a décrété sous le coup d'une impulsion qu'il commettrait son forfait le visage dissimulé. Il a également pris une paire de gants, qu'il n'a pas mis pour conduire car les protections rembourrées ne sont munies que de quatre doigts, conformément à la charte graphique des dessins animés LIM, mais dont il compte se servir pour éviter de déposer ses empreintes dans les locaux.

Bien que, en tant que vice-président, il connaisse l'emplacement de tous les dispositifs de sécurité, grande est la crainte de laisser une trace trop visible de son passage ou d'être repéré par une caméra dont il aurait oublié la présence. Et si jamais il croise Marty, le vigile de nuit, il improvisera une histoire de son cru. Une rencontre inopinée est cependant improbable. Tout le monde sait que Marty profite de la tranquillité dominicale pour dormir comme une souche dans son bureau. Combien de fois Forelong a-t-il milité pour le remplacement du vieux vigile, notoirement inefficace, par ces tout nouveaux systèmes d'accès au moyen de cartes magnétiques personnalisées ? Et combien de fois s'est-il heurté au refus de Watkins pour qui Marty incarne, au même titre qu'*Annibal et Salomé* ou *Princesse Azalée,* un héritage du passé empreint de générosité et de désintéressement, un témoignage de l'esprit originel qu'il convient de préserver jusqu'au bout ? En d'innombrables circonstances, Jessenberg a temporisé entre les deux hommes. Marty a été embauché par Lawney en personne quelque quarante ans auparavant et, si l'efficacité du gardien a diminué proportionnellement à son ancienneté, il a acquis au fil du temps un statut pittoresque.

De toute manière, qui voudrait s'introduire dans les locaux administratifs ? Ceux-ci ne recèlent, outre les imprimés d'usage, aucun document sensible. Toutes les études confidentielles, tous les dossiers stratégiques sont centralisés dans une tour d'affaires anonyme et parfaitement sécurisée du centre-ville. Oui, qui serait assez fou pour dérober des formulaires d'évaluation dénués de la moindre valeur marchande, dans un immeuble de Burbanks ? Eh bien, ce dimanche matin, Michael a la réponse.

Il tâte sa poche de pantalon. Les clefs du petit portail, situé au niveau de la zone annexe, sont bien là. Il prend le masque, les gants, et sort de voiture. Le calme du quartier ne suffit pas à dissiper son malaise. Il se hâte en direction des trois édifices qui, de loin, semblent l'attendre avec une sérénité suspecte.

Dans les rues, personne. Un feu rouge, au premier croisement, s'illumine en vain, tel un phare délaissé, dressé en plein jour au milieu du désert. Rien de plus triste qu'un feu rouge allumé sur une chaussée vide, songe Michael. Au moment où il traverse, il avise sur le trottoir d'en face une personne âgée. Celle-ci se tient immobile, le regard absent. Elle porte un étrange pantalon en fuseau, que l'on verrait davantage sur une jolie secrétaire que sur une retraitée de Burbanks. Le luxe de ce vêtement est d'ailleurs contredit par une chemise à fleurs aux couleurs passées, plus froissée encore que sa peau tannée, de même qu'une paire de grosses lunettes et un de ces cache-nez blancs que l'on aperçoit fréquemment sur le littoral. Un chien de très petite taille patiente, assis à ses côtés. L'animal, un bichon lui semble-t-il, a l'apparence d'un cancrelat mort sous un tapis que l'on n'aurait pas soulevé depuis une dizaine d'années. Ses traits fripés n'évoquent que trop les gerçures d'une plaie où auraient macéré de répugnantes sanies. Déformation professionnelle : Jessenberg se demande si les dessinateurs de LIM arriveraient à en tirer un personnage de film d'animation, mais décrète aussitôt que non. Ou alors une figure de méchant, comme Oskar dans les Épouvantables Terres. Il arrive à la hauteur de la vieillarde, songe qu'au moindre mouvement, au plus petit coup d'œil, il la saluera d'un hochement de tête courtois mais dissuasif, du type *Je n'ai pas de temps à perdre*. Cependant, elle ne lui prête pas la moindre attention. Elle regarde droit devant elle, totalement immobile. Une écume blanche, résidu effervescent caractéristique d'une hypersécrétion, mousse au coin de ses lèvres. Peut-être qu'elle est aveugle ou débile. *Aveugle* et *débile, c'est possible,* renchérit intérieurement Michael. Il a envie de lui indiquer : *Le feu est rouge, madame, vous pouvez traverser*, mais au moment où les mots se forment dans sa bouche, embryons de syllabes turbulentes et inaudibles, il détecte le regard du chien, posé sur lui. L'animal a de grands yeux noirs et humides au centre desquels il pourrait, en se penchant un peu, apercevoir un reflet déformé de son âme. Le bichon semble mobiliser la moindre ressource de son étrange physionomie pour donner à son regard une expression humaine. Son cou est animé de tremblements incoercibles.

Michael passe son chemin avec empressement. Un frisson identique à une bouffée de mauvaise résine de cannabis dépose sur son dos une suée électrisante. Il sent le regard insistant du chien lui brûler la nuque, lui dire : *Je sais ce que tu te prépares à faire, je sais com-*

ment tout cela finira. Ses pas l'éloignent de la sinistre créature – *Arrête ça*, se morigène-t-il, *ce chien n'est pas un individu.* Il ne peut toutefois s'empêcher de lancer un ultime coup d'œil par-dessus son épaule. L'animal s'est levé et a entrepris de franchir le passage clouté. Sa maîtresse le suit avec une démarche de mort-vivant. Le feu de signalisation, toujours écarlate, protège leur traversée d'un péril inexistant. Une brève pensée effleure l'esprit de Michael : c'est le chien qui promène la vieille femme et non l'inverse.

Il poursuit sa route. Cinquante mètres plus loin, le voici devant le portail du petit parking. Le grillage rouillé, dont les mailles servent de support à de petites toiles d'araignées, n'a visiblement pas été approché, empoigné, secoué, depuis belle lurette. Michael espère que la serrure fonctionne encore. Il jette un dernier regard autour de lui, et pose le masque de Moustache sur son visage. Ensuite, il enfile ses gants à quatre doigts. Pouce et index d'un côté, auriculaire de l'autre, majeur et annulaire réunis dans le même fourreau central. D'abord, trouver la bonne clef dans le trousseau. Une tâche délicate ; il ne sent plus ses extrémités. Pas la plus grosse, qui ouvre la porte des archives, ni la moyenne, éraflée sur le bord inférieur et dont l'on se sert pour déverrouiller la trappe du toit, mais la plus effilée, légèrement tordue. Aux taches de corrosion qui la pigmentent, il sait qu'elle n'a plus eu d'usage depuis fort longtemps. Il baisse les yeux. Un lierre sec, presque momifié, a entrepris l'ascension du grillage. Quand toute cette histoire sera terminée, songe-t-il, il fera nettoyer cette clôture et installer un portail digne de ce nom. Certes, les bâtiments ne sont que des locaux sans importance, mais un tel laisser-aller, une pareille négligence lui semble indigne d'une entreprise de la taille de LIM. En revanche, objecte-t-il immédiatement, ce sont précisément ce laisser-aller et cette négligence qui servent ses intérêts.

Il introduit la clef dans son orifice, tente de la faire pivoter. Le verrou résiste. Rien d'étonnant à cela après un délaissement si prolongé. Nouveau coup d'œil furtif à la rue. Les lieux sont toujours déserts, pour autant qu'il puisse en juger à travers les trous du masque. Il a l'impression d'être dans un de ces films d'espionnage, où le héros observe les méchants à travers une paire de jumelles : vision bifocale singulièrement étrécie. Il commence à transpirer. Le plastique adhère à la peau, semble épouser les contours du visage avec la justesse d'un matériau composite, d'un alliage secret dont les propriétés restent mystérieuses. Il envisage un instant d'ôter son déguisement et de rentrer chez lui. Pourquoi ne pas retrouver son bureau, ainsi que le bruit régulier de la machine à écrire diffusé par les haut-parleurs et le paysage rassurant des livres alignés dans sa bibliothèque ? Ceux qu'il a écrits et ceux qu'il n'écrira jamais. Il arrêtera le Nagra avant d'émerger de son antre, pour rejoindre Helen au salon. Il s'installera dans le fauteuil tendu d'un épais rembourrage et vantera avec un soupir de contentement la noblesse d'un repos bien mérité. *Ah, chérie, quel travail ! Quatre feuillets à l'heure.* Empire II *prend bonne tournure.*

Ah oui ? interrogera son épouse d'un air distrait. Sa beauté neutre s'altérera un bref instant, comme la surface d'un lac sous une brise frissonnante. Michael déchiffrera sans difficulté les pensées de sa femme.

Oui, précisera-t-il. *Le versement à l'acceptation ne devrait pas tarder, tu n'auras qu'à vérifier notre compte d'ici quinze jours.*

Soudain, la clef tourne. Un déclic. Le portail s'ouvre

avec un grincement imperceptible. La respiration, sous le masque, s'accélère. Michael se faufile dans la zone annexe, referme derrière lui.

Il avance à pas feutrés, prend soin de demeurer hors du champ de vision des caméras. À mesure qu'il progresse, une interrogation prend forme dans son esprit tourmenté. La chaleur sous le vinyle ajoute à la confusion. Il est pratiquement sûr qu'à une époque, Marty a possédé un chien, un vieux berger allemand à moitié aveugle qui, selon le vigile, dissuadait les cambrioleurs avec bien plus d'efficacité que les appareils de prise de vues. Jessenberg a beau fouiller dans sa mémoire, il n'arrive pas à se rappeler ce qu'est devenu ce cabot. Est-ce que Marty l'a donné à un refuge? Est-ce qu'il est mort?

Un crissement furtif sur la terre battue, suivi d'un grognement rauque dans son dos, lui apporte des précisions fort décevantes sur le sort réservé au berger allemand. Michael pivote très lentement.

Le chien-loup darde sur l'intrus des pupilles presque blanches. Ses oreilles bougent au millimètre. Il suit les mouvements de Michael avec une exactitude de détecteur à haute fréquence. Le vice-président n'a aucun doute sur sa faculté à le localiser. Peut-être que s'il voyait le masque et que Michael se mettait à quatre pattes, l'autre le prendrait pour un congénère. Mais ce sacré corniaud est aveugle. Jessenberg tente sans succès de se remémorer son nom. « Tout doux, le chien… » Voilà, ça lui revient! Mabrouk, comme dans le film. S'il entend les syllabes familières, *ma-brouk*, le chien s'apaisera sans doute. « Du calme, Mabrouk. »

L'intéressé grogne un peu plus fort, son pelage se hérisse, il retrousse les babines.

Michael tend ses mains gantées en avant, les quatre

doigts boudinés en éventail. « Ne fais pas quelque chose que tu pourrais regretter, Mabrouk. » Il a parfaitement conscience de l'inefficacité d'une menace de sanction disciplinaire pour insubordination.

Le vice-président recule, ses mains blanches et grotesques forment une protection bien dérisoire.

Soudain, le chien s'élance.

Le vice-président tombe sur les fesses. Ses talons raclent le sol. Gerbes de poussière, éraflures de gravier.

La gueule de l'animal, vertige de bave et de rugissements, se précipite vers lui, grande ouverte. Ses crocs luisants promettent un renoncement définitif.

Michael pousse un hurlement bestial.

107

Le cabinet de thérapie médiumnique et de relaxation d'Iruto ne paye pas de mine. La veille, après avoir raccompagné Watkins, Forelong a appelé le numéro inscrit sur la carte. La femme au bout du fil – voix rauque de fumeuse, syllabes allongées en forme de chat qui s'étire – a accepté de le recevoir dès le lendemain matin. Il ne s'attendait pas à un rendez-vous aussi rapide, mais à présent qu'il a sauté le pas, autant aller jusqu'au bout. Aux premières lueurs de l'aube, il a pris un petit déjeuner frugal, puis a laissé un mot à Jane. *Parti travailler plus tôt. N'oublie pas d'emmener Mary à la danse. Je t'aime*.

Maintenant qu'il est arrivé devant le cabinet, il hésite à sonner. Il a tourné relativement longtemps dans ce quartier résidentiel, avant de trouver la bonne adresse. Le ventre mou de l'Amérique, avec ses ronds-points truffés de panneaux de signalisation, ses parkings déserts accablés par un soleil infini, ses étendues de bitume fissuré sans temporalité, dénuées de centre, où la seule menace est celle des piétons, a quelque chose de fascinant, mais aussi de déroutant. Il aimerait un jour trouver le moyen d'en faire une attraction.

Son doigt appuie sur la sonnette presque malgré lui.

« Oui ? demande immédiatement la voix rauque de félin étiré.

— Frank Forelong. J'ai rendez-vous.

— Rez-de-chaussée. Première porte à droite. »

Le *buzzer* signale l'ouverture de la cage d'escalier.

Forelong s'attend à trouver un appartement saturé de bibelots ésotériques et de matières translucides, dont chaque pièce serait délimitée par des rideaux en perles multicolores. Au lieu de cela, il pénètre dans un espace très lumineux, très aéré. Les murs entièrement blancs ne portent aucun ornement et le mobilier se résume à une table en verre, flanquée de chaises au design épuré.

« Asseyez-vous, je vous en prie. »

Ishi Iruto est une femme élancée, parfaitement à l'aise dans un tailleur à la découpe sobre et élégante. Forelong tente en vain de deviner son modelé ; il ne parvient pas à distinguer sa poitrine ou ses hanches sous le tissu souple. Elle pourrait être plus sèche qu'un phasme, ou bien attendrie par un vague embonpoint. Ses yeux forment des ovales d'Occidentale sans défaut. Le P-DG avait imaginé une vieille Asiatique aux doigts pointus, le visage propice aux verrues, une oreille percée d'une boucle chatoyante et une incisive en or. Il avait également imaginé une boule de cristal, un jeu de tarot, voire du sang de poulet ou du marc de café sur la table. Le plan de verre, surface lisse, anguleuse et froide, évoque davantage les salles des conseils d'administration que les pupitres mobiles réservés aux esprits frappeurs.

« On n'a jamais l'occasion de faire deux fois première impression », déclare-t-elle en observant Forelong. Celui-ci est désarçonné. Aurait-elle lu dans son esprit ? Non, elle s'est livrée à un simple exercice de psychologie élémentaire. Frank essaye de faire bonne figure : « Ma mère avait l'habitude de dire qu'on ne se baignait jamais deux fois dans le même fleuve. Je présume que c'est une autre façon de présenter les choses. »

Pas un sourire sur le visage d'Iruto. « Possédez-vous quelques notions de biologie, monsieur Forelong ? »

Le P-DG est de nouveau déstabilisé. Tout d'abord, l'accent traînant de son interlocutrice contraste étrangement avec sa manière de diriger la conversation. Ensuite, il n'a pas l'habitude d'être traité avec cette sorte d'autoritarisme.

De toute évidence, Iruto n'a cure de son malaise grandissant. Elle n'attend pas qu'il réponde pour continuer : « Même alors que vous êtes assis en face de moi, immobile, vous changez. Tous les six ou sept ans, à quelques exceptions près, l'ensemble des cellules de votre corps est remplacé. Pourtant, la conscience perdure. Votre conscience. Ce que vous mangez, ce que vous buvez et ce que vous respirez vous transforme sans que votre identité – votre âme, disons – disparaisse. Plus vous changez, plus vous demeurez le même. »

Frank croise nerveusement les bras.

Elle poursuit : « Aucun des visages uniques et successifs que vous présentez au monde n'est celui d'un imposteur.

— L'émail», coupe Forelong, saisi d'une illumination. Il vient de se souvenir d'un article qu'il a lu dans le *Times* l'été dernier.

« Pardon ?

— L'émail des dents ne change pas. Les atomes restent identiques tout au long de la vie. »

Iruto laisse passer un long moment de silence, le visage impénétrable. Enfin, elle soupire et regarde sa montre. « Désolée, je n'ai pas beaucoup de temps. Nous allons devoir entrer dans le vif du sujet. » Frank se retient de rire. D'abord, c'est elle qui a divagué, et puis lui-même pourrait se présenter au championnat régional des gens pressés. Cependant, il lui faut des réponses. Il a besoin de sommeil et d'énergie. Les cauchemars doivent cesser.

Il tente d'amorcer un nouveau départ. « Helen Jessenberg m'a dit le plus grand bien de vous.

— Vous connaissez Helen ?

— La femme de mon meilleur ami.

— Formidable. » Dans le blanc qui suit, on pourrait loger la sincérité et son contraire sans qu'il y ait de bousculade. Iruto est décidément une femme complexe, songe Forelong. Celle-ci rompt finalement le silence : « Maintenant, dites-moi ce qui ne va pas. »

Toujours cette manière de passer brutalement du coq à l'âne, de varier les registres sans logique apparente et de couper court aux échanges. Frank hésite. « C'est que… Je pensais…

— Que j'allais vous lire les lignes de la main ? Effectuer un numéro de télépathie ? Oubliez tout cela. Parlez-moi simplement de ce qui vous préoccupe, avec vos mots, sans réfléchir. »

Alors Forelong se lance. Les idées, d'abord éparses, s'entassent rapidement, les images surgissent dans le désordre. L'avion, l'hôtesse, les messages du haut-parleur, l'homme dodu avec sa cravate jaune, celui avec le journal, sa photo à la une, les deux femmes séduisantes à l'arrière, la grand-mère avec ses mots-croisés, le couple amoureux, l'enfant qui feuillette *Batman*, l'autre type à col roulé, occupé à lire *Chroniques vénusiennes*... Des sons, des odeurs, le café dans un gobelet. Et puis le trou d'air. Les masques à oxygène, les sifflements, la tôle qui explose, le métal déchiqueté, la ceinture, les hurlements, le sang, les appels au secours, le vent et les éclairs. Le souffle manque. *Je ne peux plus respirer. Aidez-moi, aidez-moi s'il vous plaît*... « Voilà, tout va bien, calmez-vous... » Il s'aperçoit qu'il se cramponne à la table. Iruto lui tient la main, elle l'apaise d'un mouvement circulaire du pouce. Dès qu'il reprend pleinement conscience de son environnement, elle le lâche. Frank s'adosse à sa chaise. Il est trempé de sueur, il crève de chaud. « Je... J'ai crié ? »

Iruto sourit pour la première fois. « Oui.

— Pardonnez-moi.

— Ne vous excusez pas. L'appartement est insonorisé, et puis vous êtes là pour évacuer le trop-plein d'émotion, autoriser votre moi profond à s'exprimer. Désirez-vous un verre d'eau ? »

Frank décline d'un geste de la main. « Vous pouvez faire quelque chose ?

— À quel propos ?

— À propos de ce cauchemar. Je veux m'en débarrasser.

— Non.

— Quoi, non ?

— Non, je ne peux rien faire. »

Forelong pince les lèvres. *Au moins, la réponse a le mérite d'être franche.* Il sent poindre un soupçon de colère. Il s'est déplacé pour rien. Michael et Helen vont entendre parler du pays. « Vous pouvez quand même me dire ce qu'il signifie ? D'où il vient ? »

La pythonisse ou la thérapeute, il ne sait plus très bien, le regarde avec des yeux ronds. *Où a-t-elle déniché ce nom asiatique, Ishi Iruto ? Un ex-mari ? Un pseudonyme fantaisiste ?*

« Oubliez mon nom », conseille-t-elle. Frank réprime un nouveau sursaut, mais elle ne lui laisse pas le temps de s'interroger derechef sur ses facultés de déduction prodigieuses. « Concentrez-vous sur l'essentiel. La peur que vous éprouvez vient de ce que vous attribuez une origine à ces images, à ces sensations. Il n'en est rien. Tout ce que vous voyez, tout ce que vous ressentez au cours de ces épisodes hypnagogiques, ce ne sont que des extensions de l'esprit ; une perception élargie des innombrables facettes de l'univers. Les deux jeunes femmes, l'homme au col roulé, la manchette de journal… Ils sont déjà là, mais ils se trouvent ailleurs. Ils ne représentent pas un événement qui va se produire, mais un événement qui s'est déjà produit. Dans une autre réalité.

— Comment ça ? »

Elle soupire. Tout juste si elle ne lève pas les yeux au ciel. Forelong a l'impression de se retrouver dans la peau d'un élève dissipé, qui met les nerfs de son professeur à rude épreuve. « Imaginez que vous pêchez sur un lac sombre, explique l'étrange voyante. Nul ne peut y pénétrer ou s'y baigner. Les flots sont tellement noirs, tellement opaques que vous ne distinguez rien sauf votre propre reflet. Vous ignorez tout des créatures qui hantent les profondeurs. Vous patientez, les yeux rivés au bouchon de votre canne à pêche. »

Le P-DG est tenté par un trait d'humour, *Jusqu'ici tout va bien,* mais il sent que ce n'est pas le moment de plaisanter.

Iruto bouge l'index pour réclamer le silence, comme s'il avait réellement parlé. « Parfois, vous ramenez d'un geste habile un poisson à la surface, une masse frétillante aux écailles irisées. Les prises ne se ressemblent pas toutes. Certaines sont très lourdes, d'autres légères comme si elles étaient composées de la matière dont on tisse les idées, quelques-unes sont orange, parfois bleues, il arrive qu'elles répandent un parfum de violette, ou dans d'autres cas de miel. Vous ne connaissez de l'étendue liquide à vos pieds que les poissons, puisqu'il vous est impossible d'explorer les flots autrement que par la canne à pêche. Grande est l'envie d'attribuer à la vie qui s'y déroule les propriétés régissant l'existence dans les milieux aquatiques traditionnels, les fleuves, les rivières. Mais rapidement, le doute s'installe. Il semble que les poissons ne se concrétisent qu'au moment où ils émergent de l'onde. Vous avez la conviction qu'ils sont dilués dans le lac, mais aucun moyen de valider cette théorie. Le moment clef de cette transformation intervient-il au moment où l'hameçon transperce la bouche de la créature ? Se manifeste-t-il uniquement quand le poisson crève la surface de l'eau ? Comment savoir ? Pour pêcher ces poissons, les plus téméraires se perdent dans les transes de la drogue, les plus vulnérables s'en saisissent au terme d'un long coma ou en arpentant les territoires de la folie. Quant aux moins réceptifs, une simple boîte hermétique suffit. Quelques-uns, comme vous, les puisent dans les viviers de l'onirisme.

— Vous parlez de prémonition ?
— Non. De possibilité. Chaque rêve est une ligne munie d'un appât, qui vous relie à d'autres mondes, d'où vous rapportez parfois des fragments d'histoires, des éléments plus ou moins cohérents. Seulement, vous n'en prenez conscience qu'au moment où ils se constituent. Rien n'est jamais établi. Même pas dans le royaume des songes. Pensez-y au moment de vous endormir, vous verrez, vous constaterez une amélioration.
— Je vais avoir du mal à…
— Vous devrez faire les bons choix, conclut abruptement Iruto avant de consulter à nouveau sa montre. Je suis pressée, je vous l'ai dit. »
Comme Forelong la regarde, les yeux dénués d'expression, elle précise : « Ça fera quatre cents dollars. »

108

Frank Forelong regagne le siège de la firme légèrement désarçonné, et un peu vexé. On ne l'a jamais congédié avec aussi peu de tact. Il ignore quoi penser de sa séance. Une arnaque ? Une psychanalyse sauvage ? Ou un authentique diagnostic ? Sans doute obtiendra-t-il un début de réponse ce soir, lorsqu'il fermera les yeux.

En chemin, il n'a pas pu s'empêcher de faire une halte au bassin de la marina, près du Chase Park. La fable d'Iruto lui trotte encore dans la tête. Le lac, les eaux noires, et les poissons qui se forment comme autant d'accrétions spontanées, autant de variables discrètes. A-t-il vraiment accès à des mondes parallèles ? Et si oui, est-il en son pouvoir d'influer sur le cours des événements ? Il se souvient d'une nouvelle de Jessenberg, dans un recueil paru à l'époque de *L'ardente salamandre*. Un dictateur promettait monts et merveilles à son conseiller scientifique s'il parvenait à deviner une question écrite dans une enveloppe, qu'on ouvrirait dix ans plus tard. Défi relevé. Au bout de six mois, le conseiller présentait sa machine au dictateur : un appareil muni d'un écran de contrôle, sur lequel des grains de lumière produiraient une réponse. Effectivement, au bout d'un certain temps, apparaissait un conglomérat de pointillés. Le dictateur s'impatientait : « Alors ? » Et le scientifique de répliquer : « La réponse est là, mais il me faudra dix ans pour trouver les chiffres de décryptage. » La nouvelle se révélait plutôt ingénieuse. C'était la grande époque des histoires à chute. Il lui semble qu'Iruto s'est livrée à une contorsion mentale analogue, quand elle a affirmé qu'il ne prendrait conscience de l'univers en gestation – dont il entrevoyait des bribes au cœur de ses nuits agitées – qu'au moment où celui-ci se matérialiserait. Sauf que d'après elle, cet univers n'était pas en gestation. Il était déjà présent, mais *ailleurs*.

À cette heure-ci, le parc est pratiquement désert. Il regarde autour de lui pour vérifier que personne n'assiste à son manège, puis s'incline au-dessus du garde-corps. Penché sur les eaux polluées de la marina, il tente d'apercevoir le fond du bassin ou bien un mouvement dans l'onde. « Vous êtes là ? » chuchote-t-il. Bien évidemment, il n'obtient aucune réponse, si ce n'est une légère déformation de son reflet sur la surface opaque, troublée par de minuscules vaguelettes.

Siège de Lawney Industry. Au moment où le voyant de l'ascenseur indique le cinquantième étage et où les portes s'écartent en tintant, il a l'intuition qu'une catastrophe s'est produite. Pour peu qu'il nourrisse encore quelque doute, la mine figée de Jenny, sa secrétaire d'ordinaire si souriante, dissipe les dernières incertitudes. Elle désigne le bureau d'un minuscule mouvement de pupilles. « On a essayé de vous joindre chez vous, mais vous étiez déjà parti. La police est là. Elle vous attend. Watkins s'est chargé de faire patienter ces messieurs. »

« J'espère que vous plaisantez. On ne s'évapore pas comme ça, en plein milieu de… en plein milieu du monde civilisé ! »

Forelong tombe des nues. Il songe à un canular ou à une méprise. Vingt-quatre heures après le retour de son directeur des opérations spéciales, voilà que le vice-président se volatilise. Et plus il en apprend, plus les conditions de sa disparition lui paraissent surréalistes.

Les deux flics en face de lui paraissent mal à l'aise. Helen, la femme de Michael, a dû rameuter tous les commissariats de la côte est. Forelong imagine que de semblables tandems interrogent en ce moment même toutes les connaissances du vice-président. Jenny, la secrétaire, l'a pris au dépourvu, il n'a pas encore eu le temps de rassembler ses esprits.

Il s'aperçoit avec un temps de retard que l'on s'adresse à lui : « Qu'est-ce que vous dites ?

— Un chien », répète le premier policier, un grand type brun, large comme une armoire de cuisine et à peine plus futé. Son nez camard, ses pommettes hautes et plates ainsi que ses oreilles froissées dénotent un passé de rugbyman ou de boxeur, estime le P-DG. L'autre, fort jeune, possède une longue figure triste d'ovin. Il se tient en retrait, prudent et coi. Jessenberg a l'impression qu'on lui a envoyé un simple sergent de ville et un stagiaire. Un sergent et un stagiaire pour enquêter sur la disparition du numéro deux de Lawney Industry ! Il commence à fulminer. « Comment ça, un chien ? Vous pouvez être plus explicite ?

— Sa femme a trouvé un chien mort dans le coffre de leur voiture. Un berger allemand.

— Qu'on soit bien clairs : vous êtes en train de m'expliquer que Michael Jessenberg, un type que je connais depuis vingt ans et que j'ai personnellement nommé vice-président, se promène avec un chien mort dans le coffre de sa voiture ?

— L'Oldsmobile contenait aussi une grande quantité de sang. Les techniciens du laboratoire sont en train d'essayer de déterminer s'il s'agit de traces humaines ou animales.

— Mais ce… c'est absurde, enfin ! »

Watkins observe les différents protagonistes sans émettre le moindre commentaire. Heureusement qu'il rôdait dans les bureaux au moment où la police a débarqué. Il garde les mains croisées sur les genoux, sagement installé dans son siège inclinable.

« Son épouse a averti nos services en début de matinée, poursuit l'agent. Elle n'entendait plus la machine à écrire depuis la veille au soir… Il est écrivain, n'est-ce pas ?

— Entre autres, dit Frank.

— Bref, elle n'a pas osé rentrer dans son bureau tout de suite. Mais dès qu'elle a ouvert la porte et qu'elle a aperçu les taches de sang, elle a su que ça n'allait pas. La voiture stationnait toujours dans le garage. Elle a distingué d'autres traînées suspectes sur la poignée, alors elle a ouvert le coffre et…

— D'accord, d'accord, j'ai compris. Est-ce qu'on parle d'un enlèvement ? D'un accident ?

— À ce stade-là de l'enquête, nous ne pouvons pas nous prononcer. Jessenberg avait-il des ennemis ?

— Beaucoup. Mais aucun susceptible d'organiser un kidnapping ou d'employer la violence.

— Selon les premières constatations du coroner, le chien a été étranglé. Il faut une sacrée détermination pour étrangler un berger allemand, même si le chien était âgé. »

L'interphone retentit. Forelong appuie sèchement sur le bouton d'appel. « Je suis avec la police, Jenny. Je ne veux pas être dérangé.

— Un appel pour ces messieurs, précise la jeune femme dans le haut-parleur. Le commissariat désire parler au sergent.

— Basculez l'appel dans mon bureau », aboie le P-DG, plus agacé qu'il ne le voudrait. Il désactive le haut-parleur et tend le combiné au grand brun. Le fonctionnaire s'approche, s'éclaircit la voix, et prend la communication. « Sergent McBride à l'appareil. Oui… Quand ça ? Oui… »

Pendant que le policier discute, Forelong interroge Watkins du regard. Celui-ci se contente de hausser les épaules, manifestant son impuissance. Un léger détail retient cependant l'attention de Forelong. Il croit discerner sur le visage de son interlocuteur un imperceptible sourire. Cette infime réaction est parfaitement intériorisée, mais le P-DG ne s'y trompe pas : ce crétin est en train de boire du petit-lait.

McBride raccroche. Il semble encore plus désemparé qu'au début de leur entretien. « Le commissariat a reçu un appel de vos locaux situés à Burbanks. Un certain Marty Kowalsky…

— Le vigile, oui.

— Il… Il semblerait que son chien, un vieux berger allemand, ait disparu au cours de la nuit ou en début de matinée, et qu'un ou plusieurs individus se soient introduits dans l'un des bâtiments. Le gardien assure qu'il faut les clefs pour entrer d'abord sur le parking, puis dans l'immeuble. D'après lui, le visiteur n'a pris que des imprimés ; il savait ce qu'il cherchait. »

Forelong réfléchit. Hormis Marty Kowalsky, ils ne sont pas des centaines à posséder les clefs du parking *et* des bâtiments. Si l'on ajoute à cela le chien mort dans le coffre de l'Oldsmobile, inutile de se torturer les méninges. Cette intrusion est signée Jessenberg. *Michael, bon sang, qu'est-ce que tu as fabriqué ?* Il observe Watkins du coin de l'œil. Est-ce qu'il rêve ou le sourire du directeur des opérations spéciales s'est élargi ?

Voilà, Sid, on y est. J'aperçois enfin la croisée des chemins, l'apothéose du voyage. Depuis l'adolescence, j'ai les yeux fixés sur ce but, je cours vers la ligne d'arrivée. J'ai grandi, je me suis formé. J'ai évolué dans ton sillage, j'ai endossé ton costume, je me suis coulé dans le moule. Jamais je n'ai renié ton idéal. Toutes ces années, je t'ai vénéré, je t'ai écouté… Je t'ai supplié de m'envoyer un signe.

Et voilà qu'aujourd'hui tu m'exauces.

Rien n'arrive par hasard. Je négocie avec les Français, Forelong aime mon travail, il me propose le poste de vice-président lorsque la place se libérera. Et tu touches de ton doigt magique ma destinée, ton esprit divin efface Jessenberg de l'équation.

J'ignore ce que tu as infligé à ce pauvre bougre, mais je t'en remercie.

Désormais, il n'existe plus qu'une seule personne entre toi et moi.

Comment ça, qui je suis ? C'est Robert Watkins, voyons, ton dévoué éternel.

Le seul et l'unique.

109

La voix d'Henri au bout du fil ressemble à un enregistrement désincarné. « Les négociations sont suspendues jusqu'à nouvel ordre. »

Denis serre le combiné à s'en rompre les doigts. Ses phalanges font de grandes taches blanches sur la bakélite noire. « Qu'est-ce que tu entends par "suspendues" ?

— Leur vice-président a disparu. Évanoui dans la nature dans des circonstances plutôt étranges. On raconte qu'il essayait de falsifier des documents. Je n'en sais pas beaucoup plus, mais les Américains ne feront rien sans lui. Ou alors pas avant qu'il soit officiellement remplacé. La décision est reportée sine die. »

Denis voit les pièces fragiles du château de cartes qu'il a périlleusement édifié se mettre à trembler. L'argent engagé, les prêts qu'il imagine plus ou moins abusifs, les magouilles du notaire, les prête-noms qui n'entendront sûrement pas se laisser entraîner dans une chute inexorable… Il serre les dents.

Quand il avait neuf ans, son frère et lui avaient monté un commerce de vignettes autocollantes. Le personnage d'Annibal le furet faisait fureur dans les cours de récréation des écoles primaires. Les gamins collectionnaient particulièrement des suites d'images

– en réalité des photos extraites de divers épisodes –, que l'on pouvait coller dans des albums prévus à cet effet, selon les numéros indiqués. De laconiques légendes soulignaient les clichés si bien qu'une fois l'album complété, on obtenait une histoire inédite du héros albinos. Personne dans leur entourage n'était jamais parvenu à compléter l'album. Certains numéros étaient beaucoup plus difficiles à obtenir que d'autres, et l'on se demandait au bout d'un certain temps, après avoir dépensé des sommes folles, après avoir écumé les librairies et les petites annonces des fanzines, s'ils existaient vraiment. Les concepteurs avaient peut-être bâti des légendes, inventé des numéros fictifs pour entretenir l'engouement. Les numéros 42 et 114 relevaient du mythe. Personne ne les avait jamais vus ni touchés, mais nombreux étaient ceux qui prétendaient avoir croisé leur route, sans que rien ne vienne corroborer leur récit. Il fallait développer une science du troc, un art de convaincre extraordinaire, pour s'approprier les reproductions les plus rares. Mais les numéros 42 et 114 demeuraient hors d'atteinte. Jusqu'au jour où son frère avait rapporté le 42. L'image était gondolée et elle collait mal à sa protection. Henri assurait qu'elle avait pris la pluie et que, même en l'état, elle trouverait preneur. Denis, seul élève à être encore en primaire, était chargé de négocier les prix avec ses petits camarades. L'un de ses amis avait développé une passion incontrôlable pour Annibal. Il lui fallait l'album entier, quoi qu'il en coûte. Il avait accepté de payer cinquante francs pour la vignette 42. Cinquante francs représentaient beaucoup d'argent pour l'époque, et plus encore pour des enfants qui n'avaient pas encore atteint l'âge de leurs premières cigarettes ou de leurs premières virées en mobylette. L'ami en question avait donc volé le billet dans une boîte en fer-blanc au-dessus de l'armoire de la cuisine. Son père, garagiste, y conservait l'argent des réparations au noir.

Tout allait bien pour Denis et Henri. Grâce aux cinquante francs, ils avaient pu acheter encore plus d'images (une moitié d'album, pour être exact), et échanger les doubles contre des clichés plus difficiles à trouver. Mais un matin, l'ami collectionneur était arrivé à l'école avec un œil au beurre noir. Non seulement son père avait découvert les larcins réguliers auxquels il se livrait pour assouvir sa passion, mais il avait de surcroît mis au jour l'arnaque d'Henri. L'image 42 était une simple photo découpée dans un magazine. Après l'avoir mouillée afin de camoufler les défauts les plus évidents, Henri l'avait plastifiée, puis il avait collé une protection factice au verso. Le garagiste était allé voir leur père, à l'agence immobilière. Il exigeait le remboursement de la carte frauduleuse, ce à quoi Marcel avait consenti. Le soir même, il interrogeait les deux garçons. Denis était terrifié, et lorsque le père avait menacé de les punir tous les deux si personne ne se dénonçait, il s'était avancé, la larme à l'œil. Marcel l'avait privé de sortie pendant deux mois. Denis avait enduré la sanction sans jamais faire allusion à la culpabilité de l'aîné. Même lorsque son frère partait s'amuser et qu'il lui jetait un regard de faux derche contrit, même quand une partie de football se déroulait au terrain vague, il n'avait pipé mot.

Avec le recul, Denis avait acquis la conviction que son père connaissait le vrai responsable. Le cadet était bien trop jeune pour avoir monté pareille escroquerie. Mais son sacrifice arrangeait le paternel. Il préférait punir Denis plutôt qu'Henri, son fils adoré.

Le premier. Et tout le monde – Marcel, Maryse, Henri – avait accepté cette injustice : elle était le prix à payer pour exonérer l'aîné des fautes qu'il aurait pu commettre, pour rendre indécelables les souillures vénielles d'un parcours prometteur.

Le pire, songe à présent Denis, c'est que si cela se reproduisait aujourd'hui, il accepterait une fois encore d'endosser la responsabilité des sottises d'Henri.

Il grogne dans le combiné : « Est-ce que tu as une idée des engagements que j'ai pris ? Sur tes recommandations.

— Mes recommandations stipulaient d'attendre la signature du protocole d'accord. »

Denis continue sans écouter son frère : « J'ai avancé de l'argent, je me suis endetté. J'ai mis des partenaires sur le coup… »

Henri prend une voix grave. Denis connaît bien sa technique, qui consiste à adopter une intonation chaude et lénifiante pour rassurer ses interlocuteurs. « Ne t'en fais pas, ce n'est qu'un contretemps. Dès que le directoire aura validé un remplaçant, les choses rentreront dans l'ordre. »

110

La boîte de la tanière est un parallélépipède noir de vingt centimètres de long et dix centimètres de section, sur le couvercle duquel on a gravé ou dessiné un oiseau blanc renversé. On raconte qu'au milieu du XIXe siècle, un capitaine de goélette l'a extraite de la gangue glacée de l'Arctique. Elle reposait dans un canot de sauvetage, aux côtés des squelettes de deux marins. Peut-être des membres de l'expédition Franklin, à moitié fous et rongés par le scorbut, qui avaient quitté le navire pour tenter leur chance à pied sur l'immensité virginale du permafrost. Nombreux sont ceux qui n'ont jamais osé l'ouvrir et elle a suscité au fil du temps, entre les mains de ses propriétaires successifs, d'innombrables fantasmes. Les rêves de puissance et de gloire éternelle, autant que les songes de bonheur simple, ont disparu, engloutis par l'étrange obsidienne de la cassette. Ceux qui l'ont possédée prétendent qu'elle est plus lourde que le plomb, mais d'autres assurent qu'elle ne pèse pas davantage qu'un coussin d'air. La plupart, cependant, s'accordent sur ce point : lorsqu'on la secoue délicatement, un objet roule à l'intérieur. Des gens puissants ou des indigents, des imbéciles ou de redoutables stratèges ont spéculé sur son contenu. Quelle sorte d'amulette pouvait renfermer cette boîte ? Quelle espèce de talisman était assez puissant pour conjuguer attraction et répulsion ? On s'est disputé sa jouissance. On a tué pour elle, on a volé, on a menti. On l'a achetée à prix d'or, vendue pour une bouchée de pain, ou simplement donnée en gage d'une amitié trompeuse. Parfois on en a hérité, ou bien on l'a trouvée par hasard. Mais presque personne n'a été assez fou pour en soulever le couvercle, scellé selon les époques par un simple cachet de cire ou un loquet rudimentaire.

Aujourd'hui, ce coffret repose avec William C. Watkins au Panthéon de Beverly, cimetière rattaché au district de Beverly Hills. Allée 5 B, rangée 16. Au moment où il emprunte l'ascenseur pour se rendre au cinquantième étage du siège, Robert Watkins a un pincement au cœur. Il regrette de ne pas avoir conservé *la boîte de la tanière*. Quand son père est mort, il a considéré que le parallélépipède renfermait les rêves de William et non les siens. La restitution de cette boîte lui paraissait un geste approprié. Maintenant, il déplore d'avoir cédé à ce sentimentalisme absurde. Son père n'a plus aucun souhait, aucun désir. Il est mort. Les désirs, c'est l'affaire des vivants. Pour son fils, Robert Watkins, l'heure de la consécration a sonné. Frank Forelong, le grand manitou de LIM, l'a convoqué dans ses bureaux du dernier étage et le directeur des opérations spéciales ne nourrit aucun doute sur l'issue de l'entrevue. À présent que Michael Jessenberg a disparu, le poste de vice-président lui échoit. Il aimerait avoir la boîte avec lui pour savoir si elle dément ou si elle confirme cette tournure.

Au fil du temps, il a élaboré sa propre théorie. Selon lui, la boîte ne contient pas un objet, mais *des* objets ; plusieurs états de la matière. Ce n'est que lorsque son propriétaire l'ouvre que l'objet se forme. Et il répond toujours au désir inconscient de celui-ci.

Les portes de l'ascenseur s'écartent. Jenny, la secrétaire, cesse de taper à la machine et lève ses grands yeux de jade vers lui. « Il vous attend. »

Quand Watkins pénètre dans le vaste bureau, il n'est plus intimidé comme à l'époque de Sidney. Lawney dégageait une force, une majesté que l'on ne pouvait affronter sans frémir. Aujourd'hui, quand il observe l'homme au bout de la table, le mannequin de cire à qui l'on a conféré de titre de président-directeur général, il sait qu'est advenu le règne de la vulgarité, du fric et du pragmatisme.

Lawney prétendait toujours en riant qu'il préférait la gloire à la richesse et que c'était pour cela qu'il ne roulait pas sur l'or. Mais Watkins sait que la réalité est plus complexe. Citation du maître : « Le premier million, vous le payez avec votre sueur, avec votre temps de famille, votre santé, votre sommeil… Les millions suivants, vous les prenez aux subalternes, aux petites mains, aux esclaves… Voilà pourquoi je n'ai jamais voulu être millionnaire. » L'idéal de Lawney résidait dans un mélange d'humanisme et d'ambition ; une notion qui avait disparu à la mort du maître.

« Installe-toi, dit Forelong en indiquant le siège inclinable.

— Je n'ai pas besoin de m'asseoir pour écouter ce que tu as à m'annoncer », objecte bravement Watkins. Une fois qu'il sera vice-président, il pourra militer pour restaurer les anciennes valeurs. Il redonnera du sens aux entreprises lucratives de ce mastodonte boursouflé qu'est devenu LIM. Que ça plaise ou non à Frank.

« Bon, commence Forelong, je ne vais pas y aller par quatre chemins : j'ai mûrement réfléchi. » Une pause. Watkins commence à avoir un mauvais pressentiment. Forelong reprend : « Étant donné la situation, je pense que tu n'es pas la personne la mieux indiquée pour occuper le poste de VP. Pas à ce stade-là des affaires, en tout cas. » Watkins ouvre la bouche et Forelong l'arrête d'un geste de la main. « Attends, laisse-moi finir. Je continue malgré tout à trouver que tu accomplis un boulot formidable aux opérations spéciales. Si tu le veux bien, tu continues à exercer tes fonctions de directeur. Tu conserves le pouvoir de négociation avec les Français. Ainsi que la participation aux décisions stratégiques concernant l'Europe, cela va sans dire. Qu'en penses-tu ? »

J'ai compris, raisonne Watkins, *je ne serai jamais vice-président*. « Tu avais promis de penser à moi si Jessenberg…

— Et je l'ai fait, crois-moi. J'ai pesé le pour et le

contre, j'ai évalué toutes les possibilités. Nous ne sommes pas dans une position normale, Robert. Michael s'est évanoui dans la nature, les flics se posent des questions, et par-dessus le marché, j'ai Helen sur le dos… Le conseil d'administration est très nerveux. J'apprécierais – nous apprécierions tous – que tu poursuives le travail entrepris en France. Nous ne trouverons personne d'aussi compétent que toi pour ce dossier. »

Mon œil! « Tu surestimes mes talents en la matière, Frank.

— Un poste de vice-président serait au mieux… une distraction malvenue. Nous devons conclure un accord dès que le poste sera pourvu. Le problème, c'est que… Eh bien techniquement, Jessenberg n'est pas mort. Il n'a pas eu d'accident, il n'a pas été tué, et nous n'avons pas de corps. Nous devons respecter un délai de carence raisonnable avant de…

— Nommer quelqu'un qui occupera *mon* poste. »

Forelong soupire. « La formule est un peu excessive. Écoute, voilà ce que je te propose : nous recrutons un VP provisoire, nous bouclons les transactions avec l'Europe, et ensuite j'envisage une refonte du bureau où tu auras les responsabilités que tu juges nécessaires. »

Bien sûr, rumine intérieurement Watkins, *prends-moi pour une poire. Une fois que le VP occupera ses fonctions, il ne sera plus question de m'accorder quoi que ce soit. Surtout si les négociations avec les Français aboutissent*. « La messe est dite, alors ?

— Pas tout à fait. J'aimerais que tu passes chez Helen Jessenberg et que tu récupères les dossiers se rapportant à LIM. Les projets que son mari traitait, les mémos… tout ce que tu pourras trouver.

— Elle ne me laissera pas faire.

— Elle n'a pas le pouvoir de s'opposer à cette décision. Michael possédait un tas de documents qui ne lui appartenaient pas. Il travaillait dessus, mais légalement, ça reste la propriété de Lawney Industry. Il n'était pas… Regarde-moi ça, je parle déjà de lui au passé.

— Pourquoi tu n'y vas pas, toi ? Après tout, Michael était ton ami… »

Frank roule des yeux. « Tu plaisantes, j'espère. Helen me tient pour responsable d'une grande partie des déboires de son époux. Elle estime que si je ne lui avais pas proposé de développer la nouvelle version d'*Empire*, rien de tout cela ne serait arrivé. Je ne lui en veux pas, elle a besoin d'un coupable. Mais ce n'est vraiment pas le bon moment pour que j'aille chez elle. Et puis avec les bouleversements que nous connaissons, j'ai énormément de problèmes à régler au siège. Plus qu'il n'en faut en plusieurs vies.

— Je peux envoyer un assistant.

— Non, je préfère que tu t'en occupes personnellement. Helen te connaît, elle aura confiance.

— Je ne…

— Sans tarder, coupe Forelong. Elle est dans un triste état, j'ai l'impression qu'elle débloque un max. Je n'ai pas envie de retrouver des scripts inachevés ou des manuscrits à la poubelle. Et encore moins de voir ressurgir des travaux confidentiels chez un éditeur ou dans une vente aux enchères. »

Watkins fulmine. *Donc, en plus de me refuser le siège de VP, tu me confies le sale boulot. Tu ne manques pas d'air.*

Frank écarte les mains, paumes vers le haut. « À charge de revanche. »

Le sous-entendu est transparent, mais Watkins est franchement écœuré. Il fait volte-face et quitte le bureau sans un mot. Il ne pense même pas à claquer la porte en sortant.

111

Jérôme pointe le doigt sur le visage entouré de rouge, presque au centre de la vieille photo de classe. Le jeune directeur d'école penche la tête. « Non, le visage de cet élève ne me dit rien. 1956, c'est vieux, vous savez. Il doit être adulte maintenant.

— En effet. Je songeais que peut-être…

— Je viens à peine d'être nommé. Avez-vous demandé aux dames de cantine ? Elles sont là depuis beaucoup plus longtemps que moi.

— Oui, mais aucune d'elles n'a pu me renseigner. »

La photo est classée avec d'autres documents dans une chemise rouge, que le garde champêtre a ouverte sur la table.

« J'ai trouvé ce cliché chez Annabelle Lambert. Elle a été institutrice dans votre établissement.

— Je sais. Elle est passée me voir le mois dernier.

— Ah bon ?

— Elle cherchait… J'ignore ce qu'elle cherchait exactement. Elle voulait accéder aux archives. Comme elle avait fait toute sa carrière ici, je n'avais aucune raison de lui fermer nos portes. Une femme charmante. Elle profitait de sa retraite pour rédiger des fiches pédagogiques. Les éditions Arnaud, vous connaissez ?

— Je n'ai pas cette chance-là, non.

— Un grand éditeur de manuels scolaires. Ils accomplissent un travail remarquable. Je ne vous cache pas d'avoir été un peu flatté qu'elle me sollicite. Et qu'elle sollicite l'école, bien entendu. »

Jérôme n'a pas besoin de mener une enquête approfondie pour deviner que l'institutrice a complimenté son hôte comme le renard flatte le corbeau. Possible même qu'Annabelle ne figure pas dans les registres comptables des éditions Arnaud. S'il ne se trompe pas dans ses calculs, la retraitée a franchi les grilles de l'école très peu de temps avant de disparaître.

« Vous a-t-elle parlé d'un déplacement qu'elle comptait effectuer ? Éventuellement en rapport avec ses activités professionnelles ? »

Le jeune directeur s'adosse à sa chaise, réfléchit. Jérôme examine le petit bureau qu'on lui a alloué. Une étroite fenêtre dans son dos expose un morceau de verdure. Les jours de beau temps, l'endroit doit être à peine plus lumineux qu'un caveau. Une gigantesque armoire à classement métallique occupe le mur de droite. On distingue des piqûres de rouille à la base du meuble, et une cale confectionnée à l'aide d'un carton plié. « Non, déclare-t-il finalement. Je ne crois pas. Elle avait promis de mentionner mon nom ainsi que celui de l'établissement sur la page de remerciements. »

Classique, songe Jérôme. « Vous êtes directeur à plein temps ?

L'autre sourit. « Non, l'Éducation nationale n'a pas les moyens de rémunérer la totalité d'un poste pour une école de cette taille. J'exerce à mi-temps. Le reste de la semaine, j'enseigne à ces chères têtes blondes. » Il désigne la salle de classe qui jouxte son bureau, et dont Jérôme aperçoit les chaises vides par la porte ouverte.

Le garde champêtre se gratte le front. La blessure

sur son arcade sourcilière se résorbe, mais il sent encore la peau tirer, surtout lorsqu'il fait froid. « Vous pensez que je pourrais consulter vos archives ? »

112

« Helen ? »

La femme de Michael Jessenberg observe son vis-à-vis par la porte entrouverte. Robert Watkins danse d'un pied sur l'autre, mal à l'aise.

« Qu'est-ce que tu veux, Robert ? »

Watkins n'aperçoit qu'un seul de ses yeux par l'entrebâillement, épicentre d'un cyclone cerclé de noir, tête d'épingle au cœur d'une débâcle silencieuse. Il décide de jouer franc-jeu. Après tout, Helen est adulte. Lui cacher le véritable but de sa visite ne servirait qu'à rendre les choses plus pénibles. « Frank m'envoie récupérer tous les documents de LIM que Michael garde dans son bureau. Nous en avons besoin pour travailler le temps que… le temps qu'il reparaisse. »

À sa grande surprise, Helen s'efface pour qu'il entre. Ou plutôt, elle part dans le salon en laissant la porte ouverte derrière elle. Watkins étouffe un soupir de soulagement. Pas de cris, pas de larmes ni d'insultes. *La rencontre se passe mieux que prévu.*

Le 18066 Cheviot Drive a l'air plus petit que dans son souvenir. Et beaucoup plus sombre. La maison à un étage semble s'être tassée sur elle-même. Le vaste salon voûté a pris des allures de crypte. Les étagères encadrant la baie vitrée du salon ressemblent à des cariatides désœuvrées. Tous ces livres, dont Michael était si fier, se confondent désormais dans une obscurité morbide. Helen a fermé tous les volets. Même la table basse en chêne laqué paraît s'être amenuisée. À moins que sa mémoire ne déforme la réalité. Peut-être qu'en définitive, la maison de Michael n'était pas si grande que cela.

En 1967, Lawney avait réalisé un dessin animé où une petite fille grandissait après avoir ingéré de mystérieuses dragées, de telle sorte que l'on ne savait plus si elle était victime d'une crise de croissance extrême, ou si la maison dans laquelle elle se trouvait perdait en volume.

Voilà à présent Watkins qui erre à tâtons dans le séjour, pareil à un géant égaré dans une miniature ou un être normal dans un séjour sous-dimensionné. Il perçoit un mouvement devant la fenêtre aux volets clos. Helen se déplace ; elle ressemble à un mineur dans une galerie. La pénombre monochrome, lentement, envahit tout. L'épouse de Michael s'engage dans un corps-à-corps avec la terre et descend en elle-même. Pas besoin de pelle ou de pioche, inutile de posséder un marteau piqueur ou une licence en ingénierie pour regarder à l'intérieur de soi : elle crée au beau milieu de Cheviot Drive son royaume des morts, son île de Böcklin. Creuser, c'est s'éloigner. Elle ne s'arrêtera, elle ne reviendra à la surface, que le jour où son mari réapparaîtra. Et s'il ne revient pas ?

« Je n'arrive pas à y croire », articule-t-elle dans le noir.

Robert a la gorge sèche. Il est obligé de déglutir avant de parler : « Croire quoi, Helen ?

— J'ai trouvé le magnétophone dans son bureau. »

Il ignore à quel magnétophone elle fait référence, mais choisit de la laisser s'exprimer. Elle poursuit : « Il a archivé des dizaines et des dizaines d'heures de bruit de machine à écrire. J'ai tout écouté. Des dizaines d'heures. » Comme il ne répond toujours pas, elle continue : « Combien de fois s'est-il absenté de la maison alors que je le croyais en train d'écrire ? Depuis quand mène-t-il une vie parallèle ?

— Je ne sais pas.

— Quel genre d'individu est capable d'enregistrer des heures de faux travail ? Est-ce qu'il était fou ?

— Je ne sais pas.

— J'étais persuadée de le connaître. »

Watkins ne saurait dire pourquoi, mais quelque chose dans la détresse de cette femme le touche. Sans doute sa façon douloureuse d'être au monde alors que son mari, précisément, l'a fui.

Il devine qu'elle se dirige vers le bar, disposé au bout de la pièce. À sa démarche incertaine, il se demande si elle n'a pas déjà bu plus que de raison. Elle semble brusquement hésiter, puis fait demi-tour et se dirige droit vers lui. Il esquisse un mouvement de recul, mais le canapé lui bloque le passage. En deux ou trois enjambées, Helen est sur lui. Elle s'arrête une poignée de centimètres avant la collision. Un faible rayon de lumière éclaire son regard halluciné, dévoile avec cruauté ses traits effondrés sur eux-mêmes, soulignés jusqu'à la caricature. Elle a vieilli de dix ans en quelques jours. Une haleine fétide frappe Watkins en plein visage, boisson fermentée et renvois bileux. La voix d'Helen chevrote, transie d'un mal ardent. « Prends ses affaires. Embarque tout et va-t'en. »

Hormis les quelques taches de sang sur le plan de travail et par terre, que personne n'a pris soin de nettoyer, le bureau de Michael Jessenberg semble en ordre. Helen a ouvert la porte à Robert avant de retourner au salon.

Watkins contemple un instant le Nagra IV, puis examine les livres, les piles de cartons répertoriés selon les sujets, les chemises de classement annotées… Dès qu'il reconnaît le nom d'un des projets de LIM, il met le dossier de côté. Rapports d'évaluation, scripts à diverses étapes de développement, canevas plus ou moins avancés, notes de service…

Ce n'est qu'au moment où il se penche pour inspecter l'étagère du milieu qu'il remarque la photographie. Celle-ci est posée dans un cadre incliné au bord de la planche. Il s'agit d'un cliché en 24 × 32 représentant – Robert veut bien être damné – Jessenberg en compagnie de Lars Anderson. Le concepteur original d'*Empire* a été interné bien avant que Michael prenne ses fonctions, et rien n'a jamais laissé supposer que leurs routes se soient croisées à un moment ou à un autre.

Watkins s'empare du cadre, essuie la fine couche de poussière sur la plaque de verre.

Le cliché, manifestement pris lors d'un festival, porte la mention *San Diego, 1973*.

Le directeur des opérations spéciales plisse les yeux : on voit effectivement sur l'image un Lars Anderson en pantalon de velours beige et pull à col roulé poser à côté d'un Michael Jessenberg hagard, avec dix ans de moins et visiblement quelques grammes d'alcool de plus qu'aujourd'hui.

L'ancien écrivain tient entre ses doigts une boîte. Une boîte noire avec un motif blanc sur le dessus, qui ressemble à… Watkins recule le visage, secoue la tête. Il doit sûrement rêver. Il lui faudrait une loupe pour vérifier… « Helen, appelle-t-il. Tu aurais une loupe ? »

La femme de Michael répond depuis le salon, sans daigner se déplacer : « Premier tiroir du bureau. À droite. »

Watkins trouve rapidement ce qu'il cherche. Il approche le verre grossissant de l'image. Les mains de Michael, le bois, les reflets d'obsidienne, l'oiseau peint sur le couvercle. *Le doute n'est plus permis*, songe-t-il avec effroi. *Comment diable*… Il est pourtant certain d'avoir glissé *la boîte de la tanière* dans le cercueil de son père. Il a assisté en personne à la mise en bière, à l'ensevelissement de la dépouille.

L'espace d'un instant, l'idée absurde que Michael ait pu déterrer le corps du vieux William C. Watkins pour récupérer un souvenir dont personne ne connaissait l'existence lui traverse l'esprit. Même le loquet est identique à celui qu'il a connu quand il était enfant. Pourtant, la logique atteste qu'il ne peut s'agir du même objet. Il met la photo de côté, avec les documents de LIM qu'il compte emporter.

Il a terminé de recenser le contenu des étagères – aucune trace de la mystérieuse boîte – et s'attache maintenant à explorer les autres tiroirs du secrétaire. Le deuxième compartiment ne renferme qu'un coupe-papier et une tablette de *Blue Bombs*, que prescrivent à tour de bras tous les médecins de la côte est. Dans le troisième tiroir, il trouve une pile de tickets de parking, sans doute conservés dans le but d'obtenir un défraiement. Watkins constate avec étonnement qu'ils concernent tous le même parc de stationnement. Il appelle de nouveau Helen par la porte ouverte : « Michael et toi, vous connaissez quelqu'un au Metropolitan Mental Hostpital ?

— L'asile de fous ? réplique l'intéressée depuis la

salle de séjour. Grands dieux non. Pourquoi cette question ?

— Pour rien. »

Jessenberg s'absentait souvent à l'insu d'Helen. Allait-il au MMH ? Si oui, à qui rendait-il visite ? Watkins pose un coude sur le bureau, la tête appuyée sur une main. De l'autre, il parcourt les tickets les uns après les autres. Un peu plus d'une heure à chaque fois, une visite par semaine. Le premier ticket remonte à environ deux mois. Michael travaillait sur *Empire II* depuis presque un an, songe Watkins. Forelong avait réussi à débaucher son ami, à condition de le laisser reprendre le célèbre jeu. Une réflexion en amenant une autre, il se souvient des conditions dramatiques dans lesquelles la seconde version d'*Empire des chimères* s'était interrompue. Le jeune prodige qu'il avait embauché en personne était devenu fou. Une maladie congénitale, peut-être, ou l'excès de pression sur une âme immature. Lars Anderson avait tué son partenaire d'écriture avant de s'enfuir avec la suite d'*Empire*. La police avait retrouvé le criminel, mais pas *Empire*. Anderson avait prétendu l'avoir brûlé, ou en avoir fait des confettis, ses déclarations variaient. De toute façon, les légendes qui couraient à propos du sort réservé à l'ultime version d'Anderson étaient aussi nombreuses qu'invérifiables. En revanche, Watkins se remémore parfaitement le procès d'Anderson, déclaré irresponsable après moult débats sur le libre arbitre. Le créateur tourmenté avait été interné quelque part en ville. Au MMH ?

Il s'ébroue. Il est venu ici pour récupérer les documents appartenant à Lawney, pas pour mener une enquête digne de Philip Marlowe. Pourquoi se préoccuper de cette histoire ? Parce qu'Helen ignore où son bien-aimé a passé la plupart de son temps durant cette année, voilà pourquoi. Et lui, Robert Watkins, pourrait lui fournir une explication ; à défaut de retrouver son mari, il pourrait apaiser son désarroi. À moins qu'il s'agisse d'un motif plus égoïste : comprendre comment et pourquoi Jessenberg s'était retrouvé en possession d'une boîte ressemblant en tout point à celle de son enfance.

Il sollicite une nouvelle fois l'épouse de Michael. « Helen ? Est-ce que je peux passer un coup de fil ? Juste quelques secondes ?

— Ne te gêne pas », dit-elle sans se montrer. Par l'encadrement du bureau éclairé, le salon n'était qu'une tache noire, un antre insondable.

Lorsque Robert raccroche le téléphone du bureau, il a la confirmation que le Metropolitan Mental Hospital a un malade baptisé Lars Anderson dans ses pavillons sécurisés. Il ne peut pas s'agir d'une coïncidence.

Watkins termine sa fouille méticuleuse. Pas une feuille, pas un formulaire n'échappe à sa vigilance. Il a beau avoir scruté les coins et les recoins du cabinet de travail de Michael, il n'a pas réussi à mettre la main sur le moindre document relatif à *Empire II*. Forelong a pourtant assuré en avoir lu un exemplaire un mois ou deux auparavant, puisque c'est lui-même qui a demandé à son ami de revoir sa copie.

Malgré sa réticence, Watkins retourne au salon plongé dans l'obscurité. Helen est allongée sur le divan. Le directeur des opérations spéciales aperçoit ses boucles platinées qui dépassent de l'accoudoir. « Tu aurais un carton ? J'ai pas mal de choses à emporter. »

Elle se lève mollement. « J'ai des sacs-poubelle, si tu veux.

— Ça ira très bien. »

Elle se rend à la cuisine. Le trajet semble prendre une éternité. Quand enfin elle revient, les mains chargées de sacs en plastique vert, Michael trouve le courage de demander : « J'ai découvert une photo, sur les rayonnages.

— San Diego, 1973 ?

— Oui.

— Il tenait beaucoup à ce cliché. J'ignore pourquoi. Il n'a jamais été du genre sentimental. Maintenant que tu m'en parles, il avait également rapporté une boîte de cette convention. »

Le cœur de Watkins manque un battement. « Une boîte noire ?

— Oui, avec un oiseau dessus. Un cadeau d'un admirateur.

— Je n'ai pas trouvé de boîte dans son bureau. Nulle part.

— Ah bon ? Alors il a dû s'en débarrasser… »

Robert n'ose pas demander si Jessenberg aurait pu conserver le coffret ailleurs. Il ne va quand même pas fouiller toute la maison à la recherche de cet objet. De quoi aurait-il l'air ?

Après un flottement, Helen ajoute : « S'il était là, il pourrait t'éclairer, mais… »

Robert secoue la tête. *Inutile de t'appesantir, Helen, je comprends.* « Est-ce que ça te dérange si je prends la photo ? »

Helen hausse les épaules. « Emporte ce que tu veux, je te l'ai déjà dit. Pour moi, rien n'a plus d'importance dans ce bureau… L'atelier de Michael est une imposture, un simulacre. Il représente tous ses mensonges, je ne veux pas m'encombrer de souvenirs néfastes. »

Watkins acquiesce. Il fait mine de retourner au bureau, mais s'arrête en chemin. « Michael travaillait sur la nouvelle version d'*Empire*.

— Je suis au courant. Il aurait fallu que je sois sourde pour ne pas en entendre parler. *Empire II* était son prétexte. Moi, je crois que c'était plutôt un poison.

— J'ai eu beau éplucher tous les dossiers du bureau, je n'en ai trouvé aucune trace. Même pas de notes préparatoires ou d'ébauches.

— Il a peut-être emporté le fruit de son labeur avec lui, suggère Helen.

— Je… Pourquoi aurait-il fait une chose pareille ?

— Un simulacre », répète-t-elle d'une voix saccadée.

Watkins n'insiste pas. Un jour, peut-être, il sera en mesure de lui prouver que sa vie, leur vie à tous, n'est pas une tromperie. Pour l'instant, *Empire des chimères II* s'est évaporé dans la nature et il a une photo qu'il compte bien étudier dans les moindres détails.

113

Jérôme a étalé les bulletins de notes, les photos de classe, les fiches d'activité, les dessins et les dictées sur toute la surface de la table. La salle des archives de l'école primaire ressemble à son local de l'hôtel de ville, en plus étroit et en plus poussiéreux. Que peut-il trouver, dans cet entassement de souvenirs en deux dimensions, ces aplats jaunis par le temps ? Où chercher ? Les dates se succèdent, les noms, les classes.

Jérôme se sent débordé. Il y a là tout le passé de Lensil, toutes les choses que l'on aimerait enterrer, d'autres dont l'on voudrait conserver une trace malgré l'usure du temps. Les grands chagrins et les petites misères de l'enfance, embryon du microcosme villageois. Certains élèves, remarque Jérôme, sont sans doute parvenus à déjouer le destin que l'on avait écrit pour eux, d'autres s'y sont conformés, pour le meilleur ou pour le pire. Quelquefois même, ils ont accompagné la fatalité avec une obstination redoublée, convaincus d'avoir trouvé leur place dans les habits d'un autre.

Il examine une nouvelle fois le visage entouré en rouge sur le cliché de 1956, tente d'établir des comparaisons, de retracer des itinéraires. Chaque parcours croise celui des autres, s'en rapproche et s'en éloigne pour former une arborescence cagneuse, un végétal torve. Il lui faudrait une éternité pour démêler les intrications, des vieilles familles du bourg aux nouveaux arrivants. Lensil est un marigot où prospèrent mille ambitions. Les bassesses ou les élans de générosité s'y complaisent à égale mesure ; il suffit de trouver le bon angle.

En 1962, il avait trouvé du travail au port de la Joliette. Deux ans auparavant, on l'avait libéré du contingent et emmené dans un GMC bâché, avec d'autres troufions au cou ceint d'une quille, au camp de Sainte-Marthe, autrement surnommé « le stalag ».

Son père était mort en 1961, et il avait dû sérieusement réfléchir à une manière de les faire vivre, Clotilde et lui, en attendant de passer des concours.

Docker sur le port de la Joliette : cet expédient paraissait lui convenir. Jérôme était robuste, discipliné, et avait de l'énergie à revendre. Il avait donc pris sa carte de la CGT avant de se faire embaucher.

Quand les premiers milliers de pieds-noirs avaient débarqué après les accords d'Évian, tout le monde avait été pris de court. L'administration attendait cent mille rapatriés dans l'année ; ils avaient été presque sept cent mille durant l'été. En cargos, en paquebots, en pinardiers et en chalutiers, ils s'échouaient avec leurs possessions et leur bile à l'estomac. Le centre d'accueil de la rue Breteuil, composé de huit employés, avait rapidement été débordé. Alors Jérôme avait vu les manifestations sur le cours Pierre-Puget, le visage haineux des épouses, les enfants apprenant la colère, et les hommes qui, en secret, se frottaient les mains. Il avait vu les banderoles. « Pieds-noirs, rentrez chez vous » et « Pieds-noirs à la mer ». Même Gaston Defferre, maire de la cité phocéenne, y était allé de son couplet : « Qu'ils aillent se réadapter ailleurs ! » Les taxis faisaient la queue devant les quais, ayant multiplié le prix de la course par trois ; les hôtels affichaient des pancartes « Interdit aux réfugiés ».

Et puis les collègues dockers s'étaient mis à voler les biens des rapatriés. Timidement d'abord, puis au sein d'un système organisé. Les marchandises que les syndicats ne pouvaient pas emporter, ils les laissaient pourrir dans l'eau. C'était aussi pour cette France-là que Jérôme s'était battu.

Dès qu'il avait pu, il avait rendu sa carte et s'était inscrit aux épreuves de sélection pour devenir garde champêtre. Dans son esprit, le métier se rapprochait de son expérience dans les Groupes Mobiles de Police Rurale.

À présent, il scrute les visages des enfants sur les photos jaunies. Il y lit la passion ou la résignation, mais tous se ressemblent au bout d'un moment. Ils se métamorphosent en cohorte sans aspérités, sans prise à laquelle se raccrocher. Les doigts de l'observateur glissent sur les pupilles liquides, les ongles dérapent sur la peau glacée. C'est la chute. Le témoin n'a d'autre recours que de céder au vertige. La vision de Jérôme se brouille. Il appuie les doigts sur ses paupières closes, comme pour chasser l'éclat d'un soleil trop violent sur un port de Méditerranée.

« Je m'y prends mal », murmure-t-il pour lui-même.

114

Robert Watkins a déposé la photographie sur le lit, à côté du costume de Sidney T. Lawney. De son examen scrupuleux a émergé une certitude : la boîte de Jessenberg à la convention de San Diego ressemble énormément à celle que son père avait rapportée de *La tanière du loup*.

Durant les innombrables nuits où, seul dans son lit tandis que William C. Watkins courait les cabarets, il scrutait le coffret, il s'était accoutumé aux moindres imperfections, aux plus petits détails conférant à sa cassette un aspect particulier. Le plumage de l'oiseau, légèrement décoloré à l'arrière, l'éraflure sur le bord inférieur droit… À sa grande perplexité et pour autant qu'il puisse en juger avec sa loupe de lecture, tous ces éléments se retrouvent sur le cliché de 1973. S'agit-il de défauts de tirage, d'un vilain tour de l'esprit, d'un hasard épouvantable ? Peut-être existe-t-il plusieurs boîtes de par le monde, même si William lui avait toujours certifié détenir l'unique exemplaire ? Dans ce cas-là, il y aurait des dizaines de cassettes qui voyageraient de continent en continent, de génération en génération. Ou alors un seul coffret qui se démultiplierait. Que faire ? Sans doute n'a-t-il pas le choix : il va bien falloir qu'il vérifie si *la boîte de la tanière* est toujours là où il l'a laissée.

Pour l'instant, cependant, d'autres idées occupent ses pensées. Il se maquille devant la glace murale bordée de spots, plaque la perruque au sommet de son crâne, colle la ligne antérieure des cheveux sur le front et met ses lentilles de contact. Il baisse les yeux sur le costume. La manière dont il est étalé rappelle vaguement une silhouette humaine.

Bonjour Sid, c'est encore moi. Je pensais avoir parfaitement interprété ton signal, j'étais déjà prêt, mais il semblerait que je me sois trompé. Frank Forelong n'a jamais eu l'intention de me confier la vice-présidence. Et maintenant que son bras droit a disparu, je crains pour le futur de LIM. Oh, pas pour sa destinée commerciale, rassure-toi, Forelong sait y faire, mais pour son avenir spirituel. Les temps ont changé, Sid. Tu ne croirais pas le monde dans lequel on vit aujourd'hui. Des meurtres et du sang à chaque coin de rue. Plus aucune féerie. Le cynisme érigé en modèle de société. Les gosses s'enferment dans des arcades de jeux vidéo. Ils développent une bulle autour d'eux, côtoient d'autres bulles, sans que jamais le contact ne s'établisse. L'expérience collective du grand écran a cédé la place à l'individualisme des consoles. Annibal le furet tourne des publicités pour les céréales, il est devenu une machine à fric. Bientôt, les ordinateurs singeront ses mouvements et plus aucun dessinateur ne tiendra un crayon dans nos ateliers. Est-ce que tu crois qu'on peut inverser la tendance ? Est-il encore temps de renouer avec l'époque bénie de Steamboat Annibal *et* Princesse Azalée *?*

Plus il regarde le costume, qui n'attend que lui pour endosser la forme du maître, plus les mots de Sid deviennent clairs. La boîte découverte chez Jessenberg correspond-elle à une nouvelle ligne du destin ? Une idée, lentement, germe dans l'esprit de Watkins. Et si les négociations pour l'installation du parc en Europe échouaient ? Bien entendu, il en subirait les conséquences, mais nul doute que Forelong l'accompagnerait dans sa chute. Le conseil d'administration supporte de moins en moins son despotisme. Dans sa tentative de tout régenter, le P-DG a d'abord offert un siège à son dentiste, ensuite à la directrice d'école de ses enfants. Et pour la vice-présidence, ce sera qui ? Son boulanger ? Plusieurs membres du bureau commencent à s'apercevoir qu'ils ont fait entrer Pyrrhus en Macédoine. Watkins est certain que plusieurs d'entre eux saisiront l'occasion pour se débarrasser de lui. Le directeur des opérations spéciales sourit légèrement et la fine moustache de Lawney s'étire comme une virgule gracieuse.

Qu'en penses-tu, Sid. Aimerais-tu que je me sacrifie pour que Lawney Industry opère un retour aux sources ? Es-tu disposé à payer le prix d'une félonie honorable ?

115

« Sophie ? C'est moi, je suis rentré. » Dès qu'il franchit le seuil de sa maison, Denis Davodeau sent que quelque chose ne va pas. Une ride d'anxiété apparaît au milieu de son front. « Sophie ? » Pas de réponse.

Il s'essuie les pieds sur le paillasson, referme la porte d'entrée derrière lui et avance dans le vestibule. L'écho de ses pas résonne sur le parquet comme s'il avait déjà enregistré un vide suspect, une anomalie dans la répartition des objets et des êtres au sein de l'espace intime. Le cœur de Denis bat plus fort. Il arrive dans le salon. Ses yeux quêtent un changement notable, une altération du quotidien. Tout semble en ordre, à l'exception d'une feuille sur la table, parcourue d'une écriture trop soigneuse pour refléter le moindre sentiment, et d'une photo dépliée que Denis reconnaît sans peine. Il en a scruté les éclats, il a envié chaque grain de lumière, chaque lueur de bonheur, même factice, même hypocrite, que le papier glacé semblait restituer. Son frère, Henri, en compagnie de sa femme, Mélanie. Combien de fois a-t-il tenté d'effacer la présence encombrante de l'aîné en pliant le cliché en deux, pour mieux s'imaginer en compagnie de Mélanie, dans une autre vie ? Combien de fois a-t-il spéculé sur la possibilité d'endosser un autre costume, de chausser d'autres souliers, et de respirer un autre air que le sien ? La contemplation répétée de cette image est devenue comme une drogue, une douleur à laquelle on s'habitue et qui, solidifiée par le temps, forme une béquille. Il aurait dû se méfier, être plus prudent.

Il s'approche, baisse les yeux sur la feuille. Sans la toucher, il déchiffre le message. Les mots font mal. Pas à cause de l'agressivité qu'on pourrait en attendre, mais justement parce qu'ils sont dépourvus de la moindre émotion. Ce sont des phrases plates, mortes, plaquées sur le papier ainsi qu'on colle une truellée de plâtre sur une façade détruite. Et la photo, cette photo maudite que Denis aura laissé traîner avec une négligence équivoque. Une rayure s'est dessinée sur le papier à force de manipuler l'image, un éclair, une zébrure foudroyante sépare les deux époux.

Depuis que Denis a couché avec Mélanie, les choses ont changé.

D'abord, il y a eu la déception, évidemment. Les gestes de sa belle-sœur n'étaient pas aussi tendres qu'il l'avait espéré. Les soupirs lui avaient semblé trop espacés, trop contrôlés. Le goût de sa peau légèrement flasque, hydratée à l'extrême, ne correspondait pas à ses fantasmes. Même son parfum n'avait aucun rapport avec celui qu'il humait lors de ses rêveries diurnes. Pour résumer, leurs étreintes s'étaient soldées non par un fiasco, ce qui eût été honorable, mais par une médiocrité de proscrit.

Ensuite, Denis avait subi une altération sensible de son quotidien. Le trouble n'était pas apparu immédiatement, mais au bout de quelques jours. Une grande lassitude s'était emparée de lui. Il s'était senti très fatigué, surmené sans l'être vraiment. Et son reflet dans la glace avait pris une teinte encore plus sinistre que d'habitude. On aurait dit qu'une cendre déplaisante et morbide s'était déposée sous la peau afin de soustraire sa physionomie à tout contraste. Son nez, sa bouche, ses yeux devenaient des éléments dépourvus de véritable identité. Fallait-il donner un nom au malaise qui empoisonnait son existence, à l'inconfort qui détraquait son ordinaire ? L'aggravation des symptômes en présence de Sophie ne laissait guère planer de doute : Denis éprouvait bien une certaine forme de culpabilité.

Maintenant qu'il voit la photo sur la table, il songe à la façon dont il a oublié cet indice compromettant, abandonnant le cliché dans la poche intérieure de sa veste, celle-là même que Sophie était chargée d'emmener chez le teinturier. La négligence est une manière de demander pardon, estime-t-il. Et cette lettre d'adieu, au final, représente tout ce qu'il attend d'une absolution.

Sur le côté de la table s'élèvent les piles de dossiers administratifs. Demandes de prêt, contrats de cession, actes notariés… Denis n'avait pas remarqué à quel point ces accumulations étaient hautes et précaires. Il ne se souvient pas d'avoir rempli autant de formulaires. Désormais, l'édifice a tout d'une muraille infranchissable.

Le texte de Sophie est aussi net qu'une impasse. Elle termine sa lettre par : *Je suis chez ma mère. N'essaye pas de me joindre. P.-S. : Aurélien t'appellera, il veut rester en contact avec son père*.

Ses mots possèdent une assurance dénuée d'ambiguïté : elle est au courant de sa relation extraconjugale, et toute contestation est inenvisageable. Impossible d'acquérir une telle certitude sur la seule foi d'une photo de famille, considère Denis.

Il songe également qu'ils ne sont que deux à être au courant de son infidélité : lui et Mélanie. Alors si l'information ne vient pas de lui…

Il faut qu'il passe un coup de fil.

116

Lentement, la combativité se substitue au sentiment de renoncement qui l'a anéanti à la lecture du message de Sophie. D'accord leur couple est usé, d'accord il n'a pas pu se défaire d'un sentiment de spoliation, d'accord l'impression de mener une vie qui ne lui appartient pas ne l'a jamais quitté, mais bon sang ! s'il existe encore une raison de se battre, c'est pour Sophie. Il doit se lever pour elle, et rendre coup pour coup. Il n'ignore pas à quel point sa résolution est pathétique, mais il sait maintenant que sa femme représente tout ce pour quoi il a jamais lutté. Ces prêts, cet argent, ces achats d'exploitations, il y a consenti par amour. Il voulait juste être à la hauteur.

Lorsqu'il explique ses déboires conjugaux à Mélanie, celle-ci semble tout d'abord incrédule.

« Je ne sais pas qui a mis Sophie au courant. Qu'a-t-elle écrit ?

— Qu'elle avait toléré beaucoup de choses ces derniers temps, mais que là, je dépassais les bornes.

— Toléré quoi ?

— Rien. Quelques soucis d'ordre financier. Des problèmes passagers.

— Un rapport avec les affaires d'Henri ? Tu t'es associé avec lui ?

— En quelque sorte, mais tout va rentrer dans l'ordre, je t'assure. C'est une simple question de temps. Je l'ai dit à Sophie, mais il semble que mes explications ne l'aient pas empêchée de partir. Qui a pu la prévenir de notre aventure ? Tu n'as vraiment aucune idée ? »

Sa belle-sœur marque un silence au bout du fil. Denis lui laisse le temps de réfléchir. Soudain, sa voix reparaît dans le combiné. « Attends un peu. L'autre fois, j'ai croisé Corinne, la coiffeuse, dans le hall de l'hôtel. Elle et Sophie sont amies, non ? »

Denis s'emporte : « Tu ne pouvais pas me prévenir ? »

Seulement, l'épouse d'Henri n'est pas une créature que l'on traite avec rudesse, et encore moins sur un ton de reproche. Elle adopte aussitôt une inflexion cassante. Les syllabes coupent, l'articulation saccadée se hérisse de bords tranchants. « Et tu aurais fait quoi ? Un scandale ? »

Denis en rabat immédiatement. « Non, je…

— Elle m'a saluée. J'ai prétexté un rendez-vous professionnel. Tu arrives toujours une demi-heure après moi. Impossible d'établir un rapprochement… à moins de rester dans les parages jusqu'à ton arrivée. »

Le sang de l'agent immobilier entre en ébullition, un voile rouge obscurcit sa vision un bref instant… Il pensait connaître les limites de la perfidie humaine, mais la cruauté des gens ne connaît pas de bornes.

« Quelle garce ! Je vais lui montrer…

— Tu ne vas rien lui montrer du tout, le rabroue Mélanie. Et prie pour que Sophie n'aille pas se plaindre à ton frère.

— Comment ça ?

— Tu t'es mis en cheville avec lui, non ? J'imagine que ça concerne les négociations avec les Américains… En fait, je ne désire pas en savoir plus… Mais s'il lui venait à l'esprit, par rancune ou en mesure de rétorsion, d'échouer dans les pourparlers, d'orienter les discussions dans un sens qui ne serait plus favorable à Lensil, tu serais le premier à en pâtir. J'ignore dans quel guêpier tu t'es fourré, mais tu es trop compromis, Denis. Il ne fallait pas… Enfin, tu connais ton frère… »

Le discours de Mélanie lui fait l'effet d'une douche froide. L'agent immobilier est tétanisé. Ses muscles engourdis refusent d'obéir aux injonctions du cerveau, sa langue adhère à son palais comme victime d'un sortilège… Il a envie de crier, de jeter le combiné contre le mur, de tuer quelqu'un. Par chance, aucune consigne ne s'achemine le long des nerfs.

Pour faire bonne mesure, Mélanie ajoute : « En ce

qui nous concerne, c'est terminé. Rends-toi service, n'appelle plus. »

Il veut protester, s'insurger. *Une minute ! Les choses ne devaient pas se dérouler ainsi. Il y a méprise.* La tonalité dans l'écouteur met un terme à ses efforts. Le « MERDE ! » retentissant qui franchit enfin ses lèvres n'est qu'une pierre inutile lancée dans le vide.

Longtemps après, tandis que le *bip* de l'écouteur est devenu un bruit de fond, il parvient à raccrocher. Les yeux fixés sur la pile de dossiers érigée en coin de table, il se tapote les dents avec l'ongle. S'il tente de se retirer maintenant, d'abandonner l'opération sans attendre, c'est la ruine assurée ; faire marche arrière n'est plus une option. Par conséquent, il ne lui reste qu'une seule alternative : aller jusqu'au bout et essayer d'empocher un maximum d'argent dans le dos d'Henri.

Il cligne des paupières avec l'air effaré de celui qui émerge d'une longue torpeur, puis décroche avec résolution le combiné et compose un numéro : « Étienne ? C'est moi. Dis au client que je suis preneur des trois autres lots. Non, ne t'inquiète pas. J'obtiendrai les fonds supplémentaires auprès de la banque. »

117

Armande, quatre-vingt-un ans, a vécu deux guerres mondiales, a vu l'arrivée de la télévision, puis le premier homme marcher sur la Lune. Les changements de présidents, les grèves et les barricades, les crimes et les arrestations se sont déroulés loin de chez elle. Elle a réchappé d'une pneumonie foudroyante, de deux grippes, d'un tir de soldat allemand juste avant la débâcle de 44, et d'un accident de voiture avec son oncle René. Tout au long de sa vie, elle n'a pas voyagé au-delà d'un rayon de cinquante kilomètres autour du village. Elle a contemplé des couchers de soleil d'une beauté fascinante, elle a vu l'air s'épaissir et les étoiles disparaître sous les lumières toujours plus intenses de l'Occident. Elle a fredonné des musiques, appris des poèmes, aimé certains acteurs. Elle a raconté des histoires aux réunions familiales et aux fêtes patronales, des souvenirs ou des fables selon l'humeur du moment. Ses mains se sont familiarisées avec mille gestes : comment repriser un vêtement déchiré, comment préparer un pot-au-feu, comment caresser une peau qui n'était pas la sienne. Pendant cinquante-deux ans, elle a été mariée au même homme. Ils n'ont pas eu d'enfant mais elle a su parfaitement s'occuper de ses neveux et de ses nièces. Un jour, cet homme a cessé de respirer durant son sommeil, et ses neveux et nièces ont grandi. Elle a ri parfois, pleuré souvent. Tous les jours, sauf en cas de grosse pluie, elle rejoint ses amies Lucienne et Paulette sur le banc de la place. Après avoir écouté *Les petits matins* à la radio, elle les retrouve de 10 heures à midi, puis elle rentre manger et faire un brin de sieste, avant de poursuivre sa vigie de 15 h 30 à 17 heures. Son corps s'est tassé, ses articulations se sont raidies. La douleur au matin est devenue quotidienne. Au rang de ses connaissances, le nombre de morts a excédé celui des vivants. Mais aujourd'hui encore, elle conserve un œil perçant et une mémoire infaillible.

« C'est Alain Lemercier », affirme-t-elle, le doigt pointé sur le visage entouré d'un cercle rouge. La photo est passée de main en main. Armande et ses deux compagnes, Lucienne et Paulette, ont examiné le cliché à tour de rôle. Mais Paulette manque parfois de clarté d'esprit et Lucienne est myope comme une taupe.

Voûtée sur son banc, la vieille a levé ses yeux délavés sur le garde champêtre. « Toujours à faire les quatre cents coups.

— Avec son ami, là, comment s'appelait-il ? s'interroge Paulette.

— Thierry, précise Lucienne. Thierry Imbert, le boucher. On avait d'ailleurs souvent l'impression que c'était lui qui entraînait l'autre dans ses sales affaires. Alain était, comment dire…

— Un peu limité, reprend Armande. Il l'est toujours, remarquez. Mais une mauvaise graine reste une mauvaise graine. »

Les trois doyennes observent Jérôme, la mine plissée. Comme le garde champêtre ne dit rien, Lucienne ajoute : « Un jour, ils m'ont volé les vêtements que j'avais accrochés au fil à linge.

— Et le carreau cassé, rappelle Paulette.

— Oui. Leurs parents n'ont même pas voulu le rembourser. Les chiens ne font pas des chats. »

Jérôme récupère sa photo, l'examine avant de s'adresser à Armande : « Lemercier, vous êtes sûre ?

— Un peu que je suis sûre, se scandalise la doyenne. Vous pensez bien qu'un garnement pareil, je l'ai gardé dans un coin de ma tête.

— On l'a toutes gardé dans un coin de notre tête », complète Lucienne.

Jérôme remercie les trois ancêtres, puis quitte la place avec sa chemise en carton rouge sous le bras, les yeux fixés sur son cliché. Machinalement, il prend la direction du parking de la mairie, où il a garé son véhicule de fonction. Alain Lemercier, le plombier au chômage, le père et le mari bafoué, l'ivrogne du coin… Pourquoi Annabelle a-t-elle entouré son visage ? Sa visite à l'école maternelle semble confirmer qu'elle cherchait des informations sur lui. Ensuite, Corinne la coiffeuse l'a aperçue pour la dernière fois devant l'hôtel de ville. Il venait de pleuvoir, elle portait de grosses bottes de pluie. En plaisantant, elle a prétendu qu'elle allait courir ou faire du sport, il ne se souvient plus du terme exact. Ce qu'il sait, en revanche, c'est qu'accoutrée comme elle l'était, elle se rendait sans doute à l'extérieur du village. Jérôme avait fait le tour de tous les parkings du bourg, il n'avait pas localisé sa voiture, une deux-chevaux rouge. Est-ce qu'on part en vacances avec des bottes de pluie ? À la manière dont Corinne avait raconté l'anecdote, il paraissait peu probable qu'Annabelle ait prévu de s'absenter longtemps. Pas de bagages, une tenue plutôt adaptée à une brève excursion. Poursuivait-elle son enquête ? Jérôme se gratte le front, avant de se souvenir des points de suture. Il retire la main, vérifie qu'il n'y a pas de sang. *D'accord, admettons qu'elle cherche des renseignements sur Alain… Où habite l'ancien plombier, déjà ?* Au moment où il descend le léger dénivellement qui sépare l'aire de stationnement en terre battue de la chaussée goudronnée, il voit une estafette bleu marine terminer son créneau. En hiver, les nids-de-poule s'emplissent d'une eau stagnante qui ne s'évapore qu'aux premières chaleurs. Le maréchal des logis-chef Jamin met les pieds dans une flaque en sortant du véhicule, accompagné de son adjudant, Berthier. Il verrouille l'estafette et examine ses brodequins d'un air dégoûté. Enfin, il lève la tête et va à la rencontre de Jérôme.

« Vous êtes au courant ? demande-t-il sans préambule.
— Au courant de quoi ?
— Jean Trinquiet s'est évadé de l'hôpital psychiatrique. »

Le garde champêtre n'en revient pas. Il savait que la sécurité de l'unité psychiatrique de l'hôpital central, encore appelée aujourd'hui quartier rose parce qu'elle était peinte de cette couleur dans les années 60, laissait à désirer, mais pas à ce degré-là. De fait, comme cent vingt centres sur les cent quatre-vingt-dix existant en France, le quartier rose a été construit au XIXe siècle. L'aile qui l'abrite est une extension vétuste qui tient plus du cachot moyenâgeux que de la zone de soins moderne. L'unité comporte deux niveaux : un quartier bas de quatre divisions et un quartier haut de deux blocs. Depuis 1978, les plaques de mousse ignifuge ont remplacé les traditionnels strapontins. Des ampoules de soixante watts, protégées par un grillage, éclairent d'une lueur marécageuse le verre opaque des fenêtres surélevées. Chaque chambre mesure sept mètres carrés, les pyjamas sont en papier spécial anti-pendaison. Les rats et les cafards côtoient une population de désespérés que seule sépare de l'abîme définitif une poignée de cachets. Tous les sens sont anesthésiés à l'exception de l'ouïe. Les bruits deviennent le battement cardiaque du quotidien : tintements de clefs, portes qui s'ouvrent et se ferment, repas, posologies, relèves, rondes…

Il aura fallu une négligence énorme des services ou du personnel pour permettre l'évasion du gamin. Celui-ci semblait tellement faible, tellement perdu. Jérôme incline à penser qu'il n'avait pas les ressources nécessaires pour élaborer un plan précis. Mais au hasard d'une opportunité, qui sait? À moins que Jean n'ait simulé son état pour tromper la vigilance des gardiens.

« Comment c'est arrivé? s'enquiert-il auprès du margis-chef.

— On n'en sait rien pour l'instant. On va prévenir les parents au cas où il appellerait le domicile familial. Le maire aussi. Il va nous falloir une liste de ses amis, des gens qu'il est susceptible de contacter. Vous pouvez vous en occuper? »

Jérôme acquiesce.

« Le gosse va revenir dans les parages », insiste Berthier.

Les trois hommes se mettent en route. Jérôme a glissé sa chemise rouge sous le bras. Il marche un peu en retrait des deux gendarmes. Jamin se tourne légèrement pour s'adresser à lui. « Au fait, le verdict de l'anthropologue lyonnais à qui on avait envoyé le morceau de doigt est tombé. »

Jérôme hausse un sourcil. « Alors?

— Vous ne devinerez jamais. C'est une phalange d'ours. Ou plutôt d'ourson. Il est formel. »

Jérôme ralentit. « D'ourson? Dans la région où on est? Comment Jean a-t-il obtenu…

— On l'ignore, coupe le margis-chef. Un animal de zoo? Un trophée importé des forêts de l'est? Il a peut-être réussi à se le procurer via l'un des magazines qu'on a retrouvés dans sa chambre.

— Des fanzines, précise Berthier.

— Comme tu veux, répond son supérieur. Je n'y connais rien. Mais vous auriez lu les articles qu'il y avait à l'intérieur… J'en ai encore les cheveux qui se dressent sur la tête. Pratiques sado-masochistes, sectes apocalyptiques, adorateurs de soucoupes volantes, cravaches et démonologie à tous les étages. “Cultures alternatives”, qu’ils appellent ça. Je regrette d’avoir vécu assez longtemps pour voir un truc pareil. »

Jérôme continue à penser à la phalange. Il s’étonne que les services scientifiques aient pu confondre la partie distale d’une main et un os d’ursidé. « Comment votre labo a-t-il pu hésiter ?

— Notre spécialiste affirme qu’il y avait un doute. Il n’avait jamais examiné un fragment de cette nature. Pour Lyon, en revanche, les choses sont claires. Si j’étais moins rationnel, je dirais que la phalange a subi une transformation… qu’elle a achevé sa mutation entre-temps. » Jamin marque un temps de pause, puis achève avec un rire nerveux : « Il faut croire que j’ai trop feuilleté les magazines du fils Trinquiet.

— On aurait bien aimé l’interroger à ce sujet, indique Berthier, mais à présent qu’il s’est fait la malle… »

Le mufle incliné, les gendarmes s’orientent d’un pas lourd vers les locaux de la mairie. Leurs visages sont des formations de museaux qui n’ont pas eu lieu, leurs épaules arrondies évoquent un râble de bêtes de somme.

« Rien à voir avec la petite Édith, alors ? reprend le garde champêtre.

— Apparemment non. Mais on ne m’enlèvera pas de l’esprit qu’un gosse assez déterminé pour mettre le feu à un chien reste capable de tout. »

Jérôme songe à l’empoignade entre le père de la jeune disparue et celui de Jean, aux tensions qui se sont accumulées puis ont pourri, aux rumeurs qui continuent d’irriguer les consciences et qu’il sera impossible de faire taire.

118

Assise sur le divan en compagnie de son mari et de son fils cadet, la mère de Jean pétrit un mouchoir de papier entre ses doigts, le transforme en charpie. Elle ne peut s'en empêcher. Les larmes ont séché depuis longtemps, mais l'anxiété ressurgit par vagues. Aux heures les plus fantaisistes, parfois en pleine nuit, l'air refuse soudain d'entrer dans ses poumons, elle étouffe, elle meurt. Il faut qu'elle avale rapidement un Valium pour lutter contre l'apnée dévastatrice. La visite des gendarmes a provoqué une crise d'angoisse plus importante que les autres. Et malgré les deux cachets, il lui faut quelque chose pour s'occuper les mains ou elle risque de craquer.

Le père, lui, regarde franchement les deux gendarmes.

« Il n'ira pas loin, prophétise Jamin. Nous le rattraperons vite.

— Vous ne lui ferez pas de mal ? bredouille la mère.

— Non, madame. Nous le mettrons en sécurité, ne vous inquiétez pas.

— Il n'est pas méchant, vous savez. »

Jamin grimace : « Évidemment. Mais vous devrez nous prévenir s'il entre en contact avec vous. Pour son propre bien, vous comprenez ? »

Tandis que le père hoche la tête pour signifier qu'il apportera son concours diligent, la mère se concentre sur sa respiration. Installé à côté de ses parents, Julien observe la scène sans rien dire. La veille, il est allé dans la chambre de l'aîné pendant que les parents étaient au travail. Longtemps, l'image du cahier de brouillon

Saint-Louis, sur lequel Jean prétendait rédiger son journal intime, a tourné dans la tête. Les gendarmes avaient sans doute emporté le cahier avec les autres pièces à conviction collectées lors de la perquisition, mais il voulait en avoir le cœur net.

L'antre fraternel est demeuré fidèle à son souvenir. Sa mère a tout rangé à l'identique après le départ des hommes en uniforme. Ne manquent que quelques objets compromettants, qui auraient pu servir à perpétrer un crime ou expliquer une logique inabordable : le couteau vietnamien, le nunchaku, une pile de magazines underground auxquels Julien ne s'est jamais intéressé, des vêtements…

Les yeux de l'adolescent parcourent la pièce, s'arrêtent sur l'armoire. Il tend la main, ouvre la porte coulissante. La boîte est là, intacte, avec son oiseau blanc sur le dessus, parodie du volatile d'*Empire des chimères*. Le collégien est surpris que les gendarmes n'y aient pas touché ; il aurait pourtant pensé qu'un journal intime…

Le loquet du coffret émet un petit claquement sec. Julien fait basculer le couvercle. Son cœur, imperceptiblement, accélère la cadence. Le cahier de brouillon repose dans la cassette, comme la fois d'avant. Julien s'en empare. Va-t-il découvrir les hantises secrètes de son grand frère ? Va-t-il obtenir une explication au lent pourrissement du village et des âmes qui l'habitent ? Ses doigts moites collent à la couverture plastifiée. Il ouvre le cahier, prêt à tout lire, à tout accepter…

Sa respiration s'interrompt. Rien. Il n'y a rien. Pas un mot, pas une lettre. Les interlignes se suivent, parallèles et vierges, sur toutes les pages du carnet. Jean lui adresse-t-il une ultime plaisanterie, malgré son absence ? Et s'il n'a jamais rien écrit dans ce cahier, à quoi a-t-il occupé ses interminables soirées, ses week-ends silencieux ?

Jamin se tourne vers Julien. « Et toi, tu as compris ? »

Le collégien opine du chef. « Oui, monsieur. Je dois vous prévenir s'il téléphone.

— Je sais que tu peux être tenté de le protéger, mais tu dois songer qu'il risque de se faire du mal ou de faire du mal à quelqu'un d'autre.

— Mon frère ne ferait jamais rien qui…

— Il est malade, il doit se soigner. Tant qu'il est dehors, il est en danger. Nous ne voulons pas qu'il lui arrive malheur. Alors dans son propre intérêt, et dans le tien, je te conseille de ne pas agir à la légère. » Il hausse les épaules, d'un geste qui sous-entend *Après, tu fais comme tu veux. Moi, je toucherai toujours mon salaire en fin de service.* Il ramène son regard sur les parents. « Étant donné que le morceau de doigt retrouvé dans sa chambre appartenait à un animal, il semble que les charges retenues contre lui dans le cadre de la disparition d'Édith ne tiennent plus. J'imagine que c'est une maigre consolation pour vous. » Il marque une pause, choisit ses mots : « Seulement, n'oubliez pas qu'il est vulnérable. Aidez-nous à l'aider. »

La mère hoche frénétiquement la tête, les yeux fermés. Le père lui tient la main. On ignore s'il cherche à la réconforter ou à se sauver lui-même du naufrage. Julien, lui, voudrait argumenter : son frère ne détenait pas un fragment de patte d'ours, il en est sûr, il sait ce qu'il a vu quand il a ouvert la boîte. Mais la moindre remarque serait aussitôt interprétée comme un aveu : il était au courant et il n'a rien dit. Le collégien se tient coi. Il observe l'officier. Celui-ci adresse un signe de tête à son subordonné.

« Je vais vous donner une ligne directe. »

Berthier tend une carte aux parents.

« N'essayez surtout pas de le raisonner ou d'intervenir personnellement, recommande une dernière fois le maréchal des logis-chef. Contentez-vous d'appeler ce numéro. Tout ira bien. »

119

L'obscurité s'est installée plus vite que prévu. L'horizon a d'abord adopté une teinte d'épiderme creusé de nuages affamés, puis la nuit s'est répandue en silence, voile d'encre renversé sur le buvard céleste. Dans la faible clarté des réverbères de la rue du Pont, Jérôme plisse les yeux pour distinguer les noms sur les portes des maisons alignées. Il veut s'assurer d'être au bon endroit. *Corinne Dutreuil et sa fille Cindy*, voilà. Il appuie sur le bouton de la sonnette.

The Cure joue en sourdine à travers les petits baffles de la chaîne stéréo. Allongée sur les innombrables coussins de son lit, coulée dans un plumage multicolore, Cindy tourne la page 213 du *Cœur de nos villes*. Presque la moitié du livre. Jamais elle n'a dévoré un texte aussi vite ; de surcroît un essai sur l'architecture moderne. La prose de Sidney Lawney est captivante, il écrit sur la ville comme on concevrait un film. Les péripéties s'enchaînent, les théories provoquent vertige et déraison : elle n'a jamais rien lu de pareil.

Bien sûr, la jeune fille a appris à se méfier de son enthousiasme. Elle sait combien ses élans connaissent de brutales interruptions, combien les plus belles promesses s'entachent de désillusions aussi cruelles que fulgurantes. Elle se souvient encore avec netteté du cours de théâtre où elle s'est inscrite et qu'elle a déserté au bout de deux séances (sa mère lui a reproché cette capitulation pendant une éternité), de sa passion pour le tennis de table, délaissé au bout d'un mois au profit d'un coup de foudre pour le dessin, à son tour abandonné dès qu'elle a constaté ses propres limites. Mais avec Sidney Lawney, elle a la conviction que l'histoire est différente. L'auteur sait exalter chez le lecteur – ou la lectrice – une capacité d'infini. Il ne cantonne pas sa réflexion à un domaine restreint mais embrasse tout autant l'écologie, l'économie, la sociologie ou les mathématiques. L'amour du béton, de l'édification et de la gestion urbaine côtoie un humour pince-sans-rire qui humanise son ouvrage. Le plus beau, c'est qu'elle est en désaccord sur pratiquement tout. Sa vision de la ville, son éloge de l'étalement immobilier, le gigantisme des projets… Ce sont justement ces désaccords, présume-t-elle, qui achèvent de susciter l'intérêt.

Le carillon de la sonnette la débusque de son nid jubilatoire. Elle cligne des yeux. La chambre. Les posters de *Joy Division*, *Birthday Party*, *Killing Joke*… Des groupes qui connaissent le langage de la colère et du désœuvrement. Déferlement de *cold wave* sur la France. Le duvet des coussins forme comme un moule protecteur autour de son corps, épouse ses hanches. Cindy ferme son livre, un doigt en guise de marque-page, et se lève pour aller répondre. Elle est vêtue d'un survêtement beaucoup trop grand pour elle, qui lui sert tout à la fois de pyjama, de couverture, de tenue d'intérieur et de doudou. *Seize ans, encore un bébé*, dit sa mère.

Quand elle ouvre la porte, elle marque un temps d'arrêt. La vision de Jérôme, sur le seuil de la maison, est une surprise. Elle ne s'attendait pas à voir débarquer le garde champêtre à une heure aussi tardive. L'agent municipal la regarde, également troublé. Peut-être n'escomptait-il pas, de son côté, la trouver dans une tenue si peu conforme à l'image qu'elle donne d'elle-même à l'extérieur. Au temps pour la minette au look gothique.

Cindy rabat son haut de survêtement presque jusqu'aux genoux. « Désolée pour la tenue. »

Jérôme élude d'un geste de la main. « Non, tu es très bien comme ça. » Une pâle brume de cristaux monte sur son visage. Le gel poudroie.

« Vous voulez entrer ?

— Est-ce que ta mère est là ? J'aurais voulu lui parler également. »

Cindy cligne des yeux. Ses pupilles marron s'embuent. « Elle termine ses visites à domicile. Je pense qu'elle rentrera tard. C'est pour l'histoire du supermarché ? Le patron a décidé de porter plainte ?

— Non, sois tranquille. Il s'agit de Jean. »

La jeune fille se pétrifie. Jérôme voit, à son regard, qu'elle craint le pire. Il tente une nouvelle fois de la rassurer – pour peu qu'une évasion ait quelque chose de rassurant.

« Il a réussi à s'enfuir du centre où il était interné. Je suis venu vous prévenir, toi et ta mère. Possible qu'il essaye de vous contacter.

— Je ne crois pas.

— Pourquoi ?

— Entre lui et moi, c'est fini. On ne vit qu'une fois. »

Jérôme imagine que l'adolescente fait référence aux expériences volages et éphémères de sa génération. Une forme de précarité sentimentale, qui répond aux précarités monétaire, professionnelle et internationale. Lui n'a pas connu ces aléas. Si l'on excepte un amour de jeunesse qui n'a guère duré, Clotilde a été sa première relation sérieuse. L'amour d'une vie. Un lien unique et définitif.

Il ignore cependant s'il peut croire l'adolescente, aussi se contente-t-il d'approuver d'un léger mouvement de tête.

La lycéenne devine peut-être sa réticence. Elle se hâte d'ajouter : « Mais s'il se manifeste, je promets de vous avertir.

— Parles-en aussi à ta mère.

— Bien sûr. »

Le silence s'installe. Jérôme sait qu'il doit prendre congé, mais il trouve cette gamine attachante. Bien plus éveillée, bien plus curieuse et intelligente que ce qu'elle croit. S'il avait eu une fille, il aurait aimé qu'elle lui ressemble. En sa compagnie, il ne se sent pas jugé. Sans doute parce que, chacun à leur manière, ils sont différents. Et puis sa présence lui permet d'oublier un peu Clotilde et la maladie. L'image de sa femme alitée reviendra le hanter dès qu'il rentrera chez lui. Alors il n'est pas pressé. Son doigt pointe vers le livre de Lawney, que Cindy tient à la main. « Qu'est-ce que tu lis ? »

Délesté de son maquillage outrancier, le visage de la gamine est une frimousse où se dessinent des rondeurs enfantines que le feu de l'adolescence n'a pas totalement consumées. Lorsqu'elle comprend que

Jérôme veut engager la conversation sur sa lecture, ses traits s'illuminent.

120

Julien relit pour la troisième fois la première page de *La Vénus d'Ille*, sans parvenir à comprendre le texte. Il doit avoir terminé la nouvelle pour le lendemain ; il lui est impossible de se concentrer plus de cinq minutes. Le cahier de brouillon Saint-Louis parasite sa réflexion. Les lignes blanches du faux journal intime de Jean, ou plutôt du journal inexistant, imposent des visions d'abîmes immaculés. S'il ne rend pas son devoir, la prof de français va être folle de rage. Sans compter qu'en ramenant encore une mauvaise note aux parents, il peut dire adieu aux parties de jeux de rôle pendant au moins quinze jours. Il n'aurait jamais dû attendre la dernière minute pour se pencher sur l'œuvre de Mérimée. Quand il pense que Rémi et Thomas ont déjà fini, eux. Enfin, soupire-t-il pour lui-même, son père et sa mère ne rentreront pas du travail avant trois heures minimum, ce qui lui laisse pas mal de temps pour avancer.

Il chasse les pensées intrusives, se remet à l'ouvrage avec une attention redoublée, quand le téléphone du salon retentit. *Bon sang, pas moyen d'avoir une minute de tranquillité*, fulmine-t-il. Il referme le livre d'un coup sec, se rend dans le séjour pour décrocher.

« Ouaf ! Ouaf ! » fait la voix au bout du fil avant qu'il ait pu prononcer une syllabe. Son cœur chancelle. Brusque sensation d'étourdissement.

« Jean ?

— Ouaf ! » confirme la voix dans le récepteur. Y succède un rire sauvage.

« Arrête tes idioties.

— Salut, frérot !

— Où tu es ? Tout le monde te cherche. Les policiers, les parents…

— Je suis en route.

— Hein ? En route pour où ? Les flics racontent que tu n'as plus tes médicaments, que sans eux tu deviens fou. Tu dois absolument retourner à l'hôpital.

— À l'hôpital ? Pas question ! Ils me feraient brûler la cervelle comme j'ai brûlé les clébards.

— Qu'est-ce que tu racontes ? C'est vrai que tu as mis le feu à des chiens ?

— Les chiens sont des armes. Ils coupent, ils transpercent. Parfois ils brûlent. J'ai abrégé les souffrances des animaux.

— Ils ne souffraient pas. En tout cas, le chien de Marc ne souffrait pas.

— C'était un esclave. J'ai écourté son supplice.

— Il me semble que le feu, c'est une autre forme de supplice.

— La combustion n'est rien comparée à la douleur de l'obéissance, aux tourments de l'asservissement.

— Pourquoi tu ne me dis pas où tu es ?

— Parce que tu irais aussitôt le répéter à papa et maman ! Aux flics aussi, petite fouine ! Et ils me remettraient dans une chambre. Laisse-moi profiter de ma liberté, tu veux bien ? »

Julien entend le *bip* signalant l'imminence de la fin de communication ; son frère appelle depuis une cabine. « Attends, murmure Jean. Je remets une pièce.

— Où tu as trouvé des pièces ?

— J'ai fait la manche, glousse Jean, qu'est-ce que tu crois?

— Menteur. Qui t'aurait donné des sous? Tu t'es échappé d'un asile, mon vieux.

— D'accord, tu m'as démasqué. J'ai fauché le portefeuille d'un surveillant.

— Super. Les chiens qui crament, les vols de portefeuille… C'est quoi, la prochaine étape?

— Ne te fâche pas. J'ai pris le fric et j'ai jeté le reste dans une poubelle.

— Ne rentre pas, Jean. Ils vont tous te tomber dessus. Tu n'as qu'à partir, je ne sais pas, moi… à l'étranger.

— Où ça?

— En Islande, par exemple. Loin.

— Non, j'ai mieux : les États-Unis. Je pourrais aller à Los Angeles et me faire embaucher par une filiale de Lawney. Transecom, pourquoi pas?

— Ceux qui distribuent *Empire des chimères*? Pourquoi tu me parles de ça?

— Parce que c'est moi, frérot.

— Toi quoi?

— Moi qui connais la fin du jeu.

— Tu n'y as jamais joué.

— Pas besoin d'y jouer pour participer. Tu veux que je te raconte comment la partie se poursuit?

— Je préférerais surtout que… Ne fais rien de stupide, d'accord?

— Elle se poursuit seul. Tu perds ton partenaire.

— Hein?

— J'arrive, Julien. Et tous les dissimulateurs vont payer.

— De quel partenaire tu… »

Cette fois-ci, la tonalité interrompt la conversation.

De deux choses l'une : soit son frère n'a plus de pièces, soit il a oublié d'en remettre.

Le collégien regarde le combiné, perplexe. Jean a fait une allusion explicite à *Empire*. D'abord il a évoqué Transecom, puis la phrase ornant l'entrée du domaine d'Oskar : *Ici débutent les Épouvantables Terres, où payent les dissimulateurs*. Enfin, il a mentionné un partenaire. En considérant que ses propos aient un sens, de qui parlait-il ? De Rémi ? Julien tente de récapituler les informations en sa possession : la boîte renfermant un doigt, les chiens incendiés, le faux journal intime, le jeu de rôle auquel, à sa connaissance, son frère ne s'est jamais adonné. Comment relier tous ces points ?

L'adolescent attend longtemps près du combiné, prêt à décrocher à la première sonnerie. Mais son frère ne rappelle pas.

Empire des chimères II

William tombe à quatre pattes sur les pavés, son dos forme un arc-boutant sur le point de se rompre, le pelage se hérisse, les muscles tressaillent. Avec une brusquerie terrifiante, il dégorge un jus d'ébène. Les humeurs noires éclaboussent la chaussée. Par chance, Benny maîtrise les tests de réactivité ; il obtient un huit dès le premier lancer de dés, ce qui lui permet d'être compté deux fois. L'aigle borgne réussit alors à effectuer un bond de côté. William lève des yeux embués vers son camarade. « Je crois que c'était juste un répit. Je n'ai pas assimilé la Peste zombie ; elle continue à se développer. Il faut que tu t'éloignes ou je vais te contaminer. »

Benny observe son ami, le front plissé. « Oh, William…

— Va-t'en, je te dis ! » rugit l'ours-garou. Son gosier plein de glaire racle et frotte comme un tas de gravier dans un sac.

Benny fait un pas en arrière, deux pas…

Le dos de son ami ploie encore une fois, nouvelle gerbe de liquide fétide. Les premières corolles blanchâtres apparaissent au coin des paupières, les lamelles gorgées de spores se forment à la commissure des lèvres. William éructe ou miaule, ou rugit. La souffrance doit être abominable et il n'est rien que l'on puisse faire pour la soulager. Juste regarder la transformation s'accomplir, le moutonnement de pustules agiter la peau, les excroissances fiévreuses pousser contre l'os, y planter leurs racines et forer dans la moelle le plus atroce des ancrages. Les convulsions donnent naissance à une écume de fourrure, les membres postérieurs tremblent sur leur assise, tétanisés par un effort du bas-ventre incommensurable. Bientôt, William ne s'appartiendra plus. Il sera l'un d'eux : esclave du fléau initié par Oskar. Le personnage délaissé de l'écurie Lawney, le vilain trublion, tiendra sa revanche. Désormais, Benny est l'unique habitant de Simplicité en mesure de stopper la contagion et, peut-être, de ramener ses compagnons à l'existence factice et hédoniste de la ville modèle. Pour continuer à mener le combat, il devra s'enfoncer plus avant dans les Épouvantables Terres, en direction du Volcan de Jouvence.

Julien se gratte la joue, les yeux baissés sur le plateau de jeu. *L'aventure se poursuit seul*, avait prétendu son cinglé de frère. *Tu perds ton partenaire.* Pouvait-il vraiment prédire cette étape du jeu ? Envisager une telle possibilité relèverait d'une démence au moins proportionnelle à celle de Jean, alors il préfère penser à une coïncidence.

Rémi se lève de sa chaise, livide. « Excusez-moi, il faut que j'aille... » Il ne finit pas sa phrase et se précipite vers les toilettes, la main sur la bouche.

Julien et Thomas entendent les bruits mous des fluides sur la cuvette. Les échos de la bile mélangée à l'eau évoquent de singulières reptations de congres, dissimulés dans les retroussis annelés des intestins. Thomas cligne des yeux : « On dirait que ses problèmes de digestion ne s'arrangent pas. » Depuis quelque temps, Rémi semble malade. Son visage s'est étréci, sa démarche est devenue prudente, comme s'il craignait à la première maladresse d'éveiller une douleur redoutable.

« Ça va ? appelle Julien.

— Oui », gargouille Rémi à travers la porte des cabinets.

Étrange, songe Julien, comme la destinée des personnages d'*Empire II* semble suivre – ou précéder – les aléas de leur propre vie. Thomas tambourine sur le plateau de jeu. Peut-être désire-t-il meubler le silence, ou masquer les bruits de régurgitation. Il fixe son regard sur Julien : « Tu crois que ton frère va réellement revenir ici ? » Julien a raconté le coup de fil de l'aîné à ses deux amis. Il sait qu'il aurait dû tenir sa langue, qu'une indiscrétion est toujours possible, mais s'il devait assumer encore un secret, la coupe déborderait. Thomas et Rémi ont promis de se taire.

« Possible, répond le collégien. En tout cas, il avait l'air décidé. Mon frère est capable de tout, quand ça lui prend. »

Une ombre passe sur le visage du maître du jeu, que

Julien a du mal à interpréter. Du mécontentement ? Une certaine forme d'appréhension ? Un grincement de porte attire son attention. Rémi sort des toilettes, les traits tirés, la bouche humide de bave. « Je n'en peux plus. Cette fois, j'ai vraiment cru que j'allais mourir. »

121

Tout au plus a-t-il eu le temps de sentir quelques parfums. Celui de sa mère d'abord, puis les imprégnations entêtantes de l'enfance : la terre, l'eau, le sang qui sur la peau forme des croûtes… Des ondes en nombre limité l'ont traversé, vibrations sonores et lumineuses. Souvent, au cœur de la nuit, des palpitations cardiaques contre les tympans ont rythmé les songes, des contractions péristaltiques et des flux d'air dans les bronches ont provoqué la jouissance souterraine du corps au travail. Corps filtre, corps éponge. Les muscles et la beauté somnolents. Ensuite les choses se sont altérées ; on lui a dérobé ses étincelles. Une tombe invisible s'est ouverte en lui, pour lui, avant d'attirer à elle les odeurs, les amplitudes, les organes, les ongles et les cheveux, les muqueuses et toutes les couleurs de la chair. Une transformation s'est opérée au plus profond de son organisme, qu'il a sentie sans toutefois parvenir à l'exprimer. Si quelqu'un découvrait la lente corruption des molécules sous l'épiderme, l'imperceptible dégradation des cellules, il est certain qu'on l'enfermerait. Les médecins sortiraient leur bistouri, tailleraient dans les fibres pour débusquer la moisissure. Ils pratiqueraient sur lui mille expériences destinées à tester l'exacte étendue du mal. Ses amis, ses parents le regarderaient différemment, ou ne le reconnaîtraient plus. Il cesserait d'être le garçon qu'ils ont aimé et apprécié, pour devenir une œuvre grotesque de la nature, une aberration existentielle.

Rémi tend la main devant lui, examine les veines bleues de son avant-bras, la configuration des os imbriqués. *Où te caches-tu?* D'abord, il y a eu les nausées. La bile noire sur l'émail de la cuvette, les relents de nourriture à moitié décomposée dans l'œsophage. Puis sont venus les douleurs et l'abdomen gonflé. Quelque chose grandissait en lui, grossissait. Devait-il attendre que sa peau s'ouvre, se fende comme une larme, pour constater à quel point il n'était plus humain ? L'enfant avait cherché une solution. Pouvait-il fuir ? Dans ce monde-ci, nulle protection à rechercher, nul refuge. Plus de Simplicité ni d'Épouvantables Terres où quêter l'exil. Juste Lensil et les rues boueuses qu'il a toujours fréquentées.

Le soleil se déverse à flots par la fenêtre. Un char d'Apollon en fusion, qui efface l'humidité nocturne. Sur la vitre, les gouttes d'eau s'étirent et disparaissent. Une lunette astronomique pointe vers l'extérieur. Rémi l'utilise sous le ciel étoilé pour tenter d'identifier les constellations et découvrir l'existence d'une vie extraterrestre. Plus prosaïquement, la lunette lui sert à apercevoir la grande sœur de Martin lorsque, le soir venu, elle se balade chez elle en nuisette.

Les manuels scolaires se dressent sur la petite étagère que lui a confectionnée son père avec des planches de récupération. *La cinquième sans difficulté, Le français en cinquième, Exercices et corrigés de mathématiques pour la cinquième.* Six ou sept figurines de *Donjons et dragons* triomphent en haut des rayonnages. Ce sont ses personnages préférés, mais il en possède d'autres, rangés dans des caisses en plastique transparent sous son lit. On y trouve également des jeux de construction qu'il n'a plus touchés depuis une éternité, de vieilles peluches que lui ou sa mère n'ont pu se résoudre à jeter, des talkies-walkies, et un synthétiseur miniature sur lequel il a pianoté une semaine avant d'abandonner définitivement. Un *Livre dont vous êtes le héros* repose sur le bureau ; la frange plissée d'un marque-page dépasse en début de volume. Quelques pièces de dix et vingt centimes traînent sur le plan horizontal, ainsi qu'un trousseau de clefs. Sur le lit s'étale un plateau de jeu de rôle, accompagné de plusieurs dés à huit faces.

Il a analysé toutes les solutions possibles. Chaque combinaison a été soigneusement étudiée, chaque variation scrutée, examinée dans les moindres détails jusqu'à ce qu'il en ait le tournis. Aucune alternative ne lui a paru juste, équitable. Alors il a opté pour la moins compliquée, qui est aussi d'une certaine façon la plus définitive.

Il n'a pas ôté ses baskets quand il s'est allongé sur le lit. Sa mère ne sera pas contente, mais il imagine que la propreté sera le cadet de ses soucis lorsqu'elle entrera dans la chambre. L'ourlet de son jean remonte légèrement au bas de la jambe, dévoilant quelques touffes de poils qui, il le sait, muteront à leur tour s'il ne fait rien. Il a envisagé de laisser un mot pour expliquer son geste, mais l'autopsie parlera avec beaucoup plus d'éloquence qu'un morceau de papier. Quand ils découvriront les terribles bouleversements de ses organes, ils comprendront qu'il n'avait pas le choix.

À présent, sa main repose sur la courtepointe Batman, paume ouverte. Le rectangle de lumière apparaissant à travers le simple vitrage se reflète dans ses grands yeux fixes. Ses traits pétrifiés n'expriment plus l'étrange contradiction des spasmes – entre souffrance et jouissance –, mais traduisent un repos irrévocable.

Solidement noué autour du cou, le foulard ressemble à une coquetterie morbide. La chair enflée autour du lien témoigne de la colère, de la lutte du corps pour trouver un peu d'oxygène. Les lèvres bleues s'étirent en un bâillement d'amphibien, la langue émerge légèrement de l'orifice. Rémi goutte à l'anéantissement sans retour qui guette les joueurs, lorsque la partie touche à sa fin.

SEPTIÈME PARTIE

« Le modèle d'urbanisme du siècle prochain est celui du nouveau village, auquel on applique les techniques de construction fordiste : standardisation et montage en chaîne. Les lotissements, alternance de pelouses et de maisons avec garage incorporé, s'organisent autour de grands centres commerciaux, qu'irriguent de vastes zones piétonnes sécurisées. De nombreux codes sémantiques (items, logos, pictogrammes de couleur, signes sans affect…) orientent le consommateur moyen vers les lieux les plus à même de satisfaire sa compulsion d'acheteur. Ces lieux constituent, en quelque sorte, des trous noirs de la pensée ; ce sont des artefacts si denses qu'aucune lumière, aucune étincelle ne s'en échappe. Le manque d'imagination reste l'éternel filtre par lequel transitent tous les coercitifs. »

SIDNEY TAYLOR LAWNEY,
Le cœur de nos villes, p. 313.

122

Un trou dans les nuages, une déchirure. Le paysage qui se dévoile aux yeux de la corneille blanche a l'apparence d'une carte synaptique. Le village en contrebas, comme tous les villages à une certaine heure du jour, ressemble à une tache de matière grise écrasée sur un planisphère. Les tristes rues sont des abstractions par lesquelles circulent de microscopiques impulsions électriques, les groupements de maisons forment des nœuds d'axones et de dendrites similaires aux rouages d'un mystérieux dispositif neurotrope. L'oiseau survole maintenant une zone criblée d'impacts, que signalent des rangées de pierres plates fichées en terre. La régularité des brèches suggère une organisation méticuleuse. À l'est de cette aire, une pelleteuse termine de creuser une petite tombe, sous le regard morne de deux employés municipaux en gilets jaunes. D'un battement d'ailes, le volatile oblique en direction des premières habitations. Guidé par une habitude ancienne ou par les variations du champ magnétique, il trouve sans effort la maison qu'il cherche et se perche aussitôt sur le rebord de la fenêtre.

Deux êtres humains s'affairent à l'intérieur du logis. Un mâle et une femelle, de noir vêtus. La femme rajuste la cravate de l'homme. Ses lèvres articulent des mots anémiques, presque incolores. « Ces enfants morts, ces disparitions… Qu'est-ce qui nous arrive, Michel ? »

L'homme se tourne vers elle, hausse les épaules, impuissant. « Je ne sais pas. »

Les yeux de la femme se posent alors sur la corneille, qu'elle aperçoit à travers la vitre. « Je crois qu'elle essaye de me dire quelque chose.

— Hein ? » fait le mari visiblement désarçonné. Il a de plus en plus de difficultés à comprendre les réflexions de son épouse. Elle change de conversation à l'improviste, passe du coq à l'âne selon une logique interne parfaitement établie, mais imperméable au commun des mortels. « Qui essaye de te dire quelque chose ?

— La corneille.

— Qu'est-ce que tu racontes ? » Michel se retourne, aperçoit le volatile à la fenêtre. « C'est juste un oiseau. »

Séverine le regarde avec des yeux hantés. « Tu crois à la réincarnation ?

— La réincarnation ? répète Michel avec de l'inquiétude dans la voix.

— Je sais que ça va te paraître absurde, mais le comportement de cet oiseau me rappelle… » Séverine ne finit pas sa phrase, elle se précipite vers le guéridon sans un mot. Michel se demande ce qu'elle fabrique. Sa femme s'empare d'un livre posé sur le meuble. *Réincarnation : un autre corps pour une âme*. Elle le feuillette pour trouver une page cornée. « Écoute ça, dit-elle au bout d'un instant. Je cite : d'après les spiritualistes, certains oiseaux sont des messagers des défunts. » Michel contemple son épouse, éberlué. Les mots lui manquent. Il attend la suite. Séverine : « Jim Dove, du Spiritual Centre, déclare : *Ces oiseaux doivent être considérés comme des visiteurs bienveillants. Il nous appartient d'interpréter leur présence. Quelqu'un de récemment décédé peut vouloir nous montrer qu'il veille sur nous, ou peut-être qu'il veut juste nous faire savoir qu'il nous aime toujours.* J'ignore comment c'est possible, mais… Et si l'âme d'Édith avait trouvé refuge chez cet animal ? »

Michel lui prend le livre des mains, l'oblige à le regarder. Sa femme devient folle. Ce qu'il redoutait arrive. Son esprit affaibli par le chagrin, saturé de médicaments, renonce aux lois d'un univers jugé trop pénible. Il serre les doigts de son épouse. « Ne me fais pas ça, tu entends ? Ne me fais pas ça. »

Ne me fais pas quoi ? raisonne Séverine par-devers elle. *Ne t'égare pas juste le jour de l'enterrement du petit Rémi ? Ce gosse que tout le monde a vu grandir au village est un enfant du pays. Ne me lâche pas aujourd'hui, où la majorité de Lensil se rend au cimetière pour saluer sa mémoire. Y compris ces irresponsables de Trinquiet. Y compris Jérôme Bertin, le garde champêtre qui m'empêche d'avoir des réponses en s'interposant.* Séverine lit dans l'esprit de son mari aussi facilement que si les phrases s'ébauchaient noir sur blanc devant elle. *Je vais devoir ronger mon frein. On ne me pardonnera pas un second esclandre, en particulier un jour d'obsèques. D'abord ma fille qui disparaît, ensuite cet adolescent pyromane chez qui on retrouve un doigt inidentifiable, maintenant ce gamin qui se suicide avec un foulard autour du cou… Alors ne deviens pas cinglée maintenant ! Ne démissionne pas !* Séverine aurait envie de répondre : *Et qui te dit, cher mari, que* je *te fais quelque chose ? Pourquoi ne serait-ce pas l'inverse ? Toi qui refuses de croire, qui exclus de te raccrocher à ce que tu ne comprends pas, sous prétexte que cela n'appartient pas à ton mode de pensée ? Oui, je pourrais te retourner le compliment : toi, ne me fais pas ça ! Ne me dénie pas le droit de trouver une parade à l'absence, ne récuse pas l'irrationnel. Bien sûr, tu estimes que c'est dangereux, qu'il ne faut pas perdre pied dans un moment pareil, mais es-tu un exemple de clairvoyance ? Laisse-moi aimer ma petite fille à présent qu'elle n'est plus là, même sous une autre forme, même dans une incarnation différente… Ne me fais pas payer tes erreurs, ton aveuglement, ton impuissance à mobiliser les ressources impalpables du vivant. Et je t'en prie, arrête de me regarder comme si j'étais un monstre. Je suis peut-être la dernière personne saine d'esprit alors que le monde entier cède à la folie.*

Elle retire ses mains de celles de son mari en une brève secousse. « Nous allons être en retard. »

Quand elle tourne les yeux vers la fenêtre, la corneille a disparu.

123

Ils sont plus d'une centaine à se rassembler à l'est du cimetière communal, une centaine à grelotter sous une bruine vicieuse qui s'installe sur leur peau, s'accroche à leurs habits, s'infiltre dans les cheveux. Une centaine à se recueillir, à faire s'élever dans le ciel gris un foisonnement de prières semblable à un entrelacs de clématites. Une centaine, enfin, à se signer, à se demander pourquoi, sur quelques arpents de terre allouée aux morts, on enfonce un gamin de treize ans dans un trou. Ce gosse n'avait rien vu de l'existence, se dit-on. Sans doute en avait-il perçu quelques aspects hideux, mais pas suffisamment, pensez donc, à son âge. Il en avait surtout goûté la nouveauté et éprouvé l'étendue, qui ne s'était pas encore réduite comme peau de chagrin à mesure que filent les années. Il se murmure qu'à l'autopsie, le légiste a relevé une légère anomalie au niveau cortical. Un parasite ou un champignon s'est développé dans les replis cérébraux et a peut-être légèrement altéré les structures neuronales. Le corps médical n'a pas pu déterminer dans quelle mesure cette modification était responsable d'un passage à l'acte, mais d'après les spécialistes, l'agent infectieux n'était pas contagieux. Les parents de Rémi n'ont pas voulu s'expliquer sur le sujet ; ils ont laissé les rumeurs naître, se répandre, et disparaître de façon naturelle. Ils connaissent le village. Ils savent qu'un démenti ou une précision n'aurait fait qu'attiser les suspicions, multiplier les fantasmes. Pour l'heure, ils se tiennent devant la tombe de leur enfant. Comment une telle chose est-elle concevable ? Rémi était sans histoires, vraiment. Ils ont fouillé la chambre à la recherche d'un indice : un journal intime, des dessins… Rien. Ils ont interrogé les professeurs, ses camarades – spécialement Julien et Thomas –, mais nul propos n'est venu confirmer l'existence de difficultés particulières. Certes, les enfants ont évoqué de fréquents allers-retours aux toilettes, des difficultés de digestion, mais on ne se suicide pas pour des maux de ventre, n'est-ce pas ? Alors quoi ? S'agissait-il d'un symptôme plutôt que d'une cause ? Comment savoir ? Rémi n'est plus là pour leur répondre.

Le père Anselme prononce une homélie pleine de respect, lumineuse malgré les ténèbres dans lesquelles plonge leur existence. Ses mots, faut-il le dire, sont empreints d'une certaine tendresse.

« D'heureuses paroles jaillissent de mon cœur quand je prononce le nom de Rémi Duprat, parce qu'il était beau, comme chacun des fils de l'Homme, et que la grâce était répandue sur ses lèvres. Oui, Rémi, Dieu te bénit pour toujours. » Le prêtre tient une feuille manuscrite devant lui. Il ne tremble pas. Les minuscules gouttes de pluie s'attardent sur le papier pour former des auréoles bleues ; l'encre éclaircie se dilate puis fond sur les doigts. « Fils valeureux, élève noble et garçon empli d'honneur, ton existence a été clémence et vérité, mais ta main a jeté la stupeur, les flèches t'ont déchiré. Aujourd'hui que le Seigneur t'appelle au jugement, éloigne de ton cœur le chagrin, écarte de ta chair la souffrance… » Il lève la main au ciel, et son moignon perlé de gouttelettes étincelle sur une congestion de stratus. « Souviens-toi qu'aux jours de ta jeunesse, avant que viennent les temps mauvais dont tu diras "je ne les aime pas", avant que s'obscurcissent le soleil et la lumière, la lune et les étoiles, et que les nuages reviennent encore après la pluie, que la lampe d'or se brise, que la cruche se casse à la fontaine et que la poussière retourne à la terre comme elle en vint… »

Jérôme et Clotilde se sont postés sur la droite. Le garde champêtre a eu du mal à manœuvrer le fauteuil roulant dans la boue et plusieurs habitants sont venus à sa rescousse lors des passages les plus difficiles. Il s'appuie sur le siège de sa femme comme si, à mesure que la jeune dépouille s'éclipsait en terre, il descendait en personne les marches du royaume d'Hadès. Corinne et sa fille, Cindy, ont également fait le déplacement. La jeune fille a quêté un moment le regard du garde champêtre, puis a renoncé. L'heure n'est pas aux retrouvailles joyeuses. Dans le demi-cercle qui s'est formé autour de la tombe fraîchement creusée, on peut voir que Sophie Davodeau, l'employée de mairie, a pris place à l'exact opposé de Denis, son époux. Ces deux-là s'éloignent autant que possible l'un de l'autre.

Michel Lidèle fixe de temps à autre les Trinquiet, venus avec leur fils Julien, et l'on sent dans ce regard toute la frustration, toute l'impuissance d'un père qui ne peut se résoudre à abandonner une piste, même si c'est un leurre. Sa femme, Séverine, a les yeux dans le vague. Le suicide du gamin la ramène peut-être à un autre événement, plus dramatique encore parce que non résolu : la disparition de sa fille, Édith.

Thomas est accompagné de son père, Thierry, qui a consenti à troquer son tablier de boucher contre une veste noire un peu trop grande.

D'un simple coup d'œil, Jérôme note les affinités, les pôles d'attraction et de répulsion qui se modifient dans le village. Les morts brutales sont souvent cause de rééquilibrage. Il remarque par exemple que Julien laisse couler les larmes sur ses joues, alors que le jeune Thomas arbore un visage de marbre. Il note également qu'Alain, le plombier au chômage et fidèle ami de Thierry depuis la maternelle, n'assiste pas à la cérémonie.

Sous un masque d'affliction authentique, rien n'échappe à son œil. La circulation des tensions parmi les gens présents s'apparente à des flux glacés ou chauds dans un bassin d'eau marine. Elle est susceptible de déterminer les actions et les réactions des habitants dans les jours à venir. Le suicide de Rémi, la disparition d'Édith et l'évasion de Jean pèsent sur l'assistance sans que personne n'ose l'exprimer. Ce sont autant de paramètres d'un système interdépendant dont la moindre variation pourrait provoquer, à l'image d'un battement d'ailes de papillon, un chaos indescriptible.

« Ah ! tonne le père Anselme, emporté par son discours. Jour de malheur ! L'aube du Seigneur est proche, elle vient comme un fléau du Tout-Puissant. »

124

Jérôme a porté Clotilde jusqu'en haut des escaliers où se situe leur logement – poids plume de femme oiseau, les ailes repliées autour de son cou à lui, chaudes et douces.

Il est ensuite redescendu chercher le fauteuil. Ces allées et venues, ces dispositions laborieuses, ont pris la force de l'habitude, si bien qu'il ne prête plus attention aux gestes répétitifs et à la lassitude qu'ils engendrent. Mieux, il les considère bénéfiques, car ils sont mouvement, vigueur, santé.

Une fois installée dans son fauteuil, Clotilde roule jusqu'à la cuisinière, met la bouilloire à chauffer. « Tu veux une infusion ?

— Non merci, j'ai encore des choses à faire.

— Aujourd'hui ? s'étonne la jeune femme. Mais tu n'es pas en service. »

Jérôme baisse les yeux sur son costume noir, sa

mise endimanchée. « Non, en effet. » Il sourit. « Tu es perspicace.

— Sérieusement. Je pensais que tu profiterais de la journée pour…

— Pour quoi ?

— Je ne sais pas. Te reposer. Laisser ces affaires de suicide, de disparition, d'évasion de côté.

— Toi aussi, tu trouves que ça ne tourne plus rond au village ?

— Les choses n'ont jamais été parfaites à Lensil, tu es mieux placé que moi pour le savoir. Mais c'est vrai que depuis quelques mois… L'ambiance me fait penser à du bois qu'on laisse pourrir, aux branchages qui se décomposent… Je n'arrive pas à trouver les mots.

— Une ambiance délétère, je dirais. C'est sans doute passager.

— Sans doute. Tu as senti ces tensions pendant l'enterrement ? Cette fièvre ?

— Oui. Le suicide de Rémi a encore aggravé la situation.

— Pauvre gosse. J'ai entendu parler d'une maladie cérébrale…

— Pas une maladie, une anomalie. Une sorte de développement anormal des cellules dans le cortex. À la vérité, personne ne sait pourquoi le gamin est mort. Peut-être un accident… Tous les ans, des gosses terminent à l'hôpital à cause d'un jeu qui tourne mal. Ou alors des problèmes relationnels, même si l'enquête de routine n'a rien révélé.

— Adrien m'a pourtant appris que cette maladie… »

Jérôme lève une main pour interrompre doucement son épouse car il sait où elle veut en venir.

« Le voisin se contente de répéter ce qu'on lui

raconte. Les on-dit de Lensil n'ont rien à envier aux pires commérages des journaux à sensation.

— Il semblait pourtant tenir ses renseignements de source sûre.

— Certains événements se produisent sans que l'on sache pourquoi, c'est aussi simple que cela. Les gens ont parfois du mal à se satisfaire de cette explication. » Le garde champêtre se hisse sur la pointe des pieds, s'empare de la chemise en carton rouge qu'il avait rangée en haut de l'étagère.

Clotilde le regarde faire, puis elle verse le liquide bouillant sur son sachet de verveine, et : « En parlant de commérages, tu crois que Jean va revenir ?

— Je ne sais pas. On l'arrêtera peut-être avant qu'il envisage cette solution. » Jérôme ouvre son dossier, contrôle quelques éléments d'un rapide coup d'œil. « Je dois vérifier un truc. Rien de grave, je n'en ai pas pour longtemps.

— C'est en rapport avec Jean ?

— Non, pas du tout. Enfin, je ne crois pas.

— Ça ne peut pas attendre ? » murmure la jeune femme, inquiète. Les mains en coupe autour de sa tasse, elle souffle sur la potion brûlante avant de se risquer à en siroter une gorgée. Jérôme referme la chemise, la place de nouveau en hauteur.

« Il vaut mieux que je m'en occupe maintenant. Ensuite, je risque d'être accaparé par le travail. Le maire veut que je recense toutes les haies de jardin sur la commune pour obliger les propriétaires à tailler leurs buissons. »

Clotilde regarde son mari avec des yeux attristés. Jérôme soupire : « Eh oui, retour à l'ordinaire. »

Il embrasse tendrement la jeune femme sur les lèvres. Arôme de molène et de terres en friche. « Je reviens bientôt. » Il prend simplement une veste imperméable dans l'armoire et part en fermant la porte.

Tandis que le bruit de ses pas décroît dans l'escalier, Clotilde observe l'uniforme repassé de Jérôme, suspendu à un cintre accroché au battant.

Rentre vite, chéri, l'ordinaire n'est pas une mauvaise chose. Oublie le chant des fantômes. Je saurai remplacer la mélodie des spectres par le souffle tenace de la vie.

125

« Oui, avoue sans hésitation Alain Lemercier. Elle m'a rendu visite, puis elle est repartie. »

Jérôme s'est approché de la maison de l'ancien plombier à pas de loup. Les hautes herbes couronnées de bourgeons liquides ont déposé mille baisers humides sur ses chaussures de ville et le bas de son pantalon, si bien que la partie inférieure de son corps est rapidement trempée d'une eau glacée. Il a contourné la balançoire rouillée, inutile depuis le départ des enfants, s'est approché de la façade lépreuse et des fenêtres aux volets gauchis. Aucune lumière à l'intérieur. Pourtant, l'horizon coiffé de nuages charbonneux nécessiterait un éclairage dans la maison. Par acquit de conscience, il a martelé le battant, qu'une peinture écaillée rendait encore plus sinistre, et, à sa grande surprise, le propriétaire est apparu dans l'encadrement. Il paraît relativement sobre, mais son visage est agité de tics nerveux. Instinctivement, Jérôme respecte une distance de sécurité, prépare ses muscles à une réaction rapide. Alain semble malgré tout bien inoffensif. Dès que le garde champêtre l'interroge sur l'institutrice à la retraite, il répond avec une franchise désarmante. Le policier examine les traits de son vis-à-vis. La peau marbrée de plaques rouges s'est épaissie à certains endroits, pour accentuer l'anormal gonflement des tissus saturés d'éthanol. En dépit du sourire qu'il affiche, son expression demeure hostile, querelleuse. À vrai dire, Jérôme a du mal à reconnaître chez cet être que l'avilissement émousse la physionomie mordante, un rien arrogante, qui caractérisait le gamin sur la photographie de classe de 1956. Il ne reste plus grand-chose de ce regard vert clair, de ce froncement de sourcils obstiné, et de cette tignasse blonde qu'Alain arborait dans sa jeunesse. Si les trois vieilles du banc ne l'avaient pas mis sur la voie, il n'aurait jamais fait le rapprochement.

«Que cherchait la vieille Annabelle? interroge le garde champêtre.

— Des renseignements.

— À propos de quoi?»

Alain jette un coup d'œil par-dessus son épaule. Un grand silence pèse sur l'intérieur de la bâtisse, entièrement plongé dans le noir. Quand il reporte son attention sur son interlocuteur, son œil gauche frémit d'une contraction spasmodique. Son sourire s'élargit. «Entre, je vais te montrer.» Il s'efface pour laisser passer l'agent. Jérôme avance. Par réflexe, il porte la main à sa ceinture, mais ses doigts ne rencontrent pas le caoutchouc rassurant de la matraque. Il n'est pas en service.

«C'est où?

— Droit devant, indique Alain en désignant le bout du couloir, aussi étroit qu'une chatière sous les combles. Vas-y, je te suis.»

Jérôme progresse le long du corridor. Il sait qu'il contrevient à toutes les règles de sécurité, mais reste persuadé de pouvoir aisément maîtriser Alain en cas de nécessité. Il entend la porte se refermer dans son dos.

« On n'y voit goutte chez toi.

— Il fait encore jour, se justifie Lemercier. J'allumerai plus tard. »

Une première pièce déserte sur la droite, par laquelle filtre un jour d'éclipse. Continuer à avancer. Surveiller ses arrières sans éveiller la méfiance. Une deuxième pièce, dont il n'aperçoit rien à travers la porte entrebâillée.

Une odeur flotte dans l'air. Il semble à Jérôme qu'elle devient plus prégnante, plus entêtante, à mesure qu'il s'enfonce dans la maison. Impossible de déterminer l'exacte nature de cet effluve. Vinaigre ? Moisissure ? De l'astringent, destiné à réduire une quelconque sécrétion ; de la pourriture qu'on a essayé d'effacer, songe Jérôme. Il sent le froid monter en lui comme s'il marchait au-dessus d'une ouverture. Ses pieds, le bas de ses jambes trempées semblent prisonniers d'un bloc de glace ; ils pendent dans le vide avec une grâce de fardeau de potence. Le couloir devient de plus en plus sombre.

126

Les larmes ont laissé de longues traînées de sel clair sur la peau du visage de Julien ; des chemins blancs qui se terminent en impasses au coin des lèvres. Il a préféré rentrer en compagnie de Thomas, passer un peu de temps avec lui, entre adolescents dans sa chambre, que regagner ses pénates où l'attendent ses parents, calfeutrés dans une désolation croissante. Julien a le sentiment que tout, autour de lui, se délite. Les êtres et les choses se décomposent, s'éloignent, disparaissent. Les points aveugles se multiplient, les angles morts occupent de telles portions du domaine sensible que la perception se fait illusion. L'univers dans lequel il évolue ressemble de moins en moins au monde réel.

Il redoute également d'affronter l'embarras de son père et de sa mère, d'assister à la mue obscène de leur amour en épreuve. Les gestes de tendresse vont devenir des élans maladroits, et le masque de la réalité un travestissement absurde. Les disputes vont éclater pour des motifs insignifiants, les mouvements d'humeur advenir sous de dérisoires prétextes : un ustensile mal rangé, la moisissure du couloir que personne n'arrive à éliminer, les bruits de la vie quotidienne que l'on trouve brusquement assourdissants.

Julien s'installe sur le lit, observe son ami lorsqu'il ôte sa veste pour l'accrocher au cintre de l'armoire… Thomas n'a pas pleuré. Ses traits ont-ils exprimé du stoïcisme ou bien de l'indifférence ? Julien s'est posé la question au moment où la terre a avalé le corps de leur ami. Beaucoup d'élèves de son collège, et même des adultes, ont sangloté sans pouvoir s'arrêter. À un moment donné, son père a posé la main sur son épaule secouée de chagrin. *Leur amour en épreuve, les gestes de tendresse des élans maladroits…* Son corps d'adolescent a continué à tressauter, encaissant par impacts successifs la réalité définitive de ce qui ne serait plus. À cet instant-là, l'image de son grand frère et surtout sa voix au téléphone se sont imprimées dans son esprit. *L'aventure se poursuit seul. Tu perds ton partenaire.*

Julien se racle la gorge. « Je crois… Tu vas trouver ça dément, mais je crois que mon frère avait prévu la disparition de Rémi. »

Thomas se retourne, un sourcil en arc de cercle. « Comment ça ?

— L'autre jour, au téléphone.

— Je sais, tu m'en as parlé.

— Eh bien, Jean a fait allusion à *Empire*. Il m'a raconté que je devrais continuer l'aventure seul. Sur le coup, je n'ai pas fait attention. Mais maintenant que j'y réfléchis, et avec la mort de Rémi…

— Il ne pouvait pas anticiper une chose pareille. Personne n'était en mesure de deviner…

— Nous, si. Rémi était malade…

— De simples nausées. Il mangeait trop de saloperies, si tu veux mon avis.

— Dans le jeu. Dans *Empire*, il était malade. On aurait peut-être dû… »

Thomas croise les bras. « Tu t'entends ? Fais attention à ne pas dérailler comme ton frère, Julien. *Empire* n'est qu'un loisir, une distraction pour ceux qui s'ennuient le samedi après-midi.

— Tu sais parfaitement qu'il est plus que cela. »

Une ride de contrariété apparaît sur le front de Thomas. « Je ne comprends pas où tu veux en venir. Explique-toi. »

Julien prend une inspiration. Le moment de vérité approche. Il va enfin poser les questions qui lui brûlent les lèvres depuis plusieurs semaines. « Toi et mon frère, vous vous connaissez, pas vrai ?

— De vue.

— Non. Pas uniquement. Rémi vous a aperçus

en ville. Tu échangeais une boîte avec lui. Une boîte rectangulaire et noire, d'environ dix centimètres sur vingt. »

Une boîte avec un doigt dedans. Celui d'Édith ou d'Eddy ? Celui de Rémi ou de William ? À moins qu'il n'appartienne à quelqu'un d'autre, ou encore qu'il s'agisse d'un objet factice, d'un accessoire de jeu destiné à égarer les participants, à brouiller les frontières du réel.

Sous l'apparente neutralité, Julien voit parfaitement l'expression de son ami s'altérer, les traits se pétrifier, le regard hésiter. Il a touché un point sensible. À la seconde où Thomas ouvre la bouche pour répondre, le téléphone retentit dans le salon. Il lève le doigt, comme pour réclamer une pause. « Je reviens. »

Peut-être est-il satisfait d'avoir obtenu un répit, pense Julien. Il va bénéficier de quelques minutes pour préparer sa défense. Le jeune garçon s'éclipse et Julien demeure seul dans la chambre.

La sonnerie du téléphone s'interrompt. Julien entend la voix sourde de son camarade : guère plus qu'un entassement de syllabes incompréhensible.

Son regard erre dans la pièce. La notion de rangement est très relative, pour son ami. Des figurines en tas voisinent avec les cartes de maître du jeu dépliées sur le bureau. S'il laissait sa chambre dans cet état à la maison, il entendrait parler du pays. Sur une étagère s'empilent plusieurs *Livre dont vous êtes le héros*. Julien se lève, examine les titres. *La forêt de la malédiction, La galaxie tragique, La cité des pièges*... Des classiques. Il pioche l'un de ses préférés : *Le talisman de la mort*. Au moment où il ouvre le livre, un marque-page glisse et se réfugie sous le lit après un bref vol plané. Julien soupire, se penche à regret pour examiner l'endroit où le morceau de carton est tombé. Le dessous de lit est une véritable caverne d'Ali Baba, mais en guise de trésor, elle recèle des tas de vêtements froissés et humides, plusieurs emballages de barres chocolatées, ainsi que des magazines en grande quantité. Le marque-page a trouvé asile dans le fond, près du mur. Julien se met à quatre pattes, étire le bras sous le sommier. Il tâtonne, écarte les papiers en boule, retire un à un les habits sales. Un tee-shirt gris, un caleçon noir… Sa main se pose sur un tissu rêche, que l'on dirait encroûté. Les fibres raidies paraissent cassantes ; il amène sa trouvaille à lui avec précaution. Il croit d'abord contempler une écharpe incrustée de boue séchée, mais doit rapidement se rendre à l'évidence : ce qu'il a entre les mains n'est pas une écharpe. Et la matière dont elle est recouverte n'est pas de la boue.

Il tient devant lui une manche de gilet, appartenant de toute évidence à un individu de petite taille. Il ne sait pas pourquoi, mais il penche pour un vêtement de fille. Les brins de laine épargnés par les souillures laissent deviner un habit de couleur mauve. Julien examine l'une des extrémités de la manche : apparemment elle a été arrachée. Il gratte ensuite un peu de la substance rigide sur les fibres, qui s'effrite immédiatement au contact des doigts. Il n'en est pas très sûr, mais s'il devait émettre une hypothèse, il dirait que l'étoffe est imprégnée de sang coagulé.

Il inspecte le vêtement plus attentivement. Le trou de la manche arrachée est un gouffre dans lequel il plonge. Des cris rebondissent contre les parois d'un puits infini, des odeurs de terre mouillée montent jusqu'à lui tandis qu'il s'enfonce, des champignons ventrus apparaissent dans les fissures des murailles.

Une cavalcade dans son dos. Il s'ébroue. Thomas revient en courant de la salle de séjour. Sa voix surexcitée lui parvient bien avant qu'il se matérialise sur le seuil de la chambre. « Putain, c'est incroyable ! Tu ne devineras jamais qui vient d'appeler. »

Julien ne se retourne pas. Il demeure immobile face au lit, la manche entre ses doigts.

« Ton frère ! s'écrie l'adolescent hors d'haleine. Je viens d'avoir ton frère au bout du fil. »

Julien devine que son camarade s'arrête dans l'embrasure de la porte. Toujours sans esquisser le moindre mouvement, il demande : « Qu'est-ce qu'il a dit ? » Il a conscience de sa voix trop plate, du contraste évident entre l'intonation désincarnée de sa question et l'incroyable nouvelle que lui apporte Thomas.

« Il m'a dit qu'il approchait, qu'il était tout près. Qu'on devait l'attendre…

— Tu as affirmé que tu ne le connaissais pas plus que ça, murmure Julien. Comment il a eu ton numéro ?

— Qu'est-ce que j'en sais ? s'excite l'intéressé. On est dans l'annuaire. Tu as écouté ce que je t'ai raconté ? » Puis il réalise avec un temps de retard qu'un détail cloche dans l'attitude de son ami. « Quelque chose ne va pas ? »

Julien pivote, focalisé sur son interlocuteur. Thomas baisse les yeux sur le bout de laine qu'il tient entre les mains. « Oh, merde », grogne-t-il. Le pli de contrariété réapparaît sur son front, plus prononcé cette fois. Sa voix semble presque chagrinée quand il opine : « D'accord. Je ferais aussi bien de tout t'expliquer, mais il va falloir que tu m'accompagnes.

— Où ?

— À la Haute Source.

— Chez ton père ? Là où il a installé son chenil ?
— Oui. De toute façon, on ne peut plus rester ici.
— Si on y va à pied, il y a une trotte.
— Tu crois que tu peux prendre ton vélo sans que tes parents s'en aperçoivent ? »

127

La modeste station Esso accueille une population d'habitués ; quelques voyageurs égarés parfois. L'enseigne représente un personnage en forme de goutte d'huile qui, le bras levé en signe d'au revoir, souhaite bonne route aux rares clients.

Si l'on continue un peu le long de la chaussée rectiligne, on aperçoit une flèche indiquant : *Lensil, 6 km.*

À cette heure-ci, un seul automobiliste a cru bon de s'arrêter au poste d'essence. Il a garé une Citroën 11CV bleu foncé devant l'une des deux pompes à cadrans rotatifs. L'homme est prévoyant : il a posé deux bidons rouges près de son véhicule. Après avoir laissé le pompiste effectuer le plein du réservoir et remplir ses bidons, il l'a accompagné jusqu'au guichet. L'espace libre à côté de la caisse est occupé par des peluches à ventouse, des porte-clefs et autres objets promotionnels, que personne ne semble avoir touchés ni déplacés depuis une éternité. L'employé annonce un total de cent trente-cinq francs. L'homme hoche la tête. Il est pourvu d'un embonpoint confortable. Son visage rond exprime une jovialité naturelle, encore accentuée par une paire de petites lunettes rondes. Il porte une étrange cravate, plus jaune que « M. goutte d'huile » à l'extérieur.

Il sort son chéquier et demande sur le ton de la

conversation : « Vous avez eu beaucoup de passage aujourd'hui ? »

L'autre fait osciller le plat de sa main. *Couci-couça.*

L'homme signe son chèque, le remet à l'employé avec un sourire. « Ça ira sans doute mieux demain. »

Le caissier approuve d'un mouvement de tête. « Vous voulez un porte-clefs ? C'est offert par la maison. Sinon, vous pouvez prendre une peluche. »

Le client examine les gadgets exposés sur le comptoir. « Non merci, je ne saurais pas quoi en faire. Peu probable que je repasse de toute manière. Je suis juste en visite.

— La famille ?

— Non. On effectue un recensement des êtres vivants dans leur habitat naturel. Les insectes, les arbres… Normalement, j'ai un collègue avec moi, mais il est tombé malade. Il a attrapé une sorte de champignon, d'après le médecin. Un truc qui s'est étendu sur tout le bras. » L'homme à la cravate jaune frissonne. « J'en fais des cauchemars. Il faut croire que l'atmosphère de la région ne lui réussit pas. Il est resté à l'hôtel.

— Pourquoi ?

— Pourquoi il est resté à l'hôtel ?

— Non, pourquoi vous voulez étudier les plantes et les animaux du coin ?

— Oh, ça. On procède à une étude d'impact. Une commande d'un bureau d'expertise.

— Mais il n'y a rien par ici. »

Cravate jaune hausse les épaules. « Je sais bien. » Il regarde sa montre. « Ah, je dois y aller. J'ai encore mille choses à contrôler avant la tombée de la nuit. Bonne journée. »

Le caissier salue son client d'un battement de paupières. Il le suit des yeux tandis que celui-ci ressort à l'air libre.

L'homme contourne son véhicule, regarde par terre, puis autour de lui, visiblement perplexe. Il pivote, met sa main en visière. L'autre main tient la clef de contact à l'horizontale, comme pour l'introduire dans un logement invisible. Finalement, il met les poings sur les hanches.

L'employé consent à faire le tour de sa caisse enregistreuse. Il entrebâille la porte vitrée. « Vous avez perdu quelque chose ? »

Cravate jaune écarte les bras. « Les bidons d'essence que j'avais posés près de la voiture. Ils ont disparu.

— Disparu ? interroge l'autre en émergeant sur le parking. Ce serait bien la première fois qu'un truc disparaît d'ici.

— Je vous assure, maintient l'homme. On me les a fauchés, je ne vois pas d'autre solution. »

L'employé scrute les lignes de fuite du paysage, traits sans accroc dessinés sur le formidable écrasement du panorama. Il se gratte le haut du crâne. « Ça alors ! Fauchés ! Vous m'en direz tant... »

128

Sans cesser d'avancer, Jérôme regarde par-dessus son épaule. Tout est impénétrable dans l'opacité brune ; seul le reflet du visage d'Alain apparaît et disparaît au gré des portes entrouvertes du couloir. Les jeux d'ombre sur la peau blafarde confèrent à son visage l'apparence d'un faciès de murène, tapie dans une anfractuosité.

« C'est par là », précise l'ancien plombier. Le

salon et la salle à manger, déserts, éteints, aveugles. Ils parviennent enfin à la cuisine, aménagée tout au fond de la bâtisse. La lumière grise en provenance de l'extérieur éclaire un tas de vaisselle sale dans l'évier. Jérôme note deux bols à l'effigie d'un personnage de dessin animé. Annibal le furet, héros mythique des studios Lawney. Un carton de céréales illustré de la même créature émerge de la poubelle. Pour cent cinquante points, on obtient une toupie. Sur la table, deux verres d'alcool vides et un cendrier plein. Malgré le faible éclairage, il identifie deux types de mégots : des cigarettes à filtre, et d'autres roulées. Les relents de tabac mélangés aux effluves de détergent et de moisissure ont quelque chose de repoussant, mais Jérôme a déjà senti des émanations bien plus écœurantes. Une plaquette de Valium entamée tranche, par sa blancheur, avec le bois de la table. « Personne d'autre à la maison ? sonde innocemment le garde champêtre. Tu es seul chez toi ?

— Absolument seul », réplique Alain dans son dos.

D'un rapide coup d'œil, Jérôme évalue les distances, repère les angles morts. Pas de réfrigérateur, pas de chauffage. Aucun couteau ni instrument contondant à portée de main. Une porte fermée, à droite. Jérôme distingue sous le battant les hachures lumineuses d'une télévision et, s'il tend l'oreille, il perçoit le commentaire monocorde d'un documentaire. *… ne l'apercevez que rarement, c'est qu'il est d'une extrême discrétion. Avec ses trois centimètres le pique-prune est le plus gros des cétoines. Ce n'est pas le plus beau des coléoptères, loin de là, mais…* Alain regardait sans doute une émission quand Jérôme a frappé à la porte. Il aura simplement laissé le poste allumé pour venir lui répondre. « Qu'est-ce que tu voulais me montrer ? » interroge le garde champêtre. Il pivote légèrement, mais la masse d'Alain lui bloque la vue. L'ancien plombier désigne un point devant lui, en direction de la fenêtre. « Dehors. »

Jérôme ramène son regard vers le point indiqué. Une vitre sale, un carreau fendu sur lequel on a collé un morceau de ruban adhésif transparent. Il s'approche. Sur le rebord de l'ouverture, Alain a entreposé du beurre et quelques briques de lait, comme le font encore ceux qui n'ont pas de réfrigérateur. « Plus loin, précise Alain en interceptant le regard de Jérôme. Le jardin. »

Le garde champêtre se penche, plisse les yeux. Les grises mélancolies du jour paraissent d'autant plus éblouissantes qu'il règne une pénombre de mélasse dans la cuisine. Il appuie ses mains à l'évier. Insensiblement, la respiration d'Alain s'accélère dans son dos, mais il n'y prête qu'une attention distraite, accaparé par la portion de verdure que lui dévoile la lucarne. De là où il est, il ne peut manquer l'engin stationné dans l'herbe jusqu'aux essieux. Et l'enseigne de la boucherie Imbert, il la reconnaîtrait entre mille. « Qu'est-ce que… »

Deux événements apparemment indépendants surviennent alors. Ce n'est pas tant leur soudaineté ou leur incongruité que leur concomitance qui désarçonne Jérôme, l'empêche de réagir avec la promptitude nécessaire. Ils se superposent dans son esprit comme deux feuilles de papier-calque sur lesquelles on aurait tracé des dessins par trop dissemblables.

D'abord, la porte de droite s'ouvre. Il entend le panneau de bois grincer sur les charnières oxydées, il quitte des yeux la camionnette Imbert, tourne la tête un instant. Un enfant apparaît sur le seuil, les yeux embués de sommeil, la bouche soulignée d'une auréole de chocolat. Il porte un pyjama sale, trop petit pour lui. Quel âge a-t-il ? Sept ou huit ans, estime Jérôme en un éclair. Derrière le gosse, les lueurs agressives du poste de télévision transforment la pièce d'où il vient en zone d'alarme silencieuse. *… loi qui confère statut juridique et protection au pique-prune, si bien qu'on le surnomme parfois « la terreur des bétonneurs ». En effet, de nombreux chantiers ont subi un coup d'arrêt définitif après la découverte…* Bombardement d'images, impacts noirs et blancs. Un autre gamin, plus jeune, est installé devant l'écran. Recroquevillé au sol dans un pyjama identique au premier, il semble dormir, plongé dans une torpeur excessive.

« Papa ? interroge le gamin. C'est qui le monsieur ? »

Au même moment, la porte de la cuisine claque contre le mur. Une cavalcade, des pas lourds foncent dans le dos de Jérôme. Son système d'alerte passe au rouge, mais il prend aussitôt conscience qu'il est trop tard. Il crispe l'épaule près de l'oreille, comme on le lui a appris à l'armée pour parer les coups les plus soudains. Les phalanges ricochent contre le deltoïde, heurtent à puissance réduite la tempe. Jérôme entame un mouvement rotatif, les hanches décalées pour riposter au mieux, quand un second coup de poing, qu'il ne voit pas du tout arriver, le cueille à la base du menton. Ses dents s'entrechoquent ; de la poudre d'émail se disperse dans sa bouche. Trop tard, oui, beaucoup trop tard. Il lève les mains pour se protéger en garde haute, mais son adversaire frappe encore et encore, sans logique apparente, sans discernement. Juste la sauvagerie, l'anéantissement. Même aveuglé, Jérôme sait qu'il n'a pas affaire à Alain. L'ancien plombier, amolli par des années d'ivrognerie et d'inactivité, serait bien incapable d'infliger une correction aussi sévère à quiconque. Un autre coup atteint le garde champêtre aux lèvres, puis encore un autre au nez. Sang dans les narines, sang sur les gencives, oreilles bourdonnantes. L'autre se démolit les poings, casse indistinctement ses propres os et ceux de son opposant comme on briserait une coque de noix : sans y penser, sans réfléchir. Jérôme sent ses bras abdiquer, il tente une dernière fois de s'éloigner, mais l'évier coupe toute retraite. Encore un choc au menton, il se sent fléchir. Le plafond tourne. Un bref instant, il aperçoit l'enfant, les yeux écarquillés, la main sur la bouche. Alain tente de s'interposer afin d'épargner au gamin la vision pénible d'un garde champêtre en train de se faire rectifier le portrait dans les règles de l'art. Jérôme met un genou à terre et c'est maintenant sur sa nuque que pleuvent les coups. Chaque impact a la force d'un assommoir. Son crâne vibre, le cerveau se transforme en gelée informe dans la boîte crânienne. Il s'écroule. Son corps remue encore, il sent les muscles se contracter mollement, la poitrine bouger tandis qu'un filet d'air se fraye un chemin jusqu'aux bronches. De la morve rouge souille l'encolure de son costume sombre. Quelqu'un gémit dans l'ombre, marmonne des paroles incohérentes. Bouillie de sons sur charpie de bouche. Les derniers mots de Jérôme sont des grognements de bête coupée de la conscience.

Thierry Imbert se redresse, essoufflé. Il laisse pendre à ses flancs des poings ensanglantés et échange un regard avec Alain. Celui-ci a passé les bras autour de l'enfant, dans un geste protecteur. En plusieurs endroits sur les doigts gonflés du boucher, des esquilles d'os crèvent la peau. Il expulse un épais glaviot sur le corps désormais inerte de Jérôme. « Il a son compte. »

129

On a creusé un large souterrain dans les entrailles de l'hôtel de ville. Jérôme risque un œil en arrière : dans les locaux de la mairie, tout est calme. Il fait nuit ; seule une veilleuse jaunâtre indique les contours d'une issue possible. Il examine l'intérieur de l'excavation. Les parois suintantes offrent peu de prise au regard. Une dispersion de reflets humides signale tout juste à l'observateur désorienté qu'il se tient au-devant d'un passage central rythmé par de nombreux layons perpendiculaires. Le garde champêtre commence à avancer. Il délaisse les chemins les plus exigus pour s'enfoncer dans le tunnel principal. Rapidement, des flaques d'eau croupie se forment à ses pieds, les murs se rapprochent et les échos sonores que répercute la pierre s'amenuisent. Le couloir devient boyau. Il sent la terre s'incliner sous la plante de ses pieds. Bientôt, le sol penche tellement qu'il doit s'appuyer à la roche afin de conserver son équilibre. Les concrétions minérales dessinent les reliefs d'un millier de lèvres gercées au contact de ses doigts. S'il connaissait le braille, peut-être serait-il en mesure de déchiffrer leurs encouragements, leurs semonces ou leurs prières. La température baisse à mesure qu'il descend. Il songe aux rues de Lensil au-dessus de sa tête, aux pavés mal alignés et à la boue qui s'incruste dans les jointures. Il songe au ciel gris que l'on aperçoit, mince fil d'argent à l'aplomb des ruelles étroites, zébré de câbles électriques et de fils de téléphone. Dans le lointain résonnent des cris d'enfants joyeux, mais il ne parvient pas à localiser leur provenance. Le village de son imagination est désert.

Le froid s'installe tandis qu'il poursuit sa progression dans le goulet. L'eau monte, le mercure se rétracte. Il ignore pourquoi il emprunte cette route ; il ne sait même pas ce qu'il y a au bout, mais la nécessité de continuer à marcher est une exigence à laquelle il ne peut se soustraire. Au détour d'un coude, il aperçoit une lumière. Quelqu'un a percé une brèche dans la roche noire. Il s'approche, s'y engouffre au prix de quelques contorsions. Maintenant, une grande cave fortement illuminée se déploie devant ses yeux. Il cligne des paupières, ébloui. Dans ce large espace, le froid est encore plus intense que dans le boyau, et chaque respiration glisse en lui avec la brutalité d'une lame glacée. Le métal affûté s'enfonce jusqu'aux poumons puis se retire, laissant dans son sillage une ulcération rigide. Au centre de l'immense cave, le garde champêtre distingue à présent un petit homme trapu. Il lui trouve une allure étrange, presque animale. L'homme se tient debout à côté de ce qui ressemble à deux sarcophages de pierre. Est-ce un gardien ? Un prisonnier ?

Comme il avance, Jérôme cerne mieux les contours de l'homme. Un faciès aussi blafard qu'une panse de noyé, des yeux injectés de sang et des traits couperosés. Alain, l'ancien plombier. Sauf qu'il porte un déguisement : une fourrure blanche enveloppe son corps replet, descend le long de l'échine et se termine par une longue queue soyeuse. Une tenue d'hermine ou de belette. Non, un furet. Ce célèbre Annibal, idole de tous les enfants depuis plusieurs générations. Jérôme ne peut détacher ses yeux de l'apparition. « Alain ? » interroge-t-il sans obtenir de réponse. Il approche encore. Ses cheveux se dressent sur sa nuque. Le déguisement n'est pas seulement enfilé par-dessus le corps, mais cousu directement sur la peau. Des gouttes écarlates s'écoulent des points de suture. « Bon sang, Alain, qu'est-ce que tu as fabriqué ? » Il s'agit d'une réflexion de pure forme : Jérôme n'attend pas de réponse et Alain ne lui en offre aucune. L'ancien plombier ne semble pas souffrir de la situation ; il continue d'observer son vis-à-vis avec des yeux opaques. À vrai dire, ses pupilles ont l'apparence de deux billes noires. L'homme caresse d'un mouvement fluide et circulaire les deux sarcophages qui l'encadrent. Jérôme se penche légèrement et constate avec effroi qu'il ne s'agit pas de caveaux en pierre, ainsi qu'il l'avait cru quand il a débarqué dans la grande salle, mais de réceptacles en verre littéralement recouverts de champignons de moisissure. Seul le sommet transparent des cages demeure visible. À travers la première vitre transparente, il reconnaît Édith, la fillette disparue. Elle paraît endormie. Ses traits ont perdu toute coloration, à l'exception d'une nuance gris-bleu, si bien qu'elle ressemble à la photographie en noir et blanc que son père a diffusée sur les avis de recherche et qu'on a imprimée sur les packs de lait. Le second sarcophage renferme Annabelle. À l'instar de sa jeune voisine, elle paraît dormir profondément. Les mains croisées sur la poitrine, la peau ridée… Jérôme ne peut s'empêcher d'établir la comparaison avec les momies que l'on a retrouvées dans la cordillère des Andes.

« Ce sont des caissons réfrigérants », explique soudain Alain.

Jérôme réprime un sursaut. « Pardon ?

— Des caissons réfrigérants, pour cryogéniser les gens.

— Comment ça ? Je ne comprends pas. »

Alain laisse échapper un petit rire : « Les corps sont maintenus en suspension métabolique. On les congèle, si tu préfères. Le temps qu'un prince charmant vienne les réveiller d'un baiser. C'est toi ?

— Quoi, moi ?

— Le prince charmant, c'est toi ?

— Que faisons-nous ici, Alain ? Et cette peau sur ton dos, tu as… Je n'ai jamais vu un gâchis pareil. »

L'autre prend l'air chagriné. « Oui, j'ai été obligé de faire vite. Les caissons sont tombés en panne. Plus d'électricité, tu vois. Alors les champignons sont apparus.

— Édith et Annabelle, elles sont encore vivantes ?

— Non, j'en ai peur. À ce stade-là, le pourrissement ne pardonne pas. D'ailleurs, tu vas bientôt t'en rendre compte par toi-même.

— Comment ça ?

— Le pourrissement, la dégradation chimique de la matière organique. Les caissons ont cessé d'être alimentés, mais j'ai réussi à conserver de la lumière. Seulement, cette cave ne restera pas éclairée longtemps, alors nous allons… »

Un claquement sec, et brusquement les lampes s'éteignent.

« Et voilà, murmure Alain dans le noir. Ça commence. »

Jérôme s'éveille en sursaut, une grande goulée d'air se déverse dans ses bronches. Odeur de poussière, de terre mouillée, de bois vermoulu. La torpeur met quelques instants à se dissiper. Il devine, dans sa poitrine, les caillots noirs que charrie péniblement son cœur. Son pouls, ersatz de battements cardiaques, répond faiblement à ses tympans. Son visage engourdi lui paraît extraordinairement pesant. Il tente de s'humecter les lèvres et remarque à cet instant qu'elles sont enflées. Tellement, d'ailleurs, qu'il ne parvient pas à insérer sa langue entre les replis de la peau. Il sent contre les bords charnus du muscle buccal qu'une incisive et une canine ont disparu, et que d'autres dents vacillent sur leur base. Par endroits, les gencives mutilées, où s'attarde un goût de fer, ont acquis une consistance de fruit écrasé.

Il remue la tête, si lourde sur ses épaules, et fait de son mieux pour se situer dans l'espace. On l'a déposé en position assise, le dos appuyé contre… contre quoi ? Il tente de remuer. Les craquements contre ses omoplates signalent la présence d'une cloison en bois. Il cligne des yeux, mais un seul œil paraît s'ouvrir. L'autre reste désespérément fermé. Le garde champêtre essaye de renifler. Pas un souffle d'air dans les narines. Lorsqu'il cherche à parler, à formuler un appel au secours ou un simple juron, seul un grognement sourd s'échappe de sa gorge. Impossible d'articuler la moindre syllabe. Il veut se débattre, constate qu'on lui a lié les mains dans le dos. *Et merde !* Il est encore vivant, c'est au moins un point positif. Reste à savoir comment il va se tirer de ce guêpier.

Habitué aux exercices d'étirement et aux échauffements méthodiques, il fait jouer un à un les muscles sous son épiderme, plie autant que possible chaque articulation pour vérifier qu'il n'a rien de cassé. Si ce n'est son visage réduit en marmelade, il estime que le reste de son corps a été plus ou moins préservé. Respirer par la bouche, réfléchir. Sa tête lui donne l'impression d'avoir une outre gorgée de lymphe sur les épaules. S'il s'en sort avec une simple commotion, il s'estimera heureux. Première étape… Un crissement de pneus interrompt ses réflexions. L'abscnce de bruit de moteur à l'extérieur lui confirme qu'il s'agit d'un vélo. Nouveau bruit de dérapage. Un deuxième vélo. Les maigres interstices entre les planches sont comme des aiguilles de lumière qui perforent les rétines. Le reste de la baraque (il suppose qu'il s'agit d'une baraque, d'un cabanon ou d'une remise) est plongé dans le noir.

Des aboiements s'élèvent, tout proches. Il évalue le nombre de chiens à une vingtaine, mais comme il ne perçoit aucun déplacement, il en déduit que les animaux sont enfermés ou attachés. La puissance des clameurs lui indique que les bêtes sont toutes de taille moyenne. Pas de molosses. Se trouve-t-il dans un chenil ? Un refuge ? Un élevage ? Il ne se rappelle pas s'être évanoui, avoir été entravé et transporté.

À quoi ressemblait celui qui l'a frappé ? Si seulement il parvenait à reconstituer ses traits, il pourrait se livrer à des extrapolations plus précises, mais hormis le bruit des coups contre son crâne, la vision fugitive d'une paire de poings et celle, plus prolongée, d'Alain qui tente de protéger un enfant, aucune image ne subsiste dans son esprit. Jérôme se remémore les mots du gosse : *Papa ? C'est qui le monsieur ?* Il revoit aussi le deuxième enfant, assoupi devant la télévision. Alors quoi ? Les gamins d'Alain sont revenus au bercail ? L'épouse indigne a changé d'avis, elle a quitté sa secte pour réintégrer le domicile conjugal ? Dans ce cas, où est-elle ? Nul doute qu'on l'aurait aperçue à un moment ou à un autre dans les rues du village. A-t-elle laissé les gosses à son mari ? Est-ce qu'une mère digne de ce nom confierait sa progéniture à une épave comme Alain ? Une autre idée, plus tordue, plus effrayante, germe dans l'esprit du garde champêtre. Et si les gamins n'étaient jamais partis ? Et si toute cette histoire d'endoctrinement religieux n'était qu'une invention ? Jérôme secoue la tête. *Tu dérailles, mon vieux, tu as pris trop de coups sur la cafetière.*

Dehors, les bêtes s'époumonent. Un ordre sec met brusquement un terme à leurs vociférations. « Silence, les chiens ! » Parfaitement dressés, les animaux obéissent dans l'instant. Jérôme se concentre. Ce poids, dans sa tête... Celui qui a parlé ne possède pas encore le timbre pectoral d'un adulte. Un adolescent. Treize ou quatorze ans, pas plus.

Un deuxième protagoniste intervient. Voix un peu plus aiguë, mais également masculine. « Qu'est-ce qu'on fait ici ? » Il ne faut pas longtemps à Jérôme pour reconnaître celui qui a parlé : Julien, le benjamin des Trinquiet, le frère de Jean. *Ce qui signifie*, raisonne le garde champêtre, *que l'autre doit être Thomas Imbert, le fils du boucher*. Les choses se mettent lentement en place dans sa caboche esquintée. *D'après les vieilles du banc, Thierry, le père, était comme cul et chemise avec Alain. Celui-là même chez qui je me suis fait massacrer. « Toujours à faire les quatre cents coups ensemble », avait dit Armande.* Jérôme entrevoit les contours d'un schéma sans toutefois arriver à en cerner l'aboutissement. Il ferme les yeux, ou plutôt un œil, et appuie sa tête contre la cloison de bois. *Putain.*

« Tu vas enfin m'expliquer ce qu'on est venus chercher ? reprend Julien.

— Viens, approche », déclare l'autre.

Claquements métalliques des bicyclettes que l'on pose sans ménagement au sol.

Jérôme se tait.
Il attend.

130

« C'est là que je l'ai trouvée. » Thomas désigne les cages des chiens, dont il s'est approché sans crainte ni hésitation. Les animaux le fixent d'un regard unanime et opaque. Ils ressemblent aux différents éléments d'un organisme pluricellulaire, condamnés à agir de concert pour assurer leur survie. L'adolescent semble ne pas y prêter attention, mais Julien, méfiant, conserve une certaine distance.

« Que tu as trouvé quoi ?

— La manche du gilet. Dans une des cages.

— Il faut prévenir la police. »

Thomas secoue la tête. « Qui ça ? Les gendarmes ? Mieux encore, Jérôme ? Ne me fais pas rire. On habite le trou du cul de l'univers. Un ramassis de crétins consanguins, voilà à quoi se résume notre village. On est oubliés du monde et de Dieu, Julien, réveille-toi ! Les gens d'ici ne vont pas voir la police. Ils règlent leurs affaires entre eux avec des petites manies de poltrons. Ni vu ni connu. »

Le benjamin des Trinquiet hésite, alors Thomas insiste : « L'autre jour, quand je suis allé en ville, tu sais ce que j'ai fait ? Je me suis arrêté devant un vidéo-club, et j'ai regardé les cassettes. Ils ont sorti une collection géniale : *Les films que vous ne verrez jamais à la télévision*. Des *Livre dont vous êtes le héros* en puissance mille. Ils auraient aussi bien pu écrire *Les films que vous ne verrez jamais à Lensil*. On n'a même pas un magnétoscope dans tout le village, tu te rends compte ? En tout cas, moi, je ne connais personne qui en possède un. À part Martin, le fils du pharmacien, mais je suis sûr qu'il raconte n'importe quoi pour attirer l'attention.

— En ville ? Tu veux dire la fois où tu as donné la boîte à mon frère ? »

Une ombre passe sur le visage du fils du boucher. « Oui. Cette boîte… Elle appartient à mon père. Il la conserve… enfin, il la conservait au grenier depuis des années. Vingt ans au moins. Quand il avait un coup dans le nez, il soutenait qu'elle avait des pouvoirs magiques. Et moi, je ne demandais qu'à y croire. Bon, voilà, la boîte traînait dans une malle depuis des lustres. Je suis certain que mon père ignore qu'elle n'y est plus. Un petit larcin, rien de plus.

— J'ai découvert un doigt à l'intérieur ! éclate Julien. Celui que les gendarmes ont trouvé à la perquisition.

— D'après mon père, articule Thomas, le coffret contenait des choses du passé, du futur, différentes pour chaque propriétaire. C'est en cela qu'il était exceptionnel. Mais une fois qu'on l'avait ouvert, il n'y avait plus moyen de faire marche arrière.

— Ton père délire. Et d'abord, comment il serait entré en possession d'un objet pareil ?

— Il l'a trouvé près de l'ancien lavoir, il y a au moins vingt ans. Son propre père lui avait raconté avoir tué une drôle de bête lors d'une partie de chasse, avec le maire et le paternel d'Alain… Le lendemain, il y est allé en cachette avec Alain. Ils étaient plus jeunes que moi à l'époque. La créature supposée n'était plus là, mais ils ont trouvé un tas de chats morts. Au moins une dizaine. Un vrai massacre. Ensuite ils ont découvert la boîte. »

Julien n'en revient pas. La conversation prend un tour surréaliste. Il s'attendait à une explication curieuse, mais les arguments de Thomas dépassent ce qu'il avait envisagé.

« Un tas de chats morts ? Comme ceux de…

— Peut-être.

— Mais cette histoire s'est déroulée il y a vingt ans.

— Je sais. C'est fou, non ?

— Cette bête, elle ressemblait à quoi ?

— Ni mon père, ni celui d'Alain, ni le maire n'ont compris ce que c'était. L'animal ressemblait à un chien, mais certaines caractéristiques rappelaient celles d'un homme.

— D'un homme ?

— Un mélange des deux, enfin d'après ce que mon père m'a raconté. Ils ont enterré cette aberration… Je veux dire, c'était trop tard… Ils lui avaient tiré dessus ; alerter les autorités ne leur aurait apporté que des ennuis. C'est comme je te l'ai dit, à Lensil, ces choses-là se règlent sans intervention extérieure. Ensuite, ils ont décidé de garder le silence. Un secret entre eux. Mais tu sais comment sont les secrets, par ici.

— Donc, ton père te racontait ce qui s'était passé quand il avait un peu trop bu.

— Oui. Il avait trouvé une boîte à côté des chats. Elle lui paraissait intéressante : il l'avait gardée. Il a toujours prétendu qu'il n'avait jamais osé l'ouvrir, mais moi, je le suspecte de mentir. Je suis convaincu qu'il a risqué un œil à l'intérieur et ce qu'il a vu l'a tellement effrayé qu'il a décidé de ne jamais en parler.

— Et mon frère ? Pourquoi lui avoir donné le coffret ? »

Thomas soupire. Il pose une main sur l'une des cages, et plusieurs chiens suivent son mouvement, les yeux aimantés. « Il avait quelque chose que je voulais à tout prix. De mon côté, je détenais une boîte renfermant tous les secrets du subconscient. Ça n'a pas été très difficile de susciter chez ton frère une véritable passion pour ce morceau de bois… Tu le connais.

— Qu'est-ce que vous avez fait ?

— On a procédé à un échange, c'est tout. Je lui ai confié la boîte et il m'a cédé l'exemplaire qu'il possédait. J'ignore comment il a réussi à se le procurer… Il m'a raconté une histoire d'homme-chien qu'il aurait rencontré la nuit, au parc de loisirs près du lycée… Son discours était confus et, à vrai dire, tout ce qui m'importait, c'était d'avoir le manuscrit.

— Quel manuscrit ?

— Tu n'as pas encore deviné ? » Julien fait non de la tête et son interlocuteur a un sourire inversé, un rictus de bravade. « *Empire des chimères*, bien sûr. La version manquante de Lars Anderson. »

131

En silence et sans cesser d'écouter la conversation qui se poursuit à l'extérieur, Jérôme commence à faire jouer ses articulations. D'abord les jambes, qu'il contracte à intervalles réguliers afin de rétablir la circulation sanguine. Puis les mains transpercées par l'onglée, derrière son dos, avec lesquelles il forme des poings pour vaincre la paralysie. Le jeune Thomas a complètement perdu les pédales, songe le garde champêtre. Et il essaye visiblement d'entraîner Julien dans son délire. Cependant, le garde champêtre discerne plusieurs détails troublants au fil de son récit aberrant. Les allusions répétées au jeu de rôle, qui semble aux yeux du jeune homme représenter un pivot de la réalité. Et puis l'histoire des chasseurs qui, si elle ne relève pas totalement du fantasme, explique les étranges réactions du maire pour freiner le zèle de son agent municipal après la découverte des chats au vieux lavoir : un massacre d'animaux dont la coïncidence ne peut être fortuite.

À présent, Jérôme se démène pour distendre les liens qui entravent ses poignets et ses chevilles. Il roule sur le côté, se contorsionne. La corde de chanvre mord les chairs, mais il n'en a cure. Sa tête lui semble sur le point d'exploser.

En même temps qu'il retrouve ses sensations, mille douleurs naissent sous la peau. Pointes, brûlures, déchirure. Il s'applique à contenir la souffrance dans les limites du supportable. La corde au niveau des poignets devient plus lâche, mais refuse de céder. Au moment où il roule encore sur lui-même, allongé par terre, son épaule heurte un obstacle qui bascule à deux centimètres de son visage. Dans la pénombre à laquelle ses yeux se sont habitués, il distingue les contours d'un visage. De grands yeux immobiles, figés dans un effroi éternel, une peau ridée que le froid a conservée tel un parchemin millénaire, et une bouche ricanante, muette, dont aucun souffle n'émergera plus. La mort a ceci d'inquiétant qu'elle imite à la perfection le rire. Annabelle, l'ancienne institutrice. Si Jérôme nourrissait des doutes quant aux raisons de sa disparition, le voilà à présent fixé. Le garde champêtre se débat, il se traîne, il sinue, tente de s'éloigner de cette surprenante apparition. Dans une autre vie, sur un autre continent, il a déjà vu des cadavres, il en a même touché, empoigné, jeté sur le côté des routes ou, dans le meilleur des cas, enterré sous un tas de pierre. Mais jamais encore le trépas n'était survenu avec semblable familiarité, jamais il n'avait formulé de promesses si concrètes, si imminentes. Ce n'est pas la mort d'Annabelle qu'il tente de fuir en rampant, mais la sienne prochaine. Il sait maintenant ce qui l'attend lorsque la porte du cabanon s'ouvrira.

Il se tourne sur l'autre flanc, et tombe nez à nez avec un crâne humain. Les orbites vides, plus noires encore que la pénombre environnante, paraissent aspirer le peu d'énergie qui se diffuse en lui. Le rictus immobile du squelette affiche une moquerie cruelle. Jérôme aperçoit une partie du gril costal émergeant de terre, ainsi qu'un humérus à demi enseveli et totalement dépourvu de chair. Ce cadavre-là est beaucoup plus ancien que le premier, le froid n'a pas suffi à le préserver. Le garde champêtre ne peut réprimer un nouveau tressaillement. Le voilà qui redouble d'efforts pour échapper à la proximité des encombrantes dépouilles. Qui sait combien de victimes reposent sous les cailloux et les herbes de la remise ? On ne l'a pas enfermé dans une prison de fortune, mais déposé à l'intérieur d'un mausolée, jeté sur un charnier. Il sent la panique sinuer le long de sa colonne vertébrale, se répandre dans ses entrailles liquides. S'il laisse la peur le gagner, il sera bientôt incapable d'effectuer le moindre mouvement.

Clotilde, penser à Clotilde. L'odeur chaude et vivante de sa peau, l'infini que laisse entrevoir son sourire, la couleur bleue de ses soupirs, la palpitation millimétrée de ses veines. Caresser ses longs cheveux bruns, ne pas s'arrêter, lisser encore cette ondulation, aplanir ces reliefs d'une douceur exquise où brillent des reflets cuivrés. L'écouter parler, s'abreuver à la consolation de ses mots. Chaque phrase est un filet d'eau claire, les intonations coulent à l'oreille en une suite de modulations harmonieuses. Redécouvrir le grain de beauté dissimulé comme un trésor derrière l'oreille, dessiner du bout des doigts les contours de cette tache subtile, l'embrasser lorsque vient la nuit et provoquer les frissons.

Il la soigne et elle le guérit, il la berce et elle l'endort, il la soutient et elle l'élève. Chacun d'eux se sublime par la grâce et la souffrance de l'autre. Ils excèdent leurs propres capacités dans un jeu de fêlures en miroir.

Là, dans les entrailles de cette cabane poussiéreuse, dans cette obscurité de caveau où s'accomplissent les morts, au cœur d'une solitude qui exclut toutes les autres solitudes, les souvenirs deviennent sémaphores. Jérôme se laisse guider.

Elle peut le sauver.

Il a besoin d'elle.

132

Thomas s'éloigne des cages, avance vers Julien. « Aller voir les flics, c'est leur parler de mon père. » Sa progression n'a rien de menaçant. Il s'agit plutôt d'un mouvement d'apaisement. Julien ne peut toutefois s'empêcher de reculer. « Je suis désolé, murmure-t-il. Mais je ne vois pas d'autre solution. La manche de gilet…

— J'ignore comment cette manche s'est retrouvée dans le chenil. J'ignore même si elle a un rapport avec Édith.

— Pourtant, elle est là. Et si tu as pris la peine de l'enlever des cages, de la cacher dans ta chambre, c'est que tu dois avoir un doute, non ? Ton père est le seul à s'occuper des chiens.

— Je ne peux pas te laisser parler aux policiers.

— Pourquoi tu m'as amené là, alors ? Pourquoi tu m'as montré tout ça ? Pourquoi me raconter ces histoires ? »

Thomas hausse les sourcils. Il a l'air sincèrement étonné. « Mais parce que tu as le droit de savoir. Il s'agit de ton frère, après tout.

— Mon frère s'est contenté de prendre l'objet prétendument magique que tu lui offrais.

— J'ai échangé la boîte contre le début du manuscrit perdu d'*Empire*. Ton frère me donnait la suite au compte-gouttes. Je crois qu'il ne me faisait pas tout à fait confiance. Conserver une partie de l'histoire représentait pour lui une sécurité. Mais il a été interné. Alors maintenant…

— Il n'est plus interné. Il s'est échappé.

— Je sais bien. » Thomas étouffe un rire las. « Tu crois qu'il nous apporte la fin d'*Empire* ou qu'il a pris une décision plus radicale ?

— Ce n'est pas drôle.

— Quand ton frère a ouvert la boîte, j'ignore ce qu'il a vu. Par contre, je sais ce que toi, tu y as trouvé. Et Jean le savait aussi. »

Julien a du mal à en croire ses oreilles. Il a l'impression de tomber de Charybde en Scylla. « Comment ça ?

— Il était parfaitement au courant de ta trouvaille. Et il a toujours su que tu fouillais dans ses affaires. Ce doigt était un reflet de *ton* subconscient, pas du sien. Une phalange d'ourson. Souviens-toi que tu avais déjà commencé à jouer à *Empire*.

— Je sais ce que j'ai vu dans la boîte. C'était un doigt humain. »

Thomas l'observe avec le regard attristé du professeur qui échoue à transmettre une notion fondamentale. Julien n'a pas besoin d'explication supplémentaire : il comprend où son ami veut en venir ; du moins, il entrevoit la logique de son raisonnement. Son partenaire au sein d'*Empire* était un ours-garou. Par un troublant concours de circonstances, la créature chimérique perdait un doigt lors d'un affrontement. Et qui incarnait ce personnage ? Rémi, un adolescent tout ce qu'il y avait de plus ordinaire.

« Une fois encore, ton frère a voulu te protéger », avance doucement Thomas.

Le *une fois encore* fait sans doute référence à l'intervention sanglante de Jean dans la cour d'école, pour défendre son jeune frère. Julien trouve ce rappel profondément déloyal.

« Je n'ai pas besoin de protection.

— Oh que si. Parce que tu as choisi de te taire. Parce que tu as menti par omission. Le silence t'a rendu aussi coupable que nous tous. Moi, mon père, le maire, le père d'Alain, ton frère… »

Julien a la tête qui tourne. Il pensait couvrir son frère alors que c'était précisément l'inverse qui se produisait. Comment a-t-il pu être aveugle à ce point ? Il cesse de reculer. « Et toi, Thomas ? Si la boîte nous dévoile des éléments de notre subconscient, qu'as-tu découvert lorsque tu as ôté le couvercle ? »

Un pli amer se forme au coin de la bouche de l'intéressé. Il marque un temps d'arrêt, mais ne répond pas. Son silence éloquent constitue au regard de Julien un aveu bien plus sinistre que n'importe quelle révélation.

Finalement, le fils du boucher élude. « Nous sommes tous condamnables, ici. Tous salis. »

Julien réfléchit. Son esprit tourne à cent à l'heure. Plus le temps d'hésiter, il faut trancher. « Je ne te crois pas, décrète-t-il, tu as inventé toute cette histoire de A à Z pour te disculper, ou pour disculper ton père. Je ne t'en veux pas ; j'aurais sans doute agi de la même façon à ta place, mais ton stratagème ne fonctionne pas. »

L'expression attristée de Thomas se fait plus prononcée. « Quoi qu'il en soit, réplique-t-il, tu ne peux pas contacter la police. »

Julien lance un coup d'œil à son vélo posé par terre. Il se demande s'il aura le temps de se jeter dessus, de l'enfourcher, et de s'enfuir avant que son copain ne réagisse.

Au moment où il se prépare à s'élancer, une voix grave et calme retentit dans son dos. « Inutile d'espérer prendre ton vélo, tu ne seras pas assez rapide. Désolé, petit. »

Julien n'a pas besoin de se retourner pour savoir qui lui parle. Les intonations sont les mêmes que celles de son fils, l'accent, cette manière de renforcer les occlusives se sont transmis de génération en génération. Julien a parfaitement reconnu la voix du boucher de Lensil et propriétaire des lieux, Thierry Imbert.

133

La camionnette de la boucherie penche légèrement, stationnée de guingois. Les roues du flanc droit mordent sur le bas-côté et s'enfoncent dans la terre meuble de la Haute Source. Le conducteur de la fourgonnette n'a pas pris le temps de se garer correctement ou de défaire la chaîne qui barre l'accès du chemin aux véhicules motorisés. Accroché aux épais maillons, un panneau rouillé indiquant « Propriété privée – défense d'entrer » se balance doucement. Plus loin, on devine la présence d'une construction ; un cabanon, peut-être, dont un fragment émerge de la cime des arbres lorsque souffle le vent du nord.

Les branchages noirs qui s'agitent tressent des couronnes d'ombre dans le ciel, les nuages frangés d'écume céleste ruminent à l'horizon. La protestation lointaine, ample et sourde, vibre calmement. Les masses d'air tourbillonnent, s'enlacent. Un dialogue s'instaure dans l'atmosphère.

Le long du ruban d'asphalte, sur les craquelures du bitume et les minuscules aspérités du goudron, courent des empreintes sanguinolentes ; la forme en arc de cercle de la voûte plantaire et les cinq orteils en éventail, comme des points de suspension. Qu'ils ont dû se fatiguer, ces pieds-là, écorchés au contact rugueux du macadam ! Les kilomètres parcourus ont provoqué une usure cruelle, la peau s'est étiolée en microscopiques coupures qui, ajoutées les unes aux autres, ont composé des sillons rougeâtres sur la corne, ont creusé des ornières écarlates sur les parties tendres, jusqu'à ce que l'épiderme renonce, qu'il s'arrache et que la pulpe claire apparaisse autour des os. Les métatarses, que la saleté du goudron a peints en noir, ont déchiré les jointures, les ongles se sont fendus, retournés, cassés, travestissant les extrémités en rognures informes.

L'individu s'arrête au bord de la chaussée. Ses pieds tors sont maintenant le théâtre d'un ballet de gerçures, d'un chevauchement barbare de plaies et d'hématomes.

Les mollets contractés suggèrent un poids excessif, porté par une ossature trop fine ; une ossature d'adolescent.

Un ourlet blanc taché de gris, élimé, troué, cache l'anatomie du jeune homme au niveau des genoux. Le bas crotté d'une blouse d'hôpital.

Soudain, deux bidons de cinq litres atterrissent sur l'asphalte, posés sans ménagement. Le bruit sourd du plastique rigide, les clapotis de l'épais liquide à l'intérieur témoignent d'un taux de remplissage complet. Les mollets se décontractent, les doigts de pied remuent, indifférents à la douleur des blessures et aux meurtrissures du froid.

L'adolescent glousse tout bas et son rire bref se confond avec le murmure du vent.

Là-haut, les branchages froncés de plis continuent de se balancer sur la tenture de ciel gris.

134

Thomas tente de prendre la défense de son ami.

« Julien ne dira rien, papa. »

Mais Thierry est un bloc de marbre. Ses yeux couleur de glaise humide, ses paupières gonflées, se gorgent de larmes qui n'en sont pas. Ses mains ensanglantées ont doublé de volume. Un os du carpe émergeant de la peau confirme l'existence d'une fracture du scaphoïde. L'indifférence qu'il accorde à ses blessures a quelque chose de terrifiant. Julien n'ose pas bouger. Il est tétanisé. *Non, non, non, non, non.* Le mot, dérisoire contestation, tourne en boucle dans sa tête. Il veut rentrer chez lui, tout oublier, retrouver ses parents dont l'indolence l'excédait, dont la tendresse polie l'étouffait. *Allez-y, serrez-moi dans vos bras, faites comme si tout allait bien. Votre bonheur répugnant, je le réclame. Cette raison, ce calme, cette normalité sont à l'origine de la folie de Jean, je le sais, mais qu'importe. Moi, je suis capable de la supporter. Je peux tout endurer si vous me laissez revenir parmi vous. Alors venez me chercher, je vous en prie. Je serai sage, je serai à votre image, ordinaire et dénué d'éclat. Simple et plein d'amour.*

« Mettons les vélos à couvert », ordonne le boucher d'une voix plate.

Là-haut dans le ciel, trois rapaces tournoient. Au tout début, il n'y en avait qu'un. Julien est certain qu'ils seront bientôt plus nombreux. Leur vol gagnera en rapidité, leur giration deviendra plus féroce, les spirales s'accentueront, et l'un d'entre eux plongera.

Sur un signe de Thierry, les deux adolescents redressent leurs bicyclettes et prennent la direction de la forêt située au bout du terrain. Le cabanon ainsi que les cages des animaux s'amenuisent lentement dans leur dos. Les herbes échevelées se referment sur leur passage, ne laissant d'autres traces qu'une imperceptible ondulation, très vite effacée par le vent. Le tapis végétal sous leurs pieds a la consistance d'un matelas éventré par endroits, si bien qu'il faut être attentif à ne pas trébucher. Tandis qu'ils approchent des premières frondaisons, une tache de couleur sous les arbres attire l'œil de Julien. Les formes bombées d'une deux-chevaux rouge se dessinent dans le sous-bois. Le collégien reconnaît la voiture d'Annabelle, l'ancienne institutrice. Ses pas deviennent incroyablement pesants. Lesté par le brusque renforcement de l'attraction terrestre, il a l'impression que ce ne sont plus ses talons qui frappent la terre, mais le sol qui vient sans ménagement à leur rencontre. Le relief s'intensifie. Il ralentit, commence à bredouiller : « S'il vous plaît... »

Thomas insiste : « Papa... »

L'adulte semble imperméable aux supplications des enfants. Les entend-il seulement ? La bouche légèrement entrouverte, les yeux mi-clos, il avance avec des saccades de somnambule, oblige par sa simple progression les garçons à poursuivre leur route. Dans quelques secondes, ils atteindront la lisière du bois. Le boucher dépasse Thomas (à moins que ce dernier ne se laisse distancer) ; il se trouve entre son fils et Julien lorsque des aboiements retentissent en une clameur unanime. Tous les animaux manifestent ensemble leur colère, ils gémissent, ils grognent. Le grillage sur lequel se jettent les bêtes déverse d'effroyables coups de tonnerre dans l'atmosphère.

Nous sommes gueule. Nous sommes cri.

Thierry hésite, se retourne. Au moment où il esquisse un pas vers le cabanon qui dissimule les cages, les premières volutes de fumée noire s'élèvent.

Nous sommes de ceux à qui les hommes en fusil, les hommes d'ici, enseignent la convoitise du sang. Nous sommes de ceux dont l'acquisition ne coûte rien, dont les portées sont constantes. Nous sommes reproduction, souffrance, blessure, trépas. Nous sommes de ceux que les hommes utilisent pour la chasse et les concours de courses. Nous sommes de ceux que l'on pend avec les membres postérieurs au sol, pour muscler le jarret en résistant à l'étranglement. Personne ne veut d'animaux mauvais ou inutiles. Pas de perdants, pas de vieux, pas de faibles. Nous sommes de ceux qu'on jette au fond d'un puits, qu'on abandonne, qu'on affame, qu'on ampute. On nous traîne derrière une voiture jusqu'à la mort, on nous vend comme appâts de pêche, on nous utilise comme cibles vivantes pour le tir ou comme proies pour les combats de pitbulls. On nous défonce le crâne et les pattes à coups de marteau. Nous rampons, nous urinons sans pouvoir nous retenir.

Les hommes d'ici nous torturent par distraction ou par désœuvrement.

Et toujours, toujours, nous revenons vers eux, nos maîtres.

Nous ne réclamons pas vengeance, nous n'exigeons aucune contrepartie à l'attachement.

Nous aspirons simplement à une forme de pardon, et nos cris, et nos crocs, et nos rugissements n'appartiennent pas au registre du courroux, mais à celui de la clémence.

Aujourd'hui, nous sommes de ceux que l'on délivre.

Les aboiements se transforment en hurlements, les hurlements en appels désespérés. Plusieurs claquements métalliques résonnent derrière la cabane; succession de portes grillagées ouvertes à la volée. « Qu'est-ce qu'il se passe ? » gronde Thierry.

Presque immédiatement, les animaux en feu déboulent dans la prairie et courent vers eux, fous de douleur. Les boules incandescentes zigzaguent, cherchent à fuir, les yeux réduits à l'état de coulures écumantes, sans savoir que leur course attise les flammes. Thomas et son père sont médusés. Maintenant, les chiens entrent dans les hautes herbes. On ne distingue plus que les sillons noirs creusés dans la végétation à une allure stupéfiante, suivis d'épaisses traînées de fumée opaque. Les pistes ainsi dégagées font comme d'immenses serpents qui fondent sur eux dans un rugissement ardent. Julien saisit sa chance : il lâche son vélo et court vers le bois. Ni Thomas ni

Thierry ne cherchent à l'arrêter. L'adolescent bouge les jambes aussi vite qu'il le peut, tente d'éviter les accidents du relief. Ne pas se tordre la cheville, ne pas tomber. Chaque goulée d'air est une secousse qui le propulse en avant. Un mouvement sur sa gauche, puis un autre à droite. Les chiens le doublent. Une affreuse odeur de chair brûlée s'insinue dans ses poumons, Julien sent sa gorge se contracter. Il suffoque. Maintenant, les animaux sont plus nombreux, ils le contournent, le distancent, bien plus efficaces dans leur course erratique que l'adolescent ne l'est dans son parcours rectiligne. Au moment où le dernier animal disparaît dans les fourrés, au moment où l'ultime lueur s'estompe dans une palpitation de bougie étouffée et où les cris deviennent échos, Julien atteint l'orée du bois. À bout de souffle, il stoppe sa progression. Un filet de salive coule d'entre ses lèvres. Il ne cherche pas à le retenir. Les mains sur les genoux, le dos courbé, il examine la prairie derrière lui. Le brasier s'est intensifié. Les flammes débordent à présent le cabanon.

Il plisse les yeux. L'incroyable danse de l'incendie meurtrit sa vision ; il parvient cependant à discerner certains détails. Déformée par les infernales convulsions de la fournaise, une silhouette maigre et voûtée apparaît sur le mur rougeoyant. Elle se détache du foyer. Elle vient vers eux.

135

Alors que les vapeurs toxiques commencent à s'infiltrer entre les planches du cabanon, Jérôme se débat de plus belle. Il compte bien se soustraire à l'emprise de la double épaisseur de chanvre qui, en plus de lui entraver les poignets, lui cisaille la peau. Pas le choix. D'ici une poignée de minutes, l'air sera irrespirable, la chaleur intenable. Dire qu'il était frigorifié quelques instants auparavant. Il ne pense plus au cadavre d'Annabelle ni au squelette qui l'accompagne, à sa face d'ivoire sale paraissant se moquer de lui et des contorsions ridicules – des spasmes plutôt – qu'il accomplit en vue de se libérer. Clotilde également a déserté sa pensée. Plus question de l'odeur enivrante de sa peau, de l'infini de son sourire ou de la couleur bleue de ses soupirs.

Il fixe les tubérosités du crâne, qu'animent désormais les reflets orangés de l'incendie. *Arrête de te ficher de moi, tu entends ? Arrête de sourire.* Des ombres incertaines s'étirent à la base des os à demi enterrés, vacillent, trébuchent comme des figures prises d'ivresse. Le feu est un nectar qui, bientôt, les consumera. Jérôme se démène. La chaleur contre ses omoplates devient morsure. Il se couche au sol pour mieux respirer. Une traction, deux tractions. *C'est le moment de montrer à quoi t'ont servi toutes ces années à soulever de la fonte. Ne flanche pas !* La corde s'est distendue, il en est sûr. Dans un effort désespéré, Jérôme force le passage. La peau se déchire, les jointures s'épluchent. Les muscles de ses bras, tremblants de douleur, ne faiblissent pas. Soudain, il est libre. Il préfère ne pas regarder l'état de ses mains et de ses poignets. D'un mouvement souple, il dénoue la corde à ses chevilles et, en un éclair, il est debout. Inutile de prendre son élan : il balance un énorme coup de pied dans la porte du cabanon. La mince épaisseur de bois n'est pas conçue pour un tel traitement. Le voilà dehors, aveuglé, désorienté, asphyxié.

Il tend les mains en avant, se protège le visage comme il peut. Les flammes sont partout. Il sent les sourcils se racornir, les cheveux rebrousser chemin, chassés par les rayonnements incandescents. La moindre goutte d'eau dans son corps paraît s'évaporer instantanément. Il s'élance, franchit le mur de feu. Une violente toux lui fait remonter les poumons dans la gorge, il se plie en deux et, sans même s'en apercevoir, se retrouve à l'extérieur du brasier, sur l'herbe rase, à l'air libre. Son pied heurte un bidon d'essence incliné par terre. Bruit de récipient creux. Le pyromane n'a pas lésiné sur le liquide inflammable. Des cages ouvertes se tordent dans la fournaise. Le cabanon est une torche autour de laquelle s'enroulent des météores inversés. Les escarbilles montent au ciel comme des imprécations et le zénith s'obscurcit.

Jérôme contourne le bâtiment, s'éloigne vers la forêt. Les derniers nuages de particules se dissipent quand il aperçoit Jean, au loin. Le dos de sa blouse ouverte laisse transparaître son échine nue. Les vertèbres du rachis forment une série de jalons scoliotiques sur la peau encrassée. Les fesses ont l'aspect d'un postérieur de vieillard étique. Les cheveux à l'arrière de son crâne ont disparu par plaques entières, arrachés ou rasés, si bien que la peau scrofuleuse et décolorée apparaît entre deux touffes brunes. Ses pieds noirs, écorchés, semblent avoir enduré l'usure d'un pèlerinage expiatoire.

En d'autres circonstances, on pourrait prendre ce gosse en pitié, se dit le garde champêtre. Éprouver de la compassion pour son apparence misérable, sa démarche d'égaré. Mais ce serait oublier qu'il vient d'incendier une dizaine, une vingtaine de chiens. Et de toute évidence, il ne compte pas s'arrêter là.

Jérôme le voit, qui se dirige vers Thierry Imbert et son fils. Ces deux-là, dans les hautes herbes, ne bougent plus. Le premier, quoique stupéfait, se dresse dans une posture d'affrontement résolue. Le second se tient cinq ou six mètres devant, les bras autour du corps, la bouche agitée de tremblements incoercibles. Il observe la scène sans réagir.

L'assaillant progresse vers eux avec un bidon à la main.

Le garde champêtre tente de crier, mais une masse de glaires suiffeuses lui obstrue le gosier. Il éructe, crache par terre un caillot gris, et parvient finalement à beugler d'une voix rauque : « Jean, arrête ! »

136

L'injonction semble fonctionner, ou du moins activer dans les aires du langage et du mouvement quelque mécanisme inhibiteur. Jean a dépassé le jeune Thomas, plongé dans une stupeur voisine de la catalepsie. Le jeune pyromane marque une halte non loin de Thierry, qui lui fait face avec aplomb. L'adolescent ne se retourne pas vers Jérôme. Par la blouse entrouverte, une brève saccade d'épaules trahit un soupir.

Le garde champêtre avance. L'une de ses rotules refuse de plier, la peau arrachée sur le dessus des mains compose des mitaines sanglantes, et sur ses poignets retombent des lanières de chair humide, bracelets macabres et décolorés. Sa mâchoire gourde claque à chaque enjambée, de peur, de froid, ou simplement par manque de tonus. L'œil gauche exclut de s'ouvrir et larmoie en permanence, laissant sur la joue enflée une traînée claire, qu'il sent comme une entaille dans l'atmosphère glacée. Aucun ruissellement d'air ne franchit plus la cloison nasale écrasée. Jérôme estime qu'il a le nez cassé en plusieurs endroits.

Il progresse en claudiquant. Son échine et une partie du bras droit ont subi les assauts des flammes avec plus de rigueur que le reste du corps. Il souffre sans doute de brûlures superficielles. Dans son dos, la rumeur des flammes insiste, des langues fourchues s'agitent dans le ciel, et le feu sème du rouge sur le vent. Un filet de larmes souligne ses yeux, l'assèchement des rétines pèse sur ses paupières. Il voudrait fermer les yeux, mais son esprit place des images de cauchemar devant lui. Le rictus d'Annabelle, les os enveloppés dans une tunique de peau étirée, où les humeurs et les fluides ne circulent plus… Les bouts d'ivoire plantés dans le sol du cabanon, pareils à des défenses fichées dans une croûte noire… Le visage méconnaissable de l'Arabe, se tournant vers lui dans la clarté naissante du désert. Sa chair gonflée à l'excès, incapable désormais de profiter des méplats de la face. Et son regard apeuré, suppliant, qui se déchire à l'instant de la déflagration. Un crépi d'étoiles scintille dans l'air froid. La somptueuse et brève obscénité du fusil, il l'entend encore.

Essoufflé, le garde champêtre s'arrête à la hauteur de Thomas. Le collégien ne bouge pas, ne le regarde même pas. Jean n'est plus qu'à deux ou trois mètres. Tenter d'établir un contact, le raisonner, faire appel aux sentiments… Jérôme passe mentalement en revue toutes les options diplomatiques qui se présentent à lui, car il sait qu'il n'aura ni la force ni la volonté de procéder à une intervention musclée.

Il tente d'évaluer la situation de son œil valide et sent tout à coup ses poils – ceux qui n'ont pas brûlé dans l'incendie du cabanon – se hérisser. La blouse de Jean dégouline et le bidon, qu'il vient de lâcher, est manifestement vide. Le gamin s'est aspergé d'essence de la tête aux pieds. Jérôme imagine qu'une forte odeur d'hydrocarbure empeste les alentours, mais il est incapable de la détecter. Thierry le boucher, lui, a certainement humé les vapeurs nocives. Il ne semble pas s'en émouvoir, continue de toiser son adversaire avec un regard plein de morgue et de défi. Ses poings meurtris – en partie tachés du sang de Jérôme – se crispent à ses flancs. Ses traits se contractent, ondulent, se courbent. On pourrait le croire sur le point de se transformer. La peau s'ouvrirait, et un être moisi, une excroissance pourrie, surgirait pour prendre sa place. L'épiderme chiffonné tressaille, comme infesté de vers, rongé par de sournois entrelacs désireux d'exhiber leurs tiges vrillées à l'air libre.

Jérôme ouvre la bouche pour parler, mais n'a pas le temps d'émettre un son.

Avec une rage inouïe, Thierry plonge sur l'adolescent.

En lisière de forêt, Julien voit son frère aîné et Thierry se faire face.

Oskar se dresse de toute sa hauteur, bombe le torse. Dans son dos, les flammes de sucre émergent du Volcan de Jouvence, s'élèvent, lèchent la roche caramélisée de la grotte où il a établi son quartier général ; c'est-à-dire au cœur des Épouvantables Terres.

« Enfin, murmure Benny l'aigle borgne. Si tu savais combien de temps j'ai attendu cette rencontre. »

Un sourire fendu coupe le visage du lapin fou en deux. Il a taillé ses dents en pointes.

Julien cligne des yeux. Il est dans la prairie de la

Haute Source. Pas dans *Empire II*. Il aperçoit le garde champêtre, qui s'approche lentement dans le dos de Jean, s'arrête à côté de Thomas. Son copain est immobile dans l'herbe, l'air absent. Peut-être poursuit-il également une partie d'*Empire des chimères*?

Oskar éclate d'un rire fêlé. Ses dents étincellent dans le contre-jour pourpre que dessinent les ébullitions de sirop. « Tu vois ce gouffre de lave derrière moi? J'y ai précipité plus de joueurs que tu ne pourras jamais en dénombrer. Et de bien meilleurs que toi. Qu'est-ce qui te fait croire que tu as une chance? »

Benny reste silencieux.

« Tu ne réponds pas? susurre le lapin avec une attitude de triomphe. Tu pourrais aussi nous rejoindre. T'intégrer à la communauté. Bien sûr, tu devras renoncer à certaines choses. Des babioles, vraiment. La propriété, la liberté… Tout ce que nous possédons appartient au groupe. En échange, la collectivité assure les besoins vitaux. »

Benny jette un coup d'œil autour de lui. D'immenses champignons s'élèvent sur les parois de la caverne, grimpent le long des escarpements, s'accrochent au stuc et déploient au-dessus de leurs têtes des corolles striées aussi larges que des parachutes. L'éclat de l'abîme sirupeux projette sur le plafond des ombres de vestales, danseuses lascives dont chaque mouvement semble entretenir le foyer sacré.

Au sommet des larges tiges phalloïdes, Oskar a fait pendre de nombreux renégats. Andy le loup arctique, Victor le mille-pattes, Moustache le cavalier king-charles… Leurs dépouilles se balancent dans l'air chaud, à des états de décomposition variés. Certaines plaies laissent entrevoir des filaments blanchâtres qu'il connaît bien.

D'autres personnages, libres de leurs mouvements mais indéniablement sous l'emprise maléfique d'Oskar, se tiennent dans un coin reculé de la grotte. Apeurés, frissonnants, misérables, ils forment un groupe de parias que même les tréfonds de la caverne répugnent à accueillir. Parmi eux, Eddy, la corneille albinos. Benny est tenté un instant de s'adresser à elle – après tout, ils ont entrepris ce périple pour la retrouver –, mais s'aperçoit que cela n'a plus d'importance. Aucun des mots qu'il pourrait prononcer ne suffirait plus à justifier la quête dans laquelle ils se sont lancés. L'aigle borgne réalise soudain qu'ils n'ont jamais cherché Eddy. Eddy était une excuse. Ce qu'ils voulaient en réalité, c'était vérifier s'il existait un autre monde que Simplicité, une alternative aux centres commerciaux infinis, à l'insouciance des allées marchandes, et au soulagement prodigieux, jamais rassasié, de l'achat répété. La réponse qu'il a devant les yeux est éloquente : oui, ce monde existe, et il n'est que saccage, terreur, abandon.

Benny approche d'Oskar le rebelle, Oskar le dément, Oskar la légende qui, au final, n'est qu'un pantin ridicule, défenseur d'une utopie cauchemardesque. La mort de son ami William, rongé par les champignons de la Peste zombie, l'a davantage affecté qu'il ne l'aurait cru. Mais elle lui a aussi donné une force insoupçonnée. L'aigle borgne se sent désormais le courage d'accomplir des choses qu'il n'aurait jamais envisagées par le passé. Un nouvel élan motive désormais chacun de ses actes. « Il y a une option à laquelle tu n'as pas encore songé, murmure-t-il à l'adresse du lapin fou.

— Ah oui ? fanfaronne Oskar. Laquelle ? »

Le garde champêtre semble hésiter, constate Julien. Il a cessé d'avancer vers les deux protagonistes, demeure à deux ou trois mètres de Jean. Ses yeux s'agrandissent. Il discerne quelque chose d'effrayant dans le dos de l'aîné, mais Julien est trop loin pour voir de quoi il s'agit. Quand, finalement, le garde champêtre se résout à parler, sans doute dans le but de raisonner son frère, Thierry passe à l'action, les mains en avant. Le boucher fonce vers Jean avec un hurlement sauvage.

« Le sacrifice », répond Benny avant de se ruer sur Oskar. Il percute le lapin de plein fouet. Celui-ci, déséquilibré, laisse une fraction de seconde la stupéfaction figer ses traits, puis empoigne son assaillant.

« J'arrête de jouer », grogne Benny.

Le jeune Thomas s'élance pour venir au secours de son père, aussitôt intercepté par Jérôme. Le garde champêtre a déjà compris ce qui va se produire ; il entoure le collégien de ses bras, pose une main derrière la tête afin de lui plaquer le visage contre sa poitrine. L'adolescent se débat, le policier municipal le retient contre lui ; les belligérants sont désormais hors d'atteinte, il le sait. Au moment où le boucher touche son adversaire, Jérôme pivote pour protéger l'adolescent. Un ouragan de flammes s'élève de la maigre carcasse de Jean, la crépitation mitraille les corps, un souffle ardent balaye l'herbe.

Benny tente de déployer ses ailes – il appartient à la majestueuse famille des rapaces, après tout –, mais le lapin l'enlace de toutes ses forces. L'aigle sent l'haleine rance de son ennemi lui gifler le visage, n'essaye même pas de lutter quand ils basculent ensemble dans le vide. Les os, les plumes et le pelage noircis s'enfoncent dans la mélasse volcanique, leurs cris conjoints se recouvrent de liquide gluant. Leurs corps reparaissent à la surface, roulent dans les viscosités gourmandes. Les membres perdent en mobilité, la cinétique se fait plus rudimen-

taire, la souplesse devient raideur. Encore une immersion, et ils reviennent sous forme d'ébauche. Le dessin s'est simplifié, les yeux se sont éclaircis. Dernière plongée dans l'épais sirop, et ce sont quelques traits maladroits, des ratures méconnaissables, qui finissent de se dissoudre dans la poisse. La disparition ressemble à une idée que l'on oublie au matin, elle est comme une histoire jamais racontée, que personne ne saura délivrer du néant.

Les silhouettes de Jean et Thierry forment un tandem brusquement fusionnel, une dessiccation tracée au charbon sur une toile ocre. Puis l'étrange duo choit sur le tapis de brome sec, ainsi qu'un couple d'amants chaviré sur un lit de paille. Julien lève les yeux. Les charognards volants tournoient dans le ciel. Transporté par les courants d'air chaud, un nuage de cendres s'élève vers eux, masque un instant leur ronde, puis retombe tristement au sol.

137

Six semaines plus tard.

Robert Watkins tapote du bout des doigts la couverture de l'épais volume intitulé : *Bio-évaluation faune/flore pour projet d'aménagement B 87 – Rapport préliminaire – Version 3*. Trois cent cinquante pages d'informations condensées, de recensements exhaustifs, de tracés, d'orientations, d'hypothèses poussées avec méthode dans leurs retranchements. Et dans ce fatras de données statistiques, une pépite.

Parfaitement immobile, le corps dénué de tout autre mouvement que l'infime tambourinement sur le rabat cartonné, Watkins plisse les yeux en un regard reptilien. Derrière ses paupières alourdies se niche un feu paradoxal, similaire à la palpitation d'une braise sous une couche de glace.

L'homme à la cravate jaune a des difficultés à cacher son embarras. D'abord, il n'a pas l'habitude d'être convoqué directement dans le bureau du responsable, ensuite le bureau lui-même, au siège de Lawney Industry, le met mal à l'aise. Sur tous les murs, des citations de Sid Lawney s'offrent à la vue, placées sous verre dans des cadres en bois sombre : *« Rien n'est accident, rien n'est hasard »*, Chicago, 30 août 1967, *« Dessiner, c'est souffrir. Créer, c'est trouver un sens à cette souffrance »,* Denver, 14 janvier 1954… Les grosses lettres noires ont un aspect oppressant ; elles se détachent des cloisons comme des injonctions répétées, des mantras, des totems exigeant la prosternation. La bibliothèque est uniquement garnie d'ouvrages consacrés aux travaux du maître : *Lawney, une vie, un destin ; Né pour créer ; Vues et perspectives des studios LIM*… Dans le cadre habituellement réservé aux photos de famille, à côté du sous-main, l'expert en bio-évaluation n'a pas été surpris de voir un cliché de Sidney, bras dessus, bras dessous avec son interlocuteur du jour, Robert Watkins. Les deux hommes, curieusement semblables, posent devant une table à dessin ; Watkins est plus jeune d'une vingtaine d'années. Quelque chose dans l'attitude empruntée du père fondateur, dans son sourire millimétré, suggère qu'il s'agit d'une image promotionnelle plus que d'un souvenir intime.

Le moindre accessoire est estampillé au logo de la firme : les stylos, le papier à en-tête, les fauteuils, le téléphone…

Le responsable des opérations spéciales boit

Lawney, mange Lawney, respire Lawney… Lawney au petit déjeuner, Lawney à la sieste, Lawney en faisant les courses. Nul doute qu'il chie également Lawney, glousse intérieurement le spécialiste. Il se demande ce que peut lui vouloir le responsable. Probablement un ajustement ou une coupe destinée à servir les intérêts de l'entreprise. Il sait que le rapport n'est pas fameux, qu'il amène des mauvaises nouvelles, mais sa mission consiste aussi à dire les choses telles qu'elles sont. Au client de faire le tri. L'étonnement est donc d'autant plus vif lorsque le visage de Watkins s'amollit en un sourire onctueux et qu'il déclare : « Excellent rapport. Vous avez effectué un merveilleux travail. »

L'autre n'est pas sûr de bien comprendre. « Pardon ?

— Je disais *merveilleux travail* », articule Watkins un ton plus haut, comme s'il parlait à un sourd ou à un déficient mental.

Cravate jaune cligne des yeux. Il se souvient parfaitement des recommandations en fin de document : *Le risque majeur est la destruction des vieux arbres adultes à cavité ; il est vivement conseillé au porteur de projet de se référer aux documents d'objectifs pour vérifier si les secteurs sensibles sont concernés.* « Vous avez lu la section 31 ? Celle consacrée aux…

— Aux zones de protection spéciale et aux sites classés de type 2, je sais. J'ai particulièrement apprécié vos explications sur le scarabée pique-prune. Son inscription à l'annexe II de la convention de Berne de 1979 lui confère le même statut que le loup ou l'ours. Les Européens ne plaisantent pas avec la protection de la nature, dites donc. » Quelque chose, dans le ton léger de Watkins, déroute le naturaliste. Les yeux du responsable des opérations spéciales se vident de leur éclat, un voile rêveur opacifie le regard : « La façon dont les larves s'abritent à l'intérieur des hêtres et des châtaigniers est prodigieuse.

— Oui, opine prudemment l'entomologiste. Les œufs pondus dans les cavités des vieux arbres donnent naissance à des larves, qui construisent des coques en hiver, pour se protéger des prédateurs et des parasites.

— Astucieux, vraiment. »

Le spécialiste hésite. Est-ce que son interlocuteur se moque de lui ? A-t-il entrepris une partie du chat et de la souris à son insu ? Il choisit de se cantonner aux précisions factuelles. « La période larvaire peut durer deux à trois ans, ce qui explique les moisissures que nous avons trouvées autour des cocons. Ces moisissures sont non seulement logiques, mais très utiles.

— Cela ne signifie pas que l'insecte est mort ?

— Non. Il utilise le contenu de son intestin et les minéraux présents dans le terreau pour assurer sa subsistance. Le pique-prune est "dormant", en quelque sorte.

— Et il peut émerger n'importe quand ?

— À partir de juillet, oui. Au terme de l'immobilité hivernale. Il fait partie de ce qu'on appelle les espèces saprophytes, c'est-à-dire qu'à l'éclosion, il se nourrit des substances organiques en décomposition autour de lui, et en particulier des champignons.

— Fascinant.

— Il participe donc au recyclage naturel du bois. Sa présence atteste d'un milieu rural de qualité. Il enrichit le sol, si vous préférez. Vous n'êtes pas sans savoir que le maintien des propriétés physiques et chimiques de l'humus est capital pour le développement durable des forêts. » Cravate jaune écarte les mains. « Voilà pourquoi il est protégé.

— Les informations que vous donnez à ce propos me paraissent hautement pertinentes.

— Eh bien, voyez-vous, indique Cravate jaune en se détendant légèrement, l'insecte se raréfie. La gestion forestière réduit son habitat, les arbres sont de plus en plus disséminés, on les abat dès qu'on les juge avantageux pour le commerce, et ce coléoptère ne peut voler qu'entre deux cents et cinq cents mètres, en conséquence de quoi il possède une capacité de dispersion très limitée. D'ailleurs, seuls 20 % des individus quittent leur lieu de naissance.

— Vous en avez trouvé beaucoup ?

— Des larves ? Suffisamment pour… contrarier un projet d'implantation. Si vous avez consulté l'échéancier en page 58, vous savez qu'après la réalisation de l'état écologique du site, que nous venons d'effectuer, il faudra que l'ONF établisse un diagnostic des habitats forestiers.

— La démarche prend du temps ?

— Trois ans minimum. »

Watkins soupire. Le naturaliste ignore si le directeur des opérations spéciales exprime de la lassitude vis-à-vis des pesanteurs de l'administration hexagonale ou s'il trahit un contentement aussi subtil qu'inexplicable. L'expert continue sans s'attarder sur les implications de cette seconde possibilité. « Ensuite, vous devrez obtenir une autorisation du ministère fixant les prescriptions techniques à respecter au titre des espèces protégées. Il faudra mandater un nouveau cabinet pour le réseau électrique et l'assainissement.

— Nous demanderons une dérogation.

— Oui, mais selon moi, vous ne pourrez contourner la séquence ERC.

— La séquence ERC ?

— Éviter, réduire, compenser. C'est une obligation légale. Les mesures d'évitement, par exemple, seront impossibles à mettre en œuvre étant donné l'ampleur du projet. Et en l'absence de faisabilité de la dernière étape, la compensation, vous devrez probablement renoncer. Voulez-vous que je retranche les éléments… trop contraignants du rapport final ? »

Le responsable secoue la tête sans perdre son sourire : « Au contraire ! Vous allez les souligner. »

Cravate jaune comprend de moins en moins. Il a déjà eu des clients incompétents, des commanditaires caractériels, des gens incapables de prendre la moindre décision, mais des interlocuteurs qui choisissent en toute connaissance de cause de jouer contre leurs intérêts, jamais. Il hésite, bafouille : « Je… Je crains de ne pas saisir, monsieur. Vous n'ignorez pas que les associations de défense de l'environnement et les écologistes bénéficient d'une grande capacité de nuisance en France. Si nous évoquons la présence d'une espèce protégée sur le site que vous convoitez, soyez sûr que…

— Ne vous inquiétez pas pour ça », tranche Watkins. Le ton mielleux se fait plus coupant, plus autoritaire. Une ombre inquiétante traverse ses yeux. Cravate jaune n'a pas affaire à un naïf, et encore moins à un idiot. « Faites simplement ce que l'on vous demande. Votre cabinet d'études saura où se trouve son bénéfice. »

En 1975, le petit insecte bloque pendant six ans la construction d'une autoroute entre Le Mans et Tours. Six ans d'interruption de travaux.

En 1980, il entrave l'abattage de cinq cents tilleuls par le conseil général. Les arbres, plantés depuis la fin du XVIIIe siècle, menaçaient un golf et un stade tout proches, où les chères têtes blondes pratiquaient toutes sortes d'activités sportives.

En 1981, c'est l'édification d'un barrage dans le Sud-Ouest, destiné à réguler les crues de la Nivelle, qui connaît un coup d'arrêt fâcheux.

Aujourd'hui, le sombre coléoptère refait son apparition au cœur d'une zone dont le seul attrait, jusque-là, était précisément de n'en avoir aucun. Un point blanc sur une carte, un oubli dans les annales de la France, une région à laquelle personne, jamais, ne s'est enorgueilli d'appartenir. Voilà justement le site où le pique-prune a choisi d'élire domicile, car en plus de sa rareté, le cétoine a une prédilection pour les endroits où le progrès, sûrement, se serait épanoui avec davantage de splendeur qu'ailleurs.

HUITIÈME PARTIE

« Les espaces dévolus à la consommation devront profiter de leur force de frappe pour remplir alternativement – ou inclure, ou côtoyer – les fonctions de parc de loisirs à thème, de lieu culturel, de terrain de jeu, de centre communautaire ou de bar convivial. C'est à cette unique condition que la ville nouvelle éliminera les concepts traditionnels de valeur non marchande et de service collectif. Alors seulement, la cité détiendra le pouvoir de se transformer en palais de Minos, coïncidence inhumaine où le *topos* trouve sa forme superficielle la plus accomplie. »

SIDNEY TAYLOR LAWNEY,
Le cœur de nos villes, p. 407.

138

Dans les semaines qui suivent la publication du rapport, les habitants de Lensil et des environs se mobilisent. Des associations se montent : *Les amis de la forêt de Lensil*, *Association faune et flore du secteur IV*, *Lensil environnement*, *Association des coléoptères du département*. Les membres tiennent des réunions dans les salles communales ou chez des particuliers, préparent des dîners destinés à financer les actions locales. La région, la préfecture et le département ont beau programmer des réunions d'information pompeusement baptisées « réunions de préparation du collège Habitat », publier des brochures, recruter des autochtones sans mandats associatifs ou politiques pour participer aux consultations, organiser sous la responsabilité d'un garant de concertation des ateliers thématiques intitulés « Si on parlait », appointer des consultants très calés sur la manière de rassurer un auditoire, rien n'y fait. Le pique-prune, cette petite bestiole de trois centimètres, d'une banalité désarmante, est devenu le porte-étendard d'une contestation dont les motifs excèdent de beaucoup les simples préoccupations écologiques. Il s'agit de préserver un modèle de société, de respecter des traditions, des valeurs fort éloignées des visées purement mercantiles du géant américain.

La gloire intemporelle des studios Lawney, l'animal le plus aimé de générations d'enfants, Annibal le furet, est devenu la bête noire des villageois. La lutte s'étend, le bouche-à-oreille fonctionne à merveille. « Aujourd'hui, ce dossier brûle les doigts de l'administration », jubilent *Les amis de la forêt de Lensil.* « Nous voulons créer un cas d'école pour l'application des lois protégeant l'environnement », renchérissent les membres du collectif *Association faune et flore du secteur IV*. Les arguments des défenseurs de la nature rencontrent un écho régional, puis national. Non, monsieur, la France n'est pas à vendre !... Les journalistes s'en mêlent, le mimétisme opère avec l'efficacité qu'on lui connaît et, rapidement, une figure emblématique de la lutte émerge en une des principaux quotidiens : une jeune fille d'à peine seize ans, encore lycéenne mais d'une maturité étonnante, jugent les médias. Son accoutrement très classique, où subsistent encore d'étranges touches gothiques, passe bien à l'image et sur les photos de presse. Son aplomb, sa détermination, et surtout ses références culturelles étonnent, fascinent. Une villageoise avec un cerveau. Elle n'hésite pas à émailler son discours militant de citations de Lawney, Dugrand, Bonfill, architectes autant qu'idéologues de la société de demain. Les reporters boivent du petit-lait : ils tiennent leur coqueluche. La lolita stimule la libido du quinquagénaire, son discours est accessible à la plèbe. L'adolescente sert de modèle aux jeunes, suscite l'admiration des vieux. Bref, la fille fait vendre.

Le feu des projecteurs n'intimide pas Cindy Dutreuil, au contraire. Elle veut en découdre. Le maquillage, dont les excès s'estompent à mesure que la présence médiatique se renforce, achève de la transformer en interlocutrice légitime.

Les premiers sit-in, les premiers défilés de protestation prennent forme. L'action se durcit. Dans la France des années fric, la France de Bernard Tapie, la France des Rolex et des rails de coke, on érige des campements sauvages dans la boue, on monte des opérations de soutien aux agriculteurs, on rallie à sa cause des philosophes modernes et échevelés, des anti-atlantistes primaires et des chanteurs vêtus de pulls en laine. Un seul mot d'ordre : « Sauvez le pique-prune ». L'accent de la province n'est plus une tare.

Cindy Dutreuil devient l'égérie de la France authentique, la pasionaria du terroir.

Dans les alcôves du pouvoir, les dents grincent. Il faut lire la consternation sur le visage du président de région lorsqu'il voit, en ouverture du journal de 20 heures, Cindy aux premiers rangs d'une manifestation. Il faut voir l'écœurement du préfet quand il repose le magazine en couverture duquel la jeune fille apparaît.

Le sourire courtois mais résolu de la lycéenne, c'est une manne qui part en fumée. Ses dents blanches, ce sont des billets qui se fanent. Et la tête plane du pique-prune sur une bannière, c'est le contrat du siècle qui leur passe sous le nez.

La beauté de la France profonde a décidément un cachet bien cruel.

139

Frank Forelong avait appliqué la technique préconisée par Ishi Iruto dès le premier soir, après être rentré de sa consultation avec la voyante. Avant de s'endormir, il avait songé aux poissons dans un lac noir, à leur matérialisation au moment où on les retirait de l'eau, puis il avait comparé les rêves à des lignes de canne à pêche, qui le reliaient à d'autres mondes, d'où il rapportait des fragments d'histoires, des éléments plus ou moins cohérents. *Rien n'est jamais établi*, avait déclaré la thérapeute. *Même pas dans le royaume des songes.* Petit à petit, le cauchemar avait cessé, mais Frank ne pensait plus qu'aux fils de nylon tendus devant lui, dans l'onde opaque. Iruto avait instillé en lui l'idée que l'existence était un vivier de créatures analogues à ce qu'auraient pu être ses peurs, ses désirs refoulés, dont il pouvait s'emparer à tout moment, d'un simple coup de poignet. Il avait le loisir de choisir une seule prise aux dépens des autres, ou encore de sélectionner un panel restreint. Conséquence inattendue de ce changement de paradigme : chaque décision lui prenait maintenant des heures. Éteindre ou ne pas éteindre la lumière, aller travailler en taxi ou dans sa voiture personnelle, signer tel document, ajourner tel autre. La moindre occurrence portait en elle une multiplicité de conséquences, et ces conséquences avaient elles-mêmes une foultitude d'effets désirables ou non. Aucun être humain n'était en mesure d'appréhender la somme des options disponibles. Il n'arrivait plus à concevoir l'existence en termes d'actions binaires, dictées la plupart du temps par une impulsion fulgurante ou une sage intuition. D'une certaine manière, il avait perdu le feu sacré.

Il lui fallait désormais peser le pour et le contre, examiner toutes les possibilités avant de prendre la moindre initiative. Jane commençait à s'impatienter. Aux insomnies de son mari succédait une lenteur, une hésitation fébrile qu'elle ne lui connaissait pas. Fallait-il préparer du cabillaud ou commander des sushis ? Il ne savait pas. Il tranchait, se ravisait, un doigt sur la bouche, puis s'élançait de nouveau, sûr de son fait… Devait-il aller se brosser les dents tout de suite après le repas ou attendre d'avoir digéré ? La routine quotidienne était devenue un labeur épuisant, chaque geste réclamait une dépense d'énergie phénoménale. Combien de temps Jane tiendrait-elle à ce rythme ?

Frank avait d'abord été soulagé de pouvoir dormir en paix. Jane, également, n'avait pas fait mystère de sa satisfaction. Enfin, les choses rentraient dans l'ordre, enfin, ils allaient redevenir un couple normal, fortuné, resplendissant. Très vite, cependant, ils avaient déchanté. Frank mettait de plus en plus de temps à se lever le matin. Lorsqu'il passait dans la salle de bains, il tergiversait tant et si bien qu'on devait aller taper à la porte pour l'obliger à sortir. Et quand les enfants lui posaient une question, il les fixait avec un regard éberlué, la bouche frémissante.

Il en venait à regretter les visions d'accident aérien qui peuplaient ses nuits. Au moins celles-ci le laissaient-elles en paix durant la journée. Plus d'une fois, il avait envisagé de retourner voir Iruto. Il avait pris la carte dans sa veste, avait décroché le combiné, l'avait raccroché, pressentant que le remède serait pire que le mal, puis avait de nouveau décroché, et appuyé sur la fourche quand la sonnerie avait retenti… Bon sang, il n'était même plus capable de passer un coup de fil. Combien de temps avant que Jane n'aille chez sa mère, qu'elle demande le divorce, qu'elle l'assigne en justice pour *torture psychologique* ? Dans la situation inverse, Forelong n'aurait pas supporté un tel comportement bien longtemps. Il se penche vers sa femme pour l'embrasser, marque un temps d'arrêt, les lèvres tendues en avant, puis un mouvement de recul, et un autre en avant, mais Jane a déjà détourné la tête, excédée ou dégoûtée, il ne sait plus. Il ouvre la bouche, les mots piaffent, renâclent à l'intérieur de ses joues… *Et merde*. « Je rentrerai tard. Ne m'attends pas pour manger. » Elle ne répond pas. Comment lui en vouloir ? Il a la conviction que quelque chose en lui doit céder, mais il ignore quoi.

Il demande au chauffeur de l'arrêter deux rues avant la grande entrée du siège. Il effectuera le reste du trajet à pied. Rien, sur le visage du conducteur de la limousine, ne trahit la moindre émotion. L'employé se contente d'obéir en silence, un pli au coin de la bouche. Le P-DG de Lawney sort de la voiture dans l'atmosphère viciée et électrique de la cité. Cette marche lui fera du bien, espère-t-il. En tout cas, il en éprouve le besoin. Signe du quartier, il voit des gens pas si éloignés de sa caste déambuler sur la chaussée encombrée, l'air affairé. Coups d'avertisseur, sirènes de pompiers, respirations, manœuvres d'évitement, conversations pressées, sans queue ni tête, bribes de vie collectées au hasard. « … n'est pas parti à l'heure. Je l'aurais tué… » « Demain. Oui, oui, promis… » « … derniers graphiques montrent un léger tassement… » Le dioxyde de carbone, la poussière, les odeurs de cigarette et de parfums alcoolisés s'infiltrent dans ses bronches. Ils sont semblables, pour lui, à l'or et à l'encens, au mensonge trop sûr de lui-même, soudain transformé en vérité. Chaque éclat de lumière, chaque publicité vulgaire et tapageuse est comme une gifle salutaire, un rappel à la réalité qui ne souffre pas de demi-mesure. Des hommes en costume cravate, les mains crispées sur des attachés-cases, des femmes aux permanentes extravagantes, trop maquillées et pourtant magnifiques, vulnérables sous une arrogance de façade. D'autres individus, étrangers au quartier, peuplent le paysage comme des pièces rapportées. Un clochard allongé sur le trottoir, les yeux fermés, pose la main sur la poitrine. Sa posture rappelle au choix celle d'un cardiaque ou celle d'un saint. Des laveurs de carreaux mexicains s'apostrophent du haut de leur nacelle, dans un langage incompréhensible, joyeux, exubérant. Forelong tente d'imaginer un instant les taudis qu'ils rejoindront à la nuit tombée, les immeubles de brique ocre des marchands de sommeil ou les logements sociaux dans le centre, accrochés aux mamelles de la ville comme des chancres mous. Il se figure une marmaille bruyante, aussi frénétique qu'un nid d'asticots, s'agitant dans les jupes de femmes épuisées. Les cloisons fines comme du papier, les canalisations qui claquent et suintent, les vapeurs omniprésentes, et, quand s'installe l'obscurité, le chant des télévisions et les rires préenregistrés. Tout ceci relève du fantasme, bien entendu. Il est incapable d'imaginer leur vie, et encore moins d'en deviner les aspects les plus inattendus. Certains habitants sont peut-être heureux. Davantage que lui, en tout cas. Il regarde sa montre Omega, presse le pas. L'immeuble de Lawney, édifice d'une curieuse majesté, analogue sinon dans la pompe du moins dans l'orgueil à ses voisins de verre et d'acier, apparaît au bout de la rue.

Un grand morceau de ciel terne, saturé de particules fines, se reflète sur les fenêtres régulièrement alignées, qu'entourent de très jansénistes cadres de pierre. À mesure que Forelong slalome entre les passants, la marquise se dessine, puis le lambrequin, dont il distingue les franges ouvragées. Le perron, flanqué de deux colonnes prises dans le mur et surmonté d'une baie arrondie, offre aux promeneurs une vision idéalisée de ce qu'aurait pu être le second Empire sur le sol américain. Les fastes dévoilent ce goût de l'écrasement si particulier que seuls les parvenus les plus acharnés trouvent légitime. Sous un certain angle, le siège de Lawney ressemble à un pavillon versaillais dont on aurait confié l'aménagement à un maître charcutier, un virtuose de l'andouillette qui aurait rassemblé ses maigres connaissances historiques pour reproduire un décor jupitérien.

Le portier en livrée s'incline imperceptiblement. Il tient d'une main gantée de blanc la porte du vestibule ouverte. Forelong pénètre dans le vaste hall d'accueil circulaire, bordé de hautes fenêtres. Des grappes, des tiges, les pétales en faux marbre courent sur l'entière circonférence de la façade intérieure. Chose curieuse : ces enroulements capricieux cèdent la place, aux étages supérieurs, à un environnement beaucoup plus austère, propice à toutes les fonctionnalités du monde moderne.

Sur la droite, un grand escalier, que personne n'emprunte, s'élève en larges degrés de pierre plate. Deux caryatides aux hanches de bronze doré montent la garde au bas des marches. Les balustrades et les rampes en fer forgé prennent un éclat somptueux lorsqu'à la nuit tombée – en hiver ou quand les nuages masquent spécialement la lumière du jour – on allume les lanternes disposées tous les trois mètres, dont le verre dépoli a été façonné pour reproduire les nuances subtiles, chaleureuses et rassurantes des anciens becs de gaz. Les flamboiements superbes jettent alors sur les marches des lueurs d'incendie lointain.

Après avoir salué les deux réceptionnistes d'un mouvement de tête, Forelong se dirige vers la gauche, en direction des ascenseurs. On a disposé le long du mur de larges pots de faïence où grandissent avec plus ou moins de bonheur des plantes exotiques peu rompues à l'enfermement et aux lumières artificielles. Ce n'est qu'au moment où le P-DG parvient près des portes coulissantes qu'il note la présence de Jenny. Son assistante est descendue l'accueillir, ce qui n'est pas bon signe.

« Ils vous attendent depuis vingt minutes, monsieur. »

Forelong avait escompté un retard de dix minutes ; sa petite promenade a duré plus longtemps que prévu. Jenny lui tend un épais dossier soigneusement préparé, les portes coulissantes s'ouvrent sans un bruit. Ils pénètrent tous les deux dans la cabine de droite, compartiment grand luxe réservé aux cadres dirigeants, habilités à se rendre au dernier étage. Ils tournent le dos à l'immense glace sur la paroi du fond, et Jenny appuie sur le dernier bouton. Baguettes plaquées or, intérieur en bois de poirier noirci : tout reflète, tout déforme, tout absorbe. Ils s'élèvent.

Forelong parcourt en diagonale les premières pages du dossier, s'attache à mémoriser, même s'il les connaît déjà, les éléments clefs en caractères gras, ainsi que les chiffres soulignés en fin de chapitres.

« Quelque chose à signaler ?

— Non. Ils paraissent sereins. Watkins a travaillé

toute la nuit pour vérifier les derniers détails et valider les informations.

— Tant mieux pour lui.

— Vous allez obtenir leur accord, monsieur, comme toujours. »

Forelong ne répond pas. Après la malencontreuse publication du rapport d'évaluation écologique, les manifestations en France se sont multipliées, les débats se sont enflammés malgré les efforts du gouvernement pour calmer les esprits ou détourner la gronde. S'il tenait le responsable de cette fuite, Forelong l'étranglerait de ses propres mains. La colère des habitants semble avoir pris de telles proportions que le directoire n'a eu d'autre choix que de convoquer une réunion extraordinaire. De toute manière, si les membres du conseil d'administration ne l'avaient pas fait, Forelong aurait lui-même pris l'initiative. Il s'agit maintenant, en l'absence de Jessenberg et vu l'ampleur des dégâts, de réorienter le projet d'implantation.

Forelong ouvre grand la mâchoire, étire les masséters. Puis il fait un arrondi avec la bouche, plisse les lèvres. Le voilà maintenant qui grogne, articule une série de voyelles destinées à activer tous les mécanismes de la phonation. Ce sont des exercices d'échauffement classiques, mais un observateur extérieur pourrait croire qu'une mutation se prépare, celle de l'homme en bête sauvage. À présent, il rugit, gonfle le poitrail, contracte les muscles. Les veines de son front et de son cou se détachent avec netteté, se boursouflent, congestionnées à la limite de la rupture. Puiser au plus profond de son être la force de conviction qui permettra de remporter l'adhésion, de vaincre les réticences. Dans un mouvement impulsif, il se gifle. Une fois, deux fois. Plus fort. Marquer la peau, dresser le poil, éveiller le loup. Le rugissement devient aboiement.

Habituée à ces impressionnantes mobilisations de ressources, Jenny n'accorde pas un regard à son supérieur et continue de fixer la porte devant elle. Ses traits, d'une symétrie parfaite, n'expriment pas le moindre trouble. Au moment où les parois de bois coulissent de nouveau pour dévoiler les allées recouvertes de moquette, les murs lourdement tapissés du dernier étage, elle laisse le P-DG partir seul vers la salle de conférences. Et tandis qu'au sommet de la tour, Forelong arpente les couloirs silencieux et étouffants, il renoue avec la sensation de pouvoir triompher de n'importe quel obstacle.

140

Quand il ouvre la porte de la salle de conférences, ses yeux cherchent d'instinct les soutiens sur lesquels il peut compter. Onze visages se tournent vers lui. Certains de ces visages, il les connaît parfaitement, il les a côtoyés tous les jours à l'extérieur de l'entreprise, il leur a offert un poste, de l'argent, du prestige. Mais peu importent les largesses dont il a pu faire preuve, la prodigalité octroie des dettes. Forelong a vécu assez longtemps, il a assisté à suffisamment de luttes intestines pour savoir qu'en de nombreuses occasions, les mains nourricières sont également celles qui se font mordre.

Son regard circulaire marque une pause imperceptible sur Stanley, son dentiste depuis vingt ans. Un individu qui a examiné la cavité buccale de Jack

Nicholson, qui a trituré les dents de Meryl Streep, épongé les gencives de Roman Polanski… Forelong songe qu'un homme à qui on livre sa bouche est pratiquement un homme à qui l'on peut confier sa vie. Cheryl, la maîtresse d'école de John et Mary, est aussi présente. Il lui a laissé ses enfants, la chair de sa chair, comment pourrait-elle le trahir ? Et puis Dustin, le dernier arrivé : son chiropracteur. Trois fois par an, ils vont à la pêche ensemble. Autant dire que Forelong n'hésiterait pas à lui donner les clefs de sa propre voiture. Au jugé, il estime qu'il peut compter sur cinq ou six membres, qui lui sont redevables d'une manière ou d'une autre. Considérant que la voix du P-DG compte double, le tournant stratégique qu'il s'apprête à négocier est sans doute jouable. Il aurait aimé posséder une majorité plus franche, mais il est disposé à relever le défi.

« Mesdames, messieurs. »

Il s'installe en bout de table, range ses papiers un bref instant. Curieusement, remarque-t-il, Stanley ne le regarde pas dans les yeux et ne lui adresse pas le clin d'œil complice qu'ils échangent en général en début de réunion. Les traits de Cheryl ne sont-ils pas trop blêmes, trop tendus ? Et Dustin, le nez plongé dans les dossiers du jour, ne semble pas enclin à lui fournir le moindre indice. Il tente de décrypter l'expression des autres participants, sans succès. Manifesteraient-ils quelque émotion s'il venait à décéder là, d'une crise cardiaque, ou se contenteraient-ils de hocher la tête, comme ils le font à chaque fois, sans que l'on sache exactement ce qu'ils pensent ?

Il pose finalement son dossier ouvert sur la table, croise les mains sur le plan horizontal. Un faible sourire. « Veuillez m'excuser pour le retard. » Il baisse les yeux une fraction de seconde sur la feuille de présentation devant lui. « Si j'en crois le motif de cette réunion extraordinaire, il s'agit de réorienter notre projet d'installation en Europe. Au vu de l'ampleur des manifestations en cours et de l'agitation sociale…

— Pas exactement, Frank. »

Le P-DG s'interrompt, cherche du regard l'intervenant. Stanley, son dentiste. Considérant la mine des autres, celui-ci vient d'être bombardé porte-parole du conseil d'administration. Stanley s'éclaircit la voix, hésite, puis lance enfin : « Nous avons procédé à un vote en urgence. Étant donné les fonds engagés et le fiasco des négociations, nous ne pouvions pas faire autrement. »

La dernière phrase sonne comme une excuse pitoyable. Forelong reste parfaitement calme. L'image de Socrate, condamné à mort par ceux-là mêmes à qui il avait enseigné les vertus de la dialectique, s'impose à son esprit. Se pourrait-il qu'à l'exemple du philosophe grec, il refuse lui aussi d'échapper au jugement ?

« La publication du rapport de bio-évaluation était une erreur, continue Stanley. Une erreur monumentale.

— Je suis bien d'accord. Watkins aurait dû mieux verrouiller…

— Nous savons de source sûre que c'est précisément le directeur des opérations spéciales qui est à l'origine de la fuite du rapport dans les médias français.

— Watkins ?

— Il n'a pas agi en personne, bien sûr, mais il l'a encouragée en confiant des documents sensibles à des tiers… peu fiables. »

Forelong cligne des yeux. « Je ne comprends pas.

— Nous ignorons ce qui se passe entre Watkins et toi, Frank. Pour être francs, nous ne voulons pas le savoir. Mais ces querelles sont terminées.

— Vous voulez dire que Robert a sciemment laissé des informations confidentielles…

— Tu es comptable de cette opération, Frank. C'est toi qui l'as voulue, de A à Z. En toute honnêteté, ce projet d'implantation dans lequel tu as entraîné la firme ne revêtait aucun caractère d'urgence, et il était mal ficelé.

— Vous oubliez un peu vite pourquoi on m'a embauché.

— Nous n'oublions rien. Mais tu es aussi responsable des personnes à qui tu délègues un pouvoir de transaction. Et avec la disparition de Jessenberg, les actionnaires…

— Attendez un peu, c'est Watkins qui…

— Ton directeur des opérations spéciales nous rendra des comptes également. Pour l'instant, nous nous adressons à toi. » C'est la quatrième fois en une minute que Stanley coupe la parole au P-DG, et avec quelle insolence ! Forelong a le choix entre deux réactions : jouer les indignés et recadrer l'impudent, ou laisser la discussion s'acheminer vers sa conclusion logique. Car le ton, les mots de Stanley ne laissent guère planer de doutes. Il voit parfaitement où le conseil d'administration veut en venir. Et s'il regarde au fond de lui, il prend conscience avec une lucidité cruelle qu'il connaît cette issue, qu'il la redoute et l'espère depuis longtemps. Bien sûr qu'il est un imposteur. Il fallait bien qu'un jour ou l'autre ils le découvrent. Longtemps, le succès a gommé toutes les aspérités. Seuls les vainqueurs écrivent l'Histoire ; les autres se bornent à acquiescer. *Voici venu le temps de rendre les armes.*

La farce est jouée, songe-t-il, tandis que la lassitude termine d'éroder ses dernières défenses. Il se tait, invitant tacitement Stanley à poursuivre.

« Il n'y a pas de manière facile de t'annoncer la nouvelle, Frank. »

Cheryl se mordille la lèvre inférieure. Dustin, le chiropracteur, a cessé de contempler les documents devant lui pour affronter le regard de son ancien client, et selon toute vraisemblance de son ancien partenaire de pêche. *Tu quoque, Dustin !* se désole intérieurement Forelong. Un sursaut d'orgueil l'incite néanmoins à se redresser sur son siège. Il embrasse l'assemblée du regard. « Bon, cessez de tourner autour du pot et venez-en au fait.

— Tu es destitué, tranche enfin Stanley. À l'unanimité. Je suis désolé. Le conseil estime qu'à ce stade-là, une refonte complète du système de direction est nécessaire. »

Forelong sait qu'il pourrait ruer dans les brancards, laisser éclater sa colère, tonner : *C'est mon entreprise, pas la vôtre !* Au lieu de cela, il baisse la tête. À quoi bon protester. « Je comprends. Mes avocats négocieront au mieux avec vous les conditions de mon départ. »

Stanley écarte les mains. « Bien entendu, Frank. Pas de problème. » Le dentiste éprouve-t-il du soulagement, ou bien est-il déjà passé à autre chose ? Nul doute qu'ils ont déjà planifié les étapes de l'épuration destinée à restaurer la crédibilité de Lawney Industry dans le cœur des actionnaires. Désormais, les procédures s'enchaîneront aisément. Stanley a-t-il déjà oublié le visage de son ami, les plaisanteries et les clins d'œil échangés dans le cabinet dentaire, sa bouche humide grande ouverte, livrée avec la confiance la plus absolue aux abrasions de la fraise ? A-t-il effacé de sa mémoire la vulnérabilité avec laquelle Forelong lui a abandonné sa chair tendre et rose, ainsi que Job s'est offert aux sévices du démon ?

141

Frank devrait être furieux. Il devrait être scandalisé, se sentir trahi, se complaire dans le déni le plus virulent, mais il éprouve en réalité un curieux apaisement, similaire à l'exaltation intime de celui qui voit sa prophétie confirmée. Toutefois, ce sentiment de béatitude est de courte durée.

Comme il sort de la salle de conférences, encore sonné par la précipitation des événements, il manque bousculer Robert Watkins, visiblement convoqué par le conseil à sa suite. De toute évidence, les membres du directoire ne veulent plus perdre de temps. Les deux hommes se dévisagent. Watkins affecte un sourire suffisant très désagréable. Il ressemble de plus en plus à feu Lawney, songe Forelong. Enfin, à une version appauvrie et légèrement défaillante, pervertie pour ainsi dire, du célèbre maître des films d'animation. Pense-t-il sérieusement échapper à la purge entreprise par le conseil d'administration ? L'ex-P-DG s'approche de l'ancien directeur, puisqu'il est désormais acquis qu'on leur retire leur titre. Watkins, sûr de son bon droit, ne bouge pas d'un poil. Forelong gronde à deux centimètres de lui, la voix frémissant d'une rage contenue. « Petite ordure ! C'est toi qui as fait échouer…

— Arrête ton cinéma, susurre l'autre, nullement impressionné. Ton règne s'achève. Le directoire n'a que trop attendu. Les membres du conseil ont enduré tes caprices, tes intrigues, ton despotisme, plus que de raison. Moi également. Tu as oublié pour qui tu travaillais.

— Ah oui ? » feule le P-DG, dont les lèvres frôlent maintenant l'oreille de son interlocuteur. Il suffirait d'un coup de dents pour qu'il en arrache le lobe. « Vas-y, je t'en prie, éclaire ma lanterne.

— Tu devais œuvrer dans le respect de notre fondateur. Perpétuer son esprit. Celui de la magie et du rêve. »

Forelong recule. « J'ai été embauché pour redresser une entreprise, pas pour faire du sentiment. Le marché, voilà mon employeur, pauvre cloche.

— Il existe des forces invisibles que tu n'imagines même pas. Des courants souterrains qu'un philistin comme toi ne pourra jamais comprendre, et dont il est pourtant tributaire.

— Je savais que tu étais taré, mais à ce point, ça dépasse l'entendement. Tu viens de ruiner ta carrière, imbécile ! Et la mienne par la même occasion.

— Un bien modeste sacrifice s'il permet de renouer avec la féerie des premiers temps.

— Ne me dis pas que tu gobes ces âneries ! »

Le sourire de Watkins s'accentue, comme si Lawney, que l'on distingue en filigrane à travers les expressions du directeur des opérations spéciales, prenait tout à coup l'apparence de l'une de ses créatures. « Détrompe-toi, Frank. J'y crois plus que jamais. »

142

Le corps de Sidney T. Lawney, génie du divertissement, maître de l'animé et ancien prophète de l'urbanisme, a été froissé, malaxé, compressé. Ses membres ont été pliés, assemblés en tas, formant de multiples angles de tissu au fond du récipient en plastique rigide. Les jambes recroquevillées contre l'enfoncement de la poitrine décrivent une enveloppe d'étoffe sans substance. Et les chaussures cirées, déposées au sommet de la pile, font comme un triste numéro de claquettes immobiles. Watkins adresse un sourire amer au costume trois pièces fourré dans la poubelle. Il s'est rasé la moustache avec tant d'énergie que la lame du rasoir a laissé une dispersion de petits points rouges au-dessus de la lèvre supérieure. *Voilà, Sid, c'est terminé. Sans LIM, sans mon bureau, mes dessins, mes projets, je ne suis rien. Ils m'ont obligé à faire mes cartons immédiatement, tu te rends compte ? Un gardien m'a accompagné jusqu'à la sortie, devant tout le monde. De ton vivant, tu n'aurais jamais permis une chose pareille. Les employés, les collègues… Pas un seul d'entre eux ne s'est interposé pour empêcher cette injustice. Ils étaient tous morts de peur, en vérité. Quand la barrière du parking s'est refermée derrière moi, j'ai pensé à ma carrière, à mon parcours. Qu'ai-je accompli jusqu'ici ? De quoi suis-je coupable, sinon d'un dévouement trop intègre ? Et de quoi ai-je accouché, mis à part une poignée d'œuvres dont d'autres que moi ont endossé la paternité ?* L'ancien directeur des opérations spéciales regarde par la fenêtre du salon. Peu de voitures. Une seule devant chez lui : la sienne. *À quoi se résume ma vie ?* murmure-t-il. Son épouse ne rentre que dans deux heures et le jour, déjà, s'incline dans les allées de la banlieue cossue. La vitre lui renvoie par transparence le reflet d'un homme glabre bien plus jeune qu'il ne l'est en réalité ; presque un gamin, mais un gamin affligé d'une grande perte, d'un deuil inconsolable. Cette physionomie appartient à celui qu'il était avant que la passion dévorante pour Sid T. Lawney ne s'empare de son âme, avant qu'il n'entre dans l'entreprise comme on intègre les ordres, et avant qu'il ne se laisse pousser la moustache pour ressembler à son idole, guidé à la fois par le sentiment d'avoir un destin, mais aussi par le contenu supposé d'une boîte. *Je suis orphelin, Sid, tu comprends ? Alors nous allons nous séparer. Je vais partir, grandir, et toi, tu vas rester là. Si tu savais comme je t'ai aimé, si tu avais la moindre idée d'à quel point je t'ai vénéré. Il faut croire que la nouvelle direction me juge indigne de cet amour. Je sais maintenant ce qu'il me reste à faire.*

Robert Watkins marque un silence. Il perçoit le gémissement rauque d'une tondeuse au loin, mais reste incapable de distinguer le moindre résident s'affairant dans son jardin. La fille des voisins, Laurie, s'amuse à faire du patin à roulettes autour du rond-point de l'allée. Peu expérimentée, elle écarte les bras pour maintenir l'équilibre. Elle porte un tee-shirt *E.T.* bien trop grand pour elle.

Dire qu'il ne s'attendait pas à subir les conséquences de la diffusion du rapport serait mentir. Mais il gardait l'espoir de faire entendre raison au directoire, il espérait pouvoir leur expliquer qu'il avait agi dans l'intérêt de Lawney Industry. Le licenciement aussi brutal qu'inattendu avait produit en lui une sorte d'électrochoc. Il avait saisi en un éclair les étapes qui mèneraient à sa libération définitive, bien qu'il n'ait jamais eu le sentiment d'être prisonnier de quoi que ce soit.

Il examine les affaires qu'il a préparées en vue de solder les comptes. Pas besoin de grand-chose. Une pelle, des clefs de voiture…

Sidney T. Lawney s'adresse une dernière fois à lui du fond de sa poubelle. Watkins l'écoute poliment, comme on prêterait l'oreille aux ultimes doléances d'un amant délaissé.

« *Depuis la nuit des temps, notre cerveau a été configuré pour nous faire croire que nos agissements ont un effet sur le monde.*

— C'est la faculté agentique, je connais, oui.

— Alors tu sais que cette faculté implique une accoutumance à la fiction. Pour sentir que nous existons, nous bâtissons un récit, et nous l'alimentons, nous l'ajustons en permanence avec le récit des autres. Il existe une fable nécessaire de l'ego. Une invention de l'identité que l'on se raconte pour donner consistance à notre présence sur terre.

— Qu'essayes-tu de me dire, Sid ?

— Que nous ne sommes pas tous libres de la même manière. Notre nature est conformiste. Nous sommes tous les enfants des individus les plus soumis, car c'est ainsi que naissent les hiérarchies indispensables aux sociétés évoluées. L'identification de nos aspirations n'implique pas forcément la délivrance.

— J'aurais dû renoncer face à Forelong ? J'aurais dû m'aplatir, respecter l'autorité ? Tu aurais voulu que je me taise et que je le laisse tout gâcher ?

— Si la nature avait sélectionné uniquement les rebelles, les mâles alpha, l'espèce humaine aurait disparu depuis longtemps.

— D'accord, répond Watkins, un brin vexé. *Je comprends ton point de vue, peut-être que tu as raison, peut-être que toute l'affaire se résume à une sordide rivalité d'ego. Mais Frank Forelong a eu ce qu'il méritait. Il aurait dû me confier le poste de vice-président.* »

Depuis la poubelle où il gît, Sid soupire. « *La tragédie de l'homme est celle de l'illusion du libre arbitre.* »

Watkins refuse d'en écouter davantage. Précisément parce qu'il a le sentiment de s'être émancipé. Il prend la pelle, les clefs de voiture, et sort de la maison sans se donner la peine de fermer derrière lui.

« C'est pour quoi, la pelle ? » interroge Laurie tandis qu'il dispose ses accessoires dans le coffre de sa voiture.

Watkins se retourne. La gamine s'est immobilisée, dans un équilibre précaire, devant le garage où il a stationné son véhicule. Au moment où il pivote, la bouche et les yeux de la fillette s'arrondissent. « Oh ! Vous avez rasé votre moustache ? »

Watkins, pince-sans-rire : « Tu es observatrice.

— Je préférais avant. Vous aviez l'air… plus adulte, décrète la patineuse, le menton en avant.

— Très aimable de ta part. Merci.

— Vous savez ce que je veux dire. »

L'homme sourit. Il porte une main involontaire à sa lèvre supérieure, encore surpris de constater à quel point la texture de l'épiderme irrité est douce au toucher.

« Alors la pelle, c'est pour quoi ? reprend Laurie.

— Pour creuser un trou. » L'ancien directeur ne se départit pas de son ironie complice. Ces joutes verbales sont devenues un jeu entre eux. Des échanges bien inoffensifs, destinés autant à tester la repartie de la gosse qu'à divertir Watkins. « À quoi pourrait servir une pelle, sinon ? »

La fillette hausse les épaules et un pli, sur son teeshirt, force E.T. l'extraterrestre à étirer les paupières. « Je ne sais pas, moi. On pourrait l'utiliser en guise de balai volant par exemple, comme dans *Ma sorcière bien-aimée*. Ou en faire une arme pour lutter contre des mutants venus de l'espace. »

L'adulte secoue la tête en souriant. « Tu as trop d'imagination, jeune fille. » Il ne peut s'empêcher de songer que d'ici quelques années, elle ferait une formidable recrue pour Lawney Industry. Créativité, fantaisie, parfaite maîtrise des codes populaires. Il l'observe un moment, tente de discerner dans son regard une étincelle que lui-même a irrémédiablement perdue. « Viens voir. »

Laurie tente d'enjamber la bordure du trottoir, mais la légère dénivellation, ajoutée à l'instabilité des patins, rend l'opération on ne peut plus périlleuse. Watkins avance pour lui donner la main. Lorsqu'elle est à côté de la voiture, il ouvre la portière passager et l'invite à s'asseoir, afin qu'elle ne chute pas.

Il s'adosse à la portière ouverte. « Laisse-moi te raconter une anecdote. Mon père adorait cette histoire.

— Votre père magicien ?

— Oui. Je t'ai déjà dit qu'il était magicien ?

— Au moins cinq ou six fois, glousse la jeune fille. Votre histoire, c'est une aventure avec des sabres laser et des princesses galactiques ?

— Non, mais une sorte de conte fantastique qui n'en est pas très éloigné. »

La fillette croise les bras. « Allez-y.

— Imagine un cours d'eau, un fleuve par exemple. Et l'eau déclare…

— L'eau parle ?

— Dans cette histoire, oui. Et les nuages aussi. Ce sont les éléments fantastiques. L'eau, donc, déclare : *Je peux m'élever bruyamment en hautes vagues*. Et les nuages répondent : *Oui, lorsque les flots sont agités par la tempête.* » Watkins prend une intonation féminine pour incarner l'eau, et une grosse voix pour faire les nuages. La fillette est ravie. Il poursuit : « L'eau dit alors : *Je peux descendre dans un cours précipité en emportant tout sur mon passage. Certes*, répliquent les nuages, *mais dans le lit d'un torrent uniquement.* L'eau : *Je peux tomber en écumant et en bouillonnant.* Le ciel : *Dans une cascade, pas ailleurs.* C'est sans compter que l'eau n'est jamais en manque d'idées. *Je pourrais m'élever dans l'air, libre comme un rayon.* Les nuages s'esclaffent : *Ah! ah! dans une fontaine seulement.*

— Elle peut aussi s'évaporer et disparaître », intervient Laurie, qui a compris le système.

Watkins répond avec sa voix de nuages : « *Oui, mais juste à cent degrés de chaleur.* » Il marque une pause et conclut avec le timbre aigu de l'eau : « *Cependant, je ne fais rien de tout cela. Je reste, de mon plein gré, tranquille et limpide, dans le miroir entre les berges.*

— D'accord, s'écrie la fillette avec un claquement de doigts. Elle agit comme si elle pouvait tout faire alors qu'elle n'a pas le choix.

— Tu as tout pigé, petite maligne. » Watkins ne peut empêcher un sourire de se former sur ses lèvres. Il est, comme toujours, ébloui par la vivacité d'esprit de la jeune fille. Dommage qu'elle soit hermétique aux aspects les plus poétiques des premières œuvres de Lawney. Il précise : « L'eau représente les gens, toi, moi. Tous ceux qui sont obligés de se soumettre aux contraintes du monde extérieur, en sachant au fond d'eux qu'ils pourraient accomplir l'impossible. La voix céleste, quant à elle, symbolise Dieu, le destin. Ce récit est une parabole. » Il désigne la pelle sur la banquette arrière. « J'ai là de quoi déterrer une boîte. Celle-ci permet d'imaginer toutes les possibilités, toutes les options, à la seule condition de ne pas l'ouvrir. » Il marque une pause pour accentuer l'effet d'annonce, et continue : « Est-ce que tu crois que tu pourrais garder une boîte pareille et résister à l'envie de regarder à l'intérieur ? »

La fillette hésite. Ses yeux brillent d'un feu merveilleux. « Réfléchis bien, ajoute Watkins sur un ton volontairement dramatique. Cette faculté n'est pas à la portée de tout le monde.

— Oui, acquiesce finalement Laurie. Oui, je pense que j'arriverais à résister.

— Et surtout imaginer. C'est important d'imaginer ce qu'il y a à l'intérieur. »

La fillette hoche vigoureusement la tête, accompagnée vingt centimètres au-dessous par la frimousse oblongue d'E.T. « Imaginer et résister. Je peux le faire. »

Watkins tend la main pour aider la gamine à sortir de voiture. « Alors la boîte sera à toi. Quand je l'aurai déterrée. »

Laurie lève les yeux. « Elle ne va pas vous manquer ?

— Elle ne m'appartient pas vraiment. Ses souvenirs, les désirs qu'elle renferme ne sont pas les miens. Je suis sûr qu'elle te conviendra parfaitement, et surtout que tu en feras bon usage.

— Mais comment vous allez la trouver ?

— Ne t'inquiète pas, Laurie. Elle n'est pas très loin. Je sais exactement où chercher. »

143

L'orage s'est déclaré en début de soirée, aux alentours de 20 heures, et a duré une longue partie de la nuit, dirigeant ses invectives liquides tantôt à l'ouest, tantôt au nord-ouest. D'une certaine façon, la colère des cieux a été une bénédiction.

Panthéon de Beverly, cimetière rattaché au district de Beverly Hills. Allée 5 B, rangée 16. Tombe de William C. Watkins, 1907-1950. Un époux fidèle, un père modèle. Les intempéries ont dépeuplé les chemins rectilignes et gravillonnés de leurs spectres endeuillés, ou simplement des curieux n'ayant d'autre occupation que de déchiffrer les stèles funéraires. La terre meuble se gorge d'eau. Il est facile d'y planter la lame incurvée, d'écarter les pierres qui, au fil du temps, migrent selon de mystérieuses lois tectoniques aux endroits où les morts reposent. Cette étonnante attraction du minéral pour l'organique a quelque chose de prodigieux, songe Watkins, les traits dégoulinants, le veston détrempé et les mains glissantes sur le manche de la pelle. Une pointe de douleur palpite dans ses reins, mais il n'y accorde aucune importance. Il sait parfaitement à quoi il ressemble, voûté au-dessus d'une tombe dans la nuit noire, ombre parmi les ombres au milieu d'un décor balayé par des trombes d'eau. À un fou, à un dément… Il sait également que son action est fondamentalement amorale, voire parfaitement illégale. Exhumer un mort pour le détrousser d'une boîte qu'on lui a un peu trop hâtivement léguée. Un éclair déchire les cieux, suivi quelques secondes plus tard d'un roulement paresseux.

Quand il avait treize ans et qu'il vivait à New York, il faisait un rêve récurrent. Toutes les nuits, il parcourait les rues de sa ville natale et un homme se dirigeait vers lui. Il était tantôt jeune, tantôt vieux, son visage changeait souvent, mais Robert le reconnaissait toujours : cet homme était Lee Chi Foo, le magicien asiatique du cabaret *La tanière du loup*. Le frêle Chinois s'approchait à petits pas de lui, la démarche arthritique, et l'adolescent avait le sentiment qu'une chose affreuse allait se produire. À chaque fois, il s'éveillait avant que Chi Foo n'arrive. Un matin, il s'était résolu à demander à son père des nouvelles de l'illusionniste. Celui-ci s'était étonné. « Il est mort, tu ne le savais pas ? Il n'avait pas de famille, pas d'héritier. Ses affaires ont été vendues aux enchères. Certains professionnels sont prêts à débourser une véritable fortune pour acquérir les numéros d'un concurrent. L'aquarium circulaire a été très disputé. Certains accessoires, en revanche, n'intéressaient personne. J'ai eu *la boîte de la tanière* pour cinq dollars. »

De l'eau jusqu'aux genoux, les pieds enfoncés dans la boue, Watkins donne un dernier coup de pelle. Il sent le manche vibrer contre le bois du cercueil.

Une nuit, dans les rues de New York qui n'existaient pas ailleurs que dans l'esprit du jeune Robert, Chi Foo et lui s'étaient finalement rencontrés. Ils avaient pu discuter : « Comment t'appelles-tu ? avait demandé l'Asiatique.

— Robert. Robert Watkins.

— Et tu as récupéré la boîte ?

— Oui, mon père me l'a donnée. Il l'a payée cinq…

— Tu ne dois pas la garder. Elle appartient à ton père. Il ne l'a pas encore ouverte et il a mis beaucoup d'espoirs à l'intérieur. L'essentiel de lui-même. »

Robert s'était éveillé en sursaut, épouvanté. Il avait si peur qu'il lui était impossible de se rendormir. Son père, William, effectuait une tournée dans l'État voisin, alors il était seul avec sa mère. Il était allé dans sa chambre et lui avait demandé : « Je peux dormir avec toi ? J'ai fait un horrible cauchemar.

— Tu as rêvé de Lee Chi Foo ? » avait répliqué sa mère.

Un frisson glacé avait électrisé l'échine de l'adolescent. « Pardon ? Comment tu le sais ?

— Il est avec toi dans la chambre. »

Le cœur battant, le jeune Robert avait allumé la lampe. Sa mère dormait paisiblement.

L'eau ruisselle sur le bois laqué du cercueil. Watkins introduit la lame entre le couvercle et la paroi latérale. Les clous cèdent au troisième essai.

Depuis cette époque-là, il savait qu'il devait rendre la boîte à son père, mais était trop effrayé pour lui parler des véritables raisons de cette restitution. Il avait donc attendu qu'il meure, et quand le cœur du vieux avait cessé de battre, il s'était empressé de déposer l'accessoire dans la tombe, ainsi qu'on enterre un mauvais souvenir.

À présent, dans une pénombre brièvement interrompue par les éclairs, il contemple sans crainte l'enveloppe de William C. Watkins. À vrai dire, le corps n'a plus grand-chose d'humain dans son coffre de bois. Il devrait être desséché, momifié, mais une extraordinaire efflorescence de champignons a pris possession de sa dépouille, la transformant en souche invisible. Tout juste peut-on discerner une vague silhouette humanoïde sous les reliefs boursouflés des papules et de la mousse. La terre à la terre, la moisissure à la moisissure. *On dirait que mon père a réussi un dernier tour de magie*, médite Watkins. Les considérations sur le désir d'être trompé, sur l'illusionniste et le spectateur prisonniers d'un simulacre identique, lui reviennent en mémoire. Son échec à s'emparer d'un poste véritablement influent au sein de LIM lui a fait comprendre une chose : l'ultime legs de Lee Chi Foo était un leurre, que toute sa vie il avait poursuivi. Il lui paraît évident qu'il s'est passionné pour Lawney, qu'il a intégré son entreprise, allant jusqu'à prendre l'apparence de ce dernier, précisément à cause de *la boîte de la tanière*. Mais s'il s'est trompé, si le Chi Foo de ses rêves l'a induit en erreur, instaurant en lui la culpabilité de posséder des espérances qui n'étaient pas les siennes, alors il doit récupérer le coffret. Et l'ouvrir. L'émanation onirique de Chi Foo pouvait n'être qu'un produit de son inconscient ; une manœuvre de l'esprit pour se débarrasser d'un sentiment trop encombrant, trop vaste, trop puissant pour lui. Le moment de vérité a sonné. *La boîte de la tanière*, posée sur le giron du défunt, a curieusement échappé aux assauts putrides de la fermentation. Elle luit, intacte, lorsque la foudre illumine les cieux. Les gouttes de pluie éclatent sur la surface d'ébène et sur le plumage dessiné de l'oiseau blanc. D'une certaine manière, il est rassuré de savoir qu'il existe plusieurs boîtes semblables. Non seulement la multiplicité des exemplaires en atténue la portée magique, mais elle accrédite aussi la thèse d'un subterfuge perpétré à plus ou moins grande échelle. Jessenberg n'a jamais déterré le cadavre de son père pour s'approprier l'objet. Watkins se demande encore comment il a pu imaginer pareille extravagance.

Il se penche, prend le cube rectangulaire entre ses mains tremblantes. Une épouvantable odeur de corruption monte à ses narines, comme si toutes les eaux contaminées du cimetière, tous les fluides des morts en décomposition ruisselaient dans le trou qu'il vient de creuser. Il se redresse vivement. La pointe de douleur dans ses reins s'accentue. Une grimace. Il secoue la boîte près de son oreille. Elle n'est pas vide et son contenu pèse même un certain poids. L'ouvrir, c'est comprimer tous les possibles en une seule réalité, c'est avorter tous les espoirs, tous les mondes qui n'ont jamais existé. En un instant, l'ensemble des univers probables et improbables se réduira à une unité de temps et de lieu sans alternative. William C. Watkins prétendait qu'une fois la boîte ouverte, il n'y aurait plus rien à chercher. C'était sans doute la vérité la plus authentique – et le mensonge le plus total – qu'il pouvait concevoir à propos de cette boîte. Dès que Robert aura découvert ce qu'elle contient, il sait qu'il pourra être enfin lui-même. Un individu complet, autonome, et non plus un pantin captif d'une illusion. Il fait basculer le couvercle d'un geste sec. La nuit ne permet pas de distinguer grand-chose. Watkins attend que la foudre éclate.

Soudain, une zébrure de lumière transperce l'horizon, et l'intérieur de la boîte se dévoile une fraction de seconde. Une fraction de seconde, c'est peu et beaucoup à la fois. Watkins reconnaît immédiatement le livre à l'intérieur de la boîte. Il en possède un exemplaire ; tous les cadres de LIM ont une édition de cet ouvrage : *Le cœur de nos villes*, de Sidney Taylor Lawney.

Watkins n'en croit pas ses yeux, la boîte lui échappe des mains. Le coffret et le livre atterrissent dans la boue, se mélangent aux alluvions du cimetière, disparaissent rapidement, noyés dans l'eau trouble. La boîte n'a jamais été ouverte. Chi Foo ne lisait sûrement pas des livres d'urbaniste et William est mort avant que l'intérêt de Robert pour Lawney se déclare. L'ancien directeur des opérations spéciales tombe à genoux. Il ne sait plus s'il doit rire ou pleurer. *Quelle ironie!* songe-t-il. *Vouloir être soi-même, sans savoir qu'on n'a jamais cessé de l'être.* La tête tournée vers le ciel d'encre, il laisse la pluie inonder les traits de son vrai visage.

Les éboueurs repartent dans un grand claquement de benne. Les mâchoires d'acier se sont ouvertes et le ventre de la machine, rempli d'immondices, a avalé le pantalon de Sidney Lawney, ses chaussettes, ses chaussures cirées, sa veste, sa chemise, son maquillage, sa perruque, sa fantaisie et toute la magie qu'il a su insuffler au septième art.

Un soleil timide se lève sur les allées résidentielles désertes, baignant les nombreuses flaques d'eau d'une lumière en Technicolor.

Watkins apparaît sur la véranda du pavillon où habite la petite Laurie. Il ne s'est pas changé. Son costume détrempé, incrusté de boue, d'herbes et de mycélium pend lamentablement sur ses épaules. Il tient dans ses mains noires de terre *la boîte de la tanière*. Après s'être machinalement épousseté – opération bien inutile en vérité –, il s'agenouille pour déposer le coffret sur le seuil de la maison. Laurie est toujours levée avant les autres et, chaque matin, elle est la première à sortir dans l'allée : elle trouvera son cadeau.

L'ancien directeur des opérations spéciales a préparé un mot pour la gamine, qu'il dépose sur le couvercle de la cassette, recouvrant l'oiseau blanc.

Chère Laurie, voici la boîte dont nous avions parlé. Garde-la précieusement et ne grandis pas trop vite. Amicalement, Robert Watkins.

Il se redresse d'un mouvement un peu raide, l'échine endolorie par les exercices physiques de la nuit, descend l'escalier du perron, et rentre chez lui avec des allures de promeneur égaré.

144

La place du Palais-de-Justice est très ensoleillée ce jour-là. Attablés à une table du petit café, non loin de l'immense fontaine circulaire qui trône sur l'esplanade, Jérôme et Clotilde profitent de la lumière matinale, mais aussi des immeubles, de la circulation, des odeurs et des gens : les retraités qui vont avec leur cabas au marché, les travailleurs – balayeurs, livreurs, magasiniers – s'affairant sans agitation aux occupations ordinaires, les clochards, que l'on commence à appeler Sans Domicile Fixe, qui s'éveillent sur les marches au coin du palais… Jérôme et Clotilde ne vont pas souvent en ville, et puis ils n'ont pas beaucoup de moments de détente semblables à celui-là. Prendre un verre à l'extérieur et regarder des inconnus participer à la grande marche du monde relève pour eux de l'exceptionnel. Il ne s'agit pas à proprement parler d'un jour de vacances ou d'une excursion de loisir : ils sont là pour le procès d'Alain. Passé la stupeur et la frénésie des journaux à sensation autour de l'affaire – pensez donc ! Un ancien plombier qui tue sa femme et séquestre ses propres enfants pendant plusieurs années, sans que personne au village ait le moindre soupçon –, les médias se sont désintéressés de son cas. Cependant, l'ouverture de son procès en cour d'assises a quelque peu ranimé leur intérêt ; plusieurs articles dans la presse quotidienne ont rappelé l'essentiel des faits. Le dénommé Alain Lemercier, vraisemblablement dépressif, alcoolique et peut-être légèrement déficient mental, aurait tué sa femme quelques années auparavant, au cours d'une dispute conjugale. Ne supportant plus les frasques de son mari – d'autant que celui-ci venait d'être renvoyé de son travail –, elle aurait menacé de partir avec les enfants. Sous le coup de la colère, le plombier l'aurait assassinée, puis il aurait caché le corps avec la complicité d'un autre habitant : Thierry Imbert, le boucher du village. L'une des parties les plus délicates du procès consiste justement à déterminer le degré d'implication de Thierry, et surtout l'influence qu'il exerçait sur le prévenu. En effet, les facultés intellectuelles d'Alain Lemercier ne permettent pas de penser qu'il ait pu ourdir pareille machination sans l'aide d'un tiers. La personnalité de Thierry laisse perplexe et ses interactions avec Alain sont sujettes à de multiples interprétations : relation homosexuelle ? amitié d'enfance ? rapport de domination exclusif ? La cour, malheureusement, sera obligée de trancher en l'absence de l'intéressé, puisque ledit Thierry a trouvé la mort dans l'incendie de son cabanon ; incendie qui aura permis de découvrir non seulement le corps de l'épouse défunte, mais aussi celui d'une institutrice à la retraite disparue quelque temps avant le drame. Par ricochet, une partie du voile énigmatique entourant le cas d'Édith Lidèle a été levée, bien que l'on n'ait aucune preuve formelle à ce sujet. D'après les déclarations d'Alain, il apparaîtrait que le boucher ait tué la fillette alors qu'elle se livrait à une partie de cache-cache avec ses amies. Celle-ci, à la recherche de ses camarades, se serait aventurée le long de la départementale, puis dans le jardin d'Alain, près des fenêtres de la maison, où elle aurait aperçu les enfants reclus. Thierry, qui durant ses livraisons s'arrêtait souvent chez Alain, l'aurait surprise, n'hésitant pas à l'éliminer afin qu'elle ne parle pas. C'est en tout cas ce que prétend Alain, mais ses propos demeurent confus. Il avait été innocenté à l'époque des faits car plusieurs personnes attestaient qu'il était en train de s'enivrer au café du village. On ignore encore à quel point les affaires d'Alain, d'Édith Lidèle, d'Annabelle Lambert et de Jean Trinquiet sont corrélées : il appartiendra à la justice d'établir une synthèse cohérente.

En raison de sa présence sur le site de la Haute Source au moment de l'incendie, et des informations qu'il a collectées, Jérôme constitue un témoin de premier ordre pour la cour.

Depuis qu'il a réchappé du tourment des flammes, sauvant le jeune Thomas Imbert du sinistre, ses cheveux ont blanchi, des rides ont accentué les plis de son visage, et ses gestes ont acquis une incertitude que Clotilde devine parfois, spécialement lorsqu'il se livre à des manipulations délicates ou précises. La plaque de métal que les médecins ont boulonnée sur l'os de la pommette droite dessine un renflement sous la peau. Lorsqu'il sourit, un coin de sa bouche s'affaisse, résultat d'une paralysie faciale partielle. Il a également conservé une légère claudication, dont il s'accommode avec plus ou moins d'aisance dans l'exercice de ses fonctions. Le maire l'a assuré de son soutien inconditionnel, et le conseil municipal a débloqué une enveloppe pour effectuer les travaux les plus urgents dans le logement de fonction. Une manière, sans doute, de s'assurer des bonnes grâces de l'employé municipal lors du procès. Même si l'édile n'est nullement impliqué dans les sordides affaires d'Alain Lemercier, il est des informations qu'il préfère éviter d'ébruiter. *Ce qui est au village reste au village*, assure un vieux dicton local. Jérôme n'a rien d'un héros ou d'un preux chevalier. Il a compris depuis longtemps qu'il n'était qu'un homme banal, un type qui tentait d'accomplir son passage sur terre sans faire trop de dégâts. C'était du donnant-donnant. Il voulait conserver son travail et Clotilde avait réellement besoin des aménagements prévus dans l'appartement. Le garde champêtre avait donc accepté les conditions du maire. Il ne mentionnerait l'accident de chasse et les réticences du premier magistrat à boucler l'enquête sur la disparition d'Édith que si on le lui demandait. En échange, le maire l'assurait de son entière sollicitude.

Jérôme se lève pour servir un deuxième verre d'eau à sa femme. Ce simple mouvement provoque une crispation de douleur, qu'il s'applique à dissimuler de son mieux mais qui n'échappe pas à Clotilde. L'épiderme autour des poignets est totalement décoloré. Les médecins ont dû greffer un segment de la peau du mollet dans son dos, pour masquer une brûlure plus importante que les autres. Clotilde sait que certaines postures le font souffrir, cependant il ne se plaindra pas devant elle. La jeune femme, de son côté, n'a surmonté que temporairement sa propre maladie. Elle bénéficie d'une période d'accalmie – qu'elle goûte à sa juste mesure –, mais n'ignore pas que les crises reprendront. Plus violentes, plus sournoises, plus exténuantes. Elle les affrontera.

« Tu crois qu'il est impliqué jusqu'où ? » demande-t-elle en portant le verre d'eau fraîche à sa bouche.

Jérôme se frotte le menton. « Aucune idée. Alain affirme que Thierry exerçait une énorme emprise sur lui depuis l'enfance, ce que je crois sans peine. Le boucher aurait également menacé ses enfants. Mais l'intéressé n'est plus là pour démentir ou confirmer cette version. C'est facile de charger un mort. »

Clotilde secoue la tête. « Brûler vif. Quelle fin horrible !

— Malgré la dégradation du corps, l'autopsie a relevé quelques détails intéressants, qui pourraient dans une certaine mesure expliquer le comportement de Thierry Imbert.

— Ah bon ?

— L'examen du cerveau, en dépit de son état, a révélé la présence d'un champignon. Un truc étrange, qui met des années à se développer et affecte certains animaux. Le champignon agit comme un parasite sur les centres nerveux, pour modifier le comportement de son hôte. Chez les souris, par exemple, il inhibe la peur du danger. Du coup, celles-ci se laissent manger par les chats, à l'intérieur desquels le parasite se reproduit à sa guise.

— C'est répugnant. Comment Thierry a-t-il pu attraper une chose pareille ?

— Mystère. On pense quand même que cela pourrait expliquer plusieurs aberrations.

— Comme quoi ?

— Le meurtre brutal d'Édith par exemple, et les actes horribles sur ses chiens, cannibalisme animal, torture… Sans oublier le fait qu'il obligeait son fils à participer à ses pratiques odieuses.

— Comment va-t-il au fait ? Thomas est toujours hospitalisé ?

— Oui. Et d'après les maigres informations qu'il a pu donner en état de choc, lui et Jean étaient plus ou moins de mèche.

— L'aîné des Trinquiet ? Celui qui a mis le feu au cabanon et qui s'est immolé ?

— Devant les yeux de son jeune frère et en emportant Thierry avec lui.

— Tu disais que Thomas et lui étaient liés ?

— Exact, mais on ignore si ça a un rapport avec l'incendie. Avec les incendies. Ce pauvre gosse était malade… En tout cas, Thomas a aussi parlé de Rémi. L'adolescent était au courant des agissements du père et du fils. Selon Thomas, il supportait de plus en plus mal le silence. Il s'est suicidé quand il a appris l'évasion de Jean. Un sacré gâchis. »

Jérôme s'arrête un instant pour contempler un groupe de pigeons venus s'abreuver à la fontaine. Il envie la simplicité de ces volatiles, leur comportement élémentaire, détaché des passions, étranger aux turpitudes et à la perversité. Il sent Clotilde poser la main sur la sienne, le ramener d'une simple caresse à la réalité. « Thomas est sous traitement, ajoute-t-il. Il n'a pas l'esprit clair, alors il faudra du temps pour démêler… » Jérôme laisse traîner sa phrase. Il ne parle pas à sa femme de l'un des aspects les plus déplaisants du dossier. Les constatations du légiste signalent d'étranges lésions sur le squelette d'Annabelle Lambert. Les angles d'attaque semblent indiquer que son assaillant était de petite taille. On envisage de plus en plus sérieusement que ce soit le jeune Thomas Imbert qui, surprenant la vieille dame chez Alain, l'ait froidement assassinée.

« Et Julien Trinquiet ? interroge Clotilde. J'ai appris qu'il avait repris ses études ici, en ville.

— Oui, les parents ont déménagé après… Pour tout dire, je ne suis pas certain qu'ils aient vraiment eu le choix. Tu te souviens, quand on a pénétré dans l'appartement de leurs voisins, avec les agents des services techniques ?

— Oui, tu m'en as parlé, mais tu n'es pas rentré dans les détails. Le père Trinquiet se plaignait d'une tache de moisissure qui s'étendait chez lui ; les dégâts semblaient provenir du logement d'à côté, c'est ça ?

— Exactement. Après avoir obtenu l'autorisation des propriétaires résidant à l'étranger, on s'est introduits dans la maison… Je n'avais jamais vu un tel désastre. Des champignons gros comme le poing partout sur les murs, les meubles recouverts d'une mousse noire, suintante, les objets qui pourrissaient sur pied. Un type de la voirie qui nous accompagnait est sorti vomir. Le maire a condamné le pâté de maisons sur ordre des services préfectoraux. Trois logements en tout.

— Alors les Trinquiet ont déménagé.

— Oui. Avec la mort de Jean, l'ambiance était devenue intenable pour eux à Lensil. Ils ont saisi l'occasion. » Le garde champêtre marque une pause. Ses yeux suivent une passante dans la rue, une jeune femme qui approche sur le trottoir encombré. Au moment où elle arrive à sa hauteur, elle remarque le couple attablé. Elle ralentit, interloquée. Ses grands yeux couleur noisette s'éclairent. « Monsieur Bertin ? »

145

Elle a coupé ses cheveux à la garçonne, élagué la frange, dégagé la nuque. La peau est toujours aussi pâle, mais elle ne cherche pas à dissimuler la blancheur de l'épiderme, au contraire : elle expose son teint blême avec une fierté sereine. Sans excès et sans honte. Le regard s'est fait plus franc, l'attitude moins bravache, quoique tout aussi décidée. Elle porte des baskets blanches, un jean simple et une chemise claire, sur laquelle elle a passé une veste noire de type blazer, dépourvue des guipures foisonnantes du romantisme gothique. Cindy Dutreuil s'est conformée à des codes sociaux très éloignés des inclinations juvéniles de son milieu d'origine, cependant elle l'a fait avec bonheur. Rien dans sa démarche, dans son attitude, n'indique qu'elle puisse ressentir une quelconque culpabilité de classe.

La mue a opéré de manière assez spectaculaire, mais elle n'est perceptible que de ceux, comme Jérôme ou Clotilde, qui l'ont connue de loin en loin depuis la fin de l'enfance. La jeune femme n'est plus tout à fait une adolescente. Plutôt une sorte de compromis heureux entre l'adulte et quelque chose de moins définitif. Elle agit à la façon de celles qui ont parfaitement le droit d'être là où elles se trouvent, elle se situe comme si elle était à sa place et semble tracer un chemin élégant.

Jérôme la regarde sans dissimuler la joie que provoque cette rencontre inopinée. Clotilde, elle aussi, semble agréablement surprise.

« Qu'est-ce que tu fais là ? interroge le garde champêtre.

— Je suis venue chercher des pièces au cadastre pour le procès en cours. » Elle comprend pourquoi Jérôme est en ville et précise : « Pour le procès contre l'installation illégale du parc, je veux dire.

— Je croyais que les Américains avaient renoncé.

— Pas encore. Du moins pas officiellement. Mais ça ne saurait tarder. Il existe de nombreux points de non-conformité dans l'enquête publique, et on ne compte pas les infractions au droit de propriété. » Soudain, elle paraît se ressaisir ou se rappeler quelque devoir d'importance. Petit rire. « Au fait, bonjour quand même. »

Elle se penche, dépose un baiser amical sur les joues de Jérôme, puis embrasse Clotilde. Jérôme remarque qu'elle pose la main sur l'épaule de sa femme, dans un mouvement qui n'est plus celui d'une gamine, mais procède d'un égal compagnonnage.

« C'est vrai que tu t'investis beaucoup dans le travail associatif, souligne le garde champêtre. *Lensil environnement*, c'est ça ? »

Cindy se redresse. « Entre autres.

— On ne te voit plus beaucoup au village, intervient Clotilde. Par contre, on a des nouvelles de toi par les journaux. Tu es devenue la coqueluche de la presse.

— Eh bien, comme vous dites : le travail associatif me prend pas mal de temps. Mais j'essaye de ne pas négliger les études pour autant. Au début je voulais passer un CAP, et puis j'ai décidé de pousser jusqu'au bac. Je m'inscrirai à la fac dès que j'aurai terminé le lycée. En urbanisme. Et j'ai l'intention de déménager de Lensil. Le village est trop petit. » Son regard passe alternativement de Jérôme à Clotilde. Une fossette se forme sur sa joue lorsqu'elle sourit. « Rassurez-vous, je ne suis pas une fille ingrate. Je reviendrai voir ma mère… Et vous aussi, bien entendu.

— On y compte bien, fait Clotilde. En tout cas, tu es ravissante. Tu as changé tout en restant toi-même, c'est rare.

— Merci. » La jeune femme marque une brève hésitation. « C'est un peu grâce à votre mari, je dois dire. »

Clotilde l'interroge du regard.

« Un jour, explique Cindy, j'ai fait une bêtise au supermarché et votre mari m'a tirée d'affaire. » Elle jette un coup d'œil à Jérôme et celui-ci lui fait signe de continuer. « Nous avons eu une conversation sérieuse, votre mari et moi, et j'ai compris des choses ce jour-là. Ça m'a pris un peu de temps, mais j'ai réalisé que l'acceptation n'était pas un renoncement. Admettre son passé, c'était aussi une manière de mieux avancer. Ensuite, ma mère m'a ramené un livre de Sidney Lawney… Et puis il y a eu ces manifestations… Les hasards se sont enchaînés. Des hasards heureux.

— Je suis contente que tu aies trouvé ta voie », complimente Clotilde avec sincérité. Elle caresse la main de son époux. « Jérôme peut être fin psychologue, quand il veut.

— Quand je veux seulement ? » questionne l'intéressé, faussement outré.

Cindy s'évente avec une chemise cartonnée qu'elle tient à la main. « J'ai encore honte de mes agissements au supermarché. J'espère que cette histoire reste entre nous.

— Motus et bouche cousue. »

La jeune femme regarde sa montre, puis contemple le couple attablé. L'émotion est visible sur son visage. Il suffirait de s'approcher légèrement pour noter que le bord inférieur des paupières brille un peu plus qu'à l'accoutumée. « Bon, je dois y aller. Merci pour tout, vraiment. Maintenant, il faut que je file, on m'attend. »

Jérôme la salue d'un geste de la main. « À bientôt, Cindy. Prends soin de toi. »

Le garde champêtre et sa femme regardent avec un brin d'admiration la jeune fille s'éloigner dans la foule des citadins affairés, silhouette mélangée aux silhouettes et bientôt invisible dans le fourmillement.

Cindy s'enfonce dans des grands remous de corps. Les gens sont pleins d'étincelles, à la surface de la vie. Le chant d'un transistor par une fenêtre ouverte imprime un air de slow italien aux déambulations des chalands. Les chocs étouffés d'un marteau piqueur de l'autre côté de la rue interrompent la sérénade transalpine. Les aboiements colorés des ouvriers casqués s'entrecoupent de rires, de plaisanteries gutturales. Elle se fraye un chemin parmi eux, passe sous les échafaudages. Une bétonnière paresseuse compose un roulement de tombereau. Deux Noirs en tenue de chantier transportent un grand miroir. Elle se met de côté pour les laisser passer et, l'espace d'un instant, aperçoit son reflet démultiplié dans la glace d'une devanture. Les deux miroirs qui se font face ouvrent sur l'infini.

Elle sait désormais qu'à une époque de sa vie, elle s'est trompée de route, qu'à un carrefour, elle a pris le mauvais embranchement. Longtemps, la jeune femme a pensé qu'elle était la moitié d'une vie, la moitié d'une respiration. Elle a cru sa sœur perdue, mais réalise maintenant que sa jumelle n'est absente que de ce monde-là. Dans tous les autres, elle poursuit sa tâche, elle chantonne, étudie et tombe amoureuse. Quelques larmes humectent parfois ses yeux mais sèchent rapidement. Ses sens avides capturent les mille inflexions du quotidien, elle avance, s'obstine, parcourt sa route. Sa robe à fleurs dévoile de longues jambes bronzées. Elle guette souvent Cindy par la fenêtre de son appartement. Les deux femmes sentent bien qu'elles se rejoindront.

146

Denis Davodeau arrête sa voiture sur le parking du village. La visite s'est assez bien déroulée. Louis et sa femme, cultivateurs depuis plusieurs générations, ont été plutôt réceptifs à ses arguments. L'agent immobilier ne désespère pas de les convaincre d'abandonner le régime de l'exploitation individuelle pour celui de société agricole. À terme, ils pourront céder une fraction de leurs parts et éponger les dettes. Quel choix ont-ils ? La terre gorgée de pesticides a donné ce qu'elle avait à donner, elle repose maintenant sous leurs pieds, sèche comme un tombeau et guère plus lucrative. De nouvelles maladies apparaissent, les rongeurs se multiplient depuis que les maraîchers ont éloigné les chats, tué les renards… Leurs enfants vont terminer le lycée. Ils ne reprendront sans doute pas l'exploitation familiale, s'orienteront vers des études que le couple pourra à peine leur offrir, partiront en ville pour mener une vie plus digne que celle de leurs parents, moins enracinée, moins épuisante. Louis et sa femme deviendront vieux, la terre continuera à perdre de sa valeur, puis ils mourront… Que reste-t-il à Lensil ? Qu'attendent-ils ?

L'agent immobiliser sort de sa voiture, verrouille les portières et se dirige vers l'agence *Davodeau et fils* en faisant sauter la clef de contact dans la paume de sa main. Via sa société civile, il possède maintenant une quinzaine de lots plutôt conséquents autour du village. De quoi opérer une jolie culbute. Il aura assez pour clouer le bec à son frère, à son épouse, à son père… Seul problème : ces lots ne valent rien à l'heure actuelle. La fortune de Denis est totalement virtuelle. Non seulement elle résulte d'une anticipation, mais elle repose sur des emprunts qu'il imagine douteux. Sa fortune n'adviendra qu'au moment où ces satanés Américains signeront le protocole d'accord. Pourvu qu'ils se décident vite, la situation avec Sophie peut encore se rétablir s'il parvient à boucler l'affaire. Elle a vu les dossiers se multiplier, son caractère changer… Et l'humeur de Denis ne s'est pas améliorée depuis que le vice-président de Lawney Industry a eu l'idée saugrenue de s'évaporer dans la nature. Le nouveau P-DG a suspendu les négociations, mais Henri lui a assuré qu'elles reprendront incessamment. Alors, qu'importent les désagréments qu'il doit subir, et qu'il inflige à son entourage. Bientôt, les tensions s'apaiseront, il demandera à Sophie une seconde chance, ils renoueront avec l'existence d'avant, en mieux. D'autres que lui, et des moins futés, s'en sont sortis haut la main.

Il introduit la clef dans la porte de l'agence, mais constate avec surprise que le battant s'ouvre tout seul. Il réfléchit un instant, secoue la tête. Il aura oublié de fermer, voilà tout. Ce n'est pas au village qu'une pareille négligence mettra en péril les maigres fournitures qui se trouvent sur son bureau. Il pousse le panneau de verre et sursaute. Une silhouette vient de bouger dans le fond, installée à son secrétaire, sur son siège. Henri sourit : « Excuse-moi, je ne voulais pas t'effrayer.

— Comment es-tu entré ? » interroge Denis, très raide.

L'autre agite un trousseau. « J'ai toujours les clefs, tu te souviens ? Je constate que tu n'as pas changé les serrures depuis qu'on travaillait ensemble. »

Denis pose sa serviette près de l'armoire à classement, à droite de la porte d'entrée. « Étonnant que tu aies retrouvé le chemin de l'agence, après tout ce temps. Qu'est-ce qui me vaut le plaisir ?

— Une nouvelle… contrariante », signale l'aîné sans répliquer au sarcasme de son frère. Denis se fige. Il connaît les périphrases et les euphémismes d'Henri. « J'ai préféré t'avertir en personne, reprend celui-ci. Le téléphone me paraissait trop impersonnel. Tu es mon petit frangin, après tout.

— Crache le morceau », dit Denis. Il se tend comme un bloc, prêt à tout encaisser mais susceptible de se briser si l'on frappe au bon endroit. *Henri et ses magouilles de politicard.*

« À ta guise, je vais donc aller droit au but : les Américains se retirent. Ce sera dans les journaux demain.

— Pardon ?

— Tu m'as parfaitement entendu. Lawney Industry abandonne le projet de construction du parc et de la ville nouvelle. Tous ces terrains, ces exploitations que tu as patiemment achetés ne valent plus rien. »

Denis n'en revient pas. Les mots ont fait basculer en lui les premiers dominos d'un jeu qui s'effondre entièrement. « On… On doit pouvoir trouver un moyen de rentabiliser…

— Oublie, coupe Henri. Parfois on gagne, parfois on perd, et on ne sait même pas pourquoi.

— Doucement, mon vieux. Ce sont mes billes que j'ai investies.

— La messe est dite, Denis. Il n'y a aucune parade, rien à ajouter.

— Attends, c'est toi qui m'as mis sur ce coup, je te rappelle.

— Et c'est moi qui m'en retire.
— Tu ne peux pas me faire ça.
— J'y suis contraint. Désolé. »

Denis sent ses doigts se replier malgré lui, sa respiration accélérer. Il serre les poings, crispe la mâchoire. En un éclair, il redevient le petit garçon prêt à en découdre physiquement avec son grand frère, prêt à endurer les plaies et les bosses, à infliger le mal, et puis à se réconcilier, vaincu, et à réclamer des miettes d'amour qui ne viendront pas, à quémander de l'attention là où ne règne que l'indifférence polie. Son grand frère est déjà ailleurs, il s'est déjà enfui. « Salaud, grogne l'agent immobilier. Je vais te... »

Nullement effrayé, Henri réplique : « Je ne t'ai pas dit de t'endetter avant la signature, ni d'essayer de t'engraisser sur mon dos.

— M'engraisser sur ton... Elle est forte, celle-là. » Denis a beau jouer les indignés, il sait que son frère a raison. Il a toujours raison, cette ordure. Même lorsqu'il montait des trafics de cartes autocollantes et que c'était lui, Denis, qui endossait la responsabilité de l'échec, il avait encore raison. Pourquoi se priver, lorsque l'on a quelqu'un près de soi, un souffre-douleur désigné, qui fera tout pour obtenir un peu de considération ?

« Tu devais simplement prospecter et attendre, ajoute plus doucement le secrétaire d'État. Tu as voulu te venger de je ne sais quel affront imaginaire, je ne sais quelle injustice dont tu t'estimes victime depuis toujours, eh bien voilà ! »

Denis n'en peut plus. Il pointe un doigt rageur sur son frère. « Qui a accepté de racheter les parts de *Davodeau et fils* pour que tu puisses aller te pavaner à la capitale, hein ? Qui a assumé les ventes foireuses, les prix en baisse, le fardeau d'être un héritier indigne? Cette agence est un véritable bâton merdeux, et tu le sais. Tu l'as toujours su. Qui a accepté de servir de bouc émissaire quand les faux autocollants ont été découverts?

— Qu'est-ce que… De quoi tu parles?

— Les autocollants d'Annibal le furet, que les gamins de l'école collectionnaient quand on était petits.

— Quels autocollants?»

Denis expulse un rire nerveux. «Ne fais pas l'innocent. Ces cartes, c'est toi qui les avais falsifiées. Et j'ai consenti à porter le chapeau pour que tu continues à être le préféré de papa-maman. Qu'est-ce que tu dis de ça, hein, monsieur je-ne-me-salis-pas-les-mains? Toute ton existence est une arnaque, un tour de passe-passe que tu es le seul à croire réussi.

— Des cartes? questionne Henri, abasourdi. Une histoire de cartes de dessin animé t'est restée en travers de la gorge pendant trente ans?

— Tu ne t'es jamais dénoncé.

— Je ne me souviens même pas de cette histoire. Tu prétends que j'ai falsifié des images, moi, je veux bien. Tu racontes que tu t'es sacrifié, d'accord, si ça peut te faire plaisir. Mais personne ne devrait faire une fixation sur une broutille pareille.

— Moi, si.

— Tu n'as jamais grandi, voilà le problème. Je me demande pourquoi j'ai fait appel à toi.» Une moue de dédain se forme sur le visage du politicien, ses lèvres s'incurvent. «Je pensais que tu avais les épaules assez larges, je me suis trompé, c'est tout.

— Tu n'es rien sans moi, Henri. Rien!» Denis se

rend compte qu'il crie. Les postillons jaillissent de sa bouche, la bave se forme, il transpire.

Henri Davodeau se lève très calmement. « Je te rends ta place, frangin. » Il se dirige vers la porte sans que Denis puisse esquisser un geste. Une chape de plomb s'est abattue sur le dos du cadet. L'épuisement est si intense qu'il parvient tout juste à cligner des paupières. Henri s'arrête sur le seuil de l'agence, un sourire triste aux lèvres. *Une façade*, pense Denis. *Il ne peut pas rester indifférent. Il ne peut pas.*

« J'ai voulu passer voir Sophie à la mairie, explique Henri d'une voix plate. Il paraît qu'elle n'est plus là, qu'elle a obtenu sa mutation dans une autre région. Rien de grave, j'espère ? »

Puis il sort sans attendre de réponse.

Lorsque le téléphone sonne, Denis est assis à son bureau depuis quelques minutes ou plusieurs heures, il ne sait pas. La visite d'Henri, le renoncement des Américains, la condescendance de son frère et la flèche du Parthe qu'il lui a décochée avant de partir… sont-ce des rêves ou bien est-il entré dans un monde à l'intérieur duquel chaque respiration est un naufrage ? Tous les matins, il s'éveille sans Sophie, il mange sans Sophie, il se prépare sans Sophie. Les gestes sont courts, automatiques. En son absence, il ignore quoi dire, quoi faire, comment se comporter. Elle lui manque terriblement. Il a l'impression qu'on la lui a volée, mais ne peut expliquer ce sentiment de spoliation.

Sixième sonnerie. Il décroche le combiné, les yeux encore perdus à la recherche de celle qu'on lui a dérobée.

« Allô ? C'est vous, Davodeau ? »

L'agent immobilier se redresse. Il reconnaît la voix d'Étienne Mortier, le notaire. Celui-ci ne l'appelle plus Denis et a cessé de le tutoyer. Un mauvais pressentiment coule dans les entrailles de l'agent immobilier, comme s'il avait ingurgité une vilaine potion. Denis se force à sourire. « Étienne, comment vont les affaires ?

— Vous n'êtes pas au courant ? embraye aussitôt le notaire.

— Au courant de quoi ?

— Goiraud a été arrêté ce matin par des types de la brigade financière. Il est accusé d'abus de confiance et de détournement de fonds. Ils sont venus le cueillir directement à l'agence bancaire, devant les clients. »

Denis cligne des yeux. Il a du mal à comprendre de quoi parle Mortier.

« Goiraud, arrêté par la police ?

— Il avait monté un système de prêts frauduleux avec les comptes dormants de certains titulaires, vous saisissez ?

— Je… non, pas vraiment.

— Il piochait dans des comptes inactifs pour vous accorder des prêts. Vous avez obtenu des fonds illégaux, ils vont mener une enquête.

— Qu'est-ce que tu racontes ?

— Votre petite combine, vos spéculations, tout s'écroule. Il va falloir donner des explications nettes et précises. Je dirige un cabinet honorable. Sachez que si les enquêteurs me sollicitent, je leur apporterai mon soutien inconditionnel… C'est fini, Davodeau.

— Mais… Tu ne pouvais pas ignorer…

— Je n'étais au courant de rien, c'est clair ?

— Non, ce n'est pas possible. On avait discuté du projet d'implantation quand…

— Vous n'entendez pas, mon vieux. La fête est

terminée. Vous avez intérêt à bien préparer votre défense et à ne pas laisser traîner… de documents hasardeux. En attendant, n'appelez plus, ne passez pas au cabinet. Le cas échéant, nous réglerons tout ceci par avocats interposés. »

Mortier raccroche sans autre forme de procès. L'agent immobilier fixe l'appareil, incrédule. *Il ne manque pas d'aplomb, celui-là*. Puis après un instant de réflexion : *Goiraud arrêté. C'est le bouquet*. Les mots du notaire infusent lentement dans son esprit. *Votre petite combine s'écroule, il va falloir donner des explications. La fête est terminée*.

Dans sa poitrine, le cœur, muscle infatigable, bat sans s'arrêter.

147

L'appartement d'Henri se situe au quatrième étage d'un immeuble cossu de l'arrondissement le plus prestigieux. On ne refuse rien aux apparences. Lorsque les vitres sont fermées, le vacarme incessant de la circulation sur la plus belle artère du monde se trouve réduit à un murmure insignifiant. Dans la maison, un épais tapis persan étouffe le bruit des talons sur le parquet ciré. Sous la clarté tamisée d'un candélabre orné de fausses chandelles, on se dirige à pas de loup et l'on ne hausse pas le ton. Même les enfants ont pris l'habitude de se déplacer avec discrétion. On ne les entend jamais jouer.

Les boiseries aux murs, les ciselures luisantes des chaises noires à dossier sculpté, atténuent la chaleur sobre et grave du logis. Ici vivent des animaux à sang froid.

Un grand buffet recouvert d'une nappe blanche en dentelles contraste avec les ombres solennelles. On y conserve les assiettes de porcelaine, les vases de cristal et les couteaux à manche de nacre qui ne servent jamais. Les Davodeau dînent rarement chez eux.

Dans un vase disposé au centre du meuble, un large bouquet de fleurs naturelles diffuse dans la pièce un parfum entêtant.

Henri considère le flot des voitures à travers la haute fenêtre du salon, flanquée de longs rideaux en velours gros vert.

Dans son dos, les messages enregistrés sur le répondeur s'égrènent avec régularité. « Henri ? C'est Marceau, de l'inspection… Félicitations pour ta nomination, mon vieux. Le service diplomatique n'a qu'à bien se tenir. » « Salut Henri, j'ai appris la nouvelle. Le Commerce extérieur, rien que ça. On peut dire que tu l'as voulu, ce poste de ministre. Enfin bon, si tu as besoin de quoi que ce soit, tu sais où me joindre. » « Mes compliments, Davodeau. J'imagine que je vais devoir t'appeler Monsieur le Ministre, à présent… »

Tout ce que la capitale connaît de flagorneurs, de courtisans ou d'authentiques agents d'influence se bouscule pour congratuler l'ancien chef de cabinet. Cela ne durera pas, mais pourquoi bouder son plaisir ?

La porte d'entrée s'ouvre pour laisser passer Mélanie, le teint légèrement empourpré, les bras chargés d'emplettes. Sacs de vêtements de marque, boîtes de parfums hors de prix, emballages de boutiques de luxe. Elle dépose sa foisonnante moisson sur le canapé du salon. « Ouf, quel monde ! À croire que la crise qui s'annonce décuple les appétits des consommateurs. Les magasins sont bondés. »

Les messages sur la bande magnétique arrivent à leur terme. Un *bip* signale que l'appareil rembobine. Mélanie s'approche de son mari, qui tourne la tête vers elle. Elle dépose un baiser sur sa bouche. Leurs lèvres se touchent à peine. « J'allais oublier. Félicitations, mon chéri.

— Le gouvernement sait où est son intérêt, justifie Henri en retournant à la contemplation du défilé de voitures en contrebas. Les Américains reviendront. Dans une semaine, dans un an, ils tenteront à nouveau de s'implanter en Europe. Le marché est trop vaste pour être négligé. Ce jour-là, la France devra être encore sur les rangs. Je possède les contacts nécessaires pour maintenir la porte ouverte... »

Mélanie a commencé à déballer ses achats, à les ranger par ordre de préférence ou par catégorie. Concentrée sur sa tâche, elle ne semble écouter son mari que d'une oreille distraite.

« Au fait, bifurque abruptement celui-ci, j'ai été voir Denis. »

Mélanie continue d'agencer ses produits, mais Henri note une infime hésitation. « Ah bon ? Comment va-t-il ?

— Pas très bien, tu t'en doutes. Apparemment, Sophie l'a quitté pour de bon. Et je crois que la défection des Américains l'a achevé. Il est parti dans une espèce de délire à propos d'autocollants que nous collectionnions quand nous étions petits, je n'ai pas compris. J'ai l'impression que toute cette affaire l'a éprouvé.

— Le pauvre. Tu crois que je devrais l'appeler ? » La sollicitude de Mélanie a quelque chose de faux, songe Henri, comme si elle attendait que l'on refuse sa proposition. *Tout pour te faire plaisir, mon amour.*

« Non, penses-tu. Je le connais, d'ici deux ou trois mois, il aura surmonté sa déception. En attendant, ça nous fera un peu de repos.

— Voilà qui n'est pas très charitable. »

Henri observe sa femme, se demande jusqu'où elle pousse le second degré. Il ne sait jamais à quel point elle plaisante lorsqu'elle parle. Il s'écarte finalement de la fenêtre, jette un œil las sur les vêtements, les bijoux, les parfums exposés sur la toile tendue du canapé Renaissance. Une opulence de fin de siècle. Au moment où il se penche pour embrasser Mélanie, celle-ci recule imperceptiblement. « Quel affreux mal de tête ! Je vais à la cuisine me faire une aspirine, tu veux que je te prépare un verre ?

— Non merci », décline Henri. Il est légèrement dérouté, mais la réaction de Mélanie lui semble logique. Et qui sait ? Peut-être a-t-elle réellement la migraine ? « J'ai un peu de travail. Je suis dans mon bureau si tu as besoin de moi. »

Un sourire en coin. « Mais j'ai toujours besoin de toi, mon chéri. »

L'espace d'un instant, Henri croirait presque qu'une belle déclaration va succéder à cet aveu. « Vraiment ?

— Bien sûr, sourit Mélanie. Je suis comme le gouvernement : je ne perds jamais de vue mes intérêts. »

148

Ils ont fait aménager la cuisine dans un esprit beaucoup plus contemporain que le reste de l'appartement. Un jeune designer de l'école Camondo a le vent en poupe : Philippe Starck. Il a su imposer au bon moment la douce tyrannie du renouveau. Cette année, le président lui a même confié l'agencement de ses appartements privés, au palais de l'Élysée. Bien entendu, pas question pour les Davodeau de solliciter l'intervention du styliste chez eux, mais ils ont demandé à leur propre architecte d'intérieur de s'inspirer de ses travaux. Les lignes claires, les angles adoucis et le plastique omniprésent portent la marque d'une modernité fiable, d'un élan confiant vers l'avenir. Polymères et hydrocarbures constituent les totems du siècle.

Le cachet d'aspirine fond lentement dans l'eau claire. Les bulles montent à la surface avec un grésillement prudent. Lorsque la pastille ronde a disparu, Mélanie porte le récipient à ses lèvres. Sa main tremble. Les dents et le verre s'entrechoquent. Son sophrologue lui a donné plusieurs astuces pour se maîtriser. Il s'agit moins d'appliquer de véritables techniques de relaxation que de fournir au corps le temps nécessaire à dissimuler son désarroi, lorsque les circonstances l'exigent. Dès que l'on a compris les quatre principes de base – intégration du schéma corporel, de la réalité objective, de l'action positive et de l'adaptabilité –, la démarche s'avère assez simple. Assise sur son tabouret en formaldéhyde rouge, Mélanie étire la colonne vertébrale du coccyx jusqu'à l'occiput, elle ferme les yeux et se concentre sur sa respiration. Elle laisse l'air entrer par le nez, gonfle le plexus et détend le diaphragme, puis souffle par la bouche. Encore une fois. Inspirer, expirer.

Il est inutile d'essayer de chasser les pensées. Elles reviendront, quoi que l'on fasse. Il faut donc accepter qu'elles apparaissent, qu'elles défilent. Il suffit de s'en tenir éloigné et de les regarder tourner devant soi comme un manège.

Des images se matérialisent derrière les paupières closes de Mélanie, des bouts de phrases, des sensations, des odeurs. Les draps froissés, l'étoffe imbibée de sueur dans la chambre 37 de l'hôtel Crisantin. Le corps de Denis contre le sien. Le tissu en coton entortillé autour de leurs membres en mouvement. Elle se laisse basculer, elle dérive dans l'oubli temporaire des caresses maladroites, empressées du beau-frère. Et un quart d'heure plus tard, elle allume une cigarette Saint-Laurent, souffle de longues bouffées de tabac parfumé à l'eucalyptus. Denis se penche vers la table de chevet et lui offre un pendentif en forme de maison, sur lequel il a fait graver *Davodeau et fils*. Un bibelot commercial ; un gage d'attention. Il ne signifie pas *Je t'aime*, mais *Je sais que tu existes*. Bien qu'elle l'ait écouté d'une oreille distraite, elle se souvient de son conseil : *Cache-le bien, il ne faudrait pas que mon frère tombe dessus*. Et, quelques semaines plus tard, les derniers mots qu'elle lui adresse au téléphone après que sa femme l'a quitté sont tout aussi nets : *En ce qui nous concerne, c'est terminé. Rends-toi service, n'appelle plus*.

L'échec est un fiel qui ronge les cœurs seulement quand il est grand. Lorsque la défaite est basse, mesquine, cette mauvaise liqueur se dissout pour faire place à la résignation. En séduisant Denis, elle a choisi l'option la plus minable. Jeter son dévolu sur le frère cadet, un pauvre type bouffi de rancœur, seul à en crever, lui semblait alors le plus sûr moyen de stimuler l'intérêt d'Henri. Plus sûr en tout cas que les gigolos qui se succédaient dans son lit. L'obliger à réagir, forcer le retour de la virilité, voilà ses uniques buts, mais elle avait surestimé les liens affectifs qui unissaient les deux frères. Par sa manœuvre inepte, elle n'avait fait que susciter un surcroît d'indifférence de la part de son mari, et détruire le couple de Denis. Comme elle regrettait ce choix. Pas parce qu'elle éprouvait un sentiment puissant à l'égard de son amant – lui-même ne ressentait probablement guère plus qu'une attirance physique et symbolique la concernant –, mais parce que la salissure était son seul titre de gloire. Après cette tentative, il ne restait plus d'autre alternative que l'acceptation ou le départ. Et elle savait qu'elle ne quitterait jamais le domicile conjugal.

Elle ouvre les yeux. Le lustre moderne de la cuisine s'exprime avec plus de vulgarité que jamais, lui semble-t-il. Une vulgarité de classe, avide de reconnaissance sociale. Un appétit de parvenus. Elle songe ensuite au caractère solennel du reste de l'appartement, qu'Henri a voulu conserver en l'état, comme pour atténuer les aménagements contemporains. De toute manière, ils n'utilisent jamais le coin repas. Elle déteste les fourneaux.

Sa main continue de s'agiter en de brèves saccades incontrôlables dans le silence froid des chaudrons et des poêles, des ustensiles et des casseroles rutilantes.

Ne pas faire de bruit. Être heureuse ou faire semblant.

Bon sang, pourquoi ne peut-elle pas s'arrêter de trembler ?

149

La grande lampe de bureau en laiton projette des reflets indécis sur les vitres grillagées de la vaste bibliothèque, dont il est le seul à posséder la clef. Quoi de plus triste que des livres enfermés ? Les volumes de l'*Encyclopédie* de Diderot et d'Alembert, plus larges que les autres, s'avancent avec prétention sur les rayonnages en bois de noyer. Par quelles mains ont-ils transité ? À quels yeux se sont-ils confiés, offerts à tous les caprices, vulnérables à toutes les dérives de l'esprit ? Jusqu'où ont-ils voyagé ? Dans quels appartements, quelles malles, quels greniers ? Comment ont-ils échappé aux tourments de l'Histoire ? Autant de questions qui resteront sans réponse et qui, pour l'heure, servent simplement à Henri d'exercices spéculatifs. En s'attachant au parcours de l'*Encyclopédie*, le nouveau ministre se détourne de pensées plus sombres. Pourtant, inévitablement, ces pensées ressurgissent, s'imposent, et il oublie finalement l'orgueil des livres soigneusement rangés. Les termes dans lesquels l'ultime discussion avec Denis a dégénéré lui reviennent en mémoire. Le politicien a beau fouiller dans son passé, retourner les souvenirs les uns après les autres, ainsi qu'on lève des pierres à la recherche de crabes ou de coquillages, aucune réminiscence, aucune anecdote ne lui revient à propos de ce mystérieux album d'images autocollantes dont son frère semble avoir gardé rancune. Tel qu'Henri le connaît, il est bien capable d'avoir inventé cette histoire dans l'unique but de justifier ses échecs. À la réflexion, non, il n'en est pas capable : son horizon est trop limité. Sans compter qu'avec l'âge, les frontières que l'on décide pour soi-même deviennent infranchissables.

Denis est responsable de ce qui lui arrive, mille fois oui. Dieu sait, pourtant, qu'Henri a tenté de l'aider. Il aurait pu s'en dispenser, il n'était pas obligé de tendre une fois encore la main. Ses actes étaient guidés par une pure générosité. Et Denis, comme toujours, a essayé d'en profiter. Sophie a bien fait de le quitter avant d'être trop vieille pour recommencer sa vie. Non que Denis la maltraitât ou qu'elle méritât mieux – que mérite-t-on dans l'existence ? –, mais son frère était un embarras, une obstruction. Jamais il ne partira de l'agence. Est-ce de sa faute si Denis végète ainsi ? Est-ce de sa faute si sa femme a déserté le domicile conjugal ? Henri n'endossera pas le rôle du méchant de service.

Par les rideaux écartés de la fenêtre, les grands feux du boulevard dispersent leurs lueurs dans le vent et dans la nuit. Leur souveraineté soumet l'espace. Ils ressemblent à des météorites immobiles, des désirs figés dans la combustion. Lacan prétendait que les véritables héros étaient ceux qui ne cédaient pas à leurs désirs. Éteignez les lumières de la ville, éteignez les lampes et les phares de voiture, écoutez l'appel des ténèbres et laissez l'ombre vous avaler. Alors seulement vous accéderez à la noblesse des demi-dieux.

Henri se cale dans son fauteuil. Il ouvre le tiroir supérieur du secrétaire, tâtonne à l'intérieur du compartiment, les yeux dans le vague. Ses doigts se posent sur un petit objet carré au bout d'une chaînette. Entre le pouce et l'index, il soulève le collier à la lumière de la lampe de bureau. Des maillons en toc, un pendentif en forme de maison, sur laquelle on a gravé *Davodeau et fils*.

Des syllabes se forment sur ses lèvres, le brûlent comme une pincée de sel sur une plaie : « Mélanie. »

Derrière les grilles fermées, il y a tous ces livres, tous ces mots, toute cette consolation qui ne sert à rien. Quand l'amour a disparu, que reste-t-il ? Pas la littérature, non, ni la mémoire. Pas les instants d'harmonie suspendue, qui naguère apaisaient le souffle et désormais tranchent comme des feuilles de papier.

Pas les rires, pas les chants, pas les caresses, pas les sentiments. Juste le cœur qui bat plus lentement et le sang, parfois, qui monte à la tête dans un bref éblouissement. Rien ne dure. Très vite, les mondes d'étincelles retournent au néant et la nuit ressuscite.

Dans quelques heures, adviendra le terrible instant où émerge sur les toits de la ville le rouge d'un soleil à peine visible. Sur les balcons où s'amenuisent les flaques d'ombre s'exprimera un meurtre d'aube. Autour de Mélanie et lui, ce sera l'éveil de la cité, encore pétrie de rêves.

150

En haut des escaliers de la cave enténébrée, l'unique lueur du jour ne porte pas loin. Il semblerait que le réseau d'ombres se soit réfugié ici, au sous-sol, que l'obscurité amie y ait trouvé asile.

On sonne, puis un trousseau de clefs tinte ; on introduit une lame crantée dans le barillet. Une porte s'ouvre. « Denis ? » C'est une voix féminine assourdie, masculinisée par des années de tabagisme actif. Des pas dans l'entrée. La cadence irrégulière des talons sur le parquet fait penser à de grosses chaussures peu pratiques, mais protectrices et résistantes. « Denis ? répète la voix. C'est Louise, la femme de ménage. Vous êtes là ? » Silence. Les souliers résonnent au-dessus de la cave. Louise s'est avancée dans le salon. « C'est quoi tous ces papiers dispersés ? Quel chantier ! Denis, où êtes-vous ? »

Nouveau déplacement. Une paire de jambes, couvertes jusqu'aux genoux d'une jupe en tartan épais, apparaît en haut des marches. L'une des chaussures, plus haute que l'autre, indique le port d'une semelle orthopédique. Louise appelle plus faiblement. « Denis ? »

Les ténèbres jalouses ne laissent filtrer aucune réponse. Louise cherche à tâtons l'interrupteur de la cave. Ses doigts trouvent le boîtier en plastique. La lumière inonde brusquement le sous-sol. En un éclair, les noirceurs se replient dans les renfoncements les plus lointains. Louise est aveuglée. Ses yeux se plissent, aussi ridés que des noix, marron et liquides comme un brou du même fruit. Son visage de forme sphérique, dont l'éclairage brutal accentue les traits les plus ingrats, évoque celui d'une vieillarde. Sa chevelure se pare de fils gris que l'on attribuerait facilement à un voile de poussière. Elle n'a pas encore trente ans. Son gosier enfle. Elle torture ses sourcils. On pourrait croire qu'elle se prépare à pousser un cri d'horreur, mais c'est un brame fébrile, une affreuse exhalaison, similaire au râle d'un condamné, qui franchit ses lèvres.

Au bas des escaliers, un tabouret est tombé sur le côté. Une paire de pieds se balance à trente centimètres du sol. Denis n'a pas pris la peine d'attacher ses belles chaussures vernies.

151

Michel Lidèle pose calmement le journal sur la table basse du salon. La une du quotidien régional indique : « Procès Lemercier : dix ans ferme pour l'assassin mutique ». Voilà comment tout finit : avec des mots sur un délibéré et aucune réponse claire.

Assise avec lui sur le divan, Séverine n'a visiblement

cure du compte-rendu de la cour. De toute manière, elle estime le procès tronqué. Elle a encore maigri. Ses règles ont disparu, son ventre s'est creusé, le gril costal a labouré la peau de sillons de famine, les bras ont perdu toute chair. Les yeux sont devenus deux billes opaques enchâssées dans un crâne d'os, la peau s'est étirée sur le front, sur les pommettes et autour de la bouche. Les tempes concaves laissent à présent apparaître des torsions de veines bleues. Mais un feu noir continue de l'animer, de la réchauffer, de l'engloutir. Peu importe la condamnation, peu importent les plaidoiries et les débats, elle a d'autres idées en tête. « Je te jure qu'elle essaye de me dire quelque chose », martèle-t-elle.

Michel secoue la tête. L'obsession de sa femme pour la réincarnation, et spécialement pour ce volatile qui depuis plusieurs mois s'obstine à se percher sur le rebord de la fenêtre de la chambre de leur fille, vire à la folie pure. « Arrête avec ça, tu dérailles. Le jugement a été rendu, Séverine. Il n'est pas satisfaisant, mais... » Il lui prend la main. « Le procès nous a tous affectés.

— Tu ne comprends pas. » Elle serre les doigts autour de ceux de son mari, se lève, et l'incite à le suivre. Michel obéit, de guerre lasse. Si seulement cette spirale pouvait s'arrêter. Il avait pensé que la décision de justice mettrait un terme à leur souffrance, ou du moins leur permettrait de franchir une étape sur le chemin de la guérison, mais il semblerait que l'on ne puisse guérir de pareille blessure. Michel craint désormais que le verdict substitue une forme de torture à une autre.

Quand ils arrivent dans la chambre d'Édith, la corneille blanche est là, de l'autre côté de la vitre, ses pattes filiformes accrochées à l'appui de la fenêtre.

Elle pousse des cris sitôt qu'elle les aperçoit. Des piaillements presque humains. Michel frissonne. S'il entre dans cette logique, s'il s'engage sur cette voie, il va s'égarer, il le sait. Alors, plus personne ne pourra empêcher Séverine de plonger définitivement. Il ouvre les battants. L'oiseau s'éloigne, revient à plusieurs reprises vers lui, retourne en arrière. Séverine pose la main sur son bras. « Tu l'entends ? »

Michel tourne la tête. Il voudrait faire de grands gestes pour chasser l'oiseau, lui jeter des objets pourquoi pas, mais dans l'état où Séverine se trouve, elle ne le lui pardonnerait pas. Le volatile continue de crailler.

« On doit… On doit reprendre nos esprits, Sév.

— Elle veut que nous la suivions. Elle nous montre une direction. »

Michel la prend par les épaules, la secoue sans brusquerie, de peur de la briser en fragments épars. « Arrête ! »

Séverine le fixe avec ses grands yeux à fleur de peau, son masque de femme replié vers l'intérieur. « Notre fille n'a pas fini dans le ventre de ces chiens, c'est impossible. »

Michel ne sait pas quoi répondre. C'est impossible, oui, inconcevable, grotesque, inhumain… Et pourtant.

« Le corps d'Édith est enterré quelque part, poursuit la jeune femme. Il repose là, pas loin. Son âme a trouvé refuge dans la corneille. L'oiseau veut nous donner une explication…

— Il ne veut rien nous donner du tout. C'est un oiseau.

— Tu n'as pas envie d'obtenir de réponse ? »

Michel est stupéfait. Il bredouille : « Si, mais…

— Reste ici si tu veux, à tergiverser, à te demander pourquoi.

— Il n'y a pas de pourquoi. »

Séverine ne l'écoute pas. Les mots sortent de sa bouche avec la force d'un élan trop longtemps réprimé. « Continue à t'interroger si ça te chante. Garde bien tes œillères surtout, reste au chaud dans ta muselière. Tu crois que tes petites certitudes, tes schémas cartésiens vont te sauver ?

— Il faut laisser Édith reposer en paix, où qu'elle soit.

— En paix ?

— La laisser reposer tout court. Tu ne peux pas…

— Je ne le fais pas pour elle, Michel. Je le fais pour moi. S'il existe une chance sur un milliard de lui demander pardon, je la saisirai, tu m'entends ? Je la saisirai.

— Pardon pourquoi ?

— Pardon pour les gestes, pour les paroles. Pardon pour le froid que l'on transmet, la cassure, les dents qui grincent. Pardon pour les pensées, oh, les pensées. Pour la main qui ne caresse pas, ou trop peu, ou trop tard. »

Michel la regarde. Pour la première fois depuis une éternité, elle n'est plus une étrangère. Il la retrouve dans sa cruelle lucidité, dans sa complexité. Dans la banalité du mal qu'elle porte en elle, et qu'elle combat malgré tout. Il n'a pas su la délivrer de ses fantômes, et encore moins la protéger. Les protéger toutes les deux.

Séverine darde sur lui des yeux réticents à s'immobiliser. Les pupilles cherchent dans l'agencement des traits masculins l'indice d'un acquiescement, une trace de soutien. La jeune femme ajoute finalement dans un filet de voix presque inaudible : « Pardon pour l'amour qui n'existe pas… »

Michel esquisse un mouvement pour la serrer dans ses bras, mais elle recule. « J'y vais. Je dois en avoir le cœur net. » Et elle se détourne, sort en silence de la chambre, dévale les escaliers jusqu'au rez-de-chaussée. Michel observe l'oiseau, qui s'est posé en bas, sur la barrière du jardin. *Un comportement vraiment inhabituel*, songe-t-il. *On jugerait qu'il attend Séverine*.

Le père endeuillé hésite, partagé entre le refus d'accorder foi aux élucubrations de son épouse et la peur qu'il lui arrive malheur si elle part seule à la poursuite de la corneille blanche. Le volatile pousse un dernier cri.

Dans une brusque volte-face, Michel s'élance à la poursuite de sa femme.

152

La corneille s'est orientée à l'opposé des rues en colimaçon de Lensil. Elle a survolé une route, le long de laquelle les habitations se raréfiaient, puis s'est déportée sur la droite, en direction du quartier de la Haute Source. À intervalles réguliers, elle s'est perchée bien en vue sur les boîtes aux lettres ou les clôtures mouillées, semblant attendre ses poursuivants. À présent, elle se tient sur un vieux panneau oxydé. *Propriété privée - défense d'entrer.*

Le sentier perpendiculaire à la route goudronnée se prolonge sur une cinquantaine de mètres et débouche sur une petite prairie. On y avait jadis érigé de grandes cages de deux mètres de haut, une cabane en rondins. Il y avait également un établi, de vieux pneus, des boîtes de conserve vides, un tapis roulant d'entraînement… Plus loin, un layon serpente à travers les herbes grandissantes, jusqu'à rejoindre l'épaisse végétation de la forêt.

Michel et Séverine arrivent en trottinant, essoufflés. Séverine précède son époux. Elle a enlevé ses chaussures à talons pour courir pieds nus. Les voûtes plantaires sont un mélange d'écorchures et de saleté, les graviers se sont incrustés dans les zones de contact, la peau s'est fendue en plusieurs endroits. « Là, regarde. » Séverine désigne l'oiseau, qui les observe de profil. « C'est absurde », soupire Michel en arrivant. Mais sa femme ne l'écoute pas. Elle avance et l'oiseau décolle de nouveau.

Les mauvaises herbes ont envahi les ornières boueuses. Des bouquets de ronces et d'asparagus ont emmêlé leurs torsades hérissées tout le long du chemin. Aucun véhicule n'est venu ici depuis le drame. Michel et Séverine pataugent, glissent, se rattrapent. À deux reprises, Michel sauve son épouse de la chute. Celle-ci continue à progresser, hypnotisée par une aberration qu'elle est la seule à deviner.

Le couple déboule enfin dans la clairière. Les grandes cages ouvrent des bouches noires sur la terre calcinée. Les portes noircies s'affaissent, le grillage a fondu par endroits. Du cabanon ne subsistent plus que quelques planches de bois arsin, noyées dans une encre opaque que le sol n'a pas bue. Michel redoute de contempler avec trop de précision ce spectacle lamentable. Il fixe son attention sur le dos brindille, l'échine squelette de son épouse. Celle-ci dépasse le cabanon, sur les traces de la corneille. Le volatile s'est maintenant posé à la lisière du bois.

« Arrête Séverine, murmure Michel. On ne devrait

pas être là. Cette place est pour les fantômes, pas pour les vivants. »

L'intéressée tourne la tête un bref instant. « Parce que tu es vivant ? » Puis elle reprend sa route sans attendre de réponse.

Ils dépassent un large cercle d'herbe plus verte, plus récente qu'ailleurs. *La vie reprend toujours ses droits*, songe Michel, *et les cimetières font toujours des jardins, mais l'endroit où la terre imbibée d'essence a brûlé reste toujours visible*. Un frisson rampe sur sa nuque. *Des fantômes, oui.*

La corneille pousse de grands cris, sautille sur place, frappe le sol avec son bec.

Lorsque Séverine s'approche, le volatile s'élève dans les airs, plane en cercle au-dessus de la zone. La mère d'Édith s'agenouille, examine le sol. « C'est là, on a retourné la terre, j'en suis sûre. »

Michel arrive à sa hauteur, les chaussures crottées, le bas du pantalon poisseux de glaise. Il pose la main sur l'épaule de sa femme. « Je ne vois rien, Séverine. » La mère se dégage et commence à gratter le sol à mains nues. « Va chercher de quoi creuser. Une planche, un bout de fer, n'importe quoi ! »

Michel s'éloigne, fouille mollement les bosquets. Pourquoi obéit-il ? Il ferait mieux d'appeler le médecin, les pompiers, pour que l'on s'occupe de Séverine. Et cet oiseau, qui plane autour d'eux. Seuls la fatigue et l'accablement l'empêchent de contacter les secours. Et puis il y a cette petite étincelle, ce doute infime qui le pousse à ne pas totalement écarter l'irrationnel. Il déniche finalement une grosse branche tordue, revient à la lisière du bois.

Séverine grogne et souffle, les ongles enfoncés dans la bourbe. Il s'agenouille auprès d'elle et plante sa pelle de fortune une première fois dans les dépôts moites. Puis une seconde fois tandis que sa femme déblaye les mottes de terre. Sans savoir pourquoi, il accélère, ses gestes deviennent répétitifs, frénétiques. L'obsession de sa femme devient sienne, il se laisse contaminer par la fièvre.

Bientôt, le couple laboure le sol à une cadence effrénée, le souffle court. La terre s'incruste sous les ongles et sous la fine couche d'humus se dissimulent des champignons couverts de gale, les lamelles tordues, la volve écrasée. Les racines vireuses du mycélium s'accrochent aux couches humides et les mains pétrissent sans ménagement les moisissures. Les joues baignées de larmes, Séverine creuse, happe, transperce… Les vers ondulent, les scolopendres courent entre ses doigts, la cohorte des insectes nécrophages se disperse. Chaque poignée de terre arrachée au monde de l'invisible est une excuse supplémentaire adressée à sa fille. *Pardon, Édith, pardon, pardon…* La mère ignore ce qu'elle va découvrir – peut-être qu'elle ne trouvera rien –, mais un fait inéluctable s'impose à son esprit. Il faudra vivre.

ÉPILOGUE

153

Les lumières du parc d'attractions de Long Beach se voient de loin. On raconte que, par temps clair, les projecteurs géants sont visibles à une centaine de kilomètres. Bien avant de pénétrer dans l'enceinte sécurisée de l'aire de loisirs, le vertige s'anticipe, les couleurs se devinent, les cris et les rires s'entendent… Le pouvoir de transformation est immense. Et c'est la raison pour laquelle des gens du monde entier choisissent de vouer une portion du bref délai qui leur est imparti sur terre à l'oubli existentiel selon les termes de Lawney Industry.

Michael Jessenberg n'a aucun mal à se faufiler par l'une des issues dérobées du parc ; l'une des entrées de service que seule une poignée d'employés et de techniciens connaissent. À cette heure-ci, il ne risque pas de croiser grand monde. Certes, les spots et les milliers d'ampoules colorées éclairent encore les jets d'eau, balayent les pelouses, mais les visiteurs se sont absentés, masse d'individus repus, épuisés, heureux.

Restent les équipes de nettoyage, les agents de maintenance et les patrouilles de sécurité, mais Jessenberg se fait fort de les éviter : il connaît les circuits, les procédures de routine. Il longe la grande roue, conforme à celle bâtie par Ferris en 1893, et que l'on appelle encore aujourd'hui roue de Ferris en hommage à son concepteur. Un assemblage de plus de cent mille pièces, huit tours de quarante-deux mètres chacune, bardées d'entretoises et de rayons de métal dont certains mesurent plus de vingt-quatre mètres. Un axe, entraîné par une chaîne de neuf tonnes, fait tourner deux roues verticales sur le modèle des roues de bicyclette. Chaque bloc circulaire est équipé de trente-six cabines de soixante places. À plein, l'attraction propulse plus de deux mille personnes dans les airs. La légende prétend que le propre grand-père de Sidney Lawney a travaillé sur le premier exemplaire de cette roue, à l'occasion de la foire mondiale de Chicago en 1893. Il s'agissait pour l'inventeur, Ferris, de battre en hauteur et en magnificence la tour érigée par Eiffel quatre ans plus tôt à Paris, véritable affront au savoir-faire américain. D'une certaine manière, il avait remporté le défi et, même si l'industrie du divertissement s'était considérablement perfectionnée depuis, l'édification d'une telle anomalie gravitationnelle constituait toujours une prouesse. Quatre-vingt-dix ans plus tard, les ingénieurs avaient simplement remplacé les moteurs à vapeur jumeaux par des moteurs à essence de mille deux cents chevaux, et le pilotage s'effectuait par le truchement d'un système informatique non autonome.

En construisant une partie du parc selon les anciens modèles, Sidney Lawney avait non seulement offert aux spectateurs la possibilité de voyager dans le temps, mais il avait également payé son tribut à l'aïeul précurseur.

Jessenberg se dirige vers le périmètre « villages d'antan » : une aire singeant d'exotiques terroirs, dont Forelong a formalisé le principe à sa nomination. Trois kilomètres carrés de surface, plus de trois cents édifices. Algérie, Chine, Dahomey, France… Durant la journée, deux cents faux Égyptiens (en réalité un mélange d'Indiens Lakota et d'automates recyclés) peuplent les rues d'une bourgade en carton-pâte de la Vallée des Rois. Une centaine de nains, grimés de noir pour ressembler à des Pygmées, arpentent les étonnants décors en trompe-l'œil de Zanzibar.

Jessenberg se souvient avec netteté des éléments de langage avancés dans la brochure d'orientation ; des arguments dans le pur style Forelong : « Les habitations de "villages d'antan" devront composer avec le paysage rural, par le respect du relief et la reproduction de tracés historiques tels que des allées, des avenues, des perspectives et des esplanades. Les extensions de ces nouveaux hameaux procéderont par greffes. Il s'agit de ressusciter le village traditionnel en fournissant un équilibre entre mémoire du passé et temps présent. La construction doit être une continuité, non une rupture… »

Un bourdonnement grave. Deux gardiens juchés sur une voiturette apparaissent au bout de l'allée. Jessenberg a entendu le bruit du véhicule bien avant que la menace ne se précise, aussi a-t-il eu le temps de se réfugier derrière le socle de brique rouge de la grande roue. Sa chemise incrustée de sang séché, son masque de Moustache qu'il n'arrive plus à retirer, et son bras pourrissant, au bout duquel se balance une main flaccide à quatre doigts, seraient du plus mauvais effet, il le sait bien.

Les deux vigiles passent devant lui sans ralentir.

Jessenberg a le temps d'entendre une bribe de conversation. « … physiquement, c'est plutôt dur, tu vois… » À la suite de quoi la voiturette bifurque en direction de la zone de restauration.

Le vice-président reprend sa progression. Sa main, celle avec laquelle il a gratté la moisissure autour du scarabée, lui fait mal. C'est une douleur lancinante, proche de la palpitation, mais qui porte en elle une fièvre ardente. Jessenberg a essayé d'ôter le gant pour examiner la peau, mais ce qu'il a vu l'a effrayé. Après avoir à peine écarté le tissu du poignet, il a distingué l'épiderme rouge, boursouflé et hérissé de mille poils blanchâtres semblables aux fibres du cocon. Il a aussitôt remis la protection en place. Maintenant, il n'ose même pas imaginer à quel point les choses ont pu s'aggraver sous le gant. Un faible gémissement s'échappe de sa gorge tandis que, voûté, il s'éloigne dans l'ombre en direction de la section française de « villages d'antan ».

De grands rubans rayés ont été déroulés en travers du passage. Des plots à rayures rouges barrent la route et une pancarte jaune écrite en six langues stipule : *travaux - accès strictement interdit*. Hors de question de laisser le moindre spectateur s'introduire dans le périmètre. Depuis six mois, la zone est contaminée par une sorte de champignon dont aucune entreprise spécialisée ne semble capable de venir à bout. Les experts sont catégoriques : ces moisissures pourraient fragiliser les structures et provoquer des chutes accidentelles. En attendant de trouver une solution, ils ont décidé de mettre tout le hameau en quarantaine. *L'endroit idéal pour se cacher*, songe Jessenberg. *Lécher ses plaies, lisser le poil et retrouver la santé. Ou bien achever sa mutation et périr.*

Il passe devant l'animatronique du garde champêtre, familièrement appelée *Jérôme*. Celui-ci indique d'une manière effective l'entrée dans le village, mais reste figé dans une posture inclinée depuis la fermeture du site. L'automate effectue une sorte de révérence interrompue à mi-chemin, le carnet de notes à la main et l'uniforme toujours impeccablement repassé. Les robots dont Lawney Industry a peuplé ses allées sont conçus pour apporter un surcroît d'animation, pour accentuer l'authenticité paradoxale des villages. Leur réalisme est poussé à un tel point de perfection qu'on les confond sans peine avec les hordes de touristes qui défilent jour après jour dans le parc. Au sein de la partie française, leur aspect demeure parfaitement conservé, mais Jessenberg sait que leur structure interne, les circuits électriques et les articulations de métal assurant leur mobilité, est complètement rongée par l'*achronalis anomalia*. Il arrive sur la place du village, où les dégâts sont plus importants. Certes, les automates font encore illusion : l'épicier mâchonne un brin d'herbe, accoudé à une pile de cageots vides ; la coiffeuse se tient devant son échoppe en compagnie d'un autre automate en tenue de dentelle noire – réplique juvénile et gothique de la première ; le patron de l'agence immobilière fume une cigarette éteinte pour l'éternité sur le seuil de sa boutique, les yeux dans le vague ; un groupe de faux clients attablés à la terrasse du café discute sans un mot, sans un geste, et un consommateur assis à une table près du présentoir à journaux hèle le propriétaire. Celui-ci, un torchon à la main, semble contempler l'assemblée d'un œil sévère. Même le maire, la mine sobre mais le torse fier, fait acte de présence parmi une dizaine d'artefacts que l'on imagine être ses conseillers. Un chien immobile file entre des jambes mécaniques. Des enfants mécaniques se pourchassent dans une ronde pétrifiée. Tout est agencé pour que l'on se croie convié à une fête imminente. Les animatroniques semblent réunies pour assister à un spectacle grotesque dont elles attendent impatiemment le lever de rideau. Ce spectacle, bien évidemment, est celui de l'ouverture du parc. Alors, les vrais spectateurs déferleront, se mélangeront aux figures de plastique, fourniront un supplément d'âme, mimeront une existence composite. L'inanimé contemplera le mouvement, célébrera la monstrueuse parade. Ce sera le mariage parfait entre l'humain et la machine, entre l'atavisme et l'impulsion électronique, entre l'inestimable et le commerce. Un sacre du Verbe et du Nombre. Mais pas dans la zone française. Dans cet endroit-là, seules règnent la suspension, la dégradation, la lente décomposition des matériaux. La fontaine est coupée depuis belle lurette. Les façades des bâtiments autour de la place sont désormais noires de mousse. Les linéaments forment des contours d'hydres plaquées aux parois, nouées en longues bandes dans les anfractuosités de la fausse pierre. Les embranchements vont s'effilochant et s'achèvent en aiguilles livides, mi-lamproie mi-méduse, mi-serpent mi-chenille. L'infection s'est arrangée en septicémie : les murs ont pris un aspect d'avitaminose et de gangrène. Sous les arcades, qu'autrefois les marchands utilisaient pour s'abriter les jours de pluie, les protubérances peuplent les limites chimériques des ombres, elles se sont groupées en rangées de pustules croissantes, cartilages cylindriques, cornés et translucides. Les membranes étirées ont l'apparence d'une glu pneumatique, d'une viscosité où se débattent toutes sortes de difformités.

Certaines cloques ont atteint des proportions considérables, décollant les pavés, fissurant le goudron. La tranchée creusée par les techniciens dans la rue du Pré, pour tenter de retracer la progression de l'agent pathogène, s'est remplie d'une écume terreuse, d'un bouillonnement de caoutchouc flasque saturé de spores. Jessenberg se penche, ôte son gant à quatre doigts, qu'il laisse choir dans l'eau croupie. Il ne craint plus rien, à présent. Sa main infectée plonge dans le liquide épais, en ressort une croûte de moisissure. De sa main libre, il ouvre la boîte, qu'il a emportée avec lui ainsi que le dernier manuscrit d'*Empire des chimères II*. Il dépose sa moisson dans le compartiment. Après avoir refermé le couvercle, il récupère ses affaires et s'élance, les bras ramenés contre sa poitrine pour protéger le coffret et le manuscrit. Il évite les endroits rendus impraticables par le développement anarchique du champignon. Son haleine chaude expulse des panaches brumeux à travers les trous du masque, dont le plastique, luisant de rosée, a pris l'apparence de la chair et du pelage. Son souffle rauque ressemble de plus en plus à celui d'une bête malade. Il sait où aller. Un endroit retiré, avec un semblant de forêt alentour. De quoi boire, de quoi chasser.

Il contourne la réplique en carton-pâte d'un lycée, traverse un tronçon de nationale inachevé, et pénètre dans les allées d'un parc de loisirs à la française, sans attractions, laissé à l'abandon.

À bout de souffle, il est contraint de s'arrêter près d'un banc, où l'on a installé un mannequin articulé. Des plaisantins – peut-être des ouvriers – ont revêtu le robot désactivé d'un imperméable rose. Le contraste entre la masculinité juvénile de l'animatronique et la couleur rose a sans doute beaucoup amusé les joyeux drilles.

Michael pose le manuscrit et la boîte sur le banc, reprend sa respiration, de plus en plus laborieuse sous le masque de chien.

Soudain, un miaulement déchire l'atmosphère nocturne. Jessenberg se redresse, regarde autour de lui. Il s'empare sèchement de la boîte et reprend sa course.

Au moment où il quitte le village proprement dit pour emprunter la route de l'ancien lavoir, il marque un temps d'arrêt. Il a oublié le manuscrit d'*Empire II* sur le banc. Trop tard pour retourner le chercher. Comme il s'apprête à repartir, il lui semble apercevoir, à la périphérie de son champ de vision, une petite fille. Si on lui avait demandé de reconstituer la scène, il aurait dit que la fillette portait un gilet mauve, qu'elle se cachait les yeux comme si elle jouait à cache-cache, et que l'un de ses pouces, enturbanné de blanc, semblait plus gros, plus pesant que les autres doigts. Quelle image absurde ! Il y avait effectivement un automate représentant une fillette à la sortie du village (les concepteurs avaient jugé utile d'apporter cette touche originale pour signaler aux clients le retour à la normale, un repli salutaire dans un environnement dénué de simulacres), mais il a disparu depuis plusieurs mois, volé durant la nuit. Sans doute l'œuvre d'une bande d'adolescents éméchés, d'un farceur téméraire, ou d'un pervers dont Jessenberg n'ose imaginer les motivations. Cette disparition avait déclenché une enquête des services de sécurité privés, mais les investigations n'avaient jamais abouti. Les champignons étaient apparus, on avait décidé la fermeture… Ils avaient eu d'autres préoccupations. Plus question de remuer ciel et terre pour retrouver un mannequin articulé. Dans les souvenirs de Jessenberg, Lawney Industry n'avait même pas porté plainte. L'entreprise aimait régler ses problèmes en interne. Il n'y a personne ici, se dit-il. Ni visiteur, ni employé, ni robot habillé en petite fille. Les ténèbres lui jouent des tours, voilà tout. Un décompte mélodieux résonne dans sa tête. *Un, deux, trois, nous n'irons plus au bois…* L'écho d'une voix cristalline qui s'éloigne. *Un, deux, trois, Oskar a perdu son doigt…* Et disparaît finalement. Il poursuit sa route. La foulée s'apaise. Il approche de sa destination.

À présent, l'ancien lavoir se devine dans l'ombre, le petit bois également. Brusquement, Jessenberg s'arrête. Une silhouette furtive vient de glisser sur le bord de la route. Puis une autre, dans le fossé. Une troisième, derrière un pilier du lavoir. Cette fois, ce n'est plus une hallucination. Au cœur des ténèbres, des yeux verticaux se mettent à clignoter en silence, suivent ses mouvements avec attention. Curieusement, l'odorat et l'audition de Jessenberg paraissent décuplés. Dans l'herbe et sur le gravier, il perçoit de minuscules raclements : des griffes enfoncées dans des pattes de velours. Le chant aigu des créatures évoque l'infime plainte d'une craie sur un tableau de classe. Il détecte également une odeur d'urine. Les animaux ont marqué leur territoire. Des chats. Sont-ce les brigades d'assainissement d'*Empire des chimères* ? s'interroge Jessenberg. Ils sont dix, onze, à présent. Des alignements de petites dents pointues brillent dans l'obscurité. La ronde des corps longilignes devient inquiétante. Il va falloir se battre pour gagner sa place, pour survivre, pour manger, dévorer. La chasse, oui.

Combat féroce. Griffes. Union de cartilages broyés. Les muscles enflent, les fibres se tordent en un froncement sévère, la peau éclate sous la morsure des crocs, le sang jaillit, mélangé à la lymphe. La lutte s'apparente à une série de convulsions contradictoires, où s'exprime la nécessité d'une élimination hostile. Les tripes forment une mappemonde sanglante dans l'herbe. Les panses labourées ont un goût de fer. Les organes cèdent à la traction des mâchoires, les os se rompent, la viande s'abandonne.

Lorsque les alentours du lavoir ne sont plus qu'une bijouterie sinistre de périostes dénudés, lorsqu'un tombeau d'ivoire fourbi a remplacé ses adversaires, il demeure à quatre pattes, privé de souffle. La victoire a des relents d'intestins crevés. Lentement, la faim et la colère s'estompent. Quand il passe la langue sur ses babines, son pelage ensanglanté l'écœure. Tout ce carnage, ces cadavres de chats provoquent un tournis nauséeux. Il n'a fait que se défendre. La boîte gît dans la terre mouillée.

Les échos d'une conversation, menée dans une langue qu'il ne comprend pas, lui parviennent tout à coup. Il dresse les oreilles, la gueule entrouverte. Des ombres apparaissent sur la route menant au lavoir. Trois formes verticales, munies de bâtons. De l'aide, peut-être.

Il tente de se redresser, mais se mettre debout lui demande un effort inhabituel. Il parvient néanmoins à se hisser sur les pattes arrière, tend la main vers les hommes, essaye d'appeler. Sa voix n'est qu'un grognement confus.

L'un des bâtons crache un éclair, une détonation ravage ses tympans. Il s'écroule au sol, foudroyé.

« Merde, murmure le premier des trois chasseurs. Qu'est-ce que c'est que cette horreur ?

— Jamais vu un truc pareil, fait le second. T'aurais dû attendre avant d'épauler, Lemercier.

— Je n'ai pas…

— Ce n'est pas lui qui a tiré, signale le troisième chasseur. C'est moi. J'ai vraiment cru que c'était un sanglier ou une sorte de renard.

— En tout cas, cette créature n'a rien d'humain. On dirait un chien… Un chien croisé avec… Il était malade, non ? Regardez un peu la patte avant.

— Qu'est-ce qu'on fait ?

— Si ce monstre est une espèce protégée ou un animal de laboratoire, je préfère que ça ne s'ébruite pas. Aucune envie de me retrouver avec une casserole pareille deux mois avant les élections.

— Alors on l'enterre ?

— Qu'est-ce que vous en pensez ?

— Eh, c'est toi qui veux être maire du patelin. Moi, je suis juste boucher. T'en penses quoi, Lemercier ?

— La même chose que toi. »

Le candidat aux élections coupe court à la discussion. Il tient à clarifier les choses. « Non, mon vieux. Pas de "je pense la même chose que toi". Si on prend une décision, on la prend à trois. Vous avez des enfants, réfléchissez bien.

— D'accord, approuve Lemercier. Alors je dis aussi qu'on l'enterre. Personne ne saura jamais rien.

— Et toi, Imbert ?

— Je n'ai pas changé d'avis. On s'en débarrasse et on n'en parle plus, point barre. Ce sera notre secret. »

Un bref silence, puis Imbert poursuit d'une voix étrangement mélancolique. « Vous avez vu tous ces chats morts ? La bête a fait un massacre.

— Il semblerait, oui. Je n'ai jamais vu autant de cadavres de chats au même endroit. On dirait qu'ils ont été attirés ici.

— Attirés ? Et puis quoi encore ? Les chats sont des animaux comme les autres : ils fuient le danger.

— En attendant, il nous faut des pelles et un sac pour trimbaler cette saloperie ailleurs. Imbert, tu veux bien t'en occuper ? »

Le boucher de Lensil grince : « J'espère que quand tu seras maire, tu te souviendras de ma bonne volonté. »

154

Le lendemain, après que la cloche de l'école a sonné la fin des cours et que les élèves se sont dispersés dans les rues de Lensil, deux enfants se faufilent le long de la route du vieux lavoir. La végétation et les ombres qui s'accrochent aux bas-côtés dissimulent leurs mouvements.

« C'est par là ? » demande le premier gosse, un petit blond de huit ans, les cheveux en bataille et de grands yeux vert clair. Dans son regard brutal passent parfois de vagues reflets stupides, qui confèrent à son visage une placidité obtuse. Le gel et les plantes coupantes ont creusé de vilaines fissures sur sa peau.

« Mon père m'a dit qu'ils les avaient découverts pas loin du vieux lavoir, dans le pré. » Le second protagoniste est un peu plus grand, brun et plus mince que son coéquipier. Il a un an de plus, ce qui lui donne un ascendant certain sur son compagnon. On le devine également d'une intelligence supérieure à celle de son camarade, ce qui, en soi, ne constitue pas une prouesse extraordinaire.

« Ils sont combien ? veut savoir le premier gosse sans cesser de marcher.

— Les chats crevés ? Dix, onze, mon père n'a pas été très précis. Il avait un sacré coup dans le nez. »

Ils contournent le bouquet d'arbres qui masque l'ancienne construction et parviennent enfin à destination. Ils font le tour du lavoir, se dirigent vers le pré. Le petit blond marque un temps d'arrêt. « Oh là là, regarde ça, Thierry. Ils sont tous morts.

— Comme a dit mon père. Déchiquetés, mangés…

— Tout ce sang.

— Eh bien oui, qu'est-ce que tu crois ? La bête responsable de ce carnage, ils l'ont enterrée plus loin, mais mon père n'a pas voulu me dire où. Allez, avance, qu'on regarde de plus près.

— J'ai peur.

— Avance, je te dis. »

L'autre obéit. Il n'a pas fait deux pas dans l'herbe humide que son pied bute contre un objet à moitié dissimulé dans la verdure. « C'est quoi, ce truc ? » Il se penche, ramasse une boîte noire et essuie la boue sur le couvercle.

Le brun le bouscule, s'empare de l'objet. « Donne !

— Il y a un piaf renversé sur le dessus, fait remarquer le blond.

— Elle a l'air chouette, cette boîte. Je vais la garder.

— Ouvre-la, c'est peut-être un trésor. »

Thierry Imbert foudroie son ami du regard. « Ce que tu peux être débile parfois, Alain. Les trésors n'existent que dans les films de pirates. Ici, c'est juste la boue et les chats crevés. » Il pose la main sur la pièce de bois formant la partie supérieure du compartiment et caresse la surface lisse. « Je l'ouvrirai plus tard, décrète-t-il soudain. Quand je serai à la maison. »

Alain a déjà cessé de s'intéresser au coffret. Il contemple de nouveau les animaux massacrés. « Écoute, dit-il d'une voix flûtée. Tu les entends ? »

Thierry dresse l'oreille. « À part le vent et l'eau qui coule, il n'y a rien.

— Si, les chats, ils parlent. »

Thierry serre la boîte contre lui, à s'en briser les phalanges. « Ils sont morts, Alain.

— Ils me parlent quand même. On leur a fait du mal. Ils ont souffert. »

Le duo contemple en silence, stupéfait, l'étrange spectacle de panses éventrées et de crânes fracassés, disparaissant lentement dans l'obscurité qui s'installe.

155

Frank Forelong a eu tout le temps de repenser à sa disgrâce tandis qu'il parcourt à faible allure la passerelle d'embarquement couverte. Le long couloir, guère plus large qu'un tube intestinal, lui paraît secoué à intervalles réguliers de contractions péristaltiques provoquées par le vent.

L'hôtesse qui l'accueille à l'entrée du Boeing 747 a un visage souriant, les pommettes hautes et les yeux en amande. Ses cheveux d'un roux trop prononcé ne semblent pas de couleur naturelle, et elle porte un rouge à lèvres trop voyant au goût de Forelong.

Dans l'allée centrale, tandis que les passagers cherchent leur numéro, calent leurs bagages dans les compartiments supérieurs, s'installent à leurs places, l'ex-P-DG de Lawney Industry n'est guère surpris de croiser des visages familiers. Un petit homme à lunettes a déjà pris ses quartiers. Une cravate jaune fluo se déroule sur sa panse rebondie. Son crâne est surmonté d'une étrange coupe « mulet », que l'on aurait volontiers contemplée sur un type de vingt ans mais qui jure un tantinet sur un intello corpulent âgé du double. L'homme tente d'attacher sa ceinture, éprouvant les pires difficultés à comprendre le fonctionnement du dérouleur. Deux jeunes femmes, très belles, papotent dans l'allée, sans égard pour les autres passagers qui tentent de gagner l'arrière de l'appareil. Tout juste consentent-elles à se déplacer légèrement lorsque la circulation devient trop pénible. La première est une splendide rousse, mais pas dans le genre de l'hôtesse. Tout en elle respire l'authenticité, la simplicité, le sport au grand air et le dentifrice Émail Diamant. Frank la verrait bien dans le rôle de la redoutable fée Sylvaine, dans le film *Wendy, reine des sous-bois*. La seconde, plus petite et plus bronzée, serait parfaite en tenue de combat moulante sous le dôme *Visions du futur,* dans le parc de Long Beach. Frank secoue la tête. Voilà qu'il pense encore à la firme Lawney. Il n'arrive pas à se mettre dans le crâne qu'il ne fait plus partie de l'entreprise depuis presque deux ans. Le conseil d'administration, ses propres amis l'ont évincé comme un malpropre. Il a accepté ses indemnités sans broncher.

Plusieurs millions sont partis dans les frais d'avocats lorsque Jane a demandé le divorce à ses torts exclusifs. Motifs : actes de cruauté mentale, torture psychologique, et négligence conjugale. Les masques sont tombés. Les avocats de Jane ont déterré de vieilles affaires, les broutilles d'un jeune couple, les disputes, les infidélités des premiers temps, puis le travail prenant, l'ambition, les douleurs inexpliquées, les crises de tachycardie, les insomnies, les cauchemars qui empêchent de trouver le sommeil, la distance qui s'installe… Apparemment, Jane avait tout consigné dans les moindres détails. Frank avait vu ressurgir des événements de leur propre vie dont il ne gardait aucun souvenir, dont on pouvait même se demander s'ils avaient jamais existé. Mais il n'avait rien contesté. À vrai dire, s'il avait pu accélérer la procédure, il l'aurait fait. Pourtant, il était encore persuadé d'aimer sa femme. Il l'avait traitée du mieux qu'il pouvait, l'avait même considérée, à un certain stade de leur relation, comme un véritable don des dieux. Il fallait cependant que cette mascarade prenne fin. Et puis il ne voulait pas garder une mauvaise image d'elle. Les objections, les arguments, les expertises l'auraient rendue laide. Il désirait la conserver dans sa mémoire ainsi qu'elle lui était jadis apparue, quand il croyait la connaître : une amante, une mère, une confidente… Tout sauf une adversaire.

La pension alimentaire pour John, Eric et Mary lui coûterait la bagatelle de trois millions de dollars par an.

Tout cela était cruel, mais les premières semaines où il avait séjourné à l'hôtel, il avait dormi comme un loir. Pas de douleur, pas de mauvais rêve. Juste la paix immaculée du néant, dénuée de tourments.

Un adolescent marmonne un vague *Pardon* en se faufilant près de lui. Il va rejoindre une vieille dame déjà installée, qui a posé un livre de mots croisés sur ses genoux.

Les premiers mois ont été difficiles à gérer. Les journalistes étaient après lui, d'abord en raison des accusations de mauvaise gestion qui avaient fusé dès son départ, puis à cause du montant de son parachute doré. Certains membres du directoire l'auraient volontiers remis en question. Emportés par l'élan de leur croisade moralisatrice, ils oubliaient que leur ancien patron était protégé par un contrat en béton.

Frank avait acheté de fausses lunettes de vue, s'était laissé pousser les cheveux et la barbe. La traque des médias avait repris lorsque Jane avait obtenu un montant record pour le divorce. Cette fois-ci, des paparazzis l'avaient débusqué à l'hôtel, alors qu'il se préparait à aller faire son jogging matinal – une activité qu'il avait cessé de pratiquer vingt ans auparavant, et avec laquelle il renouait de bon cœur. C'est à ce moment-là que Forelong avait pris la décision de s'exiler du pays. Tout changer, repartir de zéro, le plus loin possible. Dans le hall de l'hôtel, une brochure vantait les mérites de l'Islande. Il avait été fasciné par les clichés des paysages lunaires, nimbés d'une lumière surnaturelle. Il s'était dit *Pourquoi pas ?*. Personne ne le connaissait, là-bas. Personne ne se doutait qu'il était en partie responsable sinon de la chute d'un empire, du moins d'un sérieux fléchissement. Lawney Industry ne s'était toujours pas remis de sa destitution. Le nouveau P-DG était un médiocre, un petit, une mauviette. Il n'avait pas la carrure pour redresser la barre. Depuis sa chambre d'hôtel, Frank avait réservé le premier vol pour Reykjavík.

Son regard se pose sur un homme âgé : visage émacié, cheveux gris coupés en brosse, mains tavelées. Il est occupé à lire le *Los Angeles Tribune*. Forelong reconnaît la photo que le célèbre magazine affiche en couverture : celle d'un ancien P-DG en tenue de jogging, la barbe hirsute, qui tend la main devant son visage pour se protéger de l'éclat des flashes. Le titre annonce : *Lawney toujours dans la tourmente – grandeur et décadence d'un géant.*

Les yeux de Frank s'attardent ensuite sur un enfant qui tient un comics de Batman roulé dans le poing. Installé entre son père et sa mère, il semble attendre avec impatience le décollage. Juste devant eux, un jeune homme en pantalon beige et col roulé s'absorbe dans la lecture d'un livre de poche corné : *Chroniques vénusiennes*, de Michael Jessenberg. La disparition de l'écrivain constitue l'une des énigmes les plus troublantes de la fin du règne de Forelong. Celui-ci se demande souvent si son ami est toujours vivant. Et s'il se cache quelque part, ainsi que lui-même se prépare à le faire.

Le jeune homme cesse un instant de lire. Son regard croise celui de Forelong, qui lui sourit en désignant le roman. « Je le connais.

— Qui ça ? » interroge le jeune homme.

Forelong s'approche. « L'auteur. Un grand écrivain. C'était un ami personnel.

— Sa disparition est une tragédie. Je le connaissais aussi, déclare le jeune homme.

— Ah oui ? s'étonne Forelong.

— Je l'ai rencontré à la convention de San Diego, en 1973. Nous avons pris une photo ensemble. Et puis nos routes se sont à nouveau croisées un peu plus tard. »

L'ancien P-DG a un petit rire. « Le monde est petit.

— Vous ne croyez pas si bien dire », sourit le jeune homme.

Forelong pointe un doigt vers lui. « Je vous ai déjà vu, non ? »

L'autre secoue la tête. « Peu probable. Je ne suis pas d'ici… Pour être franc, je ne fais qu'un bref passage.

Mais vous l'avez dit, le monde est petit, alors tout est possible. »

Quelque chose dans son attitude dérange Forelong, il ne saurait dire quoi. Est-ce la singulière fixité de son regard, duquel émane une douceur trop calme, trop maîtrisée pour être honnête ? Est-ce son attitude : entre ironie discrète et distance aimable ? Ou est-ce le sentiment inconfortable que la présence du jeune homme manque de consistance, qu'il est simplement un élément d'un monde plus vaste ? L'ex-P-DG a l'impression d'être confronté à un symptôme inconnu, à une émergence infime.

Il se prépare à ajouter quelque chose, mais les haut-parleurs l'interrompent. *Mesdames et messieurs, bienvenue à bord. Nous allons décoller à l'heure prévue. Veuillez à présent regagner vos sièges et attacher vos ceintures.*

Le jeune homme adresse un signe de tête à Forelong. Une manière polie de le congédier. « Bon voyage. »

Frank hésite, mais l'hôtesse vient mettre un terme à son indécision. Elle lui enjoint de suivre les consignes du commandant de bord. Il hoche une dernière fois la tête en direction du jeune homme, mais celui-ci a déjà repris sa lecture. L'ancien P-DG s'éloigne vers sa place.

Il boucle sa ceinture et attend le décollage. Il n'a plus besoin d'observer autour de lui. Il connaît l'emplacement de chaque objet, chaque individu, les vêtements, les couleurs, les odeurs… Il a rêvé mille fois de cet instant et il sait comment tout cela se termine. Mais dans ses songes, il ne parlait jamais au jeune homme. Cette modeste altération suffira-t-elle à changer le cours des choses ? Peu lui importe, en vérité, car il se sent réellement à sa place. La peur a disparu. Iruto, la thérapeute qu'il avait consultée pour ses cauchemars récurrents, prétendait que chaque rêve était un poisson dans un lac. La créature aquatique n'apparaissait qu'au moment où on la sortait de l'eau. Mais on pouvait aussi refuser de la pêcher. On pouvait éviter de regarder sous l'eau et accepter que l'endroit où l'on se trouve vous appartienne pleinement.

Pour faire l'expérience de l'altérité, il faut se délester de soi, songe Forelong. Alors la présence entière des êtres n'est plus un secret. Et par de grandes secousses, la réalité s'éveille.

156

Un désert de pleine mer s'échoue sur les grèves. Les vagues patrouillent dans l'obscurité et, dans les zones pierreuses, le monde océanique frappe la roche avec brutalité, les poings tranchants et salés. Les ombres, les reflets se défont sur les toits d'écume, où les cheveux de Poséidon forment des tourbillons. Une gouverne d'avion apparaît, bercée par les flots, puis une pièce de fuselage tordue. Aux abords de Vik, la surface liquide brille de caprices amers.

DU MÊME AUTEUR

Aux Éditions Gallimard

EMPIRE DES CHIMÈRES , Série Noire, 2018 ; Folio Policier n° 894.

PUR , Série Noire, 2013 ; Folio Policier n° 801.

UNE HISTOIRE D'AMOUR RADIOACTIVE, Série Noire, 2010 ; Folio Policier n° 713.

ANAISTHÊSIA, Série Noire, 2009 ; Folio Policier n° 618.

VERSUS, Série Noire, 2008 ; Folio Policier n° 547.

AIME-MOI, CASANOVA, Série Noire, 2007 ; Folio Policier n° 582.

Chez d'autres éditeurs

2030, L'ODYSSÉE DE LA POISSE, Baleine, 2010.

SIX PIEDS SOUS LES VIVANTS, La Tengo Éditions, 2009 ; Pocket Thriller n° 15232.

COLLECTION FOLIO POLICIER

Dernières parutions

596. Marek Krajewski	*Les fantômes de Breslau*
597. François Boulay	*Traces*
598. Gunnar Staalesen	*Fleurs amères*
599. James Sallis	*Le faucheux*
600. Nicolas Jaillet	*Sansalina*
601. Jean-Bernard Pouy	*Le rouge et le vert*
602. William Lashner	*Le baiser du tueur*
603. Joseph Bialot	*La nuit du souvenir*
604. Georges Simenon	*L'outlaw*
605. Kent Harrington	*Le serment*
606. Thierry Bourcy	*Le gendarme scalpé*
607. Gunnar Staalesen	*Les chiens enterrés ne mordent pas*
608. Jo Nesbø	*Chasseurs de têtes*
609. Dashiell Hammett	*Sang maudit*
610. Joe R. Lansdale	*Vierge de cuir*
611. Dominique Manotti	*Bien connu des services de police*
612. Åsa Larsson	*Horreur boréale*
613. Saskia Noort	*Petits meurtres entre voisins*
614. Pavel Kohout	*L'heure étoilée du meurtrier*
615. Boileau-Narcejac	*La vie en miettes*
616. Boileau-Narcejac	*Les veufs*
617. Gabriel Trujillo Muñoz	*Loverboy*
618. Antoine Chainas	*Anaisthêsia*
619. Thomas H. Cook	*Les liens du sang*
620. Tom Piccirilli	*La rédemption du Marchand de sable*
621. Francis Zamponi	*Le Boucher de Guelma*
622. James Sallis	*Papillon de nuit*

623. Kem Nunn — *Le Sabot du Diable*
624. Graham Hurley — *Sur la mauvaise pente*
625. Georges Simenon — *Bergelon*
626. Georges Simenon — *Félicie est là*
627. Ken Bruen — *La main droite du diable*
628. William Muir — *Le Sixième Commandement*
629. Kirk Mitchell — *Dans la vallée de l'ombre de la mort*
630. Jean-François Vilar — *Djemila*
631. Dashiell Hammett — *Moisson rouge*
632. Will Christopher Baer — *Embrasse-moi, Judas*
633. Gene Kerrigan — *À la petite semaine*
634. Caryl Férey — *Saga maorie*
635. James Sallis — *Le frelon noir*
636. Gabriel Trujillo Muñoz — *Mexicali City Blues*
637. Heinrich Steinfest — *Requins d'eau douce*
638. Simon Lelic — *Rupture*
639. Jenny Siler — *Flashback*
640. Joachim Sebastiano Valdez — *Les larmes des innocentes*
641. Kjell Ola Dahl — *L'homme dans la vitrine*
642. Ingrid Astier — *Quai des enfers*
643. Kent Harrington — *Jungle rouge*
644. Dashiell Hammett — *Le faucon maltais*
645. Dashiell Hammett — *L'introuvable*
646. DOA — *Le serpent aux mille coupures*
647. Larry Beinhart — *L'évangile du billet vert*
648. William Gay — *La mort au crépuscule*
649. Gabriel Trujillo Muñoz — *Mezquite Road*
650. Boileau-Narcejac — *L'âge bête*
651. Anthony Bourdain — *La surprise du chef*
652. Stefán Máni — *Noir Océan*
653. *** — *Los Angeles Noir*
654. *** — *Londres Noir*
655. *** — *Paris Noir*
656. Elsa Marpeau — *Les yeux des morts*
657. François Boulay — *Suite rouge*
658. James Sallis — *L'œil du criquet*

659. Jo Nesbø *Le léopard*
660. Joe R. Lansdale *Vanilla Ride*
661. Georges Flipo *Le commissaire n'aime point les vers*
662. Stephen Hunter *Shooter*
663. Pierre Magnan *Élégie pour Laviolette*
664. James Hadley Chase *Tu me suivras dans la tombe*
665. Georges Simenon *Long cours*
666. Thomas H. Cook *La preuve de sang*
667. Gene Kerrigan *Le chœur des paumés*
668. Serge Quadruppani *Saturne*
669. Gunnar Staalesen *L'écriture sur le mur*
670. Georges Simenon *Chez Krull*
671. Georges Simenon *L'inspecteur Cadavre*
672. Kjetil Try *Noël sanglant*
673. Graham Hurley *L'autre côté de l'ombre*
674. John Maddox Roberts *Les fantômes de Saigon*
675. Marek Krajewski *La peste à Breslau*
676. James Sallis *Bluebottle*
677. Philipp Meyer *Un arrière-goût de rouille*
678. Marcus Malte *Les harmoniques*
679. Georges Simenon *Les nouvelles enquêtes de Maigret*
680. Dashiell Hammett *La clé de verre*
681. Caryl Férey – Sophie Couronne *D'amour et dope fraîche*
682. Marin Ledun *La guerre des vanités*
683. Nick Stone *Voodoo Land*
684. Frederick Busch *Filles*
685. Paul Colize *Back up*
686. Saskia Noort *Retour vers la côte*
687. Attica Locke *Marée noire*
688. Manotti – DOA *L'honorable société*
689. Carlene Thompson *Les ombres qui attendent*
690. Claude d'Abzac *Opération Cyclope*
691. Joe R. Lansdale *Tsunami mexicain*
692. F. G. Haghenbeck *Martini Shoot*

693. ***	*Rome Noir*
694. ***	*Mexico Noir*
695. James Preston Girard	*Le Veilleur*
696. James Sallis	*Bête à bon dieu*
697. Georges Flipo	*Le commissaire n'a point l'esprit club*
698. Stephen Hunter	*Le 47e samouraï*
699. Kent Anderson	*Sympathy for the Devil*
700. Heinrich Steinfest	*Le grand nez de Lilli Steinbeck*
701. Serge Quadruppani	*La disparition soudaine des ouvrières*
702. Anthony Bourdain	*Pizza créole*
703. Frederick Busch	*Nord*
704. Gunnar Staalesen	*Comme dans un miroir*
705. Jack Ketchum	*Une fille comme les autres*
706. John le Carré	*Chandelles noires*
707. Jérôme Leroy	*Le Bloc*
708. Julius Horwitz	*Natural Enemies*
709. Carlene Thompson	*Ceux qui se cachent*
710. Fredrik Ekelund	*Le garçon dans le chêne*
711. James Sallis	*Salt River*
712. Georges Simenon	*Cour d'assises*
713. Antoine Chainas	*Une histoire d'amour radioactive*
714. Matthew Stokoe	*La belle vie*
715. Frederick Forsyth	*Le dossier Odessa*
716. Caryl Férey	*Mapuche*
717. Franck Bill	*Chiennes de vies*
718. Kjell Ola Dahl	*Faux-semblants*
719. Thierry Bourcy	*Célestin Louise, flic et soldat dans la guerre de 14-18*
720. Doug Allyn	*Cœur de glace*
721. Kent Anderson	*Chiens de la nuit*
722. Raphaël Confiant	*Citoyens au-dessus de tout soupçon…*
723. Serge Quadruppani	*Madame Courage*
724. Boileau-Narcejac	*Les magiciennes*

725. Boileau-Narcejac	*L'ingénieur aimait trop les chiffres*
726. Inger Wolf	*Nid de guêpes*
727. Seishi Yokomizo	*Le village aux Huit Tombes*
728. Paul Colize	*Un long moment de silence*
729. F. G. Haghenbeck	*L'Affaire tequila*
730. Pekka Hiltunen	*Sans visage*
731. Graham Hurley	*Une si jolie mort*
732. Georges Simenon	*Le bilan Malétras*
733. Peter Duncan	*Je suis un sournois*
734. Stephen Hunter	*Le sniper*
735. James Sallis	*La mort aura tes yeux*
736. Elsa Marpeau	*L'expatriée*
737. Jô Soares	*Les yeux plus grands que le ventre*
738. Thierry Bourcy	*Le crime de l'Albatros*
739. Raymond Chandler	*The Long Goodbye*
740. Matthew F. Jones	*Une semaine en enfer*
741. Jo Nesbø	*Fantôme*
742. Alix Deniger	*I cursini*
743. Anders Bodelsen	*Septembre rouge (Rouge encore)*
744. Patrick Pécherot	*La saga des brouillards*
745. Thomas H. Cook	*Secrets de famille*
746. Ken Bruen	*Chemins de croix*
747. David Ellis	*La comédie des menteurs*
748. Boileau-Narcejac	*À cœur perdu (Meurtre en 45 tours)*
749. Boileau-Narcejac	*Le mauvais œil* suivi d'*Au bois dormant*
750. Ingrid Astier	*Angle mort*
751. Carlene Thompson	*Jusqu'à la fin*
752. Dolores Redondo	*Le gardien invisible*
753. Dashiell Hammett	*Le sac de Couffignal* suivi d'*Âmes malhonnêtes* et de *Tulip*
754. Mario Falcone	*L'aube noire*
755. François Boulay	*Cette nuit…*

756. Didier Daeninckx — *Têtes de Maures*
757. Gunnar Staalesen — *Face à face*
758. Dominique Manotti — *L'évasion*
759. Laurent Guillaume — *Black cocaïne*
760. Jô Soares — *Meurtres à l'Académie*
761. Inger Wolf — *Mauvaises eaux*
762. Jo Nesbø — *Police*
763. Jonathan Ames — *Tu n'as jamais été vraiment là*
764. Jack Vance — *Méchant garçon*
765. John le Carré — *L'appel du mort*
766. Bill Pronzini — *Mademoiselle Solitude*
767. Franz Bartelt — *Chaos de famille*
768. Thierry Bourcy — *Les ombres du Rochambeau*
769. Georges Simenon — *Nouvelles exotiques*
770. Jo Nesbø — *L'inspecteur Harry Hole. L'intégrale, I*
771. Lorenzo Lunar — *La vie est un tango*
772. Nick Stone — *Cuba Libre*
773. Jean-Claude Izzo — *Fabio Montale*
774. Boileau-Narcejac — *Les intouchables*
775. Boileau-Narcejac — *Les visages de l'ombre*
776. Joe R. Lansdale — *Diable rouge*
777. Fredrik Ekelund — *Blueberry Hill*
778. Heinrich Steinfest — *Le poil de la bête*
779. Batya Gour — *Meurtre en direct*
780. Laurent Whale — *Les Rats de poussière I Goodbye Billy*
781. Joe R. Lansdale — *Le sang du bayou*
782. Boileau-Narcejac — *Le contrat*
783. Boileau-Narcejac — *Les nocturnes*
784. Georges Simenon — *Le bateau d'Émile*
785. Dolores Redondo — *De chair et d'os*
786. Max Bentow — *L'Oiseleur*
787. James M. Cain — *Bloody cocktail*
788. Marcus Sakey — *Les Brillants*
789. Joe R. Lansdale — *Les Mécanos de Vénus*
790. Jérôme Leroy — *L'ange gardien*

791. Sébastien Raizer — *L'alignement des équinoxes*
792. Antonio Manzini — *Piste noire*
793. Jo Nesbø — *Du sang sur la glace*
794. Joy Castro — *Après le déluge*
795. Stuart Prebble — *Le Maître des insectes*
796. Sonja Delzongle — *Dust*
797. Luís Miguel Rocha — *Complots au Vatican I Le dernier pape*
798. Caryl Férey — *Saga maorie*
799. Thierry Bourcy — *Célestin Louise, flic et soldat dans la guerre de 14-18*
800. Barry Gornell — *La résurrection de Luther Grove*
801. Antoine Chainas — *Pur*
802. Attica Locke — *Dernière récolte*
803. Maurice G. Dantec — *Liber mundi I Villa Vortex*
804. Howard Gordon — *La Cible*
805. Alain Gardinier — *DPRK*
806. Georges Simenon — *Le Petit Docteur*
807. Georges Simenon — *Les dossiers de l'Agence O*
808. Michel Lambesc — *La « horse »*
809. Frederick Forsyth — *Chacal*
810. Gunnar Staalesen — *L'enfant qui criait au loup*
811. Laurent Guillaume — *Delta Charlie Delta*
812. Laurent Whale — *Les Rats de poussière II Le manuscrit Robinson*
813. J. J. Murphy — *Le cercle des plumes assassines*
814. Éric Maravélias — *La faux soyeuse*
815. DOA — *Le cycle clandestin, tome I*
816. Luke McCallin — *L'homme de Berlin*
817. Lars Pettersson — *La loi des Sames*
818. Boileau-Narcejac — *Schuss*
819. Dominique Manotti — *Or noir*
820. Alberto Garlini — *Les noirs et les rouges*
821. Marcus Sakey — *Les Brillants II Un monde meilleur*
822. Thomas Bronnec — *Les initiés*
823. Kate O'Riordan — *La fin d'une imposture*

824. Mons Kallentoft, Markus Lutteman — *Zack*
825. Robert Karjel — *Mon nom est N.*
826. Dolores Redondo — *Une offrande à la tempête*
827. Benoît Minville — *Rural noir*
828. Sonja Delzongle — *Quand la neige danse*
829. Germán Maggiori — *Entre hommes*
830. Shannon Kirk — *Méthode 15-33*
831. Elsa Marpeau — *Et ils oublieront la colère*
832. Antonio Manzini — *Froid comme la mort*
833. Luís Miguel Rocha — *Complots au Vatican II La balle sainte*
834. Patrick Pécherot — *Une plaie ouverte*
835. Harry Crews — *Le faucon va mourir*
836. DOA — *Pukhtu. Primo*
837. DOA — *Pukhtu. Secundo*
838. Joe R. Lansdale — *Les enfants de l'eau noire*
839. Gunnar Staalesen — *Cœurs glacés*
840. Jo Nesbø — *Le fils*
841. Luke McCallin — *La maison pâle*
842. Caryl Férey — *Les nuits de San Francisco*
843. Graham Hurley — *Le paradis n'est pas pour nous*
844. Boileau-Narcejac — *Champ clos*
845. Lawrence Block — *Balade entre les tombes*
846. Sandrine Roy — *Lynwood Miller*
847. Massimo Carlotto — *La vérité de l'Alligator*
848. Benoît Philippon — *Cabossé*
849. Grégoire Courtois — *Les lois du ciel*
850. Caryl Férey — *Condor*
851. Antonio Manzini — *Maudit printemps*
852. Jørn Lier Horst — *Fermé pour l'hiver*
853. Sonja Delzongle — *Récidive*
854. Noah Hawley — *Le bon père*
855. Akimitsu Takagi — *Irezumi*
856. Pierric Guittaut — *La fille de la Pluie*
857. Marcus Sakey — *Les Brillants III En lettres de feu*
858. Matilde Asensi — *Le retour du Caton*

Composition APS-ie
Impression Grafica Veneta
à Trebaseleghe, le 18 août 2019
Dépôt légal : août 2019

ISBN 978-2-07-284128-6 / Imprimé en Italie.

347706